J.R.R. Tolkien

EL SEÑOR DE LOS ANILLOS

III

EL RETORNO DEL REY

minotauro

La lectura abre horizontes, iguala oportunidades y construye una sociedad mejor.
La propiedad intelectual es clave en la creación de contenidos culturales porque
sostiene el ecosistema de quienes escriben y de nuestras librerías.
Al comprar este libro estarás contribuyendo a mantener dicho ecosistema vivo y
en crecimiento.
En **Grupo Planeta** agradecemos que nos ayudes a apoyar así la autonomía creativa
de autoras y autores para que puedan seguir desempeñando su labor.
Dirígete a CEDRO (Centro Español de Derechos Reprográficos) si necesitas fotocopiar
o escanear algún fragmento de esta obra. Puedes contactar con CEDRO a través de la
web www.conlicencia.com o por teléfono en el 91 702 19 70 / 93 272 04 47

El Señor de los Anillos III. El Retorno del Rey
J. R. R. Tolkien

Título original: *The Lord of the Rings III. The Return of the King*

© The Tolkien Estate Limited 1955, 1966
Publicado por primera vez por George Allen & Unwin Ltd., 1966

J. R. R. Tolkien posee los derechos morales de ser reconocido como autor de esta obra
® y Tolkien® son marcas registradas de The Tolkien Estate Limited

© Traducción de Luis Domènech y Matilde Horne
Coordinación de la revisión a cargo de Martin Simonson
Revisión a cargo de Mónica Sanz Rodríguez
Revisión de los poemas a cargo de Nur Ferrante

© Editorial Planeta, S. A., 1979, 2023
    Avda. Diagonal, 662-664, 08034 Barcelona (España)
    www.planetadelibros.com
    www.sociedadtolkien.org

Adaptación de la cubierta: Booket / Área Editorial Grupo Planeta
Ilustración de la cubierta: © John Howe
Primera edición en esta presentación en Colección Booket: julio de 2024

Depósito legal: B. 11.538-2024
ISBN: 978-84-450-1807-1
Impresión y encuadernación: CPI Black Print
Printed in Spain - Impreso en España

EL
SEÑOR
DE LOS
ANILLOS

III

EL SEÑOR DE LOS ANILLOS
DE J.R.R. TOLKIEN

I
LA COMUNIDAD DEL ANILLO

II
LAS DOS TORRES

III
EL RETORNO DEL REY

Biografía

J. R. R. Tolkien nació el 3 de enero de 1892. Después de servir en la Primera Guerra Mundial, se embarcó en una distinguida carrera académica y fue reconocido como uno de los mejores filólogos del mundo. Es conocido principalmente por ser el creador de la Tierra Media y autor de las clásicas y extraordinarias obras de ficción *El Silmarillion*, *El Hobbit* y *El Señor de los Anillos*. Sus libros han sido traducidos a 70 lenguas y se han vendido muchos millones de ejemplares de ellos en todo el mundo. Falleció el 2 de septiembre de 1973, a la edad de 81 años.

Tres Anillos para los Reyes Elfos bajo el cielo.
Siete para los Señores Enanos en casas de piedra.
Nueve para los Hombres Mortales condenados a morir.
Uno para el Señor Oscuro, sobre el trono oscuro
en la Tierra de Mordor donde se extienden las Sombras.
Un Anillo para gobernarlos a todos. Un Anillo para encontrarlos,
un Anillo para atraerlos a todos y atarlos en las tinieblas
en la Tierra de Mordor donde se extienden las Sombras.

LIBRO QUINTO

1

MINAS TIRITH

Pippin miró hacia fuera amparado en la capa de Gandalf. No sabía si estaba despierto o si dormía, dentro aún de ese sueño vertiginoso en que había estado envuelto desde el comienzo de la larga cabalgata. El mundo oscuro se deslizaba veloz a su lado y el viento atronaba en sus oídos. No veía nada más que las estrellas fugitivas, y lejos a la derecha desfilaban las montañas del Sur como sombras extendidas contra el cielo. Adormecido, trató de calcular las jornadas y etapas del viaje, pero todo lo que le venía a la memoria era nebuloso e impreciso.

Después de una primera etapa a una velocidad terrible y sin un solo alto, había visto al alba un resplandor dorado y pálido, y luego llegaron a la ciudad silenciosa y a la gran casa desierta en la colina. Y apenas habían tenido tiempo de refugiarse en ella cuando la sombra alada surcó otra vez el cielo, y todos se habían estremecido de horror. Pero Gandalf lo había tranquilizado con palabras dulces, y Pippin se había vuelto a dormir en un rincón, cansado pero inquieto, vagamente consciente del trajín y las conversaciones de los hombres y de Gandalf dando órdenes. Y luego a cabalgar otra vez, cabalgar en la noche. Era la segunda, no, la tercera noche desde que Pippin escudriñara la Piedra. Y con aquel recuerdo horrendo se despertó por completo y se estremeció, y el ruido del viento se pobló de voces amenazantes.

Una luz se encendió en el cielo, una llamarada de fuego amarillo detrás de unas barreras sombrías. Pippin se acurrucó, asustado por un momento, preguntándose a qué país horrible lo estaba llevando Gandalf. Se restregó los ojos y vio entonces que era la luna, ya casi llena, que se alzaba en el este por encima de las sombras. La noche era joven aún y el viaje en la oscuridad proseguiría durante horas y horas. Se sacudió y habló.

—¿Dónde estamos, Gandalf? —preguntó.

—En el reino de Gondor —respondió el mago—. Todavía no hemos dejado atrás las tierras de Anórien.

Hubo un nuevo momento de silencio. Luego: —¿Qué es eso? —exclamó Pippin de improviso, aferrándose a la capa de Gandalf—. ¡Mira! ¡Fuego, fuego rojo! ¿Hay dragones en estas tierras? ¡Mira, allí hay otro!

En respuesta, Gandalf acicateó al caballo con voz potente.

—¡Corre, Sombragrís! Debemos ir más de prisa. El tiempo apremia. ¡Mira! Gondor ha encendido las almenaras pidiendo ayuda. La guerra ha comenzado. Mira, ahí está el fuego en Amon Dîn, y llamas en Eilenach; y avanzan veloces hacia el oeste: Nardol, Erelas, Min-Rimmon, Calenhad y el Halifirien en los confines de Rohan.

Pero el corcel aminoró la marcha, y avanzando al paso, levantó la cabeza y relinchó. Y desde la oscuridad le respondió el relincho de otros caballos, seguido por un sordo rumor de cascos; y en ese momento tres jinetes surgieron majestuosamente y desaparecieron como espectros alados a la luz de la luna, rumbo al Oeste. Entonces Sombragrís se recompuso y corrió alejándose, y la noche lo envolvió como un viento rugiente.

Otra vez vencido por la somnolencia, Pippin escuchaba sólo a medias lo que le contaba Gandalf acerca de las costumbres de Gondor, y de cómo el Señor de la Ciudad había mandado construir almenaras en las crestas de las colinas a ambos lados de las fronteras, y mantenía allí postas con caballos frescos siempre preparados para llevar a jinetes mensajeros a Rohan en el Norte, o a Belfalas en el Sur.

—Hacía mucho tiempo que no se encendían las almenaras del Norte —dijo Gandalf—; y en los días de la antigua Gondor no eran necesarias, ya que entonces tenían las Siete Piedras.

Pippin se agitó, intranquilo.

—¡Duérmete otra vez y no temas! —le dijo Gandalf—. Tú no vas como Frodo, rumbo a Mordor, sino a Minas Tirith, y allí estarás tan a salvo como es posible en los tiempos que corren. Si

Gondor cae, o si el Anillo pasa a manos del Enemigo, entonces ni la Comarca será un refugio.

—No me tranquilizan tus palabras —dijo Pippin, pero a pesar de todo el sueño lo cubrió de nuevo. Lo último que recordó antes de caer en un sueño profundo fue el destello de unas cumbres altas y blancas, que centelleaban como islas flotantes por encima de las nubes, reflejando la luz de una luna que descendía en el poniente. Se preguntó qué sería de Frodo, si ya habría llegado a Mordor o si estaría muerto, sin sospechar que muy lejos de allí Frodo contemplaba aquella misma luna que se escondía detrás de las montañas de Gondor antes que clareara el día.

El sonido de unas voces despertó a Pippin. Otro día de campamento furtivo y otra noche de cabalgata habían quedado atrás. Amanecía: la aurora fría estaba cerca otra vez, y los envolvían unas neblinas heladas. Sombragrís humeaba de sudor, pero erguía la cabeza con arrogancia y no mostraba signos de fatiga. Pippin vio en torno una multitud de hombres de elevada estatura envueltos en mantos pesados, y en la niebla detrás de ellos se alzaba un muro de piedra. Parecía estar en parte en ruinas, pero ya antes del final de la noche empezaron a oírse los ruidos de una actividad incesante: el golpe de los martillos, el tintineo de las llanas y el chirrido de las ruedas. Las antorchas y las llamas de las hogueras resplandecían débilmente aquí y allá en la bruma. Gandalf hablaba con los hombres que le interceptaban el paso, y Pippin comprendió mientras los escuchaba que él era el motivo de la discusión.

—Sí, es verdad, a ti te conocemos, Mithrandir —decía el jefe de los hombres—, y puesto que conoces el santo y seña de las Siete Puertas, eres libre de proseguir tu camino. Pero a tu compañero no lo conocemos. ¿Qué es? ¿Un enano de las montañas del Norte? No queremos extranjeros en el país en estos tiempos, a menos que se trate de hombres de armas vigorosos de cuya lealtad y ayuda podamos confiar.

—Yo responderé por él ante el sitial de Denethor —dijo Gandalf—. Y en cuanto al valor, no lo has de medir por el tamaño. Ha presenciado más batallas y sobrevivido a más peligros que tú, Ingold, aunque le dobles en estatura; y ahora viene del ataque a Isengard, del que traemos buenas nuevas, y está extenuado por la fatiga, de lo contrario ya lo habría despertado. Se llama Peregrin y es un hombre muy valiente.

—¿Hombre? —dijo Ingold con aire dubitativo, y los otros se echaron a reír.

—¡Hombre! —gritó Pippin, ahora bien despierto—. ¡Un hombre! ¡No, por cierto! Soy un hobbit, y de valiente tengo tan poco como de hombre, excepto quizá de tanto en tanto y sólo por necesidad. ¡No os dejéis engañar por Gandalf!

—Muchos protagonistas de grandes hazañas no podrían decir más que tú —dijo Ingold—. ¿Pero qué es un hobbit?

—Un mediano —respondió Gandalf—. No, no aquél de quien se ha hablado —añadió, viendo asombro en los rostros—. No es ése, pero sí uno de su parentesco.

—Sí, y uno que ha viajado con él —dijo Pippin—. Y Boromir, de vuestra Ciudad, estaba con nosotros, y me salvó en las nieves del Norte, y finalmente perdió la vida defendiéndome de numerosos enemigos.

—¡Silencio! —dijo Gandalf—. Esta triste nueva tendría que serle anunciada al padre antes que a ninguno.

—Ya la habíamos adivinado —dijo Ingold—, pues en los últimos tiempos hubo aquí extraños presagios. Mas, ¡pasad ahora rápidamente! El Señor de Minas Tirith querrá ver en seguida a cualquiera que le traiga las últimas noticias de su hijo, sea hombre o...

—Hobbit —dijo Pippin—. No es mucho lo que puedo ofrecerle a tu señor, pero con gusto haré cuanto esté a mi alcance en memoria de Boromir el valiente.

—¡Adiós! —dijo Ingold, mientras los hombres le abrían paso a Sombragrís que entró por una puerta estrecha tallada en el muro—. ¡Ojalá puedas aconsejar a Denethor en esta hora de necesidad, y a todos nosotros, Mithrandir! —gritó Ingold—. Pero llegas con noticias de dolor y de peligro, como es tu costumbre, según se dice.

—Porque no vengo a menudo, a menos que mi ayuda sea necesaria —respondió Gandalf—. Y en cuanto a consejos, os diré que habéis tardado mucho en reparar el muro del Pelennor. El coraje será ahora vuestra mejor defensa ante la tempestad que se avecina... el coraje y la esperanza que os traigo. Porque no todas las noticias que traigo son adversas. ¡Pero dejad las llanas y afilad las espadas!

—Los trabajos estarán concluidos antes del anochecer —dijo Ingold—. Ésta es la última parte del muro defensivo: la menos expuesta a los ataques, pues mira hacia nuestros amigos de Rohan. ¿Sabes algo de ellos? ¿Crees que responderán a nuestro llamamiento?

—Sí, acudirán. Pero han librado muchas batallas a vuestras espaldas. Esta ruta ya no es segura, ni ninguna otra. ¡Estad alerta! Pues sin Gandalf, Cuervo de la Tempestad, lo que veríais venir de Anórien sería un ejército de enemigos y no Jinetes de Rohan. Y todavía podría pasar. ¡Adiós, y no os durmáis!

Gandalf se internó entonces en las tierras salvajes que se abrían del otro lado del Rammas Echor. Así llamaban los hombres de Gondor al muro exterior que habían construido con tantos afanes, después de que Ithilien cayera bajo la sombra de su Enemigo. Corría unas diez leguas o más desde el pie de las montañas, y después retrocedía nuevamente para cercar los campos del Pelennor: campiñas hermosas y feraces recostadas en las largas lomas y terrazas que descendían hacia el lecho del Anduin. En el punto más alejado de la Gran Puerta de la Ciudad, al nordeste, el muro estaba a una distancia de cuatro leguas, y allí, desde una orilla encapotada, dominaba los llanos extensos que costeaban el río; y los hombres lo habían construido alto y resistente; pues en ese paraje, sobre un terraplén fortificado, la carretera venía de los vados y los puentes de Osgiliath y atravesaba una puerta custodiada por dos torres almenadas. En el punto más cercano el muro se alzaba a poco más de una legua de la Ciudad, al sudeste. Allí el Anduin, abrazando en una amplia curva las colinas de Emyn Arnen en Ithilien del Sur, giraba bruscamente hacia el oeste, y el muro exterior se elevaba a la orilla misma del río; y bajo él se extendían los muelles y embarcaderos del Harlond destinados a las naves que remontaban la corriente desde los feudos del sur.

Las tierras cercadas por el muro eran ricas y abundaban los amplios campos de cultivo y las huertas: había allí granjas con hornos de lúpulo y graneros, dehesas y establos, y muchos arroyos que descendían en ondas a través de los prados verdes hacia el Anduin. Sin embargo, eran pocos los agricultores y los criadores de ganado que moraban en la región, pues la mayor parte de la gente de Gondor vivía dentro de los siete círculos de la Ciudad, o en los altos valles a lo largo de los flancos de las montañas, en Lossarnach, o más al sur en la esplendente Lebennin, la de los cinco ríos rápidos. Allí, entre las montañas y el mar, habitaba un pueblo de hombres robustos. Se los consideraba hombres de Gondor, aunque su sangre era mestiza, y había entre ellos algunos pequeños de talla y morenos de tez cuya ascendencia se remontaba sin duda a los hombres olvidados que vivieran a la sombra de las montañas, en los Años Oscuros anteriores a los reyes. Pero más allá, en el gran feudo de Belfalas, residía el Príncipe Imrahil en el castillo de Dol Amroth a orillas del mar, y era de alto linaje, al igual que todos los suyos, hombres altos y arrogantes, de ojos grises como el mar.

Al cabo de algún tiempo de cabalgata la luz del día creció en el cielo, y Pippin, despertándose, miró alrededor. Un océano de bruma, que hacia el Este se agigantaba en una sombra tenebrosa, se extendía a su izquierda; pero a su derecha, unas montañas enormes erguían sus cabezas en una cadena que partía desde el Oeste hasta interrumpirse escarpada y bruscamente, como si en la hechura de aquella tierra el Río se hubiese precipitado a través de una gran barrera, excavando un valle majestuoso para servir de terreno de batallas y discordias en tiempos por venir. Y allí donde terminaban las Montañas Blancas de las Ered Nimrais Pippin vio, como le había prometido Gandalf, la mole oscura del Monte Mindolluin, las profundas sombras purpúreas de las altas gargantas, y la elevada cara de la montaña, más blanca cada vez bajo la creciente luz del día. Y sobre su rodilla adelantada estaba la Ciudad Guardada, con sus siete muros hechos de una piedra tan antigua y poderosa que, más que construida, parecía tallada por gigantes de la osamenta misma de la montaña.

Y entonces, ante los ojos maravillados de Pippin, el color de los muros cambió de un gris acechante al blanco, un blanco que la aurora arrebolaba apenas, y de improviso el sol trepó por encima de las sombras del este y envió un rayo que bañó el rostro de la Ciudad. Y Pippin dejó escapar un grito de asombro, pues la Torre de Ecthelion, que se alzaba en el interior del muro más alto, resplandeció contra el cielo, rutilante como una espiga de perla y plata, alta y esbelta y armoniosa, y el pináculo centelleaba cual si estuviese hecho de cristal tallado; y unas banderas blancas aparecieron de pronto en las almenas y flamearon en la brisa matutina, y Pippin oyó, alto y lejano, un tañido claro y vibrante como de trompetas de plata.

Así fue que Gandalf y Peregrin llegaron a la salida del sol a la Gran Puerta de los Hombres de Gondor, y los batientes de hierro se abrieron ante ellos.

—¡Mithrandir! ¡Mithrandir! —gritaban los hombres—. ¡Ahora sabemos con certeza que la tempestad se avecina!

—Está sobre vosotros —dijo Gandalf—. Yo he cabalgado en sus alas. ¡Dejadme pasar! Tengo que ver a vuestro Señor Denethor mientras dure su senescalía. Suceda lo que suceda, Gondor ya nunca será el país que habéis conocido. ¡Dejadme pasar!

Los hombres retrocedieron ante el tono imperioso de Gandalf y no le hicieron más preguntas, pero observaron perplejos al hobbit que iba sentado delante de él y al caballo que lo transportaba. Pues las gentes de la Ciudad rara vez utilizaban caballos, y no era habitual verlos por las calles, excepto los que montaban los mensajeros de Denethor. Y dijeron: —Ha de ser sin duda uno de los grandes corceles del Rey de Rohan. Tal vez los Rohirrim llegarán pronto trayéndonos refuerzos. —Pero ya Sombragrís avanzaba con paso arrogante por el camino sinuoso.

La arquitectura de Minas Tirith era tal que la ciudad estaba construida en siete niveles, cada uno de ellos excavado en la colina y rodeado de un muro; y en cada muro había una puerta. Pero estas puertas no se sucedían en una línea recta: la Gran Puerta del Muro de la Ciudad se abría en el extremo oriental del circuito, pero la siguiente miraba al sureste, y la tercera nordeste y así sucesivamente, hacia uno y otro lado, siempre en ascenso, de modo que la ruta pavimentada que subía a la Ciudadela giraba primero en un sentido, luego en el otro a través de la cara de la colina. Y cada vez que cruzaba la línea de la Gran Puerta corría por un túnel abovedado, penetrando en un vasto espolón de roca cuyo enorme contrafuerte dividía en dos todos los círculos de la Ciudad, con excepción del primero. Pues como resultado de la forma primitiva de la colina y de la notable destreza y esforzada labor de los hombres de antaño, detrás del patio espacioso al que la Puerta daba acceso se alzaba un imponente bastión de piedra; la arista, aguzada como la quilla de un barco, miraba hacia el este. Ascendía regularmente hasta llegar al círculo superior que estaba coronado de almenas, permitiendo de esta manera a los hombres que se encontraban en la Ciudadela, cual marinos de una nave descomunal, vigilar verticalmente desde su cumbre la Puerta situada setecientos pies más abajo. También la entrada de la Ciudadela miraba al este, pero estaba excavada en el corazón de la roca; desde allí, una larga pendiente alumbrada por faroles subía hasta la séptima puerta. Por ese camino llegaban por fin los hombres al fin al

Patio Alto, y a la Plaza del Manantial al pie de la Torre Blanca; alta y soberbia, medía cincuenta brazas desde la base hasta el pináculo, donde la bandera de los Senescales flameaba a mil pies por encima de la llanura.

Era sin duda una fortaleza poderosa, y en verdad inexpugnable, si había en ella cualquiera capaz de tomar las armas, a menos que el adversario entrara desde atrás, y escalando las cuestas inferiores del Mindolluin consiguiera llegar al brazo estrecho que unía la Colina de la Guardia a la montaña. Pero esa estribación, que alcanzaba la altura del quinto muro, estaba flanqueada por grandes adarves hasta el borde mismo del precipicio en el extremo occidental; y en ese lugar se alzaban las moradas y las tumbas abovedadas de los reyes y señores de antaño, ahora para siempre silenciosos entre la montaña y la torre.

Pippin contemplaba con asombro creciente la enorme ciudad de piedra, más vasta y más espléndida que todo cuanto hubiera podido soñar; era más grande y más fuerte que Isengard, y mucho más hermosa. Sin embargo, la ciudad declinaba en verdad año tras año, ya faltaba la mitad de los hombres que hubieran podido vivir allí cómodamente. En todas las calles pasaban por delante de alguna mansión o palacio sobre cuyos portales y arcadas había muchas hermosas letras grabadas, de perfiles raros y antiguos: los nombres, supuso Pippin, de los nobles señores y familias que habían vivido allí en otros tiempos; pero ahora estaban en silencio, no había rumores de pasos en los vastos recintos embaldosados, ni voces que resonaran en los salones, ni rostros que se asomaran a las puertas o a las vacías ventanas.

Salieron por fin de las sombras en la puerta séptima, y el mismo sol cálido que brillaba sobre el río mientras Frodo se paseaba por los claros de Ithilien, iluminó los muros lisos y las columnas recias, y la cabeza majestuosa y coronada de un rey esculpida en la clave de la arcada. Gandalf desmontó, pues la entrada de caballos estaba prohibida en la Ciudadela, y Sombragrís, consolado por la voz afectuosa de su amo, permitió reticentemente que lo alejaran de allí.

Los Guardias de la puerta llevaban túnicas negras, y yelmos de forma extraña: altos de cimera y ajustados a las mejillas por largas carrilleras, sobre las cuales lucían alas blancas de aves marinas; pero los yelmos, preciadas reliquias de las glorias de otro tiempo, estaban forjados en *mithril,* y resplandecían con una llama de plata. Y en las sobrevestas negras habían bordado un árbol blanco con flores como de nieve bajo una corona de plata y estrellas de numerosas puntas. Tal era la librea de los herederos de Elendil, y ya nadie la usaba en todo Gondor salvo los Guardias de la Ciudadela apostados ante el Patio del Manantial, donde antaño creciera el Árbol Blanco.

Al parecer la noticia de la llegada de Gandalf y Pippin había precedido a los viajeros, y fueron admitidos inmediatamente, en silencio y sin interrogatorios. Gandalf cruzó con paso rápido el patio pavimentado de blanco. Un manantial canturreaba allí al sol de la mañana, rodeado por pasto de un verde luminoso; pero en el centro, encorvado sobre la fuente, se alzaba un árbol muerto, y las gotas resbalaban melancólicamente por las ramas quebradas y estériles y caían de vuelta en agua clara.

Pippin le echó una mirada fugaz mientras correteaba en pos de Gandalf. Le pareció triste y se preguntó por qué habrían dejado un árbol muerto en aquel lugar donde todo lo demás estaba tan bien cuidado.

Siete estrellas y siete piedras y un Árbol Blanco.

Las palabras que le oyera murmurar a Gandalf le volvieron a la memoria. Y en ese momento se encontró a las puertas del gran salón bajo la torre refulgente; y siguiendo al mago pasó junto a los ujieres altos y silenciosos y penetró en las sombras frescas y pobladas de ecos de la casa de piedra.

Mientras atravesaban una galería embaldosada, larga y desierta, Gandalf le hablaba a Pippin en voz muy baja: —¡Cuida tus palabras, Maese Peregrin! No es momento de mostrar el desparpajo típico de los hobbits. Théoden es un anciano bondadoso. Denethor es otro tipo de persona, orgulloso y perspicaz, más poderoso y de más alto linaje, aunque no lo llamen rey. Pero querrá sobre todo hablar contigo, y te hará muchas preguntas, ya que tú puedes darle noticias de su hijo Boromir. Lo amaba mucho, demasiado tal vez; y más aún porque era tan diferente a él. Pero con el pretexto de ese amor supondrá que le es más fácil enterarse por ti que por mí de lo que desea saber. No le digas una palabra más de lo necesario, y no toques el tema de la misión de Frodo. Yo me ocuparé de eso a su tiempo. Y tampoco menciones a Aragorn, a menos que te veas obligado.

—¿Por qué no? ¿Qué pasa con Trancos? —preguntó Pippin en voz baja—. Tenía la intención de venir aquí ¿no? De todos modos, no tardará en llegar.

—Quizá, quizá —dijo Gandalf—. Pero si viene, lo hará de una manera inesperada para todos, incluso para el propio Denethor. Será mejor así. En todo caso, no nos corresponde a nosotros anunciar su llegada.

Gandalf se detuvo ante una puerta alta de metal pulido.

—Escucha, Maese Pippin, no tengo tiempo ahora de enseñarte la historia de Gondor; aunque sería preferible que tú mismo hubieras aprendido algo en los tiempos en que robabas huevos de los nidos y holgazaneabas en los bosques de la Comarca. ¡Haz lo que te digo! No es prudente, por cierto, cuando vienes a darle a un poderoso señor la noticia de la muerte de su heredero, hablarle en demasía de la llegada de aquel que puede reivindicar derechos sobre el trono. ¿Te basta con esta respuesta?

—¿Derechos sobre el trono? —dijo Pippin, estupefacto.

—Sí —dijo Gandalf—. Si has caminado todos estos días con las orejas tapadas y la mente dormida, ¡es hora de que despiertes!

Llamó a la puerta.

La puerta se abrió, pero no vieron a nadie que la abriera. La mirada de Pippin se perdió en un salón enorme. La luz entraba por ventanas profundas alineadas en las naves laterales, más allá de las hileras de altas columnas que sostenían el techo. Cual monolitos de mármol negro, se elevaban hasta los soberbios capiteles esculpidos con las más variadas y extrañas figuras de animales y follajes, y mucho más arriba, en la penumbra, la gran bóveda relumbraba de oro mate. El suelo era de brillante y pulida piedra blanca, engastada con tracerías y arabescos multicolores. No se veían en aquel recinto largo y solemne tapices ni colgaduras historiadas, ni había un solo objeto de paño entretejido o de madera; pero entre los pilares se erguía una compañía silenciosa de altas estatuas talladas en la piedra fría.

Pippin recordó de pronto las rocas talladas de los Argonath, y un temor extraño se apoderó de él, mientras contemplaba aquella galería de reyes muertos en tiempos remotos. En el otro extremo del salón, sobre un estrado precedido de muchos escalones, bajo un palio de mármol en forma de yelmo coronado, se alzaba un alto trono; detrás del trono, tallada en la pared y recamada de piedras preciosas, se veía la imagen de un árbol en flor. Pero el trono estaba vacío. Al pie del estrado, en el primer escalón, que era ancho y profundo, había un sitial de piedra, negro y sin ornamentos, y en él, con la cabeza gacha y la mirada fija en el regazo, estaba sentado un anciano. Tenía en la mano un bastón blanco de pomo de oro. No levantó la vista. Gandalf y Pippin atravesaron el largo salón solemnemente hasta detenerse a tres pasos de su escabel.

—¡Salve, Señor y Senescal de Minas Tirith, Denethor hijo de Ecthelion! He venido a traerte consejo y noticias en esta hora sombría.

Entonces el anciano alzó los ojos. Pippin vio su rostro esculpido, la orgullosa osamenta bajo la piel de marfil, y la larga nariz aguileña entre los ojos sombríos y profundos; y más que a Boromir, le recordó a Aragorn.

—Sombría es en verdad la hora —dijo el anciano—, y siempre acostumbras a venir en momentos como éste, Mithrandir. Mas aunque todos los presagios anuncian la ruina próxima de Gondor, menos me afecta esa oscuridad que mi propia oscuridad.

Me han dicho que traes contigo a alguien que ha visto morir a mi hijo. ¿Es él?

—Es él —dijo Gandalf—. Uno de los dos. El otro está con Théoden de Rohan, y es posible que también venga de un momento a otro. Son medianos, como ves, mas éste no es aquél de quien hablaban los presagios.

—Un mediano de todos modos —dijo Denethor con amargura—, y poco amor me inspira este nombre, desde que aquellas palabras malditas vinieron a perturbar nuestros consejos y arrastraron a mi hijo a la salvaje aventura en la que perdió la vida. ¡Mi Boromir! Ahora necesitamos de ti. Faramir tenía que haber partido en su lugar.

—Lo habría hecho —dijo Gandalf—. ¡No seas injusto en tu dolor! Boromir reclamó para sí la misión y no permitió que otro la cumpliese. Era un hombre autoritario que nunca daba el brazo a torcer. Viajé con él muy lejos y llegué a conocerlo. Pero hablas de su muerte. ¿Has tenido noticias de ella antes de que llegáramos?

—He recibido esto —dijo Denethor, y dejando a un lado el cetro levantó del regazo el objeto que había estado mirando. Levantó en cada mano una mitad de un cuerno grande, partido en dos: un cuerno de buey salvaje guarnecido de plata.

—¡Es el cuerno que Boromir llevaba siempre consigo! —exclamó Pippin.

—Así es —dijo Denethor—. Y yo lo llevé en mis tiempos como todos los primogénitos de nuestra casa, desde los años ya olvidados anteriores a la caída de los reyes, cuando Vorondil padre de Mardil cazaba las vacas salvajes de Araw en las tierras lejanas de Rhûn. Lo oí sonar débilmente en las marcas septentrionales hace trece días, y el Río me lo trajo, quebrado: ya nunca más volverá a sonar. —Calló, y por un momento hubo un silencio pesado. De improviso, Denethor volvió hacia Pippin su oscura mirada. —¿Qué puedes decirme tú sobre ello, mediano?

—Trece, trece días —balbuceó Pippin—. Sí, creo que fue entonces. Sí, yo estaba con él cuando sopló el cuerno. Pero nadie acudió en nuestra ayuda. Sólo más orcos.

—Ah —dijo Denethor, observando intensamente el rostro de Pippin—. ¿De modo que tú estabas allí? ¡Cuéntame más! ¿Por qué nadie acudió en vuestra ayuda? ¿Y cómo fue que tú escapaste, y él no lo hizo, poderoso como era, y sin más adversarios que unos orcos?

Pippin se sonrojó y olvidó sus temores. —El más poderoso de los hombres puede morir atravesado por una sola flecha —replicó—, y Boromir fue atravesado por muchas. Cuando lo vi por última vez estaba caído al pie de un árbol y se arrancaba del flanco un dardo empenachado en negro. Luego me desmayé y fui hecho prisionero. Nunca más lo vi, y esto es todo cuanto sé. Pero honro su memoria, pues era muy valiente. Murió por salvarnos, a mi pariente Meriadoc y a mí, asediados en los bosques por la soldadesca del Señor Oscuro; y aunque haya sucumbido y fracasado, mi gratitud no es menos grande.

Ahora era Pippin quien miraba al anciano a los ojos, movido por un orgullo extraño, aún ofendido por el desdén y la suspicacia que había advertido en la voz glacial de Denethor.

—Comprendo que un gran Señor de los Hombres juzgará de escaso valor los servicios de un hobbit, un mediano de la Comarca septentrional, pero así y todo, los ofrezco en retribución de mi deuda. —Y abriendo de un tirón nervioso los pliegues de la capa, sacó del cinto la pequeña espada y la puso a los pies de Denethor.

Una sonrisa pálida, como un rayo de sol frío en un atardecer de invierno, pasó por el semblante del viejo, pero en seguida inclinó la cabeza y tendió la mano, apartando los fragmentos del cuerno.

—¡Dame esa espada! —dijo.

Pippin levantó el arma y se la presentó por la empuñadura.

—¿De dónde proviene? —inquirió Denethor—. Muchos, muchos años han pasado por ella. ¿No habrá sido forjada por los de mi raza en el Norte, en un tiempo ya muy remoto?

—Viene de los túmulos que se extienden en los límites de mi país —dijo Pippin—. Pero ahora sólo viven allí seres malignos, y no querría hablar voluntariamente de ellos.

—Veo que te has visto envuelto en historias extrañas —dijo Denethor—, y una vez más compruebo que las apariencias pueden ser engañosas, en un hombre... o en un mediano. Acepto tus servicios. Porque advierto que no te dejas intimidar por las palabras; y te expresas en un lenguaje cortés, por extraño que pueda sonarnos a nosotros, aquí en el Sur. Y en los días por venir tendremos mucha necesidad de personas corteses, grandes o pequeñas. ¡Ahora préstame juramento!

—Toma la espada por la empuñadura —dijo Gandalf— y repite las palabras del Señor, si en verdad estás decidido.

—Lo estoy —dijo Pippin.

El viejo depositó la espada sobre sus rodillas; Pippin apoyó la mano sobre la guardia y repitió lentamente las palabras de Denethor.

—Juro ser fiel y prestar mis servicios a Gondor, y al Señor y Senescal del Reino, con la palabra y el silencio, en el hacer y el dejar hacer, yendo y viniendo, en tiempos de abundancia o de necesidad, tanto en la paz como en la guerra, en la vida y en la muerte, a partir de este momento y hasta que mi señor me libere, o la muerte me lleve, o perezca el mundo. ¡Así he hablado yo, Peregrin hijo de Paladin de la Comarca de los medianos!

—Y te he oído yo, Denethor hijo de Ecthelion, Señor de Gondor, Senescal del Alto Rey, y no olvidaré tus palabras, ni dejaré de recompensar lo que me será dado: fidelidad con amor, valor con honor, perjurio con venganza. —La espada le fue restituida a Pippin, quien la envainó de nuevo. —Y ahora —dijo Denethor— he aquí mi primera orden: ¡habla y no ocultes nada! Cuéntame tu historia completa y trata de recordar todo lo que puedas acerca de Boromir, mi hijo. ¡Siéntate ahora, y comienza!

—Y mientras hablaba golpeó un pequeño gong de plata que había junto al escabel, e instantáneamente acudieron los sirvientes. Pippin se dio cuenta entonces de que habían estado aguardando en nichos a ambos lados de la puerta, nichos que ni él ni Gandalf habían visto al entrar.

»Traed vino y comida y asientos para los huéspedes —dijo Denethor—, y cuidad que nadie nos moleste durante una hora.

»Es todo el tiempo que puedo dedicaros, pues muchas otras cosas reclaman mi atención —le dijo a Gandalf—. Problemas que pueden parecer más importantes pero que a mí en este momento me apremian menos. Sin embargo, tal vez podamos volver a hablar al final del día.

—Y quizá antes, espero —dijo Gandalf—. Porque no he cabalgado hasta aquí desde Isengard, ciento cincuenta leguas a la velocidad del viento, con el único propósito de traerte a un pequeño guerrero, por muy cortés que sea. ¿No significa nada para ti que Théoden haya librado una gran batalla, que Isengard haya sido destruida, y que yo haya roto la vara de Saruman?

—Significa mucho para mí. Pero de esas hazañas conozco bastante como para tomar mis propias decisiones contra la amenaza del Este. —Volvió hacia Gandalf sus ojos negros, y Pippin notó de pronto un parecido entre los dos, y sintió la tensión entre ellos, casi como si viese una línea de fuego humeante, extendida de ojo a ojo, que de un momento a otro pudiera estallar en una llamarada.

A decir verdad, Denethor tenía mucho más que Gandalf los aires de un gran mago: una apostura más señorial, facciones más armoniosas, y parecía más poderoso, y más viejo. Sin embargo, Pippin percibía, con algún sentido diferente a la vista, que era Gandalf quien tenía los poderes más altos y la sabiduría más profunda, a la vez que una velada majestad. Y era más viejo, muchísimo más viejo.

—¿Cuánto más? —se preguntó, y le extrañó no haberlo pensado nunca hasta ese momento. Algo había dicho Bárbol a propósito de los magos, pero en ese entonces la idea de que Gandalf era un mago no había pasado por la mente del hobbit. ¿Qué era Gandalf? ¿En qué tiempo y lugar remoto había venido al mundo, y cuándo lo abandonaría? Pippin interrumpió sus cavilaciones y vio que Denethor y Gandalf continuaban mirándose a los ojos, como si cada uno tratase de descifrar el pensamiento del otro. Pero fue Denethor el primero en apartar la mirada.

—Sí —dijo—, porque si bien las Piedras, según se dice, se han perdido, los señores de Gondor tienen aún la vista más penetrante que los hombres menores, y captan muchos mensajes. Mas ¡tomad asiento ahora!

En ese momento entraron unos criados transportando una silla y un taburete bajo; otro traía una bandeja con un botellón de plata y copas, y pastelillos blancos. Pippin se sentó, pero no pudo dejar de mirar al anciano señor. No supo si era verdad o mera imaginación, pero le pareció que al mencionar las Piedras la mirada del viejo se había clavado en él un instante, con un resplandor súbito.

—Y ahora, vasallo mío, nárrame tu historia —dijo Denethor, en un tono a medias benévolo, a medias burlón—. Pues las palabras de alguien que era tan amigo de mi hijo serán por cierto bienvenidas.

Pippin no olvidaría nunca aquella hora en el gran salón bajo la mirada penetrante del Señor de Gondor, acosado una y otra vez por las preguntas astutas del anciano, y a la vez consciente sin cesar de la presencia de Gandalf que lo observaba y lo escuchaba, y que reprimía (tal fue la impresión del hobbit) una cólera y una impaciencia crecientes. Cuando pasó la hora, y Denethor volvió a golpear el gong, Pippin estaba extenuado. —No pueden ser más de las nueve en punto —se dijo—. En este momento podría engullir tres desayunos, uno tras otro.

—Conducid al señor Mithrandir a los aposentos que le han sido preparados —dijo Denethor—, y su compañero puede alojarse con él por ahora, si así lo desea. Pero que se sepa que he recibido su juramento de fidelidad a mi servicio; de hoy en adelante se le conocerá con el nombre de Peregrin hijo de Paladin, y se le enseñarán las contraseñas menores. Mandad un mensaje a los Capitanes para que se reúnan conmigo aquí, lo antes posible después de que haya sonado la hora tercera.

»Y tú, mi Señor Mithrandir, también podrás asistir también, cómo y cuando quieras. Nadie te impedirá visitarme cuando tú lo quieras, salvo durante mis breves horas de sueño. ¡Deja pasar la cólera que ha provocado en ti la locura de un anciano, y vuelve luego a consolarme!

—¿Locura? —respondió Gandalf—. No, mi Señor, si alguna vez te conviertes en un viejo chocho, ese día morirás. Si hasta eres capaz de utilizar el dolor para ocultar tus maquinaciones. ¿Crees que no comprendí tus propósitos al interrogar durante una hora al que menos sabe, estando yo presente?

—Si lo has comprendido, date por satisfecho —replicó Denethor—. Sería una locura ser tan orgulloso como para desdeñar ayuda y consejos en tiempos de necesidad; pero tú sólo dispensas esos dones de acuerdo con tus propios designios. Mas el Señor de Gondor no habrá de convertirse en instrumento de los propósitos de otros hombres, por nobles que sean. Y para él no hay en el mundo en que hoy vivimos una meta más alta que el bien de Gondor; y el gobierno de Gondor, mi Señor, está en mis manos y no en las de otro hombre, a menos que retornara el rey.

—¿A menos que retornara el rey? —repitió Gandalf—. Y bien, señor Senescal, tu misión es conservar del reino todo lo que puedas aguardando ese acontecimiento que ya muy pocos hombres esperan ver. Para el cumplimiento de esa tarea recibirás toda la ayuda que desees. Mas una cosa quiero decirte: yo no gobierno en ningún reino, ni en el de Gondor ni en ningún otro, grande o pequeño. Pero todas las cosas de valor que hoy peligran en el mundo están a mi cargo. Y yo por mi parte, no fracasaré del todo en mi trabajo, aunque Gondor perezca, si algo aconteciera en esta noche que aún pueda crecer en belleza y dar otra vez flores y frutos en los tiempos por venir. Pues también yo soy un senescal. ¿No lo sabías? —Y con estas palabras dio media vuelta y salió del salón a grandes pasos, mientras Pippin corría a su lado.

Gandalf no miró a Pippin mientras se marchaban, ni le dijo una sola palabra. El guía que esperaba a las puertas del palacio los condujo a través del Patio del Manantial hasta un callejón flanqueado por altos edificios de piedra. Después de varios giros llegaron a una casa vecina al muro de la ciudadela, del lado norte, no lejos del hombro que unía la colina a la montaña. Una vez dentro, el guía los llevó por una amplia escalera tallada al primer piso sobre la calle, donde les mostró una estancia acogedora, luminosa y aireada, decorada con hermosos tapices de oro mate con brillo informe. La estancia estaba apenas amueblada, pues sólo había allí una mesa pequeña, dos sillas y un banco; pero a ambos lados detrás de unas cortinas había alcobas, provistas de buenos lechos y de vasijas y jofainas para lavarse. Tres ventanas altas y estrechas miraban al norte, más allá de la gran curva del Anduin todavía envuelta en la niebla, hacia las Emyn Muil y el Rauros en lontananza. Pippin tuvo que subir al banco para asomarse por encima del profundo antepecho de piedra.

—¿Estás enfadado conmigo, Gandalf? —dijo cuando el guía salió de la habitación y cerró la puerta—. Hice lo mejor que pude.

—¡Lo hiciste, sin duda! —respondió Gandalf con una súbita carcajada; y acercándose a Pippin se detuvo junto a él y rodeó con un brazo los hombros del hobbit mientras miraba por la ventana. Pippin echó una mirada perpleja al rostro ahora tan próximo al suyo, pues la risa del mago había sido suelta y jovial. Sin embargo, al principio sólo vio en el rostro de Gandalf arrugas de preocupación y tristeza; no obstante, al mirar con más atención, advirtió que detrás había una gran alegría: un manantial de júbilo que si empezaba a brotar bastaría para que todo un reino estallara en carcajadas—. Claro que lo hiciste —dijo el mago—; y espero que no vuelvas a encontrarte demasiado pronto en un trance semejante, acorralado entre dos viejos tan terribles. De todos modos, el Señor de Gondor ha sabido por ti mucho más de lo que puedes sospechar, Pippin. No pudiste ocultar que no fue Boromir quien condujo a la Compañía fuera de Moria, ni que había entre vosotros alguien de alto rango que iba a Minas Tirith; y que llevaba una espada famosa. En Gondor la gente piensa mucho en las historias del pasado, y Denethor ha meditado largamente en el poema y en las palabras *el Azote de Isildur,* después de la partida de Boromir.

»No es semejante a los otros hombres de esta época, Pippin, y cualquiera que sea su ascendencia, de padres a hijos, por cierta suerte la sangre de Oesternesse le corre casi pura por las venas, como por las de su otro hijo, Faramir; y en cambio, no por las de Boromir, que sin embargo, era el predilecto. Sabe ver a la distancia, y es capaz de adivinar, si aplica su voluntad a ello, mucho de lo que pasa por la mente de los hombres, aun de los que habitan muy lejos. Es difícil engañarlo, y peligroso intentarlo.

»¡Recuérdalo! Pues ahora has prestado juramento de fidelidad a su servicio. No sé qué pudo inspirar a tu cabeza, o a tu corazón, para hacerlo. Pero hiciste bien. No te lo impedí porque los actos generosos no han de ser reprimidos por fríos consejos. Tu actitud lo conmovió, y al mismo tiempo (permíteme que te lo diga) lo divirtió. Y por lo menos eres libre ahora de ir y venir a tu gusto por Minas Tirith… cuando no estés de servicio. Porque hay un reverso de la medalla: estás a sus órdenes, y él no lo olvidará. ¡Sé siempre cauteloso!

Calló un momento y suspiró.

—Bien, de nada vale especular sobre lo que traerá el mañana. Pero eso sí, ten la certeza de que por muchos días el mañana será peor que el hoy. Y yo nada más puedo hacer para impedirlo. El tablero está dispuesto, y ya las piezas están en movimiento. Una de ellas, que con todas mis fuerzas deseo encontrar, es Faramir, el actual heredero de Denethor. No creo que esté en la Ciudad; pero no he tenido tiempo de reunir información. Tengo que marcharme, Pippin. Tengo que asistir al consejo de estos señores y enterarme de cuanto pueda. Pero el Enemigo moverá primero, y está a punto de iniciar a fondo la partida. Y los peones participarán del juego tanto como cualquiera, Peregrin hijo de Paladin, soldado de Gondor. ¡Afila tu espada!

Gandalf se encaminó a la puerta, y al llegar a ella se giró.

—Tengo prisa, Pippin —dijo—. Hazme un favor cuando salgas, o incluso antes de irte a dormir, si no estás demasiado fatigado. Ve y busca a Sombragrís, y revisa cómo lo han acomodado. Las gentes de aquí son sabias y nobles de corazón, y bondadosas con los animales, pero no es mucho lo que entienden de caballos.

Y diciendo estas palabras, Gandalf salió; en ese momento se oyó la nota clara y melodiosa de una campana que repicaba en una torre de la ciudadela. Sonó tres veces, como plata en el aire, y calló: la hora tercera después de la salida del sol.

Al cabo de un minuto Pippin se encaminó a la puerta, bajó por la escalera, y al llegar a la calle miró alrededor. Ahora el sol brillaba, cálido y luminoso, y las torres y las casas altas proyectaban hacia el oeste largas sombras nítidas. Arriba, en el aire azul, el Monte Mindolluin elevaba su yelmo blanco y su manto de nieve. Hombres armados iban y venían por las calles de la Ciudad, como si el toque de la hora les señalara el cambio de guardias y servicios.

—En la Comarca diríamos que son las nueve de la mañana —se dijo Pippin en voz alta—. La hora justa para un buen desayuno junto a la ventana abierta, al sol primaveral. ¡Cuánto me gustaría tomar un desayuno! ¿No desayunarán las gentes de este país, o ya habrá pasado la hora? ¿Y a qué hora cenarán, y dónde?

En ese momento vio a un hombre vestido de blanco y negro que venía del centro de la ciudadela, y avanzaba por la calle estrecha hacia él. Pippin se sentía solo y resolvió hablarle cuando él pasara, pero no fue necesario. El hombre vino directamente hacia él.

—¿Eres tú Peregrin el mediano? —le preguntó—. He sabido que has prestado juramento de fidelidad al servicio del Señor y de la Ciudad. ¡Bienvenido! —Le tendió la mano, y Pippin se la estrechó. —Me llamo Beregond hijo de Baranor. No estoy de servicio esta mañana y me han mandado a enseñarte las contraseñas, y a explicarte algunas de las muchas cosas que sin duda querrás saber. A mí, por mi parte, también me gustaría saber algo de ti. Porque nunca hasta ahora hemos visto un mediano en esta tierra, y aunque hemos oído algunos rumores, poco se habla de ellos en las historias y leyendas que conocemos. Además, eres amigo de Mithrandir. ¿Lo conoces bien?

—Bueno —repuso Pippin—. He *oído hablar de* él durante toda mi corta existencia, por así decir; y en los últimos tiempos he viajado grandes distancias en su compañía. Pero es un libro en el que hay mucho que leer, y faltaría a la verdad si dijese que he recorrido más de un par de páginas. Sin embargo, es posible que lo conozca tan bien como cualquiera, salvo unos pocos. Aragorn era el único de nuestra Compañía que lo conocía de veras.

—¿Aragorn? —preguntó Beregond—. ¿Quién es ese Aragorn?

—Oh —balbuceó Pippin—, era un hombre que solía viajar con nosotros. Creo que ahora está en Rohan.

—Has estado en Rohan, por lo que veo. También sobre esa tierra hay muchas cosas que me gustaría preguntarte; porque muchas de las menguadas esperanzas que aún alimentamos dependen de sus gentes. Pero me estoy olvidando de mi misión, que consistía en responder primero a todo cuanto tú quisieras preguntarme. Bien, ¿qué te gustaría saber, Maese Peregrin?

—Mm… bueno… —dijo Pippin—, si me atrevo a decirlo, la pregunta un tanto imperativa que en este momento me viene a la mente es… bueno… ¿qué pasa con el desayuno y todo lo demás? Quiero decir, no sé si me explico, ¿cuáles son las horas de las comidas y dónde está el comedor, si es que existe? ¿Y las tabernas? Miré, pero no vi ni una sola en todo el camino, aunque antes tuve la esperanza de disfrutar de un buen trago de cerveza en cuanto llegásemos a esta ciudad de hombres tan sabios como corteses.

Beregond observó a Pippin con aire grave.

—Un verdadero veterano de guerra, por lo que veo —dijo—. Dicen que los hombres que parten a combatir en tierras lejanas viven esperando la oportunidad futura de comer y beber; aunque yo, a decir verdad, no he viajado mucho. ¿Así que hoy todavía no has comido?

—Bueno, sí, en honor a la verdad, sí —dijo Pippin—. Pero sólo una copa de vino y uno o dos pastelillos blancos, por gentileza de tu señor; pero a cambio de eso me torturó con preguntas durante una hora, y ése es un trabajo que abre el apetito.

Beregond se echó a reír.

—Es en la mesa donde los hombres pequeños realizan las mayores hazañas, decimos aquí. Sin embargo, has desayunado tan bien como cualquiera de los hombres de la Ciudadela, y con más altos honores. Esto es una fortaleza y una torre de guardia, y ahora estamos en pie de guerra. Nos levantamos antes del sol, comemos un bocado a la luz gris del amanecer y partimos de servicio al despuntar el día. ¡Pero no desesperes! —Otra vez rompió a reír, viendo la expresión desolada de Pippin—. Los que han realizado tareas *pesadas* toman algo para reparar fuerzas a media mañana. Luego viene un refrigerio, al mediodía o más tarde de acuerdo con las horas del servicio, y por último, los hombres se reúnen a la puesta del sol para compartir la comida principal del día y la alegría que aún pueda quedarles. ¡Ven! Daremos un paseo y luego iremos a procurarnos un bocado con que engañar el estómago, y comeremos y beberemos en las almenas contemplando esta espléndida mañana.

—¡Un momento! —dijo Pippin, ruborizándose—. La gula, lo que tú por pura cortesía llamas hambre, ha hecho que me olvidara de algo. Pues Gandalf, Mithrandir como tú le llamas, me encomendó que me ocupara de su caballo, Sombragrís, un gran corcel de Rohan y la niña de los ojos del rey, según me han dicho, aunque se lo haya dado a Mithrandir en prueba de gratitud. Creo que el nuevo amo quiere más al animal que a muchos hombres, y si la buena voluntad de Mithrandir es de algún valor para esta ciudad, trataréis a Sombragrís con todos los honores: con una bondad mayor, si es posible, que la que habéis mostrado para con este hobbit.

—¿Hobbit? —dijo Beregond.

—Así es como nos llamamos a nosotros mismos —respondió Pippin.

—Me alegro de saberlo —dijo Beregond—, pues ahora puedo decirte que los acentos extraños no desvirtúan las palabras hermosas, y que los hobbits saben expresarse con gran nobleza. ¡Pero vamos! Debes presentarme a ese caballo notable. Adoro a los animales, y rara vez los vemos en esta ciudad de piedra; pero yo desciendo de un pueblo que bajó de los valles altos, y que anteriormente residía en Ithilien. ¡No temas! Será una visita corta, una mera empresa de cortesía, y de allí iremos a las despensas.

Pippin comprobó que Sombragrís estaba bien alojado y atendido. Pues en el séptimo círculo, fuera de los muros de la ciudadela, había unas caballerizas espléndidas donde guardaban algunos corceles veloces junto a las habitaciones de los emisarios del Señor: mensajeros siempre prontos para partir a una orden urgente del Senescal o de los capitanes principales. Pero ahora todos los caballos y jinetes estaban ausentes, en tierras lejanas.

Sombragrís relinchó cuando Pippin entró en el establo, y volvió la cabeza.

—¡Buen día! —le dijo Pippin—. Gandalf vendrá tan pronto como pueda. Ahora está ocupado, pero te manda saludos, y yo he venido a ver si todo anda bien contigo; y si descansas, espero, después de tantos trabajos.

Sombragrís sacudió la cabeza y pateó el suelo. Pero permitió que Beregond le sostuviera la cabeza gentilmente y le acariciara los flancos poderosos.

—Se diría que está preparándose para una carrera, y no que acaba de llegar de un largo viaje —dijo Beregond—. ¡Qué fuerte y orgulloso es! ¿Dónde están sus arreos? Deben ser ricos y hermosos.

—Ninguno es bastante rico y hermoso para él —dijo Pippin—. No los acepta. Si consiente en llevarte, te lleva; y si no, no hay bocado, brida, fuste o rienda que lo dome. ¡Adiós, Sombragrís! Ten paciencia. La batalla se aproxima.

Sombragrís levantó la cabeza y relinchó, con tal poder que el establo entero se sacudió y Pippin y Beregond se taparon los oídos. En seguida se marcharon, después de ver que había forraje en abundancia en el pesebre.

—Y ahora a por nuestro forraje —dijo Beregond, y se encaminó de vuelta a la ciudadela, conduciendo a Pippin hasta una puerta en el lado norte de la gran torre. Allí descendieron por una escalera larga y fresca hasta una calle alumbrada con faroles. Había portillos en los muros laterales, y uno de ellos estaba abierto.

»Éste es el almacén y la despensa de mi compañía de la Guardia —dijo Beregond—. ¡Salud, Targon! —gritó por la abertura—. Es temprano aún, pero hay aquí un forastero que el Señor ha tomado a su servicio. Ha venido cabalgando de muy lejos con el cinturón apretado, y ha cumplido una dura labor esta mañana. Tiene hambre, ¡danos lo que tengas!

Obtuvieron pan, mantequilla, queso y manzanas: las últimas de la reserva del invierno, arrugadas pero sanas y dulces; y un odre de cerveza recién servido, y escudillas y tazas de madera. Pusieron las provisiones en una cesta de mimbre y volvieron a la luz del sol. Beregond llevó a Pippin al extremo oriental de las almenas sobre el gran espolón, donde había una embrasura y un asiento de piedra bajo el antepecho. Desde allí podían contemplar la mañana que se extendía sobre el mundo.

Comieron y bebieron, hablando ya de Gondor y de sus usos y costumbres, ya de la Comarca y de las regiones extrañas que Pippin había conocido. Y cuanto más hablaban más se asombraba Beregond, y observaba maravillado al hobbit, que sentado en el asiento balanceaba las piernas cortas, o se erguía de puntillas para mirar por encima del antepecho las tierras de abajo.

—No te ocultaré, Maese Peregrin —dijo Beregond— que para nosotros pareces casi uno de nuestros niños, un chiquillo de unas nueve primaveras; y sin embargo, has sobrevivido a peligros y has visto maravillas tales, que pocos de nuestros viejos podrían jactarse de haber conocido otro tanto. Creí que era un capricho de nuestro Señor tomar un paje noble a la usanza de los reyes de los tiempos antiguos, según dicen. Pero veo que no es así, y tendrás que perdonar mi necedad.

—Te perdono —dijo Pippin—. Sin embargo, no estás muy lejos de lo cierto. De acuerdo con los cómputos de mis gentes soy casi un niño todavía, y aún me faltan cuatro años para llegar a la «mayoría de edad», como decimos en la Comarca. Pero no te preocupes por mí. Ven y mira y dime qué veo.

El sol subía. Abajo, en el valle, las nieblas se habían levantado, y las últimas se alejaban flotando hacia lo alto como volutas de nubes blancas arrastradas por la brisa, que ahora soplaba del Este, y que sacudía y encrespaba las banderas y los estandartes blancos de la ciudadela. A lo lejos, en el fondo del valle, a unas cinco leguas calculadas a ojo, el Río Grande corría gris y resplandeciente desde el noroeste, describiendo una vasta curva hacia el sur, y volviendo hacia el oeste antes de perderse en una bruma centelleante; más allá de la cual, a cincuenta leguas de distancia, estaba el Mar.

Pippin podía ver todo el Pelennor extendido ante él, moteado a lo lejos de granjas y muretes, pequeños graneros y establos; pero en ningún lugar vio vacas o ningún otro animal. Numerosos caminos y senderos atravesaban los campos verdes, y estaban muy ajetreados: había filas de carretones avanzando hacia la Gran Puerta, mientras otros salían y se alejaban. De tanto en tanto aparecía algún jinete, que se apeaba de un salto y entraba presuroso en la Ciudad. Pero el camino más transitado era la carretera mayor que torcía hacia el sur, y en una curva más pronunciada que la del Río bordeaba luego las colinas y se perdía a lo lejos. Era una carretera ancha y bien pavimentada, y a lo largo de su vera oriental corría una pista para jinetes ancha y verde, flanqueada por un muro. Los jinetes galopaban por la pista de aquí para allá, pero unos carromatos cubiertos que iban hacia el sur parecían ocupar toda la calle. Sin embargo, Pippin no tardó en descubrir que todo se movía en perfecto orden: los carromatos avanzaban en tres filas, una más rápida tirada por caballos, otra más lenta, de grandes carretas adornadas con carpas multicolores tiradas por bueyes; y a lo largo de la vera occidental muchos carros más pequeños, arrastrados fatigosamente por hombres.

—Ésa es la ruta que conduce a los valles de Tumladen y Lossarnach, y a las aldeas de las montañas, y llega hasta Lebennin —explicó Beregond—. Hacia allá se encaminan los últimos carromatos llevando a los refugios a los ancianos, los niños y las mujeres que deben ir con ellos. Es preciso que todos se encuentren a una legua de la Puerta y hayan despejado el camino antes del mediodía: ésa fue la orden. Es una triste necesidad. —Suspiró—. Pocos, quizá, de los que hoy se separan volverán a reunirse alguna vez. Nunca hubo muchos niños en esta ciudad; pero ahora no queda ninguno, excepto unos pocos que se negaron a marcharse y a los que quizá se les encomiende alguna tarea: mi hijo entre ellos.

Callaron un momento. Pippin miraba inquieto hacia el este, como si miles de orcos pudieran aparecer de improviso e invadir las campiñas.

—¿Qué veo allí? —preguntó, señalando un punto en el centro de la curva del Anduin—. ¿Es otra ciudad, o qué?

—Fue una ciudad —respondió Beregond—, la capital del reino de Gondor, cuando Minas Tirith no era más que una fortaleza. Lo que ves en ambas márgenes del Anduin son las ruinas de Osgiliath, tomada e incendiada por nuestros enemigos hace mucho tiempo. Sin embargo, la reconquistamos en la época en la que Denethor aún era joven: no para vivir en ella, sino para mantenerla como puesto de avanzada, y para reconstruir el puente y que puedan pasar nuestras tropas. Pero entonces vinieron de Minas Morgul los Jinetes Crueles.

—¿Los Jinetes Negros? —dijo Pippin, abriendo mucho los ojos, ensombrecidos por la reaparición de un viejo temor.

—Sí, eran negros —dijo Beregond—, y veo que algo sabes de esos Jinetes, aunque no los mencionaste en ninguna de tus historias.

—Algo sé —dijo Pippin en voz baja—, pero no quiero hablar ahora, tan cerca, tan cerca… —Calló de pronto, y al alzar los ojos por encima del Río le pareció que todo cuanto veía alrededor era una sombra vasta y amenazante. Tal vez fueran sólo las montañas que acechaban al límite de la vista, con sus mellados picos desdibujados por veinte leguas de aire neblinoso; o quizá un banco de nubes que ocultaba una oscuridad todavía más profunda. Pero mientras miraba tenía la impresión de que la oscuridad crecía y se cerraba, muy lentamente, lentamente elevándose hasta ensombrecer las regiones del sol.

—¿Tan cerca de Mordor? —dijo Beregond en un susurro—. Sí, está allí. Rara vez la nombramos, pero hemos vivido siempre con esa oscuridad a la vista; algunas veces parece más tenue y distante; otras más cercana y espesa. Ahora la vemos crecer y oscurecerse, y así crecen también nuestros temores y nuestra desazón. Hace menos de un año los Jinetes Crueles volvieron a conquistar los pasos, y muchos de nuestros mejores hombres cayeron allí. Fue Boromir quien echó al enemigo por fin más allá de esta orilla occidental, y aún conservamos la mitad de Osgiliath. Por poco tiempo. Ahora esperamos una nueva acometida, quizá la más cruenta de la guerra que se avecina.

—¿Cuándo? —preguntó Pippin—. ¿Tienes alguna idea? Porque hace dos noches vi las almenaras encendidas, y a los emisarios. Y Gandalf dijo que era señal de que la guerra había comenzado. Me pareció que estaba ansioso por llegar. Sin embargo, se diría que ahora todo está en calma.

—Sólo porque ya todo está pronto —dijo Beregond—. No es más que bocanada antes de zambullirse en el agua.

—Pero ¿por qué estaban encendidas las almenaras hace dos noches?

—Es demasiado tarde para ir en busca de socorros si ya ha empezado el sitio —respondió Beregond—. Pero el Señor y los

Capitanes saben cómo obtener noticias, e ignoro qué deciden. Y el Señor Denethor no es como todos los hombres: tiene la vista larga. Algunos dicen que cuando por las noches se sienta a solas en la alta estancia de la Torre, y escudriña con el pensamiento por aquí y por allá, logra por momentos leer en el futuro; y que a veces hasta mira en la mente del Enemigo y lucha con él. Por eso está tan envejecido, consumido antes de tiempo. De todos modos, mi señor Faramir ha partido a cumplir alguna misión peligrosa del otro lado del Río, y es posible que haya enviado noticias.

»Pero si quieres saber lo que pienso, creo que fueron las noticias que llegaron esa noche de Lebennin lo que encendió las almenaras. Una gran flota se acerca a la desembocadura del Anduin, tripulada por los Corsarios de Umbar, en el Sur. Hace tiempo que dejaron de temer el poderío de Gondor, y se han aliado con Enemigo, y ahora intentan ayudarle asestándonos un duro golpe. Porque este ataque mermará gran parte del auxilio que contábamos recibir de Lebennin y Belfalas, donde sus gentes son robustas y numerosas. Por eso nuestros pensamientos se vuelven tanto más hacia el norte, hacia Rohan, y tanto más nos alegran las noticias de victoria que habéis traído.

»Y sin embargo… —hizo una pausa y se puso de pie, y miró en derredor, al norte, al este, al sur—, los acontecimientos de Isengard deberían ponernos sobre aviso: estamos envueltos en una gran red estratégica. Ya no se trata de simples escaramuzas en los vados, de correrías organizadas por las gentes de Ithilien y Anórien, de emboscadas y pillaje. Ésta es una gran guerra, largamente planeada, y en la que somos sólo una pieza más, diga lo que diga nuestro orgullo. Las cosas se mueven en el lejano Este más allá del Mar Interior, según las noticias; y en el norte y en el Bosque Negro y más lejos aún; y en el sur en Harad. Y ahora todos los reinos tendrán que pasar por la misma prueba: resistir… o sucumbir bajo la Sombra.

»No obstante, Maese Peregrin, tenemos este honor: nos toca siempre soportar los más duros embates del mayor odio del Señor

Oscuro, pues ese odiose alza desde los abismos del tiempo y emerge desde lo más profundo del Mar. Aquí es donde el martillo golpeará con mayor fuerza. Y por eso Mithrandir tenía tanta prisa. Porque si caemos ¿quién quedará en pie? ¿Y tú, Maese Peregrin, ves alguna esperanza de que podamos mantenernos en pie?

Pippin no respondió. Miró los grandes muros, y las torres y los orgullosos estandartes, y el sol alto en el cielo, y luego la oscuridad que se reunía y crecía en el Este; y pensó en los largos dedos de aquella Sombra; en los orcos que invadían los bosques y las montañas, en la traición de Isengard, en los pájaros de mal agüero, y en los Jinetes Negros en los senderos mismos de la Comarca… y en el terror alado, los Nazgúl. Se estremeció, y pareció que la esperanza se debilitaba. Y en ese preciso instante el sol vaciló y se oscureció un segundo, como si un ala tenebrosa hubiese pasado delante de él. Casi imperceptible, le pareció oír, alto y lejano, un grito en el cielo: débil pero sobrecogedor, cruel y frío. Pippin palideció y se acurrucó contra el muro.

—¿Qué fue eso? —preguntó Beregond—. ¿También tú sentiste algo?

—Sí —murmuró Pippin—. Es la señal de nuestra caída y la sombra del destino, un Jinete Cruel en el aire.

—Sí, la sombra del destino —dijo Beregond—. Temo que Minas Tirith esté a punto de caer. La noche se aproxima. Diría que me han arrebatado hasta el calor de la sangre.

Permanecieron sentados juntos un rato, en silencio, cabizbajos. Luego, de improviso, Pippin levantó la mirada y vio que todavía brillaba el sol y que los estandartes todavía ondeaban en la brisa. Se sacudió.

—Ha pasado —dijo—. No, mi corazón aún no desesperará. Gandalf cayó y ha vuelto y está con nosotros. Aún es posible que continuemos en pie, aunque sea sobre una sola pierna, o al menos nos mantendremos erguidos sobre las rodillas.

—¡Bien dicho! —exclamó Beregond, y levantándose echó a caminar de un lado a otro a grandes trancos—. Aunque tarde o temprano todas las cosas hayan de perecer, a Gondor no le ha llegado todavía la hora. No, aun cuando los muros sean conquistados por un enemigo implacable que levante una montaña de carroña ante ellos. Todavía nos quedan otras fortalezas y caminos secretos de evasión a las montañas. La esperanza y los recuerdos sobrevivirán aún en algún valle oculto donde la hierba siempre es verde.

—De cualquier modo, quisiera que todo termine de una vez, para bien o para mal —dijo Pippin—. No soy un guerrero en absoluto y el solo pensamiento de una batalla me desagrada; pero estar esperando una inminente de la que no podré escapar es lo peor que podría ocurrirme. ¡Qué largo parece ya el día! Me sentiría mucho más feliz si no estuviésemos obligados a permanecer aquí en observación, sin dar un solo paso, sin ser los primeros en asestar el golpe. Creo que, de no haber sido por Gandalf, Rohan no hubiera asestado jamás ningún golpe.

—¡Ah, aquí pones el dedo en una llaga que a muchos les duele! —dijo Beregond—. Pero las cosas podrían cambiar cuando regrese Faramir. Es valiente, más valiente de lo que muchos suponen; pues en estos tiempos a los hombres les cuesta creer que un capitán pueda ser, como él es, sabio y versado en los antiguos manuscritos de saberes y canciones del pasado, y al mismo tiempo un hombre intrépido y de decisiones rápidas en el campo de batalla. Sin embargo, así es Faramir. Menos temerario y vehemente que Boromir, pero no menos resuelto. Mas ¿qué podrá hacer en verdad? No nos es posible tomar por asalto las montañas de... de aquel reino de allí. Nuestro alcance ha sido reducido y no nos permite golpear al enemigo hasta que éste se acerque. ¡Así que nuestro golpe debe ser contundente!

Beregond golpeó con fuerza la guardia de la espada.

Pippin lo miró: alto, noble y orgulloso, como todos los hombres que hasta entonces había visto en aquel país; y los ojos le centelleaban de sólo pensar en la batalla. —¡Ay! —reflexionó—.

Débil y ligera como una pluma me parece mi propia mano. —Pero no dijo nada. ¿Un peón, había dicho Gandalf? Tal vez, pero en un tablero equivocado.

Hablaron así hasta que el sol llegó al cenit, y de pronto repicaron las campanas del mediodía, y en la ciudadela se sintió un ajetreo de hombres pues todos, con excepción de los centinelas de guardia, se encaminaban a tomar su refrigerio.

—¿Quieres venir conmigo? —dijo Beregond—. Por hoy puedes compartir nuestra cantina. No sé a qué compañía te asignarán, o si el Señor Denethor desea tenerte a sus órdenes. Pero entre nosotros serás bienvenido. Conviene que conozcas el mayor número posible de hombres, mientras todavía hay tiempo.

—Me hará feliz acompañarte —respondió Pippin—. A decir verdad, me siento solo. He dejado a mi mejor amigo atrás, en Rohan, y desde entonces no he tenido con quien charlar y bromear. Tal vez podría realmente entrar en tu compañía. ¿Eres el capitán? En ese caso ¿podrías reclutarme, o quizá hablar en mi favor?

—No, no —dijo Beregond, riendo—, no soy capitán. No tengo cargo, ni rango, ni señorío, y no soy más que un simple hombre de armas de la Tercera Compañía de la Ciudadela. Sin embargo, Maese Peregrin, ser un simple hombre de armas en la Guardia de la Torre de Gondor es considerado digno y honroso en la Ciudad, y en todo el reino se trata con honores a tales hombres.

—En ese caso, es algo que está por completo fuera de mi alcance —dijo Pippin—. Llévame de nuevo a nuestros aposentos, y si Gandalf no se encuentra allí, iré contigo a donde quieras... como tu invitado.

Gandalf no estaba en las habitaciones ni había enviado ningún mensaje; así que Pippin acompañó a Beregond y fue presentado a los hombres de la Tercera Compañía. Al parecer Beregond ganó tanto prestigio entre sus camaradas como el propio Pippin, que fue muy bien recibido. Mucho se había hablado ya en la ciudadela del compañero de Mithrandir y de su largo y misterioso coloquio con el Señor; y corría el rumor de que un príncipe de los medianos había venido del Norte a ofrecer una alianza a Gondor con cinco mil espadas. Y algunos decían que cuando los Jinetes vinieran de Rohan, cada uno traería en la grupa a un guerrero mediano, pequeño quizá, pero valiente.

Si bien Pippin tuvo que desmentir lamentablemente esta leyenda esperanzadora, no pudo librarse del nuevo título, el único, al decir de los hombres, digno de alguien tan estimado por Boromir y honrado por el Señor Denethor; y le agradecieron que los hubiera visitado, y escucharon muy atentos el relato de sus aventuras en tierras extranjeras, ofreciéndole de comer y de beber tanto como Pippin podía desear. Y en verdad, sólo le preocupaba la necesidad de ser «cauteloso», como le había recomendado Gandalf, y de no soltar demasiado la lengua, como hacen los hobbits cuando se sienten entre gente amiga.

Al cabo de un rato Beregond se levantó.

—¡Adiós por esta vez! —dijo—. Estoy de guardia ahora hasta la puesta del sol, al igual que todos los aquí presentes, creo. Pero si te sientes solo, como dices, tal vez te gustaría tener un guía alegre que te lleve a visitar la Ciudad. Mi hijo se sentirá feliz de acompañarte. Es un buen muchacho, puedo decirlo. Si te agrada la idea, baja hasta el círculo inferior y pregunta por la Hostería Vieja en el Rath Celerdain, la Calle de los Lampareros. Allí lo encontrarás con otros jóvenes que se han quedado en la Ciudad. Quizá haya cosas interesantes para ver allá abajo, junto a la Gran Puerta, antes que cierren.

Salió, y los otros no tardaron en seguirlo.

Aunque empezaba a flotar una bruma ligera, el día era todavía luminoso, y caluroso para ser marzo aun en un país tan meridional. Pippin se sentía somnoliento, pero la habitación le pareció triste y decidió descender a explorar la Ciudad. Le llevó a Sombragrís unos bocados que había apartado y que el animal recibió con alborozo, aunque nada parecía faltarle. Luego echó a caminar bajando por muchos senderos zigzagueantes.

La gente lo miraba con asombro cuando pasaba. Los hombres se mostraban con él solemnes y corteses cuando se los encontraba, saludándolo a la usanza de Gondor con la cabeza gacha y las manos sobre el pecho; pero detrás de él oía muchos comentarios, a medida que la gente que andaba por las calles llamaba a quienes estaban dentro para que salieran a ver al Príncipe de los medianos, el compañero de Mithrandir. Algunos hablaban un idioma distinto de la lengua común, pero Pippin no tardó mucho en aprender al menos qué querían decir con *Ernil i Pheriannath* y en saber que su condición de príncipe ya era conocida en toda la ciudad.

Recorriendo las calles abovedadas y muchas y hermosas callejas y aceras, llegó por fin al círculo inferior, el más amplio; allí le indicaron dónde estaba la Calle de los Lampareros, un camino ancho que conducía a la Gran Puerta. Pronto encontró la Hostería Vieja, un edificio grande de piedra gris erosionada por los años con dos alas que se extendían hacia atrás; entre ellas había un pequeño prado interior y detrás se alzaba la casa de numerosas ventanas; todo el ancho de la fachada lo ocupaba un pórtico sostenido por columnas y una escalinata que descendía hasta la hierba. Algunos chiquillos jugaban entre las columnas, los únicos niños que Pippin había visto en Minas Tirith, y se detuvo a observarlos. De pronto, uno de ellos advirtió la presencia del hobbit, y precipitándose con un grito llegó a la calle, seguido de otros. De pie frente a Pippin, lo miró de arriba abajo.

—¡Salud! —dijo el chiquillo—. ¿De dónde vienes? Eres un forastero en la Ciudad.

—Lo era —respondió Pippin—; pero dicen ahora que me he convertido en un hombre de Gondor.

—¡Oh, no me digas! —dijo el chiquillo—. Entonces aquí todos somos hombres. Pero ¿qué edad tienes y cómo te llamas? Yo he cumplido los diez, y pronto mediré cinco pies. Soy más alto que tú. Pero también mi padre es un Guardia, y uno de los más altos. ¿Qué hace tu padre?

—¿A qué pregunta he de responder primero? —dijo Pippin—. Mi padre cultiva las tierras de los alrededores de Fuente Blanca, cerca de Alforzada en la Comarca. Tengo casi veintinueve años, así que en eso te aventajo, aunque mida sólo cuatro pies, y es improbable que crezca más, salvo en sentido horizontal.

—¡Veintinueve años! —exclamó el niño, lanzando un silbido—. Vaya, ¡eres bastante viejo! Tan viejo como mi tío Iorlas. Sin embargo —añadió, esperanzado—, apuesto que podría ponerte cabeza abajo o tumbarte de espaldas.

—Tal vez, si yo te dejara —dijo Pippin, riendo—. Y quizá yo pudiera hacerte lo mismo a ti: conocemos unas cuantas triquiñuelas de lucha cuerpo a cuerpo en mi pequeño país. Donde, déjame que te lo diga, se me considera excepcionalmente grande y fuerte; y jamás he permitido que nadie me pusiera cabeza abajo. Y si lo intentaras, y no me quedara otro remedio, quizá me viera obligado a matarte. Porque cuando seas mayor aprenderás que las personas no siempre son lo que parecen; y aunque quizá me hayas tomado por un jovenzuelo extranjero fácil de vencer, y una presa fácil, quiero prevenirte: no lo soy; ¡soy un mediano, duro, temerario, y malvado! —Y Pippin hizo una mueca tan fiera que el niño dio un paso atrás, pero en seguida volvió a acercarse, con los puños apretados y un centelleo belicoso en la mirada—. ¡No! —dijo Pippin, riendo—. ¡Tampoco creas todo lo que dice de sí mismo un extranjero! No soy un luchador. Sin embargo, sería más cortés que quien lanza el desafío se diera a conocer.

El chico se irguió con orgullo. —Soy Bergil hijo de Beregond de la Guardia —dijo.

—Justo lo que pensaba —dijo Pippin—, pues te pareces mucho a tu padre. Lo conozco, y él mismo me ha enviado a buscarte.

—¿Por qué, entonces, no lo dijiste en seguida? —preguntó Bergil, y una expresión de desconsuelo le ensombreció la cara—. ¡No me digas que ha cambiado de idea y que quiere enviarme fuera de la Ciudad, junto con las mujeres! Pero no, ya han partido las últimas carretas.

—El mensaje, si no bueno, es menos malo de lo que supones —dijo Pippin—. Dice que si en lugar de ponerme cabeza abajo prefieres mostrarme la Ciudad, podrías acompañarme y aliviar mi soledad un rato. En compensación, yo podría contarte algunas historias de países remotos.

Bergil batió palmas y rio, aliviado. —¡Todo marcha bien, entonces! —gritó—. ¡Ven! Dentro de un momento íbamos hacia la Puerta, a mirar. Iremos ahora mismo.

—¿Qué pasa allí?

—Esperamos a los Capitanes de las Tierras Lejanas; se dice que llegarán antes del crepúsculo por el Camino del Sur. Ven con nosotros y verás.

Bergil demostró que era un buen camarada, la mejor compañía que había tenido Pippin desde que se separara de Merry, y pronto estuvieron parloteando y riendo alborozados mientras recorrían las calles, sin preocuparse por las muchas miradas que la gente les echaba. A poco andar, se encontraron en medio de una muchedumbre que se encaminaba a la Gran Puerta. Y allí el prestigio de Pippin aumentó considerablemente a los ojos de Bergil, pues cuando dio su nombre y el santo y seña, el guardia lo saludó y lo dejó pasar; y lo que es más, le permitió llevar consigo a su compañero.

—¡Maravilloso! —dijo Bergil—. A nosotros, los niños, ya no nos permiten franquear la Puerta sin un adulto. Ahora podremos ver mejor.

Del otro lado de la Puerta una multitud de hombres ocupaba las orillas del camino y del gran espacio pavimentado al que desembocaban las distintas rutas a Minas Tirith. Todas las miradas se volvían al sur, y no tardó en elevarse un murmullo: —¡Hay una polvareda allá, a lo lejos! ¡Ya están llegando!

Pippin y Bergil se abrieron paso hasta la primera fila y esperaron. Unos cuernos sonaron a la distancia, y el estruendo de los vítores llegó hasta ellos como un viento impetuoso. Se oyó luego un potente toque de clarín, y toda la gente que los rodeaba prorrumpió en gritos de entusiasmo.

—¡Forlong! ¡Forlong! —escuchó Pippin que gritaban los hombres.

—¿Qué dicen? —preguntó Pippin.

—Ha llegado Forlong —respondió Bergil—, el viejo Forlong el Gordo, el Señor de Lossarnach. Allí vive mi abuelo. ¡Hurra! Ya está aquí, mira. ¡El buen viejo Forlong!

A la cabeza de la comitiva avanzaba un caballo grande y de osamenta poderosa, y montado en él iba un hombre ancho de espaldas y enorme de contorno; aunque viejo y barbicano, vestía una cota de malla, usaba un yelmo negro y llevaba una lanza larga y pesada. Tras él marchaba, orgullosa, una polvorienta caravana de hombres bien armados y ataviados que empuñaban grandes hachas de combate; eran fieros de rostro, y más bajos de algún modo más morenos de piel que todos los que Pippin había visto en Gondor.

—¡Forlong! —lo aclamaba la multitud—. ¡Corazón leal, amigo fiel! ¡Forlong! —Pero cuando los hombres de Lossarnach hubieron pasado, murmuraron—: ¡Tan pocos! ¿Cuántos serán, doscientos? Esperábamos diez veces más. Les habrán llegado noticias de los navíos negros. Sólo han enviado una décima parte de las fuerzas de Lossarnach. Pero todo es ganancia, por poco que sea.

Así fueron llegando las otras compañías, saludadas y aclamadas por la multitud, y cruzaron la Puerta, hombres de las Tierras Lejanas que venían a defender la Ciudad de Gondor en una hora sombría; pero siempre en número demasiado pequeño, siempre menos de los que la esperanza anhelaba o la necesidad requería.

Los hombres del Valle del Ringló marchaban a pie detrás del hijo de su Señor, Dervorin: trescientos. De las tierras altas de Morthond, el ancho Valle de la Raíz Negra, el alto Duinhir acompañado por sus hijos, Duilin y Derufin, y quinientos arqueros. Del Anfalas, de la lejana Playa Larga, una columna de hombres muy diversos: cazadores, pastores, y habitantes de pequeñas aldeas, pobremente equipados, excepto la escolta de su señor Golasgil. De Lamedon, unos pocos montañeses salvajes y sin capitán. Pescadores del Ethir, un centenar o más, reclutados en las embarcaciones. Hirluin el Hermoso, venido de las Colinas Verdes de Pinnath Gelin con trescientos guerreros gallardos vestidos de verde. Y por último, el más soberbio, Imrahil, Príncipe de Dol Amroth, pariente del Señor Denethor, con estandartes dorados y el emblema del Navío y el Cisne de Plata, y una compañía de caballeros montados en corceles grises con todos sus arreos; y tras ellos setecientos hombres de armas, altos como señores, de ojos grises y cabellos oscuros, que cantaban mientras marchaban.

Y eso era todo, menos de tres mil en total. Y no vendrían más. Sus gritos y el pesado ruido de sus pasos se extinguieron dentro de la Ciudad. Los espectadores callaron un momento. El polvo flotaba en el aire, pues el viento había cesado y la atmósfera del atardecer era pesada. Se acercaba ya la hora de cerrar las puertas, y el sol rojo había desaparecido detrás del Mindolluin. La sombra se extendió sobre la Ciudad.

Pippin alzó los ojos, y le pareció que el cielo tenía un color gris ceniciento, como velado por una espesa nube de polvo que la luz atravesaba apenas. Pero en el Oeste el sol agonizante había incendiado el velo de sombras, y ahora el Mindolluin se erguía como una forma negra envuelta en las ascuas de una humareda ardiente.

—¡Que así, con cólera, termine un día tan hermoso! —reflexionó Pippin en voz alta, olvidándose del chiquillo que estaba junto a él.

—Así terminará si no regreso antes de las campanas del crepúsculo —dijo Bergil—. ¡Vamos! Ya suena la trompeta que
anuncia el cierre de la Puerta.

Tomados de la mano volvieron a la Ciudad, los últimos en traspasar la Puerta antes que se cerrara, y cuando llegaron a la Calle
de los Lampareros todas las campanas de las torres repicaban solemnemente. Aparecieron luces en muchas ventanas, y de las casas y los puestos de los hombres de armas, que se extendían a lo
largo de la muralla, llegaban cantos.

—¡Adiós por esta vez! —dijo Bergil—. Llévale mis saludos a
mi padre y agradécele la compañía que me mandó. Vuelve pronto, te lo ruego. Casi desearía que no hubiese guerra, porque podríamos haber pasado buenos momentos. Hubiéramos podido
ir a Lossarnach, a la casa de mi abuelo; es maravilloso visitarlo en
primavera, los bosques y los campos se cubren de flores. Pero
quizá podamos ir algún día. El Señor Denethor jamás será derrotado, y mi padre es muy valiente. ¡Adiós y vuelve pronto!

Se separaron, y Pippin se encaminó de prisa de vuelta a la
ciudadela. El trayecto se le hacía largo y empezaba a sentir calor y
un hambre voraz, y la noche se cerró, rápida y oscura. Ni una sola
estrella parpadeaba en el cielo. Llegó tarde a la cena, y Beregond
lo recibió con alegría y lo sentó junto a él para oír las noticias que
le traía de su hijo. Una vez terminada la comida Pippin se quedó
allí un rato, pero no tardó en despedirse, pues sentía el peso de
una extraña melancolía, y ahora tenía muchos deseos de ver otra
vez a Gandalf.

—¿Sabrás encontrar el camino? —le preguntó Beregond en
la puerta de la pequeña sala, en la parte norte de la ciudadela,
donde habían estado sentados—. La noche es oscura, y aún más
porque han dado órdenes de velar todas las luces dentro de la
Ciudad; ninguna ha de ser visible desde fuera de los muros. Y
puedo darte una noticia de otro orden: mañana por la mañana, a
primera hora, serás convocado por el Señor Denethor. Me temo

que no te destinarán a la Tercera Compañía. Sin embargo, esperemos volver a encontrarnos. ¡Adiós y duerme en paz!

La habitación estaba a oscuras, excepto por un pequeño farol puesto sobre la mesa. Gandalf no estaba. La tristeza de Pippin era cada vez mayor. Se subió al banco y trató de mirar por una ventana, pero era como asomarse a un lago de tinta. Bajó y cerró la persiana y se acostó. Durante un rato permaneció tendido y alerta, esperando el regreso de Gandalf, y luego cayó en un sueño inquieto.

En mitad de la noche lo despertó una luz, y vio que Gandalf había vuelto y que recorría la habitación a grandes trancos del otro lado de la cortina de su alcoba. Sobre la mesa había velas y rollos de pergamino. Oyó que el mago suspiraba y murmuraba:

—¿Cuándo regresará Faramir?

—¡Hola! —dijo Pippin, asomando la cabeza por la cortina—. Creía que te habías olvidado de mí. Me alegro de verte de vuelta. El día fue largo.

—Pero la noche será demasiado corta —dijo Gandalf—. He vuelto aquí porque necesito un poco de paz y de soledad. Harías bien en dormir en una cama mientras sea posible. Al alba te llevaré de nuevo ante el Señor Denethor. No, al alba no, cuando llegue la orden. La Oscuridad ha comenzado. No habrá amanecer.

2

EL PASO DE LA COMPAÑÍA GRIS

Gandalf había partido, y el golpeteo de los cascos de Sombragrís se había perdido en la noche cuando Merry volvió a reunirse con Aragorn. Sólo poseía un pequeño fardo, pues había perdido su equipaje en Parth Galen, y tan sólo llevaba unas pocas cosas útiles que recogiera entre las ruinas de Isengard. Hasufel ya estaba enjaezado. Legolas y Gimli y su caballo esperaban cerca.

—Así que todavía quedan cuatro miembros de la Compañía —dijo Aragorn—. Seguiremos cabalgando juntos. Pero no iremos solos, como yo pensaba. El rey está ahora decidido a partir inmediatamente. Desde que apareció la sombra alada sólo piensa en volver a las colinas al amparo de la noche.

—¿Y de allí, adónde iremos luego? —le preguntó Legolas.

—No lo sé aún —respondió Aragorn—. En cuanto al rey, partirá para la revista de armas que ha convocado en Edoras dentro de cuatro noches. Y allí, supongo, tendrá noticias de la guerra, y los Jinetes de Rohan descenderán a Minas Tirith. Excepto yo, y los que quieran seguirme...

—¡Yo, para empezar! —gritó Legolas.

—¡Y Gimli con él! —dijo el Enano.

—Bueno —dijo Aragorn—, en cuanto a mí, todo lo que veo es oscuridad. También yo tendré que ir a Minas Tirith, pero aún no distingo el camino. Se aproxima una hora largamente anticipada.

—¡No me dejéis atrás! —dijo Merry—. Hasta ahora no he sido de mucha utilidad, pero no quiero que me dejen de lado, como esos equipajes que uno reclama cuando todo ha concluido. No creo que los Jinetes quieran que sea una carga para ellos en este momento. Aunque en verdad el rey dijo que a su retorno me haría sentar junto a él para que le hablase de la Comarca.

—Es verdad —dijo Aragorn—, y creo, Merry, que tu camino es el camino del rey. No esperes, sin embargo, un final feliz. Pasará mucho tiempo, me temo, antes que Théoden pueda reinar nuevamente en paz en Meduseld. Muchas esperanzas se marchitarán en esta amarga primavera.

Pronto todos estuvieron listos para la partida: veinticuatro caballos, con Gimli en la grupa del caballo de Legolas y Merry delante de Aragorn. Poco después cabalgaban velozmente a través de la noche. No hacía mucho que habían pasado los túmulos de los Vados del Isen cuando un Jinete se adelantó desde la retaguardia.

—Mi Señor —dijo, hablándole al rey—, hay hombres a caballo detrás de nosotros. Me pareció oírlos cuando cruzábamos los Vados. Ahora estamos seguros. Vienen a galope tendido y están por alcanzarnos.

Sin pérdida de tiempo Théoden ordenó un alto. Los jinetes dieron media vuelta y empuñaron las lanzas. Aragorn se apeó del caballo, depositó en el suelo a Merry, y desenvainando la espada aguardó junto al estribo del rey. Éomer y su escudero volvieron a la retaguardia. Merry se sentía más que nunca un fardo inútil, y se preguntó qué debería hacer en caso de que se librase un combate. En el supuesto de que la pequeña escolta del rey fuera atrapada y sometida, y él lograse huir en la oscuridad... solo en las tierras vírgenes de Rohan sin idea de dónde estaba en aquella infinidad de millas... «¡Inútil!», se dijo. Desenvainó la espada y se ajustó el cinturón.

La luna declinaba oscurecida por una gran nube pasajera, pero de improviso volvió a brillar. En seguida llegó a oídos de todos el ruido de los cascos, y en el mismo momento vieron unas formas oscuras que avanzaban rápidamente por el sendero de los vados.

La luz de la luna centelleaba aquí y allá en las puntas de unas lanzas. Era imposible estimar el número de los perseguidores, pero no parecía inferior, al menos, al de los hombres de la escolta del rey.

Cuando estuvieron a unos cincuenta pasos de distancia, Éomer gritó con voz tonante: —¡Alto! ¡Alto! ¿Quién cabalga en Rohan?

Los perseguidores detuvieron de golpe a los caballos. Hubo un momento de silencio; y entonces, a la luz de la luna, vieron que uno de los jinetes se apeaba y se adelantaba lentamente. Blanca era la mano que levantaba, con la palma hacia adelante, en señal de paz; pero los hombres del rey empuñaron las armas. A diez pasos el hombre se detuvo. Era alto, una sombra oscura y enhiesta. De pronto habló, con voz clara y reverberante.

—¿Rohan? ¿Habéis dicho Rohan? Es una palabra grata. Desde muy lejos venimos buscando esta tierra, y llevamos prisa.

—Lo habéis encontrado —dijo Éomer—. Allá, cuando cruzasteis los vados, entrasteis en Rohan. Pero éstos son los dominios del Rey Théoden, y nadie cabalga por aquí sin su licencia. ¿Quiénes sois? ¿Y por qué esa prisa?

—Yo soy el Dúnadan Halbarad, montaraz del Norte —respondió el hombre—. Buscamos a un tal Aragorn hijo de Arathorn, y habíamos oído que estaba en Rohan.

—¡Y lo habéis encontrado también! —exclamó Aragorn. Entregándole las riendas a Merry, corrió a abrazar al recién llegado—. ¡Halbarad! —dijo—. ¡De todas las alegrías, ésta es la más inesperada!

Merry dejó salir un suspiro de alivio. Había pensado que se trataba de una nueva artimaña de Saruman para sorprender al rey cuando sólo lo protegían unos pocos hombres; pero al parecer no iba a ser necesario morir en defensa de Théoden, al menos por el momento. Volvió a envainar la espada.

—Todo está bien —dijo Aragorn en dirección a la compañía—. Son hombres de mi estirpe venidos de la tierra lejana en la que yo vivía. Pero por qué han venido, y cuántos son, Halbarad nos lo dirá.

—Tengo conmigo treinta hombres —dijo Halbarad—. Todos los de nuestra sangre que pude reunir con tanta prisa; pero los hermanos Elladan y Elrohir nos han acompañado, pues desean ir a la guerra. Hemos cabalgado lo más rápido posible desde que llegó tu llamada.

—Pero yo no os convoqué —dijo Aragorn—, salvo con el deseo; a menudo he pensado en vosotros, y nunca más que esta noche; sin embargo, no os envié ningún mensaje. ¡Pero vamos! Todas estas cosas pueden esperar. Nos encontráis viajando de prisa y en peligro. Cabalgad con nosotros ahora, si el rey da su venia.

De hecho, la noticia alegró a Théoden.

—¡Magnífico! —dijo—. Si estos hombres de tu misma sangre se te parecen, mi señor Aragorn, treinta de ellos serán una fuerza que no puede ponderarse por su número.

Los Jinetes reanudaron la marcha, y Aragorn cabalgó algún tiempo con los Dúnedain; y luego que hubieron comentado las noticias del Norte y del Sur, Elrohir le dijo: —Te traigo un mensaje de mi padre: *Los días son cortos. Si el tiempo apremia, recuerda los Senderos de los Muertos.*

—Los días me parecieron siempre demasiado cortos para que mi deseo se cumpliera —respondió Aragorn—. Pero grande en verdad tendrá que ser mi prisa si tomo ese camino.

—Eso lo veremos pronto —dijo Elrohir—. ¡Pero no hablemos más de estas cosas a campo raso!

Entonces Aragorn le dijo a Halbarad: —¿Qué es eso que llevas, pariente mío? —Pues había notado que en vez de lanza empuñaba un asta larga, como si fuera un estandarte, pero envuelta en un apretado lienzo negro y atada con muchas correas.

—Es un regalo que te traigo de parte de la Dama de Rivendel —respondió Halbarad—. Lo elaboró ella misma en secreto, y fue un largo trabajo. Y también te envía un mensaje: *Cortos son ahora los días. O nuestra esperanza se cumple, o será el fin de toda esperanza. Por eso te he enviado lo que hice para ti. ¡Adiós, Piedra de Elfo!*

Y Aragorn dijo: —Ahora sé lo que traes. ¡Llévalo aún en mi nombre algún tiempo! —Y dándose vuelta miró a lo lejos hacia el Norte bajo las grandes estrellas, y se quedó en silencio y no volvió a hablar mientras duró la travesía nocturna.

La noche estaba ya avanzada y el cielo era gris en el Este cuando salieron por fin de la Hondonada del Abismo y llegaron de nuevo a Cuernavilla. Allí decidieron descansar un rato y deliberar.

Merry durmió hasta que Legolas y Gimli lo despertaron.

—El sol está alto —le dijo Legolas—. Ya todos andan ocupados de aquí para allá. Vamos, Señor Zángano, ¡levántate y ve a echar una mirada a este lugar, mientras todavía estás a tiempo!

—Hubo una batalla aquí, hace tres noches —dijo Gimli—, y aquí fue donde Legolas y yo jugamos una partida que yo gané por un solo orco. ¡Ven y verás cómo fue! ¡Y hay cavernas, Merry, cavernas maravillosas! ¿Crees que podremos visitarlas, Legolas?

—¡No! No tenemos tiempo —dijo el Elfo—. ¡No estropees la maravilla con la impaciencia! Te he dado mi palabra de que volveré contigo si tenemos alguna vez un día de paz y libertad. Pero ya es casi mediodía, y a esa hora comeremos, y luego partiremos otra vez, tengo entendido.

Merry se levantó y bostezó. Las escasas horas de sueño habían sido insuficientes; se sentía cansado y bastante abatido. Echaba de menos a Pippin, y tenía la impresión de no ser sino una carga mientras que todos los demás trabajaban de prisa preparando planes para algo que él no terminaba de entender.

—¿Dónde está Aragorn? —preguntó.

—En una de las cámaras altas del Fortín —le respondió Legolas—. Creo que no ha dormido ni descansado. Subió allí hace unas horas, diciendo que necesitaba reflexionar, y sólo lo acompañó su pariente Halbarad; pero lo asedia una duda oscura o alguna preocupación.

—Son una compañía extraña, estos recién llegados —dijo Gimli—. Son hombres recios y distinguidos; junto a ellos los Jinetes de Rohan parecen casi niños, pues tienen rostros feroces, como de roca gastada por los años casi todos ellos, hasta el propio Aragorn; y son silenciosos.

—Pero lo mismo que Aragorn, cuando rompen su silencio son corteses —dijo Legolas—. ¿Y has observado a los hermanos Elladan y Elrohir? Visten ropas menos sombrías que los demás, y tienen la belleza y la gallardía de los señores Elfos; lo que no es extraño en los hijos de Elrond de Rivendel.

—¿Por qué han venido? ¿Lo sabes? —preguntó Merry. Se había vestido, y echándose sobre los hombros la capa gris, marchó con sus compañeros hacia la puerta destruida del Fortín.

—En respuesta a una llamada, tú mismo lo oíste —dijo Gimli—. Dicen que un mensaje llegó a Rivendel: *Aragorn necesita la ayuda de los suyos. ¡Que los Dúnedain se unan a él en Rohan!* Pero de dónde les llegó este mensaje, ahora es un misterio para ellos. Lo ha de haber enviado Gandalf, presumo.

—No, Galadriel —dijo Legolas—. ¿No habló por boca de Gandalf de la cabalgata de la Compañía Gris llegada del Norte?

—Sí, tienes razón —dijo Gimli—. ¡La Dama del Bosque! Ella lee en los corazones y las esperanzas. ¿Por qué, Legolas, no habremos deseado la compañía de algunos de los nuestros?

Legolas se había detenido frente a la puerta, el bello rostro atribulado, la brillante mirada perdida en la lejanía, hacia el norte y el este.

—Dudo que alguno acudiera —respondió—. No necesitan cabalgar hacia la guerra: la guerra avanza ya sobre sus propias tierras.

Durante un rato caminaron los tres juntos, comentando tal o cual episodio de la batalla, y descendieron por la puerta rota y pasaron delante de los túmulos de los caídos en el prado que bordeaba el camino hasta llegar a la Empalizada de Helm, donde se detuvieron y se asomaron a contemplar la Hondonada. Negra, alta y pedregosa, se alzaba ya allí la Colina de la Muerte, y podía verse claramente la hierba que los ucornos habían pisoteado y aplastado. Los Dunlendinos y numerosos hombres de la guarnición del Fuerte estaban trabajando en la Empalizada o en los campos, y alrededor de los muros semiderruidos de detrás; sin embargo, había una calma extraña: un valle cansado que reposa después de una tempestad violenta. Los hombres regresaron pronto para el almuerzo, que se servía en la sala del Fuerte.

El rey ya estaba allí; ni bien los vio entrar llamó a Merry y pidió que le pusieran un asiento junto al suyo.

—No es lo que yo hubiera querido —dijo Théoden—; poco se parece este lugar a mi hermosa morada de Edoras. Y tampoco nos acompaña tu amigo, aunque tendría que estar aquí. Sin embargo, es posible que pase mucho tiempo antes que podamos sentarnos, tú y yo, a la alta mesa de Meduseld; y no habrá ocasión para festines cuando yo regrese. ¡Adelante! Come y bebe, y hablemos ahora mientras podamos. Y luego cabalgarás conmigo.

—¿Puedo? —dijo Merry, sorprendido y encantado—. ¡Sería espléndido! —Nunca unas palabras amables habían despertado en él tanta gratitud—. Temo no ser más que un impedimento para todos —balbuceó—, pero no me arredra ninguna empresa que yo pudiera llevar a cabo, os lo aseguro.

—No lo dudo —dijo el rey—. He hecho preparar para ti un buen poney de montaña. Te llevará al galope por los caminos que tomaremos, tan rápido como el mejor corcel. Pues pienso partir del Fuerte siguiendo los senderos de las montañas, no atravesando la llanura, y llegar a Edoras por el camino de El Sagrario, donde me espera la Dama Éowyn. Serás mi escudero, si lo deseas. ¿Éomer, hay en el Fuerte piezas de armamento que puedan servirle a mi paje de armas?

—No tenemos aquí grandes reservas de armas, mi Señor —respondió Éomer—. Tal vez pudiéramos encontrar un yelmo liviano, pero no cotas de malla ni espadas para alguien de esta estatura.

—Yo tengo una espada —dijo Merry, y saltando del asiento, sacó de la vaina negra la pequeña hoja reluciente. Lleno de un súbito amor por el viejo rey, se hincó sobre una rodilla, y le tomó la mano y se la besó—. ¿Permitís que deposite en vuestro regazo la espada de Meriadoc de la Comarca, Rey Théoden? —exclamó—. ¡Aceptad mis servicios, os lo ruego!

—Los acepto de buen modo —dijo el rey, y posando las manos largas y viejas sobre los cabellos castaños del hobbit, le dio su bendición—. ¡Y ahora levántate, Meriadoc, escudero de Rohan de la casa de Meduseld! —dijo—. ¡Toma tu espada y condúcela a un fin venturoso!

—Seréis para mí como un padre —dijo Merry.

—Por poco tiempo —dijo Théoden.

Hablaron juntos entonces mientras comían, hasta que Éomer dijo: —Se acerca la hora que acordamos para nuestra partida, señor. ¿Diré a los hombres que toquen los cuernos? Mas ¿dónde está Aragorn? No ha venido a almorzar.

—Nos alistaremos para cabalgar —dijo Théoden—; pero manda aviso al Señor Aragorn de que se aproxima la hora.

El rey, escoltado por la guardia y con Merry al lado, descendió por la puerta del Fuerte hasta la explanada donde se reunían los Jinetes. Ya muchos de los hombres esperaban a caballo. Serían una compañía numerosa, pues el rey estaba dejando en el Fuerte sólo una pequeña guarnición, y el resto de los hombres cabalgaba ahora hacia el acantonamiento que tendría lugar en Edoras. Un millar de lanzas había partido ya durante la noche; pero aún quedaban unos quinientos para escoltar al rey, casi todos hombres de los campos y valles del Folde Oeste.

Los montaraces se mantenían algo apartados, en un grupo ordenado y silencioso, armados de lanzas, arcos y espadas. Vestían oscuros mantos grises, y las capuchas les cubrían la cabeza y el yelmo. Los caballos que montaban eran vigorosos y de estampa arrogante, pero hirsutos de crines; y uno de ellos no tenía jinete:

el corcel de Aragorn, que habían traído del Norte, y que respondía al nombre de Roheryn. En los arreos y gualdrapas de las cabalgaduras no había ornamentos ni resplandores de oro y pedrerías, y los jinetes mismos no llevaban insignias ni emblemas, excepto una estrella de plata de rayos rectos que les sujetaba el manto en el hombro izquierdo.

El rey montó a Crinblanca, y Merry, a su lado, subió a la silla del poney, llamado Stybba. Éomer no tardó en salir por la puerta acompañado de Aragorn, y de Halbarad que llevaba el asta enfundada en el lienzo negro, y de dos hombres de elevada estatura, ni viejos ni jóvenes. Eran tan parecidos estos hijos de Elrond que muchos confundían al uno con el otro: de cabellos oscuros, ojos grises, y rostros de una belleza élfica, vestían idénticas mallas brillantes bajo los mantos de color gris plata. Detrás de ellos caminaban Legolas y Gimli. Pero Merry sólo tenía ojos para Aragorn, tan asombroso era el cambio que le notaba, como si muchos años hubiesen descendido en una sola noche sobre él. Tenía el rostro sombrío, ceniciento y fatigado.

—Me siento atribulado, Señor —dijo, de pie junto al caballo del rey—. He oído palabras extrañas, y veo a lo lejos nuevos peligros. He meditado largamente, y temo ahora tener que cambiar mi resolución. Decidme, Théoden, vais ahora a El Sagrario, ¿cuánto tardaréis en llegar?

—Ya ha pasado una hora desde el mediodía —dijo Éomer—. Antes de la noche del tercer día a contar desde ahora llegaremos al Baluarte. Será la segunda noche después del plenilunio, y el acantonamiento convocado por el rey se celebrará al día siguiente. Imposible ir más rápido si hemos de reunir todas las fuerzas de Rohan.

Aragorn permaneció un momento en silencio.

—Tres días —murmuró—, y la recluta de los hombres de Rohan apenas habrá comenzado. Pero ya veo que no se puede ir más de prisa. —Alzó la mirada al cielo, y pareció que había decidido algo al fin; tenía una expresión menos afligida—. En ese caso, y con vuestro permiso, Señor, he de tomar una nueva determinación que me atañe a mí y a mis gentes. Tenemos que seguir nuestro propio camino, y no más en secreto. Pues para mí el tiempo del sigilo ha pasado. Partiré hacia el este por el camino más rápido, y cabalgaré por los Senderos de los Muertos.

—¡Los Senderos de los Muertos! —repitió, temblando, Théoden—. ¿Por qué los nombras? —Éomer se volvió y escrutó el rostro de Aragorn, y a Merry le pareció que los Jinetes más próximos habían palidecido al oír esas palabras—. Si en verdad existen tales senderos —prosiguió el rey—, la puerta está en El Sagrario; pero ningún hombre viviente podrá franquearla.

—¡Ay, Aragorn, amigo mío! —dijo Éomer—. Tenía la esperanza de que cabalgaríamos juntos a la guerra; pero si tú buscas los Senderos de los Muertos, ha llegado la hora de separarnos, y es improbable que volvamos a encontrarnos bajo el sol.

—Ése será, sin embargo, mi camino —dijo Aragorn—. Mas a ti, Éomer, te digo que quizá volvamos a encontrarnos en la batalla, aunque todos los ejércitos de Mordor se alcen entre nosotros.

—Harás lo que te parezca mejor, mi señor Aragorn —dijo Théoden—. Es tu destino tal vez transitar por senderos extraños que otros no se atreven a pisar. Esta separación me entristece, y me resta fuerzas; pero ahora tengo que partir, y ya sin más demora, por los caminos de la montaña. ¡Adiós!

—¡Adiós, señor! —dijo Aragorn—. ¡Galopad hacia la gloria! ¡Adiós, Merry! Te dejo en buenas manos, mejores que las que esperábamos cuando perseguíamos orcos en Fangorn. Legolas y Gimli continuarán conmigo la cacería, espero; mas no te olvidaremos.

—¡Adiós! —dijo Merry. No encontraba nada más que decir. Se sentía muy pequeño, y todas aquellas palabras oscuras lo desconcertaban y oprimían. Más que nunca echaba de menos el inagotable buen humor de Pippin. Ya los Jinetes estaban prontos, los caballos piafaban, y Merry tuvo ganas de partir y que todo acabase de una vez.

Entonces Théoden le dijo algo a Éomer, y alzó la mano y gritó con voz tonante, y a esa señal los Jinetes se pusieron en marcha. Descendieron la Empalizada hacia la Hondonada, y volviéndose rápidamente hacia el este, tomaron un sendero que corría al pie de las colinas a lo largo de una milla o más, y que después de girar hacia el sur y replegarse otra vez hacia las lomas, desaparecía de la vista. Aragorn cabalgó hasta la Empalizada y los siguió con los ojos hasta que la tropa se perdió en lontananza, en lo más profundo de la Hondonada. Luego se giró hacia Halbarad.

—Acabo de ver partir a tres seres muy queridos y el pequeño no menos querido que los otros —dijo—. No sabe qué destino le espera, pero si lo supiese, igualmente iría.

—Gente pequeña, pero muy valerosa, es la gente de la Comarca —dijo Halbarad—. Poco saben de cómo hemos trabajado en defensa de sus fronteras, pero no les guardo rencor.

—Y ahora nuestros destinos se entretejen —dijo Aragorn—. Y sin embargo, ay, hemos de separarnos. Bien, tomaré un bocado, y luego también nosotros tendremos que apresurarnos a partir. ¡Venid, Legolas y Gimli! Quiero hablar con vosotros mientras como.

Volvieron juntos al Fuerte, y durante un rato Aragorn permaneció silencioso, sentado a la mesa de la sala, mientras los otros esperaban que hablase.

—¡Veamos! —dijo al fin Legolas—. ¡Habla y reanímate y ahuyenta las sombras! ¿Qué ha pasado desde que regresamos en la mañana gris a este lugar siniestro?

—Una lucha más siniestra para mí que la Batalla de Cuernavilla —respondió Aragorn—. He escrutado la Piedra de Orthanc, amigos míos.

—¿Has escrutado esa piedra maldita y embrujada? —exclamó Gimli con cara de miedo y asombro—. ¿Le has dicho algo a... él? Incluso Gandalf temía ese encuentro.

—Olvidas con quién estás hablando —dijo Aragorn con severidad, y los ojos le relampaguearon—. ¿Qué temes que haya podido decirle a él? ¿Acaso no proclamé abiertamente mi título ante las puertas de Edoras? No, Gimli —dijo con voz más suave, y la expresión severa se le borró, y pareció más bien un hombre que ha trabajado en largas y atormentadas noches de insomnio—. No, amigos míos, soy el dueño legítimo de la Piedra, y no me faltaban ni el derecho ni la entereza para utilizarla, o al menos eso creía yo. El derecho es incontestable. La entereza me alcanzó... a duras penas.

Aragorn tomó aliento.

—Fue una lucha implacable, y la fatiga tarda en pasar. No le hablé, y al final sometí la Piedra a mi propia voluntad. Soportar eso solo ya le será difícil. Y me contempló. Sí, Maese Gimli, me vio, pero no como vosotros me veis ahora. Si eso le sirve de ayuda, habré hecho mal. Pero no lo creo. Supongo que saber que estoy vivo y que camino por la tierra fue un golpe duro para él, pues hasta hoy lo ignoraba. Los ojos de Orthanc no habían podido traspasar la armadura de Théoden; pero Sauron no ha olvidado Isildur ni la espada de Elendil. Y ahora, en el momento preciso en que pone en marcha sus ambiciosos designios, se le revelan el heredero de Elendil y la Espada; pues le mostré la hoja que fue forjada de nuevo. No es aún tan poderoso como para ser insensible al temor; no, y siempre lo carcome la duda.

—Pero a pesar de eso, tiene todavía un inmenso poder —dijo Gimli—; y ahora golpeará cuanto antes.

—Un golpe apresurado suele no acertar el blanco —dijo Aragorn—. Ahora hemos de hostigar al Enemigo, sin esperar ya a que sea él quien dé el primer paso. Porque ved, mis amigos: cuando conseguí dominar a la Piedra me enteré de muchas cosas. Vi llegar del Sur un peligro serio e inesperado para Gondor, que privará a Minas Tirith de gran parte de las fuerzas defensoras. Si no es contrarrestado rápidamente, temo que antes de diez días la Ciudad estará perdida.

—Entonces, está perdida —dijo Gimli—. Pues ¿qué socorro podríamos enviar, y cómo podría llegar allí a tiempo?

—No tengo ningún socorro para enviar, así que he de ir yo mismo —dijo Aragorn—. Pero hay un solo camino en las montañas que pueda llevarme a las tierras de la costa antes que todo se haya perdido, y son los Senderos de los Muertos.

—¡Los Senderos de los Muertos! —dijo Gimli—. Un nombre funesto; y poco grato para los Hombres de Rohan, por lo que he visto. ¿Pueden los vivos marchar por ese camino sin perecer? Y aun cuando te arriesgues a ir por ahí, ¿qué podrán tan pocos hombres contra los golpes de Mordor?

—Los vivos no han vuelto a utilizar ese camino desde la venida de los Rohirrim —respondió Aragorn—, pues les está vedado. Pero en esta hora sombría el heredero de Isildur puede ir por él, si se atreve. ¡Escuchad! Éste es el mensaje que me transmitieron los hijos de Elrond de Rivendel, hombre versado en las antiguas tradiciones: *Exhortad a Aragorn a que recuerde las palabras del vidente, y los Senderos de los Muertos.*

—¿Y cuáles pueden ser las palabras del vidente? —preguntó Legolas.

—Así habló Malbeth el Vidente, en tiempos de Arvedui, último rey de Fornost —dijo Aragorn:

> *Una larga sombra se cierne sobre la tierra,*
> *y hacia el oeste avanza en alas de oscuridad.*
> *La Torre tiembla; a las tumbas de los reyes*
> *el destino se acerca. Los Muertos despiertan:*
> *pues la hora de los perjuros llega:*
> *en la Piedra de Erech de nuevo se alzarán*
> *y oirán un cuerno en las montañas resonar.*
> *¿De quién será el reclamo? ¿Quién los invocaría*
> *desde el crepúsculo grisáceo, a aquellos olvidados?*
> *El heredero de aquel a quien su lealtad juraron.*
> *Desde el Norte venido, por la necesidad atraído:*
> *la Puerta que lleva a los Senderos de los Muertos cruzará.*

—Sendas oscuras, sin duda alguna —dijo Gimli—, pero para mí no más que estas estrofas.

—Si deseas entenderlas mejor, te invito a acompañarme —dijo Aragorn—; pues ése es el camino que ahora tomaré. Pero no voy de buen grado, me obliga la necesidad. Por lo tanto, sólo aceptaré que me acompañéis si vosotros mismos lo queréis así, pues os esperan duras faenas, y gran temor, si no algo todavía peor.

—Iré contigo aun por los Senderos de los Muertos, y a cualquier fin a que quieran conducirme —dijo Gimli.

—Yo también te acompañaré —dijo Legolas—, pues no temo a los Muertos.

—Espero que los olvidados no hayan olvidado las artes de la guerra —dijo Gimli—, porque si así fuera, no veo por qué deberíamos molestarlos.

—Eso lo sabremos si alguna vez llegamos a Erech —dijo Aragorn—. Pero el juramento que quebrantaron fue el de luchar contra Sauron, y si han de cumplirlo, tendrán que combatir. Porque en Erech hay todavía una piedra negra que Isildur trajo, se dice, de Númenor; y la puso en lo alto de una colina, y sobre ella el Rey de las Montañas le juró lealtad en los albores del reino de Gondor. Pero cuando Sauron regresó y fue otra vez poderoso, Isildur exhortó a los Hombres de las Montañas a que cumplieran el juramento, y ellos se negaron, pues en los Años Oscuros habían reverenciado a Sauron.

»Entonces Isildur le dijo al Rey de las Montañas: «Serás el último rey. Y si el Oeste demostrara ser más poderoso que tu Amo Negro, que esta maldición caiga sobre ti y sobre los tuyos: no conoceréis reposo hasta que hayáis cumplido el juramento. Pues esta guerra durará años innumerables, y antes del fin seréis convocados una vez más». Y ante la cólera de Isildur ellos huyeron, y no se atrevieron a combatir del lado de Sauron; y se escondieron en lugares secretos de las montañas y no tuvieron tratos con los otros hombres, y poco a poco fueron menguando en las colinas estériles. Y el terror de los Muertos Insomnes se extiende sobre la Colina de Erech y todos los parajes en que se refugió esa gente. Pero ese es el camino que debo tomar, puesto que ya no hay vivos que puedan ayudarme.

Entonces Aragorn se levantó.

—¡Venid! —exclamó, y desenvainó la espada, y la hoja centelleó en la luz crepuscular de la sala del Fuerte—. ¡A la Piedra de Erech! Parto en busca de los Senderos de los Muertos. ¡Seguidme, los que queráis acompañarme!

Legolas y Gimli, sin responder, se levantaron y siguieron a Aragorn fuera de la sala. En la explanada los montaraces encapuchados aguardaban inmóviles y silenciosos. Legolas y Gimli montaron a caballo. Aragorn saltó a la grupa de Roheryn. Halbarad levantó entonces un gran cuerno, y su toque resonó en el Abismo de Helm; y a esa señal partieron al galope y descendieron a la Hondonada como un trueno, mientras los hombres que quedaban en la Empalizada o el Fuerte los contemplaban con asombro.

Y mientras Théoden iba por caminos lentos a través de las colinas, la Compañía Gris cruzaba veloz la llanura, llegando a Edoras en la tarde del día siguiente. Descansaron sólo un momento antes de atravesar el valle, y entraron en El Sagrario al caer de la noche.

La Dama Éowyn los recibió y se alegró de su llegada, pues nunca había visto hombres más poderosos que los Dúnedain y los hermosos hijos de Elrond; pero ella miraba a Aragorn más que a ningún otro. Y cuando se sentaron juntos a la mesa de la cena hablaron con ella, y Éowyn se enteró de lo que había pasado desde la partida de Théoden, de quien no había tenido más que noticias apresuradas y escuetas; y cuando le narraron la batalla del Abismo de Helm y las bajas sufridas por el enemigo, y la acometida de Théoden y sus caballeros, le brillaron los ojos.

Pero al cabo dijo: —Señores, estáis fatigados e iréis ahora a vuestros lechos, tan cómodos como lo ha permitido la premura con que han sido preparados. Para mañana os procuraremos alojamientos más dignos.

Pero Aragorn le dijo: —¡No, señora, no os preocupéis por nosotros! Bastará con que podamos descansar aquí esta noche y desayunar por la mañana. Porque la misión que he de cumplir es muy urgente, y tendremos que partir con las primeras luces.

La Dama le sonrió, y dijo: —Entonces, señor, habéis sido muy generoso al desviaros tantas millas del camino para venir aquí, a traerle noticias a Éowyn, y hablar con ella en su exilio.

—Ningún hombre en verdad contaría este viaje como tiempo perdido —le dijo Aragorn—; no obstante, no hubiera podido venir hasta aquí si el camino que he de tomar no pasara por El Sagrario.

Y ella le respondió como alguien a quien le desagrada lo que acaba de oír:

—En ese caso, señor, os habéis extraviado, pues del Valle Sagrado no parte ninguna senda, ni al este ni al sur; haríais mejor en volver por donde habéis venido.

—No, señora —dijo él—, no me he extraviado; conozco este país desde antes que vos vinierais a agraciarlo. Hay un camino para salir de este valle, y ese camino es el que he de tomar. Mañana cabalgaré por los Senderos de los Muertos.

Ella lo miró entonces como afligida por un dolor súbito, y palideció, y durante un rato no volvió a hablar, mientras todos esperaban en silencio.

—Pero Aragorn —dijo al fin—, ¿entonces vuestra misión es ir en busca de la muerte? Pues sólo eso encontraréis en semejante camino. No permiten que los vivos pasen por ahí.

—Acaso a mí me dejen pasar —dijo Aragorn—; pero al menos lo intentaré. Ningún otro camino puede servirme.

—Pero es una locura —exclamó la Dama—. Hay con vos caballeros de reconocido valor, a quienes no tendríais que arrastrar a las sombras sino guiarlos a la guerra, donde se necesitan tantos hombres. Esperad, os suplico, y partid con mi hermano; así habrá alegría en nuestros corazones y nuestra esperanza será más radiante.

—No es locura, señora —repuso Aragorn—: es el camino que me fue señalado. Quienes me siguen así lo decidieron ellos mismos, y si ahora prefieren desistir y cabalgar con los Rohirrim, pueden hacerlo. Pero yo iré por los Senderos de los Muertos, solo, si es preciso.

Y no hablaron más, y comieron en silencio; pero Éowyn no apartaba los ojos de Aragorn, y el dolor que la atormentaba era visible para todos. Al fin se levantaron, se despidieron de la Dama, y después de darle las gracias se retiraron a descansar.

Pero cuando Aragorn llegaba al pabellón que compartiría esa noche con Legolas y Gimli, donde sus compañeros ya habían entrado, la Dama Éowyn lo siguió y lo llamó. Aragorn se volvió y la vio, un destello en la noche, pues iba vestida de blanco; pero tenía fuego en la mirada.

—¡Aragorn! —le dijo— ¿por qué queréis tomar ese camino funesto?

—Porque he de hacerlo —fue la respuesta—. Sólo así veo alguna esperanza de cumplir mi cometido en la guerra contra Sauron. No elijo los caminos del peligro, Éowyn. Si escuchara la llamada de mi corazón, estaría a esta hora en el lejano Norte, paseando por el hermoso valle de Rivendel.

Ella permaneció en silencio un momento, como si meditase el significado de aquellas palabras. Luego, de improviso, puso su mano en el brazo de Aragorn.

—Sois un señor austero y determinado —dijo—; así es como los hombres conquistan la gloria. —Hizo una pausa—. Señor —prosiguió—, si tenéis que partir, dejad que os siga, pues estoy cansada de esconderme en las colinas y deseo afrontar el peligro y la batalla.

—Vuestro deber está con vuestro pueblo —respondió Aragorn.

—Demasiadas veces he oído hablar de deber —exclamó ella—. Pero ¿no soy por ventura de la Casa de Eorl, una doncella guerrera y no una ama seca? Ya bastante he esperado con las rodillas flojas. Si ahora no me tiemblan, parece, ¿no puedo vivir mi vida como yo lo deseo?

—Pocos pueden hacerlo con honra —respondió Aragorn—. Pero en cuanto a vos, señora: ¿no habéis aceptado la tarea de regir al pueblo hasta el regreso de su Señor? Si no os hubieran elegido, habrían nombrado a algún mariscal o capitán para ese puesto, y no podría abandonar el cargo, estuviese o no cansado de él.

—¿Siempre seré yo la elegida? —replicó ella amargamente—. ¿Siempre tendré yo que quedarme atrás cuando los Jinetes parten, dedicada a pequeños menesteres mientras ellos conquistan la gloria, y que al regresar encuentren lecho y alimento?

—Quizá no esté lejano el día en que nadie regrese —dijo Aragorn—. Entonces ese valor sin gloria será muy necesario, pues ya nadie recordará las hazañas de los últimos que defendieron vuestros hogares. Las hazañas, empero, no son menos valerosas porque nadie las alabe.

Y ella respondió: —Todas vuestras palabras significan una sola cosa: eres una mujer, y tu misión está en el hogar. Sin embargo, cuando los hombres hayan muerto con honor en la batalla, se te permitirá quemar la casa e inmolarte con ella, puesto que ya no la necesitarán. Pero soy de la Casa de Eorl, no una mujer de servicio. Sé montar a caballo y esgrimir una espada, y no temo al sufrimiento ni a la muerte.

—¿A qué teméis, señora? —le preguntó Aragorn.

—A una jaula. A vivir encerrada detrás de los barrotes, hasta que la costumbre y la vejez acepten el cautiverio, y la posibilidad y aun el deseo de llevar a cabo grandes hazañas se hayan perdido para siempre en el recuerdo.

—¿Y aun así me aconsejabais no aventurarme por el camino que he elegido, porque es peligroso?

—Es el consejo que una persona puede darle a otra —dijo ella—. No os pido, sin embargo, que huyáis del peligro, sino que vayáis a combatir donde vuestra espada puede conquistar la fama y la victoria. No me gustaría saber que algo tan noble y tan excelso ha sido derrochado en vano.

—Ni tampoco a mí —replicó Aragorn—. Por eso, señora, os digo: ¡Quedaos! Pues nada tenéis que hacer en el Sur.

—Tampoco los que os acompañan tienen nada que hacer allí. Os siguen porque no quieren separarse de vos... porque os aman. —Y dando media vuelta Éowyn se alejó desvaneciéndose en la noche.

Ni bien apareció en el cielo la luz del día, antes que el sol se elevara sobre las estribaciones del Este, Aragorn se preparó para partir. Ya todos los hombres de su compañía estaban en las cabalgaduras y Aragorn se disponía a saltar a la silla, cuando vieron llegar a la Dama Éowyn que venía a despedirlos, ataviada de Jinete y ciñendo una espada. Tenía en la mano una copa; se la llevó a los labios y bebió un sorbo, deseándoles buena suerte; luego le tendió la copa a Aragorn, y también él bebió, diciendo: —¡Adiós, Señora de Rohan! Bebo por la prosperidad de vuestra Casa, y por vos, y por todo vuestro pueblo. Decidle esto a vuestro hermano: ¡Tal vez, más allá de las sombras, volvamos a encontrarnos!

Gimli y Legolas, que estaban muy cerca, creyeron ver lágrimas en los ojos de Éowyn y esas lágrimas, en alguien tan grave y tan orgulloso, parecían aún más dolorosas. Pero ella dijo: —¿Os iréis, Aragorn?

—Sí —respondió él.

—¿No permitiréis entonces que me una a esta compañía, como os he pedido?

—No, señora —dijo él—. Pues no podría concedéroslo sin el permiso del rey y vuestro hermano; y ellos no regresarán hasta mañana. Mas ya cuento todas las horas y todos los minutos. ¡Adiós!

Éowyn cayó entonces de rodillas, diciendo: —¡Os lo suplico!

—No, señora —dijo otra vez Aragorn, y le tomó la mano para que se levantase. Entonces le besó la mano a Éowyn, y saltando sobre la silla, partió sin volver la cabeza; y sólo aquellos que lo conocían bien y que estaban cerca supieron de su dolor.

Pero Éowyn permaneció inmóvil como una estatua de piedra, las manos crispadas contra los flancos, siguiendo a los hombres con la mirada hasta que se perdieron bajo el negro

Dwimorberg, el Monte de los Espíritus, donde se encontraba la Puerta de los Muertos. Cuando ya no pudo ver a los jinetes dio media vuelta, y con el andar vacilante de un ciego regresó a su pabellón. Pero ninguno de los suyos fue testigo de aquella despedida, pues el miedo los mantenía escondidos en los refugios y se negaban a abandonarlos antes de la salida del sol, y antes que aquellos extranjeros temerarios se hubiesen marchado de El Sagrario.

Y algunos decían: —Son espíritus élficos. Que vuelvan a los lugares donde pertenecen, y que no regresen nunca más. Ya bastante nefastos son los tiempos.

Continuaron cabalgando bajo una luz todavía gris, pues el sol no había trepado aún hasta las crestas negras del Monte de los Espíritus, que ahora tenían delante. Un gran temor nació en ellos mientras pasaban entre las hileras de piedras antiguas que conducían al Bosque Secreto. Allí, en aquella oscuridad de árboles negros que ni el mismo Legolas pudo soportar mucho tiempo, se abría una hondonada en la raíz misma de la montaña; y en medio del sendero se erguía una gran piedra solitaria, como un dedo del destino.

—Me hiela la sangre —dijo Gimli; pero ninguno más habló, y la voz del enano cayó muerta en las frías y húmedas agujas de pino a sus pies. Los caballos se negaban a pasar junto a la piedra amenazante, y los jinetes tuvieron que apearse y llevarlos por la brida. De ese modo llegaron al fondo de la cañada; y allí, en un muro de roca vertical, se abría la Puerta Oscura, negra como las fauces boquiabiertas de la noche. Figuras y signos grabados, demasiado borrosos para que pudieran leerlos, coronaban la arcada de piedra, de la que el miedo fluía como un vaho gris.

La Compañía se detuvo, y no hubo entre ellos un solo corazón que no desfalleciera excepto el de Legolas de los Elfos, a quien los espíritus de los humanos no le asustaban.

—Es una puerta funesta —dijo Halbarad—, y sé que del otro lado me aguarda la muerte. Me atreveré a cruzarla, sin embargo; pero ningún caballo querrá entrar.

—Pero nosotros tenemos que entrar —dijo Aragorn—, y por lo tanto han de entrar también los caballos. Pues si alguna vez salimos de esta oscuridad, del otro lado nos esperan muchas leguas, y cada hora perdida favorece el triunfo de Sauron. ¡Seguidme!

Aragorn se puso entonces al frente, y era tal la fuerza de su voluntad en esa hora que todos los Dúnedain fueron detrás de él. Y era en verdad tan grande el amor que los caballos de los Montaraces sentían por sus jinetes, que estaban dispuestos a enfrentar hasta el terror de la Puerta si el corazón de quien caminaba con ellos no vacilaba. Sólo Arod, el caballo de Rohan, se negó a seguir adelante y se detuvo, sudando y estremeciéndose, dominado por un terror que era doloroso de contemplar. Entonces Legolas le puso las manos sobre los ojos y canturreó algunas palabras que se perdieron lentamente en la oscuridad, hasta que el caballo se dejó conducir, y Legolas traspuso la puerta. Gimli el enano se quedó solo.

Las rodillas le temblaban, y estaba furioso consigo mismo.

—¡Esto sí que es inaudito! —dijo—. ¡Que un Elfo quiera penetrar en las entrañas de la tierra, y un Enano no se atreva! —Y con una resolución súbita se precipitó al interior. Pero le pareció que los pies le pesaban como plomo en el umbral; y una ceguera repentina cayó sobre él, incluso sobre Gimli hijo de Glóin, que tantos abismos del mundo había recorrido sin acobardarse.

Aragorn había traído antorchas desde El Sagrario, y ahora marchaba a la cabeza llevando una en alto; y Elladan iba con otra a la retaguardia, y Gimli, tropezando tras él, trataba de darle alcance. No veía más que la débil luz de las antorchas; pero si la Compañía se detenía un momento, le parecía oír alrededor un susurro, un interminable murmullo de palabras extrañas en una lengua desconocida para él.

Nada atacó a la Compañía, ni le cerró el paso, y sin embargo, el terror de Gimli no dejaba de crecer a medida que avanzaban, sobre todo porque sabía ya que no era posible retroceder; todos los senderos que iban dejando atrás eran invadidos al instante por una hueste invisible que los seguía en las tinieblas.

Pasó así un tiempo inconmensurable, hasta que de pronto vio un panorama que siempre habría de recordar con horror. Por lo que alcanzaba a distinguir, el camino era ancho, pero ahora la Compañía acababa de llegar a un vasto espacio vacío, ya sin muros a uno y otro lado. El pavor lo abrumaba tanto que a duras penas podía caminar. A la luz de la antorcha de Aragorn algo centelleó a cierta distancia, a la izquierda. Aragorn ordenó un alto y se acercó a ver qué podría ser.

—¿Será posible que no sienta miedo? —murmuró el enano—. En cualquier otra caverna Gimli hijo de Glóin habría sido el primero en correr, atraído por el brillo del oro. ¡Pero no aquí! ¡Que siga donde está!

Sin embargo, se aproximó, y vio que Aragorn estaba de rodillas mientras Elladan sostenía en alto las dos antorchas. Delante yacía el esqueleto de un hombre de notable estatura. Había estado vestido con una cota de malla, y el arnés se conservaba intacto; pues el aire de la caverna era seco como el polvo. El plaquín era dorado, y el cinturón era de oro y granates, y también recamado de oro era el yelmo que le cubría el cráneo descarnado, de cara al suelo. Era patente que había caído cerca de la pared opuesta de la caverna, y delante de él se alzaba una puerta rocosa cerrada a cal y canto: los huesos de sus dedos se aferraban aún a las fisuras. Una espada mellada y rota yacía junto a él, como si en un último y desesperado intento hubiese golpeado la roca con el acero.

Aragorn no lo tocó, pero después de contemplarlo un momento en silencio se levantó y suspiró.

—Nunca hasta el fin del mundo llegarán aquí las flores del *simbelmynë* —murmuró—. Nueve y siete túmulos hay ahora cubiertos de hierba verde, y durante todos los largos años ha yacido ante la puerta que no pudo abrir. ¿Adónde conduce? ¿Por qué quiso entrar? ¡Nadie lo sabrá jamás!

»¡Pues mi misión no es ésta! —gritó, volviéndose con presteza y hablándole a la susurrante oscuridad de detrás—. ¡Guardad los secretos y tesoros acumulados en los Años Malditos! Sólo pedimos prontitud. ¡Dejadnos pasar, y luego seguidnos! ¡Os convoco ante la Piedra de Erech!

No hubo respuesta; sólo un silencio profundo, más aterrador aún que los murmullos de antes; y luego sopló una ráfaga fría que estremeció y apagó las antorchas, y fue imposible volver a encenderlas. Del tiempo que siguió, una hora o muchas, Gimli recordó muy poco. Los otros apresuraron el paso, pero él iba aún a la zaga, perseguido por un horror manoseante que siempre parecía estar a punto de agarrarlo, y por un rumor que crecía a sus espaldas como el susurro fantasmal de innumerables pies. Continuó avanzando y tropezando hasta que se arrastró por el suelo como un animal y sintió que no podía aguantar más: o encontraba una salida y escapaba, o daba media vuelta y en un arranque de locura corría al encuentro del terror que venía persiguiéndolo. De pronto oyó el susurro cristalino del agua, un sonido claro y nítido, como una piedra que cae en un sueño de sombras oscuras. La luz aumentó, la Compañía traspuso otra puerta, una arcada alta y ancha, y de improviso se encontró caminando a la vera de un arroyo; y más allá un camino descendía en brusca pendiente entre dos riscos verticales, afilados como hojas de cuchillos contra el cielo lejano. Tan profundo y angosto era el abismo que el cielo estaba oscuro, y en él titilaban unas estrellas diminutas. Sin embargo, como Gimli supo más tarde, aún faltaban dos horas para el anochecer del día en que habían partido de El Sagrario; aunque por lo que él concebía en ese momento, bien podía tratarse del crepúsculo de algún año por venir, o de algún otro mundo.

La Compañía montó nuevamente a caballo, y Gimli volvió junto a Legolas. Cabalgaban en fila, y la tarde decayó dando paso a un anochecer de un azul intenso; y el miedo los perseguía aún. Legolas, volviéndose para hablar con Gimli, miró atrás, y el enano alcanzó a ver el centelleo en los ojos brillantes del elfo. Detrás iba Elladan, el último de la Compañía, pero no el último de los que tomaban el camino descendente.

—Los Muertos nos siguen —dijo Legolas—. Veo formas de Hombres y de caballos, y estandartes pálidos como jirones de nubes, y lanzas como zarzas invernales en una noche de niebla. Los Muertos nos siguen.

—Sí, los Muertos cabalgan detrás de nosotros. Han sido convocados —dijo Elladan.

Tan repentinamente como si se hubiesen escurrido por la grieta de un muro, la Compañía salió al fin de la colina; ante ellos se extendían las tierras altas de un gran valle, y la corriente a su lado descendía con una voz fría en numerosas cascadas.

—¿En qué lugar de la Tierra Media nos encontramos? —preguntó Gimli; y Elladan le respondió—: Hemos bajado desde las fuentes del Morthond, el largo río de aguas glaciales que desciende hasta desembocar en el mar que baña los muros de Dol Amroth. Ya no necesitarás preguntar el origen del nombre: Raíz Negra lo llaman.

El Valle del Morthond era como una bahía amplia que batiese contra los escarpados riscos meridionales de las montañas. Sus laderas empinadas estaban tapizadas de hierbas; pero a esa hora todo era gris, pues el sol se había ocultado, y abajo, en la lejanía, parpadeaban las luces de las moradas de los Hombres. Era un valle rico y muy poblado.

De pronto, sin darse la vuelta, Aragorn gritó con voz tonante de modo que todos pudieran oírlo: —¡Olvidad vuestra fatiga, amigos! ¡Galopad ahora, galopad! Debemos llegar a la Piedra de Erech antes del fin del día, y el camino es todavía largo.

Y luego, sin una mirada atrás, galoparon a través de las campiñas montañosas hasta llegar a un puente sobre el río, ahora caudaloso, y encontraron un camino que bajaba a los llanos.

Al paso de la Compañía Gris, las luces de las casas y de las aldeas se apagaban, se cerraban las puertas, y la gente que aún estaba en los campos daba gritos de terror y huía despavorida, como ciervos acosados. En todas partes se oía el mismo clamor en la noche creciente:

—¡El Rey de los Muertos! ¡El Rey de los Muertos marcha sobre nosotros!

Lejos y allá abajo repicaban campanas, y todos huían ante el rostro de Aragorn; pero los jinetes de la Compañía Gris pasaban de largo, rápidos como cazadores, hasta que los caballos comenzaron a trastabillar de cansancio. Así, justo antes de la medianoche, y en una oscuridad tan negra como las cavernas de las montañas, llegaron por fin a la Colina de Erech.

Largo tiempo hacía que el terror de los Muertos se había aposentado en esa colina y en los campos desiertos de alrededor. Pues allí en la cima se alzaba una piedra negra, redonda como un gran globo y de la altura de un hombre, aunque la mitad estaba enterrada en el suelo. Tenía un aspecto sobrenatural, como si hubiese caído del cielo, y algunos así lo creían; pero aquellos que aún recordaban las antiguas crónicas de Oesternesse aseguraban que había sido traída de la ruina de Númenor y que había sido puesta allí por Isildur cuando llegó a tierra. Ninguno de los habitantes del valle se atrevía a aproximarse a la piedra, ni quería vivir en las cercanías. Decían que en ese lugar celebraban sus cónclaves los Hombres Sombra, y que allí se reunían a cuchichear en horas de pavor, apiñados alrededor de la Piedra.

A esa Piedra llegó la Compañía en lo más profundo de la noche, y se detuvieron. Elrohir le dio entonces a Aragorn un cuerno de plata, y Aragorn sopló en él; y a aquellos que estaban más cerca les pareció oír otros cuernos en respuesta, como si fuera un eco que resonara en cavernas profundas y lejanas. No oían ningún otro ruido, pero sin embargo, sentían la presencia de un gran ejército reunido alrededor de la colina donde estaban; y un viento helado, como el aliento de una legión de espectros, sopló bajando desde las montañas. Aragorn desmontó, y de pie junto a la Piedra gritó con voz potente: —Perjuros ¿a qué habéis venido?

Y se oyó en la noche una voz que le respondió, desde lejos: —A cumplir el juramento y encontrar la paz.

Aragorn dijo entonces: —Por fin ha llegado la hora. Marcharé en seguida a Pelargir en la ribera del Anduin, y vosotros vendréis conmigo. Y cuando hayan desaparecido de esta tierra todos los servidores de Sauron consideraré como cumplido el juramento, y entonces tendréis paz y podréis partir para siempre. Pues yo soy Elessar, el heredero de Isildur de Gondor.

Dicho esto, le ordenó a Halbarad que desplegase el gran estandarte que había traído; y he aquí que era negro, y si tenía alguna insignia, no se veía en la oscuridad. Entonces se hizo el silencio, ni un murmullo ni un suspiro volvió a oírse en toda aquella larga noche. La Compañía acampó en las cercanías de la Piedra, aunque los hombres, atemorizados por las Sombras que los cercaban, casi no durmieron.

Pero cuando llegó la aurora, pálida y fría, Aragorn se levantó; y guio a la Compañía en el viaje más precipitado y fatigoso que ninguno de ellos, salvo él mismo, había conocido jamás; y sólo la indomable voluntad de Aragorn los sostuvo siempre hacia adelante. Nadie entre los Hombres hubiera podido soportarlo, nadie excepto los Dúnedain del Norte, y con ellos Gimli el Enano y Legolas de los Elfos.

Pasaron por la Garganta de Tarlang y desembocaron en Lamedon, seguidos por el Ejército de las Sombras y precedidos por el terror. Y cuando llegaron a Calembel, a orillas del Ciril, el sol descendió como sangre en el oeste, detrás de los picos lejanos del Pinnath Gelin tras de ellos. Encontraron la ciudad desierta y los vados abandonados, pues muchos de los habitantes habían partido a la guerra, y los demás habían huido a las colinas ante el rumor de la venida del Rey de los Muertos. Y al día siguiente no hubo amanecer, y la Compañía Gris penetró en las tinieblas de la Tempestad de Mordor y desapareció a los ojos de los mortales; pero los Muertos los seguían.

3

EL ACANTONAMIENTO DE ROHAN

Ahora todos los caminos corrían a la par hacia el Este, hacia la guerra ya inminente, a enfrentar el ataque de la Sombra. Y en el momento mismo en que Pippin asistía, en la Gran Puerta de la Ciudad, a la llegada del Príncipe de Dol Amroth con sus estandartes, Théoden Rey de Rohan descendía desde las colinas.

La tarde declinaba. Bajo los últimos rayos del poniente, las sombras largas y puntiagudas de los Jinetes se adelantaban a las cabalgaduras. Ya la oscuridad se había arrastrado bajo los abetos susurrantes que vestían los empinados flancos de la montaña, y ahora, al final de la jornada, el rey cabalgaba lentamente. Pronto el camino contorneó una gran loma de roca desnuda y se internó de inmediato en la penumbra suavemente suspirante de una arboleda. Los Jinetes descendían, descendían sin cesar en una larga fila sinuosa. Cuando llegaron por fin al fondo de la garganta se dieron cuenta de que ya caía la noche en los bajíos. El sol había desaparecido. El crepúsculo se tendía sobre las cascadas.

Durante todo el día, abajo y a lo lejos, habían visto un arroyo que descendía saltarín desde el paso alto a sus espaldas, horadando su cauce estrecho entre muros revestidos de pinos; ahora, pasando por una puerta rocosa, discurría penetrando en un valle más ancho. Siguiendo el curso del arroyo los Jinetes se encontraron de pronto ante el Valle Sagrado, donde resonaban las voces del agua en la noche. En ese paraje el blanco Río Nevado, engrosado con el caudal del arroyo, se precipitaba, vaporoso sobre las rocas, hacia Edoras y las colinas y las praderas verdes. A lo lejos y a la derecha, a la entrada del gran valle, asomaba erguido sobre vastos contrafuertes velados por las nubes el Pico Afilado; pero su cresta mellada, vestida de nieves eternas, resplandecía allá en las alturas, sombreada de azul en el Este, teñida del rojo del atardecer en el Oeste.

Merry contempló con asombro aquellas tierras extrañas, de las que había oído tantas historias a lo largo del camino. Era un mundo sin cielo en el que los ojos del hobbit, a través de simas veladas por el aire tenebroso, no veían nada más que pendientes cada vez más altas, murallones tras murallones de piedra, y precipicios amenazantes envueltos en nieblas. Se quedó quieto un momento, como en duermevela, escuchando los rumores del agua, el susurro de los oscuros árboles, el crujido de las piedras, y el vasto silencio expectante detrás de cada ruido. A Merry lo fascinaban las montañas, o lo había fascinado la idea de las montañas, marco sempiterno de las historias traídas de países lejanos; pero ahora se le venía encima el peso insoportable de la Tierra Media. Hubiera querido cerrarle las puertas a aquella inmensidad, en una habitación tranquila junto a un fuego.

Estaba muy cansado, pues si bien la cabalgata había sido lenta, rara vez se habían detenido a descansar. Hora tras hora durante casi tres días fatigosos había trotado a brincos, a través de gargantas y largos valles, y cruzando un sinfín de ríos y arroyos. A veces, cuando el camino era más ancho, cabalgaba junto al rey sin advertir que muchos de los Jinetes sonreían al verlos juntos: el hobbit en el poney pequeño, greñudo y gris, y el Señor de Rohan en su esbelto corcel blanco. En esos momentos había conversado con Théoden, hablándole de su hogar y de las costumbres y acontecimientos de los habitantes de la Comarca, o escuchando a su vez las historias de la Marca y las hazañas de los grandes hombres de antaño. Pero la mayor parte del tiempo, sobre todo en este último día, Merry había cabalgado solo, detrás del rey, sin decir nada y esforzándose por entender la lengua lenta y sonora de Rohan que hablaban los hombres detrás de él. Era una lengua que parecía contener muchas palabras que él conocía, aunque la pronunciación era más rica y enfática que en la Comarca, pero no conseguía poner en relación unas palabras con otras. De vez en cuando algún Jinete entonaba con voz clara un canto fervoroso, y a Merry se le encendía el corazón, aunque no entendiera sobre qué trataba.

A pesar de todo se sentía muy solo, y nunca tanto como ahora, al final de la tarde. Se preguntaba dónde, en qué lugar de todo ese mundo extraño, estaba Pippin; y qué había sido de Aragorn y Legolas y Gimli. Y de pronto, como una punzada fría en el corazón, pensó en Frodo y en Sam. —¡Me olvido de ellos! —se reprochó—. Y son más importantes que todos nosotros. Vine para ayudarlos; pero ahora, si aún viven, han de estar a centenares de millas de aquí. —Se estremeció.

—¡El Valle Sagrado, por fin! —exclamó Éomer—. Ya estamos llegando. —Se detuvieron. A la salida de la garganta los senderos descendían en una pendiente abrupta. El gran valle, envuelto allá abajo en las sombras del crepúsculo, se divisaba apenas, como contemplado desde una ventana alta. Y una luz pequeña centelleaba solitaria junto al río.

—Quizá este viaje haya terminado —dijo Théoden—, pero a mí me queda por recorrer un largo camino. Hace dos noches hubo luna llena, y por la mañana he de cabalgar a Edoras para la revista de las tropas de la Marca.

—Sin embargo, si queréis aceptar mi consejo —dijo en voz baja Éomer—, después volveríais aquí hasta que la guerra, perdida o ganada, haya concluido.

Théoden sonrió. —No, hijo mío, pues así quiero llamarte, ¡no les hables a mis viejos oídos con las palabras melosas de Lengua de Serpiente! —Se irguió, y volvió la cabeza atrás, hacia la larga columna de hombres que se perdía en el crepúsculo—. Parece que hubieran pasado largos años en estos días, desde que partí hacia el Oeste; pero nunca más volveré a apoyarme en un bastón. Si perdemos la guerra, ¿de qué podrá servir que me oculte en las montañas? Y si vencemos ¿sería acaso un motivo de tristeza que yo cayera en la batalla consumiendo mis últimas fuerzas? Pero no hablemos de eso ahora. Esta noche descansaré en el Baluarte de El Sagrario. Nos queda al menos una noche de paz. ¡En marcha!

En la oscuridad creciente descendieron al fondo del valle. Allí, el Río Nevado corría cerca de la pared occidental y el sendero los llevó pronto a un vado donde las aguas poco profundas murmuraban sonoras sobre las piedras. Había guardia en el vado. Cuando el rey se acercó muchos hombres emergieron de entre las sombras de las rocas; y al reconocerlo, gritaron con voces de júbilo: —¡Théoden Rey! ¡Théoden Rey! ¡Vuelve el Rey de la Marca!

Entonces uno de ellos sopló un cuerno: una larga llamada cuyos ecos resonaron en el valle. Otros cuernos le respondieron, y en la orilla opuesta del río aparecieron unas luces.

De improviso, desde gran altura, se elevó un gran coro de trompetas; sonaban, se hubiera dicho, en algún sitio hueco que parecía unir las diferentes notas en una sola voz que resonaba y retumbaba contra las paredes de piedra.

De este modo el Rey de la Marca retornó victorioso del Oeste a El Sagrario, al pie de las Montañas Blancas. Allí encontró que las fuerzas que quedaban de su pueblo estaban ya reunidas; pues no bien se enteraron de la llegada del rey, los capitanes partieron a encontrarlo en el vado, llevándole mensajes de Gandalf. Dúnhere, jefe de las gentes del Valle Sagrado, iba a la cabeza.

—Tres días atrás, al amanecer, Señor —dijo—, Sombragrís llegó a Edoras como un viento del Oeste, y Gandalf trajo noticias de vuestra victoria para regocijo de nuestros corazones. Pero también nos trajo vuestra orden: que apresuráramos el acantonamiento de los Jinetes. Y entonces vino la Sombra alada.

—¿La Sombra alada? —dijo Théoden—. También nosotros la vimos, pero eso fue en lo más profundo de la noche, antes que Gandalf nos dejase.

—Tal vez, Señor —dijo Dúnhere—. En todo caso la misma,

u otra semejante, una oscuridad voladora en forma de pájaro monstruoso, voló esa mañana sobre Edoras, y todos los hombres se estremecieron de pavor. Porque se lanzó sobre Meduseld, y cuando estaba ya casi a la altura del hastial, soltó un grito que nos heló el corazón. Fue entonces cuando Gandalf nos aconsejó que no nos reuniéramos en la campiña, y que viniéramos a encontraros aquí, en el valle al pie de las montañas. Y nos ordenó no encender hogueras o luces innecesarias. Es lo que hicimos. Gandalf hablaba con gran autoridad. Esperamos que esto sea lo que vos hubierais querido. Ninguna de estas criaturas nefastas ha sido vista aquí en el Valle Sagrado.

—Está bien —dijo Théoden—. Ahora cabalgaré hasta el Baluarte y allí, antes de recogerme a descansar, me reuniré con los mariscales y los capitanes. ¡Que vengan a verme lo más pronto posible!

El camino, que en ese punto tenía apenas media milla de ancho, atravesaba el valle en línea recta hacia el este. Todo alrededor se extendían llanos y praderas de hierbas ásperas, grises ahora en la penumbra del anochecer; pero al frente, del otro lado del valle, Merry vio una hosca pared de piedra, última ramificación de las poderosas raíces del Pico Afilado, hendida por el río en tiempos ya remotos.

Una multitud ocupaba todos los espacios llanos. Algunos se apiñaban a orillas del camino y aclamaban al rey y a los jinetes venidos del Oeste con gritos alborozados; pero extendiéndose a lo largo del valle a sus espaldas había hileras ordenadas de tiendas de campaña y cobertizos, filas de caballos sujetos a estacas, grandes reservas de armas y pilas de lanzas erizadas como bosquecillos de árboles recién plantados. La gran reunión desaparecía ya en la oscuridad, y sin embargo, aunque el viento de la noche soplaba helado desde las cumbres, no brilló una sola linterna, no se encendió ningún fuego. Los centinelas rondaban envueltos en pesados capotes.

Merry se preguntó cuántos Jinetes habría allí reunidos. No podía adivinar la cantidad en la creciente oscuridad, pero tenía la impresión de que era un gran ejército, de muchos miles de hombres. Mientras miraba a un lado y a otro, el rey y su escolta llegaron al pie del risco que se alzaba amenazante en la vertiente oriental del valle; y allí el sendero comenzaba a ascender de pronto, y Merry alzó la mirada, atónito. El camino en que ahora se encontraba no se parecía a ninguno que hubiera visto antes: una obra magistral del ingenio del hombre en un tiempo que las canciones no recordaban. Ascendía culebreando, ondulante como una serpiente, abriéndose paso a través de la roca escarpada.

Empinado como una escalera, trepaba en idas y venidas. Los caballos podían subir por él, y hasta arrastrar lentamente carretas; pero ningún enemigo podía llegar por ahí, a no ser por el aire, si estaba defendido desde arriba. En cada recodo del camino se alzaban unas grandes piedras erectas que habían sido talladas con la forma de enormes figuras humanas, de miembros pesados, sentadas en cuclillas con las piernas cruzadas y los brazos rechonchos replegados sobre los vientres prominentes. Algunas, desgastadas por los años, habían perdido todas las facciones excepto los agujeros sombríos de los ojos, que aún miraban con tristeza a los viajeros. Los Jinetes no les prestaron ninguna atención. Los llamaban los hombres Púkel, y apenas se dignaron mirarlos: ya no eran ni poderosos ni terroríficos. Merry, en cambio, contemplaba con extrañeza y casi con piedad aquellas figuras que se cernían sobre ellos melancólicamente en las sombras del crepúsculo.

Al cabo de un rato volvió la cabeza y advirtió que se encontraba ya a varios centenares de pies por encima del valle, pero abajo y a lo lejos aún alcanzaba a distinguir la ondulante columna de Jinetes que cruzaba el vado y marchaba en fila a lo largo del camino hacia el campamento preparado para ellos. Sólo el rey y su escolta subirían al Baluarte.

La comitiva del rey llegó por fin a una orilla afilada, y el camino ascendente penetró en una brecha entre paredes rocosas, subió una cuesta corta y desembocó en una vasta altiplanicie.

Firienfeld la llamaban los hombres: una meseta cubierta de hierbas y matorrales que dominaba los lechos profundamente excavados del Río Nevado, asentada en el regazo de las grandes montañas que la abrigaban: el Pico Afilado al sur, la dentada mole del Irensaga al norte, y entre ambos, de frente a los Jinetes, el muro negro y siniestro del Dwimorberg, el Monte de los Espíritus, que se elevaba en pendientes empinadas de pinos sombríos. La meseta estaba dividida en dos por una doble hilera de piedras erectas e informes que se encogían en la oscuridad y se perdían entre los árboles. Quienes osaban tomar ese camino llegarían muy pronto al tenebroso Bosque Secreto al pie del Dwimorberg, a la amenaza del pilar de piedra y a la sombra bostezante de la puerta prohibida.

Tal era el oscuro refugio, el Baluarte de El Sagrario, obra de hombres olvidados en un pasado remoto. El nombre de esas gentes se había perdido, y ninguna canción, ninguna leyenda lo recordaba. Con qué propósito habían construido este lugar, si como ciudad, templo secreto o tumba de reyes, nadie en Rohan hubiera podido decirlo. Allí habían trabajado en los Años Oscuros, antes que llegase a las costas occidentales el primer navío, antes aún que los Dúnedain fundaran el reino de Gondor; y ahora habían desaparecido, y allí sólo quedaban los viejos hombres Púkel, eternamente sentados en los recodos del sendero.

Merry observaba el desfile de las piedras: negras y desgastadas, algunas estaban inclinadas, otras caídas, algunas rotas o resquebrajadas; parecían hileras de dientes viejos y ávidos. Se preguntó para qué podían ser; esperaba que el rey no tuviese la intención de seguirlas hasta la oscuridad de más allá. Entonces notó que había grupos de tiendas y barracas a cada lado del camino de las piedras, pero no estaban plantadas cerca de los árboles, sino que parecían apretarse lejos de ellos y hacia el borde del precipicio. Casi todas ellas estaban a la derecha del camino, donde el Firienfeld era más ancho; y a la izquierda se veía un campamento pequeño, en cuyo centro se elevaba un alto pabellón. En ese momento un jinete les salió al paso desde aquel lado, y la comitiva se desvió del camino.

Según se acercaban, Merry descubrió que el jinete era una mujer de largos cabellos trenzados que resplandecían en el crepúsculo, sin embargo, llevaba un yelmo y estaba vestida hasta la cintura como un guerrero, y ceñía una espada.

—¡Salve, Señor de la Marca! —exclamó—. Mi corazón se regocija con vuestro retorno.

—¿Y cómo estás tú, Éowyn? —dijo Théoden—. ¿Estás bien?

—Todo va bien —respondió ella. Pero a Merry le pareció que la voz contradecía sus palabras, y hasta pensó que quizá ella había estado llorando, si eso era posible en alguien de rostro tan austero—. Todo bien. Fue un viaje agotador para la gente, arrancada de improviso de sus hogares. Hubo palabras fuertes, pues hace tiempo que la guerra no nos obligaba a abandonar los campos verdes; pero no ocurrió nada malo. Y ahora, como veis, todo está en orden. Y vuestro alojamiento está preparado, pues he tenido noticias detalladas de vos, y hasta conocía la hora de vuestra llegada.

—Entonces Aragorn ha venido —dijo Éomer—. ¿Está todavía aquí?

—No, se ha marchado —dijo Éowyn desviando la mirada y contemplando las montañas oscuras en el Este y el Sur.

—¿Adónde ha ido? —preguntó Éomer.

—No lo sé —respondió ella—. Llegó en la noche y ayer por la mañana partió, antes de que asomara el sol sobre las montañas. Se ha ido.

—Estás afligida, hija —dijo Théoden—. ¿Qué ha pasado? Dime, ¿habló de ese camino? —Señaló a lo lejos las ensombrecidas hileras de piedras que conducían al Dwimorberg—. ¿Habló de los Senderos de los Muertos?

—Sí, Señor —dijo Éowyn—. Y desapareció en las sombras de donde nadie ha vuelto. No pude disuadirlo. Se ha marchado.

—Entonces nuestros caminos se separan —dijo Éomer—. Está perdido. Tendremos que partir sin él, y nuestra esperanza se debilita.

Lentamente y en silencio atravesaron el terreno de bajos matorrales y pastos de las tierras altas hasta llegar al pabellón del rey. Merry comprobó que en verdad todo estaba pronto allí, y que a él no lo habían olvidado. Junto al pabellón del rey le habían levantado una pequeña tienda, donde el hobbit se sentó a solas observando las idas y venidas constantes de los hombres que entraban a celebrar consejo con el rey. Cayó la noche, y en el oeste las cumbres apenas visibles de las montañas se nimbaron de estrellas, pero al Este sólo había oscuridad y vacío. Las hileras de piedras desaparecieron lentamente de la vista, pero más allá, más negra que las tinieblas, se agazapaba la vasta sombra amenazante del Dwimorberg.

—Los Senderos de los Muertos —murmuró Merry para sí mismo—. ¿Los Senderos de los Muertos? ¿Qué significa todo esto? Ahora todos me han abandonado. Todos han partido a algún destino último: Gandalf y Pippin a la guerra en el Este; y Sam y Frodo a Mordor; y Trancos con Legolas y Gimli a los Senderos de los Muertos. Pero pronto me llegará el turno a mí también, supongo. Me pregunto de qué estarán hablando, y qué se propone hacer el rey. Porque ahora debo seguirlo allá donde vaya.

En medio de estos sombríos pensamientos recordó de pronto que tenía mucha hambre, y se levantó para ir a ver si alguien más en ese extraño campamento sentía lo mismo. Pero en ese preciso instante sonó una trompeta, y un hombre vino a invitarlo a él, escudero del rey, a sentarse a la mesa del rey.

En la parte interior del pabellón había un espacio pequeño, aislado del resto por colgaduras bordadas y recubierto de pieles; allí, alrededor de una pequeña mesa, estaba sentado Théoden con Éomer y Éowyn, y Dúnhere, señor del Valle Sagrado. Merry se quedó de pie junto al taburete del rey, que parecía ensimismado, y esperó; al fin el anciano, saliendo de sus profundas cavilaciones, se volvió hacia él y le sonrió.

—¡Vamos, Maese Meriadoc! —le dijo—. No vas a quedarte ahí de pie. Mientras yo esté en mis dominios te sentarás a mi lado, y me aligerarás el corazón con tus cuentos.

Hicieron un sitio para el hobbit a la izquierda del rey, pero nadie le pidió que contase historias. Y en verdad hablaron poco, y la mayor parte del tiempo comieron y bebieron en silencio, pero al fin Merry reunió su coraje e hizo la pregunta que lo atormentaba.

—Por dos veces ya, Señor, he oído nombrar los Senderos de los Muertos —dijo—. ¿Qué son? ¿Y adónde ha ido Trancos, quiero decir, el Señor Aragorn?

El rey suspiró, pero la pregunta de Merry quedó sin respuesta hasta que al fin habló Éomer.

—No lo sabemos, y un gran peso nos oprime el corazón —dijo—. En cuanto a los Senderos de los Muertos, tú mismo has recorrido los primeros tramos. ¡No, no pronuncio palabras de mal augurio! El camino por el que hemos subido es el que da acceso a la Puerta, allá lejos, en el Bosque Secreto. Pero lo que hay del otro lado, ningún hombre lo sabe.

—Ningún hombre lo sabe —dijo Théoden—; sin embargo, la antigua leyenda, rara vez recordada en nuestros días, tiene algo que decir. Si esas viejas historias, transmitidas de padres a hijos en la Casa de Eorl, cuentan la verdad, la Puerta que se abre a la sombra del Dwimorberg conduce a un camino secreto que corre bajo la montaña hacia una salida olvidada. Pero nadie se ha aventurado jamás a entrar y desentrañar esos secretos desde que Baldor hijo de Brego, traspuso la Puerta y nunca más se lo vio entre los hombres. Pronunció un juramento temerario mientras vaciaba el cuerno en el festín que ofreció Brego para consagrar Meduseld, en ese entonces recién construida; y nunca llegó a ocupar el alto trono del que era heredero.

»La gente dice que los Hombres Muertos de los Años Oscuros vigilan el camino y no permiten que ninguna criatura viviente penetre en sus salas ocultas; pero de tanto en tanto se los ve a ellos franqueando la Puerta como sombras, y descendiendo por el camino de las piedras. Entonces los moradores del Valle Sagrado atrancan las puertas y cubren las ventanas y tienen miedo. Pero los Muertos salen rara vez y sólo en tiempo de gran inquietud y de muerte inminente.

—Sin embargo —observó Éowyn en voz muy baja—, se dice en el Valle Sagrado que hace poco tiempo, en las noches sin luna, pasó por allí una gran hueste ataviada con extrañas galas. Nadie sabía de dónde venían, pero subieron por el camino de las piedras y desaparecieron en la montaña, como si acudieran a una cita.

—¿Por qué entonces Aragorn fue por ese camino? —preguntó Merry—. ¿No sabéis nada que pudiera explicarlo?

—A menos que a ti te haya confiado cosas, como amigo suyo, que nosotros no hemos oído —dijo Éomer—, nadie en la tierra de los vivos puede ahora adivinar qué se propone.

—Lo noté muy cambiado desde que lo vi por primera vez en la casa del rey —dijo Éowyn—: más endurecido, más viejo. Espectral, me pareció, como alguien a quien los Muertos llaman.

—Tal vez lo llamaran —dijo Théoden—, y me dice el corazón que no lo volveré a ver. Sin embargo, es un hombre de estirpe real y de elevado destino. Y que esto mitigue tus pesares, hija, ya que tanto te aflige la suerte de este huésped: se dice que cuando los Eorlingas descendieron del Norte y remontaron el curso del Río Nevado en busca de lugares seguros donde guarecerse en momentos de necesidad, Brego y su hijo Baldor subieron por la Escalera del Baluarte y así llegaron ante la Puerta. En el umbral estaba sentado un anciano decrépito, de edad incontable en años; había sido alto y majestuoso, pero ahora estaba marchito como una piedra vieja. Y en verdad por una piedra lo tomaron, porque no se movía ni pronunció una sola palabra hasta que pretendieron pasar a su lado y entrar. Y entonces salió de él una voz, una voz que parecía venir de las entrañas de la tierra, y oyeron, estupefactos, que hablaba en la lengua del oeste: *El camino está cerrado.*

»Entonces se detuvieron, y al observarlo vieron que aún estaba vivo; pero no los miraba. *El camino está cerrado,* volvió a decir la voz. *Lo hicieron aquellos que están Muertos, y los Muertos lo guardan hasta que llegue la hora. El camino está cerrado.*

»*¿Y cuándo llegará la hora?*, preguntó Baldor. Pero la respuesta no la supo jamás. Porque el viejo murió en ese mismo instante y cayó de cara al suelo; y nada más han sabido nuestras gentes de los antiguos habitantes de las montañas. Es posible, sin embargo, que la hora anunciada haya llegado al fin, y que Aragorn pueda pasar.

—Pero ¿cómo sabría un hombre si ha llegado o no la hora, a menos que se atreviese a cruzar la Puerta? —preguntó Éomer—. Y yo no iría por ese camino aunque tuviera enfrente todos los ejércitos de Mordor, y estuviera solo y no tuviera otro sitio donde refugiarme. ¡Qué desdicha que el desánimo de la muerte se haya apoderado de un hombre tan valeroso en esta hora de necesidad! ¿Acaso no hay males suficientes a nuestro alrededor para tener que ir a buscarlos bajo tierra? La guerra está al alcance de la mano.

Se interrumpió, pues en ese momento se oyó un ruido fuera y la voz de un hombre que gritaba el nombre de Théoden, y el alto del guardia.

Un momento después el capitán de la Guardia apartó la cortina.

—Hay un hombre aquí, Señor —dijo—, un mensajero de Gondor. Desea presentarse ante vos inmediatamente.

—¡Hazlo pasar! —dijo Théoden.

Entró un hombre de elevada estatura y Merry contuvo un grito, pues por un instante le pareció que Boromir, resucitado, había regresado. Pero en seguida vio que no era así; el hombre era un desconocido, aunque se parecía a Boromir como si fuera un pariente suyo: alto, orgulloso y de ojos grises. Iba vestido a la usanza de los jinetes con una capa de color verde oscuro sobre una fina cota de malla; el yelmo que le cubría la cabeza tenía engastada en el frente una pequeña estrella de plata. Llevaba en la mano una sola flecha, empenachada de negro y barbada en acero, pero la punta estaba pintada de rojo.

Se hincó sobre una rodilla y le presentó la flecha a Théoden.

—¡Salve, Señor de los Rohirrim, amigo de Gondor! —dijo—. Yo, Hirgon, mensajero de Denethor, os traigo este símbolo de guerra. Un grave peligro se cierne sobre Gondor. Los Rohirrim nos han ayudado muchas veces, pero ahora el Señor Denethor necesita de todas vuestras fuerzas y toda vuestra diligencia, si es que se ha de evitar la pérdida definitiva de Gondor.

—¡La Flecha Roja! —dijo Théoden, sosteniendo la flecha en la mano, como alguien que recibiera con temor un aviso largamente esperado. La mano le temblaba—. ¡La Flecha Roja no se había visto en la Marca en todos mis años! ¿Es posible que las cosas hayan llegado a tal extremo? ¿Y en cuánto estima el Señor Denethor mis fuerzas y mi diligencia?

—Eso nadie lo sabe mejor que vos, Señor —dijo Hirgon—. Pero bien puede ocurrir que dentro de poco tiempo Minas Tirith sea cercada, y a menos que vuestras fuerzas os permitan desbaratar un sitio de varios ejércitos, el Señor Denethor me ha pedido que os diga que cree que los valientes brazos de los Rohirrim estarán mejor protegidos detrás de las murallas que fuera de ellas.

—Pero él sabe que somos un pueblo más apto para combatir a caballo y en campo abierto, y que vivimos dispersos y necesitamos cierto tiempo para reunir a nuestros Jinetes. ¿No es verdad, Hirgon, que el Señor de Minas Tirith sabe más de lo que da a entender en su mensaje? Porque ya estamos en guerra, como tú mismo habrás visto, y tu llegada nos encuentra en parte preparados. Gandalf el Gris ha estado entre nosotros, y ahora mismo nos acantonamos para combatir en el Este.

—Lo que el Señor Denethor puede conocer o adivinar de todas estas cosas, no sabría decirlo —respondió Hirgon—. Pero nuestra situación es realmente desesperada. Mi señor no os envía ninguna orden, os pide solamente que recordéis la antigua amistad y los juramentos pronunciados hace mucho tiempo; y que por vuestro propio bien hagáis todo cuanto esté a vuestro alcance. Hemos sabido que muchos reyes han venido del Este al servicio de Mordor. Desde el Norte hasta el campo de Dagorlad hay escaramuzas y rumores de guerra. En el Sur los Haradrim avanzan, y en todas nuestras costas ha cundido el miedo, así que poca o ninguna ayuda contamos recibir de allí. ¡Daos prisa! Pues es ante los muros de Minas Tirith donde se decidirá el destino de nuestro tiempo, y si la marea no es contenida ahora, inundará todos los hermosos campos de Rohan, y entonces ni aun este Baluarte en las colinas será refugio para nadie.

—Son oscuras noticias —dijo Théoden—, mas no del todo inesperadas. Dile a Denethor que aun cuando Rohan no corriese peligro alguno, igualmente acudiríamos en su auxilio. Pero hemos tenido muchas bajas en nuestras batallas con el traidor Saruman, y como bien lo demuestran las noticias que él mismo nos envía, no podemos descuidar las fronteras del norte y del este. El Señor Oscuro parece disponer ahora de un poder tan enorme que no sólo podría contenernos ante los muros de la Ciudad, sino también golpear con gran fuerza del otro lado del río, más allá de la Puerta de los Reyes.

»Pero no hablemos más de los consejos que dictaría la prudencia. Acudiremos. El acantonamiento ha sido convocado para mañana. En cuanto todo esté en orden, partiremos. Diez mil lanzas hubiera podido enviar a través de la llanura para consternación de vuestros enemigos. Ahora serán menos, me temo; pues no dejaré mis fortalezas indefensas. No obstante, seis mil jinetes al menos me seguirán. Pues habrás de decirle a Denethor que en esta hora el Rey de la Marca en persona descenderá al país de Gondor, aunque quizá no regrese después a su hogar. Pero el camino es largo, y es preciso que hombres y bestias lleguen a destino con fuerzas para combatir. En una semana más o menos, a contar de mañana por la mañana, oiréis llegar desde el Norte el clamor de los Hijos de Eorl.

—¡Una semana! —dijo Hirgon—. Si no puede ser antes, que así sea. Pero es probable que dentro de siete días no encontréis nada más que muros en ruinas, a menos que nos llegue algún socorro inesperado. En todo caso, alcanzaréis al menos a desbaratarles las celebraciones a los Orcos y a los Hombres Oscuros en la Torre Blanca.

—Al menos eso haremos —dijo Théoden—. Pero yo mismo acabo de regresar del campo de batalla y de un largo viaje, y ahora me retiraré a descansar. Pasa la noche aquí. Mañana podrás presenciar el acantonamiento de Rohan, más alegre después de haberlo visto y más rápido después de haber descansado. Las decisiones es preferible tomarlas por la mañana; la noche cambia muchos pensamientos.

Dicho esto, el rey se levantó y todos lo imitaron.

—Id ahora a descansar —dijo—, y dormid bien. A ti, Maese Meriadoc, no te necesitaré más por esta noche. Pero mañana ni bien salga el sol tendrás que estar pronto, esperando mi llamada.

—Estaré pronto —dijo Merry— aunque lo que me ordenéis sea que os acompañe a los Senderos de los Muertos.

—¡No pronuncies palabras de mal augurio! —dijo el rey—. Pues puede haber otros caminos que merezcan llevar ese nombre. Pero no dije que te ordenaría que cabalgaras conmigo por ningún camino. ¡Buenas noches!

«¡No me dejarán atrás para que me convoquen cuando regresen! —se dijo Merry—. No me dejarán, ¡no y no!» —Y mientras se repetía una y otra vez estas palabras, se quedó dormido en la tienda.

Abrió los ojos, y un hombre lo estaba zarandeando para despertarlo.

—¡Despierte, Maese Holbytla! —gritaba el hombre—. ¡Despierte!

Merry dejó de repente el mundo de los sueños y se sentó de golpe, sobresaltado. «Todavía está demasiado oscuro», pensó.

—¿Qué sucede? —preguntó.

—El rey lo llama.

—Pero si aún no ha salido el sol —dijo Merry.

—No, ni saldrá hoy, Maese Holbytla. Ni nunca más, se diría, debajo de esta nube. Pero, aunque el sol esté perdido, el tiempo no se detiene. ¡Dese prisa!

Mientras se ponía sus ropas a toda prisa, Merry miró fuera. El mundo estaba en tinieblas. El aire mismo parecía pardo, y alrededor todo era negro y gris y sin sombras; había una gran quietud. Los contornos de las nubes eran invisibles, y sólo en lontananza, en el oeste, entre los dedos distantes de la gran oscuridad que aún trepaba a tientas hacia delante, se filtraban unos hilos luminosos. Una techumbre informe, pesada y sombría colgaba del cielo, y la luz parecía menguar, más que crecer.

Merry vio un gran número de hombres de pie, que observaban el cielo y murmuraban; todos los rostros eran grises y tristes, y en algunos había miedo. Con el corazón oprimido se encaminó al pabellón del rey. Hirgon, el jinete de Gondor, ya estaba allí, en compañía de otro hombre parecido a él y vestido de la misma manera, pero más bajo y corpulento. Cuando Merry entró el hombre estaba hablando con Théoden.

—Viene de Mordor, Señor —decía—. Comenzó anoche hacia el crepúsculo. Desde las colinas del Folde Este de vuestro reino vi cómo se levantaba y se arrastraba por el cielo poco a poco, y durante toda la noche, mientras yo cabalgaba, me venía detrás devorando las estrellas. Ahora la gran nube se cierne sobre toda la región, desde aquí hasta las Montañas de la Sombra; y se oscurece cada vez más. La guerra ya ha comenzado.

El rey permaneció en silencio un momento. Al fin habló.

—De modo que ha llegado por fin —dijo—: la gran batalla de nuestro tiempo, en la que tantas cosas habrán de perecer. Pero al menos ya no es necesario seguir ocultándose. Cabalgaremos en línea recta, por el camino abierto y con la mayor rapidez posible. El acantonamiento comenzará en seguida, sin esperar a los rezagados. ¿Tenéis en Minas Tirith provisiones suficientes?

Porque si hemos de partir ahora con la mayor celeridad, no podemos cargarnos en demasía, tan sólo con los víveres y el agua necesarios para llegar al lugar de la batalla.

—Tenemos abundantes reservas, que hemos acumulado durante mucho tiempo —respondió Hirgon—. ¡Partid ahora, tan ligeros y tan veloces como podáis!

—Entonces, Éomer, ve y llama a los heraldos —dijo Théoden—. ¡Que los Jinetes se agrupen!

Éomer salió; pronto las trompetas resonaron en el Baluarte y muchas otras les respondieron desde abajo; pero las voces no eran desafiantes y límpidas como las que oyera Merry la noche anterior; le parecieron sordas y ásperas en el aire pesado; un sonido bronco y ominoso.

El rey se volvió hacia Merry. —Maese Meriadoc, parto a la guerra —le dijo—. En breve me pondré en camino. Te eximo de mi servicio, mas no de mi amistad. Permanecerás aquí, y si lo deseas estarás al servicio de la Dama Éowyn, quien gobernará al pueblo en mi ausencia.

—Pero... pero Señor —tartamudeó Merry—, os he ofrecido mi espada. No deseo separarme así de vos, Rey Théoden. Todos mis amigos se han ido a combatir, y si no pudiera hacerlo también yo, me sentiría avergonzado.

—Pero montamos caballos altos y veloces —replicó Théoden—, y por muy grande que sea tu corazón, no podrás montarlos.

—Pues bien, atadme al lomo de uno de ellos, o dejadme ir colgado de un estribo, o algo así —dijo Merry—. El trayecto es largo para que os siga corriendo, pero si no puedo cabalgar correré, aunque me gaste los pies y llegue con varias semanas de retraso.

Théoden sonrió.

—Antes que eso te llevaría en la grupa de Crinblanca —dijo—. Pero al menos cabalgarás conmigo hasta Edoras, y verás

Meduseld; pues ése es el camino que tomaré ahora. Hasta allí, Stybba podrá llevarte: la gran cabalgada no comenzará hasta que lleguemos a las llanuras.

Entonces Éowyn se levantó.

—¡Venid conmigo, Meriadoc! —dijo—. Os mostraré los atavíos que os he preparado. —Salieron juntos—. Sólo esto me pidió Aragorn —dijo, mientras pasaban entre las tiendas—: que os proveyera de armamento para la batalla. Y yo he tratado de atender a ese deseo lo mejor que he podido. Pues mi corazón me dice que antes del fin lo necesitaréis.

Éowyn llevó a Merry a un cobertizo entre las tiendas de la guardia del rey, y allí un armero le trajo un casco pequeño, y un escudo redondo, y otras piezas.

—No tenemos una cota de malla que os pueda venir bien —dijo Éowyn—, ni tiempo para forjar un plaquín a vuestra medida; pero aquí hay también un jubón de cuero robusto, un cinturón y un puñal. En cuanto a la espada, ya la tenéis.

Merry le hizo una reverencia y la dama le mostró el escudo, que era semejante al que había recibido Gimli, y llevaba la insignia del caballo blanco.

—Tomad todas estas cosas —prosiguió— ¡y conducidlas a un fin venturoso! Y ahora, ¡adiós, Maese Meriadoc! Aunque quizá alguna vez volvamos a encontrarnos, vos y yo.

Así fue que, en medio de una oscuridad siempre creciente, el Rey de la Marca se preparó para liderar la marcha de los Jinetes por el camino hacia el este. Bajo la sombra, los corazones estaban oprimidos, y muchos hombres parecían asustados. Pero era un pueblo austero, leal a su señor, y se oyeron pocos llantos y murmullos, aun en el campamento del Baluarte donde se alojaban los exiliados de Edoras, mujeres, niños y ancianos. El destino pendía sobre ellos, pero ellos lo enfrentaban en silencio.

Dos horas pasaron veloces, y ya el rey estaba montado en el caballo blanco, que resplandecía en la penumbra. Alto y gallardo lucía el rey, aunque los cabellos que le flotaban bajo el casco fueran de nieve; y muchos lo contemplaban maravillados y se animaban al verlo erguido e imperturbable.

Allí, en los extensos llanos que bordeaban el río tumultuoso, estaban alineadas numerosas compañías: más de cinco mil quinientos Jinetes armados de pies a cabeza, y varios centenares de hombres con caballos de posta que cargaban un ligero equipaje. Sonó una trompeta solitaria. El rey alzó la mano y, en silencio, el ejército de la Marca empezó a moverse. A la cabeza marchaban doce hombres del séquito personal del rey: jinetes de renombre. Los seguía el rey con Éomer a la diestra. Le había dicho adiós a Éowyn arriba, en el Baluarte, y el recuerdo le pesaba; pero su mente se ocupó ahora en el camino que se extendía delante de él. Detrás iba Merry montado en Stybba con los mensajeros de Gondor, y detrás de ellos otros doce hombres de la escolta del rey. Pasaron delante de las largas filas de rostros que esperaban, severos e impasibles. Pero cuando ya habían llegado casi al extremo de la fila, alguien le echó al hobbit una mirada rápida y penetrante. Un hombre joven, pensó Merry al devolverle la mirada, más bajo de estatura y menos corpulento que la mayoría. Reparó en el fulgor de los claros ojos grises, y se estremeció, pues de pronto le vino a la mente que aquel era el rostro de alguien que ha perdido toda esperanza y va al encuentro de la muerte.

Continuaron descendiendo por el camino gris, siguiendo el curso del Río Nevado que se precipitaba sobre las piedras, y atravesaron las aldeas de Bajo de El Sagrario y de Rioalto, donde muchos rostros tristes de mujeres los miraban pasar desde portales sombríos; y así, sin cuernos ni arpas ni música de voces humanas, la gran cabalgata hacia el Este comenzó con el tema que aparecería en las canciones de Rohan durante muchas generaciones posteriores:

Desde El Sagrario sombrío en la mañana lóbrega
con thane y capitán cabalgaba el hijo de Thengel:
hasta arribar a Edoras. Brumas amortajaban

la gran sala de los guardianes de la Marca,
cubrían tinieblas las vigas doradas.
Un último adiós a su pueblo libre,
hogar, trono y sagrados espacios
donde banquetes celebrara hasta velarse la luz.
El rey avante: el miedo atrás
y el destino ante él. Se mantuvo leal;
todo juramento cumpliera.
Théoden avante. Cinco noches y días
hacia el este, adelante, cabalgaron los Eorlingas:
atravesando el Folde, la Frontera de los Pantanos y el Bosque
de Firien,
seis mil lanzas fueron, camino a Sunlending,
a Mundburgo, la poderosa, al pie del Mindolluin
la ciudad de los Reyes del Mar en el reino del Sur,
por el enemigo sitiada, cercada en fuego.
El Destino los llamaba. La Oscuridad los envolvió,
caballo y caballero; los latidos lejanos de los cascos
se hundieron al silencio: así cuentan los cantos.

Y en verdad la oscuridad continuaba aumentando cuando el rey llegó a Edoras, aunque apenas era el mediodía a esas horas. Allí hizo un breve alto para fortalecer el ejército con unas tres veintenas de Jinetes que llegaban con atraso a la llamada a las armas. Después de haber comido se preparó para reanudar la marcha, y se despidió afectuosamente de su escudero. Pero Merry le suplicó por última vez que no lo abandonase.

—Éste no es viaje para una montura como Stybba, como ya te dije —respondió Théoden—. Y en una batalla como la que pensamos librar en los campos de Gondor ¿qué harías, Maese Meriadoc, por muy paje de armas que seas, y aun mucho más grande de corazón que de estatura?

—En cuanto a eso ¿quién puede saberlo? —respondió Merry—. Pero entonces, Señor, ¿por qué me aceptasteis como paje de armas, sino para que permaneciera a vuestro lado? Y no me gustaría que las canciones no dijeran nada de mí sino que siempre me dejaban atrás.

—Te acepté para protegerte —respondió Théoden—, y también para que hagas lo que yo te pida. Ninguno de mis Jinetes podrá llevarte como carga. Si la batalla se librase a mis puertas, tal vez los trovadores recordaran tus hazañas; pero hay ciento dos leguas de aquí a Mundburgo, donde Denethor es el señor. No diré una palabra más.

Merry le hizo una reverencia y se alejó tristemente, contemplando las filas de caballeros. Ya las compañías se preparaban para la partida: los hombres ajustaban las correas, examinaban las sillas, acariciaban a los animales; algunos observaban con inquietud el cielo cada vez más oscuro. Inadvertido para los demás, un Jinete se acercó al hobbit y le habló quedamente al oído.

—*Donde no falta voluntad, siempre hay un camino,* decimos nosotros —susurró—, y yo mismo he podido comprobarlo.
—Merry lo miró, y vio que era el Jinete joven que le había llamado la atención esa mañana—. Deseas ir a donde vaya el Señor de la Marca: lo leo en tu rostro.

—Sí, lo deseo —dijo Merry.

—Entonces podrás ir conmigo —dijo el Jinete—. Te llevaré en la cruz de mi caballo, debajo de mi capa, hasta que estemos lejos en campo abierto, y esta oscuridad sea todavía más densa. Tanta buena voluntad no puede ser desoída. ¡No digas nada a nadie, pero ven!

—¡Gracias de veras! —dijo Merry—. Os agradezco, señor, aunque no sé vuestro nombre.

—¿No lo sabes? —dijo en voz baja el Jinete—. Entonces llámame Dernhelm.

Así pues sucedió que, a la partida del rey, Meriadoc el hobbit iba sentado delante de Dernhelm, y el gran corcel gris Hoja de

Viento casi no sintió la carga, pues Dernhelm, aunque ágil y de complexión firme, pesaba menos que la mayoría de los hombres.

Cabalgaron adentrándose en la oscuridad, y esa noche acamparon entre los saucedales, en el lugar donde el Río Nevado desembocaba en el Entaguas, doce leguas al este de Edoras. Y luego cabalgaron de nuevo a través del Folde; y a través de la Frontera de los Pantanos, mientras a la derecha grandes bosques de robles trepaban por las faldas de las colinas a la sombra del oscuro Halifirien, en los confines de Gondor; pero a lo lejos, a la izquierda, una bruma espesa flotaba sobre las ciénagas alimentadas por las bocas del Entaguas. Y mientras cabalgaban, los rumores de la guerra en el Norte les salían al paso. Hombres solitarios llegaban cabalgando como locos, y anunciaban que los enemigos habían atacado las fronteras orientales, y que ejércitos de orcos avanzaban por la Meseta de Rohan.

—¡Cabalgad! ¡Cabalgad! —gritó Éomer—. Ya es demasiado tarde para cambiar de rumbo. Los pantanos del Entaguas defenderán nuestros flancos. Lo que ahora necesitamos es premura. ¡Cabalgad!

Y así el Rey Théoden dejó su propio reino, y milla tras milla el largo camino se alejó serpenteando, y las almenaras fueron quedando atrás: Calenhad, Min- Rimmon, Erelas, Nardol... Pero sus fuegos estaban sofocados. Todas las tierras estaban grises y silenciosas; y la sombra crecía sin cesar ante ellos, y la esperanza declinaba en todos los corazones.

4

EL SITIO DE GONDOR

Gandalf despertó a Pippin. Había velas encendidas en el aposento, pues por las ventanas sólo entraba una pálida luz velada; el aire era pesado, como si se avecinaran truenos.

—¿Qué hora es? —preguntó Pippin, bostezando.

—La hora segunda ha pasado —le respondió Gandalf—. Tiempo de que te levantes y te pongas presentable. Has sido convocado por el Señor de la Ciudad para recibir instrucción acerca de tus nuevos deberes.

—¿Y me servirá el desayuno?

—¡No! De eso me he ocupado yo: y no tendrás más hasta el mediodía. Se ha dado orden de racionar los víveres.

Pippin miró con desconsuelo el panecillo minúsculo y la mezquina (pensó) nuez de mantequilla que le habían adjudicado, junto a una taza de leche aguada.

—¿Por qué me trajiste aquí? —preguntó.

—Lo sabes demasiado bien —dijo Gandalf—. Para mantenerte apartado de las travesuras Y si no te agrada, recuerda que tú mismo te lo buscaste.

Pippin no dijo más.

Poco después recorría de nuevo en compañía de Gandalf el frío corredor que conducía a la puerta del Salón de la Torre. Allí estaba sentado Denethor en una penumbra gris, como una araña vieja y paciente, pensó Pippin; parecía que no se hubiese movido de allí desde la víspera. Le indicó a Gandalf que se sentara, pero a Pippin lo dejó un momento de pie, sin prestarle atención. Al fin el anciano se volvió hacia él.

—Bien, Maese Peregrin, espero que hayas aprovechado a tu gusto el día de ayer. Aunque temo que en esta ciudad la mesa sea bastante más austera de lo que tú desearías.

Pippin tuvo la desagradable impresión de que la mayor parte de lo que había dicho o hecho había llegado de algún modo a oídos del Señor de la Ciudad, y que además muchos de sus pensamientos le eran conocidos. No respondió.

—¿Qué querrías hacer a mi servicio?

—Pensé, señor, que vos me señalaríais mis deberes.

—Lo haré, una vez que conozca tus aptitudes —dijo Denethor—. Pero eso lo sabré quizá más pronto si te mantengo a mi lado. Mi paje de cámara ha solicitado licencia para enrolarse en la guarnición exterior, de modo que por un tiempo ocuparás su lugar. Me servirás, llevarás mensajes y conversarás conmigo, si la guerra y las asambleas me dejan algún momento de ocio. ¿Sabes cantar?

—Sí —dijo Pippin—. Bueno, sí, bastante bien para mi gente. Pero no tenemos canciones apropiadas para grandes salones y tiempos de infortunio, señor. Rara vez nuestras canciones tratan de algo más terrible que el viento o la lluvia. Y la mayor parte de mis canciones hablan de cosas que nos hacen reír; o de la comida y la bebida, por supuesto.

—¿Y por qué esos cantos no serían apropiados para mis salones, o para tiempos como éstos? Nosotros, que hemos vivido tantos años bajo la Sombra ¿no tenemos acaso el derecho de escuchar los ecos de un pueblo que no ha conocido un castigo semejante? Quizá sintiéramos entonces que nuestra vigilia no ha sido en vano, aun cuando nadie la haya agradecido.

A Pippin se le encogió el corazón. No le entusiasmaba la idea de tener que cantar ante el Señor de Minas Tirith las canciones de la Comarca, y menos aún las cómicas que conocía mejor; de hecho, eran... bueno, demasiado rústicas para la ocasión. Sin embargo, se libró de ese brete al menos por el momento: no se le ordenó que cantase. Denethor se volvió hacia Gandalf, preguntándole sobre los Rohirrim y las leyes del reino de Rohan, y sobre la posición de Éomer, el sobrino del rey. A Pippin le maravilló que el Señor pareciera saber tantas cosas acerca de un pueblo que vivía muy lejos, aunque hacía sin duda muchos años, pensó, que Denethor no cabalgaba en persona fuera de las fronteras del reino.

Al cabo Denethor llamó con un gesto a Pippin y le ordenó que se ausentase otra vez por algún tiempo.

—Ve a la armería de la Ciudadela —le dijo— y retira de allí la librea y los avíos de la Torre. Estarán listos. Envié la orden ayer. ¡Vuelve en cuanto estés uniformado!

Todo sucedió como Denethor había dicho, y pronto Pippin se encontró ataviado con extrañas vestimentas de color negro y plata. Le habían facilitado un pequeño plaquín, hecho quizá de malla de acero pero negro como el azabache; y un yelmo de alta cimera con pequeñas alas de cuervo a cada lado, rematado en el centro de la corona con una estrella de plata. Sobre la cota de malla llevaba una sobrevesta corta, también negra, pero con la insignia del Árbol bordada en plata a la altura del pecho. Las ropas viejas de Pippin fueron dobladas y guardadas, aunque le permitieron conservar la capa gris de Lórien, pero no usarla durante el servicio. Ahora sí que parecía, sin saberlo, un verdadero *Ernil i Pheriannath,* un Príncipe de los medianos, como la gente había dado en llamarlo; pero se sentía incómodo, y la tiniebla empezaba a lastrarle el ánimo.

Todo aquel día fue oscuro y tétrico. Desde el amanecer sin sol hasta la noche, la pesada sombra se había ido haciendo más y más profunda, y todos los corazones de la Ciudad estaban oprimidos. Arriba, a lo lejos, una gran nube, llevada por un viento de guerra, flotaba lentamente hacia el oeste desde la Tierra Tenebrosa, devorando la luz; pero abajo el aire estaba inmóvil, sin un soplo, como si el Valle del Anduin esperase el estallido de una tormenta devastadora.

A eso de la hora undécima, liberado al fin por un rato de las obligaciones del servicio, Pippin salió en busca de comida y bebida, algo que lo animara e hiciese más soportable la labor de espera. En la cantina se encontró nuevamente con Beregond, que acababa de regresar de una misión del otro lado del Pelennor, en las Torres de la Guardia sobre la Calzada. Pasearon juntos hacia la muralla, pues en los recintos cerrados Pippin se sentía prisionero, y hasta el aire de la alta ciudadela le parecía sofocante. Y otra vez se sentaron lado a lado en el antepecho de la embrasura que miraba al este, donde se habían entretenido la víspera, comiendo y hablando.

Era la hora del crepúsculo, pero ya el enorme palio se había extendido muy lejos en el Oeste, y sólo al hundirse por fin en el Mar, apenas un instante, logró el sol escapar a él para lanzar un breve rayo de adiós antes de dar paso a la noche, el mismo rayo que Frodo, en la Encrucijada, veía en ese momento nimbando cabeza del rey caído. Pero para los campos del Pelennor, bajo la sombra del Mindolluin, no llegó el resplandor: todo era pardo y lúgubre.

Pippin tenía la impresión de que habían pasado años desde la primera vez que se había sentado allí, en un tiempo ya a medias olvidado cuando todavía era un hobbit, un viajero despreocupado, casi indemne a los peligros que había atravesado. Ahora era un pequeño soldado en una ciudad que se preparaba para soportar un gran ataque, y vestía las ropas nobles, pero de algún modo sombrías, de la Torre de la Guardia.

En otro momento y en otro lugar tal vez Pippin hubiera estado encantado con ese nuevo atuendo, pero ahora sabía que no estaba representando un papel en una obra de teatro; estaba seria e irremisiblemente al servicio de un amo severo que corría un gravísimo peligro. El plaquín lo agobiaba y el yelmo le pesaba sobre la cabeza. Se había quitado la capa y la había puesto sobre la piedra del asiento. Apartó los ojos fatigados de los campos sombríos de allá abajo y bostezó, y luego suspiró.

—¿Estás cansado del día de hoy? —le preguntó Beregond.

—Sí —dijo Pippin—, muy cansado: agotado por la inactividad y la espera. He esperado sentado a la puerta de la cámara de mi señor durante lentas horas interminables, mientras él discutía con Gandalf y el Príncipe y otras personalidades. Y no estoy acostumbrado, Maese Beregond, a servir con hambre la mesa de otros. Es una prueba muy dura para un hobbit. Has de pensar sin duda que tendría que sentirme profundamente honrado. Pero ¿para qué quiero un honor semejante? Y a decir verdad ¿para qué comer y beber bajo esta sombra invasora? ¿Qué significa? ¡El aire mismo parece espeso y pardo! ¿Son frecuentes aquí estas oscuridades cuando el viento sopla del Este?

—No —dijo Beregond—. Ésta no es una oscuridad natural del mundo. Es algún artificio creado por la malicia del Enemigo; alguna emanación de humos de la Montaña de Fuego, que envía para ensombrecer los corazones y las deliberaciones. Y sin duda lo consigue. Ojalá vuelva el Señor Faramir. Él no se dejaría amilanar. Pero ahora, ¿quién sabe si alguna vez podrá regresar cruzando el Río a través de la Oscuridad?

—Sí —dijo Pippin—. Gandalf también está impaciente. Fue una decepción para él, creo, no encontrar aquí a Faramir. Y Gandalf ¿por dónde andará? Se retiró del consejo del Señor antes del refrigerio del mediodía, y no de buen humor, me pareció. Quizá tenga el presentimiento de alguna mala nueva.

De pronto, mientras hablaban, enmudecieron de golpe; paralizados como si se hubieran convertido en dos piedras que sólo pudieran escuchar. Pippin se encogió sobre sí mismo tapándose los oídos con las manos; pero Beregond, que mientras hablaba de Faramir había estado mirando a lo lejos por encima del parapeto almenado, se quedó donde estaba, tieso, mirando hacia afuera con los ojos fuera de las órbitas. Pippin conocía aquel grito estremecedor que acababa de escuchar: era el mismo que mucho tiempo atrás había oído en Marjala, en la Comarca, pero ahora había crecido en potencia y en odio y atravesaba el corazón con una venenosa desesperanza.

Al fin Beregond habló, haciendo un esfuerzo.

—¡Han venido! —dijo—. ¡Reúne valor y mira! Hay cosas terribles allá abajo.

Pippin se encaramó a regañadientes al asiento y asomó la cabeza por encima del muro. Abajo el Pelennor se extendía, sombrío, e iba a perderse en la línea apenas adivinada del Río Grande. Pero ahora, girando vertiginosamente sobre los campos como sombras de una noche intempestiva, vio a media altura cinco formas parecidas a pájaros, horripilantes como aves carroñeras pero más grandes que águilas, y crueles como la muerte. Ya bajaban de pronto, aventurándose hasta ponerse casi al alcance de los arqueros apostados en el muro, ya se alejaban volando en círculos.

—¡Jinetes Negros! —murmuró Pippin—. ¡Jinetes Negros del aire! ¡Pero mira, Beregond! —exclamó—. Están buscando algo, ¿verdad? ¡Mira cómo giran y descienden, siempre hacia el mismo punto, allí! ¿Y no ves algo que se mueve en el suelo? Formas oscuras y pequeñas. ¡Sí, hombres a caballo: cuatro o cinco! ¡Ah, no puedo soportarlo! ¡Gandalf! ¡Gandalf! ¡Socorro!

Otro chillido largo se elevó en el aire y se apagó, y Pippin, jadeando como un animal perseguido, se alejó de nuevo del muro, acurrucándose. Débil, y aparentemente remota a través de aquel grito escalofriante, tremoló desde abajo la voz de una trompeta que culminó en una nota aguda y prolongada.

—¡Faramir! ¡El Señor Faramir! ¡Es su llamada! —gritó Beregond—. ¡Corazón intrépido! ¿Pero cómo podrá llegar a la Puerta, si esos horrendos halcones del inframundo cuentan con otras armas además del terror? ¡Pero míralos! ¡No se arredran! Llegarán a la Puerta. ¡No! Los caballos se encabritan. ¡Mira! Arrojan al suelo a los jinetes; ahora corren a pie. No, uno sigue montado, pero retrocede hacia sus compañeros. Tiene que ser el Capitán: él sabe cómo conducir a las bestias y a los hombres. ¡Ay! Una de esas cosas inmundas se lanza sobre él. ¡Socorro! ¡Socorro! ¿Es que nadie acudirá en su auxilio? ¡Faramir!

Con ese grito Beregond echó a correr de un salto y desapareció en la oscuridad. Avergonzado de su miedo, mientras que

Beregond de la Guardia pensaba ante todo en su amado capitán, Pippin se levantó y miró fuera. En ese momento alcanzó a ver un destello de nieve y de plata que venía del Norte, como una estrella diminuta que hubiese descendido a los campos sombríos. Avanzaba como una flecha y crecía a medida que se acercaba, convergiendo rápidamente con los cuatro hombres que huían hacia la Puerta. Le pareció a Pippin que esparcía a su alrededor una luz pálida, y que la sombra espesa cedía ante aquella luz; y mientras se acercaba a los hombres Pippin creyó oír, como un eco entre los muros, una voz poderosa que llamaba.

—¡Gandalf! —gritó Pippin—. ¡Gandalf! Siempre llega en el momento más sombrío. ¡Adelante! ¡Adelante, Caballero Blanco! ¡Gandalf! ¡Gandalf! —gritó salvajemente, con la vehemencia del espectador de una gran carrera alentando a un corredor que no necesita la ayuda de exhortaciones.

Mas ya las sombras aladas habían advertido la presencia del recién llegado. Una de ellas voló en círculos hacia él; pero a Pippin le pareció ver que Gandalf levantaba una mano y que de ella brotaba como un dardo un haz de luz blanca. El Nazgûl dejó escapar un grito largo y doliente y se apartó; y ante eso los otros cuatro, tras un instante de vacilación, se elevaron en espirales vertiginosas y desaparecieron en dirección al este, entre las nubes bajas; y por un momento los campos del Pelennor parecieron menos oscuros.

Pippin observaba, y vio que el jinete y el Caballero Blanco se reunían al fin, y se detenían a esperar a los que iban a pie. Grupos de hombres les salían al encuentro desde la Ciudad; y pronto Pippin los perdió de vista bajo los muros exteriores, y supuso que estaban trasponiendo la Puerta. Sospechando que subirían inmediatamente a la Torre a ver al Senescal, corrió a la entrada de la ciudadela. Allí se le unieron muchos otros que habían observado la carrera y el rescate desde los altos muros.

Pronto en las calles que subían de los círculos exteriores se elevó un gran clamor, y hubo muchos vítores, y por todas partes voceaban y aclamaban los nombres de Faramir y Mithrandir.

Pippin vio aparecer unas antorchas, y luego dos jinetes que cabalgaban lentamente seguidos por una gran multitud: uno estaba vestido de blanco, pero ya no resplandecía, pálido en el crepúsculo como si el fuego que ardía en él se hubiese consumido o velado. El otro era sombrío y tenía la cabeza gacha. Desmontaron, y mientras los palafreneros se llevaban a Sombragrís y al otro caballo, avanzaron hacia el centinela de la puerta: Gandalf con paso firme, con el manto gris echado hacia atrás y en los ojos un fuego todavía encendido; el otro, vestido de verde, más lentamente, vacilando un poco como si estuviera herido o fatigado.

Pippin se adelantó entre el gentío, y en el momento en que pasaban bajo la lámpara de la arcada vio el rostro pálido de Faramir y se quedó sin aliento. Era el rostro de alguien que, asaltado por un miedo terrible o una inmensa angustia, ha conseguido dominarse y recobrar la calma. Orgulloso y grave, se detuvo un momento a hablar con el guardia, y Pippin, que no le quitaba los ojos de encima, vio hasta qué punto se parecía a su hermano Boromir, a quien él había querido desde el principio, admirando la apostura hidalga pero bondadosa del gran hombre. De pronto, sin embargo, sintió por Faramir una emoción extraña que nunca había conocido antes y que le conmovió el corazón. Era éste un hombre de alta nobleza, semejante a la que por momentos se revelaba en Aragorn, menos sublime quizá, pero a la vez menos inconmensurable y remota: uno de los Reyes de los Hombres nacido en una época tardía, pero tocado por la sabiduría y la tristeza de la Antigua Raza. Ahora sabía por qué Beregond lo nombraba con amor. Era un capitán a quien los hombres seguirían sin dudar, a quien él mismo seguiría, incluso bajo la sombra de las alas negras.

—¡Faramir! —gritó junto con los otros—. ¡Faramir! —Y Faramir, advirtiendo el acento extraño del hobbit entre el clamor de los hombres de la Ciudad, se dio la vuelta y lo miró estupefacto.

—¿De dónde sales tú? —le preguntó—. ¡Un mediano, y vestido con la librea de la Torre! ¿De dónde...?

Pero en ese momento Gandalf se le acercó y habló: —Ha venido conmigo desde la tierra de los medianos —dijo—. Ha venido conmigo. Pero no nos demoremos aquí. Hay mucho que decir y mucho por hacer, y tú estás fatigado. Él puede acompañarnos. En realidad, tiene que acompañarnos, pues si no olvida más fácilmente que yo sus nuevas obligaciones, dentro de menos de una hora ha de servir a su señor. ¡Ven, Pippin, síguenos!

Así llegaron por fin a la cámara privada del Señor de la Ciudad. Alrededor de un brasero de carbón de leña habían dispuesto asientos bajos y mullidos, y trajeron vino, y allí Pippin, cuya presencia nadie parecía advertir, permaneció de pie detrás del asiento de Denethor y escuchaba con tanta avidez todo cuanto se decía que olvidó su propio cansancio.

Una vez que Faramir hubo tomado el pan blanco y bebido un sorbo de vino, se sentó en un asiento bajo a la izquierda de su padre. Un poco más alejado, a la derecha de Denethor, estaba Gandalf, en un sillón de madera tallada; y al principio parecía dormir. Pues en un principio Faramir habló sólo de la misión que le había sido encomendada diez días atrás; y traía noticias del Ithilien y de los movimientos del Enemigo y sus aliados; y narró la batalla del camino, en la que los hombres de Harad y la bestia descomunal que los acompañaba fueran derrotados, como un capitán que comunicara a un superior sucesos de un orden casi cotidiano, los episodios insignificantes de una guerra de fronteras que ahora parecían vanos y triviales, despojados de su prestigio.

Entonces, de improviso, Faramir miró a Pippin.

—Pero ahora llegamos a la parte más extraña —dijo—. Porque éste no es el primer mediano que veo surgir de las leyendas del norte para aparecer en las Tierras del Sur.

Al oír esto Gandalf se enderezó y se aferró a los brazos del sillón; pero no dijo nada, y con una mirada detuvo la exclamación que estaba a punto de brotar de los labios de Pippin. Denethor observó los rostros de todos y asintió con la cabeza, como indicando que ya había adivinado mucho, aun antes de escuchar el relato de Faramir. Lentamente, mientras los otros permanecían inmóviles y silenciosos, Faramir narró su historia casi sin apartar los ojos de Gandalf, aunque de tanto en tanto miraba un instante a Pippin, como para refrescar el recuerdo de los otros que había visto.

Cuando Faramir llegó a la parte del encuentro con Frodo y su sirviente, y hubo narrado los sucesos de Henneth Annûn, Pippin notó que un temblor agitaba las manos de Gandalf, aferradas como garras a la madera tallada. Blancas parecían ahora, y muy viejas, y mientras las contemplaba Pippin se dio cuenta de repente, con un pálpito de terror, de que Gandalf, el mismísimo Gandalf, estaba preocupado e incluso tenía miedo. En la estancia cerrada el aire no se movía. Y cuando Faramir habló por fin de la despedida de los viajeros y de la resolución de los hobbits de ir a Cirith Ungol la voz le flaqueó, y negó con la cabeza, y suspiró. Gandalf se levantó de un salto.

—¿Cirith Ungol, dijiste? ¿El Valle de Morgul? —preguntó—. ¿En qué momento, Faramir, en qué momento? ¿Cuándo te separaste de ellos? ¿Cuándo pensaban llegar a ese valle maldito?

—Nos separamos hace dos días, por la mañana —dijo Faramir—. Hay quince leguas de allí al valle del Morgulduin, si siguieron en línea recta hacia el sur; y entonces estarían aún a cinco leguas de la Torre maldita. Por muy rápido que hayan ido no pueden haber llegado antes de hoy, y es posible que aún estén en camino. En verdad, veo lo que temes. Pero la oscuridad no se debe a la empresa de tus amigos. Comenzó ayer al caer la tarde, y ya anoche todo Ithilien estaba envuelto en sombras. Es evidente para mí que el Enemigo preparaba este ataque sobre nosotros desde hace mucho tiempo, y que la hora ya había sido fijada antes del momento en que me separé de los viajeros, dejándolos sin mi custodia.

Gandalf iba y venía con paso nervioso por la habitación.

—¡Anteayer por la mañana, casi tres días de viaje! ¿A qué distancia queda el lugar en que os separasteis?

—Unas veinticinco leguas a vuelo de pájaro —respondió Faramir—. Pero me fue imposible llegar antes. Anoche dormí en Cair Andros, la isla larga más al norte en el Río, donde mantenemos una guarnición y caballos en nuestra orilla. Cuando vi cerrarse la oscuridad comprendí que la premura era necesaria, y entonces partí con otros tres hombres que disponían de caballos. El resto de mi compañía lo envié al sur, a reforzar la guarnición de los vados del Osgiliath. Espero no haber actuado mal. —Miró a su padre.

—¿Mal? —gritó Denethor, y de pronto los ojos le relampaguearon—. ¿Por qué lo preguntas? Los hombres estaban bajo tu mando. ¿O acaso me pides que juzgue todo lo que haces? Tu porte es humilde en mi presencia; pero hace tiempo ya que te has desviado de tu camino y desoyes mis consejos. Verás, has hablado hábilmente, como siempre; pero ¿crees que no he visto por ventura que tenías los ojos fijos en Mithrandir, tratando de saber si decías lo que era preciso o más de lo conveniente? Es él quien se ha adueñado de tu corazón desde hace mucho tiempo.

»Hijo mío, tu padre está viejo, pero aún no chochea. Todavía soy capaz de ver y de oír, igual que antes; y poco de cuanto has dicho a medias o callado es un secreto para mí. Conozco la respuesta de muchos enigmas. ¡Ay, ay, mi pobre Boromir!

—Si lo que he hecho os desagrada, padre mío —dijo con calma Faramir—, hubiera deseado conocer vuestro pensamiento antes que se me impusiera el peso de tamaña decisión.

—¿Acaso eso te habría hecho cambiar de parecer? —dijo Denethor—. Considero que te habrías comportado de la misma manera. Te conozco bien. Siempre deseas parecer noble y generoso como un rey de los tiempos antiguos, amable y benévolo. Una actitud que cuadraría tal vez a alguien de elevado linaje, si es poderoso y si gobierna en paz. Pero en los momentos desesperados, la benevolencia podría ser recompensada con la muerte.

—Que así sea entonces —dijo Faramir.

—¡Que así sea entonces! —gritó Denethor—. Pero no sólo con tu muerte, Señor Faramir: también con la de tu padre, y la de todo tu pueblo, a quien tendrías que proteger ahora que Boromir se ha ido.

—¿Desearíais entonces —dijo Faramir— que yo hubiese estado en su lugar?

—Sí, lo desearía, sin duda —dijo Denethor—. Porque Boromir era leal para conmigo, y no el discípulo de un mago. En vez de desperdiciar lo que le ofrecía la suerte, hubiera recordado que su padre necesitaba ayuda. Me habría traído un regalo poderoso.

La reserva de Faramir pareció ceder entonces un momento.

—Os rogaría, padre mío, que recordéis por qué fui yo al Ithilien y no él. En una oportunidad al menos, y no hace de esto mucho tiempo, prevaleció vuestra decisión. Fue el Señor de la Ciudad quien le confió a Boromir esa misión.

—No remuevas la amargura de la copa que yo mismo me he preparado —dijo Denethor—. ¿Acaso no la he sentido ya muchas noches en la lengua, previendo que lo peor está aún en los posos? Como ahora sin duda lo compruebo. ¡Ojalá no fuera así! ¡Ojalá ese objeto hubiese llegado a mi poder!

—¡Consuélate! —dijo Gandalf—. En ningún caso te lo hubiera traído Boromir. Está muerto, y ha tenido una muerte digna: ¡que duerma en paz! Pero te engañas. Boromir habría extendido la mano para tomarlo, y ni bien lo hubiera tocado estaría perdido sin remedio. Lo habría guardado para él solo, y cuando viniera aquí no hubieras reconocido a tu hijo.

El semblante de Denethor se contrajo en un rictus frío y duro.

—Encontraste que Boromir era menos maleable en tus manos, ¿no es verdad? —dijo con voz suave—. Pero yo que era su padre afirmo que me lo hubiera traído. Quizá seas sabio, Mithrandir, pero pese a todas tus sutilezas no eres dueño de toda la sabiduría. No siempre los consejos han de encontrarse en los artilugios de los magos o en la precipitación de los locos. En esta materia mi sabiduría y mi conocimiento son más profundos de lo que imaginas.

—¿Y hasta dónde llega tu sabiduría? —preguntó Gandalf.

—Al menos tan lejos como para saber que es necesario evitar dos disparates. Utilizarlo es peligroso. Y en un momento como éste, enviarlo al país mismo del Enemigo en las manos de un mediano sin inteligencia, como lo has hecho tú, tú y este hijo mío, es un disparate.

—¿Y qué habría hecho el Señor Denethor?

—Ni una cosa ni la otra. Pero con toda seguridad y contra todo argumento, no lo habría entregado a los azares de la suerte, una esperanza que sólo cabe en la mente de un loco, y arriesgarnos a una ruina total si el Enemigo recuperase lo que ha perdido. No, debería haberse guardado, escondido, ocultado en un sitio secreto y profundo. No hablo de utilizarlo, no, salvo en caso de la más extrema necesidad, pero sí de ponerlo fuera de su alcance, a menos que sufriéramos una derrota tan definitiva que lo que pudiese acontecer nos fuera indiferente, pues estaríamos muertos.

—Como es costumbre, mi Señor, sólo piensas en Gondor —dijo Gandalf—. Sin embargo, hay otros hombres, y otras vidas y tiempos por venir. Yo por mi parte, compadezco aun a los esclavos del Enemigo.

—¿Y dónde buscarán ayuda los otros hombres, si Gondor cae? —replicó Denethor—. Si yo lo tuviese ahora aquí, guardado en las bóvedas profundas de esta ciudadela, no estaríamos temblando de terror bajo esta oscuridad, temiendo lo peor, y nada entorpecería nuestras decisiones. Si no me crees capaz de soportar la prueba es porque aún no me conoces.

—Sin embargo, no te creo capaz —dijo Gandalf—. Si hubiera confiado en ti, te lo hubiera enviado para que lo tuvieras aquí bajo tu custodia, con lo que habría ahorrado muchas angustias, a mí y a otros. Y ahora, oyéndote hablar, confío en ti menos aún, no más que en Boromir. ¡No, refrena tu ira! En este caso ni en mí mismo confío: me fue ofrecido como regalo y lo rechacé. Eres fuerte, Denethor, y capaz aún de dominarte en ciertas cosas; pero si lo hubieras recibido te habría derrotado. Aunque estuviese enterrado en las raíces mismas del Mindolluin, te consumiría la mente a medida que vieras crecer la oscuridad, y las cosas peores aún que no tardarán en caer sobre nosotros.

Los ojos de Denethor relampaguearon otra vez por un momento mientras se encaraba a Gandalf, y Pippin volvió a sentir la tensión entre las dos voluntades; pero ahora las miradas de los dos adversarios le parecían las hojas de dos espadas centelleantes, batiéndose de ojo a ojo. Pippin se estremeció, temiendo algún golpe terrible. Pero de pronto Denethor recobró la calma y volvió de nuevo a aparentar frialdad. Se encogió de hombros.

—¡Si yo hubiera! ¡Si tú hubieras! —exclamó—. Todas esas palabras, todos esos síes son vanos. Ahora va camino de la Sombra, y sólo el tiempo dirá lo que el destino prepara, para el objeto y para nosotros. No tardaremos mucho en saberlo. En el plazo que aún queda, dejemos que todos los que luchan contra el Enemigo cada uno a su manera se unan, y que conserven la esperanza mientras sea posible, y cuando ya no les quede ninguna, que tengan al menos la entereza necesaria para morir libres. —Se volvió a Faramir—. ¿Qué piensas de la guarnición de Osgiliath?

—No es fuerte —respondió Faramir—. Como os he dicho, he enviado allí a la compañía de Ithilien para reforzarla.

—No creo que baste —dijo Denethor—. Allí es donde caerá el primer golpe. Lo que les hará falta es un capitán audaz.

—A esa guarnición y a muchas otras —dijo Faramir, y suspiró—. ¡Ay, si aún viviera mi hermano, a quien yo también amaba! —Se levantó—. ¿Puedo retirarme, padre? —Y al decir esto vaciló, y tuvo que apoyarse en el sillón de su padre.

—Estás fatigado, ya lo veo —dijo Denethor—. Has cabalgado rápido y lejos, y bajo las sombras del mal en el aire, me han dicho.

—¡No hablemos de eso! —dijo Faramir.

—No hablaremos, pues —dijo Denethor—. Ahora ve y descansa como puedas. Las necesidades de mañana serán más duras.

Todos se despidieron entonces del Señor de la Ciudad para retirarse a descansar mientras fuese posible. Fuera había una oscuridad negra y sin estrellas mientras Gandalf se alejaba hacia sus estancias en compañía de Pippin, que llevaba una pequeña antorcha. Hasta que se encontraron tras su puerta cerrada no intercambiaron una sola palabra. Entonces Pippin tomó al fin la mano de Gandalf.

—Dime —preguntó— ¿queda todavía alguna esperanza? Para Frodo, quiero decir; o al menos sobre todo para Frodo.

Gandalf posó la mano en la cabeza de Pippin.

—Nunca hubo muchas esperanzas —respondió—. Nada más que las que caben en la mente de un loco, como me han dicho. Y cuando oí el nombre de Cirith Ungol… —Se interrumpió y a grandes pasos caminó hasta la ventana como si sus ojos pudieran penetrar la noche, allá en el Este—. ¡Cirith Ungol! —murmuró— ¿Por qué ese camino, me pregunto? —Se volvió—. Justo ahora, Pippin, al oír ese nombre, el corazón casi se me detuvo. Y a pesar de todo creo de verdad que en las noticias que trajo Faramir hay alguna esperanza. Pues es evidente que el Enemigo se ha decidido al fin a declarar la guerra, y que ha dado el primer paso cuando Frodo aún caminaba en libertad. De manera que por ahora, durante muchos días, apuntará la mirada aquí y allá, siempre fuera de su propio territorio. Y sin embargo, Pippin, siento desde lejos la prisa y el miedo que lo dominan. Ha empezado mucho antes de lo que hubiera querido. Algo tiene que haberlo impulsado a actuar en seguida.

Gandalf permaneció un momento pensativo.

—Quizá —murmuró—. Quizá también tu insensatez ayudó de algún modo, muchacho. Veamos: hace unos cinco días habrá descubierto que derrotamos a Saruman y que nos apoderamos de la Piedra. Sí, pero entonces ¿qué? No podíamos utilizarla para un fin preciso, o sin que él lo supiera. ¡Ah! Podría ser. ¿Aragorn? Se acerca su hora. Y es fuerte, e inflexible por dentro, Pippin; temerario y resuelto, capaz de tomar por sí mismo decisiones cruciales y de correr grandes riesgos, si es necesario. Podría ser, sí. Quizá Aragorn haya utilizado la Piedra y se haya mostrado al Enemigo desafiándolo precisamente con este propósito. ¡Quién sabe! De todos modos, no conoceremos la respuesta hasta que lleguen los Jinetes de Rohan, siempre y cuando no lleguen demasiado tarde. Nos esperan días infaustos. ¡A dormir, mientras sea posible!

—Pero… —dijo Pippin.

—Pero ¿qué? —dijo Gandalf—. Esta noche te concedo un sólo *pero*.

—Gollum —dijo Pippin—. ¿Cómo se entiende que estuvieran viajando *con* él, y que hasta lo siguieran? Y me di cuenta de que a Faramir no le gustaba más que a ti el lugar a donde los conducía. ¿Qué pasa?

—No puedo contestar a esa pregunta por el momento —dijo Gandalf—. Sin embargo, mi corazón presentía que Frodo y Gollum se encontrarían antes del fin. Para bien o para mal. Pero de Cirith Ungol no quiero hablar esta noche. Traición, una traición es lo que temo; una traición de esa criatura miserable. Pero así tenía que ser. Recordemos que un traidor puede traicionarse a sí mismo y hacer involuntariamente un bien. Puede ocurrir, a veces. ¡Buenas noches!

El día siguiente llegó con una mañana semejante a un crepúsculo pardo, y los corazones de los hombres, reconfortados por un tiempo por el regreso de Faramir, se hundieron otra vez en un profundo desaliento. Las Sombras aladas no volvieron a verse en todo el día, pero de vez en cuando, alto sobre la ciudad, se oía un grito lejano que por un momento paralizaba de terror a muchos de quienes lo oían, y los de corazón menos audaz se estremecían y sollozaban.

Y ahora Faramir había vuelto a ausentarse.

—No le dan ningún sosiego —murmuraban algunos—. El Señor es demasiado duro con su hijo, y ahora tiene que cumplir los deberes de dos, los suyos propios y los de aquel que no volverá. —Y miraban sin cesar hacia el norte y preguntaban—: ¿Dónde están los Jinetes de Rohan?

En verdad no era Faramir quien había decidido partir de nuevo.

Pues el Señor de la Ciudad presidía el Consejo, y ese día no estaba de humor como para prestar oídos al parecer de otros. El Consejo había sido convocado a primera hora de la mañana, y todos los capitanes habían opinado que en vista del grave peligro que los amenazaba en el Sur, la fuerza de Gondor era demasiado débil para acometer cualquier acción de guerra, a menos que por ventura llegasen aún los Jinetes de Rohan. Mientras tanto no podían hacer nada más que guarnecer los muros y esperar.

—Sin embargo —dijo Denethor—, no convendría abandonar a la ligera las defensas exteriores, el Rammas edificado con tanto esfuerzo. Y el Enemigo debe pagar caro el cruce del Río. No podrá atacar la Ciudad ni por el norte de Cair Andros a causa de los pantanos, ni por el sur hacia Lebennin, pues allí el Río es muy ancho y necesitaría muchas embarcaciones. Es en Osgiliath donde descargará el gran golpe, como ya lo hizo la vez en que Boromir le cerró el paso.

—Aquello no fue más que un amago —dijo Faramir—. Hoy quizá pudiéramos hacerle pagar al enemigo diez veces nuestras pérdidas, y sin embargo, ser nosotros los perjudicados. Pues él puede permitirse perder todo un ejército, pero nosotros no podemos permitirnos la pérdida de una sola compañía. Y la retirada de las tropas que enviemos lejos en la planicie sería peligrosa si se abriera paso a la fuerza.

—¿Y qué será de Cair Andros? —dijo el Príncipe—. También Cair Andros tendrá que resistir si vamos a defender Osgiliath. No olvidemos el peligro que nos amenaza desde la izquierda. Los Rohirrim puede que vengan, o puede que no vengan. Pero Faramir nos ha hablado de una fuerza formidable que avanza resueltamente hacia la Puerta Negra. De ella podrían desmembrarse varios ejércitos y atacar desde distintos frentes.

—Mucho hay que arriesgar en la guerra —dijo Denethor—. Cair Andros está guarnecida, y no puedo enviar tan lejos ni un hombre más. Pero el Río y el Pelennor no los cederé sin combatir... no, si hay aquí algún capitán que aún tenga el coraje suficiente para ejecutar la voluntad de su señor.

Entonces todos guardaron silencio, hasta que al cabo habló Faramir.

—No me opongo a vuestra voluntad, padre. Puesto que habéis sido privado de Boromir, iré yo y haré lo que pueda en su lugar... si eso ordenáis.

—Lo ordeno —dijo Denethor.

—¡Adiós, entonces! —dijo Faramir—. ¡Pero si regresara algún día, tened mejor opinión de mí!

—Eso dependerá de cómo regreses —dijo Denethor.

Fue Gandalf el último en hablar con Faramir antes de que partiera hacia el este.

—No eches a perder tu vida por temeridad o por amargura —le dijo—. Serás necesario aquí para cosas distintas de la guerra. Tu padre te ama, Faramir, y lo recordará cerca del fin. ¡Adiós!

Así pues, el Señor Faramir había vuelto a marcharse, llevando consigo todos los voluntarios que quisieron acompañarlo o de quienes se podía prescindir. Desde lo alto de los muros algunos escudriñaban a través de la oscuridad la ciudad en ruinas, y se preguntaban qué estaría aconteciendo allí, pues nada era visible. Y otros, como siempre, oteaban el norte y contaban las leguas que los separaban de Théoden en Rohan. —¿Vendrá? ¿Recordará nuestra antigua alianza? —decían.

—Sí, vendrá —decía Gandalf—, incluso si llega demasiado tarde. ¡Pero reflexionad! En el mejor de los casos, la Flecha Roja no puede haberle llegado hace más de dos días, y las millas son largas desde Edoras.

Era nuevamente de noche cuando recibieron nuevas noticias. Un hombre llegó al galope desde los vados, diciendo que un ejército había salido de Minas Morgul y que ya se acercaba a Osgiliath; y que se le habían unido regimientos del Sur, haradrim altos y crueles.

—Y nos hemos enterado —prosiguió el mensajero— de que el Capitán Negro conduce una vez más las tropas, y de que el terror que infunde se ha extendido por delante de él, y ya ha cruzado el Río.

Con estas palabras de mal augurio concluyó el tercer día desde la llegada de Pippin a Minas Tirith. Pocos se retiraron a descansar, pues ya nadie tenía muchas esperanzas en que incluso Faramir pudiese defender por mucho tiempo los vados.

Al día siguiente, aunque la oscuridad había alcanzado su plenitud y había dejado de crecer, pesaba aún más sobre los corazones de los hombres, y un gran terror empezó a dominarlos. No tardaron en llegar más malas noticias. El cruce del Anduin estaba ahora en poder del Enemigo. Faramir se batía en retirada hacia la muralla del Pelennor, reuniendo a todos sus hombres en los Fuertes de la Calzada; pero el enemigo era diez veces superior en número.

—Si acaso decide regresar a través del Pelennor, tendrá al enemigo pisándole los talones —dijo el mensajero—. Han pagado caro el paso del Río, pero menos de lo que nosotros esperábamos. El plan estaba bien trazado. Ahora se ve que desde hace mucho tiempo estaban construyendo en secreto flotillas de balsas y lanchones en Osgiliath del Este. Atravesaron el Río como un enjambre de escarabajos. Pero el que causa la derrota es el Capitán Negro. Pocos se atreverán a soportar y afrontar aún el mero rumor de su llegada. Sus propias huestes tiemblan ante él, y se matarían si él así lo ordenase.

—En ese caso, allí me necesitan más que aquí —dijo Gandalf; e inmediatamente partió al galope, y su resplandor blanco pronto se perdió de vista. Y Pippin permaneció toda esa noche de pie sobre el muro, solo e insomne con la mirada fija en el este.

Apenas habían sonado las campanas anunciando el nuevo día, una burla en aquella oscuridad sin tregua, cuando Pippin vio que unas llamas brotaban en la lejanía, en los espacios indistintos en que se alzaban los muros del Pelennor. Los centinelas llamaron con voz fuerte, y todos los hombres de la Ciudad se pusieron en posición de ataque. De tanto en tanto se veía ahora un relámpago rojo, y unos fragores sordos atravesaban lentamente el aire pesado.

—¡Han tomado la muralla! —gritaron los hombres—. Están abriendo brechas. ¡Ya vienen!

—¿Dónde está Faramir? —preguntó Beregond, aterrorizado—. ¡No me digáis que ha caído!

Fue Gandalf quien trajo las primeras noticias. Llegó a media mañana con un puñado de jinetes, escoltando una fila de carretas. Estaban cargadas de heridos, todos aquellos que habían podido salvarse de las ruinas de los Fuertes de la Calzada. En seguida se presentó ante Denethor. El Señor de la Ciudad se encontraba ahora en una cámara alta sobre el Salón de la Torre Blanca con Pippin a su lado; y se asomaba a las ventanas oscuras abiertas al norte, al sur y al este, como si quisiera hundir los ojos negros en las sombras del destino que ahora lo cercaban. Miraba sobre todo hacia el Norte, y por momentos se detenía a escuchar, como si en virtud de alguna antigua destreza alcanzase a oír el trueno de los cascos en las llanuras distantes.

—¿Ha vuelto Faramir? —preguntó.

—No —dijo Gandalf—. Pero estaba todavía con vida cuando lo dejé. Sin embargo, parecía decidido a quedarse con la retaguardia, pues teme que un repliegue a través del Pelennor pueda terminar en una huida caótica. Tal vez consiga mantener unidos a sus hombres el tiempo suficiente, aunque lo dudo. Se enfrenta a un enemigo demasiado poderoso. Pues ha llegado uno que yo temía.

—¿No... no el Señor Oscuro? —gritó Pippin aterrorizado, olvidando en su congoja con quién estaba.

Denethor rio amargamente.

—No, ¡todavía no, Maese Peregrin! No vendrá sino a triunfar sobre mí cuando todo esté perdido. Él utiliza a los demás como armas. Es lo que hacen todos los grandes señores si son sabios, señor Mediano. ¿O por qué crees que permanezco aquí en mi torre, meditando, observando y esperando, y hasta sacrificando a mis hijos? Pues todavía soy capaz de esgrimir un arma.

Se levantó y se abrió bruscamente el largo manto negro, y he aquí que debajo llevaba una cota de malla y ceñía una espada larga de gran empuñadura en una vaina de plata y azabache.

—Así he caminado y así llevo durmiendo desde hace muchos años —dijo— a fin de que la edad no me ablande y me amilane el cuerpo.

—Sin embargo ahora, bajo el mando del Señor de Barad-dûr, el más feroz de sus capitanes se ha apoderado ya de tus muros exteriores —dijo Gandalf—. Soberano de Angmar en tiempos pasados, Hechicero, Espectro del Anillo, Señor de los Nazgûl, lanza de terror en la mano de Sauron, sombra de desesperación.

—Entonces, Mithrandir, tuviste un enemigo digno de ti —dijo Denethor—. En cuanto a mí, he sabido desde hace tiempo quién es el gran capitán de los ejércitos de la Torre Oscura. ¿Has regresado sólo para decirme eso? ¿No será acaso que te retiraste al encontrar un rival que te supera?

Pippin tembló, temiendo que en Gandalf se encendiese una cólera súbita; pero el temor era infundado.

—Podría ser así —respondió Gandalf serenamente—. Pero aún no ha llegado el momento en que pondremos a prueba nuestras fuerzas. Y si las palabras pronunciadas en los días antiguos dicen la verdad, no será la mano de ningún hombre la que habrá de abatirlo, y el destino que le aguarda es aún ignorado por los Sabios. Como quiera que sea, el Capitán de la Desesperación no se apresura todavía a adelantarse. Conduce en verdad a sus esclavos de acuerdo con las normas de la prudencia que tú mismo acabas de enunciar, desde la retaguardia, enviándolos delante de él en una acometida de locos.

»No, he venido ante todo a custodiar a los heridos que aún pueden sanar; porque ahora hay brechas todo a lo largo del Rammas, y el ejército de Morgul no tardará en penetrar por distintos puntos. Y sobre todo he venido para anunciarte esto: dentro de poco habrá aquí una batalla campal y es necesario preparar una incursión. Que sea de hombres a caballo. En ellos reside nuestra breve esperanza, pues sólo de una cosa no está bien provisto el enemigo: tiene pocos jinetes.

—Nosotros también. Si ahora viniesen los de Rohan, el momento sería oportuno —dijo Denethor.

—Quizá antes veamos llegar a otros recién llegados —dijo Gandalf—. Ya se nos han unido muchos que han conseguido huir de Cair Andros. La isla ha caído. Un nuevo ejército ha salido por la Puerta Negra, y viene hacia aquí atravesando el río al noreste.

—Algunos te han acusado, Mithrandir, de complacerte en traer malas nuevas —dijo Denethor—, pero para mí esta información ya no es nueva: la supe ayer, antes de caer la noche. Y en cuanto a la incursión, ya había pensado en eso. Descendamos.

Pasaba el tiempo. Los vigías apostados en los muros vieron al fin la retirada de las compañías exteriores. Al principio iban llegando hombres extenuados y a menudo heridos en grupos pequeños y dispersos que marchaban en desorden; algunos corrían salvajemente, como escapando a una persecución. A lo lejos, hacia el este, vacilaban unos fuegos distantes, que ahora parecían reptar aquí y allá a través de la llanura. Ardían casas y graneros. De pronto, desde muchos puntos, empezaron a formarse unos arroyos de llamas rojas que serpeaban rápidamente en la sombra, y todos parecían converger hacia la línea del camino ancho que llevaba desde la Puerta de la Ciudad hasta Osgiliath.

—El enemigo —murmuraron los hombres—. El dique ha cedido. ¡Allí vienen, irrumpiendo como un torrente por las brechas! Y parece que traen antorchas. ¿Dónde están los nuestros?

Atendiendo a la hora la noche estaba cercana, y la luz era tan mortecina que ni aun los hombres de buena vista sobre Ciudadela llegaban a distinguir lo que acontecía en los campos, excepto los incendios que se multiplicaban y los ríos de fuego que crecían en longitud y rapidez. Por fin, a menos de una milla de la Ciudad, apareció a la vista una columna de hombres más ordenada; marchaba sin correr y en filas todavía formadas.

Los vigías contuvieron el aliento. —Faramir ha de venir con ellos —dijeron—. Él sabe conducir a los hombres y las bestias. Aún puede conseguirlo.

Ahora la columna principal de retirada estaba a apenas un cuarto de milla. Tras ellos, saliendo de la oscuridad, galopaba un grupo reducido de jinetes, todo cuanto quedaba de la retaguardia. Una vez más se volvieron, para mantener a raya a las líneas de fuego cada vez más próximas. De improviso, hubo un tumulto de gritos feroces. Una horda de jinetes del enemigo se lanzó hacia adelante. Los arroyos de fuego se transformaron en torrentes caudalosos: fila tras fila de Orcos llevando antorchas encendidas, y Sureños feroces que portaban estandartes rojos y daban gritos destemplados trataban de abalanzarse sobre la columna que se batía en retirada. Y con un alarido penetrante, las sombras aladas se precipitaron cayendo del cielo tenebroso: los Nazgûl, que se inclinaban hacia adelante, preparados para matar.

La retirada se convirtió en una huida caótica. Los hombres ya estaban rompiendo filas, huyendo salvaje e inconscientemente aquí y allá, arrojando las armas, gritando de terror, rodando por el suelo.

Entonces una trompeta sonó en la Ciudadela, y Denethor ordenó por fin la incursión. Cobijados a la sombra de la Puerta y bajo los muros elevados del exterior, los hombres habían estado esperando esa señal: todos los jinetes que quedaban en la Ciudad. Ahora se lanzaron en formación hacia delante, en seguida aceleraron el galope, y en medio de un gran clamor cargaron contra el enemigo. Y un grito se elevó en respuesta desde los muros, pues en el campo de batalla, a la vanguardia, galopaban los caballeros del cisne de Dol Amroth, con su Príncipe Imrahil y su estandarte azul a la cabeza.

—¡Amroth por Gondor! —exclamaban los hombres—. ¡Amroth por Faramir!

Como un trueno cayeron sobre el enemigo, atacándolo por ambos flancos de la retirada; pero un jinete se adelantó a todos, rápido como el viento en la hierba: iba montado en Sombragrís, y resplandecía una vez más sin velos, y de la mano alzada le brotaba una luz.

Los Nazgûl chillaron y se alejaron rápidamente, pues no estaba todavía allí su Capitán para desafiar el fuego blanco de su enemigo. Tomadas por sorpresa mientras corrían salvajemente hacia su presa, las hordas de Morgul se desbandaron, dispersándose como chispas en un vendaval. La columna que se batía en retirada dio media vuelta, y envuelta en un gran clamor, atacaron fieramente al enemigo. Los cazadores se convirtieron en presas. La retirada se convirtió en una arremetida. El campo de batalla quedó cubierto de orcos y hombres abatidos, y las antorchas, abandonadas en el suelo, crepitaban y se extinguían en acres humaredas. Y la caballería continuó avanzando.

Sin embargo, Denethor no les permitió ir muy lejos. Aunque habían dejado en jaque al enemigo, obligándolo por el momento a replegarse, un torrente de refuerzos avanzaba ya desde el Este. La trompeta sonó otra vez tocando a retirada. La caballería de Gondor se detuvo, y detrás de su defensa las compañías de campaña volvieron a formarse. Pronto regresaron marchando hacia la Puerta y entraron en la Ciudad pisando con orgullo, y con orgullo los contemplaba la gente y los saludaba dando gritos de alabanza; mas todos estaban acongojados, pues las compañías habían sido gravemente diezmadas. Faramir había perdido un tercio de sus hombres. Y... ¿dónde estaba Faramir?

Fue el último en llegar. Ya todos sus hombres habían entrado. Ahora regresaban los jinetes, seguidos por el estandarte de Dol Amroth y el Príncipe. Y en los brazos del Príncipe, sobre la cruz del caballo, el cuerpo de su pariente Faramir hijo de Denethor, recogido en el campo de batalla.

—¡Faramir! ¡Faramir! —gritaban los hombres, y lloraban por las calles. Pero Faramir no respondía, y lo llevaron por el camino sinuoso hasta la Ciudadela, a presencia de su padre. En el momento mismo en que los Nazgûl huían del ataque del Caballero Blanco, un dardo mortífero había alcanzado a Faramir, que tenía acorralado a un jinete, uno de los campeones de Harad. Faramir se había caído del caballo. Sólo la carga de Dol Amroth había conseguido salvarlo de las espadas rojas de las tierras del sur, que sin duda lo habrían atravesado mientras yacía en el suelo.

El Príncipe Imrahil llevó a Faramir a la Torre Blanca, y dijo:

—Tu hijo ha regresado, señor, después de grandes hazañas —y narró todo cuanto había visto. Pero Denethor se puso de pie y miró el rostro de Faramir y no dijo nada. Luego ordenó que preparasen un lecho en la estancia, y que acostaran en él a Faramir, y que se retirasen. Entonces él subió a solas a la cámara secreta bajo la cúpula de la Torre; y muchos de los que en ese momento alzaron la mirada vieron brillar una luz pálida que vaciló un instante detrás de las ventanas estrechas, y luego llameó y se apagó. Y cuando Denethor volvió a bajar fue a la habitación donde había dejado a Faramir, y se sentó a su lado en silencio, y la cara del Señor estaba gris y parecía más muerta que la de su hijo.

Así que ahora al fin la Ciudad estaba sitiada, cercada por un anillo de adversarios. El Rammas estaba destruido y todo el Pelennor en poder del Enemigo. Las últimas noticias del otro lado de las murallas las habían traído unos hombres que llegaron corriendo por el camino del norte, antes del cierre de la Puerta. Eran los últimos que quedaban de la guardia que se había mantenido en el punto donde el camino desde Anórien y Rohan penetraba en las zonas pobladas de Gondor. Iban al mando de Ingold, el mismo guardia que menos de cinco días atrás había dejado entrar a Gandalf y Pippin, cuando aún salía el sol y la mañana traía esperanzas.

—No hay noticias de los Rohirrim —dijo—. Los de Rohan ya no vendrán. O si vienen al fin, no nos servirán de nada. El nuevo ejército que nos fue anunciado se ha adelantado a ellos, y ya llega desde el otro lado del Río a través de Andros, por lo que parece. Es poderosísimo: batallones de Orcos del Ojo e innumerables compañías de Hombres completamente distintos a cualquier humano que hayamos visto hasta ahora. No muy altos, pero fornidos y feroces, barbudos como enanos, y empuñan grandes hachas. Vienen sin duda de algún país salvaje en las vastas tierras del Este. Ya se han apoderado del camino hacia el norte, y muchos han penetrado en Anórien. Los Rohirrim no podrán acudir.

La Puerta se cerró. Durante toda la noche los centinelas apostados en los muros oyeron los rumores del enemigo que iba de un lado a otro incendiando campos y bosques, y traspasando con las lanzas a todos los hombres que se encontrasen delante, vivos o muertos. En aquella oscuridad era imposible saber cuántos habían cruzado ya el Río, pero cuando la mañana, o su sombra mortecina, asomó sobre la llanura, entendieron que ni siquiera en el miedo de la noche habían exagerado el número. Las compañías en marcha cubrían de negro toda la llanura, y en aquella oscuridad y hasta donde los ojos alcanzaban a ver, grandes campamentos de tiendas negras o de un rojo sombrío, como inmundas excrecencias de hongos, brotaban alrededor de la ciudad sitiada.

Afanosos como hormigas, los orcos cavaban, cavaban a toda prisa líneas de profundas trincheras en un círculo enorme, justo fuera del alcance de los arcos de los muros; y cada vez que terminaban una trinchera la llenaban inmediatamente de fuego, sin que nadie llegara a ver cómo las encendían y alimentaban, si mediante algún artificio o por brujería. El trabajo continuó el día entero, mientras los hombres de Minas Tirith sólo observaban; ya que nada podían hacer. Y a medida que cada tramo de trinchera quedaba terminado, veían acercarse grandes carretas; y pronto nuevas compañías enemigas montaban de prisa grandes máquinas de proyectiles, cada una al reparo de una trinchera. No había ni una sola en los muros de la ciudad de tanto alcance o capaz de detenerlas.

Al principio los hombres se rieron, pues no les temían demasiado a tales artilugios. Pues el muro principal de la Ciudad, construido antes de la declinación en el exilio del poderío y las artes de Númenor, era extraordinariamente alto y de una solidez maravillosa; y la cara externa era semejante a la de la Torre de Orthanc, dura, sombría y lisa, invulnerable al fuego o al acero, indestructible, a menos que alguna convulsión desgarrase la tierra misma en que se elevaba.

—No —decían—, ni aunque viniera el Sin Nombre en persona, ni él podría entrar mientras estuviésemos aún vivos. —Pero algunos replicaban—: ¿Mientras estuviésemos aún vivos? ¿Cuánto tiempo? Él tiene un arma que ha destruido muchas fortalezas inexpugnables desde que el mundo es mundo: el hambre. Los caminos están cortados. Rohan no vendrá.

Pero las máquinas no derrocharon proyectiles contra el muro indomable. No era un bandolero ni un cabecilla orco quien había planeado el ataque contra el peor enemigo del Señor de Mordor, sino una mente y un poder malignos. Tan pronto como las grandes catapultas estuvieron instaladas, con gran acompañamiento de alaridos y el chirrido de cuerdas y poleas, empezaron a arrojar proyectiles a una altura prodigiosa, de modo que pasaban por encima de las almenas e iban a caer con un ruido sordo dentro del primer círculo de la Ciudad; y muchos de esos proyectiles, en virtud de algún arte misterioso, estallaban en llamas cuando golpeaban el suelo.

Pronto hubo un grave peligro de incendio detrás de la muralla, y todos los hombres disponibles se dedicaron a apagar las llamas que brotaban aquí y allá. De súbito, en medio de los grandes proyectiles, empezó a caer otra clase de lluvia, menos destructiva pero más horripilante. Caían y rodaban por las calles y callejones detrás de la Puerta, proyectiles pequeños y redondos que no ardían. Pero cuando la gente se acercaba a ver qué podían ser, gritaban o se echaban a llorar. Porque lo que el Enemigo estaba arrojando a la Ciudad eran las cabezas de todos los que habían caído combatiendo en Osgiliath, o en el Rammas, o en los campos. Era horroroso mirarlas, pues si bien algunas estaban aplastadas e informes, y otras habían sido salvajemente acuchilladas, muchas tenían aún facciones reconocibles, y parecía que habían muerto con dolor; y todas llevaban marcada a fuego la inmunda insignia del Ojo Sin Párpado. Sin embargo, desfiguradas y profanadas como estaban, de tanto en tanto permitían a algunos ver por última vez el rostro de alguien conocido, alguien con quien en otro tiempo había marchado orgullosamente contra el enemigo, o cultivado los campos, o cabalgado desde los valles a las colinas en un día de fiesta.

En vano los defensores amenazaban con los puños a los enemigos implacables, apiñados delante de la Puerta. Los enemigos no temían a las maldiciones ni entendían las lenguas de los hombres del oeste, y gritaban con voces ásperas, como bestias y aves de rapiña. Pero pronto quedaron en Minas Tirith sólo unos pocos hombres de tanta entereza como para desafiar a los ejércitos de Mordor. Porque el Señor de la Torre Oscura tenía otra arma, más rápida que el hambre: el miedo y la desesperación.

Los Nazgûl retornaron, y como ya el Señor Oscuro empezaba a medrar y a desplegar fuerza, las voces de los siervos, que sólo expresaban la voluntad y la malicia del amo tenebroso, crecieron también y se cargaron de maldad y horror. Giraban sin cesar sobre la Ciudad, como buitres que esperan su ración de carne de hombres condenados. Volaban fuera del alcance de la vista y de las flechas, pero siempre estaban presentes, y sus voces siniestras desgarraban el aire. Y cada nuevo grito era más intolerable para los hombres. Con el paso del tiempo, hasta los más intrépidos terminaban arrojándose al suelo cuando la amenaza oculta volaba sobre ellos o, si permanecían de pie, las armas se les caían de las manos temblorosas, y la mente invadida por las tinieblas ya no pensaba en la guerra sino tan sólo en esconderse, en arrastrarse y morir.

Durante todo aquel día sombrío Faramir estuvo tendido en el lecho en la cámara de la Torre Blanca, extraviado en una fiebre desesperada; moribundo, decían algunos, y pronto todo el mundo repetía en los muros y en las calles: moribundo. Y Denethor no se movía de su lado, y observaba a su hijo en silencio, y ya no se ocupaba de la defensa de la Ciudad.

Nunca, ni aun en las garras de los Uruk-hai, había conocido Pippin horas tan negras. Tenía la obligación de atender al Senescal, y la cumplía, aunque Denethor parecía haberlo olvidado. De pie junto a la puerta de la estancia a oscuras, mientras trataba de dominar su propio miedo lo mejor que podía, observaba y le parecía que Denethor envejecía momento a momento, como si algo hubiese quebrantado aquella voluntad orgullosa, aniquilando la mente severa del Senescal. Pudiera ser que lo provocaran el dolor y el remordimiento. Vio lágrimas en aquel rostro antes impasible, más insoportables aún que la cólera.

—No lloréis, Señor —balbuceó—. Tal vez sane. ¿Habéis consultado a Gandalf?

—¡No me reconfortes con magos! —replicó Denethor—. La esperanza del loco ha sido vana. El Enemigo lo ha descubierto, y ahora es cada día más poderoso; adivina nuestros pensamientos, y todo cuanto hacemos acelera nuestra ruina.

»Sin una palabra de gratitud, sin una bendición, envié a mi hijo a afrontar un peligro innecesario, y ahora aquí yace con veneno en las venas. No, no, cualquiera que sea el desenlace de esta guerra, también mi propia casta está cerca del fin: hasta la Casa de los Senescales ha declinado. Seres despreciables dominarán a los últimos descendientes de los Reyes de los Hombres, viviendo ocultos en las montañas hasta que los destierren a todos.

Unos hombres llamaron a la puerta reclamando la presencia del Señor de la Ciudad.

—No, no bajaré —dijo Denethor—. Es aquí donde he de permanecer, junto a mi hijo. Tal vez hable aún, antes del fin, que ya está próximo. Seguid a quien queráis, incluso al Loco Gris, por más que su esperanza haya fallado. Yo me quedaré aquí.

Así fue como Gandalf tomó el mando en la defensa última de la Ciudad de Gondor. Y por donde iba, renacían las esperanzas en los corazones de los hombres, y nadie recordaba las sombras aladas. Infatigable, el mago cabalgaba desde la Ciudadela hasta la Puerta, al pie del muro de norte a sur; y lo acompañaba el Príncipe de Dol Amroth con su brillante cota de malla. Pues él y sus caballeros todavía conservaban su entereza, como señores en los que se manifestaba la auténtica raza de Númenor. Y los hombres al verlos murmuraban: —Tal vez dicen la verdad las antiguas leyendas: les corre sangre élfica por las venas, pues las gentes de Nimrodel habitaron aquellas tierras en tiempos remotos. —Y de pronto alguno entonaba en la oscuridad unas estrofas de la Balada de Nimrodel, u otras baladas del Valle del Anduin, recuerdo de años ya desvanecidos.

Sin embargo, en cuanto los caballeros se alejaban, las sombras se cerraban otra vez, los corazones se helaban y el valor de Gondor se marchitaba en cenizas. Y así pasaron lentamente de un oscuro día de miedos a las tinieblas de una noche desesperada. Las llamas rugían ahora incontrolables en el primer círculo de la Ciudad, cerrando la retirada en muchos sitios a la guarnición del muro exterior. Pero eran pocos los que permanecían en sus puestos: la mayoría había huido a refugiarse detrás de la segunda puerta.

Lejos, detrás de la batalla, habían tendido un puente, y durante todo ese día nuevos refuerzos de tropas y pertrechos habían cruzado el Río. Y por fin, en mitad de la noche, lanzaron el ataque. La vanguardia cruzó las trincheras de fuego siguiendo unos senderos tortuosos disimulados entre las llamas. Y avanzaban, avanzaban sin preocuparse por las bajas mientras se aproximaban, agazapados y en grupos, al alcance de los arqueros apostados en el muro. Pero en verdad pocos quedaban allí para causarles grandes daños, aunque la luz de las hogueras mostraba muchos blancos para arqueros de la destreza de la que antaño se enorgulleciera Gondor. Entonces, al darse cuenta de que el valor de la Ciudad ya había sido aniquilado, el Capitán oculto puso de manifiesto sus fuerzas. Lentamente, las grandes torres de asedio construidas en Osgiliath avanzaron rodando a través de las tinieblas.

Otra vez subieron a la cámara de la Torre Blanca los mensajeros, y como necesitaban ver con urgencia al Señor de la Ciudad, Pippin los dejó pasar. Denethor, que no apartaba los ojos del rostro de Faramir, volvió lentamente la cabeza, y los observó en silencio.

—El primer círculo de la Ciudad está en llamas, Señor —dijeron—. ¿Cuáles son vuestras órdenes? Aún sois el Señor y Senescal, pues no todos obedecerán a Mithrandir. Los hombres abandonan los muros, dejándolos indefensos.

—¿Por qué? ¿Por qué huyen los imbéciles? —dijo Denethor—. Puesto que arder en la hoguera es inevitable, más vale arder antes que después. ¡Volved a vuestra quema! ¿Y yo? También yo iré ahora a mi pira. ¡Mi pira! ¡No habrá tumbas para Denethor y para Faramir! ¡No tendrán sepultura! ¡No conocerán el lento y largo sueño de la muerte embalsamada! Nos consumiremos en la hoguera como los reyes paganos de antaño, antes de que cualquier barco navegase hasta aquí desde el Oeste. El Oeste ha fallado. ¡Volved y arded!

Sin una reverencia ni una palabra de respuesta, los mensajeros dieron media vuelta y huyeron.

Entonces Denethor se levantó y soltó la mano febril de Faramir, que tenía entre las suyas.

—¡Él está ardiendo, ya arde! —dijo con tristeza—. La morada de su espíritu se derrumba. —Y luego, acercándose a Pippin con pasos silenciosos, lo miró largamente.

»¡Adiós! —dijo—. ¡Adiós, Peregrin hijo de Paladin! Breve ha sido tu servicio, y terminará pronto. Te libero de lo poco que queda. Vete ahora, y muere en la forma que te parezca más digna. Y con quien tú quieras, hasta con ese amigo cuya locura te ha arrastrado a la muerte. Llama a mis sirvientes y márchate. ¡Adiós!

—No os diré adiós, mi señor —dijo Pippin hincando la rodilla. Y de improviso, reaccionando otra vez como el hobbit que era, se levantó rápidamente y miró al anciano a los ojos—. Acepto vuestra licencia, señor —dijo—, porque en verdad quiero ver a Gandalf. Pero no es un loco; y hasta que él no desespere de la vida, yo no pensaré en la muerte. Mas de mi juramento y de vuestro servicio no deseo ser liberado mientras vos sigáis con vida. Y si finalmente entran en la Ciudadela espero estar aquí, junto a vos, y merecer quizá las armas que me habéis dado.

—Haz lo que mejor te parezca, señor mediano —dijo Denethor—. Pero mi vida está destrozada. Haz venir a mis sirvientes. —Y se volvió de nuevo hacia Faramir.

Pippin salió y llamó a los sirvientes: seis hombres de la casa, fuertes y hermosos; sin embargo, temblaron al ser convocados.

Pero Denethor les rogó con voz serena que pusieran mantas tibias sobre el lecho de Faramir y que lo levantasen. Los hombres obedecieron, y alzando el lecho lo sacaron de la cámara. Avanzaban lentamente, para perturbar lo menos posible al febril herido, y Denethor los seguía, encorvado ahora sobre un bastón; y tras él iba Pippin.

Salieron de la Torre Blanca como si fueran a un funeral, y penetraron en la oscuridad; un resplandor mortecino iluminaba desde abajo el espeso palio de las nubes. Atravesaron lentamente el amplio patio, y a una orden de Denethor se detuvieron junto al Árbol Marchito.

Exceptuando los rumores lejanos de la guerra allá abajo en la Ciudad, todo era silencio, y oyeron el triste golpeteo del agua que caía gota a gota de las ramas muertas al estanque sombrío. Luego marcharon otra vez y traspusieron la puerta de la Ciudadela, ante la mirada asombrada y consternada del guardia. Doblando hacia el oeste llegaron por fin a una puerta en el muro trasero del círculo sexto. Fen Hollen la llamaban, porque siempre estaba cerrada excepto en tiempo de funeral, y sólo el Señor de la Ciudad o quienes llevaban la insignia de las tumbas y cuidaban las moradas de los muertos podían utilizarla. Del otro lado de la puerta un sendero sinuoso descendía en muchas curvas hasta la angosta lengua de tierra a la sombra del precipicio del Mindolluin, donde se alzaban las mansiones de los Reyes muertos y de sus Senescales.

Un portero, que estaba sentado en una casilla junto al camino, acudió con miedo en la mirada, llevando en la mano un farol. A una orden del Señor Denethor quitó los cerrojos, y la puerta se deslizó hacia atrás en silencio; y después de tomar el farol de manos del portero todos entraron. Había una profunda oscuridad en aquel camino flanqueado de muros antiguos y balaustres de numerosos pilares, que se agigantaban a la trémula luz del farol. Escuchando los ecos de sus propios pasos lentos descendieron, descendieron, hasta llegar por último a la Calle Silenciosa, Rath Dínen, entre cúpulas pálidas, salones vacíos y efigies de hombres muertos en días lejanos; y entraron en la Casa de los Senescales y depositaron la carga.

Allí Pippin, mirando con inquietud alrededor, vio que se encontraba en una vasta cámara abovedada, tapizada de algún modo por las grandes sombras que el pequeño farol proyectaba sobre las paredes, recubiertas de sudarios. Se alcanzaban a ver en la penumbra numerosas hileras de mesas esculpidas en mármol; y en cada mesa yacía una forma dormida, con las manos cruzadas sobre el pecho y la cabeza descansando en una almohada de piedra. Pero una mesa cercana era amplia y estaba vacía. A una señal de Denethor, los hombres depositaron sobre ella a Faramir y a su padre uno al lado del otro, cubriéndolos con un mismo lienzo; y allí permanecieron inmóviles, con la cabeza gacha, cual plañideras junto a un lecho de muerte. Denethor habló entonces en voz baja.

—Aquí esperaremos —dijo—. Pero no mandéis llamar a los embalsamadores. Traednos leña que arda rápidamente, y disponedla alrededor y debajo de nosotros, y rociadla con aceite. Y cuando yo os lo ordene arrojareis dentro una antorcha. Haced esto y no me digáis una palabra más. ¡Adiós!

—¡Con vuestro permiso, Señor! —dijo Pippin, y dando media vuelta huyó despavorido de la casa de los muertos—. ¡Pobre Faramir! —pensó—. Tengo que encontrar a Gandalf. ¡Pobre Faramir! Es muy probable que necesite medicinas más que lágrimas. Oh, ¿dónde podré encontrar a Gandalf? En lo más reñido de la batalla, supongo; y no tendrá tiempo que perder con moribundos o con locos.

Al llegar a la puerta se volvió a uno de los servidores que había quedado allí de guardia.

—Vuestro amo no es dueño de sí mismo —agregó—. Actuad con lentitud. ¡No traigáis fuego aquí mientras Faramir continúe con vida! ¡No hagáis nada hasta que venga Gandalf!

—¿Quién es el amo de Minas Tirith? —preguntó el hombre—. ¿El Señor Denethor o el Peregrino Gris?

—El Peregrino Gris o nadie, pareciera —dijo Pippin, y continuó subiendo de vuelta por el sendero tortuoso tan rápidamente como podían llevarlo sus pies, pasó delante del portero desconcertado, salió por la puerta y siguió, hasta que llegó cerca de la puerta de la Ciudadela. El centinela lo llamó cuando iba a cruzarla, y Pippin reconoció la voz de Beregond.

—¿Adónde vas con tanta prisa, Maese Peregrin? —gritó.

—En busca de Mithrandir —respondió Pippin.

—Las misiones del Señor Denethor son urgentes, y no me corresponde a mí retardarlas —dijo Beregond—; pero dime en seguida, si puedes: ¿qué está pasando? ¿Adónde ha ido mi Señor? Acabo de comenzar mi turno, pero me han dicho que lo vieron ir hacia la Puerta Cerrada y que unos hombres marchaban delante llevando a Faramir.

—Sí —dijo Pippin—, a la Calle Silenciosa.

Beregond inclinó la cabeza sobre el pecho para esconder las lágrimas.

—Decían que estaba moribundo —suspiró—, y ahora ha muerto.

—No —dijo Pippin—, aún no. Y creo que todavía es posible evitar que muera. Pero el Señor Denethor ha sucumbido antes que tomaran la Ciudad, Beregond. Desvaría, y es peligroso. —Le contó breve y rápidamente las palabras y las actitudes extrañas de Denethor—. Debo encontrar a Gandalf cuanto antes.

—En ese caso, tendrás que bajar hasta la batalla.

—Lo sé. El Señor me ha dado licencia. Pero Beregond, si puedes, haz algo para impedir que ocurran cosas terribles.

—El Señor no permite que quienes llevan la insignia de negro y plata abandonen su puesto por ningún motivo, a menos que él mismo lo ordene.

—Pues bien, se trata de elegir entre las órdenes y la vida de Faramir —dijo Pippin—. Y en cuanto a órdenes, creo que estás tratando con un loco, no con un señor. Tengo prisa. Volveré, si puedo.

Partió a todo correr, bajando, bajando siempre hacia la parte más exterior de la ciudad. Se cruzaba en el camino con hombres que huían del incendio, y algunos, al reconocer la librea del hobbit, volvían la cabeza y gritaban. Pero Pippin no les prestaba atención. Por fin llegó a la Segunda Puerta; del otro lado las llamas ascendían cada vez más alto entre los muros. Sin embargo, todo parecía extrañamente silencioso. No se oía ningún ruido, ni gritos de guerra ni fragor de armas. De pronto Pippin escuchó un grito aterrador, seguido por un golpe violento y un eco como de trueno profundo y prolongado. Obligándose a avanzar a pesar del acceso de miedo y horror que lo hacía temblar y por poco lo hizo caer de rodillas, Pippin volvió un recodo y desembocó en la amplia plaza tras la Puerta de la Ciudad. Y allí se detuvo, como fulminado por el rayo. Había encontrado a Gandalf; pero retrocedió precipitadamente y se agazapó ocultándose en la sombra.

Desde que comenzara en mitad de la noche, la gran acometida había proseguido sin interrupción. Los tambores retumbaban. Una tras otra, en el norte y en el sur, compañía tras compañía enemigas asaltaban los muros. Llegaban unas bestias enormes, que a la luz trémula y roja parecían verdaderas casas ambulantes: los *mûmakil* de Harad, arrastrando enormes torres y máquinas de guerra a lo largo de los senderos y entre las llamas. Pero a su Capitán no le preocupaba demasiado lo que hicieran ni las bajas que pudieran sufrir: su único propósito era poner a prueba la fuerza de la defensa y mantener a los hombres de Gondor ocupados en sitios dispersos. El blanco de la embestida más violenta sería la Puerta de la Ciudad. Por muy resistente que fuese, forjada en acero y hierro y custodiada por torres y bastiones de piedra inexpugnables, la Puerta era la llave, el punto más débil de aquella muralla impenetrable y alta.

Se oyó más fuerte el redoble de los tambores. Las llamas saltaban por doquier. A través del campo reptaban unas grandes máquinas; y en medio de ellas avanzaba un ariete de proporciones gigantescas, enorme como un árbol de los bosques de cien pies de longitud, balanceándose de unas cadenas poderosas. Largo tiempo les había llevado forjarlo en las sombrías fraguas de

Mordor, y la cabeza horrible, fundida en acero negro, reproducía la imagen de un lobo enfurecido, y portaba maleficios de ruina. Grond lo llamaban, en memoria del Martillo del Inframundo de los días antiguos. Arrastrado por las grandes bestias y custodiado por orcos, unos trolls de las montañas avanzaban detrás, listos para manejarlo.

Sin embargo, alrededor de la Puerta la defensa era aún fuerte, y allí resistían los caballeros de Dol Amroth y los hombres más intrépidos de la guarnición. La lluvia de dardos y proyectiles arreciaba; las torres de asedio se desplomaban o ardían de repente como antorchas. Todo alrededor de los muros, a ambos lados de la Puerta, una espesa capa de despojos y cadáveres cubría el suelo; pero la violencia del asalto no cejaba, y como impulsados por alguna locura, nuevos refuerzos se precipitaban sobre los muros.

Grond seguía avanzando. La cobertura del ariete era invulnerable al fuego; y aunque de tanto en tanto una de las grandes bestias que lo arrastraba enloquecía y pisoteaba a muerte a los innumerables orcos que lo custodiaban, se quitaban los cuerpos del camino y nuevos orcos corrían a reemplazar a los muertos.

Grond seguía avanzando. Los tambores redoblaban salvajemente. De pronto, sobre las montañas de muertos apareció una forma horrenda: un jinete, alto, encapuchado, envuelto en una capa negra. Indiferente a los dardos, avanzó lentamente cabalgando sobre los cadáveres. Se detuvo y blandió en alto una espada larga y pálida. Y mientras lo hacía un gran temor se apoderó de todos, defensores y enemigos por igual; las manos de los hombres cayeron a los costados, y ningún arco volvió a silbar. Por un instante, todo permaneció quieto.

Batieron y redoblaron los tambores. En una amplia arremetida, unas manos enormes impulsaron y arrojaron a Grond hacia adelante. Llegó a la Puerta. Se sacudió. Un gran estruendo resonó a través de la Ciudad, como un trueno que recorriera por las nubes. Pero la puerta de hierro y montantes de acero resistió el golpe.

Entonces el Capitán Negro se irguió sobre los estribos y gritó, con una voz espantosa, pronunciando en alguna lengua olvidada palabras de poder y terror, destinadas a lacerar los corazones y las piedras.

Tres veces gritó. Tres veces retumbó contra la Puerta el gran ariete. Y al recibir el último golpe, la Puerta de Gondor se rompió. Como al conjuro de algún maleficio explosivo, estalló y voló por el aire; hubo un relámpago enceguecedor, y los batientes cayeron al suelo rotos en mil pedazos.

El Señor de los Nazgûl entró a caballo en la Ciudad. Una gran forma negra recortada contra las llamas se alzó imponente, agigantándose en una inmensa amenaza de desesperación. Así pasó el Señor de los Nazgûl bajo la arcada que ningún enemigo había franqueado antes, y todos huyeron ante él.

Todos menos uno. Silencioso e inmóvil, aguardando en el espacio que precedía a la Puerta, estaba Gandalf montado en Sombragrís; Sombragrís, único entre los caballos libres de la tierra en desafiar el terror, impávido, firme como una imagen tallada en Rath Dínen.

—No puedes entrar aquí —dijo Gandalf, y la enorme sombra se detuvo—. ¡Vuelve al abismo preparado para ti! ¡Vuelve! ¡Húndete en la nada que os espera, a ti y a tu Amo! ¡Vete!

El Jinete Negro se echó hacia atrás la capucha, y he aquí que llevaba una corona regia; pero ninguna cabeza visible la sostenía. Las llamas brillaban, rojas, entre la corona y los hombros anchos y sombríos envueltos en la capa. Una boca invisible estalló en una risa sepulcral.

—¡Viejo loco! —dijo—. ¡Viejo loco! Ha llegado mi hora. ¿No reconoces a la Muerte cuando la ves? ¡Muere y maldice en vano! —Y al decir esto levantó en alto la hoja, y del filo brotaron llamas.

Gandalf no se movió. Y en ese mismo instante, lejano en algún patio de la Ciudad, cantó un gallo. Un canto claro y agudo, ajeno a la guerra y a los maleficios, de bienvenida a la mañana que en el cielo, más allá de las sombras de la muerte, llegaba con la aurora.

Y como en respuesta se elevó en la lejanía otra nota. Cuernos, cuernos, cuernos. Los ecos resonaban débiles en los flancos sombríos del Mindolluin. Grandes cuernos del Norte, soplados con una fuerza salvaje. Al fin Rohan había llegado.

5

LA CABALGATA DE LOS ROHIRRIM

Estaba oscuro y Merry, acostado en el suelo y envuelto en una manta, no podía ver nada; sin embargo, aunque era una noche serena y sin viento, alrededor de él los árboles suspiraban invisibles. Levantó la cabeza. Entonces lo volvió a escuchar: un rumor semejante al redoble apagado de unos tambores en las colinas boscosas y en las estribaciones de las montañas. El tamborileo cesaba de golpe para luego recomenzar en algún otro punto, a veces más cercano, a veces más distante. Se preguntó si lo habrían oído los centinelas.

No los veía, pero sabía que alrededor de él estaban las compañías de los Rohirrim. Le llegaba en la oscuridad el olor de los caballos, los oía moverse, y escuchaba el ruido amortiguado de los cascos contra el suelo cubierto de agujas de pino. El ejército vivaqueaba esa noche en los frondosos pinares que se agrupaban cerca de la almenara del Eilenach, irguiéndose por encima de las largas lomas del Bosque de Drúadan al borde del gran camino en el Anórien oriental.

Cansado como estaba, Merry no conseguía dormir. Había cabalgado durante cuatro días seguidos, y la oscuridad siempre creciente le había ido oprimiendo el corazón. Comenzaba a preguntarse por qué había insistido tanto en venir, cuando le habían ofrecido todas las excusas posibles, hasta una orden terminante del Señor, para que se quedase atrás. Se preguntaba además si el viejo Rey estaría enterado de su desobediencia, y si se habría enfadado. Tal vez no. Tenía la impresión de que había una cierta connivencia entre Dernhelm y Elfhelm, el Mariscal que capitaneaba el *éored* en que cabalgaban ahora. Elfhelm y sus hombres ignoraban al hobbit, y fingían no oírlo cada vez que hablaba. Bien hubiera podido ser un bulto más del equipaje de Dernhelm. Pero Dernhelm mismo no era tampoco de gran consuelo: jamás hablaba con nadie. Y Merry se sentía solo, insignificante y superfluo. Eran horas de apremio y ansiedad, y el ejército estaba en peligro. Se encontraban a menos de un día de cabalgata de la muralla exterior de Minas Tirith, que circundaba los terrenos de la ciudad, y antes de seguir avanzando habían enviado batidores en busca de noticias. Algunos no habían vuelto. Otros regresaron a galope tendido, anunciando que el camino había sido tomado a la fuerza previniendo su llegada. Un ejército del enemigo había acampado a tres millas al oeste de Amon Dîn, y las fuerzas que ya avanzaban por la carretera estaban a no más de tres leguas de distancia. Patrullas de Orcos recorrían las colinas y los bosques de alrededor. En las guardias de la noche el rey y Éomer celebraron consejo.

Merry tenía ganas de hablar con alguien, y pensó en Pippin. Pero esto lo puso más intranquilo aún. Pobre Pippin, encerrado en la gran ciudad de piedra, solo y asustado. Merry deseó ser un Jinete alto como Éomer: entonces haría sonar un cuerno o algo, y partiría al galope a rescatar a su compañero. Se sentó y escuchó los tambores que volvían a redoblar, ahora cercanos. Por fin oyó voces muy quedas, y vio luces que pasaban entre los árboles, el resplandor mortecino de unos faroles velados, envueltos parcialmente. Algunos hombres que estaban cerca empezaron a moverse a tientas en la oscuridad.

Una figura alta irrumpió de pronto entre las sombras, y al tropezar con el cuerpo de Merry maldijo las raíces de los árboles. Merry reconoció la voz de Elfhelm, el Mariscal.

—No soy la raíz de ningún árbol, señor —dijo—, ni tampoco un saco de equipaje, sino un hobbit maltrecho. Y lo menos que podéis hacer a modo de reparación es decirme qué está ocurriendo.

—No mucho que uno pueda ver en esta condenada oscuridad —respondió Elfhelm—. Pero mi señor manda decir que estemos prontos: es posible que llegue de improviso una orden de marchar.

—¿Entonces el enemigo se acerca? —preguntó Merry con inquietud—. ¿Son sus tambores los que se oyen? Casi empezaba a pensar que era pura imaginación de mi parte, ya que nadie parecía hacerles caso.

—No, no —respondió Elfhelm—, el enemigo está en el camino, no aquí en las colinas. Estás oyendo a los Woses, los Hombres Salvajes de los Bosques: así es como se comunican entre ellos a distancia. Se dice que aún viven en el Bosque de Drúadan. Vestigios de un tiempo ya remoto, viven secretamente en grupos pequeños, y son cautos e indómitos como bestias. No hacen la guerra contra Gondor ni la Marca; pero ahora la oscuridad y la presencia de los orcos los han inquietado, y temen la vuelta de los Años Oscuros, cosa bastante probable. Agradezcamos que no vayan tras nosotros, pues se dice que usan flechas envenenadas, y nadie conoce tan bien como ellos los secretos de los bosques. Pero le han ofrecido sus servicios a Théoden. En este mismo momento uno de sus jefes está siendo conducido hasta el rey. Allá, donde se ven las luces. Esto es todo lo que he oído decir. Y ahora tengo que cumplir las órdenes de mi amo. ¡Levántate, Señor Equipaje! —Y se desvaneció en la oscuridad.

Esa historia de hombres salvajes y flechas envenenadas no le gustó a Merry, pero además, el gran peso del miedo lo abrumaba. La espera se le hacía insoportable. Quería saber qué iba a pasar. Se levantó, y un momento después caminaba con cautela en persecución del último farol antes que desapareciera entre los árboles.

No tardó en llegar a un claro donde habían levantado una pequeña tienda para el rey al reparo de un árbol grande. Un gran farol, velado en la parte superior, colgaba de una rama y arrojaba un círculo de luz pálida debajo. Allí estaban sentados Théoden y Éomer, y en cuclillas ante ellos había un extraño ejemplar de hombre, apeñuscado como una piedra vieja, de barba rala que se extendía como musgo seco en su mentón protuberante. De piernas cortas y brazos gordos, membrudo y achaparrado, llevaba como única prenda unas hierbas atadas a la cintura. Merry tuvo la impresión de que lo había visto antes en alguna parte, y recordó de pronto a los hombres Púkel de El Sagrario. Era como si una de aquellas imágenes ancestrales hubiese cobrado vida, o quizá fuese descendiente directo, a través de años incontables, de los hombres que sirvieran de modelo a los artistas hacía tiempo olvidados.

Estaban en silencio cuando Merry se acercó reptando, pero al cabo de un momento el Hombre Salvaje empezó a hablar, como en respuesta a una pregunta. Tenía una voz profunda y gutural, y Merry oyó con asombro que hablaba en la lengua común, aunque de un modo entrecortado e intercalando toscas palabras.

—No, padre de los Jinetes —dijo—, no peleamos, Sólo cazamos. Matamos *gorgûn* en los bosques, aborrecemos los orcos. También vosotros aborrecéis los *gorgûn*. Ayudamos como podemos. Los Hombres Salvajes tienen orejas largas y ojos largos; conocen todos los senderos. Los Hombres Salvajes viven aquí antes que Casas-de-Piedra; antes que Hombres Altos vinieran de las Aguas.

—Pero lo que necesitamos es ayuda en la batalla —dijo Éomer—. ¿Cómo podréis ayudarnos, tú y tu gente?

—Traemos noticias —dijo el Hombre Salvaje—. Nosotros observamos desde lomas. Trepamos a montaña alta y miramos abajo. Ciudad de Piedra está cerrada. Fuego arde allá fuera; ahora también dentro. ¿Allí queréis ir? Entonces, debéis ser rápidos. Pero los *gorgûn* y hombres venidos de lejos —movió un brazo corto y nudoso apuntando al este— esperan en camino de los caballos. Muchos, muchos más que los Jinetes.

—¿Cómo lo sabes? —preguntó Éomer.

El rostro chato y los ojos oscuros del viejo no expresaban nada, pero en la voz había un hosco descontento.

—Hombres Salvajes son salvajes, libres, pero no niños —replicó—. Yo soy gran jefe Ghân-buri-Ghân. Yo cuento muchas cosas: estrellas en cielo, hojas en árboles, hombres en la oscuridad. Vosotros tenéis veinte veintenas contadas diez veces más cinco. Ellos tienen más. Gran batalla ¿y quién ganará? Y muchos otros caminan alrededor de muros de Casas-de-Piedra.

—¡Ay, con demasiado tino habla! —dijo Théoden—. Y los batidores nos dicen que han cavado fosos y erigido estacas a lo largo del camino. Nos será imposible tomarlos por sorpresa y arrasarlos.

—Pero tenemos que actuar con rapidez —dijo Éomer—. ¡Mundburgo está en llamas!

—¡Dejad terminar a Ghân-buri-Ghân! —dijo el Hombre Salvaje—. Él conoce más de un camino. Él os guiará por senderos sin fosos, que *gorgûn* no pisan, sólo los Hombres Salvajes y las bestias. Muchos caminos construyó la Gente de Casas-de-Piedra cuando era más fuerte. Despedazaban colinas como cazadores despedazan carne de animales. Hombres Salvajes creen que comían piedras. Iban con grandes carretas a Rimmon a través del Drúadan. Ahora no van más. El camino fue olvidado, pero no por Hombres Salvajes. Por encima de la colina y detrás de la colina, todavía sigue allí bajo hierba y árbol, allí atrás del Rimmon y bajando por el Dîn, y vuelve al final al camino de los Hombres Caballo. Los Hombres Salvajes mostrarán ese camino. Entonces mataréis *gorgûn* y con hierro brillante ahuyentaréis oscuridad mala, y Hombres Salvajes podrán dormir otra vez en los bosques salvajes.

Éomer y el rey deliberaron un momento en su propia lengua. Al cabo, Théoden se volvió hacia el Hombre Salvaje.

—Aceptamos tu ofrecimiento —le dijo—. Pues aun cuando dejemos a nuestra retaguardia una hueste de enemigos ¿qué puede importarnos? Si la Ciudad de Piedra sucumbe, no habrá regreso para nosotros, y si se salva, entonces serán las huestes de orcos las que tendrán cortada la retirada. Si eres leal, Ghân-buri-Ghân, recibirás una buena recompensa, y contarás para siempre con la amistad de la Marca.

—Hombres muertos no son amigos de los vivos y no les dan regalos —dijo el Hombre Salvaje—. Pero si sobrevivís a la Oscuridad, dejad que Hombres Salvajes vivan tranquilos en los bosques y no los cacéis más como a bestias. Ghân-buri-Ghân no os llevará a ninguna trampa. Él mismo irá con el padre de los Hombres-Caballo, y si lo guía mal, lo mataréis.

—Sea —dijo Théoden.

—¿Cuánto tardaremos en adelantarnos al enemigo y volver al camino? —preguntó Éomer—. Si tú nos guías tendremos que avanzar al paso; y no dudo que el camino será estrecho.

—Hombres Salvajes van rápido a pie —dijo Ghân—. Allá lejos camino es ancho, para cuatro caballos en Valle del Carro de Piedras —señaló con la mano hacia el sur—, pero estrecho al principio y al final. Hombre Salvaje puede caminar de aquí a Dîn entre salida del sol y mediodía.

—Entonces hemos de estimar por lo menos siete horas para las primeras filas —dijo Éomer—; pero más vale contar unas diez en total. Algo imprevisible podría retrasarnos, y si el ejército tiene que avanzar en filas, necesitaremos un tiempo para reordenarlo al salir de las lomas. ¿Qué hora es?

—¿Quién puede saberlo? —dijo Théoden—. Todo es noche ahora.

—Todo es oscuro, pero no todo es noche —dijo Ghân—. Cuando sol se levanta lo sentimos, aunque esté escondido. Ya trepa sobre montañas del Este. Se abre el día en campos del cielo.

—Entonces tenemos que partir cuanto antes —dijo Éomer—. Aun así, no hay esperanzas de que lleguemos hoy a socorrer a Gondor.

Sin esperar a oír más, Merry se escabulló para prepararse para la llamada de partida. Era la última jornada anterior a la batalla. Y aunque le parecía improbable que muchos pudieran sobrevivir, pensó en Pippin y en las llamas de Minas Tirith y sofocó sus propios temores.

Todo fue bien aquel día, y no vieron ni oyeron ninguna señal de que el enemigo estuviese al acecho con una celada. Los Hombres Salvajes dispusieron una pantalla de cazadores alertas alrededor del ejército, a fin de que ningún orco o espía merodeador pudiese conocer los movimientos en las lomas. Cuando empezaron a acercarse a la ciudad sitiada la luz era más débil que nunca, y las largas columnas de Jinetes pasaban como oscuras sombras de hombres y de caballos. Cada compañía llevaba como guía a un Hombre Salvaje de los Bosques; pero el viejo Ghân caminaba a la par del rey. La partida había sido más lenta de lo previsto, pues los Jinetes, a pie y llevando los caballos por la brida, habían tardado algún tiempo en abrirse camino en la espesura de las lomas boscosas y descender al escondido Valle del Carro de Piedras. Era ya entrada la tarde cuando la vanguardia llegó a los vastos boscajes grises que se extendían más allá de la ladera oriental del Amon Dîn, y enmascaraban una amplia abertura en la cadena de cerros que desde Nardol a Dîn corría hacia el este y el oeste. Por ese paso descendía en tiempos lejanos la carretera de carretas olvidada que, atravesando Anórien, volvía a unirse al camino principal para cabalgaduras hacia la Ciudad; pero a lo largo de numerosas generaciones de hombres, los árboles habían crecido allí, y ahora yacía rota y sumergida, enterrada bajo el follaje de años innumerables. En realidad, la espesura ofrecía a los Jinetes un último reparo antes de salir al descubierto hacia el fragor de la batalla; pues delante de ellos se extendían el camino y las llanuras del Anduin, en tanto que hacia el este y el sur las pendientes eran desnudas y rocosas, y las lomas se apeñuscaban y ascendían, bastión sobre bastión, para unirse a la imponente masa montañosa y a las estribaciones del Mindolluin.

Las primeras filas hicieron alto, y mientras las que venían detrás atravesaban la depresión del Valle del Carro de Piedras, se desplegaron para acampar bajo los árboles grises. El rey convocó a consejo a los capitanes. Éomer envió batidores a vigilar el camino, pero el viejo Ghân meneó la cabeza.

—Inútil mandar Hombres-Caballo —dijo—. Hombres Salvajes ya han visto todo lo que se puede ver en el aire malo. Pronto vendrán a hablar conmigo aquí.

Los capitanes se reunieron; y de entre los árboles salieron con cautela otras personas con forma de hombres-púkel, tan parecidos al viejo Ghân que Merry no hubiera podido distinguir entre ellos. Hablaron con Ghân en una lengua extraña y gutural.

Pronto Ghân se volvió hacia el rey.

—Hombres Salvajes dicen muchas cosas —anunció—. Primero: ¡prudencia! Todavía muchos hombres acampan del otro lado de Dîn, a una hora de marcha, por allí. —Agitó el brazo señalando el oeste, hacia la negra almenara—. Pero ninguno a la vista entre aquí y los muros nuevos de Gente de Piedra. Allí muchos y muy atareados. Muros ya no resisten: *gorgûn* los derriban con trueno de tierra y mazas de hierro negro. Son imprudentes y no miran alrededor. Creen que sus amigos vigilan todos caminos. —Y al decir esto soltó un extraño gorgoteo, que bien podía parecer una carcajada.

—¡Buenas noticias! —dijo Éomer—. Aun en esta oscuridad brilla de nuevo una luz de esperanza. Más de una vez los artilugios del Enemigo nos han favorecido. La maldita oscuridad puede ser para nosotros un manto protector. Y ahora, encarnizados como están en la destrucción de Gondor, decididos a no dejar piedra sobre piedra, sus orcos me han librado del mayor de mis temores. El muro exterior habría resistido largo tiempo a nuestros embates. Ahora podremos barrerlos y arrasarlos... si llegamos tan lejos.

—Una vez más te doy las gracias, Ghân-buri-Ghân de los bosques —dijo Théoden—. ¡Que la fortuna te sea propicia en recompensa por las noticias y la ayuda que nos has traído!

—¡Matad *gorgûn*! ¡Matad orcos! Hombres Salvajes no conocen palabras más placenteras —respondió Ghân—. ¡Ahuyentad aire malo y oscuridad con el hierro brillante!

—Para eso hemos venido desde muy lejos —afirmó el rey—, y lo intentaremos. Pero lo que consigamos, sólo mañana se verá.

Ghân-buri-Ghân se puso en cuclillas y se inclinó hasta tocar el suelo con la frente en señal de despedida. Luego se levantó como si se dispusiera a marcharse. Pero de pronto se quedó quieto con la cabeza levantada, como un animal del bosque que husmea un olor extraño. Un resplandor le iluminó los ojos.

—¡El viento está cambiando! —gritó, y con estas palabras, como en un parpadeo, él y sus compañeros desaparecieron en las tinieblas, y los Jinetes de Rohan no los volvieron a ver nunca más. Poco después se oyó otra vez hacia el este lejano el batir apagado de los tambores. Pero en todo el ejército nadie temió ni por un instante que los Hombres Salvajes pudieran cometer una traición, por más que pareciesen extraños y poco atractivos.

—Ya no tenemos necesidad de guías —dijo Elfhelm—. Hay entre nosotros Jinetes que han cabalgado hasta Mundburgo en tiempos de paz. Empezando por mí. Cuando lleguemos al camino doblará bruscamente hacia el sur, y desde allí hasta el muro que circunda los terrenos de la ciudad habrá otras siete leguas. La hierba abunda a los lados de casi todo el camino. En ese tramo los mensajeros de Gondor se dice que corrían más que nunca. Podremos cabalgar rápidamente y sin hacer mucho ruido.

—Pues como nos esperan actos funestos y necesitaremos de todas nuestras fuerzas —dijo Éomer—, yo propondría que ahora descansáramos, y que partiéramos por la noche; de ese modo podríamos llegar a los campos cuando haya tanta luz como pueda haberla, o cuando nuestro señor nos dé la señal.

El rey estuvo de acuerdo y los capitanes se retiraron. Pero Elfhelm volvió poco después.

—Los batidores no han encontrado nada más allá del bosque gris, señor —dijo—, salvo sólo dos hombres: dos hombres muertos y dos caballos muertos.

—¿Entonces? —dijo Éomer—. ¿Qué significa?

—Significa, señor, que eran mensajeros de Gondor; uno de ellos podría ser Hirgon. En todo caso aún apretaba en la mano la

Flecha Roja, pero lo habían decapitado. Y también esto: según los indicios, parece que huían *hacia el oeste* cuando fueron abatidos. A mi entender, al regresar encontraron al enemigo ya dueño del muro exterior, o atacándolo, y eso ha de haber ocurrido hace dos noches si utilizaron los caballos de recambio de las postas, como es costumbre. Al no poder entrar en la Ciudad han de haber dado media vuelta.

—¡Ay! —dijo Théoden—. Eso quiere decir que Denethor no ha tenido noticias de nuestra marcha, y ya habrá desesperado.

—*La necesidad no tolera tardanzas, pero más vale tarde que nunca* —dijo Éomer—. Y acaso en estos tiempos el viejo refrán demuestra ser más cierto que en todos los tiempos pasados, desde que los hombres se expresan con la boca.

Era de noche. Por las dos orillas del camino avanzaba en silencio el ejército de Rohan. El camino que contorneaba las faldas del Mindolluin torcía ahora hacia el sur. En lontananza, delante de ellos y casi en línea recta, había un resplandor rojo bajo el cielo negro, y las laderas de la gran montaña se elevaban sombrías y amenazantes ante aquel brillo. Ya se estaban acercando al Rammas del Pelennor, pero aún no había llegado el día.

En medio de la primera compañía cabalgaba el rey, rodeado por los hombres de su séquito. Seguía el *éored* de Elfhelm, y Merry notó que Dernhelm abandonaba su puesto en la oscuridad y avanzaba con rapidez hasta cabalgar detrás de la guardia del rey. La columna hizo un alto. Merry oyó que hablaban en voz baja. Algunos de los batidores que se habían aventurado hasta las cercanías del muro acababan de regresar. Se acercaron al rey.

—Hay grandes llamas, Señor —dijo uno—. La Ciudad está siendo atacada con fuego, y el enemigo cubre los campos. Pero todos parecen preocuparse sólo del asalto a la fortaleza. Hasta donde hemos podido ver son pocos los que quedan en el muro exterior, y empeñados como están en la destrucción, descuidan lo que pasa alrededor.

—¿Recordáis las palabras del Hombre Salvaje, Señor? —dijo otro—. Yo, en tiempos de paz, vivo en la vasta Meseta. Me llamo Wídfara, y también a mí el aire me trae mensajes. Ya el viento está cambiando. Ahora sopla una ráfaga del Sur, con matices marinos, aunque todavía leves. La mañana traerá novedades. Por encima de la pestilencia llegará el alba cuando paséis el muro.

—Si es cierto lo que dices, Wídfara, ¡ojalá la vida te conceda muchos años de bendiciones a partir de este día! —dijo Théoden. Y volviéndose a los hombres de su séquito les habló con voz clara, para que los Jinetes del primer *éored* también pudiesen escucharlo—. ¡Jinetes de la Marca, hijos de Eorl, la hora ha llegado! Lejos os encontráis de vuestros hogares, y tenéis por delante el fuego y el enemigo. Sin embargo, aunque combatáis en campos extranjeros, la gloria que ganéis será vuestra para siempre. Habéis prestado juramento: ¡Id ahora a cumplirlo, en nombre de vuestro rey, de vuestra tierra y la alianza de amistad!

Los hombres golpearon las lanzas contra el brocal de los escudos.

—¡Éomer, hijo mío! Tú irás a la cabeza del primer *éored* —dijo Théoden—, que marchará en el centro detrás del estandarte real. Elfhelm, conduce a tu compañía hacia la derecha cuando hayamos pasado el muro. Y que Grimbold lleve la suya hacia la izquierda. Las compañías restantes seguirán a estas tres primeras, a medida que vayan llegando. Y allí donde encontréis que el enemigo se agrupa, atacad. Otros planes no podemos hacer, pues ignoramos aún cómo están las cosas en el campo. ¡Adelante ahora, y que no os arredre la oscuridad!

La primera compañía partió tan rápidamente como pudo, pues pese a lo augurado por Wídfara la oscuridad era todavía profunda. Merry iba montado en la grupa del caballo de Dernhelm, sosteniéndose con la mano izquierda mientras que con la otra procuraba aflojar la espada de su vaina. Ahora notaba, con un regusto amargo, cuánto había de verdad en las palabras del rey:

¿Qué harías tú, Meriadoc, en semejante batalla? —Justo lo que estoy haciendo —se dijo—: entorpecer a un jinete, ¡y esperar al menos mantenerme en la silla y no morir aplastado bajo el galope de los cascos!

Una distancia de apenas una legua los separaba del sitio donde antes se alzaban las murallas exteriores. Pronto las alcanzaron, demasiado pronto para el gusto de Merry. Hubo gritos salvajes y algún choque de armas, pero la escaramuza fue breve. Los orcos en actividad alrededor de las murallas eran poco numerosos, y tomados por sorpresa fue fácil abatirlos o ahuyentarlos. Ante la puerta en ruinas del norte del Rammas, el rey ordenó un nuevo alto. Tras él, y flanqueándolo por ambos lados, se detuvo el primer *éored*. Dernhelm seguía manteniéndose cerca del rey, pese a que la compañía de Elfhelm estaba lejos a la derecha. Los hombres de Grimbold se apartaron de los demás, y un poco más lejos al este penetraron por una brecha en el muro.

Merry espió por detrás de la espalda de Dernhelm. A lo lejos, a diez millas o quizá más, había un gran incendio; pero a media distancia las líneas de fuego ardían en una vasta media luna, y el punto más próximo estaba a sólo una legua de las primeras filas de Jinetes. Poco más distinguió el hobbit en la oscuridad de la llanura, ni vio por el momento ninguna esperanza de amanecer, ni sintió el más leve soplo de viento, cambiante o no.

Ahora el ejército de Rohan avanzaba en silencio por los campos de Gondor, una corriente lenta pero continua, como cuando la marea que sube irrumpe por las fisuras de un dique que se consideraba seguro. Pero el pensamiento y la voluntad del Capitán Negro estaban volcados por entero en el asedio y la destrucción de la Ciudad, y hasta ese momento no le había llegado ninguna noticia que le advirtiera de una posible falla en sus planes.

Al cabo de cierto tiempo el rey desvió la cabalgata ligeramente hacia el este, para pasar entre los fuegos del asedio y los campos exteriores. Hasta allí habían avanzado aún sin encontrar resistencia, y Théoden no había dado todavía ninguna señal. Por fin hicieron un último alto. Ahora la Ciudad estaba más cerca. El olor de los incendios flotaba en el aire, y también la sombra misma de la muerte. Los caballos piafaban, inquietos. Pero el rey, inmóvil, montado en Crinblanca, contemplaba la agonía de Minas Tirith, como si la angustia o el terror lo hubieran golpeado de repente. Pareció encogerse, acobardado por la edad. Hasta Merry se sentía lastrado por el peso insoportable del horror y la duda. El corazón le latía lentamente. El tiempo parecía haberse detenido en la incertidumbre. ¡Habían llegado demasiado tarde! ¡Demasiado tarde era peor que nunca! Acaso Théoden estuviera a punto de ceder, de inclinar la vieja cabeza, dar media vuelta y huir furtivamente a esconderse en las colinas.

Entonces, de improviso, Merry lo sintió por fin, inequívoco: un cambio. ¡El viento le soplaba en la cara! Asomó una luz. Lejos, muy lejos en el Sur, podían verse tenuemente las nubes como formas grises y remotas que se amontonaban, flotando a la deriva: más allá se abría la mañana.

Pero en ese mismo instante hubo un resplandor, como si un rayo hubiese salido de las entrañas mismas de la tierra, bajo la Ciudad. Durante un segundo vieron la forma incandescente, enceguecedora y lejana en blanco y negro, y la torre más alta resplandeció como una aguja rutilante; y un momento después, cuando volvió a cerrarse la oscuridad, un trueno ensordecedor y prolongado llegó desde los campos.

Como al conjuro de aquel ruido atronador, la figura encorvada del rey se enderezó súbitamente. Y otra vez se lo vio en la montura alto y orgulloso; e irguiéndose sobre los estribos gritó, con una voz más fuerte y clara que la que oyera jamás ningún mortal:

¡Alzaos, Alzaos, Jinetes de Théoden!
Hazañas crueles se avecinan: ¡fuegos y matanzas!
Trepidarán las lanzas, en añicos los escudos volarán,
¡el día de la espada, el día rojo, antes que llegue el alba!
¡Cabalgad ahora, cabalgad ahora! ¡Cabalgad a Gondor!

Y al decir esto, tomó un gran cuerno de manos de Guthláf, su portaestandarte, y lo sopló con tal fuerza que el cuerno se quebró. Y al instante se elevó la música conjunta de todos los cuernos del ejército, y el sonido de los cuernos de Rohan en esa hora fue como una tempestad sobre la llanura y como un trueno en las montañas.

¡cabalgad ahora, cabalgad ahora! ¡Cabalgad a Gondor!

De pronto, a una orden del rey, Crinblanca se lanzó hacia adelante. Detrás de él su estandarte flameaba al viento: un caballo blanco sobre un campo verde: pero Théoden ya lo dejaba atrás. En pos del rey galopaban retumbantes los caballeros de su casa, pero ninguno lograba darle alcance. Con ellos galopaba Éomer, y la crin blanca de la cimera del yelmo le flotaba veloz al viento, y la vanguardia del primer *éored* rugía como un oleaje embravecido al estrellarse contra las rocas de la orilla, pero nadie era tan rápido como el rey Théoden. Galopaba con un furor demente, como si la fervorosa sangre guerrera de sus antepasados le corriera por las venas como un fuego nuevo; y transportado por Crinblanca parecía un dios de la antigüedad, como el propio Oromë el Grande en la batalla de los Valar, cuando el mundo era joven. Su escudo dorado estaba descubierto y ¡oh, maravilla! resplandecía y centelleaba como una imagen del sol, y la hierba reverdecía alrededor de las patas de su montura. Pues llegaba la mañana, la mañana y un viento del mar; y ya se disipaban las tinieblas; y las huestes de Mordor gemían, y el terror los dominaba, y huían y morían, y los cascos de la ira arrasaban sobre ellos. Y de pronto los ejércitos de Rohan rompieron a cantar, y cantaban mientras mataban, pues el júbilo de la batalla estaba en todos ellos, y el sonido de su canto, que era a la vez hermoso y terrible, llegó incluso a la Ciudad.

6

LA BATALLA DE LOS CAMPOS DEL PELENNOR

Pero no era un cabecilla orco ni un bandolero el quien conducía el asalto sobre Gondor. Las tinieblas parecían disiparse demasiado pronto, antes de lo previsto por su Amo: momentáneamente la suerte le era adversa, y el mundo parecía volverse contra él; y no era capaz de alcanzar la victoria incluso ahora, cuando ya alargaba la mano para agarrarla. No obstante, su brazo era largo, y aún poseía autoridad y grandes poderes. Rey, Espectro del Anillo, Señor de los Nazgûl, disponía de muchas armas. Se alejó de la Puerta y desapareció.

Théoden Rey de la Marca había llegado al camino que iba de la Puerta al Río; y de allí había girado hacia la Ciudad, distante ahora a menos de una milla. Moderando el galope del caballo buscó nuevos enemigos, y sus caballeros lo rodearon, y entre ellos estaba Dernhelm. Adelante, en las cercanías de los muros, los hombres de Elfhelm luchaban entre las máquinas de asedio tajando, matando enemigos, empujándolos hacia las trincheras de fuego. Casi toda la mitad norte del Pelennor estaba ya tomada por los Jinetes, y los campamentos ardían, y los orcos huían en dirección al Río como manadas de animales salvajes perseguidas por cazadores; y los hombres de Rohan galopaban libremente, a lo largo y a lo ancho de los campos. Sin embargo, no habían desbaratado aún el asedio ni reconquistado la Puerta. Numerosos enemigos se alzaban ante ella, y la otra mitad de la llanura estaba ocupada por ejércitos todavía intactos. Al sur, del otro lado del camino, aguardaba la fuerza principal de los Haradrim, y allí su caballería estaba reunida en torno del estandarte de su capitán. Y él observó el horizonte a la creciente luz de la mañana y vio muy adelante y en pleno campo de batalla la bandera del rey, con tan sólo unos pocos hombres alrededor. Poseído por una furia roja, lanzó un grito de guerra, desplegó su estandarte —una serpiente negra sobre fondo escarlata— y se precipitó con una gran horda sobre el corcel blanco sobre campo verde, y las cimitarras desnudas de los Sureños centellearon como estrellas al desenvainarse.

Sólo entonces reparó Théoden en la presencia del capitán; y sin esperar el ataque, azuzó con un grito a Crinblanca y cargó a gran velocidad hacia su adversario. Terrible fue el fragor de aquel encuentro. Pero la furia blanca de los Hombres del Norte era la más ardiente, y sus caballeros más hábiles con las largas lanzas, y despiadados. Eran menores en número, pero surcaron y separaron las filas de los Sureños como un rayo en un bosque En medio de la refriega luchaba Théoden hijo de Thengel, y la lanza se le rompió en mil pedazos cuando abatió al capitán enemigo. Desnudó la espada en arco majestuoso y al galope de espuela su corcel alentó hacia el estandarte, tajando asta y portador, y la serpiente negra derrumbada quedó.

Entonces todos los supervivientes de la caballería enemiga dieron media vuelta y huyeron lejos.

Mas he aquí que de súbito, en la plenitud de la gloria del rey, el escudo de oro empezó a oscurecerse. La nueva mañana se borró del cielo. Las tinieblas cayeron a su alrededor. Los caballos gritaban, encabritados. Los Jinetes arrojados de las sillas se arrastraban por el suelo.

—¡A mí! ¡A mí! —gritó Théoden—. ¡Arriba, Eorlingas! ¡No os amedrente la oscuridad! —Pero Crinblanca, enloquecido de terror, se había levantado sobre las patas traseras luchando con el aire, y de pronto, con un grito desgarrador, se desplomó de flanco: un dardo negro lo había traspasado. Y el rey cayó bajo él.

Rápida como una nube de tormenta descendió la gran Sombra. Y se vio entonces que era una criatura alada: si era un ave, era más grande que cualquier ave conocida; y estaba desnuda, pues no poseía cálamos ni plumas. Las alas enormes eran como membranas coriáceas entre dedos ganchudos; y hedía. Una criatura acaso de un mundo ya extinguido, cuya especie, sobreviviendo en montañas olvidadas y frías bajo la luna, había perdurado más allá de su tiempo e incubado en algún nido horripilante esta progenie última, inclinada a la maldad. Y el Señor Oscuro la había adoptado, alimentándola con carnes putrefactas, hasta que fue mucho más grande que todas las otras criaturas que vuelan; y como cabalgadura la había entregado a su servidor. Descendió, descendió, y luego, replegando las membranas digitadas, lanzó un graznido y se posó de pronto sobre el cuerpo de Crinblanca, y le hincó las garras encorvando el largo cuello implume.

Una figura envuelta en un manto negro, enorme y amenazante, venía montada sobre aquella criatura. Llevaba una corona de acero, pero nada visible había entre el aro de la corona y el manto salvo el fulgor mortal de unos ojos: el Señor de los Nazgûl. Llamando a su montura antes que se desvaneciera otra vez la oscuridad, había retornado al aire, y ahora había regresado trayendo consigo la ruina, transformando la esperanza en desesperación y la victoria en muerte. Blandía una gran maza negra.

Pero Théoden no había quedado totalmente abandonado. Los caballeros de su séquito yacían sin vida en torno a él o habían sido llevados lejos de allí, arrastrados por la locura de sus corceles. Uno, sin embargo, permanecía junto al rey: el joven Dernhelm, fiel más allá del miedo; y lloraba, pues había amado a su señor como a un padre. Durante toda la carga Merry se había mantenido a salvo detrás de él, pero cuando la Sombra descendió Hoja de Viento, aterrorizado, había arrojado al suelo a sus jinetes, y ahora corría desbocado a través de la llanura. Merry se arrastraba a cuatro patas como una alimaña aturdida. y lo había invadido tal horror que se sentía ciego y enfermo.

«¡Paje del rey! ¡Paje del rey! —le gritaba el corazón dentro del pecho—. Tu obligación es seguir junto a él. Seréis como un padre para mí, dijiste.» Pero la voluntad no le obedecía y el cuerpo le temblaba. No se atrevía a abrir los ojos ni a levantar la cabeza.

De improviso, en medio de aquella oscuridad que le ocupaba la mente, creyó oír la voz de Dernhelm; pero le sonó extraña ahora, como si le recordase la de alguien que conocía.

—¡Vete de aquí, repugnante dwimmerlaik, señor de la carroña! ¡Deja en paz a los muertos!

Una voz glacial respondió: —¡No te interpongas entre el Nazgûl y su presa! O él no te matará cuando te llegue el turno: a ti te llevará muy lejos, a las casas de los lamentos, más allá de todas las tinieblas, donde tu carne será devorada, y tu mente marchita será desnudada y expuesta a la mirada del Ojo Sin Párpado.

Se oyó el ruido metálico de una espada al desenvainarse.

—Haz lo que quieras; mas yo lo impediré, si está en mis manos.

—¡Impedírmelo! ¿A mí? Estás loco. ¡Ningún hombre viviente puede impedirme nada!

Lo que Merry oyó entonces no podía ser más insólito para esa hora: le pareció que Dernhelm reía, y que la voz límpida repicaba como el acero.

—¡Es que no soy ningún hombre viviente! Lo que tus ojos ven es una mujer. Soy Éowyn hija de Éomund. Pretendes impedir que me acerque a mi señor y pariente. ¡Vete de aquí si no eres una criatura inmortal! Porque vivo o espectro oscuro, te aniquilaré si lo tocas.

La criatura alada respondió con un alarido, pero el Espectro del Anillo quedó en silencio, como si de pronto dudara. Por un momento el mero asombro se sobrepuso al miedo de Merry, y el hobbit se atrevió a abrir los ojos: las tinieblas que le oscurecían la vista y la mente se desvanecieron. Y allí, a pocos pasos, estaba posada la gran bestia, rodeada de una profunda oscuridad; y montado en ella como una sombra de desesperación, se cernía el Señor de los Nazgûl. Un poco hacia la izquierda, enfrentando a la bestia alada y su jinete, estaba ella, a quien hasta ese momento Merry llamara Dernhelm. Pero el yelmo que ocultaba el secreto de Éowyn había caído, y los cabellos de oro pálido, liberados de sus ataduras, le resplandecían sobre los hombros. La mirada de aquellos ojos grises como el mar era dura y despiadada, pero había lágrimas en sus mejillas. La mano esgrimía una espada, y alzando el escudo se defendía de la horrenda mirada del enemigo.

Era Éowyn y también era Dernhelm. Y el recuerdo del rostro que había visto en El Sagrario a la hora de la partida reapareció una vez más en la mente del hobbit: el rostro de alguien que busca la muerte porque ha perdido toda esperanza. Y sintió piedad en su corazón, y un enorme asombro; y de improviso el coraje de los de su raza, lento en encenderse, se despertó en él. Apretó la mano. Tan hermosa, tan desesperada, ¡Éowyn no podía morir! Al menos no debía morir sola, sin ayuda.

El rostro del enemigo no lo miraba, pero Merry no se atrevía a moverse, temiendo que los ojos asesinos lo descubrieran. Lenta, muy lentamente, se arrastró hacia un lado; pero el Capitán Negro, movido por la duda y la malicia, sólo miraba a la mujer que tenía delante, y a Merry no le prestó más atención que a un gusano en el fango.

De pronto, la gran bestia batió sus horripilantes alas, levantando un viento hediondo. Una vez más subió en el aire, y luego se precipitó velozmente sobre Éowyn, chillando y atacándola con el pico y las garras.

Tampoco ahora se inmutó Éowyn: doncella de los Rohirrim, descendiente de reyes, esbelta pero templada como una hoja de acero, hermosa pero terrible. Descargó un golpe rápido, hábil y mortal. Y cuando la espada cortó en dos el cuello extendido, la cabeza cercenada cayó como una piedra. Mientras Éowyn daba un salto hacia atrás, la mole del cuerpo se desplomó mustia en tierra con las vastas alas abiertas. Y con su caída, la sombra se desvaneció. Un resplandor la envolvió y los cabellos le brillaron a la luz del sol naciente.

El Jinete Negro emergió de la carroña, alto y amenazante, imponente ante Éowyn. Con un grito de odio que traspasaba los tímpanos como un veneno, descargó la maza. El escudo de la mujer se quebró en muchos pedazos, y Éowyn vaciló y cayó de rodillas: tenía el brazo roto. El Nazgûl se abalanzó sobre ella como una nube; los ojos le relampaguearon, y otra vez levantó la maza, dispuesto a matar.

Pero de pronto trastabilló también él, y con un alarido de dolor cayó de bruces, y la maza, desviada del blanco, fue a morder el polvo del terreno. La espada de Merry lo había herido desde detrás, Atravesando el manto negro y por debajo del plaquín, la había clavado en el tendón detrás de la poderosa rodilla.

—¡Éowyn! ¡Éowyn! —gritó Merry.

Entonces Éowyn, trastabillando, luchaba por mantenerse en pie, y reuniendo sus últimas fuerzas hundió la espada entre la corona y el manto mientras los grandes hombros se encorvaban ante ella. La espada chisporroteó y se quebró hecha añicos. La corona rodó a lo lejos con un ruido de metal. Éowyn cayó hacia delante sobre el enemigo derribado. Mas he aquí que el manto y el plaquín estaban vacíos. Ahora yacían en el suelo, despedazados y en un montón informe; y un grito se elevó por el aire estremecido y se transformó en un lamento áspero, y pasó con el viento, una voz tenue e incorpórea que se extinguió, y fue engullida, y nunca más volvió a oírse en aquella era de este mundo.

Y allí, de pie entre los caídos estaba Meriadoc el hobbit, parpadeando como un búho a la luz del día pues lo cegaban las lágrimas; y a través de una bruma vio la hermosa cabeza de Éowyn, que yacía inmóvil; y contempló el rostro del rey, caído en la plenitud de su gloria. Pues Crinblanca, en su agonía, había rodado apartándose del cuerpo del soberano, de cuya muerte era sin embargo la causa.

Entonces Merry se inclinó, y en el momento en que tomaba la mano del rey para besársela, Théoden abrió los ojos, que aún estaban límpidos, y habló con una voz fatigada pero serena.

—¡Adiós, Maese holbytla! —dijo—. Mi cuerpo está roto. Voy a reunirme con mis antepasados. Incluso en su soberbia compañía no me sentiré ahora avergonzado. ¡Abatí a la serpiente negra! ¡Un amanecer siniestro, un día feliz, y un crepúsculo de oro!

Merry no podía decir una palabra, pues no cesaba de sollozar.

—Perdonadme, señor —logró decir al fin—, por haber desobedecido vuestra orden, y por no haberos prestado más servicio que llorar en la hora de la despedida.

El viejo rey sonrió: —¡No te aflijas! Ya has sido perdonado. No se le puede negar el perdón a un corazón tan grande. Vive ahora años de bendiciones; y cuando te sientes en paz a fumar tu pipa ¡acuérdate de mí! Porque ya no podré cumplir la promesa de sentarme contigo en Meduseld, ni de aprender de ti los secretos de la hierba. —Cerró los ojos, y Merry se inclinó a su lado, pero él pronto volvió a hablar—. ¿Dónde está Éomer? Pues mis ojos se oscurecen y me gustaría verlo antes de irme. Él debe ser el próximo rey. Y también quisiera enviarle un mensaje a Éowyn. Ella no quería separarse de mí, y ahora nunca la volveré a ver, a Éowyn, más cara para mí que una hija.

—Señor, señor —empezó a decir Merry con voz entrecortada—, ella está…

Pero en ese mismo instante hubo un gran clamor, y resonaron los cuernos y las trompetas a su alrededor. Merry miró en derredor; se había olvidado de la guerra y del resto del mundo; tenía la impresión de que habían pasado muchas horas desde que el rey cabalgara al encuentro de la muerte, cuando en realidad todo había ocurrido un momento antes. Pero en ese momento cayó en la cuenta de que corrían el riesgo de quedar atrapados justo en medio de la gran batalla que no tardaría en comenzar.

Nuevas huestes enemigas llegaban presurosas por el camino que venía desde el Río; y de bajo los muros avanzaban las legiones de Morgul; y desde los campos meridionales venía la infantería de Harad, precedida por la caballería y seguida por los *mûmakil* de lomos gigantescos que transportaban torres de guerra. Pero hacia el norte, una vez más reunida y reorganizada por Éomer, detrás del penacho blanco de su cimera, avanzaba la gran vanguardia de los Rohirrim; y de la Ciudad salieron todas las fuerzas de los hombres que había dentro, y el cisne de plata de Dol Amroth flameaba en la vanguardia, dispersando a los enemigos que custodiaban la Puerta.

Un pensamiento cruzó un instante por la mente de Merry: «¿Dónde andará Gandalf? ¿Es que no está aquí? ¿No podría haber salvado al rey y a Éowyn?»

Mas en ese momento llegó Éomer al galope, acompañado por los caballeros supervivientes del séquito del rey que habían logrado dominar a los caballos. Y todos miraron con asombro el cadáver de la bestia abominable que yacía allí; y sus caballos se negaban a acercarse. Pero Éomer se apeó de un salto, y el dolor y el desconsuelo cayeron sobre él cuando llegó junto al rey y se quedó allí en silencio.

Entonces uno de los caballeros tomó de la mano de Guthláf, el portaestandarte que yacía muerto, la enseña del rey, y la levantó en alto. Théoden abrió lentamente los ojos, y al ver el estandarte indicó con una seña que se lo entregaran a Éomer.

—¡Salve, Rey de la Marca! —dijo—. ¡Cabalga ahora a la victoria! ¡Llévale mis adioses a Éowyn! —Y así murió Théoden sin saber que Éowyn yacía cerca de él. Y quienes lo rodeaban lloraron, clamando—: ¡Théoden Rey! ¡Théoden Rey!

Pero Éomer les dijo:

> *¡No os lamentéis en demasía! El caído fue noble en vida*
> *y tuvo una muerte digna. Cuando su túmulo se erija*
> *entonces las damas llorarán. ¡La guerra nos reclama ahora!*

Sin embargo, Éomer mismo lloraba al hablar.

—Que los caballeros de su séquito monten guardia junto a él —dijo—, y que con honores retiren de aquí el cuerpo, para que no lo pisoteen las tropas en la batalla. Sí, el cuerpo del rey y el de todos los caballeros de su séquito que aquí yacen.

Y Éomer miró a los caídos, y recordó sus nombres. De pronto vio que allí yacía Éowyn, su hermana, y la reconoció. Quedó un instante en suspenso, como un hombre a quien una flecha traspasa el corazón en la mitad de un grito. Una palidez cadavérica le cubrió el rostro, y una furia gélida se alzó en él, y por un momento no fue capaz de decir nada. Parecía que había perdido la razón.

—¡Éowyn, Éowyn! —gritó al fin—. ¡Éowyn! ¿Cómo llegaste aquí? ¿Qué locura es ésta, qué brujería perversa? ¡Muerte, muerte, muerte! ¡Que la muerte nos lleve a todos!

Entonces, sin consultar a nadie y sin esperar la llegada de los hombres de la Ciudad, montó y volvió al galope hacia la vanguardia del gran ejército, e hizo sonar un cuerno, y dio con fuertes gritos la orden de iniciar el ataque. Clara resonó la voz de Éomer a través del campo: —¡Muerte! ¡Cabalgad, cabalgad hacia la ruina y el fin del mundo!

A esta señal, el ejército se puso en movimiento. Pero los Rohirrim ya no cantaban. *Muerte,* gritaban con una sola voz poderosa y terrible, y acelerando el galope de las cabalgaduras, pasaron como una inmensa marea alrededor de su rey caído y se precipitaron rugiendo rumbo al sur.

Y Meriadoc el hobbit seguía allí sin moverse, parpadeando a través de las lágrimas, y nadie le hablaba: nadie, en realidad, parecía verlo. Se enjugó las lágrimas, y agachándose a recoger el escudo verde que le regalara Éowyn, se lo colgó al hombro. Buscó entonces su espada, que había dejado caer, pues en el momento de asestar el golpe se le había entumecido el brazo y ahora sólo podía utilizar la mano izquierda. Y de pronto vio el arma en el suelo, pero la hoja crepitaba y echaba humo como una rama seca arrojada a una hoguera; y mientras Merry la observaba, el arma se retorció, se marchitó y se consumió hasta desaparecer.

Tal fue el destino de la espada de las Colinas de los Túmulos, fraguada en Oesternesse. Hubiera querido conocer ese destino el artífice que la forjara en otros tiempos en el Reino del Norte, cuando los Dúnedain eran jóvenes, y tenían como principal enemigo al temible reino de Angmar y a su rey hechicero. Ninguna otra hoja, ni aun esgrimida por manos mucho más poderosas, habría podido infligir a ese enemigo una herida más cruel, hundirse de ese modo en la carne venida de la muerte, romper el hechizo que ataba los tendones invisibles a la voluntad del espectro.

Varios hombres levantaron al rey, y tendiendo mantos sobre las varas de las lanzas, improvisaron unas parihuelas para transportarlo a la Ciudad; otros recogieron con delicadeza el cuerpo de Éowyn y la cargaron siguiendo al cortejo. Mas no pudieron retirar del campo a todos los hombres del séquito del rey, pues eran siete los caballeros caídos en la batalla, entre ellos su jefe Déorwine. Así que, agrupándolos lejos de los cadáveres de los enemigos y la bestia abominable, los rodearon con una empalizada de lanzas. Y más tarde, cuando todo hubo pasado, regresaron y encendieron una gran hoguera y quemaron la carroña de la bestia; pero para Crinblanca cavaron una tumba, y pusieron sobre ella una lápida con un epitafio grabado en las lenguas de Gondor y de la Marca:

> *Fiel servidor mas perdición del amo.*
> *Potro de Piesligeros, Crinblanca el rápido.*

Verde y alta creció la hierba sobre el Montículo de Crinblanca, pero el sitio donde incineraron el cadáver de la bestia estuvo siempre negro y desnudo.

Merry caminaba lenta y penosamente junto a los porteadores, y había perdido todo interés en la batalla. Estaba cansado y terriblemente dolorido, y los miembros le temblaban como si tuviese frío. Una fuerte lluvia llegó desde el mar, y fue como si todas las cosas lloraran por Théoden y Éowyn, apagando con lágrimas grises los incendios de la Ciudad. Como a través de una niebla, vio llegar la vanguardia de los hombres de Gondor. Imrahil, Príncipe de Dol Amroth, se adelantó a caballo y frenó ante ellos tirando de las riendas.

—¿Qué carga lleváis, Hombres de Rohan? —gritó.

—Théoden Rey —le respondieron—. Ha muerto. Pero ahora Éomer Rey galopa en la batalla: aquel de la crin blanca al viento.

El príncipe se apeó del caballo, y arrodillándose junto a las parihuelas rindió homenaje al rey y a su gran heroísmo; y lloró. Y al levantarse vio de pronto a Éowyn, y la miró, estupefacto.

—¿No yace aquí una mujer? —exclamó—. ¿Incluso las mujeres de los Rohirrim han venido también a la guerra, a prestarnos ayuda?

—¡No, tan sólo una! —le respondieron—. Es la Dama Éowyn, hermana de Éomer; y hasta este momento ignorábamos que estuviese aquí, y lo lamentamos amargamente.

Entonces el príncipe, al verla tan hermosa pese a la palidez del rostro frío, le tomó la mano y se inclinó para mirarla más de cerca.

—¡Hombres de Rohan! —gritó—. ¿No hay un sanador entre vosotros? Está herida, tal vez de muerte, pero creo que todavía vive. —Le acercó a los labios fríos el brazal brillante y pulido de su armadura, y he aquí que una niebla tenue y apenas visible empañó la superficie bruñida.

»Ahora tenemos que apresurarnos —dijo, y ordenó a uno de los hombres que cabalgara rápidamente hasta la Ciudad en busca de socorro. Pero él se despidió de los caídos con una reverencia, les dijo adiós, y volviendo a montar partió al galope hacia la batalla.

La furia del combate arreciaba en los campos del Pelennor; el fragor de las armas crecía con los gritos de los hombres y los relinchos de los caballos. Resonaban los cuernos, tronaban las trompetas, y los *mûmakil* barritaban mientras los arreaban a la batalla. Al pie de los muros del sur, la infantería de Gondor cargaba ahora contra a las legiones de Morgul que seguían se apostaban allí. Pero la caballería galopaba hacia el este en auxilio de Éomer: Húrin el Alto, Guardián de las Llaves, y el Señor de Lossarnach, y Hirluin de las Colinas Verdes, y el Príncipe Imrahil el hermoso rodeado por sus caballeros.

En verdad, esta ayuda no les llegaba a los Rohirrim antes de tiempo; ya que la fortuna le había dado la espalda a Éomer y su propia furia lo había traicionado. La gran rabia de la primera acometida había devastado por completo el frente enemigo, y los Jinetes habían irrumpido en formación de grandes cuñas contra las filas de los Sureños, descabalando a la caballería y aplastando a la infantería. Pero en presencia de los *mûmakil* los caballos se negaban a cargar contra ellos y se volvían de golpe, aterrorizados; y nadie atacaba a los grandes monstruos, erguidos como torres de defensa, y en torno se atrincheraban los Haradrim. Y si al comienzo del ataque la fuerza de los Rohirrim era tres veces menor que la del enemigo, ahora la situación se había agravado: desde Osgiliath, donde las huestes enemigas se habían reunido a esperar la señal del Capitán Negro para lanzarse al saqueo de la Ciudad y la ruina de Gondor, llegaban sin cesar nuevas fuerzas. El Capitán había caído; pero Gothmog, el lugarteniente de Morgul, los azuzaba ahora hacia la contienda: Orientales que empuñaban hachas, Variags que venían de Khand, Sureños vestidos de escarlata, y Hombres Negros que de algún modo parecían trolls llegados del Lejano Harad, de ojos blancos y lenguas rojas. Algunos se precipitaban a atacar a los Rohirrim por la retaguardia, mientras otros contenían en el oeste a las fuerzas de Gondor para impedir que se reunieran con las de Rohan.

Entonces, a la hora precisa en que la suerte parecía volverse contra Gondor, y sus esperanzas flaqueaban, se elevó un nuevo grito en la Ciudad. Mediaba la mañana, soplaba un viento fuerte, y la lluvia huía hacia el norte; y el sol brillaba. En ese aire límpido los centinelas apostados en los muros divisaron a lo lejos una nueva visión de terror; y perdieron su última esperanza.

Pues desde el recodo del Harlond, el Anduin corría de tal modo que los hombres de la Ciudad podían seguir con la mirada el curso de las aguas por varias leguas de distancia, y los de vista más penetrante alcanzaban a ver cualquier nave que se acercase. Y mirando hacia allí los centinelas prorrumpieron en gritos consternados, pues negra contra el agua centellante vieron una flota de barcos traídos por el viento: dromones, y navíos de gran calado y muchos remos, las velas negras henchidas por la brisa.

—¡Los Corsarios de Umbar! —gritaron los hombres—. ¡Los Corsarios de Umbar! ¡Mirad! ¡Los Corsarios de Umbar vienen hacia aquí! Entonces ha caído Belfalas, y también el Ethir y Lebennin se han perdido. ¡Los Corsarios están sobre nosotros! ¡Es el último golpe del destino!

Y algunos, sin que nadie lo mandase, pues no quedaba en la Ciudad ningún hombre que pudiera dar órdenes, corrían a las campanas y tocaban la alarma; y otros soplaban las trompetas llamando a la retirada de las tropas.

—¡Retornad a los muros! —gritaban—. ¡Retornad a los muros! ¡Volved a la Ciudad antes que todos seamos arrollados!

Pero el mismo viento que empujaba los navíos se llevaba lejos el clamor de los hombres.

Sin duda los Rohirrim no necesitaban de esas llamadas y voces de alarma: demasiado bien veían con sus propios ojos los velámenes negros. Pues en aquel momento Éomer combatía a apenas una milla del Harlond, y entre él y el puerto estaban sus contrincantes actuales, una compacta hueste de adversarios; mientras que nuevos ejércitos de enemigos se le arremolinaban en la retaguardia, separándolo del Príncipe. Y cuando miró el Río la esperanza se extinguió en él, y maldijo el viento que poco antes había bendecido. Pero las huestes de Mordor cobraron entonces nuevos ánimos, y enardecidas por una vehemencia y una furia nuevas, se lanzaron al ataque dando gritos.

Éomer tenía ahora el ánimo firme y pensaba de nuevo con claridad. Hizo sonar los cuernos para reunir alrededor del estandarte a los hombres que pudieran llegar hasta él; pues se proponía levantar un enorme muro de escudos como último gesto, y resistir, y combatir a pie hasta que cayera el último hombre, y llevar a cabo en los campos del Pelennor hazañas dignas de ser cantadas, aunque nadie quedase con vida en el Oeste para recordar al último Rey de la Marca. Cabalgó entonces hasta una loma verde y allí plantó el estandarte, y el Corcel Blanco cabalgó flameando al viento.

> Saliendo de la duda, saliendo de la negrura hacia el romper del día
> vine cantando al sol, desnudando mi espada.
> Cabalgué hacia el fin de la esperanza y el roto corazón.
> ¡Ha llegado la hora de la ira, la ruina y el crepúsculo escarlata!

Pero mientras recitaba esta estrofa se reía a carcajadas. Pues una vez más había renacido en él la sed de batalla; y aún seguía indemne, y era joven, y era el rey: el señor de un pueblo indómito. Y así, mientras reía de desesperación, miró otra vez las embarcaciones negras, y levantó la espada en señal de desafío.

Y entonces quedó mudo de asombro y lo invadió una gran alegría. En seguida lanzó en alto la espada a la luz del sol, y cantó al recogerla en el aire. Todos los ojos siguieron la dirección de la mirada de Éomer, y he aquí que la primera nave había enarbolado un gran estandarte, que se desplegó y flotó en el viento mientras la embarcación viraba hacia el Harlond. Un Árbol Blanco, símbolo de Gondor, florecía en el paño; y Siete Estrellas lo circundaban, y lo nimbaba una alta corona, símbolos de Elendil que en años innumerables no había ostentado ningún señor. Y las estrellas centelleaban a la luz del sol, pues eran gemas talladas por Arwen hija de Elrond; y la corona resplandecía al sol de la mañana, pues estaba forjada en oro y mithril.

Así, traído de los Senderos de los Muertos por el viento del mar, Aragorn hijo de Arathorn, Elessar, heredero de Isildur, llegó al Reino de Gondor. Y la alegría de los Rohirrim estalló en un torrente de risas y en un relampagueo de espadas, y el júbilo y el asombro de la Ciudad se volcaron en fanfarrias de trompetas y en campanas al viento. Pero los ejércitos de Mordor eran presa del desconcierto, pues les parecía cosa de brujería que sus propias naves llegasen a puerto cargadas con sus enemigos; y un pánico negro se apoderó de ellos, viendo que la marea del destino había cambiado en su contra y que la hora de su ruina estaba próxima.

Hacia el este galopaban los caballeros del Dol Amroth, empujando delante al enemigo: Haradrim, Variags y orcos que aborrecían la luz del sol. Hacia el sur galopaba Éomer y los hombres que huían ante su rostro quedaban atrapados entre el martillo y el yunque. Pues ya una multitud de hombres saltaba de las embarcaciones al muelle del Harlond e irrumpían en el norte como una tormenta. Y con ellos venía Legolas, y Gimli esgrimiendo el hacha, y Halbarad portando el estandarte, y Elladan y Elrohir con estrellas en la frente, y los indómitos Dúnedain, Montaraces del Norte, al frente de un ejército de hombres de Lebennin, Lamedon y los feudos del Sur. Pero delante de todos iba Aragorn, blandiendo la Llama del Oeste, Andúril, que resplandecía como un fuego recién encendido, Narsil forjada de nuevo y tan mortífera como antaño; y Aragorn llevaba en la frente la Estrella de Elendil.

Y así Éomer y Aragorn volvieron a encontrarse por fin en batalla; y apoyándose en las espadas se miraron a los ojos y se alegraron.

—Ya ves cómo volvemos a encontrarnos, aunque todos los ejércitos de Mordor se hayan interpuesto entre nosotros —dijo Aragorn—. ¿No te lo dije ya en Cuernavilla?

—Sí, eso dijiste —respondió Éomer—, pero la esperanza suele ser engañosa, y en aquel entonces yo ignoraba que fueses un hombre con el don de la videncia. No obstante, es dos veces bendita la ayuda inesperada, y jamás un reencuentro entre amigos fue más jubiloso. —Y se estrecharon las manos—. Ni más oportuno, en verdad —añadió Éomer—. Tu llegada no es prematura, amigo mío. Hemos sufrido grandes pérdidas y terribles pesares.

—¡A vengarlos, entonces, más que a hablar de ello! —exclamó Aragorn; y juntos cabalgaron de vuelta a la batalla.

Dura y laboriosa fue la larga batalla que los esperaba, pues los Sureños eran hombres temerarios y encarnizados, y feroces en la desesperación; y los del Este eran recios y estaban curtidos en la batalla, y no pedían cuartel. Aquí y allá, en las cercanías de algún granero o una granja incendiados, en las lomas y montículos, al pie de una muralla o en campo raso, volvían a reunirse y a organizarse de nuevo, y la lucha no cejó hasta el final del día.

Y cuando el sol desapareció detrás del Mindolluin y los grandes fuegos del ocaso llenaron todo el cielo, de modo que las montañas y colinas de alrededor parecían tintas en sangre, las llamas rutilaron en las aguas del Río y las hierbas que tapizaban los campos del Pelennor se revelaron rojas a la luz del atardecer. Y en esa hora terminó la gran Batalla del campo de Gondor; y en el área circundado por el Rammas no quedaba con vida un solo enemigo. Todos fueron muertos allí, salvo aquellos que huyeron para encontrar la muerte o para perecer ahogados en las espumas rojas del Río. Pocos pudieron regresar al Este, a Morgul o a Mordor; y sólo un relato de las regiones lejanas llegó a las tierras de los Haradrim: un rumor de la ira y el terror de Gondor.

Extenuados más allá de la alegría y el dolor, Aragorn, Éomer e Imrahil regresaron cabalgando a la Puerta de la Ciudad; ilesos los tres por obra de la fortuna y por el poder y la destreza de sus brazos, pues de hecho pocos se habían atrevido a enfrentarlos o desafiarlos en la hora de su cólera. Pero los caídos en el campo de batalla, heridos, mutilados o muertos eran numerosos. Las hachas enemigas habían sido la maldición final de Forlong mientras combatía desmontado y a solas; y Duilin de Morthond y su hermano habían perecido pisoteados cuando atacaban a los *mûmakil*, liderando a sus arqueros para disparar de cerca a los ojos de los monstruos. Ni Huirlin el Hermoso volvería jamás a Pinnath Gelin, ni Grimbold a la Floresta de Grim, ni Halbarad a las Tierras Septentrionales, Montaraz de mano inflexible. Muchos fueron los caídos, caballeros de renombre o desconocidos, capitanes o soldados; porque grande fue la batalla, y ninguna historia ha narrado aún todas sus pérdidas. Así decía muchos años después en Rohan un hacedor de canciones en su balada de los Túmulos de Mundburgo:

Oímos hablar de cuernos resonando en las colinas,
espadas que resplandecían en el reino del Sur.
Los caballos galoparon hacia la Tierra de Piedra
como el viento en la mañana. La guerra estaba encendida.
Allí cayó Théoden hijo de Thengel poderoso,
y a sus salas doradas y verdes prados
en los campos del Norte jamás retornaría,
el alto señor de las huestes. Harding y Gúthlaf,
Dúnhere y Déorwine, el intrépido Grimbold,
Herefara y Herubrand, Horn y Fastred,
lucharon y allí cayeron, en tierras lejanas:
yacen en los Túmulos de Mundburgo, bajo la turba
junto a sus aliados, los señores de Gondor.
Ni Hirluin el Hermoso a las colinas junto al mar,
ni el viejo Forlong a los valles florecidos
de Arnach, su propia tierra, triunfadores
jamás regresarían; ni los altos arqueros,
Derufin y Duilin, a las oscuras aguas

del Morthond bajo las sombras de las montañas.
La Muerte en la mañana y al final del día
a humildes y señores se llevaría. Largo duermen hoy
bajo la hierba en Gondor, junto al Gran Río.
Ahora fluye gris cual lágrimas, de brillante plata,
entonces fluía carmesí, y rugientes sus aguas corrían:
su espuma teñida en sangre al anochecer en llamas;
y ardieron las montañas al ocaso como almenaras;
y rojo cayó el rocío en el Rammas Echor.

7

LA PIRA DE DENETHOR

Cuando la sombra negra se retiró de la Puerta, Gandalf se quedó sentado, inmóvil. Pero Pippin se puso en pie, como si se hubiera liberado de un gran peso, y al escuchar las voces de los cuernos le pareció que el corazón le iba a estallar de alegría. Y nunca más en los largos años de su vida pudo oír el sonido lejano de un cuerno sin que unas lágrimas le asomaran a los ojos. Pero de pronto recordó la misión que lo había traído allí, y echó a correr. En ese momento Gandalf se sacudió, y hablándole a Sombragrís, se disponía a trasponer la Puerta.

—¡Gandalf! ¡Gandalf! —gritó Pippin, y Sombragrís se detuvo.

—¿Qué haces aquí? —le preguntó Gandalf—. ¿Acaso no es ley en la Ciudad que quienes visten de negro y plata han de permanecer en la Ciudadela, a menos que el señor les haya dado licencia?

—Me la ha dado —dijo Pippin—. Me ha despedido. Pero tengo miedo. Temo que allí pueda acontecer algo terrible. El Señor ha perdido la razón, me parece. Temo que se mate y que mate también a Faramir. ¿No podrías hacer algo?

Gandalf miró por la Puerta entreabierta, y oyó que el fragor creciente de la batalla ya invadía los campos. Apretó el puño.

—He de ir —dijo—. El Jinete Negro está allí fuera, y todavía puede llevarnos a la ruina. No tengo tiempo.

—¡Pero Faramir! —gritó Pippin—. No está muerto, y si nadie los detiene lo quemarán vivo.

—¿Lo quemarán vivo? —dijo Gandalf—. ¿Qué historia es esa? ¡Habla, rápido!

—Denethor ha ido a las Tumbas —explicó Pippin—, y se ha llevado a Faramir. Y dice que todos arderemos al final, pero que él no esperará, y ha ordenado que preparen una pira y lo inmolen junto con Faramir. Y ha enviado hombres en busca de leña y aceite. Yo se lo he dicho a Beregond, pero no creo que se atreva a abandonar su puesto, pues está de guardia. Y de todas maneras ¿que podría hacer? —Así se desbordó la historia de los labios de Pippin, mientras se empinaba para tocar con las manos trémulas la rodilla de Gandalf—. ¿No puedes salvar a Faramir?

—Tal vez sí —dijo Gandalf—, pero entonces morirán otros, me temo. Y bien, tendré que ir, puesto que nadie más puede ayudarlo. Pero esto traerá males y desdichas. Hasta en el corazón de nuestra fortaleza tiene el Enemigo medios para golpearnos: porque esto es obra del poder de su voluntad.

Una vez decidido, Gandalf actuó con rapidez: alzó en vilo a Pippin y lo sentó en la cruz, y susurrándole una orden a Sombragrís, dio media vuelta. Y mientras a espaldas de ellos arreciaba el fragor del combate, los cascos repicaron subiendo las calles empinadas de Minas Tirith. Por toda la Ciudad los hombres despertaban del miedo y la desesperación y empuñaban las armas, y se gritaban unos a otros: —¡Ha llegado Rohan! —Y los Capitanes daban grandes voces, y las compañías se reunían, y muchas marchaban ya hacia la Puerta.

Se cruzaron con el Príncipe Imrahil, quien les gritó: —¿Adónde vas ahora, Mithrandir? ¡Los Rohirrim están combatiendo en los campos de Gondor! Debemos reunir todas las fuerzas que podamos encontrar.

—Necesitaréis de todos los hombres y muchos más aún —respondió Gandalf—. Daos prisa. Yo iré en cuanto pueda. Pero ahora tengo una misión impostergable que cumplir, junto a Denethor. ¡Toma el mando en ausencia del Señor!

Continuaron galopando; y a medida que ascendían y se acercaban a la Ciudadela sintieron el azote del viento en las mejillas, y
divisaron a lo lejos el resplandor de la mañana, una luz que aumentaba en el cielo del Sur. Pero no les infundió demasiadas esperanzas; ignoraban qué desdichas encontrarían, y temían llegar
demasiado tarde.

—Las tinieblas se están disipando —dijo Gandalf—, pero
todavía pesan sobre la Ciudad.

En la puerta de la Ciudadela no encontraron ningún guardia.

—Entonces Beregond ha de haber ido allí —dijo Pippin,
más esperanzado. Dieron media vuelta y cabalgaron por el camino que llevaba a la Puerta Cerrada. Estaba abierta de par en par
y el portero yacía ante ella. Lo habían matado y le habían robado
la llave.

—¡Obra del Enemigo! —dijo Gandalf—. Éstos son los golpes
con que se deleita: enconando al amigo contra el amigo, lealtad
dividida por la confusión de los corazones. —Se apeó del caballo y
con un ademán le ordenó a Sombragrís que volviese su establo—.
Porque has de saber, amigo mío —le dijo—, que tú y yo tendríamos que haber galopado hasta los campos ya hace tiempo, pero
otros asuntos me retienen. ¡así que ven rápido, si te llamo!

Traspusieron la Puerta y descendieron por el camino sinuoso
y escarpado. La luz crecía, y las columnas elevadas y las figuras
esculpidas que flanqueaban el sendero desfilaban lentamente
como fantasmas grises.

De improviso el silencio se rompió y oyeron abajo gritos y el
entrechocar de espadas: tales ruidos nunca habían resonado en
los recintos sagrados desde la construcción de la Ciudad. Llegaron por fin al Rath Dínen y fueron rápidamente hacia la Casa de
los Senescales, que se alzaba en el crepúsculo bajo la alta cúpula.

—¡Deteneos! ¡Deteneos! —gritó Gandalf, precipitándose
hacia la escalera de piedra que llevaba a la puerta—. ¡Acabad esta
locura!

Porque allí, en la escalera, con antorchas y espadas en la
mano, estaban los servidores de Denethor, y en el peldaño más

alto, vistiendo el negro y plata de la Guardia, se erguía Beregond, y él solo defendía la puerta. Ya dos de los hombres habían caído bajo su espada, profanando con sangre los lugares sagrados; y los otros lo maldecían, tildándolo de forajido y de traidor a su señor.

Y cuando Gandalf y Pippin corrían aún, se oyó la voz de Denethor que gritaba desde la morada de los muertos: —¡Pronto, pronto! ¡Haced lo que he dicho! ¡Matad a este renegado! ¿O tendré que hacerlo yo mismo? —Y en ese instante la puerta que Beregond mantenía cerrada con la mano izquierda se abrió de golpe, y allí en el vano se irguió la figura del Señor de la Ciudad, alta y terrible; una luz llameante le ardía en los ojos, y esgrimía una espada desnuda.

Pero Gandalf llegó de un salto al último peldaño, y los hombres retrocedieron y se cubrieron los ojos con las manos; pues su llegada fue como la irrupción de una luz blanquísima en un recinto oscuro, y Gandalf venía con una gran cólera. Alzó la mano, y con ese gesto la espada se desprendió del puño de Denethor y voló por el aire, y fue a caer detrás de él, en las sombras de la casa; y Denethor retrocedió ante Gandalf, como un hombre asombrado.

—¿Qué significa esto, mi señor? —dijo el mago—. Las casas de los muertos no son lugar para los vivos. ¿Y por qué hay hombres combatiendo aquí, en los Recintos Sagrados, cuando hay guerra suficiente ante las puertas de la Ciudad? ¿O acaso el Enemigo ha penetrado hasta Rath Dínen?

—¿Desde cuándo el Señor de Gondor ha de rendirte cuentas de lo que hace? —dijo Denethor—. ¿O ya no puedo mandar sobre mis propios sirvientes?

—Puedes —respondió Gandalf—. Pero otros podrían impugnar tu voluntad, si conduce a la locura y la maldad. ¿Dónde está Faramir, tu hijo?

—Yace aquí dentro —dijo Denethor—. Ardiendo, ya arde. Prendieron fuego a su carne. Pero pronto arderá todo. El Oeste ha sucumbido. Todo será devorado por un gran incendio, y todo acabará. ¡Cenizas! ¡Cenizas y humo que dispersará el viento!

Entonces Gandalf, viendo que en verdad Denethor había perdido la razón, y temiendo que hubiese hecho ya algo irreparable, se precipitó en el interior, seguido por Beregond y Pippin, en tanto Denethor retrocedía hasta la mesa del centro de la cámara. Y en ella yacía Faramir, todavía hundido en sueños de fiebre. Había haces de leña debajo de la mesa, y grandes pilas alrededor; y todo estaba impregnado de aceite, hasta las ropas de Faramir y las colchas que lo cubrían; pero aún no habían encendido el fuego. Gandalf reveló entonces la fuerza oculta que había en él, como la luz de poder que ocultara bajo el manto gris. Se encaramó de un salto sobre los haces de leña, y levantando al enfermo con ligereza saltó otra vez al suelo; y con Faramir en los brazos fue hacia la puerta. Y mientras lo llevaba Faramir se quejó en sueños, y llamó a su padre.

Denethor se sobresaltó como alguien que despierta de un trance, y el fuego se le apagó en los ojos, y lloró; y dijo:

—¡No me quites a mi hijo! Me llama.

—Te llama, sí —dijo Gandalf—, pero aún no puedes acudir a él. Porque ahora en el umbral de la muerte necesita ir en busca de curación, y quizá no la encuentre. Tu sitio, en cambio, está en la batalla de tu Ciudad, donde acaso la muerte te espere. Y tú lo sabes, en lo profundo de tu corazón.

—Ya no despertará nunca más —dijo Denethor—. Esta batalla es en vano. ¿Para qué desearíamos seguir viviendo? ¿Por qué no partir juntos hacia la muerte?

—Nadie te ha autorizado, Senescal de Gondor, a decidir la hora de tu muerte —respondió Gandalf—. Sólo los reyes paganos sometidos al Poder Oscuro lo hacían, inmolándose por orgullo y desesperación y asesinando a sus familiares para sobrellevar mejor la propia muerte.

Y al decir esto traspuso el umbral y sacó a Faramir de la mortal morada, y lo depositó otra vez en las andas en las que lo habían llevado, y que ahora estaban bajo el pórtico. Denethor lo siguió y se detuvo tembloroso, mirando con ojos ávidos el rostro de su hijo. Y por un instante, mientras todos observaban silenciosos e inmóviles su agonía, Denethor vaciló.

—¡Ánimo! —le dijo Gandalf—. Nos necesitan aquí. Todavía hay mucho que puedes hacer.

Entonces, de improviso, Denethor rompió a reír. De nuevo se irguió, alto y orgulloso, y volviendo a la mesa con paso rápido tomó de ella la almohada en que había apoyado la cabeza. Y mientras iba hacia la puerta le quitó el almohadón que la cubría, y he aquí que todos pudieron ver que llevaba en las manos una *palantír*. Y cuando levantó la Piedra en alto, tuvieron la impresión de que una llama empezaba a arder en el corazón de la esfera; y el rostro enflaquecido del Senescal, iluminado por aquel resplandor rojizo, les pareció como esculpido en piedra dura, perfilado en sombras negras: noble, altivo y terrible. Los ojos le relampagueaban.

—¡Orgullo y desesperación! —gritó—. ¿Creíste por ventura que estaban ciegos los ojos de la Torre Blanca? No, Loco Gris, he visto más cosas de las que tú sabes. Pues tu esperanza sólo es ignorancia. ¡Ve, afánate en curar! ¡Parte a combatir! Vanidad. Quizá triunfes un tiempo en el campo, por un breve día. Mas contra el Poder que ahora se levanta no hay victoria posible. Porque el dedo que ha extendido hasta esta Ciudad no es más que el primero de la mano. Ya todo el Este está en movimiento. Incluso el viento de tu esperanza te ha engañado: en este instante empuja por el Anduin, aguas arriba, una flota de velámenes negros. El Oeste ha fracasado. Para todos aquellos que no quieren convertirse en esclavos ha llegado la hora de partir.

—Tales razonamientos sólo ayudarán, sin duda, a la victoria del Enemigo —dijo Gandalf.

—¡Sigue esperando, entonces! —exclamó Denethor con una carcajada—. ¿No te conozco acaso, Mithrandir? Lo que tú esperas es gobernar en mi lugar, estar siempre tú detrás de cada trono, en el norte, en el sur, en el oeste. He leído tus pensamientos y conozco tus artimañas. ¿Acaso crees que no sé que ordenaste guardar silencio a este mediano? ¿Que se le trajo aquí para tener un espía en mis propias habitaciones? Y sin embargo, hablando con él me he enterado del nombre y la misión de cada uno de tus compañeros. ¡Sí! Con la mano izquierda quisiste utilizarme un tiempo como escudo contra Mordor, pero con la derecha intentabas traer aquí a este Montaraz del Norte, para que me suplantase.

»Pero óyeme bien, Gandalf Mithrandir, ¡yo no seré un instrumento en tus manos! Soy Senescal de la Casa de Anárion. No me rebajaré a ser el chambelán senil de un advenedizo. Porque aun cuando me des pruebas de la legitimidad de su derecho, desciende de la dinastía de Isildur. Y yo no voy a doblegarme ante alguien como él, último retoño de una casa andrajosa, despojada hace tiempo de cualquier señorío y dignidad.

—¿Qué querrías entonces —dijo Gandalf—, si pudieras hacer tu voluntad?

—Querría que las cosas permanecieran tal como fueron durante todos los días de mi vida —respondió Denethor—, y en los días de los antepasados que me precedieron: ser el Señor de esta Ciudad y gobernar en paz, y cederle mi sitial a un hijo mío, un hijo que fuera dueño de sí mismo y no el discípulo de un mago. Pero si el destino me niega todo esto, entonces no quiero *nada*: ni una vida degradada, ni un amor mediado, ni un honor envilecido.

—A mí no me parece que un Senescal que cede con lealtad el cargo que se le ha sido confiado sea motivo para que se sienta empobrecido en el amor y el honor —replicó Gandalf—. Y al menos no privarás a tu hijo del derecho de elegir, en un momento en que su muerte es todavía incierta.

Al oír estas palabras los ojos de Denethor volvieron a relampaguear, y poniéndose la Piedra bajo el brazo sacó un puñal y se acercó a grandes pasos a las andas. Pero Beregond se adelantó de un salto, irguiéndose entre Denethor y Faramir.

—¡Ah, eso era! —gritó Denethor—. Ya me habías robado la mitad del afecto de mi hijo. Ahora me robas también el corazón de mis caballeros, y así ellos podrán arrebatarme a mi hijo para siempre. Pero en algo al menos no podrás desafiar mi voluntad: decidir mi propio fin.

»¡Venid, adelante! —gritó a sus sirvientes—. ¡Venid a mí, si no sois todos traidores! —Entonces dos hombres se lanzaron escaleras arriba en dirección a su Señor. Denethor arrancó una antorcha de la mano de uno de ellos y volvió a entrar rápidamente en la casa. Y antes que Gandalf pudiera impedírselo, había arrojado el hachón sobre la pira; la leña crepitó y estalló al instante en llamaradas.

De un salto Denethor subió a la mesa, y de pie, envuelto en el fuego y el humo, recogió de sus pies el cetro de la senescalía, y apoyándolo contra la rodilla lo partió en dos. Arrojando los fragmentos al fuego se inclinó y se tendió sobre la mesa, mientras con ambas manos apretaba contra el pecho la *palantír*. Y se dice que desde entonces, todos aquellos que escudriñaban la Piedra, a menos que tuvieran una fuerza de voluntad capaz de desviarla hacia algún otro propósito, sólo veían dos manos decrépitas que se consumían entre las llamas.

Gandalf, horrorizado y consternado, volvió el rostro y cerró la puerta. Y mientras los que habían quedado fuera oían el rugido avariento de las llamas dentro de la casa, Gandalf permaneció un momento inmóvil en el umbral, en silencio. De pronto, Denethor lanzó un grito atronador, y ya no dijo nada más, ni ningún mortal volvió a verlo.

—Éste es el fin de Denethor hijo de Ecthelion —dijo Gandalf, y se volvió hacia Beregond y los servidores que aún contemplaban horrorizados la escena —. Y también el fin de los días de Gondor que habéis conocido; para bien o para mal, han terminado. Terribles actos han sucedido en este lugar, mas dejad ahora de lado los rencores que puedan dividiros, pues fueron urdidos por el Enemigo y están al servicio de su voluntad. Os habéis visto atrapados en una red de obligaciones antagónicas que vosotros no tejisteis. Pero pensad vosotros, servidores del Señor, ciegos en vuestra obediencia, que sin la traición de Beregond Faramir, Capitán de la Torre Blanca, también habría ardido ya.

»Llevaos de este lugar funesto a vuestros camaradas caídos. Nosotros cargaremos a Faramir, Senescal de Gondor, hasta un lugar donde pueda dormir en paz, o morir si tal es su destino.

Entonces Gandalf y Beregond levantaron las andas y se encaminaron a las Casas de Curación, y detrás de ellos, con la cabeza gacha, iba Pippin. Pero los servidores del Señor seguían paralizados, con los ojos fijos en la morada de los muertos; y en el momento en que Gandalf llegaba al extremo de Rath Dínen se oyó un ruido ensordecedor. Al volver la vista atrás vieron la cúpula de la casa resquebrajándose, y el humo brotando por las fisuras; y luego con un estruendo de piedras que se desmoronan, la cúpula se derrumbó en una oleada de fuego; pero las llamas, aún vivas, continuaron danzando y revoloteando entre las ruinas.

Entonces los servidores aterrorizados huyeron a la carrera en pos de Gandalf.

Llegaron por fin a la Puerta del Senescal, y Beregond miró con aflicción al portero caído.

—Eternamente lamentaré este acto —dijo—, pero la prisa me hizo perder la cabeza, y él no quiso escuchar razones, y desenvainó la espada contra mí. —Y sacando la llave que le arrebatara al muerto, giró la cerradura de la puerta—. Esta llave —dijo— ha de ser entregada al Señor Faramir.

—Quien tiene el mando ahora, en ausencia del Señor, es el Príncipe de Dol Amroth —dijo Gandalf—; pero al no estar él presente, me corresponde a mí tomar la decisión. Guarda tú mismo la llave, y custódiala hasta que el orden sea restablecido en la Ciudad.

Se internaron finalmente en los círculos más altos de la Ciudad, y a la luz de la mañana siguieron camino hacia las Casas de Curación, que eran residencias hermosas y apacibles destinadas al cuidado de los enfermos graves, aunque ahora estaban preparadas también para acoger a los heridos en la batalla y a los moribundos. Se alzaban no lejos de la puerta de la Ciudadela, en el círculo sexto, cerca de su muro del sur, y estaban rodeadas de jardines y de un prado arbolado, el único lugar de esa naturaleza en toda la Ciudad. Allí moraban las pocas mujeres a quienes porque ser hábiles en las artes de curar o de ayudar a los curadores, se les había permitido permanecer en Minas Tirith.

Y en el momento en que Gandalf y sus compañeros llegaban con las andas a la puerta principal de las Casas, escucharon un grito estremecedor que se elevó desde el campo delante de la Puerta, y hendiendo el cielo con una nota aguda y penetrante, se desvaneció en el viento. Fue un grito tan terrible que por un instante todos quedaron inmóviles; pero en cuanto hubo pasado sintieron de pronto que la esperanza les reanimaba los corazones, una esperanza que no conocían desde que llegara del Este la oscuridad; y les pareció que la luz era más clara, y que tras las nubes asomaba el sol.

Pero el semblante de Gandalf tenía un aire grave y entristecido; y rogando a Beregond y Pippin que entrasen a Faramir a las Casas de Curación, subió a la muralla más cercana; y allí, enhiesto, mirando en lontananza a la luz del nuevo sol, parecía una estatua esculpida en piedra blanca. Y mirando así, y por los poderes que le habían sido dados, supo todo lo que había acontecido; y cuando Éomer se separó del frente de batalla y se detuvo junto a los que yacían en el campo, Gandalf suspiró, y ciñéndose de nuevo la capa se alejó de los muros. Y cuando Beregond y Pippin volvían de las Casas, lo encontraron de pie y pensativo delante de la puerta.

Durante un rato, mientras lo miraban, siguió en silencio. Pero al fin habló. —Amigos —dijo—, ¡y todos vosotros, pueblo de esta ciudad y de las Tierras del Oeste! Hoy han ocurrido hechos muy dolorosos y también hechos memorables. ¿Habremos de llorar o de regocijarnos? El Capitán enemigo ha sido destruido contra toda esperanza, y lo que habéis oído es el eco de su desesperación final. No obstante, no ha partido sin dejar dolores y pérdidas amargas. Pérdidas que, si Denethor no hubiera enloquecido, yo habría podido impedir. ¡Tan largo es el brazo del Enemigo! ¡Ay! Pero ahora entiendo cómo su voluntad pudo penetrar en el corazón mismo de la Ciudad.

»Aunque los Senescales creían ser los únicos que conocían el secreto, yo había adivinado hacía tiempo que aquí en la Torre Blanca se guardaba por lo menos una de las Siete Piedras Videntes. En los tiempos en que aún conservaba el juicio, Denethor jamás se hubiera atrevido a utilizarla para desafiar a Sauron, pues conocía los límites de sus propias fuerzas. Pero al fin la prudencia le falló, y me temo que cuando vio que el peligro sobre su reino no dejaba de crecer escudriñara la piedra, y fuera engañado; demasiado a menudo, sospecho, desde la partida de Boromir. Y aunque era demasiado regio para someterse a la voluntad del Poder Oscuro, sólo vio lo que ese Poder quiso mostrarle. No cabe duda de que los conocimientos así obtenidos le eran a menudo provechosos; pero el poder de Mordor que se le había mostrado alimentó la desesperación en el corazón de Denethor, hasta trastornarle el entendimiento.

—¡Ahora comprendo lo que me pareció tan extraño! —dijo Pippin, estremeciéndose al recordarlo mientras hablaba—. El Señor salió de la alcoba donde yacía Faramir; y al rato volvió, y entonces y por primera vez lo noté transformado, viejo y vencido.

—Y a la hora justa en que trajeron a Faramir a la Torre Blanca, muchos vimos una luz extraña en la cámara más alta —dijo Beregond—. Pero ya la habíamos visto antes, y desde hacía tiempo se rumoreaba en la Ciudad que el Señor Denethor luchaba mentalmente a menudo con el Enemigo.

—¡Ay! De modo que yo había adivinado la verdad —dijo Gandalf—. Así fue como entró la voluntad de Sauron en Minas Tirith; y por este motivo he tenido que retrasarme aquí. Y aún estaré obligado a quedarme, pues pronto tendré otras obligaciones, además de Faramir.

»Ahora debo bajar al encuentro de los que están llegando. Lo que he visto en el campo me acongoja el corazón, y acaso nos esperen nuevos pesares. ¡Pippin, ven conmigo! Pero tú, Beregond, debes volver a la Ciudadela e informar al jefe de la Guardia de lo que ha acontecido. Mucho me temo que él tenga que retirarte del cuerpo de Guardia; mas dile, si me permite darle un consejo, que convendría enviarte a las Casas de Curación como custodia y servidor de tu capitán, y estar junto a él cuando despierte, si alguna vez despierta de nuevo. Porque fue gracias a ti que se salvó de las llamas. ¡Ve ahora! Yo no tardaré en regresar.

Y dicho esto dio media vuelta y fue con Pippin hacia la parte baja de la ciudad. Y mientras apretaban el paso el viento trajo consigo una lluvia gris, y todos los fuegos se anegaron, y una gran humareda se alzó delante de ellos.

8

LAS CASAS DE CURACIÓN

Una nube de lágrimas y de cansancio empañaba los ojos de Merry cuando se acercaban a la Puerta en ruinas de Minas Tirith. Apenas prestó atención la destrucción y la matanza que lo rodeaban por todas partes. Había fuego y humo en el aire, y un olor nauseabundo, pues muchas de las máquinas habían sido consumidas por las llamas o arrojadas a los fosos de fuego, y muchos de los caídos habían corrido la misma suerte; mientras que aquí y allá yacían los cadáveres de los grandes monstruos de los Sureños, calcinados a medias, destrozados a pedradas, o con los ojos traspasados por las flechas de los valientes arqueros de Morthond. La lluvia había cesado por un momento, y en el cielo brillaba el sol; pero toda la ciudad baja seguía envuelta en el hedor de las brasas.

Ya había hombres atareados en abrir un sendero entre los despojos de la batalla; otros, entre tanto, salían por la Puerta portando camillas. A Éowyn la depositaron suavemente sobre almohadones mullidos; pero el cuerpo del rey lo cubrieron con un gran lienzo de oro, y portaron antorchas a su alrededor, y sus llamas, pálidas a la luz del sol, se movían en el viento.

Así entraron Théoden y Éowyn en la Ciudad de Gondor, y todos los que los veían se descubrían la cabeza y se inclinaban; y así prosiguieron entre las cenizas y el humo del círculo incendiado, y subieron por las empinadas calles de piedra. A Merry el ascenso le parecía eterno, un viaje sin sentido en una pesadilla abominable, que continuaba y continuaba hacia una meta imprecisa que la memoria no alcanzaba a reconocer.

Poco a poco las luces de las antorchas que tenía enfrente parpadearon y se extinguieron, y Merry se encontró caminando en la oscuridad; y pensó: «Éste es un túnel que conduce a una tumba; allí permaneceremos para siempre». Pero de improviso una voz viva interrumpió su pesadilla.

—¡Ah, Merry! ¡Te he encontrado al fin, menos mal!

Levantó la cabeza y la niebla que le velaba los ojos se disipó un poco. ¡Ahí estaba Pippin! Se encontraban frente a frente en un callejón estrecho y desierto. Se restregó los ojos.

—¿Dónde está el rey? —preguntó—. ¿Y Éowyn? —De pronto se tambaleó, se sentó en el umbral de una puerta y se echó a llorar de nuevo.

—Han subido a la Ciudadela —dijo Pippin—. Sospecho que el sueño te venció mientras ibas con ellos y que giraste por el camino equivocado. Cuando notamos tu ausencia, Gandalf me mandó que te buscara. ¡Pobre viejo Merry! ¡Qué felicidad volver a verte! Pero estás extenuado y no quiero molestarte con charlas. Pero dime: ¿estás herido, o maltrecho?

—No —dijo Merry—. Bueno, no, creo que no. Pero tengo el brazo derecho inutilizado, Pippin, desde que lo apuñalé. Y mi espada ardió y se consumió como un trozo de leña.

Pippin observó a su amigo con aire preocupado.

—Bueno, será mejor que vengas conmigo en seguida —dijo—. Me gustaría poder llevarte en brazos. En tu estado no puedes seguir a pie. No deberían haberte permitido caminar; pero tienes que perdonarlos. Han ocurrido tantas cosas terribles en la Ciudad, Merry, que un pobre hobbit que vuelve de la batalla bien puede pasar inadvertido.

—No siempre es una desgracia pasar inadvertido —dijo Merry—. Hace un momento pasé inadvertido junto a... No, no, no puedo hablar de ello. ¡Ayúdame, Pippin! Todo se oscurece otra vez, y mi brazo está tan frío.

—¡Apóyate en mí, Merry, muchacho! —dijo Pippin—. ¡Adelante! Primero un pie, y luego el otro. No es lejos.

—¿Me llevas a enterrar? —preguntó Merry—. ¡Claro que

no! —dijo Pippin, tratando de sonar alegre, aunque tenía el corazón acongojado por la piedad y el miedo—. No, ahora iremos a las Casas de Curación.

Salieron del callejón que corría entre edificios altos y el muro exterior del cuarto círculo, y tomaron nuevamente la calle principal que subía a la Ciudadela. Avanzaban lentamente, mientras Merry se tambaleaba y murmuraba como un sonámbulo.

«Nunca llegaremos» —pensó Pippin—. «¿No habrá nadie que me ayude? No puedo dejarlo solo aquí».

En ese momento vio a un muchacho que subía corriendo por el camino, y según le rebasaba se dio cuenta sorprendido de que era Bergil, el hijo de Beregond.

—¡Salud, Bergil! —le gritó—. ¿Adónde vas? ¡Qué alegría volver a verte, y vivo por añadidura!

—Llevo recados urgentes para los Sanadores —respondió Bergil—. No puedo detenerme.

—¡Claro que no! —dijo Pippin—. Pero diles allá arriba que tengo conmigo a un hobbit enfermo, un *perian,* acuérdate, que regresa del campo de batalla. Dudo que pueda recorrer a pie todo el camino. Si Mithrandir está allí, le alegrará recibir el mensaje.

Bergil volvió a partir a la carrera.

«Será mejor que espere aquí», pensó Pippin. Y ayudando a Merry a dejarse caer lentamente sobre el pavimento en un lugar iluminado por el sol, se sentó junto a él y apoyó en su regazo la cabeza de Merry. Le palpó con suavidad el cuerpo y los miembros, y le tomó las manos. La derecha estaba helada.

Gandalf en persona no tardó en llegar en busca de los hobbits. Se inclinó sobre Merry y le acarició la frente; luego lo levantó con delicadeza.

—Tendrían que haberlo traído a esta ciudad con todos los honores —dijo—. Se mostró digno de mi confianza; pues si Elrond no hubiese cedido a mis ruegos, ninguno de vosotros habría emprendido este viaje, y las desdichas de este día habrían sido mucho más nefastas. —Suspiró—. Y ahora he de ocuparme de otra carga más, mientras la suerte de la batalla está todavía indecisa.

Así pues, Faramir, Éowyn y Meriadoc reposaron por fin en las camas de las Casas de Curación, y allí recibieron los mejores cuidados. Pues si bien en estos tiempos tardíos todas las ramas del saber habían declinado desde la plenitud de otros tiempos, la sanación de Gondor estaba aún muy viva, y eran expertos en la curación de heridas y lesiones y de todas aquellas enfermedades a las que estaban expuestos los mortales que habitaban al este del mar. Con la sola excepción de la vejez, para la que no habían encontrado remedio; y de hecho la longevidad había declinado: ahora vivían pocos años más que los otros hombres, y los que sobrepasaban la cuenta de cinco veintenas con salud y vigor eran contados, salvo en algunas familias de sangre más pura. Sin embargo, a pesar de sus artes y su saber, los sanadores se encontraban ahora desconcertados: muchos de los enfermos padecían un mal incurable al que llamaron la Sombra Negra, pues provenía de los Nazgûl. Los afectados por aquella dolencia caían lentamente en un sueño cada vez más profundo para después, en el silencio y en un frío mortal, fallecer. Y a quienes atendían a estos enfermos les parecía que este mal se había ensañado sobre todo con el mediano y con la Dama de Rohan. A ratos, sin embargo, a medida que transcurría la mañana, los oían hablar y murmurar en sueños, y quienes los cuidaban escuchaban con atención todo cuanto decían, esperando tal vez enterarse de algo que les ayudase a entender la naturaleza del mal. Pero pronto los enfermos se hundieron en las tinieblas, y a medida que el sol descendía hacia el oeste, una sombra gris les trepó a los rostros. Y mientras tanto Faramir ardía con una fiebre que eran incapaces de reducir.

Gandalf iba preocupado de uno a otro lecho, y los cuidadores le repetían todo lo que habían oído. Y así transcurrió el día, mientras afuera la gran batalla continuaba con esperanzas cambiantes y extrañas nuevas; pero Gandalf esperaba, vigilaba, y no se apartaba de los enfermos; hasta que al fin la luz bermeja del crepúsculo se extendió por el cielo, y al penetrar a través de la ventana el resplandor bañó los rostros grises. Les pareció entonces a quienes estaban velándolos que bajo ese brillo los rostros de los enfermos se sonrosaban suavemente, como si les volviera la salud; pero no fue más que una burla de esperanza.

Entonces Ioreth, una mujer vieja, la más anciana de las servidoras de la casa, miró el rostro hermoso de Faramir y lloró, porque todo el pueblo lo amaba. Y dijo: —¡Ay de nosotros, si llega a morir! ¡Ojalá hubiera en Gondor reyes como los de antaño, según cuentan! Pues dice la antigua tradición: *Las manos del rey son manos que curan.* Así el legítimo rey podía ser reconocido.

Y Gandalf, que se encontraba cerca, dijo: —¡Que por largo tiempo recuerden los hombres tus palabras, Ioreth! Pues hay esperanza en ellas. Tal vez un rey haya retornado en verdad a Gondor, ¿No has oído las extrañas nuevas que han llegado a la Ciudad?

—He estado demasiado atareada con una cosa y otra para prestar oídos a todos los clamores y rumores —respondió Ioreth—. Sólo espero que esos monstruos sanguinarios no vengan a esta Casa y perturben a los enfermos.

Poco después Gandalf salió apresuradamente; el fuego se extinguía ya en el cielo, y las colinas humeantes se desvanecían mientras que una noche gris como la ceniza se tendía sobre los campos.

Ahora mientras el sol se ponía, Aragorn, Éomer e Imrahil se acercaron a la Ciudad escoltados por capitanes y caballeros; y cuando estuvieron delante de la Puerta Aragorn dijo:

—¡Mirad cómo se oculta el sol envuelto en llamas! Es la señal del fin y la caída de muchas cosas, y de un cambio en las mareas del mundo. Sin embargo, los Senescales se hicieron cargo durante años de esta Ciudad y este reino, y si yo entrase ahora sin ser convocado, temo que pudieran despertarse controversias y dudas, que es preciso evitar mientras dure la guerra. No entraré ni reivindicaré derecho alguno hasta tanto se sepa quién prevalecerá, nosotros o Mordor. Los hombres levantarán mis tiendas en el campo, y aquí esperaré la bienvenida del Señor de la Ciudad.

Pero Éomer le dijo: —Ya has desplegado el estandarte de los Reyes y los emblemas de la Casa de Elendil. ¿Tolerarías acaso que fueran desafiados?

—No —respondió Aragorn—. Pero creo que aún no ha llegado la hora, y no he venido a combatir sino a nuestro Enemigo y a sus servidores.

Y el Príncipe Imrahil dijo: —Sabias son tus palabras, señor, si alguien que es pariente del Señor Denethor puede opinar sobre este asunto. Es un hombre orgulloso y tenaz como pocos, pero viejo; y desde que perdió a su hijo le ha cambiado el humor. No obstante, no me gustaría verte esperando junto a la puerta como un mendigo.

—No un mendigo —dijo Aragorn—. Di más bien un capitán de los Montaraces, poco acostumbrados a las ciudades y a las casas de piedra. —Y ordenó que plegaran su estandarte; y retirándose la Estrella del Reino del Norte la entregó en custodia a los hijos de Elrond.

El Príncipe Imrahil y Éomer de Rohan se separaron entonces de Aragorn, y atravesando la Ciudad y el tumulto de las gentes, subieron a la Ciudadela y entraron en el Salón de la Torre, en busca del Senescal. Pero encontraron el sitial vacío, y delante del estrado yacía Théoden, Rey de la Marca, en un lecho de velación: y doce antorchas rodeaban el lecho, y doce guardias, caballeros tanto de Rohan como de Gondor. Y las colgaduras eran verdes y blancas, pero el gran manto de oro le cubría el cuerpo hasta la altura del pecho, y encima de él estaba su espada desnuda, y a sus pies su escudo. La luz de las antorchas le centelleaba en los cabellos blancos como el sol en la espuma de una fuente, y el rostro del monarca era joven y hermoso, pero había en él una paz que la juventud no da; y parecía dormir.

Permanecieron un momento en silencio junto al lecho del rey; y luego Imrahil preguntó: —¿Dónde puedo encontrar al Senescal? ¿Y dónde está Mithrandir?

Y uno de los guardias le respondió: —El Senescal de Gondor está en las Casas de Curación.

Y dijo Éomer: —¿Dónde está la Dama Éowyn, mi hermana? Pues tendría que yacer junto al rey y con idénticos honores. ¿Qué lugar le han otorgado?

E Imrahil respondió: —La Dama Éowyn vivía aún cuando la trajeron aquí. ¿No lo sabías?

Entonces una esperanza ya perdida renació tan repentinamente en el corazón de Éomer, y con ella la mordedura de una preocupación y un temor renovados, que no dijo más, y dando media vuelta abandonó rápidamente la estancia; y el Príncipe salió tras él. Y cuando llegaron fuera, había caído la noche y el cielo estaba estrellado, y vieron venir andando a Gandalf acompañado por un hombre embozado en una capa gris; y se reunieron con ellos delante de las puertas de las Casas de Curación.

Después de saludar a Gandalf, dijeron: —Venimos en busca del Senescal, y nos han dicho que se encuentra en esta Casa. ¿Ha sido herido? ¿Y dónde está la dama Éowyn?

Y Gandalf respondió: —Ella yace en un lecho de esta Casa y no ha muerto, aunque está cerca de la muerte. Mas un dardo maligno ha herido al Señor Faramir, como habréis oído, y él es ahora el Senescal; pues Denethor ha muerto, y su casa se ha convertido en cenizas. —Y el relato que hizo Gandalf los llenó de asombro y de aflicción.

Y dijo Imrahil: —Entonces, si en un solo día Gondor y Rohan han sido privados de sus señores, habremos conquistado una victoria amarga, una victoria sin júbilo. Éomer es quien gobierna ahora a los Rohirrim. ¿Quién regirá entre tanto los destinos de la Ciudad? ¿No habría que llamar al Señor Aragorn?

El hombre de la capa habló entonces y dijo: —Ya ha venido. —Y cuando se adelantó hasta la puerta y a la luz del farol, vieron que era Aragorn, y bajo la capa gris de Lórien vestía la cota de malla, y llevaba como único emblema la piedra verde de Galadriel. —Si he venido es porque Gandalf me lo ha rogado —dijo—. Pero por el momento soy sólo el Capitán de los Dúnedain de Arnor; y hasta que Faramir despierte será el Señor de Dol Amroth quien gobernará la Ciudad. Pero es mi consejo que sea Gandalf quien nos gobierne a todos en los próximos días, y en nuestros tratos con el Enemigo. —Y todos estuvieron de acuerdo.

Gandalf dijo entonces: —No nos demoremos junto a la puerta, el tiempo apremia. ¡Entremos ya! Los enfermos que yacen postrados en la Casa no tienen otra esperanza que la venida de Aragorn. Así habló Ioreth, mujer sabia de Gondor: *Las manos del rey son manos que curan, así el legítimo rey será reconocido.*

Aragorn fue el primero en entrar, y los otros lo siguieron. Y allí en la puerta había dos guardias que vestían la librea de la Ciudadela: uno era alto, pero el otro tenía apenas la estatura de un niño, quien al verlos dio gritos de sorpresa y de alegría.

—¡Trancos! ¡Qué maravilla! Yo adiviné en seguida que tú estabas en los navíos negros ¿sabes? Pero todos gritaban ¡corsarios! y nadie me escuchaba. ¿Cómo lo hiciste?

Aragorn se echó a reír y estrechó entre las suyas la mano del hobbit.

—¡Un feliz reencuentro, en verdad! —dijo—. Pero no es tiempo aún para historias de viajeros.

Entonces Imrahil le dijo a Éomer: —¿Es así como hemos de hablarles a nuestros reyes? ¡Aunque quizá use otro nombre cuando lleve la corona!

Y Aragorn al oírlo se volvió y le dijo: —En verdad, pues en la lengua noble de antaño yo soy *Elessar,* Piedra de Elfo, y *Envinyatar,* el Restaurador. —Levantó la piedra que llevaba en el pecho, y agregó—: Pero Trancos será el nombre de mi casa, si alguna vez se funda. En la alta lengua no sonará tan vulgar, y yo seré *Telcontar,* así como todos mis descendientes.

Y con esto entraron en la Casa; y mientras se encaminaban a las habitaciones donde se atendía a los enfermos, Gandalf narró las hazañas de Éowyn y Meriadoc.

—Pues —dijo— velé junto a ellos muchas horas, y al principio hablaban muy a menudo en sueños, antes de hundirse en una oscuridad mortal. También tengo el don de ver muchas cosas lejanas.

Aragorn visitó en primer lugar a Faramir, luego a la Dama Éowyn, y por último, a Merry. Cuando hubo observado los rostros de los enfermos y examinado las lesiones, suspiró.

—Tendré que recurrir a todo el poder y la habilidad que me han sido otorgados —dijo—. Ojalá estuviese aquí Elrond: es el más longevo de toda nuestra raza, y el de poderes más grandes.

Y Éomer, viéndolo fatigado y triste, le dijo: —¿No sería mejor que antes descansaras, que comieras siquiera un bocado?

Pero Aragorn le respondió: —No, porque para estos tres, y más aún para Faramir, el tiempo apremia. Necesito comenzar en seguida.

Llamó entonces a Ioreth y le dijo:

—¿Tenéis en esta casa reservas de las hierbas curativas?

—Sí, señor —respondió la mujer—; aunque no en cantidad suficiente, me temo, para tantos como van a necesitarlas. Pero de seguro no sé dónde podríamos encontrar más; pues todo anda torcido en estos días terribles, con el fuego y los incendios, y tan pocos jóvenes para llevar recados, y barricadas en todos los caminos. ¡Si hasta hemos perdido la cuenta de cuándo llegó de Lossarnach la última carga al mercado! Pero en esta Casa aprovechamos bien lo que tenemos, como sin duda sabe vuestra señoría.

—Eso podré juzgarlo cuando lo haya visto —dijo Aragorn—. Hay otra cosa que también escasea por aquí: el tiempo para charlar. ¿Tenéis *athelas?*

—Eso no lo sé con certeza, señor —respondió Ioreth—, o al menos no la conozco por ese nombre. Iré a preguntárselo al maestro herborista; él conoce bien todos los nombres antiguos.

—También la llaman *hoja de reyes* —dijo Aragorn—, y quizá tú la conozcas con ese nombre, pues así la llaman ahora los campesinos.

—¡Ah, ésa! —dijo Ioreth—. Bueno, si vuestra señoría la hubiera llamado así desde el principio, le hubiera podido responder que no, no tenemos existencias, estoy segura. Nunca supe que tuviera grandes virtudes, de todos modos; cuántas veces les habré dicho a mis hermanas cuando la encontrábamos creciendo en los bosques: «Hoja de reyes», decía, «qué nombre tan extraño, me pregunto por qué la llamarán así; porque si yo fuera rey, tendría en mi jardín plantas más coloridas». Sin embargo, da una fragancia dulce cuando se maja, ¿no es verdad? Aunque tal vez dulce no sea la palabra: saludable sería quizá más apropiado.

—Saludable en verdad —dijo Aragorn—. Y ahora, dama, si amáis al Señor Faramir, corred tan rápido como vuestra lengua y conseguidme hojas de reyes, si aún hay alguna en la Ciudad.

—Y si no queda ninguna —dijo Gandalf— yo mismo cabalgaré hasta Lossarnach llevando a Ioreth en la grupa, y ella me conducirá a los bosques, pero no a ver a sus hermanas. Y Sombragrís le enseñará entonces lo que es la rapidez.

Cuando Ioreth se hubo marchado, Aragorn pidió a las otras mujeres que calentaran agua. Tomó entonces en su mano la mano de Faramir, y apoyó la otra sobre la frente del enfermo. Estaba empapada en sudor; pero Faramir no se movió ni hizo ningún gesto, y apenas parecía respirar.

—Está casi agotado —dijo Aragorn volviéndose a Gandalf—. Pero no a causa de la herida. ¡Mira, está cicatrizando! Si lo hubiera alcanzado un dardo de los Nazgûl, como tú pensabas, habría muerto esa misma noche. Esta herida viene de alguna flecha sureña, diría yo. ¿Quién se la extrajo? ¿La habéis conservado?

—Yo se la extraje —dijo Imrahil—. Y le restañé la herida. Pero no conservé la flecha, pues estábamos muy ocupados. Recuerdo que era un dardo como los que usan los Sureños. Sin embargo, pensé que venía de la Sombra de allá arriba, pues de otro modo no podía explicarme la enfermedad y la fiebre, ya que la herida no era ni profunda ni de peligro mortal. ¿Cómo lo interpretas tú, entonces?

—Agotamiento, pena por el estado del padre, una herida, y ante todo el Hálito Negro —dijo Aragorn—. Es un hombre de firme voluntad, pues ya antes de partir para combatir en los muros exteriores había estado bastante cerca de la Sombra. La oscuridad ha de haber entrado en él lentamente, mientras combatía y luchaba por mantenerse en su puesto de avanzada. ¡Ojalá yo hubiera podido acudir antes!

En aquel momento entró el maestro herborista. —Vuestra señoría ha pedido *hojas de reyes* como la llaman los rústicos —dijo—, o *athelas,* en la noble lengua, o para quienes conocen algo del valinoreano…

—Yo lo conozco —dijo Aragorn—, y me da lo mismo que las llames *asëa aranion* u *hoja de reyes,* con tal que tengas algunas.

—¡Os pido perdón, señor! —dijo el hombre—. Veo que sois un maestro de la tradición, y no solamente un capitán de guerra. Por desgracia, señor, no almacenamos de estas hierbas en las Casas de Curación, donde sólo atendemos heridos o enfermos graves. Pues no les conocemos ninguna virtud particular, excepto tal vez la de refrescar un aire viciado, o la de aliviar una pesadez pasajera. A menos, naturalmente, que uno preste oídos a las viejas coplas que las mujeres como la buena de Ioreth repiten todavía sin entenderlas del todo.

> *Cuando el hálito negro sopla*
> *y crece la sombra de la muerte,*
> *y todas las luces languidecen,*

¡ven, athelas! ¡ven, athelas!
¡Vida da al moribundo
si en la mano del rey se posa!

»No es más que una coplilla, me temo, enredada en la memoria de las viejas comadres. Dejo a vuestro juicio la interpretación del significado, si en verdad tiene alguno. Sin embargo, los ancianos toman aún hoy una infusión de esta hierba para combatir el dolor de cabeza.

—¡Entonces en nombre del rey, ve y busca algún anciano menos erudito y más versado que tenga un poco en su casa! —gritó Gandalf.

Arrodillándose junto a la cabecera de Faramir, Aragorn le puso una mano sobre la frente. Y todos los que miraban sintieron que allí se estaba librando una gran lucha. Pues el rostro de Aragorn se tornó gris de cansancio, y de tanto en tanto llamaba a Faramir por su nombre, pero con una voz cada vez más débil, como si Aragorn mismo estuviese alejándose y caminara en un valle remoto y sombrío, llamando a alguien que se ha extraviado.

Por fin llegó Bergil a la carrera; traía seis hojuelas envueltas en un trozo de lienzo.

—Son hojas de reyes, señor —dijo—, pero no son frescas, me temo. Deben haberlas recogido al menos hace dos semanas. ¿Es posible que os sean de algún uso, Señor? —Y luego, mirando a Faramir, se echó a llorar.

Aragorn le sonrió.

—Servirán —le dijo—. Ya ha pasado lo peor. ¡Serénate y descansa! —Entonces tomó dos hojuelas, las puso en el hueco de sus manos, y después de calentarlas con el aliento, las trituró; y súbitamente una frescura vivificante llenó la estancia, como si el aire mismo despertase, cosquilleando y chisporroteando de alegría. Luego vertió las hojas en los tazones de agua humeante que le habían traído, y todos los corazones se sintieron de repente aliviados. Pues la fragancia que llegaba hasta ellos era como el recuerdo de las mañanas perladas en rocío a la luz de un sol sin nubes, en una tierra en la que el mundo hermoso de la primavera es en sí apenas un recuerdo fugitivo. Aragorn se puso de pie, como revitalizado, y los ojos le sonrieron mientras sostenía un tazón delante del rostro dormido de Faramir.

—¡Vaya, vaya! ¿Quién lo hubiera creído? —le dijo Ioreth a una mujer que tenía al lado—. Esta hierba es mejor de lo que pensaba. Me recuerda las rosas de Imloth Melui, cuando yo era moza y ningún rey soñaba con tener una flor más bella.

De pronto Faramir se estremeció, abrió los ojos y miró largamente a Aragorn, que estaba inclinado sobre él; y una luz de reconocimiento y de amor se le encendió en la mirada, y habló en voz baja.

—Me has llamado, mi señor. He venido. ¿Qué ordena el rey?

—No sigas caminando en las sombras, ¡despierta! —dijo Aragorn—. Estás fatigado. Descansa un rato, y come, así estarás preparado cuando yo regrese.

—Estaré, señor —dijo Faramir—. Pues ¿quién se quedaría acostado y ocioso cuando el rey ha retornado?

—¡Adiós entonces, por ahora! —dijo Aragorn—. He de ver a otros que también me necesitan. —Y salió de la estancia seguido por Gandalf e Imrahil; pero Beregond y su hijo se quedaron allí, incapaces de contener su alegría. Mientras seguía a Gandalf y cerraba la puerta, Pippin oyó la voz de Ioreth.

—¡El rey! ¿Lo habéis oído? ¿Qué dije yo? Las manos de un curador, eso dije. —Y pronto la noticia de que el rey se encontraba en verdad entre ellos, y que después de la guerra traía la curación, salió de la Casa y corrió por toda la Ciudad.

Entonces Aragorn fue a la estancia donde yacía Éowyn, y dijo:
—Aquí tenemos una herida grave y un golpe duro. El brazo roto ha sido atendido con la debida habilidad y sanará con el tiempo,

si ella tiene fuerzas para sobrevivir; es el que sostenía el escudo. Pero el mal mayor está en el brazo que esgrimía la espada: parece no tener vida, aunque no está quebrado.

»Por desgracia hubo de enfrentarse a un adversario superior a sus fuerzas, físicas y mentales. Y quien se atreve a levantar un arma contra un enemigo semejante debe ser más duro que el acero, pues de lo contrario caerá destruido de inmediato simplemente por el encuentro. Fue un destino nefasto el que la cruzó en su camino. Pues es una doncella hermosa, la dama más hermosa de una estirpe de reinas. Y sin embargo, no encuentro palabras para hablar de ella. Cuando la vi por primera vez y percibí su profunda tristeza, me pareció estar contemplando una flor blanca que se erguía orgullosa y enhiesta, esbelta como un lirio; y sin embargo supe que era firme, como forjada en acero por artesanos élficos. ¿O acaso una escarcha le había helado ya la savia, y por eso se erguía así, dulce y amarga a la vez, hermosa aún a la vista pero ya herida, destinada a caer y morir? Su mal empezó mucho antes de este día, ¿no es verdad, Éomer?

—Me asombra que tú me lo preguntes, señor —respondió Éomer—. Porque en este asunto, como en todo lo demás, te considero libre de culpas; mas nunca supe que frío alguno hubiera tocado a Éowyn, mi hermana, hasta el día en que posó los ojos en ti por vez primera. Angustias y miedos sufría, y los compartió conmigo en los tiempos de Lengua de Serpiente y del embrujo del rey, de quien cuidaba con un temor siempre creciente. ¡Pero eso no es la causa de su estado actual!

—Amigo mío —dijo Gandalf—, tú tenías tus caballos, tus hazañas de guerra, y todos los campos a tu antojo; pero ella, nacida en el cuerpo de una doncella, tenía un espíritu y un coraje que no eran menores que los tuyos. Y sin embargo se veía condenada a cuidar de un anciano, a quien amaba como a un padre, y a ver cómo se hundía en una senilidad mezquina y deshonrosa; y este papel le parecía más innoble que el del bastón en que el rey se apoyaba.

»¿Supones que Lengua de Serpiente sólo tenía veneno para los oídos de Théoden? *¡Viejo chocho! ¿Qué es la casa de Eorl sino un cobertizo hediondo donde la canallesca bebe hasta embriagarse, mientras la prole se revuelca por el suelo entre los perros?* ¿Acaso no has oído antes estas palabras? Saruman las pronunció, el maestro de Lengua de Serpiente. Aunque no dudo que Lengua de Serpiente dijera lo mismo, pero envuelto en palabras más arteras. Mi señor, si el amor de tu hermana hacia ti y el deber aún ligado a sus obligaciones no le hubiesen sellado los labios, quizá entonces habrías oído escapar de ellos palabras semejantes. Pero ¿quién sabe las cosas que decía en la oscuridad, a solas, durante las amargas vigilias de la noche, cuando sentía que toda su vida se empequeñecía, cuando las paredes de su alcoba parecían cerrarse alrededor de ella, como un cobertizo hecho para retener a alguna bestia salvaje?

Éomer se quedó en silencio y miró a su hermana, como si estimara de nuevo todos los días compartidos en el pasado.

Pero Aragorn dijo: —También yo vi lo que tú viste, Éomer. Pocos dolores entre los infortunios de este mundo amargan y avergüenzan tanto al corazón de un hombre como contemplar el amor de una dama tan hermosa y valiente y no poder corresponderle. La tristeza y la piedad no se han separado de mí ni un solo instante desde que la dejé, desesperada, en El Sagrario, y cabalgué a los Senderos de los Muertos; y a lo largo de ese camino ningún temor estuvo en mí tan presente como el temor de lo que a ella pudiera pasarle. Y sin embargo, Éomer, puedo decirte que a ti te ama con un amor más verdadero que el que tiene por mí: porque a ti te ama y te conoce; pero de mí sólo ama una sombra y una idea: una esperanza de gloria y de grandes hazañas, y de tierras muy distantes de las llanuras de Rohan.

»Tal vez yo tenga el poder de curarle el cuerpo y de traerla del valle oscuro. Pero si habrá de despertar a la esperanza, al olvido o a la desesperación, no lo sé. Y si despierta a la desesperación entonces morirá, a menos que aparezca otra cura que yo no sepa ofrecer. Pues las hazañas de Éowyn la han colocado entre las reinas de gran renombre.

Entonces Aragorn se inclinó y observó el rostro de Éowyn; y era en verdad blanco como un lirio, frío como la escarcha y duro como tallado en piedra. Y encorvándose, le besó la frente y la llamó en voz baja, diciendo: —¡Éowyn hija de Éomund, despierta! Tu enemigo ha partido para siempre.

Éowyn no hizo movimiento alguno, pero empezó de nuevo a respirar profundamente, y el pecho le subió y bajó debajo de la sábana de lino. Una vez más Aragorn trituró dos hojas de *athelas* y las echó en el agua humeante; y mojó con ella la frente de Éowyn y el brazo derecho que yacía frío y exánime sobre el cobertor.

Entonces, sea porque Aragorn poseyera en verdad algún olvidado poder del Oesternesse, o acaso por el simple influjo de las palabras que dedicara a la Dama Éowyn, a medida que el aroma suave de la hierba se expandía en la habitación todos los presentes tuvieron la impresión de que un viento vivo entraba por la ventana, no un aire perfumado, sino un aire fresco y límpido y joven, como si ninguna criatura viviente lo hubiera respirado antes y llegara recién nacido desde montañas nevadas, altas bajo una bóveda de estrellas, o desde remotas costas de plata bañadas por océanos de espuma.

—¡Despierta, Éowyn, Dama de Rohan! —repitió Aragorn, y cuando le tomó la mano derecha sintió que el calor de la vida retornaba a ella—. ¡Despierta! ¡La sombra ha partido, y todas las tinieblas se han disipado! —Entonces puso la mano de Éowyn en la de Éomer y se apartó del lecho—. ¡Llámala! —dijo, y salió en silencio de la estancia.

—¡Éowyn, Éowyn! —clamó Éomer en medio de las lágrimas.

Y ella abrió los ojos y dijo: —¡Éomer! ¿Qué dicha es ésta? Me decían que estabas muerto. Pero no, sólo eran las voces lúgubres de mi sueño. ¿Cuánto tiempo he estado soñando?

—No mucho, hermana mía —respondió Éomer—. ¡Pero no pienses más en eso!

—Siento un cansancio extraño —dijo ella—. Necesito reposar un poco. Pero dime ¿qué ha sido del Señor de la Marca? ¡Ay de mí! No me digas que también eso fue un sueño, porque sé que no lo fue. Ha muerto, tal como él lo había presagiado.

—Ha muerto, sí —dijo Éomer—, pero rogándome que le trajera palabras de despedida a Éowyn, más amada que una hija. Yace ahora en la Ciudadela de Gondor con todos los honores.

—Es doloroso —dijo ella—. Y sin embargo, es mucho mejor que todo cuanto yo me atrevía a esperar en los días sombríos, cuando parecía que el honor de la Casa de Eorl había caído más bajo que el refugio de cualquier pastor. ¿Y qué ha sido del escudero del rey, el mediano? ¡Éomer, tendrás que hacer de él un caballero de la Marca de los Jinetes, porque es un valiente!

—Reposa cerca de aquí en esta Casa, y ahora iré con él —dijo Gandalf—. Éomer se quedará contigo un rato más. Pero no hables de guerra e infortunios hasta que te hayas recobrado. ¡Grande es la alegría de verte despertar de nuevo a la salud y a la esperanza, valerosa dama!

—¿A la salud? —dijo Éowyn—. Tal vez. Al menos mientras quede vacía la silla de algún Jinete caído que yo pueda montar, y haya hazañas que cumplir. ¿Pero a la esperanza? No sé.

Cuando Gandalf y Pippin entraron en la habitación de Merry, ya Aragorn estaba de pie junto al lecho.

—¡Pobre viejo Merry! —exclamó Pippin corriendo hasta la cabecera; tenía la impresión de que su amigo había empeorado, que tenía el semblante ceniciento, como si soportara el peso de largos años de dolor; y de pronto tuvo miedo de que fuera a morir.

—No temas —le dijo Aragorn—. He llegado a tiempo, y he podido llamarlo de vuelta. Ahora está extenuado, y doliente, y ha sufrido un daño semejante al de la Dama Éowyn, al haberse atrevido a golpear a ese ser nefasto. Pero son males que se pueden reparar, tan fuerte y alegre es el espíritu de tu amigo. El dolor no lo olvidará; pero no le oscurecerá el corazón, sino que le dará sabiduría.

Y posando la mano sobre la cabeza de Merry, le acarició los rizos castaños, le rozó los párpados y lo llamó por su nombre. Y cuando la fragancia del *athelas* inundó la habitación, como el perfume de los huertos y de los brezales bajo la luz del sol colmada de abejas, Merry abrió de pronto los ojos y dijo:

—Tengo hambre. ¿Qué hora es?

—La hora de la cena ya pasada —dijo Pippin—; sin embargo, creo que podría traerte algo, si me lo permiten.

—Te lo permitirán, sin duda —dijo Gandalf—. Y cualquier otra cosa que este Jinete de Rohan pueda desear, si se la encuentra en Minas Tirith, donde su nombre es altamente honrado.

—¡Bien! —dijo Merry—. Entonces, ante todo quisiera cenar, y luego fumarme una pipa. —Y al decir esto una nube le ensombreció la cara—. No, una pipa no. No creo que vuelva a fumar nunca más.

—¿Por qué no? —preguntó Pippin.

—Bueno —dijo lentamente Merry—. Él está muerto. Y al pensar en fumarme una pipa, todo me ha vuelto a la memoria. Me dijo que ya nunca más podría cumplir su promesa de aprender de mí los secretos de la hierba. Fueron casi sus últimas palabras. Nunca más podré volver a fumar sin pensar en él y en ese día, Pippin, cuando cabalgamos hacia Isengard y se mostró tan cortés.

—¡Fuma entonces, y piensa en él! —dijo Aragorn—. Porque tenía un corazón bondadoso y era un gran rey, leal a todas sus promesas; y se levantó desde las sombras hacia una última y hermosa mañana. Aunque le serviste poco tiempo, debería ser un recuerdo feliz y honorable que atesorar hasta el fin de tus días.

Merry sonrió. —Bueno, en ese caso, y si Trancos me proporciona todo lo necesario, fumaré y pensaré. Traía en mi equipaje un poco del mejor tabaco de Saruman, pero qué habrá sido de él en la batalla, no lo sé.

—Maese Meriadoc —dijo Aragorn—, si piensas que he cabalgado a través de las montañas y del reino de Gondor a fuego y espada para venir a traerle hierba a un soldado distraído que pierde sus avíos, estás muy equivocado. Si nadie ha hallado tu paquete, entonces tendrás que mandar en busca del maestro herborista de esta Casa. Y él te dirá que ignoraba que la hierba que deseas tuviera virtud alguna, pero que el vulgo la conoce como *hierba de los occidentales,* y que los nobles la llaman *galenas,* y que tiene otros nombres en lenguas más cultas; y después de recitarte unos versos casi olvidados que ni él mismo entiende lamentará informarte de que no hay en la Casa, y te dejará cavilando sobre la historia de las lenguas. Que es lo que ahora haré yo. Porque no he dormido en una cama como ésta desde que partí desde El Sagrario, ni he probado bocado desde la oscuridad que precedió al alba.

Merry tomó la mano de Aragorn y la besó.

—¡No te imaginas cuánto lo lamento! —dijo—. ¡Ve ahora mismo! Desde aquella noche en Bree no hemos sido para ti nada más que un estorbo. Pero en semejantes circunstancias nosotros los hobbits acostumbramos a hablar a la ligera, y a decir menos de lo que realmente pensamos. Tememos decir demasiado, y no encontramos las palabras justas cuando todas las bromas están fuera de lugar.

—Lo sé muy bien, de lo contrario no te respondería en el mismo tono —dijo Aragorn— ¡Que la Comarca viva para siempre y nunca se malogre! —Y después de besar a Merry abandonó la estancia seguido por Gandalf.

Pippin se quedó a solas con su amigo.

—¿Hubo alguna vez alguien como él? —dijo—. Descontando a Gandalf, desde luego. Sospecho que han de estar emparentados. Mi querido asno, tu paquete está al lado de la cama, y lo llevabas a la espalda cuando te encontré. Y, por supuesto, él lo estuvo viendo todo el tiempo. Y de todos modos aquí tengo un poco de mi hierba. ¡Manos a la obra! Es Hoja de Valle Largo. Llena la pipa mientras yo voy en busca de algo para comer. Y luego a tomar la vida con calma por un rato. ¡Qué le vamos a hacer! Nosotros, los Tuk y los Brandigamo no podemos vivir mucho tiempo en las alturas.

—Es cierto —dijo Merry—. Yo no lo consigo. No por el momento, en todo caso. Pero al menos, Pippin, ahora podemos verlas, y honrarlas. Lo mejor es amar primero aquello que nuestra naturaleza dicta que amemos, supongo; hay que empezar por algo, y echar raíces, y la tierra de la Comarca es profunda. Sin embargo, hay cosas más profundas y más altas. Y si no fuera por ellas, sepa que existen o no, ningún compadre podría cultivar la huerta en lo que él llama paz. A mí me alegra saber de estas cosas, un poco. Pero no sé por qué estoy hablando así. ¿Dónde tienes esa hoja? Y saca la pipa de mi paquete, si no está rota.

Aragorn y Gandalf fueron después a ver al Mayoral de las Casas de Curación, y le aconsejaron que Faramir y Éowyn permanecieran allí y fueran atendidos con cuidado aún durante muchos días.

—La Dama Éowyn —dijo Aragorn—. Pronto querrá levantarse y partir; es menester impedirlo y tratar de retenerla aquí hasta que hayan pasado por lo menos diez días.

—En cuanto a Faramir —dijo Gandalf—, tendrá que enterarse pronto de que su padre ha muerto. Pero no debería contársele la historia detallada de la locura de Denethor hasta que haya curado del todo y tenga tareas que cumplir. ¡Cuida que Beregond y el *perian* que presenciaron la muerte no le hablen todavía de estas cosas!

—Y el otro *perian*, Meriadoc, que tengo a mi cuidado ¿qué he de hacer con él? —preguntó el Mayoral.

—Es probable que mañana esté en condiciones de levantarse un rato —dijo Aragorn—. Permíteselo, si lo desea. Podrá hacer un breve paseo en compañía de sus amigos.

—Qué raza tan extraordinaria —dijo el Mayoral, asintiendo con la cabeza—. De fibra dura, diría yo.

Un gran gentío se había reunido para ver a Aragorn a las puertas de las Casas de Curación; y lo siguieron; y cuando hubo cenado, vinieron a suplicarle que curase a sus parientes o amigos cuyas vidas corrían peligro a causa de heridas o lesiones, o que yacían bajo la Sombra Negra. Y Aragorn se levantó y salió, y mandó llamar a los hijos de Elrond, y juntos trabajaron afanosamente hasta altas horas de la noche. Y la voz corrió por toda la Ciudad: —En verdad, el rey ha retornado. —Y lo llamaron Piedra de Elfo, a causa de la piedra verde que él llevaba, y así el nombre que el día de su nacimiento le fuera predestinado, fue entonces elegido para él por su propio pueblo.

Y cuando por fin el cansancio lo venció, se envolvió en la capa y se deslizó fuera de la Ciudad, y llegó a la tienda justo antes del alba, a tiempo apenas para dormir un poco. Y por la mañana el estandarte de Dol Amroth, un navío blanco con forma de cisne sobre aguas azules, flameó en la torre, y los hombres alzaron la mirada y se preguntaron si la llegada del Rey no habría sido un sueño.

9

LA ÚLTIMA DELIBERACIÓN

Llegó la mañana del día siguiente a la batalla, una mañana clara, de nubes ligeras y un viento que viraba hacia el oeste. Legolas y Gimli, que estaban en pie desde temprano, pidieron permiso para subir a la Ciudad, pues tenían muchas ganas de ver a Merry y a Pippin.

—Es bueno saber que están aún vivos —dijo Gimli—; porque durante nuestra marcha a través de Rohan nos costaron no pocas penurias, y no me gustaría que todo ese esfuerzo hubiera sido en vano.

El elfo y el enano entraron juntos en Minas Tirith, y la gente que los veía pasar contemplaba maravillada a tales compañeros; pues el rostro de Legolas era hermoso más allá de las medidas de los Hombres, y mientras caminaba en la mañana entonaba con voz clara una canción élfica; y Gimli, en cambio, marchaba junto al elfo con un andar reposado y se acariciaba la barba, y miraba todo alrededor.

—Hay buen trabajo de sillería aquí —dijo Gimli, observando los muros—; pero también otros no tan buenos, y las calles podrían estar mejor trazadas. Cuando Aragorn obtenga lo que es suyo, le ofreceré los servicios de los picapedreros de la Montaña, y entonces convertiremos a Minas Tirith en una ciudad de la que poder sentirse orgulloso.

—Lo que necesitan son más jardines —dijo Legolas—. Las casas lucen muertas, y es demasiado poco lo que crece aquí con alegría. Si Aragorn obtiene un día lo que es suyo, los habitantes del Bosque le traerán pájaros que cantan y árboles que no mueren.

Después de un tiempo encontraron al Príncipe Imrahil, y Legolas lo miró y se inclinó ante él profundamente; pues vio que en verdad estaba ante alguien que tenía sangre élfica en las venas.

—¡Salve, señor! —dijo—. Hace ya mucho tiempo que el pueblo de Nimrodel abandonó las tierras boscosas de Lórien, pero se puede ver aún que no todos partieron del puerto de Amroth y navegaron por sobre las aguas rumbo al Oeste.

—Así lo dicen las tradiciones de mi tierra —respondió el Príncipe—; y sin embargo, nunca se ha visto allí a alguien de la hermosa gente en años incontables. Y me maravilla encontrar a uno aquí y ahora, en medio de la guerra y la tristeza. ¿Qué buscas?

—Soy uno de los Nueve Compañeros que partieron de Imladris con Mithrandir —dijo Legolas—, y con este enano, mi amigo, he acompañado al Señor Aragorn. Pero ahora deseamos ver a nuestros amigos Meriadoc y Peregrin, que están a tu cuidado, nos han dicho.

—Los encontraréis en las Casas de Curación, y yo mismo os conduciré hasta allí —dijo Imrahil.

—Bastará que mandes a alguien que nos guíe, señor —dijo Legolas—. Pues Aragorn te envía este mensaje: no desea entrar de nuevo en la Ciudad en este momento, pero es necesario que los capitanes se reúnan inmediatamente a deliberar, por eso os ruega, a ti y a Éomer de Rohan, que bajéis hasta su campamento cuanto antes. Mithrandir ya está allí.

—Iremos —dijo Imrahil; y se despidieron con palabras corteses.

—Es éste un noble señor y un gran capitán de hombres —dijo Legolas—. Si hay aquí hombres de tal condición aun en estos días de decadencia, grande ha de haber sido la gloria de Gondor en los tiempos de su esplendor.

—Y no cabe duda de que el buen trabajo de sillería es el más antiguo, de la época de las primeras construcciones —dijo Gimli—. Siempre es así con las obras que emprenden los Hombres: una helada en primavera, o una sequía en el verano, y sus promesas se frustran.

—Y sin embargo, rara vez dejan de sembrar —dijo Legolas—. Y la semilla yacerá en el polvo y se pudrirá, sólo para germinar nuevamente en los tiempos y lugares más inesperados. Las obras de los Hombres nos sobrevivirán, Gimli.

—Para no quedar en nada al final, sino meras posibilidades fallidas, supongo —dijo el enano.

—De esto los Elfos no conocen la respuesta —dijo Legolas.

En aquel momento llegó el sirviente del Príncipe y los condujo a las Casas de Curación y allí se reunieron con sus amigos en el jardín, y fue un alegre reencuentro. Durante un rato pasearon y conversaron disfrutando de una tregua de paz y reposo, al sol de la mañana en los círculos más altos y ventosos de la Ciudad. Más tarde, cuando Merry empezó a sentirse cansado se sentaron en el muro, de espaldas al prado verde de las Casas de Curación. Frente a ellos y mirando al sur, el Anduin centelleaba a la luz y se perdía en la lejanía, tan remota que ni el mismo Legolas alcanzaba a ver cómo se internaba en las llanuras y la bruma verde de Lebennin y el Ithilien Meridional.

Mientras los otros hablaban Legolas se quedó callado, mirando a lo lejos en dirección al sol, y mientras miraba vio unas aves marinas blancas que volaban remontando el Río.

—¡Mirad! —exclamó—. ¡Gaviotas! Se alejan volando tierra adentro. Me maravillan, y al mismo tiempo me turban el corazón. Nunca en mi vida las había visto hasta que llegamos a Pelargir, y allí las oí gritar en el aire mientras cabalgábamos a combatir en la batalla de los navíos. Entonces quedé como petrificado, olvidándome de la guerra en la Tierra Media, pues las voces quejumbrosas de esas aves me hablaban del mar. ¡El mar!

¡Ay! Aún no he podido contemplarlo. Pero en lo profundo del corazón de todos los de mi pueblo late la nostalgia del mar, una nostalgia que es peligroso agitar. ¡Ay, las gaviotas! Nunca más volveré a tener paz, ni bajo las hayas ni bajo los olmos.

—¡No hables así! —dijo Gimli—. Todavía hay innumerables cosas para ver en la Tierra Media, y grandes obras por llevar a cabo. Pero si toda la hermosa gente se marcha a los Puertos, este mundo será más gris para quienes están condenados a quedarse.

—¡Gris y triste por cierto! —dijo Merry—. No marches a los Puertos, Legolas. Siempre habrá gente, grande o pequeña, y hasta algún enano sabio como Gimli, que tendrá necesidad de ti. Al menos eso espero. Aunque a veces siento que lo peor de esta guerra aún está por llegar. ¡Cuánto desearía que todo terminase, y bien terminado!

—¡No seas tan lúgubre! —exclamó Pippin—. El sol brilla, y aquí estamos otra vez reunidos por lo menos por un día o dos. Quiero saber más acerca de vosotros. ¡A ver, Gimli! Esta mañana tú y Legolas habéis mencionado alrededor de una docena de veces vuestro extraño viaje con Trancos. Pero no me habéis contado nada sobre él.

—Aquí puede que brille el sol —replicó Gimli—, pero hay recuerdos de ese camino que prefiero no sacar de las sombras. De haber sabido lo que me esperaba, creo que ninguna clase de amistad me hubiera comprometido a tomar los Senderos de los Muertos.

—¿Los Senderos de los Muertos? —dijo Pippin—. Oí a Aragorn mencionarlos, y me preguntaba de qué hablaría. ¿No nos contarás nada más?

—No voluntariamente —respondió Gimli—. Pues en ese camino me cubrí de vergüenza: Gimli hijo de Glóin, que se consideraba más resistente que los Hombres y más intrépido bajo tierra que ningún Elfo. Pero no demostré ni lo uno ni lo otro, y si continué hasta el fin fue sólo por la voluntad de Aragorn.

—Y también por amor a él —dijo Legolas—. Porque todos cuantos llegan a conocerle llegan a amarlo, cada cual a su manera, hasta la fría doncella de los Rohirrim. Partimos de El Sagrario a primera hora de la mañana del día en que tú llegaste, Merry, y era tal el miedo que los dominaba a todos que nadie se atrevió a asistir a la partida salvo la Dama Éowyn, que ahora yace herida en la Casa de ahí debajo. Hubo tristeza en esa separación, y me apenó presenciarla.

—Y yo ¡ay!, sólo me compadecía de mí mismo —dijo Gimli—. ¡No! No hablaré de ese viaje.

Y no pronunció una palabra más; pero Pippin y Merry estaban tan ávidos de noticias que Legolas dijo al cabo: —Os contaré lo suficiente como para apaciguar vuestra curiosidad; porque yo no sentí el horror, ni temí a los espectros de los Hombres, que me parecieron frágiles e impotentes.

Habló entonces brevemente de la senda siniestra bajo las montañas, del tétrico encuentro en Erech, y de la larga cabalgata posterior de noventa y tres leguas de camino hasta Pelargir, en las márgenes del Anduin.

—Cuatro días y cuatro noches, y entrado el quinto día, cabalgamos desde la Piedra Negra —dijo—Y he aquí que de pronto, en las tinieblas de Mordor, renació mi esperanza; porque en aquella oscuridad el Ejército de las Sombras parecía hacerse más fuerte y más terrible de contemplar. Algunos vi que marchaban a caballo, otros a pie, y sin embargo, todos avanzaban con la misma prodigiosa rapidez. Iban en silencio, pero un resplandor les iluminaba los ojos. En las altiplanicies de Lamedon se adelantaron a nuestras cabalgaduras, y deslizándose nos rodearon, y nos habrían dejado atrás si Aragorn no se lo hubiera prohibido.

»A una orden de él volvieron a la retaguardia. «Hasta los espectros de los Hombres obedecen a su voluntad», pensé. «¡Tal vez puedan aún servir a sus propósitos!».

»Cabalgamos durante todo un día de luz, y después llegó el día sin amanecer, y aún continuamos cabalgando, y atravesamos el Ciril y el Ringló; y el tercer día llegamos a Linhir sobre la desembocadura del Gilrain. Y allí los habitantes de Lamedon se disputaban los vados con las huestes feroces de Umbar y de

Harad que habían llegado remontando el río en sus barcos. Pero todos, defensores y enemigos, abandonaron la lucha a nuestra llegada y huyeron gritando que el Rey de los Muertos había venido a por ellos. El único que conservó el coraje y nos esperó fue Angbor, Señor de Lamedon, y Aragorn le pidió que reuniese a sus gentes y nos siguieran, si se atrevían, una vez que la Hueste Gris hubiese pasado.

»En Pelargir, el Heredero de Isildur tendrá necesidad de vosotros», dijo.

»Así cruzamos el Gilrain, dispersando a nuestro paso a los fugitivos aliados de Mordor, y luego descansamos un poco. Pero pronto Aragorn se levantó, diciendo: «¡Oíd! Minas Tirith ya está siendo atacada. Temo que caiga antes que podamos llegar a socorrerla». Así pues, no había pasado aún la noche cuando ya estábamos otra vez en las sillas, galopando a través de los llanos de Lebennin a toda la velocidad que nuestras monturas pudieran aguantar.

Legolas se interrumpió un momento y suspiró, y volviendo la mirada al sur cantó dulcemente:

¡Fluyen de plata los ríos del Celos al Erui
en los verdes prados de Lebennin!
Crece alta la hierba allí. Con el viento del Mar
se mecen los lirios blancos.
Y las campanillas doradas de los mallos y alfirin danzan,
¡en los verdes prados de Lebennin,
con el viento del Mar!

—Verdes son esos prados en las canciones de mi pueblo; pero entonces estaban oscuros: eriales grises en la oscuridad que se extendía ante nosotros. Y a través de la vasta pradera, pisoteando a ciegas las hierbas y las flores, perseguimos a nuestros enemigos durante un día y una noche hasta llegar por fin, como amargo desenlace, al Río Grande.

»Pensé entonces en mi corazón que nos estábamos acercando al mar; pues las aguas eran anchas en la sombra, y en las riberas gritaban innumerables aves marinas. ¡Ay, el lamento de las gaviotas! ¿No me advirtió la Dama que tuviera cuidado con ellas? Y ahora no las puedo olvidar.

—Yo, en cambio, no les presté atención —dijo Gimli—; pues en ese mismo momento comenzó por fin la batalla. Allí, en Pelargir, se encontraba la flota principal de Umbar, cincuenta barcos de gran envergadura e infinidad de embarcaciones más pequeñas. Muchos de aquellos a los que perseguíamos habían llegado a los puertos antes que nosotros, y trajeron consigo su miedo; y algunos de los barcos ya habían zarpado intentando huir Río abajo o ganar la otra orilla; y muchas de las embarcaciones más pequeñas estaban en llamas. Pero los Haradrim, ahora acorralados al borde mismo del agua, se volvieron de golpe con una ferocidad exacerbada por la desesperación; y se rieron al vernos, porque sus huestes eran todavía numerosas.

»Pero Aragorn se detuvo y gritó con voz tonante: «¡Venid ahora! ¡Os convoco en nombre de la Piedra Negra!». Y súbitamente el Ejército de las Sombras, que había permanecido en la retaguardia, se precipitó al fin como una marea gris que arrasaba todo cuanto encontraba a su paso. Oí gritos ahogados y cuernos que sonaban apagados, y un murmullo como de innumerables voces lejanas: eran como los ecos de alguna olvidada batalla de los Años Oscuros, en tiempos pasados. Pálidas eran las espadas que allí desenvainaban, pero ignoro si las hojas morderían aún, pues los Muertos no necesitaban más armas que el miedo. Nadie se les podría resistir.

»Trepaban a todas las naves que estaban en los muelles, y pasaban por encima de las aguas hacia las que se encontraban ancladas; y los marineros fueron presa de una locura provocada por el terror y se arrojaron por la borda, todos menos los esclavos, que estaban encadenados a los remos. Nosotros cabalgábamos implacables entre los enemigos en fuga, arrastrándolos como hojas caídas, hasta que llegamos a la orilla. Entonces Aragorn envió a un dúnadan a cada uno de los grandes barcos que aún quedaban en los muelles, y ellos reconfortaron a los cautivos que se encontraban a bordo y los instaron a olvidar el miedo y recobrar la libertad.

»Antes que terminara aquel día oscuro no quedaba ningún enemigo capaz de oponerse a nosotros: todos habían perecido ahogados o huían precipitadamente rumbo al sur con la esperanza de regresar a sus tierras aún en pie. Extraño y prodigioso me parecía que los designios de Mordor hubieran sido desbaratados por aquellos espectros de oscuridad y de miedo. ¡Derrotados con sus propias armas!

—Extraño en verdad —dijo Legolas—. En aquella hora yo observaba a Aragorn y me imaginaba en qué Señor poderoso y terrible se habría podido convertir, con tamaña voluntad inquebrantable, si se hubiese apropiado del Anillo. No por nada le teme Mordor. Pero es más noble de espíritu de lo que Sauron pueda comprender, pues ¿acaso no es descendiente de Lúthien? Es de una estirpe que jamás habrá de corromperse, aunque los años se alarguen más allá de toda medida.

—Tales predicciones escapan a la visión de los Enanos —dijo Gimli—. Pero Aragorn fue en verdad poderoso aquel día. Sí, toda la flota negra se encontraba en sus manos y eligió para él la mayor de las naves, y subió a bordo. Entonces hizo sonar un gran coro de trompetas tomadas al enemigo; y el Ejército de las Sombras se replegó hasta la orilla. Allí permanecieron en silencio, casi invisibles excepto por un fulgor rojo en sus pupilas, que reflejaban los incendios de las embarcaciones. Y Aragorn habló entonces a los Hombres Muertos, con voz fuerte:

»"¡Escuchad ahora las palabras del Heredero de Isildur! Habéis cumplido vuestro juramento. ¡Retornad, y no volváis a perturbar el reposo de los valles! ¡Partid, y descansad!".

»Y en ese momento el Rey de los Muertos se adelantó frente a su ejército y rompió la lanza en dos y arrojó al suelo los pedazos. Luego se inclinó en una profunda reverencia, y dando media vuelta se alejó; y rápidamente todo el ejército gris lo siguió y se desvaneció como una niebla arrastrada por un viento súbito; y yo me sentí como si despertara de un sueño.

»Esa noche descansamos mientras otros trabajaban. Porque muchos de los cautivos y esclavos liberados eran antiguos habitantes de Gondor, capturados por el Enemigo en incursiones; y no tardó en congregarse una gran multitud formada por hombres que llegaban de Lebennin y del Ethir, y Angbor de Lamedon vino con todos los jinetes que había podido reunir. Ahora que el temor a los Muertos había desaparecido, todos acudían en nuestra ayuda y a contemplar al Heredero de Isildur; pues el rumor de ese nombre se había extendido como un fuego en la oscuridad.

»Y hemos llegado casi al final de nuestro relato. Pues en las últimas horas de esa tarde y durante la noche se repararon y dotaron de tripulación numerosos barcos; y por la mañana la flota pudo zarpar. Ahora parece que hubiera pasado mucho tiempo, y sin embargo, fue sólo en la mañana de anteayer, el sexto día desde que partimos de El Sagrario. Pero Aragorn temía aún que no hubiese suficiente tiempo.

»"Hay cuarenta y dos leguas desde Pelargir hasta los fondeaderos del Harlond —dijo—. Es preciso, sin embargo, que mañana lleguemos al Harlond, o habremos fracasado por completo".

»Ahora los que manejaban los remos eran hombres libres, y trabajaban con vigor; sin embargo, remontábamos con lentitud el Río Grande pues teníamos que luchar contra la corriente, y aunque no es rápida en el sur, el viento no nos ayudó. A mí se me habría encogido el corazón, a pesar de nuestra reciente victoria en los puertos, si Legolas no se hubiese reído de pronto.

»"¡Arriba esas barbas, hijo de Durin! —exclamó—. Porque se ha dicho: *Cuando todo está perdido, llega a menudo la esperanza*". Pero qué esperanza veía él a lo lejos, no me lo quiso decir. Cuando llegó la noche la oscuridad no hizo más que crecer, y nuestros corazones estaban inflamados, pues allá lejos en el norte veíamos bajo la nube un resplandor rojo; y Aragorn dijo: «Minas Tirith está en llamas».

»Pero a la medianoche revivió en verdad la esperanza. Hombres del Ethir, curtidos en el mar, atisbaban el cielo del sur y anunciaron un cambio, un viento fresco que soplaba del mar. Mucho antes del día, los navíos izaron las velas en sus mástiles y empezamos a navegar con mayor rapidez, hasta tal punto que el alba blanqueó la espuma en nuestras proas. Y así fue, como sabéis, que llegamos a la hora tercera de la mañana con el viento a favor y un sol despejado, y en la batalla desplegamos el gran estandarte. Fue un gran día y una gran hora, pase lo que pase en el futuro.

—Sea lo que fuere, el valor de las grandes hazañas no merma —dijo Legolas—. Una gran hazaña fue la cabalgata de los Senderos de los Muertos, y lo seguirá siendo aunque nadie quede en Gondor para cantarla en los días venideros.

—Algo que podría suceder —dijo Gimli—. Pues Aragorn y Gandalf muestran semblantes muy serios. Me pregunto qué decisiones estarán tomando allá abajo en el campamento. Yo, por mi parte, lo mismo que Merry, desearía que con nuestra victoria la guerra hubiese terminado para siempre. Pero si aún queda algo por hacer, espero participar, por el honor del pueblo de la Montaña Solitaria.

—Y yo por el del pueblo del Gran Bosque —dijo Legolas—, y por amor al Señor del Árbol Blanco.

Luego los compañeros callaron, pero se quedaron sentados un rato en aquel sitio elevado, cada uno ocupado con sus propios pensamientos, mientras los Capitanes deliberaban.

Tan pronto como se hubo separado de Legolas y Gimli, el Príncipe Imrahil mandó llamar a Éomer y salió con él de la Ciudad, y descendieron hasta las tiendas de Aragorn en el campo, no lejos del sitio en que cayera el Rey Théoden. Y allí, reunidos con Gandalf y Aragorn y los hijos de Elrond, celebraron consejo.

—Mis señores —dijo Gandalf—, escuchad las palabras del Senescal de Gondor antes de morir: *Durante un tiempo triunfa-*

rás quizá en los campos del Pelennor, por un breve día, mas contra el Poder que ahora se levanta no hay victoria posible. No es que os exhorte a que como él os dejéis llevar por la desesperación, pero sí a que sopeséis la verdad que encierran estas palabras.

»Las Piedras Videntes no engañan: ni el mismísimo Señor de Barad-dûr podría obligarlas a hacerlo. Podría quizá decidir sobre lo que verán las mentes más débiles al mirarlas, o hacer que interpreten mal el significado de lo que ven. No obstante, es indudable que cuando Denethor veía en Mordor grandes despliegues de fuerzas que se disponían a atacarlo, mientras se reunían a la vez otras nuevas, veía algo que es cierto.

»Nuestra fuerza ha alcanzado apenas para contener la primera gran acometida. La próxima será más violenta. Ésta es, por lo tanto, una guerra sin esperanzas de acabar, como Denethor adivinó. La victoria no podrá conquistarse por las armas, ya permanezcáis aquí soportando un asedio tras otro, ya avancéis para ser aniquilados al otro lado del Río. Sólo os queda elegir entre dos males; y la prudencia aconsejaría reforzar las plazas fuertes que aún conserváis, y esperar allí el ataque; así podréis prolongar un poco el tiempo que os resta hasta vuestro propio final.

—¿Propones entonces que nos retiremos a Minas Tirith, o a Dol Amroth, o a El Sagrario, y que nos sentemos allí como niños sobre castillos de arena mientras sube la marea? —dijo Imrahil.

—No habría en tal consejo nada nuevo —dijo Gandalf—. ¿No es acaso lo que habéis hecho, o poco más, durante los años de Denethor? ¡Pero no! Dije que eso sería lo prudente. Yo no aconsejo la prudencia. Dije que la victoria no podía ser conquistada con las armas. Confío aún en la victoria, pero no mediante las armas. Porque en todo este asunto hay que tener en cuenta el Anillo de Poder, el fundamento de Barad-dûr y la esperanza de Sauron.

»Y sobre este asunto, mis señores, conocéis todos lo bastante como para entender en qué aprieto estamos, así como también lo está Sauron. Si reconquista el Anillo vuestro coraje no servirá de nada, y su victoria será rápida y definitiva: tan definitiva que nadie puede saber si terminará alguna vez mientras dure este mundo. Si el Anillo es destruido Sauron caerá; y tan baja será su caída que nadie puede saber si volverá a levantarse algún día. Pues habrá perdido la mejor parte de esa fuerza que era innata en él en un principio, y todo cuanto fue creado o construido con ese poder se derrumbará, y él quedará mutilado para siempre, convertido en un simple espíritu malicioso que se atormenta a sí mismo en las tinieblas, pero que nunca más volverá a crecer o a tener forma. Y así uno de los grandes males de este mundo será eliminado.

»Hay otros males que podrán sobrevenir, porque Sauron mismo no es más que un siervo o un emisario. Pero no nos atañe a nosotros dominar todas las mareas del mundo, sino hacer lo que está en nuestras manos por el bien de los días que nos ha tocado vivir, extirpando el mal en los campos que conocemos, dejando así a los que vendrán después una tierra limpia para la labranza. Que tengan entonces sol o lluvia ya no depende de nosotros.

»Ahora Sauron sabe todo esto, y sabe además que ese tesoro que ha perdido ha sido encontrado otra vez, aunque ignora todavía dónde está, o al menos eso esperamos. Y una duda lo atormenta. Porque si lo tuviésemos, hay algunos entre nosotros con suficiente fuerza como para utilizarlo. También eso lo sabe. Pues ¿me equivoco, Aragorn, al pensar que te mostraste a él en la Piedra de Orthanc?

—Lo hice poco antes de partir de Cuernavilla —respondió Aragorn—. Consideré que el momento era propicio, y que la Piedra había llegado a mis manos para ese fin. Hacía entonces diez días que el Portador del Anillo había salido desde Rauros rumbo al este, y pensé que era necesario atraer al Ojo de Sauron fuera de su propia tierra. Pocas veces, muy pocas, ha sido desafiado desde que regresó a su Torre. Aunque si hubiera previsto la rapidez con que respondería atacándonos, tal vez no debería haber osado mostrarme a él. Apenas me alcanzó el tiempo para acudir en vuestra ayuda.

—Pero ¿cómo? —preguntó Éomer—. Todo es en vano, dices, si él tiene el Anillo. ¿Por qué debería pensar Sauron que no es inútil atacarnos si nosotros lo tenemos?

—Porque aún no está seguro —dijo Gandalf—, y no ha edificado su poder esperando hasta que el enemigo se fortaleciese, como hemos hecho nosotros. Además, no podíamos aprender en un día a manejar la totalidad del poder. En verdad, un amo, sólo uno, puede usar el Anillo; y Sauron espera un tiempo de discordia, antes de que entre nosotros uno de los grandes se proclame amo y señor y prevalezca sobre los demás. En ese intervalo, si actúa pronto, el Anillo podría ayudarle.

»Ahora vigila. Ve muchas cosas y oye muchas cosas. Sus Nazgûl están aún fuera de Mordor. Volaron por encima de este campo antes del alba, aunque pocos entre los vencidos por el sueño o la fatiga de la batalla los hayan visto. Y estudia los signos: la Espada que lo despojó del tesoro forjada de nuevo; los vientos de la fortuna girando a nuestro favor, que causaron el fracaso inesperado de su primer ataque; o la caída de su gran Capitán.

»La duda crece en él incluso ahora, mientras estamos aquí deliberando. Y su Ojo está fijado aquí, ciego a casi cualquier otra cosa que se mueva. Y así tenemos que mantenerlo. En ello radica nuestra única esperanza. He aquí, por lo tanto, mi consejo. No tenemos el Anillo. Sabios o insensatos, lo hemos enviado lejos para que sea destruido y no nos destruya. Y sin él no podemos derrotar con la fuerza la fuerza de Sauron. Pero es preciso ante todo que el Ojo del Enemigo continúe apartado del verdadero peligro que lo amenaza. No podemos conquistar la victoria con las armas, pero con las armas podemos prestar al Portador del Anillo la única ayuda posible, por frágil que sea.

»Así lo comenzó Aragorn, y así hemos de continuar nosotros: hostigando a Sauron hasta el último golpe, atrayendo fuera del país las fuerzas secretas de Mordor para que su tierra quede vacía. Tenemos que salir en seguida al encuentro de Sauron. Tenemos que convertirnos en carnaza, aunque las mandíbulas de

Sauron se cierren sobre nosotros. Y morderá el cebo, pues esperanzado y voraz creerá reconocer en nuestra temeridad el orgullo del nuevo Señor del Anillo. Y dirá: «¡Bien! Estira el cuello demasiado pronto y se acerca más de lo prudente. Que venga, y ya veréis cómo yo le tiendo una trampa de la que no podrá escapar. Entonces lo aplastaré, y lo que ha tomado con insolencia será mío otra vez y para siempre».

»Hacia esa trampa hemos de encaminarnos con valor y los ojos bien abiertos, mas con pocas esperanzas para nosotros. Porque es probable, señores, que todos nosotros perezcamos en una negra batalla lejos de las tierras fértiles, y que aun en el caso de que Barad-dûr sucumba, no vivamos para ver una nueva era. Sin embargo éste es, en mi opinión, nuestro deber. Mejor esto que perecer de todos modos, como sin duda ocurriría si nos quedáramos aquí a esperar, sabiendo al morir que no habría ninguna nueva era.

Durante un rato todos guardaron silencio. Al fin habló Aragorn: —Así como he comenzado, así continuaré. Nos acercamos ahora al límite donde la esperanza y la desesperación se hermanan. Titubear equivale a caer. Que nadie rechace ahora a los consejos de Gandalf, cuyos extensos trabajos contra Sauron se enfrentan a la prueba final. Si no fuese por él, hace tiempo que todo se habría perdido para siempre. Sin embargo no pretendo todavía dar órdenes a nadie; que cada cual decida según su propia voluntad.

Entonces dijo Elrohir: —Del Norte hemos venido con este propósito, y de Elrond nuestro padre recibimos el mismo consejo. No volveremos sobre nuestros pasos.

—En cuanto a mí —dijo Éomer— poco entiendo de tan profundas cuestiones; mas no lo necesito. Lo que sé, y con ello me basta, es que así como mi amigo Aragorn me socorrió a mí y a mi pueblo, así acudiré yo en ayuda de él cuando él me llame. Iré.

—Yo, por mi parte —dijo Imrahil—, considero al Señor Aragorn como mi soberano, reivindique él o no tal derecho todavía. Sus deseos son órdenes para mí. También yo iré. No obstante, puesto que reemplazo por algún tiempo al Senescal de Gondor, primero he de pensar en su pueblo. No desoigamos aún del todo la voz de la prudencia, pues hemos de estar preparados contra cualquier posibilidad, buena o mala. Puede ocurrir que triunfemos, y mientras quede alguna esperanza de ello Gondor debe estar protegida. No quisiera que regresáramos victoriosos atravesando tierras devastadas hasta llegar a una Ciudad en ruinas. Y también sabemos por los Rohirrim que en nuestra frontera septentrional espera un ejército todavía intacto.

—Es cierto —dijo Gandalf—. No te aconsejo que dejes la Ciudad indefensa. Y en verdad, no es necesario que llevemos al este una fuerza poderosa, como para emprender un ataque verdadero y en serio contra Mordor, pero sí lo suficientemente grande como para desafiarlos a presentar batalla. Y tendrá que ponerse en marcha muy pronto. Por ello pregunto a los Capitanes: ¿qué fuerza podríamos reunir para marchar en un plazo de dos días, como muy tarde? Es imprescindible que sean hombres valerosos que vayan voluntariamente, conscientes del peligro.

—Todos los hombres están fatigados, y hay numerosos heridos, leves y graves —dijo Éomer—, y también se han perdido muchos caballos, lo que es difícil de compensar. Si en verdad tenemos que partir tan pronto, dudo que pueda llevar conmigo más de dos mil hombres, dejando otros tantos para la defensa de la Ciudad.

—No hemos de contar sólo con los que combatieron en este campo —dijo Aragorn—. Ahora que las costas han quedado libres de enemigos, llegan nuevas fuerzas de los feudos del sur. Cuatro mil envié dos días atrás, marchando desde Pelargir a través de Lossarnach; y Angbor el intrépido cabalga al frente. Si partimos dentro de dos días, estarán cerca de aquí bastante antes de que lo hagamos. Además, ordené a muchos otros que me siguieran y remontaran el Río en tantas embarcaciones como pudieran conseguir; y con este viento no tardarán en llegar: de hecho, varias naves han anclado ya en los muelles del Harlond. Estimo que podremos llevar unos siete mil hombres, entre infantería y jinetes, y a la vez dejar en la Ciudad una defensa mayor que la que tenía cuando comenzó el ataque.

—La Puerta ha sido destruida —dijo Imrahil—. ¿Quién tendrá ahora las habilidades para reconstruirla y colocarla de nuevo?

—En Erebor en el Reino de Dáin dominan esas habilidades —dijo Aragorn—, y si no se desbaratan todas nuestras esperanzas, llegado el momento enviaré a Gimli hijo de Glóin en busca de los maestros de la Montaña. Pero los hombres son una defensa más eficaz que las puertas, y no habrá puerta que resista a nuestro Enemigo si los hombres la abandonan.

Tales fueron, pues, las conclusiones del debate de los señores: que en la mañana del segundo día desde entonces partirían con siete mil hombres, si conseguían reunirlos; y que la mayor parte de esta fuerza iría a pie a causa de las regiones accidentadas en que tendría que internarse. Aragorn trataría de reunir unos dos mil de los que se habían plegado a él en el Sur; pero Imrahil tenía que reclutar tres mil quinientos; y Éomer quinientos de los Rohirrim, que aun desmontados eran guerreros diestros y valientes. Y él mismo iría a la cabeza de quinientos de sus mejores Jinetes; en una segunda compañía de otros quinientos Jinetes, junto con los hijos de Elrond marcharían los Dúnedain y los caballeros de Dol Amroth: en total seis mil hombres a pie y mil a caballo. Pero la fuerza principal de los Rohirrim, la que aún contaba con cabalgaduras y estaba en condiciones de combatir, unos trescientos bajo el mando de Elfhelm, defendería el Camino del Oeste de los ejércitos enemigos apostados en Anórien. E inmediatamente enviaron jinetes veloces en busca de cualquier noticia que pudieran traer del norte; y del este de Osgiliath y del camino a Minas Morgul.

Y cuando hubieron estimado todas las fuerzas, y después de decidir las etapas del viaje y los caminos que tomarían, Imrahil estalló de pronto en una sonora carcajada.

—Ésta es, sin duda —exclamó—, la mayor farsa en toda la historia de Gondor: ¡que partamos con siete mil, una hueste que equivale apenas a la vanguardia del ejército de estas tierras en sus días de esplendor, al asalto de las montañas y de la puerta impenetrable de la Tierra Tenebrosa! ¡Como si un niño amenazara a un caballero ataviado con su armadura, con un arco de sauce verde y cordel! Si el Señor Oscuro supiera tanto como tú dices, Mithrandir, ¿no te parece que en vez de temer sonreiría, y nos aplastaría con el dedo meñique como a un mosquito que intentara clavarle el aguijón?

—No, intentará cazar al mosquito y quitarle el aguijón —dijo Gandalf—. Y algunos de nuestros hombres valen más que un millar de caballeros provistos de armadura. No, no sonreirá.

—Tampoco nosotros sonreiremos —dijo Aragorn—. Si esto es una farsa, es demasiado amarga para provocar risa. No, es el último movimiento de una partida peligrosa, y será, para un jugador o el otro, el final de la partida. —Entonces desenvainó a Andúril y la sostuvo centelleante a la luz del sol, diciendo—. No volveré a envainarte hasta que se haya librado la última batalla.

10

LA PUERTA NEGRA SE ABRE

Dos días después el ejército del Oeste se encontraba reunido en el Pelennor. Las huestes de Orcos y Orientales se habían retirado de Anórien pero, hostigados y desbandados por los Rohirrim, habían huido casi sin presentar batalla hacia Cair Andros. Destruida pues esa amenaza, y con las nuevas fuerzas que llegaban del Sur, la Ciudad se encontraba tan bien defendida como podía estarlo en esas circunstancias. Los batidores informaban de que en los caminos del este, hasta la Encrucijada del Rey Caído, no quedaba un solo enemigo con vida. Ya todo estaba preparado para el golpe final.

Una vez más Legolas y Gimli cabalgarían juntos en compañía de Aragorn y Gandalf, que marchaban a la vanguardia con los Dúnedain y los hijos de Elrond. Merry, avergonzado, se enteró de que él no los acompañaría.

—No estás bien todavía para un viaje semejante —le había dicho Aragorn—. Pero no te avergüences. Aunque no hagas nada más en esta guerra, ya has conquistado grandes honores. Peregrin irá en representación del pueblo de la Comarca; y no le envidies esta oportunidad de afrontar el peligro, pues aunque haya hecho todo tan bien como se lo ha permitido la suerte, aún no ha igualado tu hazaña. En verdad todos corremos ahora un peligro semejante. Aunque nuestro destino pueda ser encontrar un amargo fin ante la Puerta de Mordor, si eso ocurre, entonces también a vosotros os habrá llegado la última hora, sea aquí o dondequiera que os atrape la marea negra. ¡Adiós!

Y así Merry observaba desanimado los preparativos de la partida. Bergil lo acompañaba, pero también él estaba abatido: su padre marcharía a la cabeza de una compañía de Hombres de la Ciudad, pues hasta que no se lo sometiese a juicio no se podría reintegrar a la Guardia. En esa misma compañía partiría Pippin, como soldado de Gondor. Merry alcanzó a verlo no muy lejos: una figura pequeña pero erguida entre los altos hombres de Minas Tirith.

Sonaron por fin las trompetas y el ejército se puso en movimiento. Escuadrón tras escuadrón y compañía tras compañía, fueron girando y partiendo rumbo al este. Y hasta después que se perdieran de vista en el fondo de la carretera que conducía a la Calzada, Merry se quedó allí. Los últimos destellos del sol de la mañana en los yelmos y lanzas de la retaguardia centellearon y desaparecieron a lo lejos, y Merry aún seguía allí, con la cabeza gacha y el corazón oprimido, sintiéndose solo y abandonado. Los seres que más quería habían partido hacia las tinieblas que colgaban sobre el distante cielo del Este; y pocas esperanzas le quedaban en el corazón de volver a ver a alguno de ellos.

Como llamado por la desesperación, el dolor del brazo volvió, y se sintió viejo y débil, y la luz del sol se le antojó pálida. El contacto de la mano de Bergil lo sacó de estas cavilaciones.

—¡Vamos, Maese Perian! —dijo el muchacho—. Veo que todavía te duele. Te ayudaré a regresar a las Casas de Curación. ¡Pero no temas! Volverán. Los Hombres de Minas Tirith jamás serán derrotados. Y ahora tienen al Señor Piedra de Elfo, y también a Beregond de la Guardia.

El ejército llegó a Osgiliath antes del mediodía. Allí todos los operarios y artesanos a los que pudieron dispensar estaban ocupados. Algunos reforzaban las barcazas y los pasos de barca que el enemigo había construido, y destruido en parte al huir; otros almacenaban los víveres y recogían el botín, y otros levantaban de prisa obras de defensa en la margen oriental del Río.

La vanguardia pasó a través de las ruinas de la Antigua Gondor, y luego por encima del ancho Río, y tomó el camino largo y recto construido en otros días desde la hermosa Torre del Sol hasta la elevada Torre de la Luna, ahora convertida en Minas Morgul en su valle maldito. Cinco millas más allá de Osgiliath se detuvieron, concluyendo la primera jornada de marcha.

Pero los jinetes continuaron avanzando y antes de la noche habían llegado a la Encrucijada y al gran círculo de árboles, y allí todo era silencio. No se veían rastros del enemigo, ni se escuchaban gritos ni llamadas, ni un solo dardo había volado desde las rocas o los matorrales próximos, y sin embargo, mientras avanzaban sentían cada vez más que la tierra vigilaba alrededor. Los árboles y las piedras, las briznas y las hojas escuchaban. La oscuridad se había disipado, y el sol se ponía a lo lejos en el Valle del Anduin, y los picos blancos de las montañas se arrebolaban en el aire azul; pero una sombra y una tiniebla se cernían sobre las Ephel Dúath.

Apostando a los trompetas del ejército en cada uno de los cuatro senderos que desembocaban en el círculo de árboles, Aragorn ordenó que tocasen una gran fanfarria, y a los heraldos que gritasen: «Los Señores de Gondor han vuelto, y reclaman todos estos territorios que les pertenecen». Y la horrorosa máscara de orco que había sido colocada sobre la mutilada estatua de piedra fue arrojada al suelo y rota en mil pedazos, y levantaron la cabeza del viejo rey y la colocaron de nuevo en su sitio, todavía coronada de flores blancas y doradas; y los hombres se esforzaron en limpiar y borrar todas las inscripciones inmundas que los orcos habían puesto en la piedra.

En la reunión que se celebró algunos aconsejaron que Minas Morgul fuese el primer blanco, y que si lograban tomarla, la destruyesen totalmente. —Y acaso —había dicho Imrahil— el camino que desde allí conduce al paso entre las cumbres resulte una vía de ataque al Señor Oscuro más accesible que la puerta del norte.

Pero Gandalf se había opuesto terminantemente, no sólo a causa de los maleficios que pesaban sobre el valle, donde las mentes de los vivos enloquecían de horror, sino también por las noticias que había traído Faramir. Porque si el Portador del Anillo había en verdad intentado cruzar por ese camino era menester, por sobre todas las cosas, no atraer hacia allí la mirada del Ojo de Mordor. Así que al día siguiente, cuando llegó el grueso del ejército, apostaron una guardia numerosa en la Encrucijada para contar con alguna defensa en caso de que Mordor mandase fuerzas a través del Paso de Morgul, o enviara nuevas huestes desde el sur. Para esta guardia escogieron sobre todo arqueros que conocían los caminos de Ithilien; permanecería oculta en los bosques y laderas cerca del lugar donde se encontraban caminos. Pero Gandalf y Aragorn cabalgaron con la vanguardia hasta la entrada del Valle de Morgul y contemplaron la ciudad maligna.

Estaba a oscuras y sin vida; pues los Orcos y otras criaturas innobles de Mordor que habitaran allí habían perecido en la batalla, y los Nazgûl estaban fuera. Aun así el aire del valle era opresivo, cargado de temor y hostilidad. Destruyeron entonces el puente siniestro, incendiaron los campos malsanos y se alejaron.

Al día siguiente, el tercero desde que partieran de Minas Tirith, el ejército emprendió la marcha a lo largo del camino hacia el norte. Usando esa ruta, la distancia entre la Encrucijada y el Morannon era de unas cien millas, y lo que la suerte podía depararles antes de llegar tan lejos, nadie lo sabía. Avanzaban abiertamente pero con cautela, precedidos por batidores montados, mientras otros exploradores vigilaban a pie los flancos del camino, especialmente los del lado oriental, pues allí abundaban los matorrales sombríos y era una zona anfractuosa de barrancos y despeñaderos rocosos, tras los cuales se alzaban las laderas largas y lúgubres de las Ephel Dúath. El clima de la zona se mantenía apacible y hermoso, y el viento soplaba aún desde el oeste, pero nada podía disipar las tinieblas y las tristes brumas que se acumulaban en torno a las Montañas de la Sombra; y por detrás de ellas brotaban intermitentemente grandes humaredas que se elevaban y quedaban suspendidas, flotando en los vientos de las cumbres.

De tanto en tanto Gandalf hacía sonar las trompetas y los heraldos pregonaban: —¡Los Señores de Gondor han llegado! ¡Que todos abandonen esta tierra o se sometan!

Pero Imrahil dijo: —No digáis «los Señores de Gondor». Decid «el Rey Elessar». Porque es la verdad, aunque no haya ocupado el trono todavía; y dará más que pensar al Enemigo si así lo nombran los heraldos.

Y a partir de ese momento, tres veces al día proclamaban los heraldos la venida del Rey Elessar. Mas nadie respondía al desafío.

No obstante, aunque marchaban en una paz aparente, todos los corazones del ejército se encontraban abatidos, desde el más encumbrado al más humilde, y con cada milla que avanzaban hacia el norte, unos presagios funestos los iban lastrando cada vez más. Casi al final del segundo día de marcha desde la Encrucijada tuvieron por primera vez la oportunidad de plantear batalla: una poderosa hueste de Orcos y Orientales intentó hacer caer en una emboscada a las primeras compañías. El paraje era el mismo en el que Faramir había acechado a los hombres de Harad, y el camino penetraba en una garganta estrecha después de atravesar una estribación de las montañas orientales. Pero los Capitanes del Oeste, oportunamente prevenidos por sus batidores, un grupo de hombres avezados de Henneth Annûn bajo la conducción de Mablung. y gracias a ellos los hicieron caer en su propia trampa: desplegando la caballería en un movimiento envolvente hacia el oeste, los sorprendieron surgiendo por el flanco y por la retaguardia del Enemigo, destruyéndolos u obligándolos a huir hacia el este, hacia las montañas.

Sin embargo, la victoria no fue suficiente para reconfortar a los capitanes.

—No es más que una treta —dijo Aragorn—. Y su principal propósito, sospecho, no era causarnos grandes daños, no por ahora, sino darnos una falsa impresión de debilidad del Enemigo e inducirnos a seguir adelante.

Y esa noche volvieron los Nazgûl, y a partir de entonces vigilaron cada uno de los movimientos del ejército. Volaban siempre a gran altura, invisibles a los ojos de todos excepto a los de Legolas, pero de todos modos se podía sentir su presencia como una sombra más profunda, o un oscurecimiento del sol. Y si bien no se abatían sobre sus enemigos y se limitaban a acecharlos en silencio, sin un solo grito, el miedo que provocaban no podía disiparse.

Así transcurría el tiempo y con él el viaje sin esperanzas. En el cuarto día de marcha desde la Encrucijada y el sexto desde Minas Tirith llegaron por fin a los confines de las tierras fértiles, y comenzaron a internarse en los páramos que precedían a las puertas del Paso de Cirith Gorgor; y divisaron los pantanos y el desierto que se extendía al norte y al oeste hasta las Emyn Muil. Era tal la desolación de aquellos parajes, tan profundo el horror que se posó en ellos, que una parte del ejército se detuvo amedrentada, incapaz de continuar avanzando hacia el norte, ni a pie ni a caballo.

Aragorn los miró, y en sus ojos había piedad y no enfado, pues todos eran hombres jóvenes de Rohan, del Lejano Folde Oeste, o labriegos venidos desde Lossarnach, para quienes Mordor había sido desde la infancia un nombre maléfico y a la vez irreal, una leyenda que no tenía relación con su vida sencilla; y ahora se veían a sí mismos caminando, en carne y hueso, hacia una espantosa pesadilla hecha realidad, y no comprendían esta guerra ni por qué el destino los había puesto en semejante trance.

—¡Volved! —les dijo Aragorn—. Pero mantened toda la dignidad que podáis y no huyáis. De hecho, hay una misión que podríais cumplir para atenuar en parte vuestra vergüenza. Id por el sudoeste hasta Cair Andros, y si aún está en manos del Enemigo, como sospecho, reconquistadla si podéis, y resistid allí hasta el final en defensa de Gondor y de Rohan.

Abochornados por la indulgencia de Aragorn, algunos lograron sobreponerse al miedo y seguir adelante; los demás partieron, esperanzados con la perspectiva de poder llevar a cabo una empresa honrosa y a la medida de sus fuerzas. Así fue que con menos de seis mil hombres, pues ya habían dejado muchos en la Encrucijada, los Capitanes del Oeste marcharon al fin a desafiar la Puerta Negra y el poder de Mordor.

Ahora avanzaban lentamente, esperando a cada momento alguna respuesta a su desafío, y compactaron las filas, comprendiendo que enviar batidores o pequeños grupos de avanzada era un despilfarro de hombres. Al anochecer del quinto día de viaje desde el Valle de Morgul prepararon el último campamento, y encendieron hogueras a su alrededor con tantas ramas y malezas secas como pudieron encontrar. Pasaron en vela las horas de la noche, y alcanzaron a ver muchas formas indistintas que iban y venían a su alrededor en la oscuridad, y escucharon los aullidos de los lobos. El viento había muerto y el aire parecía estancado. Apenas veían, pues aunque no había nubes y la luna creciente ya tenía cuatro noches, había humos y emanaciones brotaban de la tierra y las nieblas de Mordor amortajaban al blanco cuarto creciente.

Empezaba a hacer frío. Al amanecer el viento se levantó otra vez, pero ahora venía del Norte, y no tardó en convertirse en un hálito helado. Todos los merodeadores nocturnos habían desaparecido, y el paraje parecía desierto. Al norte, entre los pozos mefíticos, se alzaban los primeros promontorios y colinas de escoria y roca carcomida y tierra dilapidada, el vómito de las criaturas inmundas de Mordor; pero ya cerca en el sur asomaba el baluarte de Cirith Gorgor, y en el centro mismo la Puerta Negra, flanqueada por las dos Torres de los Dientes, altas y oscuras.

Porque en la última etapa los Capitanes, para evitar posibles emboscadas en las colinas, se habían desviado del viejo camino en el punto en que se curvaba hacia el este, y ahora, como lo hiciera antes Frodo, se acercaban al Morannon desde el noroeste.

Los dos poderosos batientes de hierro de la Puerta Negra estaban firmemente cerrados bajo la arcada hostil. Sobre las murallas almenadas no había señales de vida. El silencio era sepulcral, pero expectante. Habían llegado por fin a la meta última de su farsa, y ahora, a la luz gris del alba, contemplaban descorazonados y tiritando de frío aquellas torres y murallas que jamás podrían atacar con esperanzas, ni aunque hubiesen traído consigo máquinas de guerra de gran poder y las fuerzas del Enemigo apenas alcanzasen a defender la puerta y la muralla. Sabían que todas las colinas y peñascos de alrededor del Morannon estaban repletas de enemigos ocultos, y que del otro lado el desfiladero sombrío había sido perforado y excavado con túneles por la numerosa prole de unas criaturas siniestras. Y mientras se mantenían de pie vieron a los Nazgûl reunidos, revoloteando como una bandada de buitres por encima de las Torres de los Dientes; y supieron que los vigilaban. Pero el Enemigo no se mostraba aún.

No les quedaba otro remedio que representar la comedia hasta el final. Aragorn organizó entonces el ejército del mejor modo posible, y lo situó en dos grandes colinas de piedra y tierra que los orcos habían amontonado en años y años de labor. Ante ellos y hacia Mordor, se abrían como un foso un gran cenagal de lodos infectos y unos pantanos pestilentes. Cuando todo estuvo en orden, los Capitanes cabalgaron hacia la Puerta Negra con una fuerte guardia de caballería, llevando el estandarte y acompañados por los heraldos y los trompetas. A la cabeza iban Gandalf como primer heraldo y Aragorn con los hijos de Elrond, y Éomer de Rohan, e Imrahil; y Legolas y Gimli y Peregrin fueron invitados a seguirlos también, pues deseaban que todos los pueblos enemigos de Mordor contaran con un testigo.

Cuando estuvieron al alcance de la voz del Morannon, desplegaron el estandarte y soplaron las trompetas; y los heraldos se adelantaron y elevaron sus voces por encima del muro almenado de Mordor.

—¡Salid! —gritaron—. ¡Que salga el Señor de la Tierra Tenebrosa! Se le hará justicia. Porque ha declarado contra Gondor una guerra injusta, y ha devastado sus territorios. El Rey de Gondor le exige que repare los daños, y que se marche después para siempre. ¡Salid!

Siguió un largo silencio; ni un grito, ni un rumor, ni un sonido llegó como respuesta. Pero ya Sauron había trazado sus planes, y antes de asestar el golpe mortal se proponía jugar cruelmente con aquellos ratoncillos. Así sucedió que, en el momento en que los Capitanes ya estaban a punto de darse la vuelta, el silencio se quebró de repente. Se oyó un prolongado redoble de tambores, como un trueno en las montañas, seguido de una algarabía de cuernos que estremeció las piedras y ensordeció a los hombres; y un batiente de la Puerta Negra se abrió de golpe con un gran tañido metálico, abriendo el paso a una embajada de la Torre Oscura.

La encabezaba una figura alta y maléfica montada en un caballo negro, si aquella criatura enorme y horrenda era en verdad un caballo; la máscara terrorífica de su cara más parecía una calavera que una cabeza con vida; y echaba fuego por las cuencas de los ojos y por los ollares. Un manto negro cubría por completo al jinete, y negro era también el yelmo de cimera alta; sin embargo, no se trataba de uno de los Espectros del Anillo, era un hombre y estaba vivo. Era el Lugarteniente de la Torre de Barad-dûr, y ninguna historia recuerda su nombre, porque hasta él mismo lo había olvidado, y decía: —Yo soy la Boca de Sauron. —Pero se dice que era un renegado, descendiente de las gentes que fueron llamados Númenóreanos Negros, pues se asentaron en la Tierra Media durante la supremacía de Sauron, y lo veneraban, pues estaban enamorados de las ciencias del mal. Había entrado al servicio de la Torre Oscura en tiempos de la primera reconstrucción, y debido a su astucia se había elevado en los favores del Señor; y aprendió grandes hechicerías, y conocía muchos de los pensamientos de Sauron; y era más cruel que el más cruel de los orcos.

Éste era pues el jinete que ahora avanzaba hacia ellos, con tan sólo una pequeña compañía de soldados de arneses negros, y enarbolando un único estandarte negro, pero con el Ojo Maléfico pintado en rojo. Deteniéndose a pocos pasos de los Capitanes del Oeste, los miró de arriba abajo y se echó a reír.

—¿Hay en esta caterva alguien con autoridad suficiente como para tratar conmigo? —preguntó—. ¿O al menos con seso suficiente como para comprenderme? ¡No tú, por cierto! —se burló, volviéndose a Aragorn con una mueca de desdén—. Para hacer un rey, no basta con un trozo de vidrio élfico o una chusma como esta. ¡Si hasta un bandolero de las montañas puede reunir un séquito como el tuyo!

Aragorn no respondió, pero clavó en el otro la mirada y la sostuvo, y así lucharon un momento ojo contra ojo; pero en seguida, sin que Aragorn se hubiera movido ni se hubiera llevado la mano a la espada, el otro retrocedió como ante la amenaza de un golpe. —¡Soy un heraldo y un embajador, y nadie debe atacarme! —gritó.

—Donde mandan esas leyes —dijo Gandalf—, también es costumbre que los embajadores sean menos insolentes. Pero nadie te ha amenazado. Nada tienes que temer de nosotros hasta que hayas entregado tu recado. Pero a no ser que tu amo haya aprendido algo nuevo correrás entonces un gran peligro, tú y todos sus servidores.

—¡Ah! —dijo el Emisario—. ¿De modo que tú eres el portavoz, viejo barbagrís? ¿Acaso no hemos oído hablar de ti y de tus andanzas de tanto en cuanto, siempre tramando intrigas y maldades desde una distancia segura? Pero esta vez has metido demasiado profundamente la nariz, Maese Gandalf; y ya verás qué le espera a quien teje sus ingenuas redes a los pies de Sauron el Grande. Traigo conmigo testimonios que me han encomendado mostrarte, a ti en particular, si te atrevías a venir aquí. —Hizo una señal, y un guardia se adelantó llevando un paquete envuelto en lienzos negros.

El Emisario apartó los lienzos y allí, para asombro y consternación de todos los Capitanes, levantó primero la espada corta que Sam había ceñido, después, una capa gris con un broche élfico, y por último, la cota de malla de mithril que Frodo había vestido bajo las ropas andrajosas. Una negrura repentina los cegó, y por un momento de silencio pensaron que el mundo se había detenido, pues tenían los corazones muertos y habían perdido su última esperanza. Pippin, que estaba detrás del Príncipe Imrahil, se precipitó hacia adelante con un grito de dolor.

—¡Silencio! —le dijo Gandalf con severidad mientras lo empujaba hacia atrás; pero el Emisario estalló en una carcajada.

—¡Así que tenéis con vosotros a otro de esos duendecillos! —gritó—. No puedo imaginarme qué utilidad les encontráis. Pero enviarlos a Mordor como espías sobrepasa incluso vuestra acostumbrada imbecilidad. Sin embargo, tengo que darle las gracias, pues es evidente que este alfeñique al menos ha reconocido los objetos, y ahora sería inútil que pretendierais desmentirlo.

—No pretendo desmentirlo —dijo Gandalf—. Y en verdad, yo mismo los conozco, así como la historia de cada uno de ellos, y tú, inmundo Boca de Sauron, a pesar de tus sarcasmos, no puedes decir otro tanto. Mas ¿por qué los has traído?

—Cota de malla de enano, capa élfica, hoja forjada en el derrotado Oeste, y espía de ese territorio de ratas que es la Comarca… ¡No, calma! Bien lo sabemos… éstas son las pruebas de una conspiración. Y bien, tal vez quien llevaba estas prendas es alguien que no lamentaríais perder, o tal vez sí, ¿quizá alguien muy querido? Si es así, decidíos de prisa con el poco seso que aún os queda. Porque Sauron no simpatiza con los espías, y el destino de éste depende ahora de vosotros.

Nadie le respondió; pero viendo las caras grises de miedo y el horror en todos los ojos, volvió a reír, pues le pareció que estaba ganando la partida.

—¡Magnífico, magnífico! —exclamó—. Veo que era alguien muy querido para vosotros. ¿O acaso la misión que llevaba a cabo era tal que no querríais que fracasara? Pues bien, ha fracasado. Y ahora tendrá que soportar el lento tormento de los años, tan largo y tan lento como sólo pueden conseguirlo nuestros artificios en la Gran Torre; ya nunca más será liberado, salvo tal vez cuando esté quebrado y consumido, y acudirá a vosotros, y veréis lo que le habéis hecho. Todo esto le ocurrirá ciertamente... a menos que aceptéis las condiciones de mi Señor.

—Di esas condiciones —dijo Gandalf con voz firme, pero quienes lo rodeaban vieron angustia en el semblante del mago; y ahora parecía un anciano decrépito, aplastado y derrotado al fin. Nadie pensó que no las aceptaría.

—He aquí las condiciones —contestó el Emisario, sonriendo mientras observaba uno a uno a los Capitanes—. La chusma de Gondor y sus engañados secuaces se retirarán en seguida a la otra orilla del Anduin, pero antes jurarán no atacar nunca más a Sauron el Grande con las armas, abierta o secretamente. Todos los territorios al este del Anduin pertenecerán a Sauron para siempre, y sólo a él. Las tierras que se extienden al oeste del Anduin hasta las Montañas Nubladas y el Paso de Rohan serán tributarias de Mordor, y a sus habitantes les estará prohibido llevar armas, pero se les permitirá manejar sus propios asuntos. No obstante, tendrán la obligación de ayudar a reconstruir Isengard, que ellos destruyeron deliberadamente, y pertenecerá a Sauron, y allí residirá su lugarteniente: no Saruman sino otro, más digno de confianza.

Mirando los ojos del Emisario era fácil leerle el pensamiento. Él sería el lugarteniente de Sauron, y él sometería bajo su dominio todo cuanto quedara del Oeste: él sería el tirano y ellos los esclavos.

Pero Gandalf dijo: —Es demasiado pedir por la devolución de un servidor: ¡que tu Amo deba recibir en canje lo que de otro modo tendría que conquistar a lo largo de muchas guerras! ¿O acaso después de la batalla de Gondor ya no confía en la guerra, y ahora se rebaja a regatear? Y si en verdad en tan alta estima valoráramos a este prisionero, ¿qué seguridad tenemos de que Sauron, Vil Maestro de Traiciones, cumplirá su palabra? ¿Dónde está el prisionero? Que lo traigan y nos lo muestren, y entonces estudiaremos vuestras condiciones.

A Gandalf, que lo miraba con fijeza, como en duelo de espadas con un enemigo mortal, le pareció que por un instante el Emisario no supo qué decir, aunque en seguida rio de nuevo.

—¡No seas insolente y discutas con la Boca de Sauron! —gritó—. ¡Anhelas seguridades! Sauron no da ninguna. Si pretendes su clemencia, antes haréis lo que él exige. Éstas son sus condiciones. ¡Aceptadlas o rechazadlas!

—¡Éstas aceptaremos! —dijo Gandalf de pronto. Se abrió la capa, y una luz blanca centelleó como una espada en aquella oscuridad. Ante la mano levantada de Gandalf el malvado Emisario retrocedió, y Gandalf dio un paso adelante y le arrancó los objetos de las manos: la cota de malla, la capa y la espada—. Nos los llevaremos en recuerdo de nuestro amigo —gritó—. Y en cuanto a tus condiciones, las rechazamos de plano. Vete ya, pues tu misión ha concluido y la hora de tu muerte se aproxima. No hemos venido aquí a derrochar palabras negociando con Sauron, desleal y maldito, y menos aún con uno de sus esclavos. ¡Vete!

El Emisario de Mordor ya no se reía. Con la cara crispada por la estupefacción y la furia, parecía un animal salvaje que, en el momento en que se agazapa para saltar sobre la presa, recibe un garrotazo en el hocico. Loco de rabia, la boca le babeaba mientras emitía unos guturales sonidos de furia estrangulada. Pero miró los rostros feroces y las miradas mortíferas de los Capitanes, y el miedo fue más fuerte que la ira. Dando un gran alarido se volvió, trepó de un salto a su cabalgadura y partió en desenfrenado galope con su compañía hacia Cirith Gorgor. Entonces, mientras se alejaban, los soldados de Mordor soplaron los cuernos, obedeciendo a una señal convenida; y no habían llegado aún a la puerta cuando Sauron soltó la trampa que había preparado.

Los tambores redoblaron, y las hogueras se avivaron. Los poderosos batientes de la Puerta Negra se abrieron de par en par, y una gran hueste se precipitó como las aguas turbulentas de un dique al levantar una compuerta.

Los Capitanes volvieron a montar y se retiraron al galope, y un aullido de burlas brotó del ejército de Mordor. Una nube de polvo oscureció el aire, y desde las cercanías vino marchando un ejército de Orientales que había estado esperando la señal oculto entre las sombras delas Ered Lithui, más allá de la torre más distante. De lo alto de las colinas que flanqueaban el Morannon se precipitó un torrente incontable de Orcos. Los hombres del Oeste estaban atrapados, y pronto en aquellos montes grises unas fuerzas diez y más veces superiores los envolverían en un mar de enemigos. Sauron había mordido la carnaza con mandíbulas de acero.

Poco tiempo le quedó a Aragorn para ordenar su ejército para la batalla. En una misma colina estaban él y Gandalf, y allí enarbolaron el estandarte, hermoso y desesperado, del Árbol y las Estrellas. Sobre la otra colina flameaban los estandartes de Rohan y de Dol Amroth, Caballo Blanco y Cisne de Plata. Y alrededor de cada colina se formó un anillo erizado de lanzas y espadas que apuntaban en todas direcciones. Pero al frente, en dirección a Mordor, allí donde esperaban la primera amarga embestida, estaban los hijos de Elrond a la izquierda rodeados por los Dúnedain, y a la derecha el Príncipe Imrahil con los altos y apuestos caballeros de Dol Amroth, y algunos hombres escogidos de la Torre de la Guardia.

Soplaba el viento, cantaban las trompetas y las flechas gemían; pero el sol que ahora subía hacia el Sur estaba empañado por los vapores infectos de Mordor y brillaba remoto, tétrico y bermejo, como a la hora postrera de la tarde, o a la hora postrera de toda la luz del mundo. Y a través de la bruma cada vez más espesa llegaron con sus voces frías los Nazgûl, gritando palabras de muerte. Y entonces la última esperanza se extinguió.

Pippin se había doblado hacia delante, aplastado por el horror, cuando oyó a Gandalf rechazar las condiciones del Emisario condenando a Frodo al tormento de la Torre; pero había logrado sobreponerse y ahora estaba de pie junto a Beregond en la primera fila de Gondor, con los hombres de Imrahil. Pues le parecía que mejor sería morir cuanto antes y abandonar la amarga historia de su vida, ya que la ruina era completa.

—Ojalá estuviera Merry aquí —se oyó decir, y se le cruzaron unos pensamientos rápidos, aun mientras contemplaba al enemigo precipitarse al ataque—. Bien, bien, ahora al menos comprendo un poco mejor al pobre Denethor. Si hemos de morir ¿por qué no morir juntos, Merry y yo? Sí, pero él no está aquí, y ojalá tenga entonces un fin más apacible. Pero ahora he de hacerlo lo mejor que pueda.

Desenvainó la espada y miró las formas entrelazadas de rojo y oro de su hoja, y los caracteres fluidos de la escritura númenóreana centellearon como un fuego. «Fue forjada para un momento como éste —pensó—. Si pudiera herir con ella a ese Emisario inmundo, al menos quedaríamos casi iguales, el viejo Merry y yo. Bueno, destruiré a unos cuantos de esa ralea maldita, antes del fin. ¡Desearía poder ver por última vez la luz límpida del sol y la hierba verde!».

Y mientras pensaba esto, cayó sobre ellos el primer ataque. Impedidos por los pantanos que se extendían al pie de las colinas, los orcos se detuvieron y dispararon una lluvia de flechas sobre las líneas defensoras. Pero entre los orcos, a grandes trancos, rugiendo como bestias, llegó entonces una gran compañía de trolls de las montañas salidos de Gorgoroth. Más altos y más corpulentos que los Hombres, no llevaban otra vestimenta que una malla ceñida de escamas córneas, o quizá esto fuera la repulsiva piel natural de las criaturas; blandían escudos enormes, redondos y negros, y las manos nudosas empuñaban martillos pesados. Saltaron a los pantanos sin arredrarse y los vadearon, bramando mientras se acercaban. Como una tempestad se abalanzaron sobre las filas de los hombres de Gondor, golpeando cabezas y yelmos, brazos y escudos, como herreros que martillaran el hierro al rojo para doblarlo. Junto a Pippin, Beregond los miraba aturdido y estupefacto, y cayó bajo los golpes; y el gran jefe trolls que lo había derribado se inclinó sobre él, extendiendo una garra ávida; pues esas criaturas horrendas tenían la costumbre de morder en el cuello a los vencidos.

Entonces Pippin lanzó una estocada hacia arriba, y la hoja historiada de Oesternesse atravesó la piel y penetró en los órganos del troll; y su sangre negra manó a borbotones. El troll se vino abajo, desplomándose hacia delante como una roca despeñada y sepultando a los que estaban abajo. Una negrura y un hedor y un dolor opresivo asaltaron a Pippin, y su mente se hundió en las más negras tinieblas.

«Bueno, esto termina como yo esperaba», oyó que decía su pensamiento, ya a punto de extinguirse; y hasta le pareció que se reía un poco antes de hundirse en la nada, como si le alegrase liberarse por fin de tantas dudas y preocupaciones y miedos. Y aun mientras se alejaba volando hacia el olvido oyó voces, gritos que parecían venir de un mundo olvidado y remoto en las alturas.

—¡Llegan las Águilas! ¡Llegan las Águilas!

El pensamiento de Pippin flotó un instante todavía. —¡Bilbo! —dijo—. ¡Pero no! Eso ocurría en su historia hace mucho, mucho tiempo. Ésta es mi historia, y ya se acaba. ¡Adiós! —Y el pensamiento del hobbit huyó a lo lejos, y sus ojos ya no vieron más.

LIBRO SEXTO

1

LA TORRE DE CIRITH UNGOL

Sam se levantó dolorosamente del suelo. Por un momento no supo dónde se encontraba, pero luego toda la angustia y la desesperación volvieron a él. Estaba sumergido en las tinieblas, en la parte exterior de la puerta subterránea de la fortaleza de los orcos; y los batientes de bronce continuaban cerrados. Sin duda había caído aturdido al abalanzarse contra la puerta; pero cuánto tiempo había permanecido tendido allí, no lo sabía. Entonces había sentido un fuego de furia y desesperación; ahora tenía frío y tiritaba. Se escurrió hasta las puertas y apoyó el oído.

Dentro, lejanos e indistintos, oyó voces de orcos que clamaban; pero pronto callaron o se alejaron más allá de su percepción, y todo quedó en silencio. Le dolía la cabeza y veía luces fantasmales en la oscuridad, pero se esforzó en serenarse y pensar. Era evidente, en todo caso, que no tenía ninguna esperanza de entrar en la fortaleza por aquella puerta; quizá tuviera que esperar allí días y días antes de que se abriese, y él no podía esperar: el tiempo era desesperadamente precioso. Y ahora ya no dudaba acerca de lo que debía hacer: salvar a su amo o perecer en el intento.

«Que perezca es lo más probable, y de todas formas es mucho más fácil», se dijo, taciturno, mientras envainaba a Dardo y se alejaba de las puertas de bronce. Lentamente a tientas volvió sobre sus pasos a lo largo del túnel oscuro, sin atreverse a usar la luz élfica; y en el camino trató de recomponer los hechos desde que partiera con Frodo de la Encrucijada. Se preguntó qué hora sería. Algún momento del tiempo entre un día y otro, supuso, pero hasta de los días había perdido la cuenta. Estaba en un país de tinieblas donde los días del mundo parecían olvidados, y donde todos los que entraban también eran olvidados.

«Me pregunto si alguna vez piensan en nosotros —se dijo—, y qué les estará pasando a todos ellos, allá lejos».

Movió la mano vagamente por delante de él; pero en ese momento, al volver al túnel de Ella-Laraña, caminaba de hecho hacia el sur, no hacia el oeste. Allá fuera hacia el oeste, en el mundo era casi el mediodía del décimo cuarto día de marzo según el Cómputo de la Comarca, y en aquel momento Aragorn lideraba a la flota negra desde Pelargir, y Merry cabalgaba con los Rohirrim a lo largo del Valle del Carro de Piedras, mientras que en Minas Tirith se multiplicaban las llamas y Pippin veía crecer la locura en los ojos de Denethor. Sin embargo, en medio de tantas preocupaciones y temores, una y otra vez los pensamientos de sus amigos se volvían hacia Frodo y Sam. No los habían olvidado. Pero estaban lejos, más allá de toda posible ayuda, y ningún pensamiento podía socorrer aún a Samsagaz hijo de Hamfast; estaba completamente solo.

Regresó por fin a la puerta de piedra de la galería de los orcos, y al no descubrir tampoco ahora el mecanismo o el cerrojo que la retenía, trepó por encima como la primera vez y se dejó caer suavemente en el suelo del otro lado. Luego fue furtivamente a la salida del túnel de Ella-Laraña, donde aún flotaban los andrajos de su tela enorme, oscilando en el aire frío. Pues frío le pareció a Sam después de las tinieblas fétidas que acababa de dejar atrás; pero lo respiró y se sintió reanimado. Avanzando con cautela, salió al aire libre.

Todo alrededor la calma era ominosa. La luz brillaba apenas, como en el crepúsculo de un día sombrío. Los grandes vapores que brotaban de Mordor y se alejaban en estelas hacia el oeste flotaban a baja altura, apenas por encima de la cabeza del hobbit, una confusión de nubes y humo ahora iluminada desde abajo por un tétrico resplandor rojizo.

Sam miró hacia lo alto, hacia la torre, y en las ventanas estrechas vio de pronto unas luces que se asomaban, como pequeños ojos rojos. Se preguntó si se trataría de alguna señal. El miedo que les tenía a los orcos, olvidado por algún tiempo por su furia y desesperación, volvió a él. No le quedaba en apariencia sino un solo camino: debía seguir adelante y tratar de descubrir la entrada principal de la torre terrible, pero las rodillas le flaqueaban y descubrió que estaba temblando. Apartó la mirada de la torre y de los cuernos del Desfiladero que se alzaban ante él, y obligó a los pies reticentes a que le obedecieran, y lentamente, aguzando los oídos, escudriñando las sombras negras de las rocas que flanqueaban el sendero, volvió sobre sus pasos, dejó atrás el sitio en que cayera Frodo y donde aún persistía el hedor de Ella-Laraña, y continuó subiendo hasta encontrarse otra vez en la misma grieta donde se había puesto el Anillo y desde donde viera pasar la compañía de Shagrat.

Allí se detuvo y se sentó. Por el momento no contaba con fuerzas para ir más lejos. Sentía que, una vez que hubiera dejado atrás la cresta del desfiladero y diera un paso hollando al fin el suelo mismo de Mordor, ese paso sería irrevocable. Nunca más podría regresar. Sin ninguna intención precisa sacó el Anillo y se lo volvió a poner. Al instante sintió el peso abrumador de la carga, y otra vez, y ahora más poderosa y apremiante que nunca, la malicia del Ojo de Mordor, escudriñando, tratando de traspasar las sombras que él mismo había creado para defenderse, pero que ahora sólo le estorbaban en su inquietud y su duda.

Como la primera vez, Sam advirtió que el oído se le había agudizado, pero que las cosas visibles de este mundo eran vagas y borrosas. Las paredes de piedra del sendero le parecían pálidas, como si las viera a través de una bruma, pero en cambio, oía a lo lejos el desconsolado burbujeo de Ella-Laraña; y ásperos y claros, y al parecer muy próximos, oyó gritos y un fragor de metales. Se levantó de un salto y se aplastó contra el muro que bordeaba el sendero. Se alegró de tener puesto el Anillo, porque otra compañía de orcos se acercaba. O eso le pareció al principio. De pronto cayó en la cuenta de que no era así, que el oído lo había engañado: los gritos de los orcos provenían de la torre, cuyo cuerno más elevado se alzaba ahora en línea recta por encima de él, a la izquierda del Desfiladero.

Sam se estremeció y trató de obligarse a avanzar. Era evidente que allá estaba ocurriendo algo perverso. Tal vez los orcos, pese a todas las órdenes, se habían dejado llevar por la crueldad y estaban torturando a Frodo, o incluso cortándolo salvajemente en pedazos. Escuchó, y mientras lo hacía un rayo de esperanza llegó a él. Era prácticamente seguro: había lucha en la torre, los orcos debían estar en guerra unos contra otros, la rivalidad entre Shagrat y Gorbag había llegado a las manos. Por débil que fuera, la esperanza de esta conjetura bastó para reconfortarlo. Quizá había aún una posibilidad. El amor que sentía por Frodo se alzó por encima de todos los otros pensamientos, y olvidando el peligro gritó con voz fuerte: —¡Ya voy, señor Frodo!

Corrió hacia el sendero ascendente, y después lo cruzó. Allí el camino doblaba a la izquierda y se hundía en una pendiente brusca. Sam había entrado en Mordor.

Se quitó el Anillo del dedo, inspirado quizá por alguna misteriosa premonición de peligro, aunque a sí mismo se dijo solamente que deseaba ver con mayor claridad.

—Más vale que eche una mirada a lo peor —murmuró—. ¡No es prudente andar a tientas en una niebla!

Dura, cruel y áspera era la tierra que se mostró a los ojos del hobbit. A sus pies, la cresta más alta de Ephel Dúath se precipitaba en enormes acantilados hacia un valle sombrío; al fondo del cual asomaba otra cresta mucho más baja, de bordes mellados y dentados y rocas puntiagudas que al recortarse contra la luz roja del fondo parecían colmillos negros: era la siniestra Morgai, la más interior de las empalizadas naturales que defendían el país.

A lo lejos, pero casi en línea recta, más allá de un vasto lago de oscuridad moteado de fuegos diminutos, se veía un gran resplandor ardiente; y de él se elevaban en remolinos inquietos unas enormes columnas de humo, de color rojo polvoriento en las raíces, y negras donde se fundían con el palio de nubes abultadas que cubría toda la tierra maldita.

Lo que Sam contemplaba era el Orodruin, la Montaña de Fuego. Una y otra vez las calderas encendidas en el fondo abismal de su cono de ceniza se calentaban al rojo, y entonces la montaña se henchía y palpitaba terriblemente, y derramaba por las grietas de sus flancos ríos de roca derretida. Algunos corrían incandescentes hacia Barad-dûr a lo largo de grandes canales; otros se abrían paso serpenteantes a través de la llanura pedregosa, hasta que se enfriaban y yacían como retorcidas figuras de dragones vomitadas por la tierra atormentada. En tal esforzado momento contemplaba Sam el Monte del Destino, y su luz oculta detrás de la mole enorme de los Ephel Dúath para quienes ascendían desde el Oeste, se volcaba ahora resplandeciendo sobre las caras desnudas de las rocas, que así parecían bañadas en sangre.

En aquella luz terrible Sam se detuvo horrorizado pues ahora, mirando a la izquierda, podía ver en todo su poder la Torre de Cirith Ungol. El cuerno que había visto desde el otro lado no era sino la atalaya más alta. La fachada oriental se erguía en tres grandes niveles desde un espolón de la pared rocosa allá abajo; la cara posterior se apoyaba en un acantilado, del que emergían bastiones puntiagudos y superpuestos, más pequeños a medida que la torre ganaba altura, y los flancos casi verticales de ingeniosa mampostería miraban al noreste y al sudeste. Alrededor del nivel inferior, doscientos pies por debajo de donde se encontraba Sam, un muro almenado cercaba un patio estrecho. Su puerta, que miraba al sudeste y estaba cerca, se abría a un camino ancho cuyo parapeto exterior corría al borde de un precipicio, y después de doblar hacia el sur serpeaba cuesta abajo en la oscuridad para unirse a la carretera que llevaba al Paso de Morgul.

Desde allí cruzaba por una grieta mellada del Morgai e iba a desembocar en el valle de Gorgoroth y más allá hasta Barad-dûr. La senda estrecha y superior en la que Sam estaba descendía rápidamente por tramos de escalones y empinadas cuestas para unirse al camino principal bajo los muros amenazantes próximos a la puerta de la Torre.

Al observarla Sam comprendió de pronto, casi conmocionado, que esa fortaleza había sido construida no para impedir que los enemigos entrasen en Mordor, sino para retenerlos dentro. Era en verdad una de las antiguas obras de Gondor, un puesto oriental de avanzada de las defensas de Ithilien edificado después de la Última Alianza, cuando los Hombres de Oesternesse vigilaban el maléfico país de Sauron, donde todavía acechaban muchas de sus criaturas. Pero como sucedía en Narchost y Carchost, las Torres de los Dientes, aquí la vigilancia se había debilitado y la traición había entregado la Torre al Señor de los Espectros del Anillo; y ahora, desde hacía largos años, estaba en manos de seres maléficos. Desde su regreso a Mordor Sauron la consideró útil, pues aunque no tenía muchos servidores le sobraban en cambio los esclavos sometidos por el terror; y ahora, como antaño, el propósito principal de la Torre era impedir que huyesen de Mordor. Pero si un enemigo era tan temerario como para tratar de introducirse secretamente en esas tierras, entonces la Torre era también una atalaya última y siempre alerta contra cualquiera que lograse burlar la vigilancia de Morgul y de Ella-Laraña.

Sam entendió con demasiada claridad que deslizarse por debajo de aquellos muros de muchos ojos y evitar la vigilancia de la puerta era del todo imposible para él. Y aun si entraba, no podría llegar muy lejos: el camino del otro lado de la puerta estaba vigilado y ni siquiera las sombras negras, que eran inescrutables en los recovecos donde no llegaba la luz roja, lo protegerían durante mucho tiempo de los orcos y sus ojos acostumbrados a la noche. Pero por desesperado que fuera aquel camino, la empresa que ahora le aguardaba era mucho peor: no evitar la puerta y escapar, sino atravesarla, y a solas.

Pensó por un momento en el Anillo, pero no encontraría en él ningún consuelo, sólo peligro y miedo. Tan pronto como había visto el Monte del Destino ardiendo en lontananza, había notado un cambio en el Anillo. A medida que se acercaba a las grandes fraguas donde fuera forjado y modelado en los abismos del tiempo, el poder del Anillo aumentaba, y se volvía cada vez más maligno, indomable excepto quizá para alguien de una voluntad muy poderosa. Y aunque no lo llevaba en el dedo, sino colgado del cuello en una cadena, Sam mismo se sentía como agigantado, como revestido de una enorme y deformada sombra de sí mismo, una amenaza gigantesca y funesta en pie sobre los muros de Mordor. Presentía que en adelante no le quedaban sino dos opciones: resistirse a usar el Anillo, por mucho que lo atormentase; o reclamarlo, y desafiar al Poder aposentado en la fortaleza oscura más allá del valle de las sombras. El Anillo lo tentaba ya, carcomiéndole la voluntad y la razón. Fantasías descabelladas le invadían la mente; y veía a Samsagaz el Fuerte, el Héroe de la Era, avanzando con una espada flamígera a través de la tierra en tinieblas, y los ejércitos reuniéndose a su llamada mientras marchaba a derrocar el poder de Barad-dûr. Entonces se disipaban todas las nubes, y el sol blanco volvía a brillar, y a una orden de Sam el valle de Gorgoroth se transformaba en un jardín de muchas flores, donde los árboles daban frutos. No tenía más que ponerse el Anillo en el dedo y reclamarlo, y todo aquello podría convertirse en realidad.

En aquel momento de prueba fue sobre todo el amor a Frodo lo que le ayudó a mantenerse firme; pero también conservaba, en lo más hondo de sí mismo, el indomable sentido común de los hobbits: sabía, en lo más profundo de su corazón. que no estaba hecho para llevar una carga semejante aun en el caso de que aquellas visiones de grandeza no fueran sólo un señuelo para engañarlo. El pequeño jardín de un jardinero libre era lo único que respondía a los gustos y a las necesidades de Sam; no un jardín agigantado hasta las dimensiones de un reino; y el trabajo de sus propias manos, no las manos de otros bajo sus órdenes.

«Y de todos modos todas estas fantasías no son más que una trampa —se dijo—. Me descubriría y caería sobre mí antes que yo pudiera siquiera gritar. Si ahora me pusiera el Anillo aquí en Mordor me descubriría muy rápidamente. Y bien, todo cuanto puedo decir es que la situación me parece tan desesperada como una helada en primavera. ¡Justo cuando hacerme invisible podría ser realmente útil, no puedo utilizar el Anillo! E incluso si encontrase un modo de seguir adelante, no sería más que un estorbo y una carga más pesada a cada paso. ¿Qué tengo que hacer, entonces?».

En el fondo, no le quedaba a Sam ninguna duda. Sabía que no tenía que demorarse más y bajar hasta la puerta. Encogiendo los hombros, como para ahuyentar las sombras y alejar a los fantasmas, comenzó lentamente el descenso. A cada paso se sentía más pequeño. No había avanzado mucho y ya se sentía otra vez un hobbit diminuto y aterrorizado. Ahora pasaba justo por debajo de la muralla de la Torre, y sus oídos ya escuchaban claramente los gritos y el fragor de la lucha sin ayuda del Anillo. En aquel momento los ruidos parecían venir del patio detrás del muro exterior.

Sam había recorrido casi la mitad del camino cuando dos orcos aparecieron corriendo en el portal oscuro y salieron al resplandor rojo. No se volvieron a mirarlo. Iban hacia el camino principal; pero en plena carrera se tambalearon y cayeron al suelo, y allí se quedaron tendidos e inmóviles. Sam no había visto flechas, pero supuso que habían sido abatidos por otros orcos apostados en las almenas o escondidos a la sombra del portal. Siguió avanzando pegado al muro de su izquierda. Una sola mirada le había bastado para comprender que no tenía ninguna esperanza de escalarlo. La pared de piedra, sin grietas ni salientes, tenía unos treinta pies de altura y culminaba en un alero de gradas invertidas. La puerta era el único camino.

Continuó adelante, sigilosamente, preguntándose cuántos orcos vivirían en la Torre junto con Shagrat, y con cuántos contaría Gorbag, y cuál sería el motivo de la pelea, si en verdad era una pelea. Le había parecido que la compañía de Shagrat estaba compuesta de unos cuarenta orcos, y la de Gorbag de más del doble; pero la patrulla de Shagrat no era por supuesto más que una parte de la guarnición. Casi con seguridad estaban disputando a causa de Frodo y del botín. Sam se detuvo un segundo, pues de pronto las cosas le parecieron claras, casi como si las hubiera visto con sus propios ojos. ¡La cota de malla de mithril! Frodo, como era su costumbre, la llevaba puesta, y los orcos debían haberla descubierto. Y por lo que Sam había oído, Gorbag la codiciaba. Pero las órdenes de la Torre Oscura eran por ahora la única protección de Frodo, y en caso de que las hubieran desobedecido, Frodo podría ser masacrado sin dilación en cualquier momento.

—¡Adelante, miserable holgazán! —se increpó Sam—. ¡A la carga! —Desenvainó a Dardo y se precipitó hacia la puerta abierta. Pero en el preciso momento en que estaba a punto de pasar bajo la gran arcada, sintió un choque, como si hubiese tropezado con alguna especie de tela parecida a las de Ella-Laraña, pero invisible. No veía ningún obstáculo, y sin embargo, algo demasiado poderoso para su voluntad le cerraba el camino. Miró alrededor y entonces, a la sombra de la puerta, vio a los Dos Centinelas.

Eran como grandes figuras sentadas en tronos. Cada una de ellas tenía tres cuerpos unidos, coronados por tres cabezas que miraban adentro, afuera, y al centro de la arcada de la puerta. Las cabezas tenían rostros de buitre, y las manos que apoyaban sobre las grandes rodillas eran como garras. Parecían esculpidos en enormes bloques de piedra: impasibles, pero a la vez vigilantes, y algún horrible espíritu de maléfica vigilancia habitaba en ellos. Reconocían al enemigo. Visible o invisible, ninguno podía pasar sin que lo percibieran. Le impedirían la entrada, o la fuga.

Asentando de nuevo su voluntad, Sam se lanzó una vez más hacia delante, pero se detuvo en seco, trastabillando como si le hubiesen asestado un golpe en el pecho y en la cabeza. Entonces, en un arranque de audacia, pues no se le ocurría ninguna otra solución, inspirado por una idea repentina sacó con lentitud la redoma de Galadriel y la levantó. La luz blanca se avivó rápidamente, dispersando las sombras bajo la arcada oscura. Allí estaban sentadas, frías e inmóviles, las figuras monstruosas de los Centinelas, reveladas en todo su horroroso aspecto. Por un instante vislumbró un centelleo en las piedras negras de los ojos, cuya malignidad sobrecogedora lo hizo estremecer, pero poco a poco sintió que la voluntad de los Centinelas empezaba a flaquear y se desmoronaba en miedo.

Pasó de un salto por delante de ellos, pero en ese instante, mientras volvía a guardar el frasco en el pecho, sintió tan claramente como si una barra de acero hubiera descendido de golpe detrás de él que habían renovado su vigilancia. Y de las cabezas maléficas brotó un alarido estridente que retumbó en los muros ante Sam. Y como una señal de respuesta resonó lejos, en lo alto, una campanada única.

—¡Bueno, bueno! —dijo Sam—. ¡Parece que he llamado a la puerta principal! ¡Pues bien, a ver si acude alguien! —gritó—. ¡Anunciadle al Capitán Shagrat que ha llamado el gran guerrero elfo, con su espada élfica y todo!

No hubo ninguna respuesta. Sam se adelantó a grandes pasos. Dardo le centelleaba en la mano con una luz azul. Las sombras eran profundas en el patio, pero alcanzó a ver que el pavimento estaba sembrado de cadáveres. Justo a sus pies yacían dos arqueros orcos apuñalados por la espalda. Un poco más lejos había muchas más formas, algunas sueltas, como abatidas por una estocada o un flechazo, otras en parejas, aún agarrándose el uno al otro, muertos en el acto mismo de apuñalarse, estrangularse, morderse. Los pies resbalaban en las piedras, cubiertas de sangre negra.

Sam notó que había dos uniformes diferentes, uno marcado con la insignia del Ojo Rojo, el otro con una Luna desfigurada en una horrible efigie de la muerte; pero no se detuvo a observarlos más de cerca. Al otro lado del patio, al pie de la torre, vio una puerta grande; estaba entreabierta y por ella salía una luz roja; un orco corpulento yacía sin vida en el umbral. Sam saltó por encima del cadáver y entró; y entonces miró alrededor, desorientado.

Un corredor amplio y resonante conducía otra vez desde la puerta al flanco de la montaña. Estaba iluminado por la lumbre incierta de unas antorchas en los tederos de los muros, pero el fondo se perdía en las tinieblas. A uno y otro lado había numerosas puertas y aberturas; pero salvo por dos o tres cuerpos más tendidos en el suelo el corredor estaba vacío. Por lo que había oído de la conversación de los capitanes Sam sabía que, vivo o muerto, era probable que Frodo se encontrase en una estancia de la atalaya más alta; pero quizá él tuviera que buscar un día entero antes de encontrar el camino.

—Supongo que ha de estar en la parte de atrás —murmuró—. Toda la Torre crece hacia atrás. Y de cualquier modo convendrá que siga esas luces.

Avanzó por el corredor, pero ahora con lentitud; cada paso era más trabajoso que el anterior. El terror comenzaba a atenazarlo de nuevo. No oía otro ruido que el roce de sus pies, que parecía crecer y resonar como palmadas gigantescas sobre las piedras. Los cuerpos sin vida, el vacío, las paredes negras y húmedas que a la luz de las antorchas parecían rezumar sangre, el temor de que una muerte súbita lo acechase detrás de cada puerta o en cada sombra, y en una parte remota de su mente la maldad paciente y vigilante que custodiaba la entrada: era casi más de lo que Sam podía forzarse a sí mismo a afrontar. Una lucha —con no demasiados adversarios a la vez— hubiera sido preferible a aquella incertidumbre que no lo dejaba en paz. Se forzó a sí mismo a pensar en Frodo, que en alguna parte de este sitio terrible yacía atado, o dolorido, o muerto. Continuó avanzando.

Había dejado atrás la luz de las antorchas, casi alcanzando una gran puerta abovedada en el fondo del corredor (la cara interna de la puerta subterránea, adivinó), cuando desde lo alto se elevó un grito aterrador de ahogo. Sam se detuvo en seco. En seguida oyó pasos que se acercaban. Alguien bajaba a todo correr, por encima de él, una escalera que devolvía los ecos de sus pisadas.

La voluntad de Sam, lenta y debilitada, no pudo contener el movimiento de su mano. Tironeando de la cadena aferró el Anillo. Pero no llegó a ponérselo en el dedo, pues en el preciso instante en que lo apretaba contra el pecho, un orco saltó repiqueteando de un vano oscuro a la derecha y se precipitó hacia él. Cuando estuvo a no más de seis pasos de distancia, levantó la cabeza y descubrió a Sam. Sam oyó la respiración jadeante del orco, y vio el fulgor de sus ojos inyectados en sangre. El orco se detuvo, despavorido. Porque lo que vio no fue un hobbit pequeño y asustado tratando de sostener con mano firme una espada: vio una gran forma silenciosa, embozada en una sombra gris, que se erguía ante la trémula luz de las antorchas; en una mano esgrimía una espada, cuya sola luz provocaba un dolor lacerante; la otra la tenía apretada contra el pecho, escondiendo alguna amenaza innominada de poder y destrucción.

El orco se agazapó un momento, y en seguida, con un alarido de pavor espeluznante, dio media vuelta y huyó por donde había venido. Jamás un perro a la vista de la inesperada fuga de un adversario con el rabo entre las patas se sintió más envalentonado que Sam en aquel momento. Con un grito de triunfo partió en persecución del fugitivo.

—¡Sí! ¡El guerrero elfo anda suelto! —exclamó—. Ya voy y te alcanzo. ¡O me indicas el camino para subir, o te desuello!

Pero el orco estaba en su propia guarida, era ágil y comía bien. Sam era un extraño, y estaba hambriento y cansado. La escalera subía en espiral, alta y empinada. Sam empezó a respirar con dificultad. El orco no tardó en desaparecer de su vista y ya sólo se oía, cada vez más débil, el golpeteo de los pies que corrían y trepaban. De tanto en tanto el orco lanzaba un grito y el eco resonaba en las paredes. Pero poco a poco cualquier ruido se perdió a lo lejos.

Sam avanzaba pesadamente. Tenía la impresión de estar en el buen camino y esto le daba nuevos y muy alentadores ánimos. Soltó el Anillo y se ajustó el cinturón.

—¡Bueno, bueno! —dijo—. Si a todos les disgustamos tanto Dardo y yo, las cosas pueden resultar mejor de lo que yo pensaba. En todo caso parece que Shagrat, Gorbag y compañía han hecho casi todo mi trabajo en mi lugar. ¡Fuera de esa rata asustada, creo que no queda nadie con vida en este lugar!

Y entonces se detuvo bruscamente como si se hubiese golpeado la cabeza contra el muro de piedra. De pronto, con la fuerza de una bofetada, entendió lo que acababa de decir. ¡No quedaba nadie con vida! ¿De quién había sido entonces aquel escalofriante grito de agonía?

—¡Frodo, Frodo! ¡Mi amo! —gritó, casi sollozando—. Si te han matado ¿qué haré? Bueno, estoy llegando al final, a la cúspide, y veré lo que haya que ver.

Subía y subía. Salvo alguna que otra antorcha encendida en un recodo de la escalera o junto a alguna de las entradas que conducían a los niveles superiores de la Torre, todo era oscuridad. Sam trató de contar los peldaños, pero después de los doscientos perdió la cuenta. Ahora avanzaba con sigilo, pues creía oír unas voces que hablaban un poco más arriba. Al parecer, quedaba con vida más de una rata.

De pronto, cuando empezaba a sentir que le faltaba el aliento y que las rodillas no le obedecían, la escalera terminó. Sam se quedó muy quieto. Las voces se oían ahora fuertes y cercanas. Miró a su alrededor. Había subido hasta el techo plano del tercer nivel, el más elevado de la Torre: una terraza de unas veinte yardas de lado rodeada de un parapeto bajo. En el centro mismo de la terraza desembocaba la escalera, cubierta por una cámara pequeña y abovedada en el centro del techo plano, con puertas bajas orientadas al este y al oeste. Hacia el este Sam vio la llanura vasta y sombría de Mordor allá abajo, y a lo lejos la montaña incandescente. Una nueva marejada se elevaba ahora en los pozos profundos, y los ríos de fuego ardían tan vivamente que aún a muchas millas de distancia iluminaban la cúspide de la torre con un resplandor bermejo. La base de la torre de atalaya, que se elevaba al fondo de este patio alto y cuyo cuerno superaba en altura las crestas de las colinas próximas, ocultaba la vista hacia el oeste. En una de las troneras brillaba una luz. La puerta asomaba a no más de diez yardas de Sam. Estaba en tinieblas pero abierta, y del interior de su oscuridad venían las voces.

Al principio Sam no les prestó atención; dio un paso hacia fuera por la puerta del este y miró alrededor. Al instante advirtió que allá arriba la lucha había sido la más cruenta. El patio estaba atiborrado de orcos muertos, y de sus cabezas y miembros mutilados. Aquel sitio apestaba a muerte. Se oyó un gruñido seguido de un golpe y un grito, y Sam buscó de prisa un escondite a sus espaldas. Una voz de orco se elevó, iracunda, y él la reconoció inmediatamente, áspera, brutal y fría: era Shagrat, Capitán de la Torre.

—¿Así que no volverás? ¡Maldito seas, Snaga, gusano infecto! Te equivocas si crees que estoy tan estropeado como para que puedas burlarte de mí sin represalias. Ven aquí y te exprimiré los ojos, como se los acabo de reventar a Radbug. Y cuando lleguen algunos muchachos de refuerzo me ocuparé de ti: te enviaré a Ella-Laraña.

—No vendrán, no antes de que hayas muerto, en todo caso —respondió Snaga con acritud—. Te dije dos veces que los cerdos de Gorbag fueron los primeros en llegar a la puerta, y que de los nuestros no salió ninguno. Lagduf y Muzgash consiguieron atravesarla corriendo, pero los acribillaron. Lo vi desde una ventana, te lo aseguro. Y fueron los últimos.

—Entonces tienes que ir. De todos modos, yo estoy obligado a quedarme. ¡Que los Pozos Negros se traguen a ese inmundo rebelde de Gorbag! —La voz de Shagrat se perdió en una retahíla de insultos y maldiciones—. Él se llevó la peor parte, pero consiguió apuñalarme, esa escoria, antes que yo lo estrangulase. Irás, o te comeré vivo. Es preciso que las noticias lleguen a Lugbúrz o los dos iremos a parar a los Pozos Negros. Sí, tú también. No creas que te salvarás escondiéndote aquí.

—No pienso volver a bajar por esa escalera —gruñó Snaga—, seas o no mi capitán. ¡Naaah! Y aparta las manos de tu cuchillo, o te ensartaré una flecha en las tripas. No serás capitán por mucho tiempo cuando Ellos se enteren de todo lo que pasó. He combatido por la Torre contra esas pestilentes ratas de Morgul, pero menudo desastre habéis provocado vosotros dos, valientes capitanes, al disputaros el botín.

—Ya has dicho bastante —gruñó Shagrat—. Yo tenía órdenes. Fue Gorbag quien empezó, al tratar de birlarme la bonita camisa.

—Sí, pero tú lo sacaste de sus casillas con tus aires de superioridad. Y,, de todos modos, él tenía más seso que tú. Te dijo más de una vez que el más peligroso de estos espías todavía anda suelto, y no quisiste escucharlo. Y ahora tampoco quieres escuchar. Te digo que Gorbag tenía razón. Hay un gran guerrero que anda merodeando por aquí, uno de esos Elfos sanguinarios, o uno de esos *tarcos*[1] inmundos. Te digo que viene hacia aquí. Has oído la campana. Pudo eludir a los Centinelas, y eso es cosa de *tarcos*. Está en la escalera. Y hasta que no salga de allí, no pienso bajar. Ni aunque fuera un Nazgûl lo haría.

—Con que esas tenemos ¿eh? —aulló Shagrat—. ¿Harás esto, y no harás aquello? ¿Y cuando llegue, saldrás disparado y me abandonarás? ¡No, no lo harás! ¡Antes te llenaré la panza de rojas madrigueras para gusanos!

Por la puerta de la torre de atalaya salió volando Snaga, el orco más pequeño. Y detrás de él apareció Shagrat, un orco enorme cuyos largos brazos, al correr encorvado, tocaban el suelo. Pero uno de los brazos le colgaba inerte y parecía estar sangrando; con el otro abrazaba un gran bulto negro. Agazapándose detrás de la puerta de la escalera, Sam pudo entrever bajo el rojo

1. Hombre de Gondor; véase Apéndice F, p. 621.

resplandor la cara maligna del orco mientras pasaba: estaba marcada como por garras afiladas y embadurnada de sangre; de los colmillos salientes le goteaba la baba, y la boca rugía como un animal.

Por lo que Sam pudo ver, Shagrat persiguió a Snaga alrededor de la terraza hasta que el orco más pequeño se agachó y logró esquivarlo; y entonces, dando un alarido, corrió hacia la torre y desapareció. Shagrat se detuvo. Desde la puerta que miraba al este, Sam lo veía ahora junto al parapeto, jadeando, abriendo y cerrando débilmente la garra izquierda. Dejó el bulto en el suelo, y con la garra derecha extrajo un gran cuchillo rojo y escupió sobre él. Fue hasta el parapeto e, inclinándose, se asomó al lejano patio exterior. Gritó dos veces, pero no le respondieron.

De pronto, mientras Shagrat seguía inclinado sobre la almena, de espaldas a la terraza, Sam vio con asombro que uno de los cuerpos allí tirados empezaba a moverse: se arrastraba. Estiró una garra y tomó el bulto. Se levantó, tambaleándose. La otra mano empuñaba una lanza de punta ancha y mango corto y quebrado. La alzó preparándose para asestar una estocada mortal. Pero en ese momento un siseo se le escapó entre los dientes, un jadeo de dolor o de odio. Rápido como una serpiente Shagrat se hizo a un lado, dio media vuelta y hundió el cuchillo en la garganta del enemigo.

—¡Te pesqué, Gorbag! —vociferó—. No estabas muerto del todo ¿eh? Bueno, ahora completaré mi obra. —Saltó sobre el cuerpo caído, pateándolo y pisoteándolo con furia mientras se agachaba una y otra vez para apuñalarlo y tajarlo con su cuchillo. Satisfecho al fin, echó atrás la cabeza soltando un horrible y gutural alarido de triunfo. Lamió el puñal, se lo puso entre los dientes y recogiendo el bulto se encaminó cojeando hacia la puerta cercana de la escalera.

Sam no tuvo tiempo de pensar. Hubiera podido escabullirse fuera por la otra puerta, pero difícilmente sin ser visto; y no hubiera podido jugar mucho tiempo al escondite con aquel orco abominable. Hizo sin duda lo mejor que podía hacer en aquellas circunstancias. Dio un grito y salió de un salto al encuentro de

Shagrat. Aunque ya no lo apretaba contra el pecho, el Anillo estaba presente: un poder oculto, una amenaza aterradora para los esclavos de Mordor; y en la mano tenía a Dardo, cuya luz hería los ojos del orco como el centelleo de las estrellas crueles en los temibles países élficos, y que se aparecían a los suyos en pesadillas de terror helado. Y Shagrat no podía pelear y retener al mismo tiempo su tesoro. Se detuvo, gruñendo, mostrando los colmillos. Entonces una vez más, a la manera de los orcos, saltó a un lado, y utilizando el pesado bulto como arma y escudo, dio con él un fuerte empujón en la cara a Sam cuando éste se abalanzaba sobre él. Sam trastabilló, y antes que pudiera recuperarse Shagrat pasó corriendo a su lado y escaleras abajo.

Sam se precipitó detrás de él maldiciendo, pero no llegó muy lejos. Pronto le volvió a la mente el pensamiento de Frodo, y recordó que el otro orco había entrado en la torre. Se encontraba ante otra terrible disyuntiva, y tampoco tenía tiempo para ponerse a pensar. Si Shagrat lograba huir, pronto regresaría con refuerzos. Pero si Sam lo perseguía, el otro orco podía cometer entre tanto alguna atrocidad allí arriba. Y de todos modos, quizá Sam no alcanzara a Shagrat, o quizá él lo matara. Se volvió con presteza y corrió escaleras arriba.

—Me imagino que he vuelto a equivocarme —suspiró—. Pero ante todo tengo que subir a la cúspide primero, pase lo que pase después.

Allá abajo Shagrat descendió saltando las escaleras, cruzó el patio y traspuso la puerta, siempre llevando su preciosa carga. Si Sam hubiera podido verlo e imaginarse la aflicción que desencadenaría esta fuga, quizá habría vacilado. Pero ahora todos sus pensamientos estaban enfocados en la última etapa de su búsqueda. Se acercó con cautela a la puerta de la torreta y entró. Dentro todo era oscuridad. Pero la mirada alerta del hobbit pronto distinguió una luz tenue a la derecha. Venía de una abertura que daba a otra escalera estrecha y oscura: parecía subir en espiral alrededor de la pared exterior de la torreta. Arriba, en algún lugar, brillaba una antorcha.

Sam empezó a trepar en silencio. Llegó hasta la antorcha que vacilaba, fijada en lo alto de una puerta a la izquierda, frente a una tronera que miraba al oeste: uno de los ojos rojos que Frodo y él vieran desde abajo en la boca del túnel. Pasó la puerta rápidamente y subió de prisa hasta el segundo piso, temiendo a cada momento que lo atacaran y sintiera unos dedos que le estrangularan el cuello desde atrás. Se acercó a una ventana que miraba al este y otra puerta iluminada por una antorcha se abría a un corredor en el centro de la torreta. La puerta estaba entornada y el corredor a oscuras, excepto por el destello de la antorcha y el resplandor rojo que se filtraba a través de la tronera. Pero aquí la escalera se interrumpía. Sam se deslizó por el corredor. A cada lado había una puerta baja; las dos estaban cerradas y trabadas. No se oía ningún ruido.

—Un callejón sin salida —masculló Sam—, ¡después de tanto subir! No es posible que ésta sea la cúspide de la torre. ¿Pero qué puedo hacer ahora?

Volvió a todo correr al piso inferior y probó la puerta. No se movió. Subió otra vez corriendo; el sudor empezaba a gotearle por la cara. Sentía que cada minuto era precioso, pero uno a uno se le escapaban, y nada podía hacer. Ya no le preocupaban Shagrat ni Snaga ni ningún orco alguna vez engendrado. Sólo quería encontrar a Frodo, volver a verle la cara, tocarle la mano.

Por fin, cansado y sintiéndose finalmente vencido, se sentó en un escalón bajo el nivel del suelo del corredor, y hundió la cabeza entre las manos. Sólo había silencio, un silencio inquietante. La antorcha, que ya estaba casi consumida cuando llegó, chisporroteó y se extinguió, y sintió las tinieblas envolviéndolo como una marea. Y entonces suavemente, para su propia sorpresa, impulsado no sabía por qué pensamiento oculto en su corazón, al término de aquella larga e infructuosa travesía, Sam se puso a cantar.

En aquella torre fría y oscura la voz de Sam sonaba débil y temblorosa, la voz de un hobbit desolado y exhausto que ningún orco que escuchara podría confundir con el canto claro de un

Señor de los Elfos. Canturreó viejas tonadas infantiles de la Comarca, y fragmentos de los poemas del señor Bilbo que le venían a la memoria como visiones fugitivas de la tierra que era su hogar. Y de pronto, como animada por una nueva fuerza, la voz de Sam vibró, improvisando palabras que se ajustaban a la tonada sencilla.

> *En tierras occidentales, bajo el Sol*
> *quizá crezcan las flores en Primavera,*
> *las aguas fluyan, los árboles despunten,*
> *los pinzones felices canten.*
> *O puede que allí sea una noche sin nubes*
> *y que las hayas ondeantes lleven*
> *estrellas élficas, como joyas blancas,*
> *prendidas a sus cabellos de ramas.*
>
> *Aunque aquí yazga, al final del viaje*
> *profundo en lo oscuro sepultado,*
> *más allá de toda torre poderosa y alta,*
> *más allá de toda montaña escarpada*
> *aún cabalga el Sol sobre todas las sombras*
> *y las Estrellas inmortales moran:*
> *ni diré que el Día ha acabado*
> *ni diré adiós a las Estrellas.*

—Más allá de toda torre poderosa y alta —recomenzó, y se interrumpió de golpe. Le pareció oír una voz débil que le respondía. Pero ahora ya no oía nada. Sí, algo oía, pero no una voz: pasos que se acercaban. Arriba en el corredor se abría con cuidado una puerta: rechinaron los goznes. Sam se acuclilló, escuchando. La puerta se cerró con un golpe sordo; y la voz gruñona de un orco resonó en el corredor.

—¡Eh! ¡Tú ahí arriba, rata de estercolero! Deja de chillar o iré a arreglar cuentas contigo. ¿Me has oído?

No hubo respuesta.

—Está bien —refunfuñó Snaga—. De todos modos iré a echarte un vistazo, a ver en qué andas.

Los goznes volvieron a rechinar y Sam, espiando desde la esquina del umbral del pasadizo, vio el parpadeo de una luz en un portal abierto, y la silueta imprecisa de un orco que salía de allí. Parecía cargar una escalera de mano. Y de pronto Sam comprendió: el acceso a la cámara más alta era mediante una trampilla en el techo del corredor. Snaga lanzó la escalerilla hacia arriba, la afirmó y trepó por ella hasta desaparecer. Sam lo oyó correr un cerrojo. Luego la voz aborrecible habló de nuevo.

—¡Te quedas quieto, o las pagarás! Sospecho que ya no vivirás tranquilo durante mucho tiempo; pero si no quieres que el baile empiece ahora mismo, cierra el pico, ¿me has oído? ¡Aquí va un aviso!

Y se oyó el restallido de algo que parecía un látigo.

La rabia se inflamó entonces en el corazón de Sam hasta convertirse en una furia repentina. Se levantó de un salto, corrió y trepó como un gato por la escalerilla. Asomó la cabeza en el centro del suelo de una amplia cámara redonda. Una lámpara roja colgaba del techo; la tronera que miraba al oeste era alta y estaba oscura. En el suelo junto a la pared y bajo la ventana yacía una forma, y sobre ella, a horcajadas, se veía la figura negra de un orco. Levantó el látigo por segunda vez, pero el golpe nunca llegó a caer.

Sam, Dardo en mano, lanzó un grito y saltó a través de la habitación. El orco giró en redondo, pero antes que pudiera hacer un solo movimiento, Sam le amputó la mano que empuñaba el látigo. Aullando de dolor y de miedo, en un intento desesperado, el orco se arrojó de cabeza contra Sam. La estocada siguiente erró y Sam perdió el equilibrio, cayéndose hacia atrás y aferrándose al orco que se derrumbaba sobre él. Antes que pudiera incorporarse oyó un alarido y un golpe sordo. El orco, al huir en desbandada, había tropezado con el cabezal de la escalerilla, precipitándose por la abertura de la trampilla. Sam no se ocupó más de él. Corrió hacia la figura encogida en el suelo. Era Frodo.

Estaba desnudo, y yacía como desvanecido sobre un montón de trapos mugrientos; tenía el brazo levantado, protegiéndose la cabeza, y la fea huella de un latigazo le marcaba el flanco.

—¡Frodo! ¡Mi querido señor Frodo! —gritó Sam, casi cegado por las lágrimas—. ¡Soy Sam, he llegado! —Levantó a medias a su amo y lo estrechó contra el pecho. Frodo abrió los ojos.

—¿Todavía estoy soñando? —musitó—. Pero los otros sueños eran pavorosos.

—No amo, no está soñando —dijo Sam—. Es real. Soy yo. He venido.

—Casi no puedo creerlo —dijo Frodo, aferrándose a él—. ¡Había un orco con un látigo, y de pronto se transforma en Sam! ¿Entonces, después de todo, no estaba soñando cuando oí cantar ahí abajo y traté de responder? ¿Eras tú?

—Sí, señor Frodo, era yo. Casi había perdido las esperanzas. No podía encontrarlo a usted.

—Bueno, ahora me has encontrado Sam, querido Sam —dijo Frodo, y se reclinó en los amables brazos de Sam, y cerró los ojos como un niño que descansa tranquilo cuando una mano o una voz amada han ahuyentado los miedos de la noche.

Sam sintió que podría permanecer así, eternamente feliz, pero no le estaba permitido. No le bastaba haber encontrado a Frodo, todavía tenía que tratar de salvarlo. Le besó la frente.

—¡Vamos! ¡Despierte, señor Frodo! —dijo, procurando parecer tan animado como cuando en Bolsón Cerrado abría las cortinas de la alcoba en las mañanas de estío.

Frodo suspiró y se sentó.

—¿Dónde estamos? ¿Cómo llegué aquí? —preguntó.

—No hay tiempo para historias hasta que lleguemos a alguna otra parte, señor Frodo —dijo Sam—. Pero está en lo más alto de la torre que vimos allá abajo, cerca del túnel, antes de que los orcos lo capturasen. Cuánto tiempo hace de esto, no lo sé. Más de un día, sospecho.

—¿Nada más? —dijo Frodo—. Parece que fueran semanas. Si hay oportunidad, tendrás que contármelo todo. Algo me golpeó ¿no es así? Y me hundí en tinieblas y pesadillas, y al despertar descubrí que la realidad era peor aún. Estaba rodeado de Orcos. Creo que me habían estado echando por la garganta algún brebaje inmundo y ardiente. La cabeza se me iba despejando, pero me sentía dolorido y agotado. Me desnudaron por completo, y luego vinieron dos bestias gigantescas y me interrogaron, me interrogaron hasta que creí que iba a volverme loco; y me acosaban, y se regodeaban viéndome sufrir, y mientras tanto acariciaban sus cuchillos. Nunca podré olvidar aquellas garras, aquellos ojos.

—No los olvidará si sigue hablando de ellos, señor Frodo —dijo Sam—. Si no queremos verlos otra vez, cuanto antes salgamos de aquí, mejor que mejor. ¿Puede caminar?

—Sí, puedo —dijo Frodo, mientras se ponía de pie con lentitud—. No estoy herido, Sam. Sólo me siento muy fatigado, y me duele aquí. —Se tocó la nuca por encima del hombro izquierdo. Y cuando se irguió, Sam tuvo la impresión de que estaba envuelto en llamas: a la luz de la lámpara que pendía del techo la piel desnuda de Frodo tenía un tinte escarlata. Dos veces recorrió Frodo la habitación de extremo a extremo.

»¡Me siento mejor! —dijo, un tanto reanimado—. No me atrevía ni a moverme cuando me dejaban solo, pues en seguida venía uno de los guardias. Hasta que comenzó la pelea y el griterío. Los dos brutos grandes: se peleaban, creo. Por mí y por mis cosas mientras yo yacía aquí, aterrorizado. Y luego siguió un silencio de muerte, lo que fue aún peor.

—Sí, se pelearon, evidentemente —dijo Sam—. Debe haber habido aquí un par de centenares de esas criaturas infectas. Un pequeño reto para Sam Gamyi, diría yo. Pero se mataron todos entre ellos. Fue una suerte, pero es un tema demasiado largo para componerle una canción hasta que hayamos salido de aquí.

¿Qué haremos ahora? Usted no puede pasearse en cueros por la Tierra Tenebrosa, señor Frodo.

—Se han llevado todo, Sam —dijo Frodo—. Todo lo que tenía. ¿Entiendes? *¡Todo!* —Se acurrucó de nuevo en el suelo con la cabeza gacha, como si comprendiera, a medida que articulaba esas palabras, la magnitud del desastre, y la desesperación lo abrumó—. La misión ha fracasado, Sam. Aunque logremos salir de aquí no podremos escapar. Sólo quizá los Elfos lo consigan. Lejos, lejos de la Tierra Media, allá del otro lado del Mar, si es lo bastante ancho como para escapar a la Sombra.

—No, no *todo,* señor Frodo. Y no ha fracasado, aún no. Yo lo tomé, señor Frodo, con el perdón de usted. Y lo he guardado bien. Ahora lo tengo colgado del cuello, y por cierto que es una carga terrible. —Sam buscó a tientas el Anillo y la cadena—. Pero supongo que tendré que devolvérselo. —Ahora que había llegado el momento, Sam se resistía a dejar el Anillo y someter nuevamente a su amo a portar aquella carga.

—¿Lo tienes? —jadeó Frodo—. ¿Lo tienes aquí? ¡Sam, eres una maravilla! —De improviso, extrañamente, el tono de voz de Frodo cambió—. ¡Dámelo! —gritó, poniéndose de pie y extendiendo una mano trémula—. ¡Dámelo ahora mismo! ¡No puedes tenerlo!

—Está bien, señor Frodo —dijo Sam, un tanto sorprendido—. ¡Aquí lo tiene! —Sacó lentamente el Anillo y se pasó la cadena por encima de la cabeza—. Pero usted está ahora en el país de Mordor, señor; y cuando salga, verá la Montaña de Fuego y todo lo demás. Ahora el Anillo le parecerá muy peligroso, y una carga muy pesada de soportar. Si es una faena demasiado ardua, yo quizá podría compartirla con usted.

—¡No, no! —gritó Frodo, arrancando el Anillo y la cadena de las manos de Sam—. ¡No lo harás, ladrón! —Jadeaba, mirando a Sam con los ojos grandes de miedo y hostilidad. Entonces, de pronto, cerrando el puño con fuerza alrededor del Anillo, se interrumpió, espantado. Se pasó una mano por la frente dolorida, y pareció que una niebla que le empañaba los ojos se disipara. La visión abominable le había parecido tan real, atontado como estaba aún a causa de la herida y el miedo. Había visto con sus propios ojos cómo Sam se transformaba otra vez en un orco, una pequeña criatura infecta de ojos codiciosos y boca babeante que sobaba y miraba con lascivia su tesoro. Pero la visión ya había desaparecido. Ahí estaba Sam de rodillas ante él con la cara contraída de pena y lágrimas brotando de sus ojos, como si le hubieran clavado un puñal en el corazón;

—¡Oh, Sam! —gritó Frodo—. ¿Qué he dicho? ¿Qué he hecho? ¡Perdóname! Después de todo lo que has hecho por mí. Es el horrible poder del Anillo. Ojalá nunca, nunca hubiese sido encontrado. Pero no te preocupes por mí, Sam. Debo llevar esta carga hasta el final. Nada puede cambiar. Tú no puedes interponerte entre mí y este malhadado destino.

—Está bien, señor Frodo —dijo Sam, mientras se restregaba los ojos con la manga—. Lo entiendo. Pero todavía puedo ayudarlo, ¿no? Tengo que sacarlo de aquí. En seguida, ¿comprende? Pero primero necesita algunas ropas y avíos, y luego algo de comer. Las ropas serán lo más fácil. Como estamos en Mordor, lo mejor será vestirnos a la usanza de Mordor; de todos modos no hay otra opción. Me temo que tendrán que ser ropas orcas para usted, señor Frodo. Y para mí también. Si tenemos que ir juntos, convendrá que estemos vestidos de la misma manera. ¡Ahora envuélvase en esto!

Sam se desabrochó la capa gris y la echó sobre los hombros de Frodo. Luego, desatándose la mochila, la depositó en el suelo. Sacó a Dardo de la vaina. La hoja de la espada apenas centelleaba. —Me olvidaba de esto, señor Frodo —dijo—. ¡No, no se llevaron todo! No sé si usted recuerda que me prestó a Dardo, y el frasco de la Dama. Todavía los tengo conmigo. Pero préstemelos un rato más, señor Frodo. Iré a ver qué puedo encontrar. Usted quédese aquí. Camine un poco y estire las piernas. Yo no tardaré. No tendré que alejarme mucho.

—¡Ten cuidado, Sam! —gritó Frodo—. ¡Y date prisa! Puede haber orcos vivos todavía, esperando en acecho.

—Tengo que correr el riesgo —dijo Sam. Fue hacia la trampilla y se deslizó por la escalerilla. Un momento después volvió a asomar la cabeza. Arrojó al suelo un cuchillo largo—. Ahí tiene algo que puede serle útil —dijo—. Está muerto, el que le dio el latigazo. La prisa le quebró el pescuezo, parece. Ahora, si puede, señor Frodo, levante la escalerilla; y no la vuelva a bajar hasta que me oiga gritar la contraseña. *Elbereth*, gritaré. Es lo que dicen los Elfos. Ningún orco lo diría.

Frodo permaneció sentado un rato, temblando, asaltado por una sucesión de imágenes aterradoras. Luego se levantó, se ciñó la capa élfica, y para mantener la mente ocupada comenzó a pasearse de un lado a otro, escudriñando y espiando cada recoveco de la prisión.

No había pasado mucho tiempo, aunque el miedo hiciera que a Frodo le pareciera por lo menos una hora, cuando oyó la voz de Sam que llamaba quedamente desde abajo: *Elbereth, Elbereth*. Frodo dejó caer la escalerilla. Sam subió, resoplando; llevaba un bulto grande sobre la cabeza. Lo dejó caer en el suelo con un golpe sordo.

—¡De prisa ahora, señor Frodo! —dijo—. Tuve que buscar un buen rato hasta encontrar algo pequeño como para nosotros. Tendremos que arreglarnos con esto, pero de prisa. No he tropezado con nadie vivo, ni he visto nada, pero no estoy tranquilo. Creo que este lugar está siendo vigilado. No lo puedo explicar, pero tengo la impresión de que uno de esos horribles Jinetes anda por aquí, volando en la oscuridad donde no se le puede ver.

Abrió el atado. Frodo miró con repugnancia el contenido, pero no había otro remedio: tenía que ponerse esas prendas o salir desnudo. Había un par de pantalones de montar peludos y de un largo adecuado confeccionados con el pellejo de alguna bestia sucia e inmunda, y una túnica sucia de cuero. Se los puso.

Sobre la túnica se puso una cota de robusta malla, corta para un orco adulto, pero demasiado larga para Frodo, y pesada por añadidura. Se la ajustó con un cinturón, del que pendía una vaina corta con un puñal de hoja ancha. Sam había traído varios yelmos de orcos. Uno de ellos le quedaba bastante bien a Frodo, un capacete negro con guarnición de hierro y argollas de hierro revestidas de cuero; sobre el cubre-nariz en forma de pico lucía pintado en rojo el Ojo Maléfico.

—Las prendas de Morgul, las equipaciones de los hombres de Gorbag, nos habrían sentado mejor y eran de mejor factura —dijo Sam—; pero hubiera sido peligroso andar por Mordor con las insignias de esa gente después de los problemas que ha habido aquí. Bien, ahí tiene, señor Frodo. Un perfecto orco pequeño, si me permite el atrevimiento, o lo parecería de verdad si pudiésemos cubrirle la cara con una máscara, estirarle los brazos y hacerlo patizambo. Con esto disimulará algunas fallas del disfraz. —Le puso sobre los hombros un amplio capote negro—. ¡Ya está pronto! A la salida podrá escoger un escudo.

—¿Y tú, Sam? ¿No dijiste que iríamos vestidos los dos iguales?

—Bueno, señor Frodo, he estado reflexionando —dijo Sam—. No es conveniente que deje mis cosas atrás, pero tampoco podemos destruirlas. Y no me puedo poner una malla de orco encima de todas mis ropas, ¿no? Tendré que encapucharme de la cabeza a los pies.

Se arrodilló, y doblando con cuidado la capa élfica, la convirtió en un rollo asombrosamente pequeño. Lo guardó en la mochila que estaba en el suelo, e irguiéndose se la cargó a la espalda; se puso en la cabeza un casco orco y se echó otro capote negro sobre los hombros. —¡Listo! —dijo—. Ahora estamos iguales, o casi. ¡Y es hora de partir!

—No podré hacer todo el trayecto en una sola etapa, Sam —dijo Frodo con una sonrisa burlona—. Me imagino que habrás averiguado si hay posadas en el camino, ¿no? ¿O te has olvidado de que necesitaremos comer y beber?

—¡Córcholis, sí, lo olvidé! —Sam silbó, desanimado—. ¡Ay, señor Frodo, me ha dado usted un hambre y una sed! No recuerdo cuándo fue la última vez que una gota o un bocado me pasaron por los labios. Tratando de encontrarlo a usted me he olvidado de ello. ¡Pero espere! La última vez que miré todavía me quedaba bastante de ese pan del camino, y de lo que nos dio el Capitán Faramir, como para mantenerme en pie un par de semanas si es necesario. Pero si en mi botella queda algo, no ha de ser más que una gota. De ninguna manera va a alcanzar para dos. ¿Acaso los orcos no comen, no beben? ¿O sólo viven de aire rancio y de veneno?

—No, comen y beben, Sam. La Sombra que los crio sólo puede remedar, no crear, al menos no cosas nuevas de su propia factura. No creo que haya dado vida a los orcos, sino que los malogró y los pervirtió; y si están vivos, tienen que vivir como los otros seres vivos. Se alimentarán de aguas estancadas y carnes putrefactas si no consiguen otra cosa, pero no de veneno. A mí me han dado de comer y estoy en mejores condiciones que tú. Por aquí, en alguna parte, tiene que haber agua y víveres.

—Pero no hay tiempo para buscarlos —dijo Sam.

—Bueno, las cosas no pintan tan mal como piensas —dijo Frodo—. En tu ausencia tuve un poco de suerte. En realidad no se llevaron todo. Encontré mi saco de provisiones entre algunos harapos tirados en el suelo. Lo revisaron, naturalmente. Pero supongo que el aspecto y el olor del *lembas* les repugnó más que a Gollum. Lo encontré desparramado por el suelo y algunas obleas estaban rotas y pisoteadas, pero pude recogerlas. No es mucho más de lo que tú tienes. En cambio, se llevaron las provisiones de Faramir, y rajaron la cantimplora.

—Bueno, no hay nada más que hablar —dijo Sam—. Tenemos lo suficiente para comenzar. Pero lo del agua va a ser un problema. No importa, señor Frodo, ¡coraje! ¡En marcha, o de nada nos servirá todo un lago!

—No, no me moveré de aquí hasta que hayas comido, Sam —dijo Frodo—. Aquí tienes, come esta oblea élfica, ¡y bébete esa última gota de tu botella! Esta aventura es casi imposible y no vale la pena preocuparse por el mañana. Lo más probable es que no llegue.

Al fin se pusieron en marcha. Bajaron por la escalera de mano, y Sam la descolgó y la dejó en el pasadizo junto al cuerpo encogido del orco muerto. La escalera estaba en tinieblas, pero en el tejado se veía aún el resplandor de la Montaña, ahora de un rojo mortecino. Recogieron dos escudos para completar el disfraz, y siguieron caminando.

Bajaron pesadamente la larga escalera. La alta cámara de la torreta donde se habían reencontrado parecía casi acogedora ahora que estaban otra vez al aire libre, y el terror corría a lo largo de los muros. Aunque todo hubiera muerto en la Torre de Cirith Ungol, la zona se alzaba aún envuelta en miedo y maldad.

Llegaron por fin a la puerta del patio exterior y se detuvieron. Incluso desde donde se encontraban podían sentir, batiendo sobre ellos, la malicia de los centinelas; formas negras y silenciosas apostadas a cada lado de la puerta, por la que alcanzaban a verse, velados, los fulgores de Mordor. Los pies les pesaban cada vez más a medida que avanzaban entre los cadáveres repugnantes de los orcos. Y aún no habían llegado a la arcada cuando algo los paralizó. Intentar dar un paso más era doloroso y agotador para la voluntad y para los miembros.

Frodo no se sentía con fuerzas para semejante batalla. Se dejó caer en el suelo.

—No puedo seguir, Sam —murmuró—. Me voy a desmayar. No sé qué me pasa.

—Yo lo sé, señor Frodo. ¡Manténgase en pie! Es la puerta. Está encantada. Pero pude entrar, así que también saldré. No puede ser más peligrosa que antes. ¡Adelante!

Volvió a sacar la Redoma élfica de Galadriel. Como para rendir homenaje al temple del hobbit, y agraciar con esplendor la mano fiel y morena que había llevado a cabo tantas proezas, el frasco destelló súbitamente, iluminando el patio en sombras con una luz deslumbrante, como un relámpago; pero su luz era firme, y no se extinguía.

—*Gilthoniel, A Elbereth!* —gritó Sam. Sin saber por qué, su pensamiento se había vuelto de pronto a los elfos de la Comarca y al canto que había ahuyentado al Jinete Negro entre los árboles.

—*Aiya elenion ancalima!* —gritó Frodo de nuevo, detrás de Sam.

La voluntad de los Centinelas se quebró de repente como una cuerda demasiado tensa, y Frodo y Sam trastabillaron hacia delante. Pero en seguida echaron a correr. Traspusieron la puerta y dejaron atrás las grandes figuras sentadas y sus ojos fulgurantes. Se oyó un crujido. La clave de la arcada se derrumbó, casi sobre sus talones, y el muro superior se desmoronó, cayendo en ruinas. Habían escapado por muy poco. Repicó una campana; y un gemido agudo y horripilante se elevó de los Centinelas. Desde muy arriba, desde la oscuridad, llegó una respuesta. Del cielo tenebroso descendió como un rayo una figura alada, desgarrando las nubes con un chillido siniestro.

2

EL PAÍS DE LA SOMBRA

A Sam le quedó el suficiente sentido común como para esconderse el frasco a toda prisa en el pecho.

—¡Corra, señor Frodo! —gritó—. ¡No, por ahí no! Del otro lado del muro hay un precipicio. ¡Sígame!

Huyeron camino abajo desde la puerta. Unos cincuenta pasos más adelante la senda contorneó uno de los bastiones que sobresalía del risco, y eso los ocultó de los ojos de la Torre. Por el momento estaban a salvo. Se agazaparon contra la roca y recuperaron el aliento, llevándose las manos al pecho. Posado ahora en lo alto del muro junto a la puerta en ruinas, el Nazgûl lanzaba sus gritos funestos. Los ecos retumbaban entre los riscos.

Avanzaron tropezando, aterrorizados. Pronto el camino dobló bruscamente hacia el este de nuevo y por un pavoroso momento los expuso a la mirada de la Torre. Echaron a correr, y al volver la cabeza vieron la gran forma negra encaramada a las almenas; entonces se internaron entre altos muros de piedra en una garganta que descendía en rápida pendiente para encontrarse con el camino de Morgul. Así llegaron a la encrucijada. No había aún señales de los orcos, ni había habido respuesta al grito del Nazgûl; pero sabían que aquel silencio no duraría mucho, que de un momento a otro comenzaría la persecución.

—Todo esto es inútil, Sam —dijo Frodo—. Si fuésemos orcos de verdad, estaríamos ahora corriendo hacia la Torre en vez de huir. El primer enemigo con el que nos topemos nos reconocerá. De alguna manera tenemos que salir de este camino.

—Pero no podemos —dijo Sam—. No sin alas.

Las laderas orientales de las Ephel Dúath caían a pique en una sucesión de riscos y precipicios hacia la vaguada negra que se abría entre ellos y la cadena interior. No lejos del cruce y después de otra cuesta empinada, un puente volante de piedra cruzaba el abismo y después el camino discurría a lo largo de las faldas desmoronadas y las cañadas del Morgai. En una carrera desesperada, Frodo y Sam corrieron cruzando el puente, pero antes de que alcanzaran el extremo más lejano comenzaron a oír los gritos y la algarabía. A lo lejos a sus espaldas asomaba alta en la ladera de la montaña la Torre de Cirith Ungol, y las piedras centelleaban ahora con un fulgor mortecino. De improviso la campana discordante tañó otra vez, y entonces rompió a repicar escandalosamente. Sonaron los cuernos. Y de más allá del final del puente llegaron clamores en respuesta. Allá abajo en la vaguada sombría, oculta a los fulgores moribundos del Orodruin, Frodo y Sam no veían nada, pero oían ya las pisadas de muchos pies calzados con botas de hierro, y en el camino resonaba el rápido repiqueteo de unos cascos.

—¡Pronto, Sam! ¡Saltemos! —gritó Frodo. Se encaramaron en el parapeto bajo del puente. Por fortuna ya no había peligro de que se despeñaran, pues las laderas del Morgai se elevaban casi hasta el nivel del camino; pero había demasiada oscuridad para que pudieran estimar la profundidad del precipicio.

—Bueno, allá voy, señor Frodo —dijo Sam—. ¡Hasta la vista!

Se dejó caer. Frodo lo siguió. E incluso mientras caían oyeron el galope de los jinetes que pasaban por el puente, y el golpeteo de los pies de los orcos que corrían detrás. Sin embargo, de haberse atrevido, Sam se habría reído a carcajadas. Temiendo una caída algo violenta entre rocas invisibles, los hobbits, después de un descenso de apenas una docena de pies, aterrizaron con un golpe sordo y un crujido en el lugar más inesperado: una maraña de arbustos espinosos. Allí Sam se quedó quieto, chupándose en silencio una mano rasguñada.

Cuando el ruido de los cascos y las pisadas se alejó, se aventuró a susurrar:

—¡Caramba, señor Frodo, creía que en Mordor no crecía nada! De haberlo sabido, esto sería precisamente lo que me habría imaginado. A juzgar por los pinchazos, estas espinas han de tener un pie de largo; han atravesado todo lo que llevo encima. ¡Por qué no me habré puesto esa cota de malla!

—Las cotas de malla de los orcos no te protegerían de estas espinas —dijo Frodo—. Ni siquiera un jubón de cuero te serviría.

No les fue fácil salir del matorral. Los espinos y las zarzas eran duros como alambres y se les prendían como garras. Cuando al fin consiguieron librarse, tenían las capas desgarradas y en jirones.

—Ahora bajemos, Sam —murmuró Frodo—. Rápido al valle, y luego doblaremos al norte tan pronto como sea posible.

Nacía un nuevo día fuera, en el resto del mundo, y muy lejos, más allá de las tinieblas de Mordor, el sol despuntaba en el horizonte al este de la Tierra Media; pero aquí todo estaba oscuro como si aún fuera de noche. En la Montaña las llamas se habían extinguido, reducidas a rescoldos. El resplandor desapareció poco a poco de los riscos. El viento del este que no había dejado de soplar desde que partieran de Ithilien ahora parecía muerto. Lenta y penosamente bajaron gateando en las sombras, a tientas, tropezando, arrastrándose entre peñascos y zarzas y ramas secas en las sombras enceguecedoras, bajando y bajando hasta que ya no pudieron continuar.

Se detuvieron al fin y se sentaron uno al lado del otro, recostándose contra una roca, sudando los dos.

—Si Shagrat en persona viniera a ofrecerme un vaso de agua, le estrecharía la mano —dijo Sam.

—¡No digas eso! —replicó Frodo—. ¡Sólo consigues empeorar las cosas! —Luego se tendió en el suelo, mareado y exhausto, y no volvió a hablar durante un largo rato. Por fin se incorporó otra vez, trabajosamente. Descubrió con asombro que Sam se había quedado dormido—. ¡Despierta, Sam! —dijo Frodo—. ¡Vamos! Es hora de hacer otro esfuerzo.

Sam se levantó a duras penas.

—¡Bueno, nunca lo hubiera imaginado! —dijo—. Supongo que el sueño me venció. Hace mucho tiempo, señor Frodo, que no duermo como es debido, y los ojos se me cerraron solos.

Ahora Frodo encabezaba la marcha, yendo todo lo posible hacia el norte entre las piedras y los peñascos amontonados en el fondo de la gran hondonada. Pero a poco de andar se detuvo de nuevo.

—No hay nada que pueda hacer, Sam —dijo—. No puedo soportarla. Esta cota de malla, quiero decir. No tal y como estoy ahora. Aún la cota de mithril me pesaba a veces, cuando estaba cansado. Ésta pesa muchísimo más. ¿Y de qué me sirve? De todos modos no será peleando como nos abriremos paso.

—Sin embargo, quizá nos esperen algunos encuentros. Y puede haber cuchillos y flechas perdidas. Para empezar, ese tal Gollum no está muerto. No me gusta pensar que sólo un trozo de cuero lo protege de una puñalada en la oscuridad.

—Escúchame, Sam, querido muchacho —dijo Frodo—: estoy cansado, exhausto. No me queda ninguna esperanza. Pero mientras pueda aún moverme tengo que tratar de llegar a la Montaña. El Anillo ya es bastante. Esta carga añadida me está matando. Tengo que deshacerme de ella. Pero no creas que soy desagradecido. Me repugna pensar en la labor que tuviste que llevar a cabo entre los cadáveres para encontrar esta ropa para mí.

—Ni lo mencione, señor Frodo. ¡Por lo que más quiera! ¡Lo llevaría sobre mis espaldas si pudiese! ¡Quítesela, entonces!

Frodo se quitó la capa y se despojó de la cota de malla orca, arrojándola lejos. Se estremeció ligeramente.

—Lo que en realidad necesito es algún abrigo —dijo—. O ha refrescado, o tengo el frío calado en los huesos.

—Puede ponerse mi capa, señor Frodo —dijo Sam. Se descolgó la mochila de la espalda y sacó la capa élfica—. ¿Qué le parece, señor Frodo? Se envuelve en ese trapo orco, se ajusta el cinturón por fuera, y encima de todo se pone la capa. No es exactamente a la usanza orca pero estará más abrigado; y hasta diría que lo protegerá mejor que cualquier otra vestimenta. Fue hecha por la Dama.

Frodo tomó la capa y cerró el broche.

—¡Así me siento mejor! —dijo—. Y mucho más liviano. Ahora puedo continuar. Pero esta oscuridad ciega me invade de algún modo el corazón. Cuando estaba preso, Sam, trataba de pensar en el Brandivino, en el Bosque Cerrado y en El Agua corriendo por el molino en Hobbiton. Pero ahora no puedo recordarlos.

—¡Vamos, señor Frodo, ahora es usted el que habla de agua! —dijo Sam—. Si la Dama pudiera vernos u oírnos, le diría: «Señora, todo cuanto necesitamos es luz y agua: sólo agua pura y la clara luz del día, mejor que cualquier joya, con el perdón de usted». Pero estamos muy lejos de Lórien. —Suspiró y movió una mano en dirección a las cumbres de las Ephel Dúath, ahora apenas visibles como una oscuridad más profunda contra el cielo en tinieblas.

Reanudaron la marcha. No habían avanzado mucho cuando Frodo se detuvo.

—Hay un Jinete Negro volando sobre nosotros —dijo—. Siento su presencia. Será mejor que nos quedemos quietos por un tiempo.

Se acurrucaron debajo de un gran peñasco mirando hacia atrás, al oeste, y durante un rato permanecieron callados. Al fin Frodo dejó escapar un suspiro de alivio.

—Ya pasó —dijo.

Se levantaron, y lo que vieron los dejó mudos de asombro. A la izquierda y hacia el sur, contra un cielo que griseaba, comenzaban a asomar oscuras y negras las formas de los picos y las altas crestas de la gran cordillera. Por detrás de ella crecía la luz, que trepaba lentamente hacia el Norte. En las alturas lejanas, en los ámbitos del cielo, se estaba librando una batalla. Las turbulentas nubes de Mordor estaban siendo rechazadas, con los bordes hechos jirones, mientras un viento que soplaba desde el mundo de los vivos barría las emanaciones y las humaredas hacia la tierra oscura de donde habían venido. Bajo las orlas en ascenso del palio lúgubre, una luz tenue se filtraba en Mordor como un amanecer pálido a través de las ventanas sucias de una prisión.

—¡Mire, señor Frodo! —dijo Sam—. ¡Mire! El viento ha cambiado. Algo está pasando. No se va a salir del todo con la suya. Allá fuera en el mundo la oscuridad se desvanece. ¡Me gustaría saber qué está pasando!

Era la mañana del decimoquinto día de marzo, y en el Valle del Anduin el sol asomaba por encima de las sombras orientales, y soplaba un viento del sudoeste. En los Campos del Pelennor, Théoden yacía moribundo en los Campos del Pelennor.

Mientras Frodo y Sam observaban inmóviles el horizonte, la cinta de luz se extendió a lo largo de las crestas de las Ephel Dúath; y de pronto una forma apareció en el Oeste moviéndose a gran velocidad, al principio apenas un puntito negro en la franja luminosa de las cumbres, pero en seguida creció, y atravesando como una flecha el manto de oscuridad pasó muy alto por encima de ellos. Al alejarse lanzó un chillido agudo y penetrante: la voz de un Nazgûl; pero este grito ya no los asustaba, pues era un grito de dolor y de espanto, malas nuevas para la Torre Oscura. La suerte del Señor de los Espectros del Anillo estaba echada.

—¿Qué le dije? ¡Algo está ocurriendo! —gritó Sam—. «La guerra marcha bien», dijo Shagrat; pero Gorbag no estaba tan seguro. Y también en eso tenía razón. Las cosas mejoran, señor Frodo. ¿No se siente más esperanzado ahora?

—Bueno, no, no mucho, Sam —suspiró Frodo—. Eso está ocurriendo muy lejos, más allá de las montañas. Nosotros vamos hacia el este, no hacia el oeste. Y estoy tan cansado… Y el Anillo pesa tanto, Sam… Y empiezo a verlo en mi mente todo el tiempo, como una gran rueda de fuego.

El optimismo de Sam decayó rápidamente. Miró ansioso a su amo, y le tomó la mano.

—¡Vamos, señor Frodo! —dijo—. Conseguí una de las cosas que quería: un poco de luz. La suficiente para ayudarnos, y sin embargo, sospecho que también es peligrosa. Trate de avanzar un poco más y luego nos echaremos juntos a descansar. Pero ahora coma un bocado, un trocito del pan de los Elfos; puede que le reconforte.

Compartiendo una oblea de *lembas* y masticándola lo mejor que pudieron con las bocas resecas, Frodo y Sam continuaron adelante. La luz, aunque era apenas un crepúsculo gris, bastaba para que vieran que estaban ahora en lo más profundo del valle entre las montañas. Ascendía en una suave pendiente hacia el norte, y por su fondo corría el lecho seco y marchito de un arroyo. Más allá del curso pedregoso vieron un sendero trillado que serpeaba al pie de los riscos occidentales. Si lo hubieran sabido habrían podido llegar a él más rápidamente, pues era una senda que se desprendía de la ruta principal a Morgul en el extremo occidental del puente y descendía por una larga escalera tallada en la roca hasta el fondo mismo del valle. La utilizaban las patrullas o los mensajeros que viajaban de prisa a los puestos y fortalezas menores del lejano norte, entre Cirith Ungol y los desfiladeros de las Mandíbulas de Hierro, las férreas mandíbulas de Carach Angren.

Era un sendero peligroso para que lo usaran los hobbits, pero el tiempo apremiaba, y Frodo no se sentía capaz de trepar y gatear entre los peñascos o en las hondonadas sin caminos del Morgai. Y suponía, además, que hacia el norte, quizá, era la dirección que sus perseguidores menos esperarían que tomasen.

Sin duda comenzarían la búsqueda por el camino al este de la llanura, o por el paso que volvía hacia el oeste. Sólo cuando estuvieran bien al norte de la Torre se proponía cambiar de rumbo y buscar una salida hacia el este: hacia el este yacía la última y desesperada etapa de aquel viaje. Cruzaron pues el lecho de piedras y tomaron el sendero orco, y avanzaron por él durante un tiempo. Los riscos altos y salientes a su izquierda impedían que pudieran verlos desde arriba, pero el sendero tenía muchas curvas, y en cada recodo aferraban la empuñadura de la espada y avanzaban con cautela.

La luz no aumentaba, porque el Orodruin continuaba vomitando una espesa humareda que subía cada vez más arriba, empujada por corrientes antagónicas, y al llegar a una región por encima de los vientos se desplegaba en una bóveda inconmensurable, cuya columna central emergía de las sombras fuera de la vista de los hobbits. Llevaban caminando penosamente más de una hora cuando un rumor hizo que se detuvieran: increíble, pero a la vez inconfundible. El sonido claro del agua. A la izquierda de una cañada tan pronunciada y estrecha que se hubiera dicho que el risco negro había sido hendido por un hacha enorme, corría un hilo de agua: acaso los últimos vestigios de alguna lluvia dulce recogida en mares iluminados por el sol, pero con la triste suerte de ir a caer finalmente sobre los muros de la Tierra Tenebrosa, y perderse sin propósito después en el polvo. Aquí brotaba de la roca en forma de pequeña cascada y fluía a través del camino, y girando hacia el sur fluía rápidamente hasta perderse infructuosamente en el polvo.

Sam saltó hacia la cascada.

—¡Si alguna vez vuelvo a ver a la Dama, se lo diré! —gritó—. ¡Luz, y ahora agua! —Se detuvo—. ¡Déjeme beber primero, señor Frodo! —dijo.

—Está bien, pero hay sitio suficiente para dos.

—No es eso —dijo Sam—. Quiero decir: si es venenosa, o si hay en ella algo malo que se manifieste en seguida, bueno, es preferible que sea yo y no usted, mi amo, si me entiende.

—Te entiendo. Pero me parece que tendremos que confiar juntos

en nuestra suerte, Sam, mala o buena. ¡De todos modos ten cuidado si está muy fría!

El agua estaba fresca pero no helada, y tenía un sabor desagradable, a la vez amargo y untuoso, o por lo menos eso habrían opinado en la Comarca. Aquí les pareció maravillosa, y la bebieron sin temor ni prudencia. Bebieron hasta saciarse y Sam llenó la cantimplora. Después de esto Frodo se sintió mejor y prosiguieron la marcha durante varias millas, hasta que el ensanchamiento del camino y la aparición de un muro tosco que lo flanqueaba les advirtieron que se estaban acercando a otra fortaleza orca.

—Aquí es donde cambiamos de rumbo, Sam —dijo Frodo—. Y ahora tenemos que marchar hacia el este. —Miró las crestas sombrías del otro lado del valle, y suspiró—. Apenas me quedan las suficientes fuerzas para buscar algún agujero allá arriba. Y luego necesito descansar un poco.

El lecho del río corría ahora un poco más abajo del sendero. Descendieron hasta él gateando y comenzaron a atravesarlo. Para su sorpresa, encontraron charcos oscuros alimentados por hilos de agua que bajaban de algún manantial en lo alto del valle. Las zonas fronterizas de Mordor al pie de las montañas occidentales eran una tierra moribunda, pero aún no estaba muerta. Y aquí aún crecían cosas ásperas, retorcidas, amargas, que luchaban para sobrevivir. En las cañadas del Morgai, del otro lado del valle, se colgaban lúgubremente unos árboles bajos y achaparrados, ásperos matorrales de hierba gris luchaban con las piedras, líquenes resecos se enroscaban en ellos, y grandes marañas de zarzas retorcidas crecían por doquier. Algunas tenían largas espinas punzantes, otras púas ganchudas y afiladas como cuchillos. Las hojas marchitas y arrugadas del último verano colgaban de ellos crujiendo y crepitando en el aire triste, pero sus brotes infestados de larvas estaban comenzando a abrirse. Moscas, pardas, grises o negras, marcadas como los orcos con una mancha roja en forma de ojo, zumbaban y picaban; y sobre los tallos de los brezales danzaban y giraban nubes de mosquitos hambrientos.

—Los atavíos orcos no son buenos —dijo Sam, agitando los brazos—. ¡Ojalá tuviera el pellejo de un orco!

Al final Frodo no pudo continuar. Habían subido una barranca angosta y escalonada, pero aún les quedaba un largo trecho antes que pudieran siquiera ver la última cresta escarpada.

—Ahora necesito descansar, Sam, y dormir si puedo —dijo Frodo. Miró alrededor, pero en aquel paraje lúgubre no parecía haber ni un sitio donde al menos un animal salvaje pudiera guarecerse. Al final, exhaustos, se escondieron debajo de una cortina de zarzas que colgaba como una estera por encima de una pared de roca.

Allí se sentaron y comieron como mejor pudieron. Conservando los preciosos *lembas* para los malos días que los esperaban, tomaron la mitad de lo que quedaba en la bolsa de Sam de las provisiones de Faramir: algunas frutas secas y una pequeña lonja de carne ahumada; y bebieron unos sorbos de agua. Habían vuelto a beber en los charcos del valle, pero otra vez tenían mucha sed. Había un regusto amargo en el aire de Mordor que secaba la boca. Cada vez que Sam pensaba en agua, hasta su propio ánimo alegre se sentía desanimado. Más allá del Morgai les quedaba aún por atravesar la temible llanura de Gorgoroth.

—Ahora usted dormirá primero, señor Frodo —dijo—. Ya oscurece otra vez. Me parece que este día está por acabar.

Frodo suspiró y se durmió casi antes que Sam hubiese terminado de hablar. Luchando con su propio cansancio, Sam tomó la mano de Frodo; y así permaneció, en silencio, hasta la profundidad de la noche. Luego, para mantenerse despierto, se deslizó fuera del escondite y miró en torno. El lugar parecía poblado de crujidos y crepitaciones y ruidos furtivos, pero no se oían voces ni rumores de pasos. A lo lejos, sobre las Ephel Dúath en el Oeste, el cielo nocturno era aún pálido y lívido. Allá, asomando entre las nubes que habían sido derrotadas, por encima de un peñasco sombrío en lo alto de las montañas, Sam vio, por un instante, una estrella blanca que titilaba. Su belleza le estremeció el corazón mientras la contemplaba desde aquella tierra desolada e inhóspita, y la esperanza renació en él. Porque frío y nítido como una saeta lo traspasó el pensamiento de que la Sombra era al fin y al cabo una cosa pequeña y transitoria, y que había algo que ella nunca alcanzaría: la luz, y una belleza muy alta. Más que una esperanza, la canción que había improvisado en la Torre era un desafío, pues en aquel momento pensaba en sí mismo. Ahora, por un momento, su propio destino, y aun el de su amo, lo tuvieron sin cuidado. Se arrastró otra vez bajo las zarzas y se acostó junto a Frodo, y olvidando todos los temores se entregó a un sueño profundo y apacible.

Despertaron al mismo tiempo, tomados de la mano. Sam se sentía casi recuperado, listo para afrontar un nuevo día; pero Frodo suspiraba. Había dormido mal, acosado por sueños de fuego, y despertar tampoco lo hizo sentir mejor. Aun así, el descanso no había dejado de tener un efecto curativo. Se sentía más fuerte, más capaz de soportar su carga durante una nueva jornada. No sabían qué hora era ni cuánto tiempo habían dormido; pero después de comer un bocado y beber un sorbo de agua continuaron escalando el barranco, que terminaba en un despeñadero de derrubios de ladera y rocas sueltas. Allí las últimas cosas vivas renunciaban a la lucha: las cumbres del Morgai eran yermas, melladas, desnudas y estériles como la pizarra.

Después de errar durante largo rato en busca de un camino, descubrieron uno por el que podían trepar. Subieron penosamente a base de arañar peñascos un centenar de pies, y al fin llegaron a la cima. Atravesaron una hendidura entre dos riscos oscuros, y se encontraron en el borde mismo de la última empalizada de Mordor. Abajo, en el fondo de una depresión de unos mil quinientos pies, la llanura interior se dilataba hasta perderse de vista en una tiniebla informe más allá de la vista. El viento del mundo soplaba ahora desde el Oeste levantando las nubes espesas, que se alejaban flotando hacia el este; pero aun así a los temibles campos de Gorgoroth sólo llegaba una luz grisácea. Allí los humos reptaban a ras del suelo y se agazapaban en los huecos, y los vapores escapaban por fisuras en la tierra.

Todavía lejano, a cuarenta millas al menos, divisaron el Monte del Destino con su base sepultada en ruinas cenicientas, el cono gigantesco elevándose hasta una gran altura, donde su cabeza humeante se envolvía en nubes. Ahora aletargado y con sus fuegos momentáneamente aplacados en un sueño resentido, se erguía, tan peligroso y hostil como una bestia adormecida. Y por detrás asomaba una sombra vasta, siniestra como una nube de tormenta; los velos distantes de Barad-dûr, que se alzaba a lo lejos sobre un largo espolón que se extendía desde el Norte de los Montes de Ceniza. El Poder Oscuro cavilaba profundamente, con el Ojo vuelto hacia adentro, sopesando las noticias de peligro e incertidumbre: veía una espada refulgente y un rostro majestuoso y severo, y por el momento había dejado de lado los otros problemas; y su poderosa fortaleza, puerta tras puerta y torre sobre torre, estaba envuelta en una tiniebla de preocupación.

Frodo y Sam contemplaban el país abominable con una mezcla de repugnancia y asombro. Entre ellos y la montaña humeante, y alrededor de ella al norte y al sur, todo parecía muerto y destruido, un desierto calcinado y asfixiado. Se preguntaron cómo haría el Señor de aquel reino para mantener y alimentar a sus esclavos y ejércitos. Porque ejércitos tenía, sin duda. Hasta donde sus ojos alcanzaban, a lo largo de las laderas del Morgai y a lo lejos hacia el sur se sucedían los campamentos, algunos de tiendas, otros ordenados como pequeñas ciudades. Uno de los mayores se extendía justo debajo de donde se encontraban los hobbits: semejante a un apiñado nido de insectos y entrecruzado por callejuelas rectas y lóbregas de chozas y barracas deslucidas, ocupaba casi una milla de llanura. Alrededor la gente iba y venía;

un camino ancho partía del campamento hacia el sudeste y se unía a la carretera de Morgul, por la que se apresuraban filas y filas de pequeñas formas negras.

—No me gusta nada cómo pinta esto —dijo Sam—. No es muy alentador... exceptuando el que donde vive tanta gente tiene que haber pozos, o agua; y comida, ni qué hablar. Y éstos no son Orcos sino Hombres, si la vista no me engaña.

Ni él ni Frodo sabían nada de los extensos campos cultivados por esclavos en el extremo sur de ese amplio reino, más allá de las emanaciones de la Montaña y en las cercanías de las aguas sombrías y tristes del lago Núrnen; ni de las grandes carreteras que corrían hacia el este y el sur a las tierras tributarias, de donde los soldados de la Torre traían largas caravanas de víveres y botín y esclavos frescos. Aquí, en las regiones septentrionales, se encontraban las fraguas y las minas, allí se acantonaban las reservas para una guerra largamente premeditada; y aquí también el Poder Oscuro reunía sus ejércitos, moviéndolos como fichas sobre el tablero. Sus primeros movimientos, con los que había probado fuerzas, habían puesto las piezas en jaque en el frente occidental, en el sur y en el norte. Y ahora las había retirado por el momento y, engrosándolas con nuevos refuerzos, las había apostado en las cercanías de Cirith Gorgor en espera del momento propicio para tomarse la revancha. Y si lo que se proponía era defender a la vez la Montaña de una probable tentativa de asalto, difícilmente podría haberlo hecho mejor.

—¡Y bien! —prosiguió Sam—. No sé qué tienen de comer y de beber, pero no está a nuestro alcance. No veo ningún camino que nos permita llegar allá abajo. Y aunque lográsemos descender, jamás podríamos atravesar ese territorio plagado de enemigos.

—No obstante tendremos que intentarlo —replicó Frodo—. No es peor de lo que yo me imaginaba. Nunca tuve la esperanza de cruzar; tampoco la tengo ahora. Pero aun así, he de hacer todo lo que esté a mi alcance. Por el momento consiste en impedir que me capturen, tanto tiempo como sea posible. Me parece pues que tendremos que continuar hacia el norte y ver cómo se presentan las cosas allí donde la llanura comienza a estrecharse.

—Creo adivinar cómo se presentarán —dijo Sam—. En la parte más estrecha de la llanura los Orcos y los Hombres estarán más apiñados que nunca. Ya lo verá, señor Frodo.

—Supongo que lo veré, si es que llegamos tan lejos —dijo Frodo, y dio media vuelta.

No tardaron en descubrir que no podían continuar avanzando a lo largo de la cresta del Morgai ni por los niveles más altos, donde no había senderos y abundaban las ramblas profundas. Por último, se vieron obligados a volver a descender por el barranco que habían escalado, en busca de una salida desde el valle. Fue una caminata ardua, pues no se atrevían a cruzar hasta el sendero que corría del lado occidental. Al cabo de una milla o más, oculto en una cavidad al pie del risco, vieron el bastión orco que supusieron que estaba cerca: un muro y un apretado grupo de cabañas de piedra dispuestas cerca de una caverna sombría. No se advertía ningún movimiento, pero los hobbits avanzaron con cautela, manteniéndose lo más cerca posible de los zarzales que, a esta altura, crecían en abundancia a ambos lados del antiguo lecho del arroyo.

Continuaron por espacio de dos o tres millas, y el bastión orco desapareció detrás de ellos; pero cuando empezaban a sentirse más tranquilos oyeron unas voces de orcos, ásperas y estridentes. Se escondieron rápidamente detrás de un arbusto pardusco y achaparrado. Las voces se acercaban. De pronto dos orcos aparecieron a la vista. Uno vestía harapos pardos e iba armado con un arco de cuerno; era de una variedad más bien pequeña y negro de tez, y su nariz, de orificios muy dilatados, husmeaba el aire: sin duda era una especie de rastreador. El otro era un orco corpulento y aguerrido, como los de la compañía de Shagrat, y lucía la insignia del Ojo. También él llevaba un arco a la espalda y una lanza corta de punta ancha. Como de costumbre se estaban peleando, y al ser de variedades diferentes empleaban a su manera la lengua común.

A unos veinte pasos de donde estaban escondidos los hobbits, el orco pequeño se detuvo. —¡Nar! —gruñó—. Yo me vuelvo a casa. —Señaló a través del valle en dirección al fuerte orco—. No vale la pena que me siga gastando la nariz olfateando piedras. No queda ni un rastro, te digo. Por hacerte caso le perdí la pista. Subía por las colinas, no a lo largo del valle, te digo.

—¿No servís de mucho, eh, vosotros, pequeños husmeadores? —dijo el orco grande—. Creo que los ojos son más útiles que vuestras narices mocosas.

—¿Qué has visto con ellos, entonces? —gruñó el otro—. ¿En serio? ¡Si ni siquiera sabes lo que andas buscando!

—¿Y quién tiene la culpa? —replicó el soldado—. Yo no. Eso viene de Arriba. Primero dicen que es un gran elfo con una armadura brillante, luego que es una especie de hombrecito-enano, y luego que puede tratarse de una horda de Uruk-hai rebeldes; o quizá son todos ellos juntos.

—¡Ar! —dijo el rastreador—. Han perdido el seso, eso es lo que les pasa. Y algunos de los jefes también van a perder el pellejo, sospecho, si lo que he oído es verdad: que han invadido la Torre, que centenares de tus compañeros han sido liquidados y que el prisionero ha huido. Si así es como os comportáis vosotros, los combatientes, no es de extrañar que haya malas noticias desde los campos de batalla.

—¿Quién dice que hay malas noticias? —vociferó el soldado.

—¡Ar! ¿Quién dice que no las hay?

—Así es como hablan los malditos rebeldes, y si no cierras el pico te ensarto. ¿Me has oído?

—¡Está bien, está bien! —dijo el rastreador—. No diré más y seguiré pensando. Pero ¿qué tiene que ver en todo esto ese fisgón negro? Ése de las manos como paletas y que habla en gorgoteos.

—No lo sé. Nada, quizá. Pero apuesto que no anda en nada bueno, siempre husmeando por ahí. ¡Maldito sea! Ni bien se nos escabulló y huyó, llegó la orden de que lo querían vivo y cuanto antes.

—Bueno, espero que lo encuentren y le den su merecido —masculló el rastreador—. Nos confundió el rastro allá atrás, cuando encontró y manoseó esa cota de malla descartada, y anduvo palmoteando todo alrededor antes de que yo consiguiera llegar.

—En todo caso le salvó la vida —dijo el soldado—. Antes de saber que lo buscaban le disparé, un tiro limpio e impecable a cincuenta pasos y por la espalda; pero siguió corriendo.

—¿De verdad? Fallaste —dijo el rastreador—. Para empezar, disparas a tontas y a locas, luego corres demasiado lento, y por último, mandas buscar a los pobres rastreadores. Estoy harto de ti. —Hizo un recorte y se alejó rápidamente.

—¡Vuelve! —vociferó el soldado—, ¡vuelve o te denunciaré!

—¿A quién? No a tu precioso Shagrat. Ya no será más el capitán.

—Daré tu nombre y tu número a los Nazgûl —dijo el soldado bajando la voz hasta convertirla en un siseo—. Uno de *ellos* está ahora a cargo de la Torre.

El otro se detuvo, la voz cargada de miedo y de furia.

—¡Maldito pelota chivato! —aulló—. No sabes hacer tu trabajo y ni siquiera sabes ser leal a los tuyos. ¡Vete con tus inmundos Gritones y ojalá te congelen y arranquen el pellejo! Eso, si el enemigo no los encuentra antes. ¡He oído decir que han liquidado al Número Uno, y espero que sea cierto!

El orco grande, lanza en mano, echó a correr detrás de él. Pero el rastreador, saliendo de detrás de una piedra, le disparó una flecha en el ojo, y el otro se desplomó con estrepitosamente en plena carrera. El rastreador huyó a través del valle y desapareció.

Durante un rato los hobbits permanecieron sentados en silencio. Por fin Sam se movió. —Bueno, esto es lo que yo llamo un tiro limpio e impecable —dijo—. Si esta simpática cordialidad se extendiera por Mordor, la mitad de nuestros problemas estarían ya resueltos.

—En voz baja, Sam —susurró Frodo—. Puede haber otros por aquí. Es evidente que escapamos por un pelo, y que los cazadores no estaban tan desencaminados como pensábamos. Pero ése *es* el espíritu de Mordor, Sam; y ha llegado a todos los rincones. Los orcos siempre se han comportado de esa manera, o así lo cuentan las leyendas, cuando los dejan a su aire. Pero no puedes confiarte demasiado. Nos odian mucho más, de todas las formas y a todas horas. Si estos dos nos hubiesen visto, habrían interrumpido la pelea hasta después de terminar con nosotros.

Hubo otro silencio prolongado. Sam volvió a interrumpirlo, esta vez en un murmullo.

—¿Oyó lo que decían de *ése que habla en gorgoteos,* señor Frodo? Le dije que Gollum no estaba muerto, ¿recuerda?

—Sí, recuerdo. Y me preguntaba cómo lo sabrías —dijo Frodo—. Bueno, a lo nuestro. Creo que es mejor que no salgamos de aquí hasta que haya oscurecido por completo. Así podrás decirme cómo lo sabes y contarme todo lo sucedido, si puedes, hablando en voz baja.

—Lo intentaré —dijo Sam—, pero cada vez que pienso en ese bribón, me pongo tan frenético que me dan ganas de gritar.

Allí permanecieron los hobbits, al amparo del arbusto espinoso, mientras la luz lúgubre de Mordor se extinguía lentamente para dar paso a una noche profunda y sin estrellas; y Sam, hablándole a Frodo al oído, le contó todo cuanto pudo poner en palabras del ataque traicionero de Gollum, el horror de Ella-Laraña y sus propias aventuras con los orcos. Cuando hubo terminado, Frodo no dijo nada, pero tomó la mano de Sam y se la apretó. Al cabo de un rato se sacudió y dijo: —Bueno, supongo que hemos de reanudar la marcha. Me pregunto cuánto tiempo pasará antes que seamos realmente capturados, y acaben al fin estas penurias y escapadas inútiles. —Se puso de pie—. Está oscuro, y no podemos usar el frasco de la Dama. Quédate con él por ahora, Sam, y mantenlo a salvo por mí. Yo no tengo dónde guardarlo ahora, excepto las manos, y necesitaré de las dos en esta noche ciega. Pero a Dardo te la regalo. Ahora tengo una espada orca, aunque no creo que sea ya mi papel asestar ningún golpe.

Era difícil y peligroso caminar de noche por aquella región sin senderos; pero poco a poco, tropezando con frecuencia y hora tras hora, los dos hobbits avanzaron trabajosamente hacia el norte a lo largo de la orilla oriental del valle pedregoso. Y cuando una tímida luz gris volvió a asomar por encima de las cumbres occidentales, mucho después de que naciera el día en las tierras lejanas, se escondieron otra vez y durmieron un poco por turnos. En los ratos de vigilia a Sam lo obsesionaba el problema de la comida. Por fin, cuando Frodo despertó y habló de comer y de prepararse para otro nuevo esfuerzo, Sam te hizo la pregunta que más lo preocupaba.

—Con el perdón de usted, señor Frodo —dijo—, pero ¿tiene alguna idea de cuánto nos falta por recorrer?

—No, ninguna idea demasiado precisa, Sam —respondió Frodo—. En Rivendel, antes de partir, me mostraron un mapa de Mordor anterior al retorno del Enemigo; pero sólo lo recuerdo vagamente. Lo que recuerdo con más precisión es que en un determinado lugar de las cadenas del oeste y el norte se desprendían unas estribaciones que casi llegaban a unirse. Estimo que se encontraban a no menos de veinte leguas del puente próximo a la Torre. Podría ser un buen paso por donde cruzar. Pero por supuesto, si llegamos allí, estaremos aún más lejos de la Montaña de lo que estábamos antes, a unas sesenta millas diría yo. Sospecho que nos hemos alejado unas doce leguas al norte del puente. Aunque todo marchara bien, no creo que yo pudiera llegar a la Montaña en menos de una semana. Me temo, Sam, que la carga se hará muy pesada, y que avanzaré con mayor lentitud a medida que nos vayamos acercando.

Sam suspiró. —Eso es justamente lo que yo temía —dijo—. Y bien, por no mencionar el agua, tendremos que comer menos, señor Frodo, o de lo contrario movernos un poco más rápido al menos mientras continuemos en este valle. Un bocado más y se nos habrán acabado todas las provisiones, excepto el pan del camino de los Elfos.

—Trataré de caminar un poco más rápido, Sam —dijo Frodo respirando hondo—. ¡Adelante! ¡En marcha otra vez!

Aún no había oscurecido por completo. Avanzaban penosamente, adentrándose en la noche. Las horas pasaban, y los hobbits caminaban fatigados dando traspiés, con algún que otro breve descanso. Al primer atisbo de luz gris bajo las orlas del palio de sombra se escondieron otra vez en una cavidad oscura bajo una roca que sobresalía sobre ellos.

La luz aumentó poco a poco, en un cielo más límpido que los anteriores. Un viento fuerte del oeste arrastraba los vapores de Mordor en las capas altas del aire. Al poco tiempo los hobbits pudieron distinguir el territorio que se extendía unas cuantas millas en derredor. La hondonada entre las montañas y el Morgai se había ido estrechando paulatinamente a medida que ascendía, y el borde interior no era ya más que una cornisa en las caras escarpadas de las Ephel Dúath; pero hacia el este se precipitaba tan a pique como siempre hacia Gorgoroth. Delante de ellos el lecho del arroyo se interrumpía en escalones de roca resquebrajada, pues de la cadena principal emergía bruscamente un espolón alto y árido, que se adelantaba hacia el este como un muro. La cadena septentrional gris y brumosa de las Ered Lithui extendía allí un largo brazo sobresaliente que se unía al espolón, y entre uno y otro extremo corría un paso estrecho: Carach Angren, las Mandíbulas de Hierro, que más allá se abría en el valle profundo de Udûn. En ese valle detrás del Morannon se escondían los túneles y arsenales subterráneos construidos por los servidores de Mordor para la defensa de la Puerta Negra; y allí el

Señor Oscuro estaba reuniendo de prisa ejércitos poderosos para enfrentar la arremetida de los Capitanes del Oeste. Sobre los espolones que se extendían hacia fuera habían construido fuertes y torres, y ardían los fuegos de guardia; y a todo lo ancho del paso habían erigido una pared de adobe y cavado una profunda trinchera, atravesada por un solo puente.

Algunas millas más al norte, en el ángulo en que el espolón del oeste se desprendía de la cadena principal, se levantaba el viejo castillo de Durthang, convertido ahora en una de las numerosas fortalezas orcas que se apiñaban alrededor del valle de Udûn. Y desde él, visible ya a la luz creciente de la mañana, un camino descendía serpenteando hasta que, a sólo una milla o dos de donde estaban los hobbits, doblaba al este y corría a lo largo de una cornisa cortada en el flanco del espolón, y así continuaba en descenso hasta la llanura, para desembocar en las Mandíbulas de Hierro.

Mientras contemplaban esta escena, a los hobbits les pareció que el largo viaje al norte había sido inútil. En la llanura que se extendía a la derecha envuelta en brumas y humos no se veían campamentos ni tropas en marcha, pero toda aquella región estaba bajo la vigilancia de los fuertes de Carach Angren.

—Hemos llegado a un punto muerto, Sam —dijo Frodo—. Si continuamos sólo llegaremos a esa torre orca, pero el único camino que podemos tomar es el que baja de la torre misma... a menos que volvamos por donde vinimos. No podemos ascender hacia el oeste, ni descender hacia el este.

—En ese caso tendremos que tomar el camino, señor Frodo —dijo Sam—. Tendremos que seguirlo y probar fortuna, si es que hay fortuna en Mordor. Ahora da igual que nos rindamos o que intentemos volver. La comida no nos alcanzará. ¡Tendremos que echar una carrera hasta allí!

—Está bien, Sam —dijo Frodo—. ¡Guíame, mientras te quede algo de esperanza! A mí no me queda ninguna. Pero no puedo correr, Sam. A duras penas podré arrastrarme detrás de ti.

—Antes de seguir arrastrándose necesita dormir y comer, señor Frodo. Vamos, aproveche lo que pueda.

Le dio a Frodo agua y una oblea adicional de pan del camino, y quitándose la capa improvisó una almohada para la cabeza de su amo. Frodo estaba demasiado agotado para discutir, y Sam no le dijo que había bebido la última gota de agua ni que había comido la ración de Sam además de la suya. Cuando Frodo se durmió, Sam se inclinó sobre él y lo oyó respirar, y le examinó el rostro. Estaba ajado y enflaquecido, y sin embargo, ahora mientras dormía parecía tranquilo y sin temores.

—¡Bueno, amo, no hay más remedio! —murmuró Sam para sí mismo—. Tendré que abandonarlo un rato y confiar en la suerte. Necesitamos agua o no podremos seguir adelante.

Sam salió con sigilo del escondite, y saltando de piedra en piedra con más cautela incluso de la que ya es habitual en los hobbits, descendió hasta el lecho seco del arroyo y lo siguió por un trecho en su ascenso hacia el norte, hasta que llegó a los escalones de roca donde antaño el manantial se precipitaba sin duda formando una pequeña cascada. Ahora todo parecía seco y silencioso, pero Sam se negó a darse por vencido: inclinó la cabeza y pudo escuchar, para su deleite, un susurro cristalino. Trepando algunos escalones descubrió un arroyuelo de agua oscura que brotaba del flanco de la colina y llenaba un pequeño estanque desnudo, del que volvía a derramarse y desaparecía luego bajo las piedras áridas.

Sam probó el agua y le pareció suficientemente buena. Entonces bebió hasta saciarse, llenó la botella y se dio media vuelta para regresar. En aquel momento vislumbró una forma o una sombra negra que saltaba entre las rocas un poco más lejos, cerca del escondite de Frodo. Reprimiendo un grito, bajó de un brinco del manantial y corrió saltando de piedra en piedra. Era una criatura astuta, difícil de ver, pero Sam tenía pocas dudas sobre quién era: no pensaba en otra cosa que en retorcerle el pescuezo. Pero la criatura lo oyó acercarse y se escabulló, alejándose de prisa. Sam creyó ver por último que la forma se asomaba desde el borde del precipicio oriental, antes de esconder la cabeza y desaparecer.

—¡Bueno, la suerte no me ha abandonado —murmuró Sam—, pero por un pelo! ¡Como si no bastara con que haya orcos por millares, tenía también que venir a meter la nariz ese villano maloliente! ¡Ojalá lo hubieran liquidado!

Se sentó junto a Frodo y no lo despertó, pero no se atrevió a echarse a dormir. Por fin, cuando sintió que se le cerraban los ojos y supo que no podía seguir luchando por mantenerse despierto mucho tiempo más, despertó suavemente a Frodo.

—Me temo que ese Gollum anda rondando otra vez, señor Frodo —dijo—. O al menos, si no era él, quiere decir que tiene un doble. Salí a buscar un poco de agua y lo descubrí husmeando por los alrededores justo cuando volvía. Me parece que no es prudente que ambos durmamos al mismo tiempo, y con el perdón de usted, no puedo tener los ojos abiertos un minuto más.

—¡Bendito seas, Sam! —le dijo Frodo—. ¡Acuéstate y duerme cuanto necesites! Pero prefiero a Gollum antes que a los orcos. En todo caso no nos entregará... a menos que lo capturen.

—Pero podría tratar de robar y asesinar por cuenta propia —gruñó Sam—. ¡Mantenga los ojos bien abiertos, señor Frodo! Hay una botella llena de agua. Beba usted. Podemos volver a llenarla cuando nos vayamos. —Y con esto Sam se hundió en el sueño.

La luz se extinguía de nuevo cuando despertó. Frodo estaba sentado y apoyado contra una roca, pero se había quedado dormido. La botella de agua estaba vacía. No había señales de Gollum.

Había vuelto la oscuridad de Mordor; y cuando los hobbits se pusieron nuevamente en marcha en la etapa más peligrosa del viaje, los fuegos de los vivacs ardían en las alturas feroces y rojos. Fueron primero al pequeño manantial y luego, trepando con cautela, llegaron al camino en el punto en que doblaba hacia el este y las Mandíbulas de Hierro, ahora a veinte millas de distancia. No era un camino ancho, y no tenía ni muro ni parapeto en la linde, y a medida que avanzaba, la caída a pique a lo largo del borde era cada vez más profunda. No oían que nada se moviera, y después de escuchar un rato partieron con paso firme rumbo al este.

Después de unas doce millas de marcha se detuvieron. Un poco antes el camino había descrito una ligera curva hacia el norte, y las tierras que acababan de dejar atrás ya no se veían. Esta circunstancia resultó desastrosa. Descansaron algunos minutos y otra vez se pusieron en camino, pero habían avanzado unos pocos pasos cuando, en el silencio de la noche, oyeron de pronto el ruido que habían estado temiendo en secreto: un rumor de pasos en marcha. Parecían no estar muy cerca todavía, pero al volver la cabeza Frodo y Sam vieron el chisporroteo de las antorchas que ya habían pasado la curva a menos de una milla, y que se acercaban con rapidez: con demasiada rapidez para que Frodo escapara a todo correr por el camino.

—Me lo temía, Sam —dijo Frodo—. Hemos confiado en nuestra buena suerte, y nos ha traicionado. Estamos atrapados. —Miró con desesperación hacia arriba, al muro amenazante; los constructores de caminos de antaño habían cortado la roca a pique a muchas brazas de altura. Corrió al otro lado y se asomó a un precipicio de tinieblas—. ¡Nos han atrapado al fin! —dijo. Se dejó caer al suelo al pie de la pared rocosa e inclinó la cabeza.

—Así parece —dijo Sam—. Bueno, no nos queda más remedio que esperar y ver.

Y se sentó junto a Frodo a la sombra del acantilado.

No tuvieron que esperar mucho. Los orcos avanzaban a grandes trancos. Los de las primeras filas llevaban antorchas. Y se acercaban: llamas rojas que crecían rápidamente en la oscuridad. Ahora también Sam inclinó la cabeza, con la esperanza de que no se le viera la cara cuando llegasen las antorchas; y apoyó los escudos contra las rodillas de ambos, para que les ocultasen los pies.

«¡Ojalá lleven prisa y pasen de largo, dejando en paz a un par de soldados fatigados!», pensó.

Y parecía que iban a pasar de largo. La vanguardia orca llegó trotando, jadeante, con las cabezas gachas. Era una banda de la variante más pequeña, arrastrados a pelear en las guerras de su Señor Oscuro; no querían otra cosa que terminar de una vez con aquella marcha forzada y esquivar los latigazos. Con ellos, corriendo de arriba abajo a lo largo de la fila, iban dos de los corpulentos y feroces *uruks* restallando los látigos y vociferando órdenes. Pasaron fila tras fila, ya la delatora luz de las antorchas empezaba a alejarse. Sam contuvo el aliento. Ya más de la mitad de la compañía había pasado. De pronto uno de los conductores de los orcos descubrió las dos figuras acurrucadas a la vera del camino. Hizo chasquear el látigo y les increpó:

—¡Eh, vosotros, arriba! —No le respondieron, y entonces detuvo con un grito a toda la compañía—. ¡Arriba, zánganos! —aulló—. No es ahora momento de holgazanear.

Dio un paso hacia los hobbits, y aún en la oscuridad reconoció las insignias de los escudos.

—¿Conque desertando, eh? —gritó—. ¿O conspirando para desertar? Todos vosotros teníais que haber llegado a Udûn ayer antes de la noche. Bien lo sabéis. De pie y a la fila, o tomaré vuestros números y os denunciaré.

Los hobbits se levantaron con dificultad, y caminando encorvados, cojeando como soldados con los pies doloridos, se pusieron en la última fila. —¡No, en la última no! —vociferó el guardián de los esclavos—. ¡Tres filas más adelante! ¡Y quedaos allí, o en mi próxima revista sabréis lo que es bueno! —El largo látigo chasqueó sobre las cabezas de los hobbits; y en seguida, tras otro latigazo al aire y un nuevo alarido, la compañía reanudó la marcha con un trote rápido.

Fue duro para el pobre Sam, cansado como estaba; pero para Frodo era una tortura, y no tardó en convertirse en una pesadilla. Apretó los dientes tratando de no pensar, y luchó por continuar avanzando. El hedor de los orcos sudorosos que lo rodeaban lo sofocaba; jadeaba y tenía sed. Siguieron trotando y trotando, y Frodo enfocó toda su voluntad en respirar y en obligar a sus piernas a que se flexionaran, pues no se atrevía ni a imaginar cuál podía ser el término nefasto de tantas fatigas y tantos padecimientos. No tenía la más remota esperanza de salir de la fila sin ser descubierto. Y el conductor de orcos volvía a la retaguardia una y otra vez y se mofaba de ellos con ferocidad.

—¡A ver! —reía, amenazando azotarles las piernas—. Donde hay látigo hay voluntad, zánganos míos. ¡Fuerza! Ahora mismo os daría una buena zurra, aunque cuando lleguéis con retraso a vuestro campamento recibiréis tantos latigazos como os quepan en el pellejo. Os sentarán bien. ¿No sabéis que estamos en guerra?

Habían recorrido algunas millas, y el camino comenzaba por fin a descender hacia la llanura en una larga pendiente, cuando las fuerzas empezaron a flaquearle a Frodo y su voluntad comenzó a desvanecerse. Se tambaleaba y tropezaba. Sam trató desesperadamente de ayudarlo y de sostenerlo, aunque tampoco él se sentía capaz de soportar mucho tiempo más aquella marcha. Sabía que el final llegaría de un momento a otro: Frodo acabaría por desvanecerse o por caer rendido y entonces los descubrirían, y todos sus amargos esfuerzos y sufrimientos habrían sido en vano. «De todas maneras, antes le daré su merecido a ese gigante endiablado que arrea las tropas» pensó.

Entonces, en el preciso momento en que llevaba la mano a la empuñadura de la espada, hubo un alivio inesperado. Ahora estaban en plena llanura y se acercaban a la entrada de Udûn. No lejos de ella, delante de la puerta próxima a la cabecera del puente, el camino del oeste convergía con otros que venían del sur y de Barad-dûr, y en todos ellos se veía un agitado movimiento de tropas; pues los Capitanes del Oeste estaban avanzando, y el Señor Oscuro se apresuraba a acantonar en el norte todos sus ejércitos. Así ocurrió que a la encrucijada envuelta en tinieblas, inaccesible a la luz de las hogueras que ardían en lo alto de los muros, llegaron simultáneamente varias compañías. En seguida hubo encontronazos violentos y una gran confusión, y gritos y maldiciones, porque cada compañía trataba de ser la primera en llegar a la puerta y al final de la marcha. A pesar de los gritos de los guardianes y del chasquido de los látigos, hubo escaramuzas y algunas espadas se desenvainaron. Una tropa de *uruks* de Barad-dûr armados hasta los dientes atacó a los de Durthang, desordenando las filas.

Aturdido como estaba por el dolor y el cansancio, Sam se despabiló de golpe, y aprovechando en seguida la ocasión se arrojó al suelo, arrastrando a Frodo consigo. Los orcos caían sobre ellos, gruñendo y maldiciendo. Lentamente, a cuatro patas y a la rastra, los hobbits se alejaron del tumulto, hasta que por fin y sin que nadie los viera llegaron a la orilla opuesta del camino, y salvando una especie de bordillo alto que se alzaba varios pies por sobre el nivel de la llanura abierta, destinado a orientar a los guías de las tropas en las noches oscuras o brumosas, se dejaron caer al otro lado.

Durante un rato permanecieron inmóviles. La oscuridad era demasiado impenetrable para buscar un refugio, si en verdad había alguno en aquel lugar; pero Sam sentía que les convenía en todo caso alejarse un poco más de las carreteras principales y del rango de luz de las antorchas.

—¡Vamos, señor Frodo! —murmuró—. Arrástrese usted un poquito más, y en seguida podrá descansar.

Con un último esfuerzo desesperado, Frodo se apoyó sobre las manos y avanzó unas veinte yardas. Y entonces cayó en un pozo poco profundo que inesperadamente se abrió delante de ellos, y allí permaneció inmóvil como un cuerpo sin vida.

3

EL MONTE DEL DESTINO

Sam se quitó la harapienta capa de orco y la deslizó debajo de la cabeza de su amo; luego abrigó su cuerpo y el de Frodo con el manto gris de Lórien; y mientras lo hacía recordó de nuevo aquella tierra maravillosa y a los Elfos, confiando contra toda esperanza en que el paño tejido por sus manos tendría alguna virtud para esconderlos, más allá de la esperanza, en ese páramo aterrador. Oyó los gritos y rumores de la refriega alejándose a medida que las tropas se internaban en las Mandíbulas de Hierro. Al parecer, en medio de la confusión y la mezcla de muchas compañías de variadas procedencias la desaparición de los hobbits había pasado inadvertida, al menos por el momento.

Sam tomó un sorbo de agua y consiguió que Frodo también bebiera, y no bien lo vio algo recobrado le dio una oblea entera del precioso pan del camino y lo obligó a comerla. Entonces, demasiado rendidos hasta para sentir miedo, se echaron a descansar. Durmieron durante un rato, pero con un sueño intranquilo y entrecortado; el sudor se les helaba contra la piel, y las piedras duras les mordían la carne; y tiritaban de frío. Desde la Puerta Negra en el norte y a través de Cirith Gorgor corría susurrando un soplo cortante y glacial a ras del suelo.

Con la mañana volvió la luz gris; pues en las regiones altas soplaba aún el Viento del Oeste, pero abajo, sobre las piedras y tras las empalizadas de la Tierra Tenebrosa, el aire parecía muerto, helado, y a la vez sofocante. Sam se asomó a mirar. Todo alrededor el paisaje era llano, pardo y tétrico. En los caminos próximos nada se movía; pero Sam temía los ojos avizores del muro de las Mandíbulas de Hierro, a apenas unas doscientas yardas de distancia hacia el norte. Al sudeste, lejana como una sombra oscura y erguida, se asomaba la Montaña. Y de ella brotaban humaredas espesas, y aunque las que trepaban a las capas superiores del aire se alejaban a la deriva rumbo al este, alrededor de los flancos rodaban unos nubarrones que se extendían por toda la región. Algunas millas más al noreste se elevaban como fantasmas grises y sombríos las estribaciones de los Montes de Ceniza, y por detrás de ellas, como nubes lejanas apenas más oscuras que el cielo sombrío, asomaban envueltas en brumas las cumbres septentrionales.

Sam trató de medir las distancias y de decidir qué camino les convendría tomar.

—Yo diría que hay por lo menos unas cincuenta millas —murmuró preocupado, mientras contemplaba la montaña amenazadora—, y en el estado en que se encuentra el señor Frodo nos llevará al menos una semana.

Meneó la cabeza, y mientras reflexionaba, un nuevo pensamiento sombrío creció poco a poco en él. La esperanza nunca se había extinguido por completo en el corazón animoso de Sam, y hasta entonces siempre había reflexionado sobre el retorno. Pero ahora al fin veía a todas luces la amarga verdad: en el mejor de los casos las provisiones podrían alcanzar hasta el objetivo final del viaje, pero una vez cumplida la misión, no habría nada más: se encontrarían solos, sin un hogar, sin alimentos en medio de un pavoroso desierto. Podría no haber regreso posible para ellos.

«¿Así que era ésta la tarea que yo me sentía llamado a cumplir cuando partimos? —pensó Sam—. ¿Ayudar al señor Frodo hasta el final, y entonces morir con él? Y bien, si ésta es la tarea, tendré que llevarla a cabo. Pero desearía con todo mi corazón volver a ver Delagua, y a Rosita Coto y sus hermanos, y al Tío y a Caléndula y a todos. Me cuesta creer que Gandalf le encomendara al señor Frodo esta misión, si se trataba de un viaje sin esperanza de retorno. Fue en Moria donde las cosas empezaron a andar atravesadas, cuando Gandalf cayó al abismo. Desearía que no hubiera caído. Él habría hecho algo».

Pero la esperanza que moría, o parecía morir en el corazón de Sam, se transformó de pronto en una fuerza nueva. El rostro franco del hobbit se puso serio, casi adusto mientras la voluntad se le fortalecía, un estremecimiento lo recorrió de arriba abajo, y se sintió como transmutado en una criatura de piedra y acero inmune a la desesperación y la fatiga, a quien ni la desesperanza, ni el cansancio ni las incontables millas yermas podían amilanar.

Sintiéndose de algún modo más responsable, volvió los ojos al mundo que tenía a su alcance y pensó en el próximo movimiento. Y cuando la claridad aumentó, notó con sorpresa que lo que a la distancia le habían parecido bajíos vastos e informes era en realidad una llanura anfractuosa y resquebrajada. La llanura de Gorgoroth estaba visiblemente marcada en toda su extensión por grandes cavidades, como si en los tiempos en que era aún un desierto de lodo hubiera sido azotada por una lluvia de rayos y enormes peñascos lanzados por gigantescas hondas. Los bordes de los fosos más grandes estaban bordeados por riscos de roca triturada, y de ellos partían largas fisuras en todas direcciones. Un terreno de esa naturaleza se habría prestado para que alguien fuerte y que no tuviese prisa alguna pudiera arrastrarse de un escondite a otro sin ser visto, excepto por vigilantes especialmente agudos. Para los hambrientos y cansados, y que todavía tenían por delante un largo camino antes de morir, era de un aspecto siniestro.

Reflexionando sobre todas estas cosas Sam volvió junto a su amo. No tuvo necesidad de despertarlo. Frodo estaba acostado boca arriba con los ojos abiertos, y observaba el cielo nuboso.

—Bueno, señor Frodo —dijo Sam—, fui a echar un vistazo y estuve pensando un poquito. No se ve un alma en los caminos, y convendría que nos alejáramos de aquí mientras tengamos oportunidad. ¿Le parece que podrá?

—Podré —dijo Frodo—. Tengo que poder.

Una vez más emprendieron la marcha, arrastrándose de hueco en hueco, escondiéndose detrás de cada reparo que pudieron encontrar, pero avanzando siempre en una línea sesgada hacia las estribaciones de la cadena septentrional. Al principio, el camino que corría más al este iba en la misma dirección, pero luego se desvió, bordeando las faldas de las montañas hasta perderse a lo lejos en un muro de sombra negra allá delante. En las extensiones chatas y grises no se veían hombres ni orcos, pues el Señor Oscuro casi había completado los movimientos de tropas, y hasta en la fortaleza donde reinaba buscaba el amparo de la noche, temeroso de los vientos del mundo que se habían vuelto en su contra arrancándole los velos, y desazonado por la noticia de que espías temerarios habían logrado atravesar las defensas.

Al cabo de unas pocas millas agotadoras, los hobbits se detuvieron. Frodo parecía casi exhausto. Sam comprendió que de esa manera, a la rastra, o doblado en dos, ora trastabillando en precipitada carrera, ora internándose con lentitud en un camino desconocido, no podrían llegar mucho más lejos.

—Yo volvería al camino mientras hubiera luz, señor Frodo —dijo—. ¡Probemos de nuevo nuestra suerte! Casi nos falló la última vez, pero no del todo. Una caminata de algunas millas más a buen paso, y luego un descanso.

Se arriesgaba a un peligro mucho mayor de lo que imaginaba, pero Frodo, demasiado ocupado con el peso de su carga y la lucha que se libraba dentro de él, se sentía tan desesperanzado que casi no valía la pena preocuparse. Treparon al terraplén y continuaron avanzando penosamente por el camino duro y cruel que conducía a la mismísima Torre Oscura. Pero la suerte los acompañó, y durante el resto de aquel día no se toparon con ningún ser viviente ni observaron movimiento alguno; y cuando cayó la noche desaparecieron de la vista engullidos por las tinieblas de Mordor. Todo el país parecía recogido, como en espera de una gran tempestad, pues los Capitanes del Oeste habían pasado la Encrucijada e incendiado los campos ponzoñosos de Imlad Morgul.

Así prosiguió el viaje desesperado, mientras el Anillo se encaminaba al sur y los estandartes de los reyes cabalgaban rumbo al norte. Para los hobbits cada jornada de marcha, cada milla, eran más arduas que la anterior, a medida que las fuerzas los abandonaban y se internaban en regiones más malignas. Durante el día no encontraban enemigos. A veces, por la noche, mientras dormitaban o se acurrucaban inquietos en algún escondite a la vera del camino, oían gritos y el rumor de numerosos pies, o el galope rápido de algún caballo espoleado con crueldad. Pero mucho peor que todos aquellos peligros era el peligro cada vez más inminente que se cernía sobre ellos: la terrible amenaza del Poder que aguardaba, abismado en profundas cavilaciones y en una malicia insomne detrás del velo oscuro que ocultaba su Trono. Se acercaba, se acercaba cada vez más, negro y amenazante, como la lenta venida de un muro de tinieblas desde el confín último del mundo.

Llegó por fin un anochecer terrible; y mientras los Capitanes del Oeste se acercaban a los lindes de las tierras vivas, los dos vagabundos llegaron a una hora de desesperación ciega. Hacía cuatro días que habían escapado de las filas de los orcos, pero el tiempo los perseguía como un sueño cada vez más oscuro. Durante todo aquel día Frodo no había hablado ni una sola vez, y sólo caminaba encorvado, tropezando a cada rato, como si sus ojos ya no distinguieran el camino ante sus pies. Sam se figuró que de todas las penurias que compartían, a Frodo le tocaba lo peor, soportar el peso siempre creciente del Anillo, una carga para el cuerpo y un tormento para su mente. Y con desesperación veía cómo la mano izquierda de Frodo se alzaba de tanto en tanto como para protegerse de un golpe, o para protegerse los ojos contraídos de la mirada inquisitiva de un Ojo abominable. Y que su mano derecha reptaba de vez en cuando hasta su pecho para aferrarse a algo; y que luego, a medida que su voluntad recobraba el control, lo soltaba lentamente.

Mientras la noche retornaba Frodo se sentó con la cabeza entre las rodillas, los brazos colgantes tocando el suelo y las manos temblando ligeramente. Sam no dejó de observarlo hasta que la oscuridad los envolvió y ya no pudieron verse. Ya no encontraba nada más que decir, así que se volvió hacia sus propios y sombríos pensamientos. A él, aun exhausto y bajo una sombra de temor, aún le quedaban fuerzas. En verdad los *lembas* tenían una virtud sin la cual ya hacía tiempo que se hubieran acostado a morir. Pero no saciaban el apetito, y por momentos la mente de Sam se veía invadida por los recuerdos de la comida, y por el deseo del pan y los embutidos sencillos. Y sin embargo, este pan del camino de los Elfos tenía una potencia que se acrecentaba a medida que los viajeros dependían sólo de él para sobrevivir, y lo comían sin mezclarlo con otros alimentos. Nutría la voluntad, y daba fuerza y resistencia, permitiendo dominar los músculos y los miembros más allá de toda medida humana. Ahora, sin embargo, era menester tomar una nueva decisión. Por aquel camino ya no podían continuar, pues llevaba al Este, hacia la gran Sombra, mientras que la Montaña se erguía ahora a la derecha, casi en línea recta al sur, y hacia allí tenían que ir. Pero ante ella se extendía aún una vasta región de tierra humeante, yerma, cubierta de cenizas.

—¡Agua, agua! —murmuró Sam. Había evitado beber y ahora tenía la boca reseca y la lengua pastosa e hinchada; aun así y gracias a su cuidado les quedaba bien poca, tal vez una media botella, y para quién sabe cuántos días de marcha. Ya se les habría agotado hacía tiempo si no se hubieran atrevido a tomar por el camino de los orcos, pues a lo largo del camino, a grandes intervalos, habían construido cisternas para las tropas que enviaban con urgencia a través de las regiones sin agua. En una de aquellas cisternas Sam había encontrado un fondo de agua estancada y enlodada por los orcos, pero suficiente en este caso desesperado. Sin embargo, de eso hacía ya un día entero. Y no tenía esperanzas de encontrar más.

Al fin, abrumado por las preocupaciones, Sam se adormeció, dejando los pensamientos sobre mañana para cuando el mañana llegase; por el momento no podía hacer más. Los sueños se le confundían con la vigilia en un duermevela desasosegado. Veía luces semejantes a ojos voraces, y formas oscuras y rastreras, y oía ruidos como de bestias salvajes o los gritos escalofriantes de criaturas torturadas; y cuando se despertaba sobresaltado, se encontraba en un mundo oscuro, perdido en un vacío de tinieblas. En una ocasión, al incorporarse y mirar en torno con ojos despavoridos, creyó ver unas luces pálidas que parecían ojos, pero que al instante parpadearon y se desvanecieron.

Lenta, como con desgana, transcurrió aquella noche odiosa. La mañana que siguió fue apagada, pues allí, ya cerca de la Montaña, el aire era eternamente lóbrego, y los velos de Sombra que Sauron tejía a su alrededor salían arrastrándose desde la Torre Oscura. Tendido de espaldas en el suelo, Frodo continuaba inmóvil, y Sam de pie junto a él no se decidía a hablar, aunque sabía que era él ahora quien tenía la palabra: era menester que convenciera a Frodo de la necesidad de un nuevo esfuerzo. Por fin se agachó, y acariciando la frente de Frodo le habló al oído.

—¡Despierte, amo! —dijo—. Es hora de empezar de nuevo.

Como arrancado del sueño por el sonido repentino de una campanilla, Frodo se levantó rápidamente y miró en lontananza, hacia el sur; pero cuando sus ojos tropezaron con la Montaña y el desierto, volvió a estremecerse.

—No puedo, Sam —dijo—. Es tan pesado de llevar, tan pesado...

Sam sabía aun antes de hablar que sus palabras serían inútiles, y que hasta podían causar más mal que bien, pero movido por la compasión no pudo contenerse.

—Entonces, deje usted que lo lleve yo un rato, mi amo —dijo—. Usted sabe que lo haría de buen grado mientras me queden fuerzas.

Un resplandor feroz apareció en los ojos de Frodo.

—¡Atrás! ¡No me toques! —gritó—. Es mío, te he dicho. ¡Vete! —La mano buscó a tientas la empuñadura de la espada. Pero al instante habló de nuevo con su voz—. No, no, Sam

—dijo con tristeza—. Pero tienes que entenderlo. Es mi carga, y sólo a mí me toca soportarla. Ya es demasiado tarde, Sam querido. Ya no puedes volver a ayudarme de esa forma. Ahora me tiene casi en su poder. No podría confiártelo, y si tú intentaras arrebatármelo, me volvería loco.

Sam asintió. —Comprendo —dijo—. Pero he estado reflexionando, señor Frodo, y creo que hay otras cosas de las que podríamos prescindir. ¿Por qué no aligerar un poco nuestra carga? Ahora tenemos que ir hacia allá, lo más recto que podamos. —Señaló la Montaña—. Es inútil cargar con cosas que quizá no necesitemos.

Frodo miró de nuevo la Montaña.

—No —dijo—, en ese camino no necesitaremos muchas cosas. Y cuando lleguemos al final, no necesitaremos nada.

Recogió el escudo orco y lo arrojó a lo lejos, y con el yelmo hizo lo mismo. Luego, abriéndose el manto élfico, desabrochó el pesado cinturón y lo dejó caer, y junto con él la espada y la vaina. Rasgó los jirones de la capa negra y los desparramó por el suelo.

—Listo, ya no seré más un orco —gritó—, ni llevaré arma alguna, hermosa o aborrecible. ¡Que me capturen, si quieren!

Sam lo imitó, dejando a un lado los atavíos orcos; luego vació por completo la mochila. De algún modo, le había tomado apego a cada objeto que llevaba, acaso por la simple razón de que los había llevado consigo en un viaje tan largo y con tanto esfuerzo. De lo que más le costó desprenderse fue de los enseres de cocina. Los ojos se le llenaron de lágrimas ante el simple pensamiento de desprenderse de ellos.

—¿Se acuerda de aquella presa de conejo, señor Frodo? —le comentó—. ¿Y de nuestro refugio abrigado en el país del Capitán Faramir, el día que vi un olifante?

—No, Sam, temo que no —dijo Frodo—. Sé que esas cosas ocurrieron, pero no puedo verlas. Ya no me queda nada, Sam: ni el sabor de la comida, ni la frescura del agua, ni el susurro del viento, ni el recuerdo de los árboles, la hierba y las flores, ni la imagen de la luna o de las estrellas. Estoy desnudo en la oscuridad, Sam, y entre mis ojos y la rueda de fuego no queda ningún velo.

Hasta con los ojos abiertos empiezo a verlo ahora, mientras todo lo demás se desvanece.

Sam se acercó y le besó la mano.

—Entonces cuanto antes nos libremos de él, más pronto descansaremos —dijo con la voz entrecortada, no encontrando palabras mejores—. Con hablar no remediamos nada —murmuró para sus adentros, mientras recogía todos los objetos que habían decidido abandonar. No le entusiasmaba la idea de dejarlos allí, en medio de aquel páramo, expuestos a la vista de vaya a saber quién—. Por lo que oí decir, el Bribón birló aquella cota de orco, y ahora sólo faltaría que completara sus avíos con una espada. Como si sus manos no fueran ya bastante peligrosas cuando están vacías. ¡Y no permitiré que ande toqueteando mis cacerolas!

Llevó entonces todos los utensilios a una de las muchas fisuras que surcaban el terreno y los echó allí. El ruido que hicieron sus preciosas marmitas al caer en la oscuridad resonó en el corazón del hobbit como una campanada fúnebre.

Regresó con Frodo y cortó un trozo de la cuerda élfica para que se ciñera la capa gris alrededor del talle. Enrolló con cuidado lo que quedaba y lo volvió a guardar en la mochila. Aparte de la cuerda, sólo conservó los restos del pan del camino y la cantimplora; y también a Dardo, que aún le pendía del cinturón; y ocultos en un bolsillo de la túnica, junto a su pecho, la Redoma de Galadriel y la cajita que le había regalado la Dama.

Y ahora por fin emprendieron la marcha de cara a la Montaña, ya sin pensar en ocultarse y volcando toda su fatigada y vacilante voluntad en el esfuerzo único de seguir y seguir. En la penumbra de aquel día lóbrego, aun en aquella tierra siempre alerta, pocos hubieran sido capaces de descubrir la presencia de los hobbits, salvo a corta distancia. Entre todos los esclavos del Señor Oscuro, sólo los Nazgûl hubieran podido ponerlo en guardia contra el peligro que se arrastraba, pequeño pero indomable, hacia el corazón mismo de su bien resguardado territorio. Pero los Nazgûl y sus alas negras estaban ausentes del reino, cumpliendo la misión que les había sido encomendada: la de acechar agrupados, muy lejos de allí, la marcha de los Capitanes del Oeste, y hacia ellos se volvía el pensamiento de la Torre Oscura.

Aquel día Sam creyó ver en su amo una nueva fuerza, más de lo que podía justificar el aligeramiento casi insignificante de la carga. Durante las primeras etapas progresaron más rápidamente de lo que Sam se había atrevido a esperar. Aunque el terreno era escabroso y hostil, avanzaron mucho, y la Montaña se veía cada vez más próxima. Pero con el transcurrir del día y cuando, demasiado pronto, la escasa luz empezó a declinar, Frodo volvió a encorvarse y comenzó a tropezar, como si el renovado esfuerzo hubiese consumido todas las energías que le quedaban.

En el último alto se dejó caer y dijo: —Tengo sed, Sam. —Y no volvió a pronunciar palabra.

Sam le hizo beber un largo sorbo de agua; ahora en la botella quedaba sólo otro trago. Sam no bebió, pero más tarde, cuando de nuevo cayó sobre ellos la noche de Mordor, el recuerdo del agua se le apareció una y otra vez, y el de cada arroyuelo, cada río, cada manantial que había visto en su vida a la sombra verde de los sauces o centelleante al sol; danzaba y se rizaba en la oscuridad, atormentándolo. Sentía en los dedos de los pies la caricia refrescante del barro cuando chapoteaba en la Poza en Delagua con Alegre Coto y Tom y Nibs, y con la hermana de ellos, Rosita. —Pero hace añares de eso —suspiró—, y sucedió muy lejos de aquí. El camino de regreso, si lo hay, comienza más allá de la Montaña.

No podía dormir, y discutió consigo mismo.

«Y bien, veamos, nos ha ido mejor de lo que esperabas —se dijo con firmeza—. En todo caso, fue un buen comienzo. Me parece que hemos recorrido la mitad del camino antes de detenernos. Un día más y asunto terminado.»

Hizo una pausa. «No seas tonto, Sam Gamyi —se respondió con su propia voz—. Él no podrá continuar como hasta ahora un día más, y eso si puede moverse. Y tampoco tú podrás seguir así mucho tiempo si le das a él toda el agua y casi todo lo que queda para comer».

«Todavía puedo seguir un largo trecho, y lo haré».

«¿Hasta dónde?».

«Hasta la Montaña, naturalmente».

«¿Pero entonces, Sam Gamyi, entonces qué? Cuando llegues allí ¿qué vas a hacer? Él solo no podrá conseguir nada».

Sam comprendió desconsolado que para esa pregunta no tenía respuesta. Frodo nunca le había hablado mucho de la misión, y Sam sólo tenía una idea vaga sobre que, de algún modo, había que arrojar el Anillo al fuego.

—Las Grietas del Destino —murmuró, mientras el viejo nombre le volvía a la memoria—. Pues bien, si el amo sabe cómo encontrarlas, yo no lo sé.

«¡Ahí lo tienes! —le llegó la respuesta—. Todo es bastante inútil. Él mismo lo dijo. Tú eres el tonto, tú que sigues afanándote y dando esperanzas. Hace días que podías haberte dejado caer junto a él a dormir para siempre, si no estuvieras tan emperrado. De todos modos moriréis, o algo peor aún. Tanto da que te acuestes ahora y te des por vencido. De todos modos, nunca llegarás a la cima».

«Llegaré, aunque deje todo menos los huesos por el camino. Y llevaré al señor Frodo a cuestas ladera arriba aunque me rompa el lomo y el corazón. ¡Así que basta de discutir!».

En aquel momento Sam sintió temblar la tierra bajo su cuerpo y oyó o sintió un rumor prolongado, profundo y remoto, como de un trueno prisionero en las entrañas de la tierra. Una llama roja centelleó un instante por debajo de las nubes y se extinguió. También la Montaña dormía intranquila.

Llegó la última etapa del viaje al Orodruin, y fue un tormento mucho mayor que todo cuanto Sam había creído que sería capaz de soportar. Se sentía dolorido, y tenía la garganta tan reseca que no podía ni siquiera tragar un solo bocado de alimento. La oscuridad no cambiaba, no sólo a causa de los humos de la Montaña: parecía que se avecinaba tormenta, y a lo lejos en el sudeste los relámpagos estriaban el cielo encapotado. Para colmo de males, el aire estaba impregnado de gases; respirar era doloroso y difícil y los embargó un aturdimiento, así que tropezaban y caían con frecuencia. Aun así sus voluntades no cedían, y proseguían la penosa marcha.

La Montaña crecía y crecía cada vez más cercana, hasta el punto en que al levantar las pesadas cabezas no veían otra cosa que una acechante y enorme mole de ceniza y escoria y roca calcinada, de la que se alzaba un cono de flancos empinados que trepaba hasta las nubes. Antes que la luz crepuscular de todo aquel día se extinguiera para dar paso a una noche real, los hobbits habían llegado arrastrándose y tropezando a la base misma de la Montaña.

Frodo jadeó y se dejó caer. Sam se sentó junto a él. Descubrió sorprendido que se sentía cansado, pero más ligero, y la cabeza parecía habérsele despejado. Ya no le turbaban la mente nuevas discusiones. Conocía todas las argucias de la desesperación y no les prestaba oídos. Estaba decidido, y sólo la muerte podría detenerlo. Ya no sentía ni el deseo ni la necesidad de dormir, sino más bien la de mantenerse alerta. Sabía que ahora todos los azares y peligros convergían hacia un punto: el día siguiente sería un día decisivo, el día del esfuerzo o el desastre final, el último aliento.

Pero ¿cuándo llegaría? La noche parecía interminable e intemporal; los minutos morían uno tras otro para formar una hora que parecía no transcurrir. Sam se preguntó si aquello no sería el comienzo de una segunda oscuridad, y si la luz del día no reaparecería nunca. Al fin buscó a tientas la mano de Frodo. Estaba fría y trémula. Frodo tiritaba.

—Hice mal en abandonar mi manta —murmuró Sam. Y acostándose en el suelo trató de abrigar y reconfortar a Frodo con los brazos y el cuerpo. Luego el sueño lo venció, y la débil luz del último día de su misión los encontró uno al lado del otro. El viento había cesado el día anterior cuando empezaba a soplar del Oeste, y ahora se levantaba otra vez, no ya desde el Oeste sino del Norte; y lentamente la luz de un sol invisible se filtró en la sombra en la que yacían los hobbits.

—¡Fuerza ahora! ¡El último aliento! —dijo Sam mientras se incorporaba con dificultad.

Se inclinó sobre Frodo y lo despertó con cuidado. Frodo gimió, pero con un gran esfuerzo y voluntad logró ponerse en pie; vaciló, y en seguida cayó de rodillas. Alzó los ojos con dificultad hacia los flancos oscuros del Monte del Destino, que se alzaba imponente sobre él, y apoyándose sobre las manos empezó a arrastrarse penosamente.

Sam, que lo observaba, sintió a su corazón sollozar, pero ni una sola lágrima le asomó a los ojos secos y arrasados.

—Dije que lo llevaría a cuestas aunque me rompiese el lomo —murmuró— ¡y lo haré!

»¡Venga, señor Frodo! —gritó—. No puedo llevarlo por usted, pero puedo llevarlo a usted junto con él. ¡Así que arriba! ¡Vamos, querido señor Frodo! Sam lo llevará a cuestas. Usted le dice por dónde, y él irá.

Mientras Frodo se le colgaba a la espalda, echándole los brazos suavemente alrededor del cuello, Sam tomó firmemente sus piernas bajo los brazos y se enderezó, tambaleándose; y entonces notó sorprendido que la carga era ligera. Había temido que las fuerzas le alcanzaran a duras penas para alzar al amo, y que por añadidura tendrían que compartir el peso terrible y abrumador del Anillo maldito. Pero no fue así. Sea porque Frodo estaba consumido por los largos sufrimientos, la herida del puñal, la mordedura venenosa, las penas, y el miedo y las largas caminatas a la intemperie, o sea porque se le había concedido a Sam el don de un último esfuerzo, lo cierto es que levantó a Frodo con la misma facilidad con que llevaba a caballito a algún hobbit niño cuando jugaba con ellos en los prados o los henares de la Comarca. Respiró hondo y se puso en camino.

Habían llegado al pie de la cara septentrional de la Montaña, un poco hacia el oeste; allí los largos flancos grises, aunque anfractuosos, no eran escarpados. Frodo no hablaba, así que Sam avanzó como pudo, sin otro guía que la resolución inquebrantable de trepar lo más alto posible antes que le flaquearan las fuerzas y la voluntad. Trepaba y trepaba, desviándose hacia uno u otro lado para atenuar la subida, trastabillando hacia delante con frecuencia, y ya al final arrastrándose como un caracol que lleva a cuestas una pesada carga. Cuando la voluntad se negó a llevarlo más adelante y los miembros le cedieron, se detuvo y apeó con cuidado a su amo.

Frodo abrió los ojos y aspiró una bocanada de aire. Aquí, lejos de los gases pestilentes que allá abajo flotaban a la deriva y se retorcían en espirales, respirar era mucho más fácil.

—Gracias, Sam —dijo en un susurro entrecortado—. ¿Cuánto falta aún para llegar?

—No lo sé —respondió Sam—, pues no sé en verdad a dónde vamos.

Volvió la cabeza, y luego miró para arriba, y al ver el largo trecho que acababa de recorrer quedó estupefacto. Vista desde abajo, solitaria y siniestra, la Montaña le había parecido más alta de lo que en realidad era. Ahora veía que era menos elevada que las gargantas que él y Frodo habían escalado en las Ephel Dúath. Las estribaciones informes y dilapidadas de la enorme base se elevaban hasta unos tres mil pies por encima de la llanura, y sobre ellos se erguía el cono central, a tan sólo la mitad de aquella altura, y que parecía un horno o una chimenea gigantesca coronada por un cráter mellado. Pero ya Sam había subido hasta la mitad, y la llanura de Gorgoroth apenas se veía allá abajo, envuelta en humos y sombras. Y si la garganta reseca se lo hubiese permitido, Sam habría dado un grito de triunfo al mirar hacia la altura; porque allá arriba, entre las gibas y las cornisas escabrosas, vio claramente un sendero o camino. Trepaba como una cinta alzándose desde el oeste y se extendía serpeando alrededor de la montaña hasta que, antes de desaparecer en un recodo, llegaba a la base del cono en la cara oriental.

Sam no alcanzaba a ver por dónde pasaba el camino directamente por encima de él, donde era más bajo, pues una cuesta empinada se alzaba desde su posición y lo ocultaba de la vista; pero supuso que lo encontrarían si era capaz de hacer un último esfuerzo para subir sólo un poco más, y la esperanza volvió a él. Quizá pudieran aún conquistar la Montaña.

«¡Hasta diría que lo han puesto a propósito! —se dijo—. Si ese sendero no estuviera allí, tendría que aceptar que he sido derrotado».

El camino no había sido construido para los propósitos de Sam. Él no lo sabía, pero aquél era el Camino de Sauron, el que iba desde Barad-dûr hasta los Sammath Naur, las Cámaras de Fuego. Partía de la enorme puerta occidental de la Torre Oscura, atravesaba por un largo puente de hierro un abismo profundo, e internándose después en los llanos corría durante una legua entre dos precipicios humeantes, y así llegaba a un extenso terraplén empinado que se encontraba con la Montaña en su flanco oriental. Desde allí, girando y enroscándose en la ancha cintura de la Montaña de sur a norte, trepaba por fin alrededor del cono, pero lejos aún de la cima humeante, hasta una entrada oscura que miraba de nuevo al este, hacia la Ventana del Ojo de la fortaleza envuelta en sombras de Sauron. La vorágine de los hornos de la Montaña obstruía o destruía el camino con frecuencia, pero era reparado y despejado continuamente por la labor de orcos incontables.

Sam respiró profundamente. Había un sendero, pero no sabía cómo escalaría la ladera que llevaba a él. Antes de comenzar necesitaba aliviar la espalda dolorida. Se acostó estirado un rato junto a Frodo. Ninguno de los dos hablaba. La claridad crecía lentamente. De pronto lo asaltó un sentimiento inexplicable de apremio, como si alguien le hubiese gritado: «¡Ahora, ahora, o será demasiado tarde!». Respiró hondo y se incorporó. También Frodo parecía haber sentido la llamada. Trató de ponerse de rodillas.

—Me arrastraré, Sam —jadeó.

Y así, palmo a palmo, como pequeños insectos grises, reptaron cuesta arriba. Cuando llegaron al sendero notaron que era ancho, y que estaba pavimentado con cascajos y ceniza apisonada. Frodo gateó hasta él, y luego, como si lo hubieran forzado, giró con lentitud sobre sí mismo para mirar al Este. Las sombras de Sauron flotaban a lo lejos pero, desgarradas por una ráfaga de algún viento fuera del mundo, o movidas quizá por una profunda desazón interior, las nubes envolventes ondularon y se abrieron un instante; y entonces Frodo vio alzándose negros, más negros y más tenebrosos que las vastas sombras sobre las que se alzaba, los pináculos crueles y la corona de hierro de la torre más alta de Barad-dûr. La contempló apenas un segundo, pero fue como si desde una ventana enorme e inconmensurablemente alta brotara una llama roja, un puñal de fuego que apuntaba hacia el norte: el parpadeo de un Ojo y penetrante; y en seguida las sombras se replegaron y la terrible visión desapareció. El Ojo no apuntaba hacia ellos: tenía la mirada fija en el norte, donde se encontraban acorralados los Capitanes del Oeste, y en ellos concentraba ahora el Poder toda su malicia mientras se preparaba a asestar el golpe mortal; pero Frodo, ante aquella visión pavorosa, cayó como herido de muerte. Su mano buscó a tientas la cadena alrededor del cuello.

Sam se arrodilló junto a él. Débil, casi inaudible, escuchó la voz susurrante de Frodo: —¡Ayúdame, Sam! ¡Ayúdame, Sam! ¡Sujétame la mano! No puedo detenerla.

Sam le tomó las dos manos y juntándolas, palma contra palma, las besó; y las retuvo entre las suyas gentilmente. De pronto un pensamiento le cruzó la mente: «¡Nos ha descubierto! Todo ha terminado, o terminará muy pronto. Éste, Sam Gamyi, es el final de todos los finales».

Levantó de nuevo a Frodo, y sosteniéndole las manos apretadas contra su propio pecho, lo cargó una vez más, dejando que sus piernas colgasen. Luego inclinó la cabeza, y echó a andar con gran esfuerzo cuesta arriba. El camino no era tan fácil de recorrer como le había parecido a primera vista. Por fortuna, los torrentes de fuego que la Montaña había vomitado cuando Sam se encontraba en Cirith Ungol se habían precipitado sobre todo a lo largo de las laderas meridional y occidental, y de este lado el camino no estaba obstruido, aunque sí desmoronado en muchos sitios, o atravesado por largas y profundas fisuras. Después de trepar hacia el este durante un trecho se replegaba sobre sí mismo en un ángulo cerrado, y continuaba avanzando hacia el oeste. Allí, en la curva, lo cortaba profundamente un risco de vieja piedra carcomida por la intemperie, vomitada en días remotos por los hornos de la Montaña. Jadeando bajo su carga, Sam volvió el recodo; y en el momento mismo en que doblaba alcanzó a ver de soslayo algo que caía desde el risco, algo que parecía ser un pedacito de roca negra que se hubiera desprendido mientras él pasaba.

Sintió el golpe de un peso repentino y cayó de bruces, lastimándose el dorso de las manos, que aún sujetaban las de Frodo. Entonces comprendió lo que había pasado, porque por encima de él, mientras yacía en el suelo, oyó una voz que él odiaba.

—¡Amo malvado! —siseó la voz—. Amo malvado que nosss traiciona; ¡traiciona a Sméagol, *gollum*! No debe ir en esssta dirección. No debe dañar el Tesssoro. ¡Dáselo a Sméagol, dássselo a nosotros! ¡Dáselo a nosotrosss!

Con un tirón violento Sam se levantó y desenvainó en seguida a Dardo; pero no pudo hacer nada. Gollum y Frodo estaban en el suelo, trabados en lucha. Gollum desgarraba las ropas de su amo, tratando de aferrar la cadena y el Anillo. Aquello, un ataque, una tentativa de arrebatarle por la fuerza el tesoro, era quizá lo único que podía avivar las ascuas moribundas del corazón y la voluntad de Frodo. Se debatía con una furia repentina que dejó atónito a Sam, y también a Gollum. Sin embargo, el desenlace habría sido quizá muy diferente, si Gollum hubiera sido la criatura de antes; pero cualesquiera que fueran los senderos tormentosos que había transitado, solo, hambriento y sin agua, impulsado por una codicia devoradora y un miedo aterrador, habían dejado en él huellas lastimosas. Estaba flaco, consumido y macilento, todo huesos y piel vacía y hundida. Una luz salvaje le ardía en los ojos, pero ya la fuerza de los pies y las manos no respondía como antes a la malicia de la criatura. Frodo se desembarazó de él de un empujón, y se levantó temblando.

—¡Al suelo, al suelo! —jadeó, mientras apretaba la mano contra el pecho para aferrar el Anillo bajo el justillo de cuero—. ¡Al suelo, criatura rastrera, apártate de mi camino! Tus días están contados. Ya no puedes traicionarme ni matarme.

Entonces, como le sucediera ya una vez a la sombra de las Emyn Muil, Sam vio de improviso con otros ojos a aquellos dos adversarios. Una figura acurrucada, apenas la sombra pálida de un ser viviente, una criatura ahora destruida y derrotada, y aun así poseída por una codicia y una furia monstruosas; y ante ella, severa, inalcanzable ahora a cualquier sentimiento de piedad, una figura vestida de blanco que lucía en el pecho una rueda de fuego. Y del fuego brotó imperiosa una voz.

—¡Vete y no me atormentes más! Si me vuelves a tocar, tú mismo serás arrojado al Fuego del Destino.

La forma acurrucada retrocedió, los ojos contraídos reflejaban terror, pero a la vez un deseo insaciable.

Entonces la visión se desvaneció y Sam vio a Frodo de pie, la mano sobre el pecho y respirando con dificultad, y a Gollum de rodillas a los pies de su amo, con las palmas abiertas apoyadas en el suelo.

—¡Cuidado! —gritó Sam—. ¡Va a saltar! —Dio un paso hacia adelante, blandiendo la espada—. ¡Pronto, Señor! —jadeó—. ¡Siga adelante! ¡Adelante! No hay tiempo que perder. Yo me encargo de él. ¡Adelante!

Frodo lo miró como si contemplase a alguien a una gran distancia.

—Sí, tengo que seguir adelante —dijo Frodo—. ¡Adiós, Sam! Éste es el final, al fin. En el Monte del Destino se cumplirá el destino. ¡Adiós! —Dio media vuelta, y lento pero erguido, echó a andar por el sendero ascendente.

—¡Ahora! —dijo Sam—. ¡Por fin puedo arreglar cuentas contigo! —Saltó hacia adelante, con la espada pronta para la batalla. Pero Gollum no saltó a su encuentro. Se dejó caer en el suelo cuan largo era, y se puso a lloriquear.

—No mates a nosotros —gimió—. No lastimes a nosssotros con el horrible y cruel acero. ¡Déjanos vivir, sí, déjanos vivir sólo un poquito más! ¡Perdidos, perdidos! Estamos perdidos. Y cuando el Tesoro desaparezca, nosotros moriremos, sí, moriremos en el polvo. —Con los largos dedos descarnados arañó un puñado de cenizas—. ¡Sssí! —siseó—, ¡en el polvo!

La mano de Sam titubeó. Ardía de cólera, recordando pasadas felonías. Matar a aquella criatura pérfida y asesina sería justo, justo y merecido mil veces, y además, parecía ser la única solución segura. Pero en lo profundo del corazón, algo retenía a Sam: no podía herir de muerte a aquel ser desvalido, miserable y completamente deshecho que yacía en el polvo. Él mismo había llevado el Anillo aunque fuese sólo por un corto tiempo, pero ahora se hacía una leve idea de la agonía de Gollum, esclavizado al Anillo en cuerpo y alma, marchito, incapaz de volver a conocer en vida la paz y el sosiego. Pero Sam no tenía palabras para expresar lo que sentía.

—¡Oh, maldita criatura pestilente! —dijo—. ¡Vete de aquí! ¡Lárgate! No me fío de ti, no mientras te tenga lo bastante cerca como para darte un puntapié; pero lárgate. De lo contrario te *lastimaré*, sí, con el horrible y cruel acero.

Gollum se levantó a cuatro patas y retrocedió varios pasos, y de improviso, en el momento en que Sam amenazaba un puntapié, dio media vuelta y huyó sendero abajo. Sam no se ocupó más de él. De pronto se había acordado de Frodo. Escudriñó la cuesta y no alcanzó a verlo. Corrió arriba tan rápido como pudo, trabajosamente. Si hubiera mirado para atrás, habría visto a Gollum que un poco más abajo daba otra vez media vuelta y, con una luz de locura salvaje relampagueándole en los ojos volvía, veloz pero cauto, arrastrándose detrás de Sam: una sombra furtiva entre las piedras.

El sendero continuaba en ascenso. Un poco más adelante describía una nueva curva y, después de un último tramo hacia el este, entraba en un saliente tallado en la cara del cono y llegaba a la puerta sombría en el flanco de la Montaña, la puerta de los Sammath Naur. Ascendiendo ahora hacia el sur el sol ardía amenazante, penetrando a través de la bruma y la humareda, un disco rojo y borroso; y Mordor yacía como una tierra muerta alrededor de la Montaña, silencioso, envuelto en sombras, a la espera de algún golpe terrible.

Sam fue hasta la boca de la cavidad y se asomó a escudriñar. Estaba a oscuras y exhalaba calor, y un rumor profundo vibraba en el aire. —¡Frodo! ¡Amo! —llamó. No hubo respuesta. Sintiendo que el miedo le tamborileaba salvajemente en el corazón, aguardó un momento, y luego se precipitó al interior. Una sombra se escurrió detrás de él.

Al principio no vio nada. Sacó una vez más el frasco de Galadriel en este momento de gran necesidad, pero estaba pálido y frío en su mano temblorosa, y en aquella oscuridad asfixiante no emitía ninguna luz. Sam había penetrado en el corazón del reino de Sauron y en las fraguas de su antiguo poderío, el más inmenso de la Tierra Media, al que todos los otros poderes se sometían aquí. Había avanzado unos pasos temerosos e inciertos en la oscuridad cuando un relámpago rojo saltó de improviso, y se estrelló contra el techo alto y negro. Sam vio entonces que se encontraba en una caverna larga o en una galería perforada hacia el interior del cono humeante de la Montaña. Un poco más adelante el pavimento y las dos paredes laterales estaban atravesados por una profunda fisura, y de ellas brotaba el resplandor rojo, que de pronto trepaba en una súbita llamarada, de pronto se extinguía abajo, en la oscuridad; y todo el tiempo desde los abismos subía un rumor y una conmoción como de máquinas enormes que golpearan y trabajaran.

La luz volvió a saltar y allí, al borde del abismo, de pie delante de las Grietas del Destino, vio a Frodo, negro contra el resplandor, tenso, erguido pero inmóvil, como si se hubiera convertido en piedra.

—¡Amo! —gritó Sam.

Entonces Frodo se estremeció y habló con una voz clara, una voz límpida y potente que Sam no le conocía, y que se alzó sobre el tumulto y los golpes del Monte del Destino y repicó en el techo y las paredes de la caverna.

—He llegado —dijo—. Pero ahora no decido hacer lo que he venido a hacer. No satisfaré esta misión. ¡El Anillo es mío! —Y de pronto se lo puso en el dedo, y desapareció de la vista de Sam. Sam jadeó, pero no tuvo ocasión de gritar, porque en aquel instante ocurrieron muchas cosas.

Algo le asestó un violento golpe en la espalda, le hicieron una zancadilla y cayó a un costado golpeándose la cabeza contra el pavimento de piedra, mientras una forma oscura saltaba por encima de él. Se quedó tendido allí un momento, y todo fue oscuridad.

Y allá lejos, mientras Frodo se ponía el Anillo y lo reclamaba para él, incluso en Sammath Naur, el corazón mismo del reino de Sauron; el Poder en Barad-dûr se estremeció y la Torre tembló desde los cimientos hasta la cresta implacable y orgullosa. El Señor Oscuro comprendió de pronto que Frodo estaba allí, y el Ojo, capaz de penetrar todas las sombras, escrutó a través de la llanura hasta la puerta que él había construido; y la magnitud de su propia locura le fue revelada en un relámpago enceguecedor, y todos los ardides de sus enemigos quedaron por fin al desnudo. Entonces la ira ardió en él con una llama devoradora, y también su miedo creció como un inmenso humo negro, sofocándolo.

Pues conocía ahora qué peligro mortal lo amenazaba, y el hilo del que pendía su destino.

Y al abandonar su mente de pronto todos sus planes y designios, sus redes de miedo y perfidia, sus estratagemas y sus guerras, un estremecimiento sacudió al reino entero; y sus esclavos se estremecieron, y sus ejércitos suspendieron la lucha, y sus capitanes, de pronto sin guía, privados de voluntad, vacilaron y desesperaron. Porque habían sido olvidados. La mente y los afanes del poder que los conducía se concentraban ahora por completo, con una fuerza irresistible, en la Montaña. Convocados por él, girando en el aire con un grito horripilante en una última carrera desesperada, más raudos que los vientos volaron los Nazgûl, los Espectros del Anillo, y en medio de una tempestad de alas se precipitaron al sur hacia el Monte del Destino.

Sam se levantó. Se sentía aturdido, y la sangre que le manaba de la cabeza se le escurría por los ojos. Avanzó a tientas, y de pronto se encontró con una escena terrible y extraña. Gollum, en el borde del abismo, luchaba frenéticamente con un adversario invisible. Se balanceaba de un lado a otro, tan cerca del borde que por momentos parecía que iba a despeñarse; retrocedía, se caía, se levantaba y volvía a caer. Y mientras tanto siseaba sin cesar, pero no decía nada.

Los fuegos del abismo despertaron iracundos, la luz roja se encendió en grandes llamaradas, y un resplandor incandescente y abrasador llenó la caverna. Y de pronto Sam vio que las largas manos de Gollum subían hasta su boca; los blancos colmillos relucieron y se cerraron con un golpe seco al morder. Frodo lanzó un grito y apareció, cayendo de rodillas en el borde del abismo. Pero Gollum bailaba desenfrenado, y levantaba en alto el Anillo, con un dedo todavía ensartado en el aro. Y ahora brillaba como si en verdad lo hubiesen forjado en fuego vivo.

—¡Tesoro, tesoro, tesoro! —gritaba Gollum—. ¡Mi tesoro! ¡Oh, mi Tesoro! —Y entonces, mientras alzaba los ojos para deleitarse en el botín, dio un paso de más, se tambaleó un instante en el borde, y cayó con un chillido. Desde los abismos llegó un último lamento *¡Tesoro!* y Gollum desapareció.

Hubo un rugido y una gran confusión de ruidos. Los fuegos se alzaron y lamieron el techo. Los golpes aumentaron y se convirtieron en un gran tumulto, y la Montaña tembló. Sam corrió hacia Frodo, lo levantó y lo llevó en brazos a través de la puerta. Y allí, en el oscuro umbral de los Sammath Naur, allá arriba, a gran altura sobre las llanuras de Mordor, lo embargó tal asombro y terror que paró en seco, y olvidándose de todo miró en torno, como petrificado.

Tuvo una visión fugaz de nubes turbulentas, en medio de las cuales se erguían torres y murallas altas como colinas, levantadas sobre un poderoso trono de la montaña por encima de fosos insondables, vastos patios y mazmorras, prisiones de muros ciegos y verticales como acantilados y puertas boquiabiertas de acero y adamante; y de pronto todo desapareció. Se desmoronaron las torres y se hundieron las montañas; los muros se desmenuzaron y derritieron, deshaciéndose en escombros; trepó el humo en vastas espirales, y grandes chorros de vapor se encresparon más y más alto, derrumbándose como una ola arrolladora cuya cresta se riza para volcarse en espuma sobre la tierra. Y entonces, por fin, llegó un rumor prolongado que creció y creció hasta transformarse en un estruendo y en un estrépito ensordecedor; tembló la tierra, la llanura se hinchó y se resquebrajó, y el Orodruin se tambaleó. Y por su cresta hendida vomitó ríos de fuego. Estriados de relámpagos, atronaron los cielos. Restallando como furiosos latigazos, cayó un torrente de lluvia negra. Y al corazón mismo de la tempestad, con un grito que traspasaba todos los otros ruidos, desgarrando las nubes, llegaron los Nazgûl; y atrapados como dardos incandescentes en la vorágine de fuego de las montañas y los cielos, crepitaron, se consumieron, y desaparecieron.

—Y bien, éste es el fin, Sam Gamyi —dijo una voz junto a Sam. Y allí estaba Frodo, pálido y consumido, pero él de nuevo, y ahora había paz en sus ojos: no más locura, ni lucha interior, ni miedos. Su carga había desaparecido. Ahí estaba ahora el querido amo de los dulces días de la Comarca.

—¡Mi amo! —gritó Sam, y cayó de rodillas. En medio de todo aquel mundo en ruinas por el momento sólo sentía júbilo, un gran júbilo. La carga ya no existía. Su amo se había salvado y era otra vez Frodo, el Frodo de siempre, y era libre. Y entonces Sam reparó en la mano mutilada y sangrante.

—¡Oh, la pobre mano de usted! —exclamó—. Y no tengo nada con que aliviarla o vendarla. Con gusto le habría cedido a cambio una de las mías. Pero ahora se ha ido más allá del recuerdo, se ha ido para siempre.

—Sí —dijo Frodo—. Pero ¿recuerdas las palabras de Gandalf? *Hasta Gollum puede tener todavía un papel que desempeñar.* Si no hubiera sido por él, Sam, yo no habría podido destruir el Anillo. Y la Misión habría sido en vano, justo al final. ¡Entonces, perdonémoslo! Pues la Misión ha sido cumplida, y todo ha terminado ahora. Me alegro de que estés aquí conmigo. Aquí, al final de todas las cosas, Sam.

4

EL CAMPO DE CORMALLEN

El océano embravecido de los ejércitos de Mordor inundaba las colinas. Los Capitanes del Oeste zozobraban bajo la creciente marejada. El sol ardía rojo, y bajo las alas de los Nazgûl las sombras negras de la muerte se proyectaban sobre la tierra. Aragorn se erguía al pie de su estandarte, silencioso y severo, como hundido en el recuerdo de cosas remotas; pero los ojos le resplandecían como las estrellas que brillan más claras cuanto más profunda y oscura es la noche. En lo alto de la colina estaba Gandalf, blanco y frío, y sobre él no caía sombra alguna. El asalto de Mordor rompió como una ola sobre los montes asediados, y las voces rugieron como una marea tempestuosa en medio de la zozobra y el fragor de las armas.

De pronto, como despertado por una visión súbita, Gandalf se estremeció; y volviendo la cabeza miró atrás hacia el norte, donde el cielo era pálido y luminoso. Entonces levantó las manos y gritó con una voz poderosa que resonó por encima del estrépito: —¡*Llegan las Águilas!*

Y muchas voces respondieron, gritando: —¡*Llegan las Águilas! ¡Llegan las Águilas!*

Las huestes de Mordor levantaron la vista, preguntándose qué podía significar aquella señal.

Y allí venía a Gwaihir el Señor de los Vientos, y a su hermano Landroval, las más grandes de todas las Águilas del Norte, los descendientes más poderosos del viejo Thorondor, aquel que en los tiempos en que la Tierra Media era joven construía sus nidos en los picos inaccesibles de las Montañas Circundantes. Detrás de las Águilas llegaban en largas hileras, rápidas como un viento creciente, todos sus vasallos de las montañas del Norte. Y desplomándose desde las altas regiones del aire se lanzaron sobre los Nazgûl, y el batir de las amplias alas al pasar era como el rugido de un vendaval.

Pero los Nazgûl, respondiendo a la súbita llamada de un grito terrible en la Torre Oscura, dieron media vuelta y huyeron, desvaneciéndose en las tinieblas de Mordor; y en el mismo instante todos los ejércitos de Mordor se estremecieron, la duda oprimió los corazones, enmudecieron las risas, las manos temblaron y los miembros flaquearon. El Poder que los conducía y que los alimentaba de odio y de furia vacilaba, ya su voluntad no estaba con ellos; y al mirar ahora a los ojos de los enemigos vieron allí una luz de muerte, y tuvieron miedo.

Entonces todos los Capitanes del Oeste prorrumpieron en gritos, pues aun sumidos en tanta oscuridad una nueva esperanza les henchía los corazones. Y desde las colinas sitiadas los caballeros de Gondor, los Jinetes de Rohan y los Dúnedain del Norte, compañías compactas de valientes guerreros, se precipitaron sobre los adversarios vacilantes, abriéndose paso con el filo implacable de las lanzas. Pero Gandalf alzó los brazos, y una vez más los exhortó con voz clara.

—¡Deteneos, Hombres del Oeste! ¡Deteneos y esperad! Esta es la hora del destino.

Y aun mientras pronunciaba estas palabras, la tierra se agitó bajo los pies y una vasta oscuridad llameante invadió el cielo elevándose por encima de las Torres de la Puerta Negra, más alta que las montañas. Tembló y gimió la tierra. Las Torres de los Dientes se inclinaron, vacilaron un instante y se desmoronaron, en escombros se desplomó la poderosa muralla, la Puerta Negra saltó en ruinas; y desde muy lejos, ora apagado, ora creciente, ora ascendiendo hasta las nubes, llegaron un tamborileo retumbante, un rugido y los largos ecos de un redoble de destrucción y ruina.

—¡El reino de Sauron ha sucumbido! —dijo Gandalf—. El Portador del Anillo ha cumplido su Misión. —Y al volver la mirada hacia el sur, hacia el país de Mordor, los Capitanes creyeron ver, negra contra el palio de las nubes, una inmensa forma de sombra impenetrable, coronada de relámpagos, que invadía toda la bóveda del cielo. Se desplegó gigantesca sobre el mundo, y tendió hacia ellos una vasta mano amenazadora, terrible pero impotente: pues en el momento mismo en que empezaba a descender sobre ellos, un viento fuerte la arrastró y la disipó; y entonces cayó un silencio profundo.

Los Capitanes inclinaron entonces las cabezas; y cuando las volvieron a alzar he aquí que sus enemigos se dispersaban en fuga y el poder de Mordor se dispersaba como polvo en el viento. Así como las hormigas que, cuando ven morir a la criatura tumefacta y malévola que las tiene sometidas en su colina pululante, echan a andar sin meta ni propósito y languidecen hasta morir, así también las criaturas de Sauron, orcos y trolls y bestias esclavizadas por hechizos, corrían despavoridas de un lado a otro; y algunas se suicidaban, o se arrojaban a los fosos, o huían gimiendo a esconderse de nuevo en agujeros o en lugares oscuros lejos de toda esperanza. Pero los Hombres de Rhûn y de Harad, los del Este y los Sureños, vieron la ruina de su guerra y la gran majestad de los Capitanes del Oeste. Y los que por más largo tiempo habían estado al servicio de Mordor, los que más se habían sometido a aquella servidumbre maligna, aquellos que odiaban al Oeste y eran aún arrogantes y temerarios, se reunieron decididos a plantear una última batalla desesperada. Pero la mayoría huían hacia el este como podían; y algunos arrojaban las armas e imploraban clemencia.

Entonces Gandalf, dejando los asuntos y la conducción de la batalla en manos de Aragorn y de los otros señores, se irguió sobre la colina y llamó; y la gran águila Gwaihir, el Señor de los Vientos, descendió y se posó ante el mago.

—Dos veces me has cargado, Gwaihir, amigo mío —dijo Gandalf—. Ésta será la tercera y la última, si tú quieres. No seré una carga mucho más pesada que cuando me recogiste en Zirakzigil, donde ardió y se consumió mi vieja vida.

—A donde tú me pidieras te llevaría —respondió Gwaihir—, aunque estuvieses hecho de piedra.

—Vamos, pues, y que tu hermano nos acompañe, junto con otro de tu especie que sea muy veloz. Es menester que volemos más raudos que todos los vientos, superando a las alas de los Nazgûl.

—Sopla el Viento del Norte —dijo Gwaihir—, pero lo venceremos. —Y levantó a Gandalf y voló rumbo al sur, seguido por Landroval y por el joven y veloz Meneldor. Y volando pasaron sobre Udûn y Gorgoroth, y vieron toda la tierra destruida y alborotada, y ante ellos el Monte del Destino en llamas, vomitando su fuego.

—Me alegro de que estés aquí conmigo —dijo Frodo—. Aquí al final de todas las cosas, Sam.

—Sí, estoy con usted, mi amo —dijo Sam, con la mano herida de Frodo suavemente apretada contra el pecho—. Y usted está conmigo. Y el viaje ha terminado. Pero después de haber recorrido tanto camino no quiero aún darme por vencido. No sería del todo yo, si entiende lo que le quiero decir.

—Tal vez no, Sam —dijo Frodo—, pero así son las cosas en el mundo. La esperanza se desvanece. Se acerca el fin. Ahora sólo nos queda una corta espera. Estamos perdidos en medio de la ruina y de la destrucción, y no tenemos escapatoria.

—Bueno, mi amo, de todos modos podríamos alejarnos un poco de este lugar tan peligroso, de estas Grietas del Destino, si así se llaman. ¿No le parece? Venga, señor Frodo, ¡bajemos al menos al pie de este sendero!

—Está bien, Sam, si ése es tu deseo, yo te acompañaré —dijo Frodo; y se levantaron y lentamente bajaron la cuesta sinuosa; y cuando ya llegaban al vacilante pie de la Montaña, los Sammath Naur escupieron un enorme chorro de vapor y humo y el flanco del cono se resquebrajó, y un vómito enorme e incandescente rodó en una cascada lenta y atronadora por la ladera oriental de la Montaña.

Frodo y Sam no pudieron seguir avanzando. Las últimas energías del cuerpo y de la mente los abandonaban con rapidez. Se habían detenido en un montículo bajo de cenizas al pie de la Montaña, y desde allí no había ninguna vía de escape. Ahora era como una isla, pero no resistiría mucho tiempo más rodeada por los estertores del Orodruin. La tierra se agrietaba por doquier, y de las profundas fisuras y de los pozos insondables saltaban cataratas de humo y de vapores. Detrás, la Montaña se contraía atormentada. Grandes rasgaduras rojas se abrían en los flancos mientras lentos ríos de fuego descendían las largas laderas hacia ellos. Pronto serían engullidos. Caía una lluvia de ceniza incandescente.

Ahora estaban de pie, y Sam, que aún sostenía la mano de Frodo, se la acarició. Luego suspiró.

—Qué cuento hemos vivido, señor Frodo, ¿no le parece? —dijo—. ¡Me gustaría tanto oírlo narrar! ¿Cree que dirán: *Y aquí empieza la historia de Frodo Nuevededos y el Anillo del Destino*? Y entonces se hará un gran silencio, como cuando en Rivendel nos relataron la historia de Beren el Manco y la Gran Joya. ¡Cuánto me gustaría escucharla! Y cómo seguirá, me pregunto, después de nuestra parte.

Pero mientras hablaba así, para alejar el miedo hasta el final, la mirada de Sam se perdía en el norte, fijando sus ojos de cara al viento que venía del norte, allí donde el cielo distante aparecía límpido pues ese viento frío, que soplaba como un vendaval, disipaba la oscuridad y la ruina de las nubes.

Y así fue como los vio desde lejos la mirada aguda de Gwaihir cuando, llevado por el viento huracanado y desafiando el peligro de los cielos, volaba en círculos altos: dos figuras diminutas y oscuras, desamparadas, tomadas de la mano sobre una pequeña colina mientras a su alrededor el mundo agonizaba jadeando y estremeciéndose, y rodeadas por torrentes de fuego que se les acercaban. Y en el momento en que los descubrió y bajaba hacia ellos, los vio caer, exhaustos, o asfixiados por el calor y las exhalaciones, o vencidos al fin por la desesperación, tapándose los ojos para no ver llegar la muerte.

Yacían en el suelo, lado a lado; y Gwaihir descendió, y detrás de él llegaron Landroval y el veloz Meneldor y, como en un sueño, sin saber lo que el destino les había deparado, los viajeros fueron alzados y conducidos fuera, lejos de las tinieblas y el fuego.

Cuando despertó, Sam notó que estaba acostado en un lecho mullido, pero sobre él se mecían levemente grandes ramas de abedul, y la luz verde y dorada del sol se filtraba a través del joven follaje. Todo el aire estaba preñado de una mezcla de fragancias dulces.

Recordaba aquel perfume: el olor de Ithilien.

—¡Córcholis! —murmuró—. ¿Por cuánto tiempo habré dormido? —Pues aquella fragancia lo había transportado al pasado, al día en que encendiera la pequeña fogata al pie del barranco soleado, y por un instante todo lo que ocurrió después se le había borrado de la memoria. Se desperezó y respiró profundamente—. ¡Vaya sueño he tenido! —murmuró—. ¡Qué alegría haberme despertado! —Se sentó y vio tendido junto a él a Frodo, que dormía apaciblemente, una mano bajo la cabeza, la otra apoyada en la colcha: era la derecha, y le faltaba el dedo anular.

Los recuerdos lo inundaron de repente, y exclamó a voz en grito: —¡No era un sueño! ¿Entonces, dónde estamos?

Y una voz respondió suavemente detrás de él: —En la tierra de Ithilien, y al cuidado del Rey, que os espera. —Y al decir esto, Gandalf apareció ante él vestido de blanco, y la barba le resplandecía como nieve pura bajo el centelleo del sol entre el follaje—. Y bien, señor Samsagaz, ¿cómo se siente usted? —dijo.

Pero Sam se volvió a acostar y lo miró boquiabierto, y por un instante, entre el estupor y la enorme alegría, no pudo responder. Al fin exclamó: —¡Gandalf! ¡Creía que estaba muerto! Pero entonces yo mismo creí estar muerto. ¿Acaso todo lo triste era irreal? ¿Qué ha pasado en el mundo?

—Una gran Sombra ha desaparecido —dijo Gandalf, y rompió a reír, y aquella risa sonaba como una música, o como agua que corre por una tierra reseca; y al escucharla Sam se dio cuenta de que hacía días y días, más allá de su memoria, que no oía una risa verdadera, el puro sonido de la alegría. Le llegaba a los oídos como un eco de todas las alegrías que había conocido. Pero él, Sam, se echó a llorar. Luego, como una dulce llovizna que se aleja llevada por un viento de primavera para que el sol vuelva a brillar aún más claro, las lágrimas cesaron, y le brotó la risa, y riendo saltó del lecho.

—¿Que cómo me siento? —exclamó—. Bueno, no tengo palabras. Me siento, me siento... —agitó los brazos en el aire—... me siento como la primavera después del invierno, y el sol sobre el follaje; ¡y como todas las trompetas y las arpas y todas las canciones que he escuchado en mi vida! —calló y se volvió hacia su amo—. Pero ¿cómo está el señor Frodo? —dijo—. ¿No es terrible lo que le ha sucedido en la mano? Aunque espero que por lo demás se encuentre bien. Ha pasado momentos muy crueles.

—Sí, por lo demás estoy muy bien —dijo Frodo, mientras se sentaba y se echaba a reír también él—. Me dormí de nuevo mientras esperaba a que tú despertaras, Sam, pedazo de dormilón. Yo desperté temprano, y ahora ha de ser casi el mediodía.

—¿Mediodía? —dijo Sam, tratando de echar cuentas—. ¿De qué día?

—El decimocuarto del Año Nuevo —dijo Gandalf—, o si lo prefieres, el octavo día de abril según el Cómputo de la Comarca.[2]

2. En el calendario de la Comarca el mes de marzo (o Rethe) tenía treinta días.

Pero en adelante el Año Nuevo siempre comenzará en Gondor el veinticinco de marzo, el día en que cayó Sauron, el mismo en el que fuisteis rescatados del fuego y traídos aquí, a presencia del Rey. Porque es él quien os ha curado, y ahora os espera. Comeréis y beberéis con él. Cuando estéis prontos os llevaré a verlo.

—¿El Rey? —dijo Sam— ¿Qué rey? ¿Y quién es?

—El Rey de Gondor y Soberano de las Tierras Occidentales —dijo Gandalf—, que ha recuperado todo su antiguo reino. Pronto cabalgará hacia su coronación, pero os espera a vosotros.

—¿Qué nos pondremos? —dijo Sam, porque no veía más que las ropas viejas y andrajosas con las que habían viajado, dobladas en el suelo junto a los lechos.

—Las ropas que habéis usado durante el viaje a Mordor —dijo Gandalf—. Hasta los harapos de orcos con que te disfrazaste en la tierra tenebrosa serán conservados, Frodo. No puede haber sedas ni linos ni armaduras ni blasones dignos de más altos honores. Pero después quizá os consiga otros atavíos.

Y extendió hacia ellos las manos, y vieron que una le resplandecía, envuelta en luz.

—¿Qué tienes allí? —exclamó Frodo—. ¿Es posible que sea...?

—Sí, os he traído vuestros dos tesoros. Los tenía Sam cuando fuisteis rescatados, los regalos de la Dama Galadriel: tu redoma, Frodo, y tu cajita, Sam. Os alegrará tenerlos intactos de nuevo.

Una vez lavados y vestidos, y después de un ligero refrigerio, los hobbits siguieron a Gandalf. Salieron del bosquecillo de abedules donde habían dormido, y cruzaron un largo prado verde que relucía al sol, flanqueado de árboles majestuosos de oscuro follaje y cargados de flores rojas. A sus espaldas canturreaba una cascada, y un arroyo corría más adelante entre riberas florecidas hasta internarse, en el linde del prado, en un bosque frondoso donde pasaba bajo una arcada de árboles, a través de los cuales centelleaba el agua lejana.

Al llegar al claro del bosque les sorprendió ver caballeros de armadura brillante y guardias altos engalanados de negro y de plata que los saludaban con respetuosas y profundas reverencias. Se oyó un largo toque de trompeta y siguieron avanzando por el camino de la alameda, a la vera de las aguas cantarinas. Así llegaron a un amplio campo verde, y más allá corría un río ancho entre brumas grises, en cuyo centro asomaba un islote boscoso con numerosas naves ancladas en las costas. Pero en ese campo se había congregado un gran ejército, en filas y compañías que resplandecían al sol. Y al ver llegar a los hobbits desenvainaron las espadas y agitaron las lanzas; y resonaron las trompetas y los cuernos, y muchas voces gritaron en muchas lenguas.

> *¡Larga vida a los medianos! ¡Alabados sean con grandes alabanzas!*
>
> *Cuio i Pheriain anann! Aglar'ni Pheriannath!*
>
> *¡Alabados sean con grandes alabanzas, Frodo y Samsagaz!*
>
> *Daur a Berhael, Conin en Annûn! Eglerio!*
>
> *¡Alabados sean!*
>
> *Eglerio!*
>
> *A laita te, laita te! Andave laituvalmet!*
>
> *¡Alabados sean!*
>
> *Cormacolindor, a laita tárienna!*
>
> *¡Alabados sean! ¡Alabados sean con grandes alabanzas los Portadores del Anillo!*

Y así, arreboladas las mejillas por la sangre roja y los ojos brillantes de asombro, Frodo y Sam continuaron avanzando y vieron, en medio de la hueste clamorosa, tres altos sitiales modelados en hierba verde. Sobre el sitial de la derecha flameaba al viento, blanco sobre verde, un gran corcel galopando en libertad; sobre el de la izquierda se alzaba un estandarte, plateado sobre azul, y en él una nave con la proa en forma de cisne surcaba el mar. Pero sobre el trono del centro, el más elevado, flotaba un gran estandarte al viento, y en él, sobre un campo de sable, nimbado por una corona resplandeciente y siete estrellas, florecía un árbol blanco. En el trono estaba sentado un hombre vestido con una cota de malla; no usaba yelmo, pero en sus rodillas descansaba una gran espada. Al ver que llegaban los hobbits se puso en seguida de pie. Y entonces lo reconocieron, cambiado como estaba, tan alto y alegre de semblante, majestuoso, soberano de los Hombres, oscuro el cabello, grises los ojos.

Frodo corrió a su encuentro, y Sam lo siguió de cerca.

—Bueno, ¡si esto parece de veras el colmo de los colmos! —exclamó—. ¡Trancos! ¿O acaso estoy soñando todavía?

—Sí, Sam, Trancos —dijo Aragorn—. Qué lejana está Bree, ¿no es verdad?, donde dijiste que no te gustaba mi aspecto. Largo ha sido el camino para todos, pero a vosotros os ha tocado recorrer el más oscuro.

Y entonces, ante la profunda sorpresa y turbación de Sam, hincó ante ellos la rodilla, y tomándolos de la mano, a Frodo con la diestra y a Sam con la siniestra, los condujo hasta el trono, y después de hacerlos sentar en él, se volvió a los hombres y a los capitanes que estaban cerca y habló con voz fuerte para que la hueste entera pudiese escucharlo: —¡Alabados sean con grandes alabanzas!

Y cuando una vez más se alzaron y se acallaron los clamores de júbilo, un juglar de Gondor se adelantó y, arrodillándose, pidió permiso para cantar. Y, oh maravilla, he aquí lo que dijo:

—¡Escuchad, señores y caballeros y hombres de valor sin tacha, reyes y príncipes, y hermoso pueblo de Gondor; y Jinetes de Rohan, y vosotros, hijos de Elrond, y los Dúnedain del Norte, y Elfo y Enano, y nobles corazones de la Comarca, y todos los pueblos libres del Oeste! Escuchad ahora mi canción. Pues cantaré para vosotros la balada de Frodo Nuevededos y el Anillo del Destino.

Y Sam al oírlo estalló en una carcajada de puro regocijo, y se levantó y gritó: —¡Oh gran gloria y esplendor! ¡Todos mis deseos se han hecho realidad! —Y entonces lloró.

Y el ejército en pleno reía y lloraba, y en medio del júbilo y de las lágrimas se elevó la voz límpida de oro y plata del juglar, y todos enmudecieron. Y cantó para ellos, en lengua élfica y en las lenguas del Oeste, hasta que los corazones, traspasados por la dulzura de las palabras, se desbordaron; y su alegría fue como espadas, y los pensamientos se elevaron hasta las regiones donde el dolor y la felicidad fluyen juntos y las lágrimas son el vino de la ventura.

Y por fin, cuando el sol descendía del cenit y alargaba las sombras de los árboles, el juglar terminó su canción:

—¡Alabados sean con grandes alabanzas! —dijo, y se hincó de rodillas. Y entonces Aragorn se puso de pie, y el ejército entero se levantó, y todos se encaminaron a los pabellones que habían sido preparados para comer y beber y festejar hasta el final del día.

A Frodo y a Sam los condujeron aparte a una tienda donde, después de quitarles los viejos ropajes que doblaron y guardaron con honores, los vistieron con lino limpio. Y entonces llegó Gandalf y en sus brazos, para asombro de Frodo, traía la espada y la capa élficas y la cota de malla de mithril que le fueran arrebatadas en Mordor. Y para Sam traía una cota de malla dorada, y la capa élfica, limpia ahora de todas las manchas y daños; y depositó dos espadas a los pies de los hobbits.

—Yo no deseo llevar una espada —dijo Frodo.

—Deberías llevarla al menos esta noche —le dijo Gandalf.

Frodo tomó entonces la espada pequeña, la que fuera de Sam y que había sido colocada junto a él en Cirith Ungol.

—Dardo es tuya, Sam —dijo—. Yo mismo te la di.

—¡No, mi amo! El señor Bilbo se la regaló a usted, y hace juego con la cota plateada; a él no le gustaría que otro la ciñera ahora.

Frodo cedió; y Gandalf, como si fuera el escudero de los dos, se arrodilló y les ciñó los cinturones con las vainas; y luego ya en pie les puso sobre las cabezas unas pequeñas diademas de plata. Y así ataviados se encaminaron al festín; y se sentaron a la mesa del Rey con Gandalf, y el Rey Éomer de Rohan, y el Príncipe Imrahil y todos los grandes capitanes; y también Gimli y Legolas estaban con ellos.

Y cuando después del Silencio Ritual trajeron el vino, dos escuderos entraron para servir a los reyes, o escuderos parecían al menos: uno vestía la librea negra y plateada de los Guardias de Minas Tirith, y el otro iba ataviado de verde y blanco. Pero Sam se preguntó qué harían dos mozalbetes como aquellos en un ejército de hombres fuertes y poderosos. Y entonces, cuando se acercaron, los vio de pronto más claramente y exclamó: —¡Mire, señor Frodo! ¡Mire! Que me aspen si ése no es Pippin. ¡El señor Peregrin Tuk, tendría que decir, y el señor Merry! ¡Cuánto han crecido! ¡Córcholis! Veo que además de la nuestra hay otras historias para contar.

—Claro que las hay —dijo Pippin volviéndose hacia él—. Y empezaremos a contarlas ni bien termine este festín. Mientras tanto puedes probar suerte con Gandalf. Ya no es tan misterioso como antes, aunque ahora se ríe más de lo que habla. Por el momento, Merry y yo estamos ocupados. Somos caballeros de la Ciudad y de la Marca, como espero habrás notado.

Concluyó al fin el día de júbilo; y cuando el sol desapareció y la luna subió redonda y lenta sobre las brumas del Anduin y centelleó a través del follaje inquieto, Frodo y Sam se sentaron bajo los árboles susurrantes, allí en la hermosa y fragante tierra de Ithilien, y hasta muy avanzada la noche conversaron con Merry y Pippin y Gandalf, y pronto se unieron a ellos Legolas y Gimli. Allí fue donde Frodo y Sam oyeron buena parte de cuanto le había ocurrido a la Compañía desde el día infausto en que se habían separado en Parth Galen, cerca de las Cascadas del Rauros; y siempre tenían más cosas que preguntar y nuevas aventuras que narrar.

Los orcos, los árboles parlantes, las praderas de leguas interminables, los jinetes al galope, las resplandecientes cavernas, las torres blancas y las salas doradas, las batallas y los altos navíos surcando las aguas, todo desfiló ante los ojos maravillados de Sam hasta apabullarlo. Sin embargo, entre tantos y tantos prodigios, lo que más le asombraba era la estatura de Merry y de Pippin; y los medía, comparándolos espalda con espalda con Frodo y con él mismo, y se rascaba la cabeza.

—¡Esto sí que no lo entiendo, a la edad de ustedes! —dijo—. Pero lo que es cierto es cierto, y ahora miden tres pulgadas más de lo normal, o yo soy un enano.

—Lo que, ciertamente, no eres —dijo Gimli—. Pero ¿no os lo previne? Los mortales no pueden beber los brebajes de los ents y pensar que no les hará más efecto que un jarro de cerveza.

—¿Brebajes de los ents? —dijo Sam—. Ahora vuelves a mencionar a los ents. Pero ¿qué son? No alcanzo a comprenderlo. Pasarán semanas y semanas antes que hayamos aclarado todo esto.

—Semanas, por cierto —dijo Pippin—. Y luego habrá que encerrar a Frodo en una torre de Minas Tirith para que lo ponga todo por escrito. De lo contrario se olvidará de la mitad, y el pobre viejo Bilbo se llevará una tremenda decepción.

Al cabo Gandalf se levantó.

—Las manos del Rey son las de un curador, mis queridos amigos —dijo—. Pero antes de que él os llamara, recurriendo a todo su poder para llevaros al dulce olvido del sueño, estuvisteis al borde de la muerte. Y aunque sin duda habéis dormido largamente y en paz, ya es hora de ir a dormir de nuevo.

—Y no sólo Sam y Frodo —dijo Gimli—, sino también tú, Pippin. Te quiero mucho, aunque sólo sea por las penurias que me has causado, y que no olvidaré jamás. Tampoco me olvidaré de cuando te encontré en la colina en la última batalla. Si no fuera por Gimli el Enano, te habríamos perdido. Pero ahora al menos sé reconocer el pie de un hobbit, aunque sea la única cosa visible en medio de un montón de cadáveres. Y cuando libré tu cuerpo de aquella carroña enorme, creí que estabas muerto. Poco faltó para que me arrancara las barbas. Y hace apenas un día que estás levantado y que saliste por primera vez. Así que ahora te irás a la cama. Y yo también.

—Y yo —dijo Legolas— iré a caminar por los bosques de esta tierra hermosa, que para mí es descanso suficiente. En días por venir, si mi señor de los Elfos lo permite, algunos de nosotros vendremos a morar aquí, y cuando lleguemos estos lugares serán bienaventurados por algún tiempo. Por algún tiempo: un mes, una vida, un siglo de los Hombres. Pero el Anduin está cerca, y el Anduin conduce al Mar. ¡Al Mar!

> *¡Al mar, al mar! gritan las gaviotas albas,*
> *Sopla el viento y vuela la espuma blanca.*
> *Al oeste, lejos al oeste, desciende el círculo solar.*
> *Nave grisácea, nave grisácea, ¿acaso no oyes la llamada,*
> *las voces de los míos que partieron antes que yo?*
> *Partiré, partiré de los bosques que me vieron nacer:*
> *pues nuestros días se acaban y nuestros años menguan.*
> *Cruzaré las grandes aguas navegando en solitario.*
> *Largas son las olas que rompen en la Última Orilla,*
> *dulces son las voces que llaman desde la Isla Perdida,*
> *en Eressëa, el Hogar de los Elfos que ningún hombre puede*
> *encontrar,*
> *donde no caen las hojas: ¡la tierra sempiterna de mi pueblo!*

Y así, cantando, Legolas se alejó colina abajo.

Entonces también los otros se separaron, y Frodo y Sam volvieron a sus lechos y durmieron. Y por la mañana se levantaron de nuevo tranquilos y esperanzados, y se quedaron muchos días en Ithilien. Pues el campamento, instalado ahora en el Campo de

Cormallen, estaba cerca de Henneth Annûn, y oían por la noche el agua que caía impetuosa por las cascadas y corría susurrando a través de la puerta de roca, para fluir por las praderas en flor y derramarse en las tumultuosas aguas del Anduin, cerca de la Isla de Cair Andros. Los hobbits paseaban por aquí y por allá visitando de nuevo los lugares donde ya habían estado; y Sam no perdía la esperanza de ver aparecer, entre la fronda de algún bosque o en un claro secreto, por un segundo al gran Olifante. Y cuando supo que un gran número de aquellas bestias habían participado en la batalla de Gondor y que todas habían sido exterminadas, lo consideró una gran pérdida.

—Y bueno, uno no puede estar en todas partes al mismo tiempo, supongo —dijo—. Pero por lo que parece, me he perdido de ver un montón de cosas.

Entretanto el ejército se preparaba a regresar a Minas Tirith. Los fatigados descansaban y los heridos eran curados, pues algunos habían tenido que esforzarse y luchar con denuedo antes de desbaratar la resistencia postrera de los Orientales y los Sureños. Y los últimos en regresar fueron los hombres que habían entrado en Mordor y habían destruido las fortalezas en el norte de aquella tierra.

Pero por fin, cuando se aproximaba el mes de mayo, los Capitanes del Oeste se pusieron nuevamente en camino: levaron anclas en Cair Andros y fueron por el Anduin aguas abajo hasta Osgiliath; allí se detuvieron un día, y al siguiente llegaron a los campos verdes del Pelennor, y volvieron a ver las torres blancas al pie del imponente Mindolluin, la Ciudad de los Hombres de Gondor, el último recuerdo del Oesternesse que, salvado del fuego y de la oscuridad, había despertado a un nuevo día.

Y allí en medio de los campos levantaron los pabellones en espera de la mañana, pues era la Víspera de Mayo, y el Rey entraría por las puertas a la salida del sol.

5

EL SENESCAL Y EL REY

La Ciudad de Gondor había vivido en la incertidumbre y un gran miedo. El buen tiempo y el sol límpido parecían burlarse de los hombres que ya casi no tenían ninguna esperanza, y que sólo aguardaban cada mañana noticias de perdición. El Senescal había muerto abrasado por las llamas, muerto yacía el Rey de Rohan en la Ciudadela, y el nuevo Rey, que había llegado hasta ellos en la noche, había vuelto a partir a una guerra contra potestades demasiado oscuras y terribles para esperar poder doblegarlas sólo con el valor y la entereza. Y no se recibían noticias. Desde que el ejército partiera del Valle de Morgul por el camino del norte a la sombra de las montañas, ningún mensajero había regresado ni habían llegado rumores de lo que acontecía en el Este amenazante.

Cuando hacía apenas dos días que los Capitanes partieron, la Dama Éowyn rogó a las mujeres que la cuidaban que le trajesen sus ropas, y nadie pudo disuadirla: se levantó y, cuando la vistieron, con el brazo sostenido en un cabestrillo de lienzo, se presentó ante el Mayoral de las Casas de Curación.

—Señor —dijo—, siento una profunda inquietud y no puedo seguir ociosa por más tiempo.

—Señora —respondió el Mayoral—, aún no estáis curada, y se me encomendó que os atendiera con especial cuidado. No tendríais que haberos levantado hasta dentro de siete días, o ésa fue en todo caso la orden que recibí. Os ruego que volváis a vuestra estancia.

—Estoy curada —dijo ella—, curada de cuerpo al menos, excepto el brazo izquierdo, que también mejora. Y si no tengo nada que hacer volveré a enfermar. ¿No hay noticias de la guerra? Las mujeres no pueden decirme nada.

—No tenemos noticias —dijo el Mayoral—, excepto que los Señores han llegado al Valle de Morgul; y dicen que el nuevo capitán venido del Norte es ahora el jefe. Es un gran señor, y un curador; y extraño me parece que la mano que cura sea también la que empuña la espada. No ocurren cosas así hoy en Gondor, aunque fueran comunes antaño, si las antiguas leyendas dicen la verdad. Pero desde hace largos años nosotros los curanderos no hacemos otra cosa que reparar las desgarraduras causadas por los hombres de armas. Aunque sin ellos tendríamos ya trabajo suficiente: bastantes desgracias y dolores hay en el mundo sin que las guerras vengan a multiplicarlos.

—Para que haya guerra, señor Mayoral, basta con un enemigo, no dos —respondió Éowyn—. Y aun aquellos que no tienen espada pueden morir bajo ellas. ¿Querríais acaso que la gente de Gondor sólo juntara hierbas, mientras el Señor Oscuro junta ejércitos? Y no siempre lo bueno es estar curado del cuerpo. Ni tampoco es siempre lo malo morir en la batalla, aun con grandes sufrimientos. Si me fuera permitido, en esta hora oscura yo no vacilaría en elegir lo segundo.

El Mayoral la miró. Éowyn estaba muy erguida, con los ojos brillantes en el rostro pálido, y el puño derecho crispado mientras se giraba para escrutar a través de su ventana, que miraba al Este. El Mayoral suspiró y meneó la cabeza. Al cabo de una pausa, Éowyn se volvió de nuevo hacia él.

—¿No queda ya ninguna tarea que cumplir? —dijo—. ¿Quién manda en esta Ciudad?

—No lo sé bien —respondió el Mayoral—. No son asuntos de mi incumbencia. Hay un mariscal que capitanea a los Jinetes de Rohan; y el Señor Húrin, por lo que me han dicho, está al mando de los hombres de Gondor. Pero el Señor Faramir es por derecho el Senescal de la Ciudad.

—¿Dónde puedo encontrarlo?

—En esta misma casa, señora. Fue gravemente herido, pero ahora ya está recobrándose. Sin embargo, no sé…

—¿No me conduciríais ante él? Entonces sabréis.

El Señor Faramir se paseaba a solas por el jardín de las Casas de Curación, y el sol lo calentaba y sentía que la vida le corría de nuevo por las venas; pero le pesaba el corazón, y miraba a lo lejos, en dirección al este, por encima de los muros. Acercándose a él, el Mayoral lo llamó, y Faramir se volvió y vio a la Dama Éowyn de Rohan; y se sintió conmovido y apenado, pues advirtió que estaba herida, y percibió con su mirada perspicaz que había en ella tristeza e inquietud.

—Mi señor —dijo el Mayoral—. Ésta es la Dama Éowyn de Rohan. Cabalgó junto al rey y fue malherida, y ahora se encuentra bajo mi custodia. Pero no está conforme, y desea hablar con el Senescal de la Ciudad.

—No interpretéis mal estas palabras, señor —dijo Éowyn—. No me quejo porque no me atiendan lo suficiente. Ninguna casa podría brindar mejores cuidados a quienes buscan la curación. Pero no puedo continuar así, ociosa, indolente, enjaulada. Anhelé morir en la batalla. Pero no he muerto, y la batalla continúa.

A una señal de Faramir, el Mayoral se retiró con una reverencia.

—¿Qué querríais que hiciera, señora? —preguntó Faramir—. Yo también soy un prisionero de los curadores. —La miró, y como era hombre inclinado a la piedad sintió que la hermosura y la tristeza de Éowyn le traspasarían el corazón. Y ella lo miró y vio en los ojos de él una grave ternura, y sin embargo supo, pues había crecido entre hombres de guerra, que se encontraba ante un guerrero a quien ninguno de los Jinetes de la Marca podría igualar en la batalla.

—¿Qué deseáis? —le repitió Faramir—. Si está en mis manos, lo haré.

—Quisiera que le ordenaseis a este Mayoral que me deje partir —respondió Éowyn; y si bien las palabras eran todavía arrogantes, el corazón le vaciló, y por primera vez dudó de sí misma. Temió que aquel hombre alto, a la vez severo y bondadoso, pudiese juzgarla caprichosa, como un niño que no tiene bastante entereza en su mente como para llevar a cabo una tarea aburrida.

—Yo mismo dependo del Mayoral —dijo Faramir—. Y todavía no he tomado mi cargo en la Ciudad. No obstante, aun cuando lo hubiese hecho, escucharía los consejos del Mayoral, y en cuestiones que atañen a su arte no me opondría a él salvo en un caso de necesidad extrema.

—Pero yo no deseo curar —dijo ella—. Deseo partir a la guerra como mi hermano Éomer, o mejor aún como Théoden el rey, porque él ha muerto y ha conquistado a la vez honores y paz.

—Es demasiado tarde, señora, para seguir a los Capitanes, incluso aunque tuvierais las fuerzas necesarias —dijo Faramir—. Pero la muerte en la batalla aún puede alcanzarnos a todos, la deseemos o no. Y estaríais más preparada para afrontarla como mejor os parezca si mientras aún queda tiempo hicierais lo que ordena el Mayoral. Vos y yo hemos de soportar con paciencia las horas de espera.

Éowyn no respondió, pero mientras la contemplaba, a Faramir le pareció que algo en ella se ablandaba, como si una escarcha dura comenzara a ceder al primer tímido anuncio de la primavera. Una lágrima le brotó de uno de sus ojos y le resbaló por la mejilla como una gota de lluvia centelleante. La orgullosa cabeza se inclinó ligeramente. Luego dijo en voz muy queda, más como si hablara consigo misma que con él: —Pero los curadores pretenden que permanezca en cama siete días más —dijo—. Y mi ventana no mira al este.

La voz de Éowyn era ahora la de una muchacha joven y triste.

Faramir sonrió, aunque su corazón estuviera repleto de compasión. —¿Vuestra ventana no mira al este? —dijo—. Eso tiene arreglo. Por cierto que daré órdenes al Mayoral. Si os quedáis a nuestro cuidado en esta casa, señora, y descansáis el tiempo necesario, podréis caminar al sol en este jardín como y cuando queráis; y miraréis al este, hacia donde todas nuestras esperanzas han partido. Y aquí me encontraréis a mí, que camino y espero también mirando al este. Aliviaríais mis penas si me hablarais, o si caminarais conmigo alguna vez.

Ella levantó entonces la cabeza y de nuevo lo miró a los ojos, y un ligero rubor le coloreó el rostro pálido.

—¿Cómo podría yo aliviar vuestras penas, señor? —dijo—. No deseo la compañía de los vivos.

—¿Queréis una respuesta sincera? —dijo él.

—La quiero.

—Entonces, Éowyn de Rohan, os digo que sois hermosa. En los valles de nuestras colinas crecen flores bellas y brillantes, y muchachas aún más bellas; pero hasta ahora no había visto en Gondor ni una flor ni una dama tan hermosa, ni tan triste. Tal vez nos queden pocos días antes que la oscuridad se desplome sobre nuestro mundo, y cuando llegue espero enfrentarla con entereza; pero si pudiera veros mientras el sol brilla aún, me aliviaríais el corazón. Porque los dos hemos pasado bajo las alas de la Sombra, y la misma mano nos ha traído de vuelta.

—¡Ay, no a mí, señor! —dijo ella—. Sobre mí pesa todavía la Sombra. ¡No soy yo quien podría ayudaros a curar! Soy una doncella guerrera y mi mano no es suave. Pero os agradezco que me permitáis al menos no permanecer encerrada en mi estancia. Por la gracia del Senescal de la Ciudad podré caminar al aire libre.

Y con una reverencia dio media vuelta y regresó a la casa. Pero Faramir continuó caminando a solas por el jardín durante largo rato, y ahora volvía los ojos más a menudo a la casa que a los muros del este.

Cuando estuvo de nuevo en su habitación, Faramir mandó llamar al Mayoral e hizo que le contase todo cuanto sabía acerca de la Dama de Rohan.

—Sin embargo, señor —dijo el Mayoral—, mucho más podría deciros sin duda el mediano que está con nosotros; porque él era parte de la comitiva del Rey y, según dicen, estuvo con la Dama al final de la batalla.

Así que Merry fue entonces enviado a Faramir, y mientras duró aquel día conversaron largamente, y Faramir se enteró de muchas cosas, más de las que Merry dijo con palabras; y le pareció comprender en parte la tristeza y la inquietud de Éowyn de Rohan. Y en el atardecer luminoso Faramir y Merry pasearon juntos por el jardín, pero no vieron a la Dama aquella noche.

Pero a la mañana siguiente, cuando Faramir salió de las Casas, la vio de pie en lo alto de las murallas; estaba toda vestida de blanco y resplandecía al sol. La llamó, y ella descendió, y juntos paseaban por la hierba o se sentaban a la sombra de un árbol verde, a ratos silenciosos, a ratos hablando. Y desde entonces volvieron a reunirse de ese modo cada día. Y al Mayoral, que los miraba desde la ventana, se le alegró el corazón; pues era un curador y verlos juntos aligeraba sus preocupaciones; y tenía la certeza de que en medio de los temores y presagios sombríos que en aquellos días oprimían a todos, ellos, entre los muchos que él cuidaba, mejoraban y ganaban fuerza día tras día.

Y llegó así el quinto día desde que la Dama Éowyn fuera por primera vez a ver a Faramir, y de nuevo subieron juntos a las murallas de la Ciudad y miraron en lontananza. Todavía no se habían recibido noticias y los corazones de todos estaban ensombrecidos. El tiempo también había perdido su luz. Hacía frío. Un viento que se había levantado durante la noche soplaba inclemente desde el norte, y aumentaba, y las tierras de alrededor estaban lóbregas y grises.

Se habían vestido con prendas de abrigo y mantos pesados, y la Dama Éowyn estaba envuelta en un amplio manto azul, del color de una noche profunda de estío, adornado en el cuello y el ruedo con estrellas de plata. Faramir había mandado que trajeran el manto y se lo había puesto a ella sobre los hombros; y la vio hermosa y una verdadera reina allí de pie junto a él. Lo habían tejido para Finduilas de Amroth, la madre de Faramir, muerta en la flor de la edad, y era para él como un recuerdo de una dulce belleza lejana en el tiempo, y de su primer dolor. Y el manto le parecía adecuado a la hermosura y la tristeza de Éowyn.

Pero ella se estremeció de pronto bajo el manto estrellado, y miró al norte, más allá de las tierras grises, hacia el origen del viento frío donde el cielo era límpido y yerto.

—¿Que buscáis, Éowyn? —preguntó Faramir.

—¿No queda acaso en esa dirección la Puerta Negra? —dijo ella—. ¿Y no estará él por llegar allí? Siete días hace que partió.

—Siete días —dijo Faramir—. Pero no penséis mal de mí si os digo que a mí me han traído a la vez una alegría y un dolor que ya no esperaba conocer. La alegría de veros; pero también dolor, porque los temores y las dudas de estos tiempos funestos se han vuelto más sombríos que nunca. Éowyn, no quisiera que este mundo terminase ahora, o perder tan pronto lo que he encontrado.

—¿Perder lo que habéis encontrado, señor? —respondió ella; y clavó en él una mirada grave pero bondadosa—. Ignoro qué habéis encontrado en estos días que podríais perder. Pero os lo ruego, ¡no hablemos de eso, amigo mío! ¡No hablemos más! Estoy al borde de un terrible precipicio, y en el abismo que se abre a mis pies la oscuridad es profunda, y no sé si a mis espaldas hay alguna luz. Porque aún no puedo darme la vuelta. Espero un golpe del destino.

—Sí, esperemos el golpe del destino —dijo Faramir. Y no hablaron más; y mientras permanecían allí, de pie sobre el muro, les pareció que el viento moría y que la luz se debilitaba y se oscurecía el sol; que cesaban todos los rumores de la Ciudad y las tierras cercanas: el viento, las voces, los reclamos de los pájaros, los susurros de las hojas, no oían ni sus propias respiraciones; e incluso sus corazones habían dejado de latir. El tiempo se había detenido.

Y mientras esperaban de este modo, las manos de los dos se encontraron y se unieron, aunque ellos no lo sabían. Y así siguieron, esperando sin saber qué esperaban. Entonces, de improviso, les pareció que por encima de las crestas de las montañas distantes se alzaba otra enorme montaña de oscuridad envuelta en relámpagos, agigantándose como una ola que quisiera devorar el mundo. Un temblor estremeció la tierra y sintieron trepidar los muros de la Ciudad. Un sonido semejante a un suspiro se elevó desde los campos de alrededor, y de pronto los corazones les latieron de nuevo.

—Esto me recuerda a Númenor —dijo Faramir, y le asombró oírse hablar.

—¿Númenor? —repitió Éowyn.

—Sí —dijo Faramir—, al país del Oesternesse que se hundió en los abismos, y a la enorme ola oscura que inundó todos los prados verdes y remontó todas las colinas, y que avanzó como una oscuridad inexorable. A menudo sueño con ella.

—¿Entonces creéis que la Oscuridad se aproxima? —dijo Éowyn—. ¿La Oscuridad Inexorable? —Y en un impulso repentino se acercó a él.

—No —dijo Faramir mirándola a los ojos—. Fue una imagen fugaz. No sé qué está pasando. La razón de mi mente despierta me dice que ha ocurrido una terrible catástrofe y que se aproxima el fin de los tiempos. Pero el corazón me dice lo contrario; y siento los miembros ligeros, y una esperanza y una alegría que la razón no puede negar. ¡Éowyn, Éowyn, Blanca Dama de Rohan, no creo en esta hora que ninguna oscuridad dure mucho! —Y se inclinó y le besó la frente.

Y así permanecieron sobre los muros de la Ciudad de Gondor, mientras se levantaba y soplaba un fuerte viento que les agitó los cabellos mezclándolos en el aire, azabache y oro. Y la Sombra se desvaneció, y el velo que cubría el sol desapareció, y se hizo la luz; y las aguas del Anduin brillaron como la plata, y en todas las casas de la Ciudad los hombres cantaban con una alegría que les crecía en los corazones, aunque nadie sabía de dónde provenía.

Y antes que el sol se hubiera alejado mucho del cenit, una

gran Águila llegó volando desde el Este, portadora de nuevas, más allá de la esperanza, de los Señores del Oeste, gritando:

Cantad ahora, oh gentes de la Torre de Anor,
pues el Reino de Sauron ha sucumbido para siempre,
y la Torre Oscura se ha derrumbado.
Cantad y regocijaos, oh gente de la Torre de la Guardia.
Pues vuestra vigilancia no ha sido en vano,
y la Puerta Negra está partida,
y vuestro Rey la ha traspasado,
y la victoria ha logrado.
Cantad y alegraos, oh, hijos todos del Oeste,
pues vuestro Rey regresará de nuevo,
y vivirá entre vosotros
todos los días de vuestra vida.
Y el Árbol que estaba marchito será renovado,
y él lo plantará en los lugares elevados,
y bienaventurada será la Ciudad.
¡Oh todos, cantad!

Y la gente cantaba en todos los caminos de la Ciudad.

Los días que siguieron fueron dorados, y la primavera y el verano se unieron en los festejos de los campos de Gondor. Y desde Cair Andros llegaron jinetes veloces trayendo las nuevas de todo lo acontecido, y la Ciudad se preparó a recibir al Rey. Merry fue convocado y tuvo que partir con los carretones que llevaban víveres a Osgiliath, y de allí por agua hasta Cair Andros; pero Faramir no partió, pues como ya estaba curado había reclamado el mando y ahora era el Senescal de la Ciudad, aunque por poco tiempo, y tenía que preparar todas las cosas para aquel que pronto vendría a reemplazarlo.

Tampoco partió Éowyn, a pesar del mensaje que le enviara su hermano rogándole que se reuniese con él en el Campo de

Cormallen. Y a Faramir le sorprendió que se quedara, si bien ahora, atareado como estaba con tantos menesteres, tenía poco tiempo para verla; y ella seguía viviendo en las Casas de Curación y caminaba sola por el jardín, y de nuevo tenía el rostro pálido, y parecía ser la única persona triste y afligida en toda la Ciudad. Y el Mayoral de las Casas estaba preocupado, y habló con Faramir.

Entonces Faramir fue a buscarla y de nuevo fueron juntos a los muros; y él le dijo: —Éowyn ¿por qué os habéis quedado aquí en vez de ir a los festejos de Cormallen del otro lado de Cair Andros, donde vuestro hermano os espera?

Y ella dijo: —¿No lo sabéis?

Pero él respondió: —Hay dos motivos posibles, pero cuál es el verdadero, no lo sé.

Y dijo ella: —No quiero jugar a las adivinanzas. ¡Hablad claro!

—Entonces, si eso es lo que queréis, señora, aquí las tenéis —dijo él—, no vais porque sólo vuestro hermano mandó por vos, y ahora, admirar en su triunfo al Señor Aragorn, el heredero de Elendil, no os causará ninguna alegría. O porque no voy yo, y deseáis permanecer cerca de mí. O quizá por los dos motivos, y vos misma no podéis elegir entre uno y otro. Éowyn ¿no me amáis, o no queréis amarme?

—Quería el amor de otro hombre —respondió ella—. Mas no quiero la piedad de ninguno.

—Lo sé —dijo Faramir—. Deseabais el amor del Señor Aragorn. Pues era noble y poderoso, y queríais la fama y la gloria y elevaros por encima de las cosas mezquinas que se arrastran sobre la tierra. Y como un gran capitán a un joven soldado, os pareció admirable. Porque lo es, un señor entre los hombres, y el más grande de los que hoy existen. Pero cuando sólo recibisteis de él comprensión y piedad, entonces ya no quisisteis ninguna otra cosa, salvo una muerte gloriosa en el combate. ¡Miradme, Éowyn!

Y Éowyn miró a Faramir largamente y sin pestañear; y Faramir dijo: —¡No desdeñéis la piedad, que es el don de un corazón generoso, Éowyn! Pero yo no os ofrezco mi piedad. Pues sois una dama noble y valiente y habéis conquistado vos misma una gloria que no será olvidada; y sois una dama tan hermosa que ni las palabras de la lengua de los elfos podrían describiros. Y yo os amo. En un tiempo tuve piedad por vuestra tristeza. Pero ahora, aunque no tuvierais pena alguna, ningún temor, aunque nada os faltase y fuerais la bienaventurada Reina de Gondor, lo mismo os amaría. Éowyn ¿no me amáis?

Entonces algo cambió en el corazón de Éowyn, o acaso ella comprendió al fin lo que ocurría en él. Y desapareció el invierno que la habitaba, y el sol brilló en ella.

—Ésta es Minas Anor, la Torre del Sol —dijo—, y ¡mirad! ¡La Sombra ha desaparecido! Ya nunca más volveré a ser una doncella guerrera, ni rivalizaré con los grandes Jinetes, ni gozaré tan sólo con cantos de matanzas. Seré una curadora, y amaré todo cuanto crece, todo lo que no es árido. —Y miró de nuevo a Faramir—. Ya no deseo ser una reina —dijo.

Entonces Faramir rio, feliz.

—Eso me parece bien —dijo—, porque yo no soy un rey. Y me casaré con la Dama Blanca de Rohan, si ella consiente. Y si ella consiente, cruzaremos el Río y en días más venturosos viviremos en la bella Ithilien y cultivaremos un jardín. Y en él todas las cosas crecerán con alegría, si la Dama Blanca me acompaña.

—¿Habré entonces de abandonar a mi propio pueblo, hombre de Gondor? —dijo ella—. Y querríais que vuestro orgulloso pueblo dijera de vos: «¡Allá va un Señor que ha domado a una doncella guerrera del norte! ¿No había acaso ninguna mujer de la estirpe de Númenor que pudiera elegir?».

—Lo querría, sí —dijo Faramir. Y la tomó en sus brazos y la besó bajo el cielo iluminado por el sol, y no le importó que estuvieran en lo alto de los muros y a la vista de muchos. Y muchos los vieron, por cierto, y vieron la luz que brillaba a su alrededor mientras descendían de los muros tomados de la mano y se encaminaban a las Casas de Curación.

Y Faramir le dijo al Mayoral de las Casas: —Aquí veis a la Dama Éowyn de Rohan, y ahora está curada.

Y el Mayoral dijo: —Entonces la libro de mi custodia y le digo adiós, y ojalá nunca más sufra heridas ni enfermedades. La confío a los cuidados del Senescal de la Ciudad hasta el regreso de su hermano.

Pero Éowyn dijo: —Sin embargo, ahora que me han autorizado a partir, quisiera quedarme. Porque de todas las moradas, esta Casa se ha convertido para mí en la más venturosa.

Y allí permaneció hasta el regreso del Rey Éomer.

Ya todo estaba pronto en la Ciudad y había un gran concurso de gente, pues las noticias habían llegado a todos los rincones del Reino de Gondor, desde el Min-Rimmon y hasta las Pinnath Gelin y las lejanas costas del mar; y todos aquellos que pudieron hacerlo se apresuraron a encaminarse a la Ciudad. Y la Ciudad se llenó una vez más de mujeres y de niños hermosos que volvían a sus hogares cubiertos de flores, y desde Dol Amroth acudieron los arpistas más virtuosos de toda aquella tierra; y hubo intérpretes de viola y de flauta y de cuernos de plata; y cantores de voces claras venidos de los valles de Lebennin.

Por fin un día, al caer de la tarde, pudieron verse desde lo alto de las murallas los pabellones levantados en el campo, y las luces nocturnas ardieron durante toda aquella noche mientras los hombres esperaban en vela la llegada del alba. Y cuando el sol despuntó en la clara mañana sobre las montañas del Este, ya nunca más envueltas en sombras, todas las campanas repicaron al unísono y todos los estandartes se desplegaron y flamearon al viento; y en lo alto de la Torre Blanca de la ciudadela, de argén resplandeciente como nieve al sol, sin insignias ni lemas, el Estandarte de los Senescales fue izado por última vez sobre Gondor.

Los Capitanes del Oeste condujeron entonces el ejército hacia la Ciudad, y la gente los veía pasar, fila tras fila, relumbrando y destellando como plata rutilante a la luz del amanecer. Y llegaron así al Atrio, y allí, a unas doscientas yardas de la muralla, se detuvieron. Todavía no habían vuelto a colocar las puertas, pero una barrera atravesada cerraba la entrada a la Ciudad, custodiada por hombres de armas engalanados con las libreas de color plata y negro y las largas espadas desenvainadas. Delante de aquella barrera aguardaban Faramir el Senescal, y Húrin el Guardián de las Llaves, y otros capitanes de Gondor, y la Dama Éowyn de Rohan con Elfhelm el Mariscal y numerosos caballeros de la Marca; y a ambos lados de la Puerta se había congregado una gran multitud de ciudadanos bellamente ataviados con ropajes multicolores y guirnaldas de flores.

Ante las murallas de Minas Tirith quedaba pues un ancho espacio abierto, flanqueado en todos los costados por los caballeros y los soldados de Gondor y de Rohan, y por la gente de la Ciudad y de todos los confines de aquellas tierras. Hubo un silencio en la multitud cuando de entre las huestes se adelantaron los Dúnedain, en gris y plata; y al frente de ellos avanzó lentamente el Señor Aragorn. Vestía una cota de malla negra ceñida de plata, y un largo manto blanquísimo sujeto al cuello por una gema verde que centelleaba desde lejos; pero llevaba la cabeza descubierta, salvo por una estrella en la frente sujeta por una fina banda de plata. Con él estaban Éomer de Rohan, y el Príncipe Imrahil, y Gandalf, todo vestido de blanco, y cuatro figuras pequeñas que a muchos dejaron mudos de asombro.

—No, mujer, no son niños —le dijo Ioreth a su prima de Imloth Melui—. Son *Periain,* del lejano país de los Medianos, donde según se dice son príncipes de gran fama. Si lo sabré yo, que tuve que atender en las Casas a uno de ellos. Son pequeños, sí, pero valientes. Figúrate, prima: uno de ellos, acompañado sólo por su escudero, entró en el País Tenebroso y allí luchó él solo con el Señor Oscuro, y le prendió fuego a su Torre, ¿puedes creerlo? O al menos ésa es la voz que corre por la Ciudad. Ha de ser aquél, el que camina con nuestro Señor Piedra de Elfo. Son amigos entrañables, por lo que he oído. Y el Señor Piedra de

Elfo es una maravilla: un poco duro cuando de hablar se trata, es cierto, pero tiene un corazón de oro; y tiene las manos de curador. «Las manos del rey son manos que curan», eso dije yo; y así fue como se descubrió todo. Y Mithrandir me dijo: «Ioreth, los hombres recordarán largo tiempo tus palabras, y…».

Pero Ioreth no pudo seguir instruyendo a su prima del campo pues de pronto, tras un solo toque de trompeta, se hizo un silencio de muerte. Desde la Puerta se adelantaron entonces Faramir y Húrin de las Llaves, y sólo ellos, aunque cuatro hombres iban detrás luciendo el yelmo de cimera alta y la armadura de la Ciudadela, y transportaban un gran cofre de *lebethron* negro con guarniciones de plata.

Al encontrarse con Aragorn en el centro del círculo, Faramir se arrodilló ante él y dijo: —El último Senescal de Gondor solicita licencia para renunciar a su mandato. —Y le tendió una vara blanca; pero Aragorn tomó la vara y se la devolvió, diciendo—: Tu mandato no ha terminado, y tuyo será y de tus herederos mientras mi estirpe no se haya extinguido. ¡Cumple ahora tus obligaciones!

Entonces Faramir se levantó y habló con voz clara: —¡Hombres de Gondor, escuchad ahora al Senescal del Reino! He aquí que alguien ha venido por fin a reivindicar derechos de realeza. He aquí a Aragorn hijo de Arathorn, jefe de los Dúnedain de Arnor, Capitán del Ejército del Oeste, portador de la Estrella del Norte, el que empuña la Espada que fue Forjada de Nuevo, victorioso en la batalla, aquél cuyas manos traen la curación, Piedra de Elfo, Elessar de la estirpe de Valandil, hijo de Isildur, hijo de Elendil de Númenor. ¿Lo queréis por rey y deseáis que entre en la Ciudad y habite entre vosotros?

Y todo el ejército y el pueblo entero gritaron *sí* con una sola voz.

Y Ioreth le dijo a su prima: —Esto no es más que una de las ceremonias de las que tenemos en la Ciudad, prima; porque como te iba diciendo, él ya había entrado; y me dijo… —Y en seguida tuvo que callar, porque Faramir hablaba de nuevo.

—Hombres de Gondor, los maestros de la tradición dicen que era costumbre antaño que el Rey recibiese la corona de manos de su padre antes que él muriera, y si esto no era posible, él mismo debía ir a buscarla en soledad a la tumba del padre, de cuyas manos la tomaba. No obstante, puesto que en este caso el ceremonial ha de ser diferente, e invocando mi autoridad de Senescal, he traído hoy aquí desde Rath Dínen la corona de Eärnur, el último rey, que vivió en la época de nuestros antepasados de los días antiguos.

Entonces los guardias se adelantaron y Faramir abrió el cofre, y sostuvo en alto una corona antigua. Tenía la forma de los yelmos de los Guardias de la Ciudadela, pero era más elevada y enteramente blanca, y las alas laterales de perlas y plata imitaban las alas de un ave marina, pues aquél era el emblema de los reyes venidos de allende los Mares, y tenía engarzadas siete gemas de adamante en el aro, y alta en su cúspide brillaba una sola gema cuya luz se alzaba como una llama.

Y Aragorn tomó la corona en sus manos, y levantándola en alto, dijo:

—*Et Eärello Endorenna utúlien. Sinome maruvan ar Hildinyar tenn' Ambar-metta!*

Aquéllas eran las palabras que había pronunciado Elendil al llegar del mar en alas del viento: «Desde el Gran Mar he llegado a la Tierra Media. Y ésta será mi morada, y la de mis descendientes, hasta el final del mundo».

Entonces, ante el asombro de muchos, Aragorn no se colocó la corona en la cabeza, sino que se la devolvió a Faramir, diciendo: —Gracias a los esfuerzos y al valor de muchos entraré ahora en posesión de mi heredad. En muestra de ello quisiera que fuese el Portador del Anillo quien me trajera la corona, y Mithrandir quien me la pusiera sobre la cabeza, si así lo desea; porque él ha sido el artífice de todo cuanto hemos conseguido, y esta victoria es en verdad su victoria.

Entonces Frodo se adelantó y tomó la corona de manos de Faramir y se la llevó a Gandalf; y Aragorn se arrodilló y Gandalf le puso en la cabeza la Corona Blanca, y dijo: —¡Ahora comienzan los días del Rey, y ojalá sean venturosos mientras perduren los tronos de los Valar!

Y cuando Aragorn volvió a levantarse todos lo contemplaron en profundo silencio, porque era como si se revelara ante ellos por primera vez. Alto como los reyes de los mares de la antigüedad, se alzaba por encima de todos quienes le rodeaban; entrado en años parecía, y al mismo tiempo en la flor de la virilidad; y su frente era asiento de sabiduría, y sus manos tenían fuerza y el poder de curar; y estaba envuelto en una luz. Entonces Faramir gritó:

—¡He aquí el Rey!

Y de pronto sonaron al unísono todas las trompetas; y el Rey Elessar avanzó hasta la barrera, y Húrin de las Llaves la abrió hacia el interior de la ciudad; y rodeado de la música de las arpas y las violas y las flautas y el canto de las voces claras, el Rey atravesó las calles cargadas de flores, y llegó a la Ciudadela y entró; y el estandarte del Árbol y las Estrellas fue desplegado en la torre más alta, y así comenzó el reinado del Rey Elessar, que inspiró tantas canciones.

Durante su reinado la Ciudad llegó a ser más bella que nunca, más aún que en los días de su primitiva gloria; y hubo árboles y fuentes por doquier, y las puertas fueron forjadas en acero y mithril, y las calles pavimentadas con mármol blanco; allí fue a trabajar la Gente de la Montaña, y para los Habitantes de los Bosques visitarla era una alegría; y todo fue sanado y mejorado, y las casas se llenaron de hombres y de mujeres y de risas de niños, y no hubo más ventanas ciegas ni patios vacíos; y después del fin de la Tercera Edad del mundo, el esplendor y los recuerdos de los años transcurridos perduraron en la memoria de la nueva edad.

En los días que siguieron a la coronación, el Rey se sentó en el trono del Palacio de los Reyes y dictó sentencias. Y llegaron embajadas de numerosos pueblos y tierras, del Este y del Sur, y desde los lindes del Bosque Negro, y desde las Tierras Brunas al oeste. Y el Rey perdonó a los Orientales que se habían rendido y los dejó partir en libertad, e hizo la paz con las gentes de Harad; y liberó a los esclavos de Mordor y les dio en posesión todas las tierras que se extendían alrededor del Lago Núrnen. Y numerosas personas fueron conducidas ante él para recibir alabanzas y recompensas por su valor, y finalmente el capitán de la Guardia llevó a Beregond a presencia del Rey para que fuese juzgado.

Y el Rey dijo a Beregond: —Por tu espada, Beregond, se vertió sangre en los Recintos Sagrados, donde eso está prohibido. Además, abandonaste tu puesto sin la licencia del Señor o del Capitán. Por estas culpas el castigo en el pasado era la muerte. Por lo tanto he de dictar ahora tu sentencia.

«Quedas absuelto de todo castigo por tu valor en la batalla, y más aún porque todo cuanto hiciste fue por amor al Señor Faramir. No obstante, tendrás que dejar la Guardia de la Ciudadela y marcharte de la Ciudad de Minas Tirith.

La sangre abandonó el semblante de Beregond y, con el corazón traspasado, inclinó la cabeza. Pero el Rey continuó.

—Y así ha de ser, porque has sido destinado a la Compañía Blanca, la Guardia de Faramir, Príncipe de Ithilien, y serás su capitán, y en paz y con honores residirás en Emyn Arnen, al servicio de aquél por quien todo lo arriesgaste para salvarlo de la muerte.

Y entonces Beregond, comprendiendo la clemencia y la justicia del Rey, se sintió feliz, e hincándose le besó la mano, y partió alegre y satisfecho. Y Aragorn le dio a Faramir el principado de Ithilien, y le rogó que viviese en las colinas de Emyn Arnen a la vista de la Ciudad.

—Porque Minas Ithil en el Valle de Morgul —dijo— será destruida hasta los cimientos, y aunque quizá llegue un día en que sea saneada, ningún hombre podrá habitar allí hasta que pasen muchos años.

Por último, Aragorn dio la bienvenida a Éomer de Rohan, y se abrazaron, y Aragorn dijo: —Entre nosotros no hablaremos de dar o recibir, ni de recompensas; porque somos hermanos. En buena hora partió Eorl cabalgando desde el Norte, y nunca hubo entre los pueblos una alianza más venturosa, en la que ni uno ni otro dejó ni dejará jamás de cumplir lo pactado. Ahora, como sabes, hemos tendido a Théoden el Renombrado en una tumba de los Recintos Sagrados, y allí podrá reposar para siempre entre los Reyes de Gondor, si así lo deseas. O si prefieres, lo llevaremos de vuelta a Rohan para que descanse entre su gente.

Y Éomer respondió: —Desde el día en que apareciste ante mí en las colinas, como brotado de la hierba verde, te he amado, y ese amor no se extinguirá. Mas ahora es menester que parta por algún tiempo, pues también en mi reino hay muchas cosas que sanar y ordenar. Y en cuanto al Caído, cuando todo esté preparado volveremos a por él; mientras tanto dejémosle reposar aquí.

Y Éowyn le dijo a Faramir: —Ahora he de regresar a mi propia tierra para contemplarla por última vez, y ayudar a mi hermano en su labor; pero cuando aquél a quien por largo tiempo amé como a un padre descanse al fin entre los suyos, volveré.

Así fueron pasando los días de regocijo, y en el octavo día de mayo los Jinetes de Rohan se alistaron y partieron galopando por el Camino del Norte, y con ellos iban los hijos de Elrond. Alineada a ambos lados de la carretera desde la Puerta de la Ciudad hasta los muros del Pelennor la gente los aclamaba al pasar, rindiéndoles honores y alabanzas. Más tarde, todos los otros que habitaban lejos volvieron felices a sus hogares, pero en la Ciudad había muchas manos dispuestas a reconstruir y a reparar, y a borrar todas las cicatrices de la guerra y todos los recuerdos de la sombra.

Los hobbits aún permanecían en Minas Tirith, y con ellos Legolas y Gimli, porque Aragorn no se resignaba a que la Compañía se disolviera. —Todo esto tendrá que terminar alguna vez —dijo—, pero me gustaría que os quedarais un tiempo más, pues la culminación de todo cuanto hemos hecho juntos no ha llegado aún. El día que he esperado durante todos los años de mi madurez se aproxima, y cuando llegue quiero tener a todos mis amigos junto a mí.

Pero nada más quiso decirles acerca de ese día.

Los Compañeros del Anillo vivían esos días en una casa hermosa junto con Gandalf, e iban y venían a su antojo por la Ciudad. Y Frodo le dijo a Gandalf. —¿Sabes qué día es ése del que habla Aragorn? Porque aquí somos felices y no deseo marcharme; pero pasan los días, y Bilbo está esperando, y mi hogar es la Comarca.

—En cuanto a Bilbo —dijo Gandalf—, también él está esperando ese día, y sabe qué te retiene aquí. Y en cuanto al transcurrir de los días, todavía estamos en mayo y aún falta para la plenitud del verano; y aunque todo parece distinto, como si hubiera transcurrido una edad del mundo, para los árboles y la hierba no ha pasado ni un año desde que partisteis.

—Pippin —dijo Frodo— ¿no decías que Gandalf estaba menos misterioso que antes? Seguramente estaría fatigado después de tanto esfuerzo. Ahora se está reponiendo.

Y Gandalf dijo: —A mucha gente le gusta saber de antemano qué se va a servir en la mesa, pero los que han trabajado en la preparación del festín prefieren mantener el secreto; pues la sorpresa hace más sonoras las palabras de elogio. Y Aragorn mismo espera una señal.

Llegó un día en el que los Compañeros no pudieron encontrar a Gandalf, y se preguntaron qué se estaría preparando. Pues en la oscuridad de la noche Gandalf llevó a Aragorn fuera de la Ciudad, y lo condujo a la falda meridional del Monte Mindolluin; y allí encontraron un sendero abierto en tiempos remotos que ahora pocos se atrevían a transitar. Pues subía hasta un alto lugar sagrado en la montaña, un refugio que sólo los reyes solían visitar. Y ascendiendo por sendas escarpadas llegaron a un altiplano bajo las nieves que coronaban los picos elevados, y que dominaba el precipicio que se abría a espaldas de la Ciudad. Y desde allí contemplaron las tierras, pues ya había despuntado el alba; y muy abajo en las profundidades, semejantes a pinceles blancos tocados por los rayos del sol, vieron las torres de la Ciudad, y el Valle del Anduin se extendía como un jardín, y una bruma dorada velaba las Montañas de la Sombra. De un lado alcanzaban a ver el color gris de las Emyn Muil, y los reflejos del Rauros eran como el centelleo de una estrella lejana; y del otro lado veían el Río que se extendía como una cinta hasta Pelargir, y más allá una luminosidad en el filo del horizonte que hablaba del mar.

Y Gandalf dijo: —He aquí tu reino, y el corazón del reino más grande de los tiempos futuros. La Tercera Edad del mundo ha terminado y se ha iniciado una nueva edad; y es tu labor ordenar el comienzo y preservar todo cuanto sea posible. Pues aunque muchas cosas se han salvado, muchas otras habrán de perecer; y también el Poder de los Tres Anillos ha terminado. Y en todas las tierras que aquí ves, y en las que se extienden alrededor, habitarán los Hombres. Pues se acercan los tiempos del Dominio de los Hombres, y la Antigua Estirpe tendrá que partir o desvanecerse.

—Eso lo sé muy bien, querido amigo —dijo Aragorn—, pero todavía necesitaré tu consejo.

—No por mucho tiempo ya —dijo Gandalf—. Mi tiempo era la Tercera Edad. Yo era el Enemigo de Sauron, y mi tarea ha concluido. Pronto habré de partir. En adelante, el peso recaerá sobre ti y los tuyos.

—Pero yo moriré —dijo Aragorn—. Porque soy un hombre mortal, y aun siendo quien soy y de la pura estirpe del Oeste, con una vida mucho más larga que los demás mortales, esto durará tan sólo un breve momento; y cuando aquellos que ahora están en los vientres de las madres hayan nacido y envejecido, también a mí me llegará la vejez. ¿Y quién gobernará entonces a Gondor y a quienes aman a esta Ciudad como a una reina, si mi deseo no se cumple? En el Patio del Manantial el Árbol está aún marchito y estéril. ¿Cuándo veré una señal de que algún día cambiarán las cosas?

—Aparta la mirada del mundo verde, y vuélvela hacia todo cuanto parece yermo y frío —dijo Gandalf.

Y Aragorn se dio la vuelta y vio a sus espaldas una pendiente rocosa que descendía desde la orilla de la nieve; y mientras miraba advirtió que algo crecía en medio de la desolación; y trepó hasta allí, y vio que en el borde mismo de la nieve despuntaba el retoño de un árbol de apenas tres pies de altura. Ya tenía hojas jóvenes largas y bien formadas, oscuras en la faz, plateadas en el dorso, y la copa esbelta estaba coronada por un pequeño racimo de flores, cuyos pétalos blancos resplandecían como la nieve al sol.

Aragorn exclamó entonces: —*Yé! utúvienyes!* ¡Lo he encontrado! ¡Mira! Un retoño del más Antiguo de los Árboles. Mas ¿cómo ha crecido aquí? Porque no ha de tener ni siete años.

Y Gandalf se acercó, lo miró, y dijo: —Es en verdad un retoño de la estirpe de Nimloth el hermoso; semilla de Galathilion, fruto de Telperion, el más Antiguo de los Árboles, el de los muchos nombres. ¿Quién puede decir cómo ha llegado aquí a la hora señalada? Pero este lugar es un antiguo sagrario y antes de la extinción de los reyes, antes que el Árbol se agostara en el Patio, uno de sus frutos fue sin duda depositado aquí. Pues aunque se ha dicho que el fruto del Árbol rara vez madura, la vida que late en él puede permanecer aletargada largos años, y nadie puede prever el momento en que habrá de despertar. Recuerda mis palabras. Porque si alguna vez un fruto del Árbol entra en sazón tendrás que plantarlo, para que la estirpe no desaparezca del mundo para siempre. Aquí sobrevivió, escondido en la montaña, mientras la estirpe de Elendil sobrevivía oculta en los páramos del Norte. Pero la estirpe de Nimloth es más antigua que la tuya, Rey Elessar.

Entonces Aragorn posó suavemente la mano en el retoño, y he aquí que parecía estar apenas hundido en la tierra, y lo levantó sin dañarlo, y lo llevó consigo a la Ciudadela. Y el Árbol marchito fue arrancado de raíz, pero con reverencia; y no lo quemaron, sino que lo llevaron a Rath Dínen, y allí lo depositaron para que reposara en el silencio. Y Aragorn plantó el árbol nuevo en el patio al pie del Manantial, y pronto empezó a crecer, vigoroso y lozano, y cuando llegó el mes de junio estaba cubierto de flores.

—La señal ha llegado —dijo Aragorn—, y el día ya no está lejos.

Y apostó centinelas sobre las murallas.

Era la víspera del solsticio de verano cuando unos mensajeros llegaron desde Amon Dîn a la Ciudad, anunciando que una espléndida cabalgata de hermosas gentes venía del norte y se acercaba a los muros del Pelennor. Y el Rey dijo: —Han llegado al fin. ¡Que toda la Ciudad se prepare!

Y esa misma noche, víspera del Día de Pleno Verano, cuando el cielo era azul como el zafiro y las estrellas blancas se abrían en el cielo del este, y el del oeste era todavía dorado, y el aire era fragante y fresco, los jinetes llegaron por el Camino del Norte a las puertas de Minas Tirith. A la cabeza cabalgaban Elrohir y Elladan con un estandarte de plata; los seguían Glorfindel y Erestor y la gente de la casa de Rivendel, y detrás de ellos venían la Dama Galadriel y Celeborn, Señor de Lothlórien, montados en corceles blancos, y con ellos venía mucha hermosa gente de sus tierras con mantos grises y gemas blancas en los cabellos; y por último, llegó el Señor Elrond, poderoso entre los Elfos y los Hombres, llevando el cetro de Annúminas, y junto a él, montada en un palafrén gris, cabalgaba la hija de Elrond, Arwen, Estrella de la Tarde de su pueblo.

Y Frodo, al verla llegar resplandeciente a la luz del atardecer, con estrellas en la frente y envuelta en una dulce fragancia, quedó maravillado, y le dijo a Gandalf: —¡Al fin comprendo por qué hemos esperado! Esto es el fin. Ahora no sólo el día será bien amado, también la noche será bienaventurada y hermosa, y desaparecerán todos los temores.

Entonces el Rey les dio la bienvenida y los huéspedes se apearon de los caballos, y Elrond le cedió el cetro, y puso en la mano del Rey la mano de su hija, y así juntos se encaminaron a la Ciudad Alta, mientras en el cielo florecían las estrellas. Y en la Ciudad de los Reyes, en el día del Solsticio de Verano, Aragorn, Rey Elessar, desposó a Arwen Undómiel, y así culminó la historia de su larga espera y sus muchos trabajos.

6

NUMEROSAS SEPARACIONES

Cuando al fin terminaron los días de regocijo, los Compañeros pensaron en el regreso a sus hogares. Y Frodo fue a ver al Rey, y lo encontró sentado junto al manantial con la Reina Arwen, y ella cantaba una canción de Valinor, y mientras tanto el Árbol crecía y florecía. Recibieron de buen grado a Frodo, y se levantaron para saludarlo; y Aragorn dijo: —Sé lo que has venido a decirme, Frodo: deseas volver a tu casa. Y bien, entrañable amigo, el árbol crece mejor en la tierra de sus antepasados; pero siempre serás bienvenido en todas las Tierras del Oeste. Y aunque en las antiguas gestas de los grandes tu pueblo haya conquistado poca fama, de ahora en adelante tendrá más renombre que muchos vastos reinos hoy desaparecidos.

—Es verdad que deseo volver a la Comarca —dijo Frodo—. Pero antes quiero pasar por Rivendel. Porque si bien nada pudo faltarme en días tan colmados de bendiciones, he echado de menos a Bilbo; y en verdad me quedé triste cuando vi que no llegaba con la comitiva del hogar de Elrond.

—¿Acaso te ha sorprendido, Portador del Anillo? —dijo Arwen—: Porque tú conoces el poder del objeto que ha sido destruido; y todo cuanto fue creado por él está desapareciendo ahora. Pues tu pariente tuvo el Anillo más tiempo que tú, y ahora es un anciano para su pueblo; y te espera, pues ya nunca más hará un largo viaje, excepto el último.

—En ese caso pido licencia para partir cuanto antes —dijo Frodo.

—Partiremos dentro de siete días —dijo Aragorn—. Porque yo haré con vosotros buena parte del camino, tan lejos como el país de Rohan. Dentro de tres días regresará Éomer y se llevará a Théoden para su reposo final en la Marca, y nosotros lo acompañaremos para honrar al caído. Pero ahora, antes de tu partida, deseo confirmarte lo que antes te dijo Faramir: eres libre para siempre en el reino de Gondor, al igual que todos tus compañeros. Y si hubiera presentes dignos de compensar vuestras hazañas, os los daré; pues si deseáis alguna cosa, podéis llevarla; y cabalgaréis con los honores y los ropajes de los príncipes de este reino.

Pero la Reina Arwen dijo:

—Yo te haré un regalo. Pues soy hija de Elrond. No partiré con él cuando se encamine a los Puertos, porque mi elección es la de Lúthien, y como ella he elegido a la vez lo dulce y lo amargo. Pero tú podrás partir en mi lugar, Portador del Anillo, si cuando llegue la hora ése es tu deseo. Si los daños aún te afligen y si la carga todavía te pesa en la memoria, deberás cruzar hacia el Oeste hasta que todas tus heridas y pesares hayan cicatrizado. Pero ahora lleva esto puesto en recuerdo de Piedra de Elfo y de Estrella de la Tarde, ¡que ya siempre formarán parte de tu vida!

Y quitándose una gema blanca como una estrella que le pendía sobre el pecho engarzada en una cadena de plata, la puso alrededor del cuello de Frodo.

—Cuando los recuerdos del miedo y de la oscuridad te atormenten —dijo—, esto podrá ayudarte.

Tres días después, tal como lo anunciara el Rey, Éomer de Rohan llegó cabalgando a la Ciudad escoltado por un *éored* de los más nobles caballeros de la Marca. Fue recibido con grandes agasajos, y cuando todos se sentaron a la mesa en Merethrond, el Gran Salón de los Festines, contempló la belleza de las damas y quedó maravillado. Y antes de irse a descansar mandó buscar a Gimli el Enano, y le dijo:

—Gimli hijo de Glóin, ¿tienes tu hacha preparada?

—No, señor —dijo Gimli— pero puedo ir a buscarla en seguida, si es menester.

—Tú mismo lo juzgarás —dijo Éomer—. Porque aún quedan pendientes entre nosotros ciertas palabras irreflexivas a propósito de la Dama del Bosque de Oro. Y ahora la he visto con mis propios ojos.

—Y bien, señor —dijo Gimli—, ¿qué opinas ahora?

—¡Ay! —dijo Éomer—. No diré que es la dama más hermosa de todas cuantas viven.

—Entonces tendré que ir en busca de mi hacha —dijo Gimli.

—Pero antes he de alegar una disculpa —dijo Éomer—. Si la hubiera visto en otra compañía, habría dicho todo cuanto tú quisieras. Pero ahora pondré en primer lugar a la Reina Arwen Estrella de la Tarde, y estoy dispuesto a desafiar a quienquiera que se atreva a contradecirme. ¿Haré traer mi espada?

Entonces Gimli saludó a Éomer inclinándose en una reverencia.

—No, por lo que a mí toca, estáis disculpado, señor —dijo—. Tú has elegido la Tarde, pero yo he entregado mi amor a la Mañana. Y el corazón me dice que pronto desaparecerá para siempre.

Llegó por fin el día de la partida, y una comitiva brillante y numerosa se preparó para cabalgar rumbo al norte desde la Ciudad. Los reyes de Gondor y Rohan fueron entonces a los Recintos Sagrados y llegaron a las tumbas de Rath Dínen, y llevaron al Rey Théoden en unas andas de oro, y en silencio atravesaron la Ciudad; y depositaron las andas en un gran carruaje, flanqueado por los Jinetes de Rohan y precedido por el estandarte; y Merry, por ser el escudero de Théoden, viajó en el carruaje acompañando las armas del rey.

A los otros Compañeros les trajeron caballos adecuados a la estatura de cada uno; y Frodo y Samsagaz cabalgaban a los flancos de Aragorn, y Gandalf iba montado en Sombragrís, y Pippin con los caballeros de Gondor; y Legolas y Gimli, como siempre, cabalgaban juntos en Arod.

De aquella cabalgata participaban también la Reina Arwen, y Celeborn y Galadriel con su gente, y Elrond y sus hijos; y los príncipes de Dol Amroth y de Ithilien, y numerosos capitanes y caballeros. Jamás un Rey de la Marca había marchado con un séquito como el que acompañó a Théoden hijo de Thengel a la tierra de sus antepasados.

Sin prisa y en paz atravesaron Anórien, y llegaron al Bosque Gris al pie de Amon Dîn; y allí oyeron sobre las colinas un redoble como de tambores, aunque no se veía ninguna criatura viviente. Entonces Aragorn hizo sonar las trompetas; y los heraldos pregonaron:

—¡Escuchad! ¡Ha venido el Rey Elessar! ¡A Ghân-buri-Ghân y a los suyos les concede para siempre el Bosque de Drúadan; y para que en adelante ningún hombre entre ahí si ellos no lo autorizan!

El redoble de tambores creció un momento, y luego calló.

Por fin, y al cabo de quince jornadas, el carruaje que transportaba al Rey Théoden cruzó los prados verdes de Rohan y llegó a Edoras; y allí todos descansaron. La Sala Dorada había sido engalanada con hermosas colgaduras y había luces en todas partes, y allí se celebró el festín más fastuoso que se hubiera conocido desde los días en que se construyó. Porque pasados tres días los Hombres de la Marca prepararon los funerales de Théoden, y lo depositaron en una cámara de piedra con las armas y muchos otros objetos hermosos que él había tenido, y sobre él levantaron un gran túmulo, y lo cubrieron de arriates de hierba verde y de blancos nomeolvides. Y ahora había ocho túmulos en el ala oriental del Campo de los Túmulos.

Entonces los Jinetes de la Escolta del Rey cabalgaron alrededor del túmulo montados en caballos blancos, y cantaron a coro una canción que la gesta de Théoden hijo de Thengel había inspirado a Gléowine, el hacedor de canciones, y que fue la última que compuso en vida. Las voces lentas de los Jinetes conmovieron aun los corazones de aquellos que no comprendían la lengua del país; pero las palabras de la canción encendieron los ojos de la gente de la Marca, pues volvían a oír desde lejos el trueno de los cascos del Norte y la voz de Eorl elevándose por encima de los gritos y el fragor de la batalla en el Campo de Celebrant; y prosiguió la historia de los reyes, y el cuerno de Helm resonaba en las montañas, hasta que cayó la Oscuridad, y el Rey Théoden se erguía y galopaba hacia el fuego a través de la Sombra, y moría con gloria y esplendor mientras el sol, retornando de más allá de la esperanza, resplandecía en la mañana sobre el Mindolluin.

> *Saliendo de la duda, saliendo de la negrura hacia el romper del día*
> *cabalgó cantando al sol, desnudando su espada.*
> *Reavivó la esperanza, y con esperanza murió;*
> *Más allá de la muerte, del miedo y del destino, se alzó*
> *más allá de la pérdida, más allá de la vida, hacia la larga gloria.*

Pero Merry lloraba al pie del túmulo verde, y cuando la canción terminó se incorporó y gritó: —¡Théoden Rey! ¡Théoden Rey! Como un padre fuiste para mí, por poco tiempo. ¡Adiós!

Terminados los funerales, cuando cesó el llanto de las mujeres y Théoden reposó al fin en paz y soledad bajo su túmulo, la gente se reunió en la Sala Dorada para el gran festín y dejó de lado la tristeza; pues Théoden había vivido largos años y había acabado sus días con tanta gloria como los más insignes de la estirpe. Y cuando llegó la hora de beber en memoria de los reyes, como era costumbre en la Marca, Éowyn Dama de Rohan, dorada como el sol y blanca como la nieve, llevó a Éomer una copa llena.

Entonces un trovador y maestro de la tradición se levantó y fue enunciando uno a uno y en orden los nombres de todos los Señores de la Marca: Eorl el Joven; y Brego el Constructor de la Sala; y Aldor hermano de Baldor el Infortunado; y Fréa, y Fréawine, y Goldwine, y Déor, y Gram; y Helm, el que permaneció oculto en el Abismo de Helm cuando invadieron la Marca; y así fueron nombrados los nueve túmulos del ala occidental, pues en aquella época el linaje se había interrumpido, y luego fueron enumerados los túmulos del ala oriental: Fréaláf, hijo de la hermana de Helm, y Léofa, y Walda, y Folca, y Folcwine, y Fengel y Thengel, y finalmente Théoden. Y cuando Théoden fue nombrado, Éomer vació la copa. Éowyn pidió entonces a los sirvientes que llenaran las copas, y todos los presentes se pusieron de pie y bebieron y brindaron por el nuevo rey, exclamando:

—¡Salve, Éomer, Rey de la Marca!

Y más tarde, cuando ya la fiesta concluía, Éomer se levantó y dijo:

—Éste es el festín funerario de Théoden el Rey; pero antes de separarnos quiero anunciaros una noticia feliz, pues sé que a él no le disgustaría que yo así lo hiciera, ya que siempre fue un padre para Éowyn mi hermana. ¡Escuchad, todos mis invitados, noble y hermosa gente de numerosos reinos, como jamás se viera antes congregada en este palacio! Faramir, Senescal de Gondor y Príncipe de Ithilien, pide la mano de Éowyn Dama de Rohan, y ella se la concede de buen grado. Y aquí mismo pronunciarán sus juramentos de enlace ante todos nosotros.

Y Faramir y Éowyn se adelantaron y se tomaron de la mano; y todos los presentes brindaron por ellos y estaban contentos.

—De este modo —dijo Éomer— la amistad entre la Marca y Gondor queda sellada con un nuevo vínculo, y esto me regocija todavía más.

—No eres avaro por cierto, Éomer —dijo Aragorn—, al dar así a Gondor lo más hermoso de tu reino.

Entonces Éowyn miró a Aragorn a los ojos, y dijo:

—¡Deséame ventura, mi señor y curador!

Y él respondió: —Siempre te he deseado ventura, desde el día en que te conocí. Y verte ahora feliz cura una herida en mi corazón.

Cuando la fiesta concluyó, los huéspedes que tenían que irse se despidieron del Rey Éomer. Aragorn y sus caballeros, y las gentes de Lórien y de Rivendel se prepararon para la partida; pero Faramir e Imrahil quedaron en Edoras; y también Arwen Estrella de la Tarde, y se despidió de sus hermanos. Nadie presenció su último encuentro con su padre Elrond, pues subieron a las colinas y allí hablaron a solas largamente, y amarga fue aquella separación que duraría hasta más allá del fin del mundo.

Poco antes de la hora de la partida, Éomer y Éowyn se acercaron a Merry y le dijeron: —Hasta la vista ahora, Meriadoc de la Comarca y Fiel Amigo de la Marca. Cabalga hacia la ventura, y cabalga pronto de vuelta, pues aquí siempre serás bienvenido.

Y Éomer dijo: —Los Reyes de antaño te habrían inundado de tantos presentes por tus hazañas en los campos de Mundburgo que un carromato no habría bastado para transportarlos; pero tú dices que sólo quieres llevarte las armas que te fueron dadas. Respeto tu voluntad, porque nada puedo ofrecerte que sea digno de ti; pero mi hermana te ruega que aceptes este pequeño regalo en memoria de Dernhelm y de los cuernos de la Marca al despuntar el día.

Entonces Éowyn le dio a Merry un cuerno antiguo, acompañado de un tahalí verde; era pequeño, pero estaba hábilmente forjado en hermosa plata, y los artífices habían grabado en él unos jinetes al galope en una línea que descendía en espiral desde la boquilla al pabellón, y también le habían otorgado runas de altas virtudes.

—Es una reliquia de nuestra casa —dijo Éowyn—. Fue forjado por los Enanos, y formaba parte del botín de Scatha el Gusano. Eorl el Joven lo trajo del Norte. Aquel que lo sople en una hora de necesidad despertará temor en el corazón de los enemigos y alegría en el de los amigos, y ellos lo oirán y acudirán.

Merry tomó entonces el cuerno, pues no podía rehusarlo, y besó la mano de Éowyn; y ellos lo abrazaron, y así se separaron aquella vez.

Ya los huéspedes estaban prontos para la partida; y después de beber el vino del estribo, con grandes alabanzas y demostraciones de amistad, emprendieron la marcha, y al cabo de algún tiempo llegaron al Abismo de Helm, y allí descansaron dos días. Legolas cumplió entonces la promesa que le había hecho a Gimli y fue con él a las Cavernas Centelleantes; y volvió silencioso, y dijo que sólo Gimli era capaz de encontrar palabras apropiadas para describir las cavernas.

—Y nunca hasta ahora un enano había derrotado a un elfo en un torneo de elocuencia —añadió—. ¡Pero ahora iremos a Fangorn e igualaremos los tantos!

Partiendo de la Hondonada del Abismo cabalgaron hasta Isengard, y allí vieron los asombrosos trabajos que habían llevado a cabo los ents. El círculo de piedras había desaparecido, y las tierras antes cercadas se habían transformado en un jardín de árboles y huertas, y por él corría un arroyo, pues en el centro había un lago de agua clara, y allí se levantaba aún, alta e inexpugnable, la Torre de Orthanc, y su roca negra se reflejaba en el estanque.

Los viajeros se sentaron a descansar en el sitio donde antes se alzaban las antiguas puertas de Isengard; allí se erguían ahora dos árboles altos como centinelas, a la entrada del sendero bordeado de vegetación que conducía a Orthanc; y contemplaron con admiración los trabajos, pero no vieron ni un ser viviente, ni cerca ni lejos. Pronto, sin embargo, oyeron una voz que llamaba *huum-hoom, hum-hoom,* y de improviso Bárbol les salió al encuentro caminando a grandes trancos, y con él venía Ramaviva.

—¡Bienvenidos al Recinto de los Árboles de Orthanc! —exclamó—. Supe que veníais, pero estaba atareado en lo alto del valle; todavía queda mucho por hacer. Pero por lo que he oído, vosotros tampoco habéis estado ociosos allá en el sur y en el oeste; y todo cuanto ha llegado a mis oídos es bueno, buenísimo.

Y Bárbol ensalzó las hazañas de todos, de las que parecía estar perfectamente enterado; al concluir hizo una pausa y miró largamente a Gandalf.

—¡Y bien, veamos! —dijo—. Has demostrado ser el más poderoso, y todas tus empresas han concluido bien. Mas ¿adónde irás ahora? ¿Y a qué has venido aquí?

—A ver cómo marchan tus trabajos, amigo mío —respondió Gandalf—, y a agradecerte tu ayuda en todo lo que se ha conseguido.

—*Huum,* bien, me parece justo —dijo Bárbol—, pues es indiscutible que también los Ents desempeñaron un papel en todo esto. Y no sólo lidiando con ese... huum... ese maldito asesino de árboles que vivía aquí. Porque tuvimos una gran invasión de esos... *burárum*... esos ojizainos, maninegros, patizambos, lapidíficos, manilargos, carroñosos, sanguinosos, *morimaite-sincahonda, huum,* bueno, puesto que sois gente que vive de prisa y su nombre completo es largo como años de tormento, esos gusanos de los orcos, que llegaron remontando el Río, y descendiendo del norte, y rodearon el bosque de Laurelindórenan, pero no pudieron entrar gracias a los Grandes aquí presentes.

Se inclinó ante el Señor y la Dama de Lórien.

»Y esas mismas criaturas abominables quedaron más que estupefactas al vernos en la Meseta, pues nunca habían oído hablar de nosotros; aunque lo mismo puede decirse de alguna gente más honorable. Y no habrá muchos que nos recuerden, porque tampoco fueron muchos los que escaparon con vida, y a la mayoría se los llevó el Río. Pero fue una suerte para vosotros, porque si no nos hubieran encontrado, el rey de las praderas no habría llegado muy lejos, y si hubiera podido hacerlo, no habría tenido un hogar a donde regresar.

—Lo sabemos bien —dijo Aragorn—, y es algo que ni en Minas Tirith ni en Edoras se olvidará jamás.

—*Jamás* —dijo Bárbol— es una palabra demasiado larga hasta para mí. Mientras perduren vuestros reinos, querrás decir; y mucho tendrán que perdurar por cierto para que les parezcan largos a los Ents.

—La Nueva Edad comienza —dijo Gandalf—, y en ella bien puede ocurrir que los reinos de los Hombres te sobrevivan, Fangorn, amigo mío. Mas, dime ahora una cosa: ¿qué fue de la tarea que te encomendé? ¿Cómo está Saruman? ¿No se ha hastiado aún de Orthanc? Porque no creo que piense que has mejorado el panorama que se ve desde sus ventanas.

Bárbol clavó en Gandalf una mirada larga, casi astuta, pensó Merry.

—Ah —dijo Bárbol—. Me imaginé que llegarías a eso. ¿Hastiado de Orthanc? Más que hastiado, al final; pero no tan hastiado de la torre como de mi voz. *¡Huum!* Me oyó unos largos sermones, o al menos lo que consideraríais largos en vuestra habla.

—¿Entonces por qué se quedó a escucharlos? ¿Has entrado en Orthanc? —preguntó Gandalf.

—*Huum,* no, no en Orthanc —dijo Bárbol—. Pero se asomaba a la ventana y escuchaba, porque sólo así podía enterarse de alguna noticia, y aunque detestaba mis nuevas lo consumía la ansiedad; y te aseguro que las escuchó, todas y bien. Pero agregué muchas cosas en mis sermones que podrían servir para que reflexionara. Al final estaba muy cansado. Siempre tenía prisa, y ésa fue su ruina.

—Observo, mi buen Fangorn —dijo Gandalf—, que pones cuidado en decir *vivía, fue, estaba*. ¿Por qué no *en presente*? ¿Acaso ha muerto?

—No, no ha muerto, hasta donde yo sé —dijo Bárbol—. Pero se ha marchado. Sí, se fue hace siete días. Lo dejé partir. Poco quedaba de él cuando salió arrastrándose, y en cuanto a esa especie de serpiente que lo acompañaba, era como una sombra pálida. Ahora no vengas a decirme, Gandalf, que te prometí retenerlo en seguro; pues ya lo sé. Pero las cosas han cambiado desde entonces. Y lo mantuve hasta que fue seguro, hasta que yo mismo estuve seguro de que ya no podía causar nuevos males. Deberías saber ya que lo que más detesto es ver enjaulados a los seres vivos; ni aun a criaturas como ésta tendría yo encerradas, excepto en casos de extrema necesidad. Una serpiente privada de sus colmillos debería arrastrarse por donde quisiera.

—Quizá tengas razón —dijo Gandalf—, pero creo que a esta víbora aún le quedaba un diente. Tenía el veneno de su voz, y sospecho que te persuadió, aun a ti, Bárbol, pues conocía el punto flaco de tu corazón. Y bien, ahora se ha ido, y no hay más que hablar. Pero la Torre de Orthanc vuelve ahora a manos del Rey, a quien pertenece. Aunque quizá no llegue a necesitarla.

—Eso se verá más adelante —dijo Aragorn—. Pero todo este valle lo doy a los Ents para que hagan con él lo que deseen, siempre y cuando vigilen la Torre de Orthanc y se aseguren de que nadie penetre en ella sin mi autorización.

—Está cerrada —dijo Bárbol—. Obligué a Saruman a que la cerrara y me entregara las llaves. Ramaviva las tiene.

Ramaviva se inclinó como un árbol combado por el viento y entregó a Aragorn dos grandes llaves negras de formas intrincadas, unidas por una argolla de acero.

—Ahora os doy nuevamente las gracias —dijo Aragorn—, y os digo adiós. Que vuestro bosque crezca y prospere otra vez en paz. Y cuando hayáis colmado este valle, al oeste de las montañas, donde ya caminabais en tiempos pasados, habrá aún mucho espacio libre.

El rostro de Bárbol se entristeció.

—Las florestas pueden crecer —dijo—, los bosques pueden prosperar, pero no los Ents. Ya no hay entandos.

—Sin embargo, quizá ahora vuestra búsqueda tenga un nuevo sentido —dijo Aragorn—. Se os abrirán tierras en el este que durante largo tiempo permanecieron cerradas.

Pero Bárbol meneó la cabeza y dijo: —Queda lejos. Y en estos tiempos hay demasiados Hombres por allá. ¡Pero estoy olvidando la hospitalidad y la cortesía! ¿Queréis quedaros y descansar un rato? ¿Y acaso a algunos os agradaría atravesar el Bosque de

Fangorn y acortar así el camino de regreso? —Y miró a Celeborn y a Galadriel.

Pero todos con excepción de Legolas dijeron que había llegado la hora de despedirse y de partir, hacia el sur o hacia el oeste.

—¡Ven, Gimli! —dijo Legolas—. Ahora, con el permiso de Fangorn, podré visitar los sitios recónditos del Bosque de los Ents, y ver árboles tales como no crecen en ninguna otra región de la Tierra Media. Tú cumplirás lo prometido, y me acompañarás; y así volveremos juntos a nuestros países en el Bosque Negro y más allá.

Y Gimli consintió, aunque al parecer no de muy buena gana.

—Aquí se disuelve al fin la Comunidad del Anillo —dijo Aragorn—. Espero, sin embargo, que pronto volveréis a mi país con la ayuda prometida.

—Volveremos, si nuestros señores nos permiten —dijo Gimli—. ¡Bien, hasta la vista, mis queridos hobbits! Pronto llegaréis sanos y salvos a vuestros hogares, y ya no perderé el sueño temiendo por vuestra suerte. Mandaremos noticias cuando podamos, y acaso algunos de nosotros volvamos a encontrarnos de tanto en tanto; pero temo que ya nunca más estaremos todos juntos de nuevo.

Entonces Bárbol se despidió de todos, uno por uno, y se inclinó lentamente tres veces y con profundas reverencias ante Celeborn y Galadriel.

—Hacía mucho, mucho tiempo que no nos encontrábamos entre los troncos o las piedras. *A vanimar, vanimálion nostari!* —dijo—. Es triste que sólo ahora, al final, hayamos vuelto a vernos. Porque el mundo está cambiando: lo siento en el agua, lo siento en la tierra y lo huelo en el aire. No creo que nos encontremos de nuevo.

Y Celeborn dijo: —No lo sé, Venerable.

Pero Galadriel dijo: —No en la Tierra Media, ni antes que las tierras que están bajo las aguas emerjan otra vez. Entonces quizá volvamos a encontrarnos en los saucedales de Tasarinan en primavera. ¡Adiós!

Merry y Pippin fueron los últimos en despedirse; y el viejo ent recobró la alegría al mirarlos.

—Bueno, mis alegres amigos —dijo— ¿queréis beber conmigo otro trago antes de partir?

—Por cierto que sí —le respondieron, y el ent los condujo aparte a la sombra de uno de los árboles, y allí vieron preparado un gran cántaro de piedra. Y Bárbol llenó tres tazones, y bebieron; y los hobbits vieron los ojos extraños del ent que miraba por encima del borde del tazón.

—¡Cuidado, cuidado! —dijo Bárbol—. Porque ya habéis crecido desde la última vez que os vi.

Y los hobbits se echaron a reír y vaciaron de un trago los tazones.

—¡Y bien, adiós! —continuó Bárbol—. Y recordad enviarme un mensaje si en vuestra tierra tenéis alguna noticia de las ent-mujeres.

Luego saludó a toda la comitiva moviendo las grandes manos y desapareció entre los árboles.

Ahora, camino al Paso de Rohan, los viajeros galopaban más rápidamente; y al fin, muy cerca del lugar en que Pippin había mirado la Piedra de Orthanc, Aragorn se despidió. Esta separación entristeció a los hobbits; porque Aragorn nunca los había defraudado y los había guiado a través de muchos peligros.

—Me gustaría tener una Piedra con la que pudiese ver a los amigos —dijo Pippin— y hablar con ellos desde lejos.

—Ya no queda más que una que podría servirte —respondió Aragorn—, pues lo que verías en la piedra de Minas Tirith no te gustaría nada. Pero la Palantír de Orthanc la conservará el Rey, y así verá lo que pasa en su reino y qué hacen sus servidores. Porque no olvides, Peregrin Tuk, que eres un caballero de Gondor, y no te he liberado de mi servicio. Ahora partes con licencia, pero tal vez vuelva a convocarte. Y recordad, queridos amigos de la Comarca, que mi reino también está en el Norte y algún día iré a vuestra tierra.

Aragorn se despidió entonces de Celeborn y de Galadriel, y la Dama le dijo: —Piedra de Elfo, a través de las tinieblas llegaste a tu esperanza, y ahora tienes todo lo que deseabas. ¡Emplea bien tus días!

Pero Celeborn le dijo: —¡Adiós, pariente mío! ¡Ojalá tu destino sea distinto del mío, y tu tesoro te acompañe hasta el fin!

Y con estas palabras partieron, y era la hora del crepúsculo; y cuando un momento después volvieron la cabeza, vieron al Rey del Oeste a caballo rodeado por sus caballeros; y el sol poniente los iluminaba, y hacía que los arneses resplandecieran como oro rojo, y el manto blanco de Aragorn parecía una llama viva. Aragorn tomó entonces la piedra verde y la levantó, y una llama verde le brotó de la mano.

Pronto, la ahora menguada compañía dobló al oeste siguiendo el curso del Isen, y atravesando el Paso se internó en los páramos que se extendían del otro lado; y de allí fue hacia el norte y cruzó los lindes de las Tierras Brunas. Los Dunlendinos huían y se escondían ante ellos, pues temían a los elfos, aunque realmente no los veían con frecuencia en sus tierras. Pero los viajeros no le prestaron atención, ya que eran aún una compañía numerosa y bien provista; y avanzaron con serenidad, levantando las tiendas cuando y donde preferían.

En el sexto día de viaje desde que se separaran del Rey atravesaron un bosque que descendía de las colinas al pie de las Montañas Nubladas, que ahora se levantaban a la derecha. Cuando al caer el sol salieron una vez más a campo abierto, alcanzaron a un anciano que caminaba encorvado apoyándose en un bastón, vestido con harapos grises o que habían sido blancos; otro mendigo, también encorvado y que se arrastraba lloriqueando, le pisaba los talones.

—¡Si es Saruman! —exclamó Gandalf—. ¿Adónde vas?

—¿Qué te importa? —respondió el otro—. ¿Todavía quieres gobernar mis actos, y no estás contento con mi ruina?

—Tú conoces las respuestas —dijo Gandalf—: no y no. Pero de todos modos el tiempo de mis trabajos está concluyendo. El Rey ha tomado ahora la carga. Si hubieras esperado en Orthanc lo habrías visto, y él te habría mostrado sabiduría y clemencia.

—Mayor razón entonces para haber partido antes —dijo Saruman—, pues no quiero de él ni una cosa ni la otra. Y si en verdad esperas una respuesta a la primera pregunta, busco cómo salir de su reino.

—Entonces una vez más has equivocado el camino —dijo Gandalf—, y no veo en tu viaje ninguna esperanza. Pero dime, ¿desdeñarás nuestra ayuda? Pues te la ofrecemos.

—¿A mí? —dijo Saruman—. ¡No, por favor, no me sonrías! Te prefiero con el ceño fruncido. Y en cuanto a la Dama aquí presente, no confío en ella: siempre me ha odiado y ha sido tu cómplice. Estoy seguro de que te trajo por este camino para disfrutar del placer de regodearse con mi miseria. Si hubiese sabido que me seguíais, os habría privado de ese placer.

—Saruman —dijo Galadriel—, tenemos otras tareas y otras preocupaciones que nos parecen mucho más urgentes que la de seguirte los pasos. Di más bien que la suerte se ha apiadado de ti, porque ahora te brinda una última oportunidad.

—Si en verdad es la última, me alegro —dijo Saruman—, porque así me ahorrará la molestia de tener que volver a rechazarla. Todas mis esperanzas se han arruinado, mas no deseo compartir las vuestras. Si es que os queda alguna.

Un fuego le brilló un instante en los ojos.

—Dejadme en paz —dijo—. No en vano consagré largos años al estudio de estas cosas. Vosotros mismos os habéis condenado, y lo sabéis, y en mi vida errante será para mí un gran consuelo pensar que al destruir mi casa también habéis destruido la vuestra. Y ahora ¿qué nave os llevará a la otra orilla a través de un mar tan ancho? —se burló—. Será una nave gris, y con una tripulación de fantasmas.

Se echó a reír, pero la voz era cascada y desagradable.

—¡Levántate, idiota! —le gritó al otro mendigo, que se había sentado en el suelo, y lo golpeó con el bastón—. ¡Media vuelta! Si esta noble gente va en nuestra misma dirección, nosotros cambiaremos de rumbo. ¡Muévete, o te quedarás sin las cortezas de pan de la cena!

El mendigo dio media vuelta y pasó junto a él encorvado y gimoteando. —¡Pobre viejo Gríma! ¡Pobre viejo Gríma! Siempre golpeado y maldecido. ¡Cuánto lo odio! ¡Ojalá pudiera abandonarlo!

—¡Abandónalo entonces! —dijo Gandalf.

Pero Lengua de Serpiente, con los ojos sanguinolentos y aterrorizados, echó una breve mirada a Gandalf, y luego arrastrando los pies rápidamente fue detrás de Saruman. Y cuando los dos miserables pasaban junto a la compañía vieron a los hobbits, y Saruman se detuvo y les clavó los ojos, pero ellos lo miraron con piedad.

—¿Así que también vosotros habéis venido a regodearos, mis alfeñiques? —dijo él—. No os preocupa lo que le falta a un mendigo, ¿no? Porque tenéis todo cuanto queréis, comida y espléndidos vestidos, y la mejor hierba para vuestras pipas. ¡Oh sí, lo sé! Sé de dónde proviene. ¿No le daríais a un mendigo lo suficiente para llenar una pipa, no lo haríais?

—Lo haría, si tuviese —dijo Frodo.

—Puedes quedarte con toda la que me queda —dijo Merry entonces—, si esperas un momento. —Se apeó del caballo y buscó en la alforja de la montura. Luego le extendió a Saruman un saquito de cuero—. Quédate con todo lo que hay —dijo—. Te lo cedo gustoso; la encontré entre los despojos de Isengard.

—¡Mía, mía, sí y a buen precio la compré! —gritó Saruman, arrebatándole la tabaquera—. Esto no es más que una restitución simbólica, porque tomaste mucho más, estoy seguro. De todos modos, un mendigo ha de estar agradecido cuando un ladrón le devuelve siquiera una migaja de lo que le pertenece. Bien, te servirá de escarmiento si al volver a tu tierra encuentras que las cosas no marchan tan bien como a ti te gustaría en la Cuaderna del Sur. ¡Ojalá por largo tiempo escasee la hierba en tu país!

—¡Gracias! —dijo Merry—. En ese caso quiero que me devuelvas mi tabaquera, que no es tuya y ha viajado conmigo mucho y muy lejos. Envuelve la hierba en uno de tus harapos.

—A ladrón, ladrón y medio —dijo Saruman, volviéndole la espalda a Merry; y dándole un puntapié a Lengua de Serpiente, se alejó en dirección al bosque.

—¡Bueno, lo que faltaba! —dijo Pippin—. ¡Ladrón, sin duda! ¿Y qué indemnización tendríamos que reclamar nosotros por haber sido emboscados, heridos, y llevados a la rastra por los orcos a través de Rohan?

—¡Ah! —dijo Sam—. Y dijo la *compré*. ¿Cómo? me pregunto. Y no me gustó nada lo que dijo de la Cuaderna del Sur. Es hora de que volvamos.

—Por cierto que sí —dijo Frodo—. Pero no podremos llegar más rápido, si antes vamos a ver a Bilbo. Pase lo que pase, yo iré primero a Rivendel.

—Sí, creo que sería lo mejor —dijo Gandalf—. Pero ¡pobre Saruman! Temo que ya no se pueda hacer nada por él. No es más que una piltrafa. A pesar de todo, no estoy seguro de que Bárbol esté en lo cierto: sospecho que aún es capaz de un poco de maldad mezquina y a menor escala.

Al día siguiente se internaron en las Tierras Brunas septentrionales, una región ahora deshabitada, aunque verde y apacible. Septiembre llegó con días dorados y noches de plata; y cabalgaron tranquilos hasta llegar al río que fluía hacia el Estero de los Cisnes, y encontraron el antiguo vado, al este de las cascadas que se precipitaban a los bajíos. A lo lejos hacia el oeste se extendían el humedal y los islotes envueltos en niebla, y el río que serpenteaba entre ellos para ir a volcarse en el Aguada Gris; allí entre los juncales hacían sus hogares muchos cisnes.

Así entraron en Eregion, y por fin una mañana hermosa centelleó sobre las brumas; y mirando desde el campamento, que habían levantado en una colina baja, los viajeros vieron a lo lejos, en el este tres, picos que se erguían a la luz del sol entre nubes flotantes: Caradhras, Celebdil y Fanuidhol. Estaban llegando a las cercanías de las Puertas de Moria.

Allí se demoraron siete días, pues se acercaba otra separación a la que todos se resistían a enfrentarse. Pronto Celeborn y Galadriel y su gente se encaminaron al este, y pasando por la Puerta del Cuerno Rojo descendieron la Escalera del Arroyo Sombrío hasta llegar al Cauce de Plata y a su propio reino, Lothlórien. Habían hecho aquella larga travesía por los caminos del oeste, porque tenían muchas cosas que hablar con Elrond y con Gandalf, y allí se quedaron conversando con sus amigos varios días. A menudo, cuando hacía ya un rato que los hobbits dormían profundamente, se sentaban juntos bajo la luz de las estrellas y rememoraban tiempos pasados y las alegrías y tristezas que habían conocido en el mundo, o celebraban consejo, intercambiando ideas acerca de los tiempos por venir. Si por azar hubiese pasado por allí algún caminante solitario, poco habría visto u oído, y le habría parecido ver sólo figuras grises, esculpidas en piedra en conmemoración de cosas olvidadas y ahora perdidas en tierras deshabitadas. Pues se mantenían inmóviles y no hablaban con los labios, y se comunicaban con la mente; sólo los ojos brillantes se agitaban y se iluminaban a medida que los pensamientos iban y venían.

Pero al cabo todo quedó dicho, y de nuevo se separaron por algún tiempo, hasta que llegase la hora de la desaparición de los Tres Anillos. Envuelta en los mantos grises, la gente de Lórien cabalgó hacia las montañas y se desvaneció rápidamente entre las piedras y las sombras; y los que iban camino a Rivendel continuaron mirando desde la colina hasta que un relámpago centelleó en la bruma creciente, y ya no vieron nada más. Y Frodo supo que Galadriel había levantado su anillo en señal de despedida.

Sam volvió la cabeza y suspiró: —¡Cuánto me gustaría volver a Lórien!

Por fin una tarde atravesaron los altos páramos y, de improviso, como les parecía siempre a los viajeros, llegaron a la orilla del profundo valle de Rivendel, y abajo, a lo lejos, vieron brillar las lámparas en la casa de Elrond. Y descendieron, y cruzaron el puente y llegaron a las puertas, y la casa entera estaba repleta de luz y cantos por la alegría del regreso de Elrond.

Ante todo, antes de comer o de lavarse y hasta de quitarse las capas, los hobbits fueron en busca de Bilbo. Lo encontraron solo en su pequeña alcoba, atiborrada de papeles y plumas y lápices, y Bilbo estaba sentado en una silla junto a un fuego pequeño y chisporroteante. Parecía viejísimo, pero tranquilo. Y dormitaba.

Abrió los ojos y los miró cuando entraron.

—¡Hola, hola! —exclamó—. ¿Así que estáis de vuelta? Y mañana, además, es mi cumpleaños. ¡Qué oportunos! ¿Sabéis una cosa? ¡Cumpliré ciento veintinueve! Y en un año más, si aún vivo, tendré la edad del Viejo Tuk. Me gustaría ganarle; pero ya veremos.

Después de la celebración del cumpleaños de Bilbo los cuatro hobbits permanecieron unos días más en Rivendel, casi siempre sentados en compañía del viejo amigo, que ahora se pasaba la mayor parte del tiempo en su cuarto, salvo las horas de comer. Para las comidas seguía siendo muy puntual, pues rara vez dejaba de despertarse a tiempo. Sentados alrededor del fuego le contaron por turnos todo cuanto podían recordar de sus viajes y aventuras. Al principio Bilbo simuló tomar unas notas; pero a menudo se quedaba dormido, y cuando despertaba solía decir: «¡Qué espléndido! ¡Qué maravilla! Pero ¿por dónde íbamos?». Entonces retomaban la historia a partir del instante en que Bilbo había empezado a cabecear.

La única parte que en verdad pareció mantenerlo despierto y atento fue el relato de la coronación y la boda de Aragorn.

—Estaba invitado a la boda, por supuesto —dijo—. Y tiempo hacía que la esperaba. Pero de algún modo, cuando llegó el momento, me di cuenta de que tenía mucho que hacer aquí. ¡Y preparar la maleta es tan fastidioso!

Cuando ya habían pasado casi dos semanas y un día Frodo miró por su ventana y vio que, durante la noche, había caído una helada, y las telarañas parecían redes blancas. Entonces supo de golpe que había llegado el momento de partir y de decirle adiós a Bilbo. El tiempo continuaba hermoso y sereno después de uno de los veranos más maravillosos de los que la gente tuviese memoria; pero había llegado octubre y el aire pronto cambiaría y una vez más comenzarían las lluvias y los vientos. Y aún les quedaba un largo camino por delante. Sin embargo, no era el temor al mal tiempo lo que preocupaba a Frodo. Tenía una sensación como de apremio, de que era hora de regresar a la Comarca. Sam sentía lo mismo, pues la noche anterior le había dicho:

—Bueno, señor Frodo, hemos viajado muy lejos y hemos visto muchas cosas, pero no creo que hayamos conocido un lugar mejor que éste. Hay un poco de todo aquí, si usted me entiende: la Comarca y el Bosque de Oro y Gondor y las casas de los reyes y las tabernas y las praderas y las montañas todo junto. Y sin embargo, no sé por qué, siento que convendría partir cuanto antes. Estoy preocupado por el Tío, si he de decirle la verdad.

—Sí, un poco de todo, Sam, excepto el mar —había respondido Frodo; y ahora repetía para sus adentros «Excepto el mar».

Ese día Frodo habló con Elrond, y quedó convenido que partirían a la mañana siguiente. Para alegría de los hobbits, Gandalf dijo: —Creo que yo también iré. Hasta Bree al menos. Quiero ver a Mantecona.

Por la noche fueron a despedirse de Bilbo.

—Y bien, si tenéis que marcharos, no hay más que hablar —dijo—. Lo siento. Os echaré de menos. De todos modos, es bueno saber que andaréis por las cercanías. Pero me caigo de sueño.

Entonces le regaló a Frodo la cota de mithril y Dardo, olvidando que se las había regalado antes, y también tres libros de erudición que había escrito en distintas épocas, escritas a mano con su caligrafía enmarañada, y que llevaban en los lomos rojos el siguiente título: *Traducciones del Élfico por B. B.*

A Sam le regaló un saquito de oro. —Casi el último vestigio del botín de Smaug —dijo—. Puede serte útil si piensas en casarte, Sam. —Sam se sonrojó.

»A vosotros no tengo mucho que daros, jóvenes amigos —les dijo a Merry y Pippin—, excepto buenos consejos. —Y cuando les hubo dado una buena dosis, agregó uno final, según la usanza de la Comarca—: No dejéis que vuestras cabezas se vuelvan más grandes que vuestros sombreros. ¡Pero si no paráis pronto de crecer, los sombreros y las ropas os saldrán muy caros!

—Pero si usted quiere ganarle al Viejo Tuk —dijo Pippin—, no veo por qué nosotros no podemos tratar de ganarle a Toro Bramador.

Bilbo se echó a reír, y sacó de un bolsillo dos hermosas pipas de boquilla de nácar y guarniciones de plata labrada. —¡Pensad en mí cuando fuméis en ellas! —dijo—. Los elfos las hicieron para mí, pero ya no fumo. —Y de pronto cabeceó y se adormeció un rato, y cuando despertó dijo—: A ver, ¿por dónde íbamos? Sí, claro, entregando los regalos. Lo que me recuerda: ¿qué fue de mi anillo, Frodo, el que tú te llevaste?

—Lo perdí, Bilbo querido —dijo Frodo—. Me deshice de él, ya sabes.

—¡Qué lástima! —dijo Bilbo—. Me hubiera gustado verlo de nuevo. ¡Pero no, qué tonto soy! Sí, a eso fuiste, a deshacerte de él, ¿no? Pero todo es tan confuso, pues se le han sumado y mezclado tantas otras cosas: los asuntos de Aragorn, y el Concilio Blanco, y Gondor, y los Jinetes, y los Hombres del Sur, y los olifantes…, ¿de veras viste uno, Sam?… y las cavernas y las torres y los árboles dorados y vaya usted a saber cuántas otras cosas.

»Es evidente que yo volví de mi viaje por un camino demasiado recto. Creo que Gandalf hubiera podido pasearme un poco más. Pero entonces la subasta habría terminado antes que yo volviera, y entonces habría tenido más contratiempos aún. De todos modos, ahora es demasiado tarde; y la verdad es que creo que es mucho más cómodo estar sentado aquí y escuchar el relato de todo lo que pasó. El fuego es muy acogedor aquí, y la comida es *muy* buena, y hay elfos si quieres verlos. ¿Qué más se puede pedir?

> *Sigue y sigue siempre el Camino*
> *desde la puerta de la que vino.*
> *Lejano corre ya en Sendero,*
> *¡quien pudiera, que lo siga!*
> *Que emprenda un viaje nuevo,*
> *mas yo al fin con pies cansados*
> *tornaré hacia la taberna encendida,*
> *al encuentro de mi reposo en noche y sueño.*

Y mientras murmuraba las palabras finales, la cabeza le cayó sobre el pecho y se quedó dormido.

La noche se adentró en la habitación, y el fuego chisporroteó más brillante; y al mirar a Bilbo dormido lo vieron sonreír. Permanecieron un rato en silencio; y entonces Sam, mirando alrededor y a las sombras que se movían en las paredes, dijo con voz queda: —No creo, señor Frodo, que haya escrito mucho mientras estábamos fuera. Ya nunca escribirá nuestra historia.

Entonces Bilbo abrió un ojo, casi como si le hubiese oído. Y de pronto se despertó.

—Ya lo veis, me he vuelto tan dormilón —dijo—. Y cuando tengo tiempo para escribir, sólo me gusta escribir poesía. Me pregunto, Frodo, mi querido amigo, si no te importaría poner un poco de orden en mis cosas antes de marcharte. Recoger todas mis notas y papeles, y también mi diario, y llevártelos, si quieres. Date cuenta, no tengo mucho tiempo para seleccionar y ordenar y todo lo demás. Que Sam te ayude, y cuando hayáis puesto las cosas en su sitio, volved y les echaré una ojeada. No seré demasiado estricto.

—¡Claro que lo haré! —dijo Frodo—. Y volveré pronto, por supuesto: ya no volverá a ser peligroso. Ahora hay un verdadero rey, y pronto pondrá los caminos en condiciones.

—¡Gracias, mi querido amigo! —dijo Bilbo—. Es en verdad un gran alivio para mi cabeza. —Y dicho esto volvió a quedarse dormido en seguida.

Al día siguiente Gandalf y los hobbits se despidieron de Bilbo en su habitación, porque hacía frío al aire libre; y dijeron adiós a Elrond y a todos los de su hogar.

Cuando Frodo estaba de pie en el umbral, Elrond le deseó buen viaje y lo bendijo, y le dijo:

—Me parece, Frodo, que no será necesario que vuelvas aquí a menos que lo hagas muy pronto. Por esta misma época del año, cuando las hojas son de oro antes de caer, busca a Bilbo en los bosques de la Comarca. Yo estaré con él.

Nadie más oyó estas palabras, y Frodo las guardó como un secreto.

7

RUMBO A CASA

Por fin los hobbits emprendieron el viaje de vuelta. Ahora estaban ansiosos por volver a ver la Comarca; sin embargo, al principio cabalgaron a paso lento, pues Frodo había estado algo intranquilo. En el Vado del Bruinen se había detenido como si temiera aventurarse a cruzar el agua, y sus compañeros notaron que por un momento parecía no verlos, ni a ellos ni al mundo de alrededor. Todo aquel día había estado silencioso. Era el seis de octubre.

—¿Te duele algo, Frodo? —le preguntó en voz baja Gandalf, que cabalgaba junto a él.

—Bueno, sí —dijo Frodo—. Es el hombro. Me duele la herida, y me pesa el recuerdo de la oscuridad. Hoy se cumple un año.

—¡Ay! —dijo Gandalf—. Ciertas heridas nunca curan del todo.

—Temo que la mía sea una de ellas —dijo Frodo—. No hay un verdadero regreso. Aunque vuelva a la Comarca, no me parecerá la misma; porque yo no seré el mismo. Llevo en mí las heridas del puñal, el aguijón y los dientes; y la de una larga y pesada carga. ¿Dónde encontraré reposo?

Gandalf no respondió.

Al final del día siguiente el dolor y el desasosiego habían desaparecido, y Frodo estaba contento otra vez, alegre como si no recordase las tinieblas de la víspera. A partir de entonces el viaje prosiguió sin tropiezos, y los días fueron pasando con rapidez, pues cabalgaban sin prisa y a menudo se demoraban en los hermosos bosques, donde las hojas eran rojas y amarillas al sol del otoño. Y llegaron por fin a la Cima de los Vientos; y se acercaba la hora del ocaso y la sombra de la colina se proyectaba oscura sobre el camino. Frodo les rogó entonces que apresuraran el paso, y sin una sola mirada a la colina, atravesó la sombra con la cabeza gacha y arrebujado en la capa. Por la noche el tiempo cambió, y un viento cargado de lluvia sopló desde el oeste, frío e inclemente, y las hojas amarillas se arremolinaron como pájaros en el aire. Cuando llegaron al Bosque de Chet ya las ramas estaban casi desnudas, y una espesa cortina de lluvia ocultaba la Colina de Bree.

Así fue como hacia el final de un atardecer lluvioso y borrascoso de los últimos días de octubre, los cinco jinetes remontaron la cuesta empinada y llegaron a la Puerta Meridional de Bree. Estaba cerrada con cerrojos; y la lluvia les azotaba las caras, y en el cielo crepuscular las nubes bajas se perseguían. Y los corazones se les encogieron, porque habían esperado una recepción más calurosa.

Cuando hubieron llamado muchas veces apareció por fin el Guardián, y vieron que llevaba un pesado garrote. Los observó con temor y desconfianza, pero cuando reconoció a Gandalf y notó que quienes lo acompañaban eran hobbits, a pesar de los extraños atavíos, se le iluminó el semblante y les dio la bienvenida.

—¡Entrad! —dijo, quitando los cerrojos—. No nos quedemos charlando aquí, con este frío y esta lluvia; una verdadera noche de rufianes. El viejo Cebadilla sin duda os recibirá con gusto en *El Poney,* y allí oiréis todo cuanto hay para oír.

—Y tú oirás allí más tarde todo cuanto nosotros tenemos para contar, y mucho más —rio Gandalf—. ¿Cómo está Harry?

El Guardián se enfurruñó. —Se marchó —dijo—. Pero será mejor que se lo preguntes a Cebadilla. ¡Buenas noches!

—¡Buenas noches a ti también! —dijeron los recién llegados, y entraron; y vieron entonces que detrás del seto que bordeaba el camino habían construido una cabaña larga y baja, y que varios hombres habían salido de ella y los observaban por encima del cerco. Al llegar a la casa de Bill Helechal vieron que allí el seto estaba descuidado y asalvajado, y que las ventanas habían sido cubiertas con tablas.

—¿Crees que lo habrás matado con aquella manzana, Sam? —dijo Pippin.

—Sería mucho esperar, señor Pippin —dijo Sam—. Pero me gustaría saber qué fue de ese pobre poney. Me he acordado de él más de una vez, y de los lobos que aullaban y todo lo demás.

Llegaron por fin a *El Poney Pisador,* que visto de fuera al menos no había cambiado mucho; y había luces detrás de las cortinas rojas en las ventanas más bajas. Tocaron la campana y Nob acudió a la puerta, y abrió un resquicio y espió; y al verlos allí bajo la lámpara dio un grito de sorpresa.

—¡Señor Mantecona! ¡Patrón! —gritó — ¡Han regresado!

—Oh, ¿de veras? Les voy a dar —se oyó la voz de Mantecona, y salió como una tromba, garrote en mano. Pero cuando vio quiénes eran se detuvo en seco, y el ceño furibundo se le transformó en un gesto de asombro y de alegría.

»¡Nob, tonto encarrujado! —gritó—. ¿No sabes llamar por su nombre a los viejos amigos? No tendrías que darme estos sustos, en los tiempos que corren. ¡Bien, bien! ¿Y de dónde vienen ustedes? Nunca esperé volver a ver a ninguno de ustedes, y es la pura verdad: marcharse así, a las Tierras Salvajes, con ese tal Trancos, y todos esos Hombres Negros siempre yendo y viniendo. Pero estoy muy contento de verlos, y a Gandalf más que a ninguno. ¡Adelante! ¡Adelante! ¿Las mismas habitaciones de siempre? Están desocupadas. En realidad, casi todas están vacías en estos tiempos, cosa que no les ocultaré, ya que no tardarán en descubrirlo. Y veré qué se puede hacer por la cena, lo más pronto posible; pero estoy corto de ayuda en estos momentos. ¡Eh, Nob, camastrón! ¡Avisa a Bob! Ah, se me olvidaba, Bob se ha marchado: ahora al anochecer vuelve a la casa de su familia. ¡Bueno, lleva los poneys de los huéspedes a las caballerizas, Nob! Y tú, Gandalf, sin duda querrás llevar tú mismo el caballo a su establo. Un animal magnífico, como dije la primera vez que lo vi. ¡Bueno, adelante! ¡Siéntanse como en su propia casa!

El señor Mantecona en todo caso no había cambiado su manera de hablar, y parecía vivir siempre en la misma agitación sin resuello. Y sin embargo, no había casi nadie en la posada y todo estaba en calma; del salón común llegaba un murmullo apagado de no más de dos o tres voces. Y vista más de cerca, a la luz de las dos velas que había encendido y que llevaba ante ellos, la cara del posadero parecía un tanto ajada y consumida por las preocupaciones.

Los condujo por el corredor hasta la salita en que se habían reunido aquella noche extraña, hacía ya más de un año, y ellos lo siguieron algo desazonados, pues era obvio que el viejo Cebadilla estaba tratando de ponerle al mal tiempo buena cara. Las cosas ya no eran como antes. Pero no dijeron nada y esperaron.

Como era de prever, después de la cena el señor Mantecona fue a la salita para ver si todo había sido del agrado de los huéspedes. Y lo había sido por cierto: en todo caso los cambios no habían afectado en lo más mínimo a la calidad de la cerveza y las vituallas de *El Poney*.

—No me atreveré a sugerirles que vayan a la Sala Común esta noche —dijo Mantecona—. Han de estar fatigados; y de todas maneras hoy no hay mucha gente allí. Pero si quisieran dedicarme una media hora antes de recogerse a descansar, me gustaría mucho charlar un rato con ustedes, tranquilos y a solas.

—Eso es justamente lo que también nos gustaría a nosotros —dijo Gandalf—. No estamos cansados. Nos hemos tomado las cosas con calma últimamente. Estábamos mojados, con frío y hambrientos, pero todo eso tú lo has curado. ¡Ven, siéntate! Y si tienes un poco de hierba para pipa, te daremos nuestra bendición.

—Bueno, me sentiría más feliz si me hubieras pedido cualquier otra cosa —dijo Mantecona—. Eso es algo justamente de lo que andamos escasos, pues la única hierba que tenemos es la que cultivamos nosotros mismos, y no es bastante. En estos tiempos no llega nada de la Comarca. Pero haré lo que pueda.

Cuando volvió traía una provisión suficiente para un par de días: un fajo enrollado de hojas sin cortar.

—Bancal Sureño —dijo—, y la mejor que tenemos; pero no puede ni compararse con la de la Cuaderna del Sur, como siempre he dicho, aunque en la mayoría de las cosas estoy a favor de Bree, con el perdón de ustedes.

Lo instalaron en un gran sillón junto al fuego y Gandalf se sentó del otro lado del hogar, y los hobbits en sillas bajas entre uno y otro; y entonces hablaron durante muchas medias horas, e intercambiaron todas aquellas noticias que el señor Mantecona quiso saber o comunicar. La mayor parte de las cosas que tenían para contarle dejaban simplemente pasmado de asombro y desconcierto al posadero, y superaban todo lo que él podía imaginar, y provocaban escasos comentarios fuera de: —No me diga —que el señor Mantecona repetía una y otra vez como si dudara de sus propios oídos—. No me diga, señor Bolsón ¿o era señor Sotomonte? Estoy tan confundido. ¡No me diga, maese Gandalf! ¡Increíble! ¡Quién lo hubiera pensado, en nuestros tiempos!

Pero él, por su parte, habló largo y tendido. Las cosas distaban de andar bien, contó. Los negocios no sólo no prosperaban: eran un verdadero desastre.

—Ya nadie se acerca a Bree desde las Tierras Extranjeras —dijo—. Y las gentes de por aquí se quedan en casa casi todo el tiempo, y a puertas trancadas. La culpa de todo la tienen esos recién llegados y vagabundos que empezaron a aparecer por el Camino Verde el año pasado, como ustedes recordarán; pero más tarde vinieron más. Algunos eran pobres infelices que huían de la desgracia; pero la mayoría eran hombres malvados, ladrones y dañinos. Y aquí mismo, en Bree, hubo disturbios, disturbios graves. Y tuvimos una verdadera refriega, y a alguna gente la mataron, ¡la mataron muerta! Si quieren creerme.

—Te creo —dijo Gandalf—. ¿Cuántos?

—Tres y dos —dijo Mantecona, refiriéndose a la gente grande y a la pequeña—. Murieron el pobre Mat Matosos, y Rowlie Manzanero, y el pequeño Tom Abrojos, de la otra vertiente de la Colina; y Willie Orillas de allá arriba, y uno de los Sotomonte de Entibo; todos buena gente, se les echa de menos. Y Harry Madreselva, el que antes estaba en la puerta del oeste, y ese Bill Helechal, se pasaron al bando de los intrusos, y se quedaron con ellos; y fueron ellos quienes los dejaron entrar, me parece a mí. La noche de la batalla, quiero decir. Y eso fue después que les mostramos las puertas y los echamos, pasó antes de fin de año; y la batalla fue a principios del Año Nuevo, después de la gran nevada que tuvimos.

»Y ahora les ha dado por robar y viven afuera, escondidos en los bosques del otro lado de Archet, y en las tierras salvajes allá por el norte. Es un poco como en los malos tiempos de antes de que hablan las leyendas, digo yo. Ya no hay seguridad en los caminos y nadie va muy lejos, y la gente se encierra temprano en las casas. Hemos tenido que poner centinelas todo alrededor de la empalizada y muchos hombres a vigilar las puertas durante la noche.

—Bueno, a nosotros nadie nos molestó —dijo Pippin— y vinimos lentamente, y sin montar guardias. Creíamos haber dejado atrás todos los problemas.

—Ah, eso no, señor, y es lo más triste del caso —dijo Mantecona—. Pero no me extraña que los hayan dejado tranquilos. No se van a atrever a atacar a gente armada, con espadas y yelmos y escudos y todo. Lo pensarían dos veces, sí señor. Y les confieso que yo mismo quedé un poco acobardado hoy cuando los vi.

Y entonces, de pronto, los hobbits comprendieron que la gente los miraba con estupefacción no por la sorpresa de verlos de vuelta, sino por las ropas insólitas que vestían. Tanto se habían acostumbrado a las guerras y a cabalgar en compañías de atavíos relucientes, que no se les había ocurrido en ningún momento que las cotas de malla que les asomaban por debajo de los mantos, los yelmos de Gondor y de la Marca o las hermosas insignias de los escudos podían parecer extravagancias en sus propias tierras. Hasta el propio Gandalf, que ahora cabalgaba en un gran corcel gris, todo vestido de blanco, envuelto en un amplio manto azul y plata, y con la larga espada Glamdring al cinto.

Gandalf se echó a reír. —Bueno, bueno —dijo—. Si sólo cinco como nosotros bastan para amedrentarlos, con peores enemigos nos hemos topado en nuestras aventuras. En todo caso, te dejarán en paz por la noche mientras estemos aquí.

—¿Y cuánto durará eso? —preguntó Mantecona—. No negaré que nos encantaría tenerlos con nosotros una temporada. Aquí no estamos acostumbrados a estos problemas, como ustedes saben, y todos los Montaraces se han marchado, por lo que me dice la gente. Creo que hasta ahora no habíamos apreciado bien lo que ellos hacían por nosotros. Porque hubo cosas peores que ladrones por estos lares. El invierno pasado había lobos que aullaban alrededor de la empalizada. Y en los bosques merodean formas oscuras, cosas horripilantes que le hielan a uno la sangre en las venas. Todo muy alarmante, si ustedes me entienden.

—Me imagino que sí —dijo Gandalf—. En casi todas las tierras ha habido disturbios en estos tiempos, graves disturbios. Pero ¡alégrate, Cebadilla! Has estado en un tris de verte envuelto en problemas muy serios, y me hace feliz saber que no te han tocado más de cerca. Pero se aproximan tiempos mejores. Mejores quizá que todos aquellos que puedas recordar. Los Montaraces han vuelto. Nosotros mismos hemos regresado con ellos. Y hay de nuevo un rey, Cebadilla. Y pronto se ocupará de esta región.

»Entonces se abrirá de nuevo el Camino Verde, y los mensajeros del rey vendrán al norte, y habrá un tránsito constante y las criaturas malignas serán expulsadas de las regiones desiertas. En verdad, con el paso del tiempo, los eriales dejarán de ser eriales, y donde antes hubo tierras salvajes habrá gentes y praderas.

El Señor Mantecona sacudió la cabeza.

—Que haya un poco de gente decente y respetable en los caminos no hará mal a nadie —dijo—. Pero no queremos más chusma ni rufianes. Y no queremos más intrusos en Bree, ni cerca de Bree. Queremos que nos dejen en paz. No quiero ver acampar por aquí e instalarse por allá a toda una multitud de extranjeros que vienen a echar a perder nuestro país.

—Te dejarán en paz, Cebadilla —dijo Gandalf—. Hay espacio suficiente para varios reinos entre el Isen y el Aguada Gris, o a lo largo de las costas meridionales del Brandivino, sin que nadie venga a habitar a menos de varias jornadas a caballo de Bree. Y mucha gente vivía antiguamente en el norte, a un centenar de millas de aquí, o más, en el otro extremo del Camino Verde: en las Colinas del Norte o en las cercanías del Lago del Atardecer.

—¿Allá arriba, cerca del Muro de los Muertos? —dijo Mantecona, con un aire aún más dubitativo—. Dicen que es una región maldita. Sólo los ladrones se atreverían a ir allí.

—Los Montaraces van allí —dijo Gandalf—. El Muro de los Muertos, dices. Así lo han llamado durante largos años; pero el verdadero nombre, Cebadilla, es Fornost Erain, Norburgo de los Reyes. Y allí volverá el Rey, algún día, y entonces verás pasar alguna hermosa gente.

—Bueno, esto suena un poco más alentador, lo reconozco —dijo Mantecona—. Y será sin duda bueno para los negocios. Siempre y cuando deje en paz a Bree.

—La dejará en paz —dijo Gandalf—. La conoce y la ama.

—¿La conoce? —dijo Mantecona, perplejo—. Aunque no me imagino cómo puede ser, sentado en su gran sillón, allá arriba en su inmenso castillo, a centenares de millas de distancia, y bebiendo vino de un cáliz de oro, no me extrañaría. ¿Qué es para él *El Poney* o una jarra de cerveza? ¡No porque mi cerveza no sea buena, Gandalf! Es excepcionalmente buena desde que viniste en el otoño del año pasado y le echaste una buena palabra. Y te diré que, en medio de todos estos males, ha sido un consuelo.

—¡Ah! —dijo Sam—. Pero él dice que tu cerveza siempre es buena.

—¿Él lo dice?

—Claro que sí. Él es Trancos. El jefe de los Montaraces. ¿No te ha entrado todavía en la cabeza?

Mantecona entendió al fin, y la cara se le transformó en una máscara de asombro: boquiabierto, con los ojos como platos en la cara rechoncha y la boca abierta de par en par, sin aliento.

—¡Trancos! —exclamó, cuando pudo recobrar el aliento—. ¡Él, con corona y todo, y un cáliz de oro! Bueno, ¿dónde vamos a parar?

—A tiempos mejores, al menos para Bree —respondió Gandalf.

—Así lo espero, en verdad —dijo Mantecona—. Bueno, esta ha sido la charla más agradable que he tenido en un mes de días lunes. Y no negaré que esta noche dormiré más tranquilo y con el corazón aliviado. Ustedes me han traído en verdad muchas e importantes cosas en las que pensar, pero lo postergaré hasta mañana. Estoy listo para acostarme, y no dudo que también ustedes se irán a dormir de buena gana. ¡Eh, Nob! —llamó, mientras iba hacia la puerta—. ¡Nob, camastrón!

»¡Nob! —se dijo en seguida, palmeándose la frente—. ¿Qué me recuerda esto?

—No otra carta de la que se ha olvidado, espero, señor Mantecona —dijo Merry.

—Por favor, por favor, señor Brandigamo, ¡no venga a recordármelo! Pero ahí tiene, me cortó el pensamiento. ¿Dónde estaba yo? Nob, caballerizas... ¡Ah, eso era! Tengo aquí algo que les pertenece. Si se acuerdan de Bill Helechal y el robo de los caballos: el poney que ustedes le compraron, bueno, está aquí. Volvió solo, sí. Pero por dónde anduvo, ustedes lo sabrán mejor que yo. Parecía un perro viejo, y estaba flaco como un tendal, pero vivo. Nob lo ha cuidado.

—¿Qué? ¡Mi Bill! —exclamó Sam—. Bueno, diga lo que diga el Tío, nací con buena estrella. ¡Otro deseo que se cumple! ¿Dónde está? —Y Sam no quiso irse a la cama antes de haber visitado a Bill en el establo.

Los viajeros se quedaron en Bree todo el día siguiente, y el Señor Mantecona no tuvo motivos para quejarse de los negocios, al menos aquella noche. La curiosidad venció todos los temores y la casa estaba de bote en bote. Por cortesía, los hobbits fueron a la Sala Común durante la velada y contestaron a muchas preguntas. Y como la gente de Bree tenía buena memoria, a Frodo le preguntaron muchas veces si había escrito su libro.

—Todavía no —contestaba—. Ahora voy a casa a poner en orden mis notas. —Prometió narrar los extraños sucesos de Bree, y dar así un toque de interés a un libro que al parecer se ocuparía sobre todo de los remotos, y menos importantes, acontecimientos del «lejano sur».

De pronto, uno de los más jóvenes pidió una canción. Esto provocó un repentino silencio, todos miraron al joven con enfado y la petición no se repitió. Evidentemente nadie deseaba que algo sobrenatural ocurriera otra vez en la Sala Común.

Sin problemas durante el día, ni ruidos durante la noche, nada turbó la paz de Bree mientras los viajeros estuvieron allí; pero a la mañana siguiente se levantaron temprano porque, como el tiempo continuaba lluvioso, deseaban llegar a la Comarca antes de la noche y los esperaba una larga cabalgada. Todos los habitantes de Bree salieron a despedirlos, y estaban de mejor humor que el que habían tenido en todo un año; y los que aún no habían visto a los viajeros con sus ropajes completos se quedaron pasmados de asombro: Gandalf con su barba blanca y la luz que parecía irradiar, como si el manto azul fuera sólo una nube que cubriera el sol; y los cuatro hobbits como caballeros andantes salidos de cuentos casi olvidados. Hasta aquellos que se habían reído al oírlos hablar del Rey empezaron a pensar que quizá habría algo de verdad en todo aquello.

—Bien, buena suerte en el camino, y buena suerte a la llegada a su hogar —dijo el señor Mantecona—. Tendría que haberles advertido antes que tampoco en la Comarca anda todo bien, si lo que he oído es verdad. Pasan cosas raras, dicen. Pero una cosa espanta a otra, y estaba preocupado por mis propios problemas. Si me permiten el atrevimiento, les diré que han vuelto cambiados de todos esos viajes, y ahora parecen gente capaz de afrontar las dificultades con serenidad. No dudo que muy pronto habrán puesto todo en su sitio. ¡Buena suerte! Y cuanto más a menudo vuelvan, más halagado me sentiré.

Le dijeron adiós y se alejaron a caballo, y saliendo por la puerta del oeste se encaminaron a la Comarca. El poney Bill iba con ellos y, como antaño, cargaba con una buena cantidad de equipaje, pero trotaba junto a Sam y parecía satisfecho.

—Me pregunto qué habrá querido insinuar el viejo Cebadilla —dijo Frodo.

—Algo puedo imaginarme —dijo Sam, con aire sombrío—. Lo que vi en el Espejo: los árboles derribados y todo lo demás, y el viejo Tío expulsado de Bolsón de Tirada. Tendría que haber vuelto antes.

—Y es evidente que algo anda mal en la Cuaderna del Sur —dijo Merry—. Hay una escasez general de hierba para pipa.

—Sea lo que sea —dijo Pippin— Lotho ha de andar al mando de todo eso, puedes estar seguro.

—Metido en eso, pero no al mando —dijo Gandalf—. Te olvidas de Saruman. Empezó a mostrar interés por la Comarca aun antes que en Mordor.

—Bueno, te tenemos con nosotros —dijo Merry—, así que las cosas pronto se aclararán.

—Estoy con vosotros ahora —replicó Gandalf—, pero pronto no lo estaré. Yo no voy a la Comarca. Debéis deshacer vosotros mismos los entuertos; habéis sido preparados para ello. ¿No lo comprendéis aún? Mi tiempo ha pasado ya: no me incumbe a mí enderezar las cosas, ni ayudar a la gente a enderezarlas. En cuanto a vosotros, mis queridos amigos, no necesitaréis ayuda. Ahora habéis crecido. Habéis crecido mucho en verdad: estáis entre los grandes, y no temo por la suerte de ninguno de vosotros.

»Pero si queréis saberlo, pronto me separaré de vosotros. Tendré una larga charla con Bombadil: una charla como no he tenido en todo mi tiempo. Él ha juntado moho, y yo he sido un canto condenado a rodar. Pero mis días de rodar están terminando, y ahora tendremos muchas cosas que decirnos.

Al poco rato llegaron al punto del Camino del Este donde se habían despedido de Bombadil; y tenían la esperanza y casi la certeza de que lo verían allí de pie, esperándolos para saludarlos al pasar. Pero había ni rastro de él, y vieron una bruma gris sobre las Colinas de los Túmulos en el sur y un velo espeso que cubría el Bosque Viejo en lontananza.

Se detuvieron y Frodo miró al sur con melancolía.

—Me gustaría tanto volver a ver al viejo amigo. Me pregunto cómo andará.

—Tan bien como siempre, puedes estar seguro —dijo Gandalf—. Muy tranquilo; y no muy interesado, sospecho, en nada de cuanto hemos hecho o visto, salvo tal vez nuestras visitas a los Ents. Quizá en algún momento, más adelante, puedas ir a verlo. Pero yo en vuestro lugar me apresuraría, o no llegaréis al Puente del Brandivino antes que cierren las puertas.

—Si no hay ninguna puerta —dijo Merry—, no en el Camino; lo sabes muy bien. Está la Puerta de los Gamos, por supuesto, pero allí a mí me dejarán entrar a cualquier hora.

—No había ninguna puerta, querrás decir —dijo Gandalf—. Creo que ahora encontrarás algunas. Y acaso hasta en la Puerta de los Gamos tropieces con más dificultades de las que supones. Pero sabréis qué hacer. ¡Adiós, mis queridos amigos! No por última vez, todavía no ¡adiós!

Hizo salir del Camino a Sombragrís, y el gran corcel cruzó de un salto la zanja verde que corría al lado, y a una voz de Gandalf desapareció galopando como un viento del norte hacia las Colinas de los Túmulos.

—Bueno, aquí estamos, nosotros cuatro solos, los que partimos juntos —dijo Merry—. Hemos dejado por el camino a todos los demás, uno después de otro. Parece casi como un sueño que se hubiera desvanecido lentamente.

—No para mí —dijo Frodo—. Para mí es más como volver a dormir.

EL SANEAMIENTO DE LA COMARCA

Había caído la noche cuando, empapados y rendidos de cansancio, los viajeros llegaron por fin al Brandivino. Encontraron el camino cerrado: en cada una de las cabeceras del Puente se levantaba una gran puerta enrejada coronada de púas; y vieron que del otro lado del río habían construido algunas casas nuevas: de dos plantas, con estrechas ventanas rectangulares, desnudas y mal iluminadas, todo muy lúgubre, y para nada en consonancia con el estilo característico de la Comarca.

Golpearon con fuerza la puerta exterior y llamaron a voces, pero al principio no obtuvieron respuesta; de pronto, y para asombro de los recién llegados, alguien sopló un cuerno, y las luces se apagaron en las ventanas. Una voz gritó en la oscuridad:

—¿Quién llama? ¡Fuera! ¡No pueden entrar! ¿No han leído el letrero: *Prohibida la entrada entre la puesta y la salida del sol*?

—Por supuesto que no, no podemos leer el letrero en la oscuridad —respondió Sam a voz en cuello—. Y si en una noche como ésta, hobbits de la Comarca tienen que quedarse fuera bajo la lluvia, arrancaré tu letrero tan pronto como lo encuentre.

En respuesta una ventana se cerró con un golpe, y una multitud de hobbits provistos de faroles emergió de la casa de la izquierda. Abrieron la primera puerta y algunos de ellos se acercaron al puente. El aspecto de los viajeros pareció amedrentarlos.

—¡Acércate! —dijo Merry, que había reconocido a uno de los hobbits—. ¿No me reconoces, Hob Guardacercas? Soy yo, Merry Brandigamo, y me gustaría saber qué significa todo esto, y qué hace aquí un Gamuno como tú. Antes estabas en la Puerta del Cerco.

—¡Caramba! ¡Si es el Señor Merry, y ataviado para el combate! —exclamó el viejo Hob—. ¡Pero cómo, si decían que estaba muerto! Desaparecido en el Bosque Viejo, eso decían. ¡Me alegro de verlo vivo, de todos modos!

—¡Entonces termina de mirarme boquiabierto entre los barrotes, y abre la puerta! —dijo Merry.

—Lo siento, Señor Merry, pero tenemos órdenes.

—¿Órdenes de quién?

—Del Jefe, allá arriba, en Bolsón Cerrado.

—¿Jefe? ¿Jefe? ¿Te refieres al señor Lotho? —preguntó Frodo.

—Supongo que sí, señor Bolsón; pero ahora tenemos que decir «el Jefe», nada más.

—¡De veras! —dijo Frodo—. Bueno, me alegro al menos de que haya prescindido de Bolsón. Pero ya es hora de que la familia se encargue de él y lo ponga en su justo lugar.

Entre los hobbits que estaban del otro lado de la puerta se hizo un silencio.

—No le hará bien a nadie hablando de esa manera —dijo uno—. Llegará a oídos de él. Y si meten tanta bulla despertarán al Hombre Grande que ayuda al Jefe.

—Lo despertaremos de una forma que lo sorprenderá —dijo Merry—. Si lo que quieres decir es que ese maravilloso Jefe tiene rufianes a sueldo venidos quién sabe de dónde, entonces no hemos regresado demasiado pronto. —Se apeó del poney de un salto, y al ver el letrero a la luz de las linternas, lo arrancó y lo arrojó del otro lado de la puerta. Los hobbits retrocedieron, sin decidirse a abrir—. Adelante, Pippin. Con nosotros dos bastará.

Merry y Pippin se encaramaron a la puerta y los hobbits huyeron precipitadamente. Sonó otro cuerno. Desde la casa más grande, la de la derecha, surgió una figura pesada y corpulenta recortada bajo la luz del portal.

—¿Qué significa todo esto? —gruñó, mientras se acercaba—. Conque violando la entrada ¿eh? ¡Largo de aquí o los acogotaré a todos! —Se detuvo de golpe, al ver el brillo de las espadas.

—Bill Helechal —dijo Merry—, si dentro de diez segundos no has abierto esa puerta, te arrepentirás. Conocerás el frío de mi acero si no obedeces. Y cuando la hayas abierto te irás por ella y no volverás nunca más. Eres un rufián y un bandolero.

Bill Helechal, acobardado, arrastró los pies hasta la puerta y la abrió.

—¡Dame la llave! —dijo Merry. Pero el rufián se la arrojó a la cabeza y escapó hacia la oscuridad. Cuando pasaba junto a los poneys, uno de ellos le lanzó una coz que lo alcanzó en plena carrera. Con un alarido se perdió en la noche, y nunca más volvió a saberse de él.

—Buen trabajo, Bill —dijo Sam, refiriéndose al poney.

—Allá va el famoso Hombre Grande —dijo Merry—. Más tarde iremos a ver al Jefe. Lo que queremos mientras tanto es alojamiento por esta noche, y como parece que han demolido la Posada del Puente para levantar este caserío tétrico, ustedes tendrán que acomodarnos.

—Lo siento, señor Merry —dijo Hob—, pero no está permitido.

—¿Qué no está permitido?

—Alojar huéspedes imprevistos, y consumir alimentos de más, y esas cosas —dijo Hob.

—¿Qué diantre pasa? —preguntó Merry—. ¿Han tenido un año malo, o qué? Creía que el verano había sido espléndido, y la cosecha óptima.

—Bueno, sí, el año fue bastante bueno —dijo Hob—. Cultivamos mucho y de todo, pero no sabemos adónde va a parar. Son esos «recolectores» y «repartidores», supongo, que andan por aquí contando y midiendo y llevándoselo todo para almacenarlo. Es más lo que recolectan que lo que reparten, y la mayor parte de las cosas nunca las volvemos a ver.

—¡Oh, ya basta! —dijo Pippin, bostezando—. Todo esto es demasiado fatigoso para mí esta noche. Tenemos víveres en nuestros sacos. Danos sólo un cuarto donde echarnos a descansar. De todos modos, será mejor que muchos de los lugares que he conocido.

Los hobbits de la puerta todavía parecían inquietos, pues era evidente que se estaba quebrantando alguna norma; pero era imposible tratar de contradecir a cuatro viajeros tan autoritarios, todos armados por añadidura, y dos de ellos excepcionalmente altos y fornidos. Frodo ordenó que volvieran a cerrar las puertas. De todos modos, parecía justificado montar guardia mientras hubiese rufianes merodeando. Los cuatro compañeros entraron en la casa de los guardianes y se instalaron lo más cómodamente que pudieron. Era desnuda e inhóspita, con un hogar miserable en el que el fuego siempre se apagaba. En los cuartos de la planta alta había pequeñas hileras de camastros duros, y en cada una de las paredes un letrero y una lista de normas. Pippin los arrancó de un tirón. No tenían cerveza y muy poca comida, pero los viajeros compartieron lo que traían y todos disfrutaron de una cena aceptable; y Pippin quebrantó la Norma cuatro poniendo en el hogar la mayor parte de la ración de leña del día siguiente.

—Bueno, ¿qué les parece si fumamos un poco mientras nos cuentan las novedades de la Comarca? —dijo.

—No hay hierba para pipa ahora —dijo Hob—; y la que hay, se la han guardado los hombres del Jefe. Todas las reservas parecen haber desaparecido. Lo que hemos oído es que carretones enteros de hierba partieron por el antiguo camino desde la Cuaderna del Sur, a través del Vado de Sarn. Eso fue al final del año pasado, después de la partida de ustedes. Pero ya antes la habían estado sacando en secreto de la Comarca, en pequeñas cantidades. Ese Lotho…

—¡Cierra el pico, Hob Guardacercas! —gritaron algunos de los otros—. Sabes que no está permitido hablar así. El Jefe se enterará, y todos nos veremos en figurillas.

—No tendría por qué enterarse de nada si algunos de los presentes no fueran soplones —replicó Hob, enfurecido.

—¡Está bien, está bien! —dijo Sam—. Es suficiente. No quiero saber nada más. Ni bienvenida, ni cerveza, ni hierba para pipa, y un montón de normas y de cháchara digna de los orcos. Esperaba descansar, pero por lo que veo tenemos afanes y problemas por delante. ¡Vamos a dormir y olvidémonos de todo hasta mañana!

Era evidente que el nuevo «Jefe» tenía medios para enterarse de las novedades. Desde el Puente hasta Bolsón Cerrado había unas cuarenta millas largas, pero alguien las había recorrido a gran velocidad. Y Frodo y sus amigos no tardaron en descubrirlo.

No tenían aún planes definidos, pero pensaban de algún modo en ir primero todos juntos a Cricava, y descansar allí un tiempo. Ahora, sin embargo, viendo cómo estaban las cosas, decidieron ir directamente a Hobbiton. Así pues, al día siguiente tomaron el Camino y marcharon a un trote lento pero constante. Aunque el viento había amainado, el cielo seguía gris, y el país tenía un aspecto triste y desolado; pero al fin y al cabo era primero de noviembre, en las postrimerías del otoño. No obstante, les sorprendió ver tantos incendios y humaredas que brotaban desde muchos sitios en los alrededores. Una gran nube de humo trepaba a lo lejos hacia el Bosque Cerrado.

Al caer de la tarde llegaron a las cercanías de Ranales, una aldea situada sobre el Camino a unas veintidós millas del Puente. Allí tenían la intención de pasar la noche: *El Leño Flotante* de Ranales era una buena posada. Pero cuando llegaron al extremo este de la aldea encontraron una barrera con un gran letrero que decía CAMINO CERRADO; y detrás de la barrera un nutrido pelotón de Oficiales de la Comarca provistos de garrotes y con plumas en los sombreros. Tenían una actitud arrogante y al mismo tiempo temerosa.

—¿Qué es todo esto? —dijo Frodo, casi tentado de soltar la carcajada.

—Es lo que es, señor Bolsón —dijo el cabecilla de los Oficiales, un hobbit con dos plumas—. Están ustedes arrestados por Violación de Puerta, y por Destrucción de Normas, y por Ataque a Guardianes, y por Allanamiento, y por Haber Pernoctado en los Edificios de la Comarca sin Autorización, y por Sobornar a los Guardias con Comida.

—¿Y qué más? —dijo Frodo.

—Con esto basta para empezar —dijo el cabecilla de los Oficiales.

—Si usted quiere, yo podría agregar algunos motivos más —dijo Sam—. Por Insultar a vuestro Jefe, por Tener Ganas de Estamparle un Puñetazo en la Facha Granujienta, y por Pensar que los Oficiales de la Comarca parecen una tropilla de Fantoches.

—Oiga don, ya basta. Por orden del Jefe tienen que acompañarnos sin chistar. Ahora los llevaremos a Delagua y los entregaremos a los Hombres del Jefe; y cuando él se haya ocupado del caso, podrán decir lo que tengan que decir. Pero si no quieren quedarse en las Celdas Agujero demasiado tiempo, yo si fuera ustedes pondría punto en boca.

Ante la decepción de los Oficiales de la Comarca, Frodo y sus compañeros estallaron en carcajadas.

—¡No sea ridículo! —dijo Frodo—. Yo voy a donde me place, y cuando se me da la gana. Y da la casualidad de que ahora iba a Bolsón Cerrado por negocios, pero si insisten en acompañarnos, bueno, es asunto de ustedes.

—Muy bien, señor Bolsón —le dijo el jefe, empujando hacia un lado la barrera—. Pero no olvide que lo he arrestado.

—No lo olvidaré —dijo Frodo—. Jamás. Pero quizá pueda perdonarte. Y ahora, porque no pienso ir más lejos por hoy, si tiene la amabilidad de escoltarme hasta *El Leño Flotante* le quedaré muy agradecido.

—No puedo hacerlo, señor Bolsón. La posada está clausurada. Hay una casa de Oficiales en el otro extremo de la aldea. Los llevaré allí.

—Está bien —dijo Frodo—. Vayan ustedes delante, y nosotros los seguiremos.

Sam había estado observando a todos los oficiales, y descubrió a un conocido. —¡Eh, ven aquí, Robin Madriguera! —llamó—. Quiero hablarte un momento.

Tras una mirada tímida al cabecilla quien, aunque parecía enfurecido, no se atrevió a intervenir, el oficial Madriguera se separó de la fila y se acercó a Sam, que se había apeado del poney.

—¡Escúchame, pájaro! —dijo Sam—. Tú, que eres de Hobbiton, bien podrías tener un poco más de sentido común. ¿Qué es eso de venir a detener al señor Frodo y todo lo demás? ¿Y qué historia es ésa de que la posada está clausurada?

—Están todas clausuradas —dijo Robin—. El Jefe no tolera la cerveza. O por lo menos así empezó la cosa. Pero, ahora que lo pienso, los Hombres del Jefe se la guardan para ellos. Y tampoco tolera que la gente ande de aquí para allá; así que, si así lo quieren o lo necesitan, tendrán que ir a la Casa de los Oficiales y explicar los motivos.

—Tendría que darte vergüenza andar mezclado en tamaña estupidez —dijo Sam—. En otros tiempos una taberna te gustaba más por dentro que por fuera. Siempre andabas metiendo en ellas las narices, en las horas de servicio o en las de licencia.

—Y aún lo haría, Sam, si pudiera. Pero no seas duro conmigo. ¿Qué puedo hacer? Tú sabes por qué me metí de Oficial de la Comarca hace siete años, antes que empezara todo esto. Me daba la oportunidad de recorrer la campiña, y de ver gente, y de enterarme de las novedades, y de saber dónde tiraban la mejor cerveza. Pero ahora es diferente.

—Pero igual puedes renunciar, abandonar el puesto, si ya no es un trabajo respetable —dijo Sam.

—No está permitido —dijo Robin.

—Si oigo decir varias veces más *no está permitido* —dijo Sam—, estallaré de furia.

—No lamentaría verlo, te lo aseguro —dijo Robin bajando la voz—. Si todos juntos estalláramos de furia alguna vez, algo se podría hacer. Pero son esos Hombres, Sam, los Hombres del Jefe. Están de ronda en todas partes, y si alguno de nosotros, la gente pequeña, trata de reclamar sus derechos, se lo llevan a las Celdas Agujero a la rastra. Primero apresaron al viejo Pastelón, al viejo Will Pieblanco, el Alcalde, y luego a muchos más. Y en los últimos tiempos las cosas han empeorado. Ahora les pegan a menudo.

—Entonces ¿por qué haces lo que ellos te ordenan? —le dijo Sam, indignado—. ¿Quién te mandó a Ranales?

—Nadie. Vivimos aquí, en la Casa Grande de los Oficiales. Ahora somos el Primer Escuadrón de la Cuaderna del Este. Hay centenares de Oficiales de la Comarca, y todavía necesitan más, con todas estas nuevas normas. La mayor parte está en esto contra su voluntad, pero no todos. Hasta en la Comarca hay gente a quien le gusta meterse en los asuntos ajenos y darse importancia. Y todavía los hay peores: hay unos cuantos que hacen de espías para el Jefe y para sus Hombres.

—¡Ah! Fue así como se enteraron de nuestra llegada ¿no?

—Precisamente. Nosotros ya no tenemos el derecho de utilizarlo, pero ellos emplean el viejo servicio Postal Rápido, y mantienen postas especiales en varios lugares. Uno de ellos llegó anoche de Surcos Blancos con un «mensaje secreto», y otro se lo llevó desde aquí. Y esta tarde se recibió un mensaje diciendo que ustedes tenían que ser arrestados y conducidos a Delagua, no a las Celdas Agujero directamente. Evidentemente, el Jefe quiere verlos cuanto antes.

—No estará tan ansioso cuando el señor Frodo haya acabado con él —dijo Sam.

La Casa de los Oficiales de la Comarca en Ranales les pareció tan sórdida como la del Puente. Era de ladrillos toscos y descoloridos, mal ensamblados, y tenía una sola planta, pero las mismas ventanas estrechas. Por dentro era húmeda e inhóspita, y la cena fue servida en una mesa larga y desnuda que no había sido fregada en varias semanas. Y la comida no merecía un marco mejor. Los viajeros se sintieron felices cuando llegó la hora de abandonar aquel lugar. Estaban a unas dieciocho millas de Delagua, y a las diez de la mañana se pusieron en camino. Habrían partido bastante más temprano si la tardanza no hubiese irritado tan visiblemente al cabecilla de los oficiales. El viento del oeste había cambiado y ahora soplaba del norte, y aunque el frío había recrudecido, ya no llovía.

Fue una comitiva bastante cómica la que partió de la villa, si bien los contados habitantes que salieron a admirar el «atuendo» de los viajeros no parecían estar muy seguros de si les estaba permitido reírse. Una docena de Oficiales habían sido designados para escoltar a los «prisioneros», pero Merry los obligó a caminar adelante, mientras que Frodo y sus amigos los siguieron cabalgando. Merry, Pippin y Sam, sentados a sus anchas, iban riéndose y charlando y cantando, mientras los oficiales avanzaban solemnes, tratando de parecer severos e importantes. Frodo, en cambio, marchaba en silencio y tenía un aire triste y pensativo.

La última persona con quien se cruzaron al pasar fue un viejo campesino robusto que estaba podando un cerco.

—¡Hola, hola! —gritó con sorna—. ¿Ahora quién ha arrestado a quién?

Dos de los oficiales se separaron inmediatamente del grupo y fueron hacia el anciano.

—¡Jefe! —dijo Merry—. ¡Ordéneles a esos dos que vuelvan a la fila, si no quiere que yo me encargue de ellos!

A una orden cortante del cabecilla los dos hobbits volvieron malhumorados.

—Y ahora ¡adelante! —dijo Merry, y a partir de ese momento los jinetes marcharon a un trote bastante acelerado, como para obligar a los oficiales a seguirlos a todo correr. Salió el sol, y a pesar del viento frío pronto estaban sudando y resollando.

En la Piedra de las Tres Cuadernas se dieron por vencidos. Habían recorrido casi catorce millas con un solo descanso al mediodía. Ahora eran las tres de la tarde. Estaban hambrientos, tenían los pies hinchados y doloridos y no podían seguir a ese paso.

—¡Y bien, tómense todo el tiempo que necesiten! —dijo Merry—. Nosotros continuamos.

—¡Adiós, pájaro! —dijo Sam en dirección a Robin—. Te esperaré en la puerta de *El Dragón Verde,* si no has olvidado dónde está. ¡No te distraigas por el camino!

—Esto es un quebrantamiento, un quebrantamiento del arresto —dijo el líder con desconsuelo—, y no respondo por las consecuencias.

—Todavía pensamos quebrar muchas cosas, y no le pediremos que responda —dijo Pippin—. ¡Buena suerte!

Los viajeros continuaron al trote, y cuando el sol empezó a descender hacia las Colinas Blancas, lejano sobre la línea del horizonte, llegaron a Delagua junto al gran lago de la villa; y allí recibieron el primer golpe verdaderamente doloroso. Era la tierra de Frodo y de Sam, y ahora sabían que no había en el mundo un lugar más querido para ellos. Muchas de las casas que habían conocido ya no existían. Algunas parecían haber sido incendiadas. La encantadora hilera de antiguos agujeros hobbit en la margen norte del Lago estaba abandonada, y los coquetos jardines que antaño descendían hasta el borde del agua habían sido invadidos por las malezas. Peor aún, había toda una hilera de lóbregas casas nuevas a lo largo de Vera del Lago, a la altura en que el camino a Hobbiton corría junto al agua. Allí antes había habido un sendero con árboles. Ahora todos los árboles habían desaparecido. Y cuando miraron consternados el camino que subía a Bolsón Cerrado, vieron a la distancia una alta chimenea de ladrillos. Vomitaba un humo negro en el aire del atardecer.

Sam estaba fuera de sí.

—¡Yo marcho adelante, señor Frodo! —gritó—. Voy a ver qué está pasando. Quiero encontrar al Tío.

—Antes nos convendría saber qué nos espera, Sam —dijo Merry—. Sospecho que el «Jefe» ha de tener una caterva de rufianes al alcance de la mano. Necesitaríamos encontrar a alguien que nos diga cómo andan las cosas por estos parajes.

Pero en la aldea de Delagua todas las casas y los agujeros hobbit estaban cerrados y nadie salió a saludarlos. Esto les sorprendió, pero no tardaron en descubrir el motivo. Cuando llegaron a *El Dragón Verde,* el último edificio del camino a Hobbiton, ahora desierto y con los vidrios rotos, les alarmó ver una media docena de hombres corpulentos y malcarados que holgazaneaban recostados contra la pared de la taberna; tenían el rostro moreno y la mirada torcida y taimada.

—Como aquel amigo de Bill Helechal en Bree —dijo Sam.

—Como muchos de los que vi en Isengard —murmuró Merry.

Los rufianes empuñaban garrotes y llevaban cuernos colgados del cinturón, pero por lo visto no tenían otras armas. Al ver a los viajeros cabalgando hacia ellos se apartaron del muro, y atravesándose en el camino, les cerraron el paso.

—¿Adónde creéis que vais? —dijo uno, el más corpulento y de aspecto más maligno—. Para vosotros, el camino se interrumpe aquí. ¿Y dónde están esos bravos oficiales?

—Vienen caminando despacio —contestó Merry—. Con los pies un poco doloridos, quizá. Les prometimos esperarlos aquí.

—¡Vaya! ¿qué os dije? —dijo el rufián volviéndose a sus compañeros—. Le dije a Zarquino que no se podía confiar en esos pequeños imbéciles. Tenían que haber enviado a algunos de los nuestros.

—Dime, ¿y eso en qué habría cambiado las cosas? —dijo Merry—. En este país no estamos acostumbrados a los bandoleros, pero sabemos cómo tratarlos.

—Bandoleros ¿eh? —dijo el hombre—. No me gusta nada ese tono. O lo cambias, o te lo cambiaremos. Vosotros, gente pequeña, estáis muy subiditos. No confiéis demasiado en el buen corazón del Jefe. Ahora ha venido Zarquino, y él hará lo que Zarquino diga.

—¿Y qué puede ser eso? —preguntó Frodo con calma.

—Estas tierras necesitas que alguien las despierte y las meta en vereda —dijo el otro—, y eso es lo que Zarquino hará; y con mano dura, si lo obligáis. Necesitáis un Jefe más grande. Y lo tendréis antes de que acabe el año, si montáis más jaleos. Entonces aprenderéis un par de cosas, ratitas miserables.

—Me alegra de veras conocer vuestros planes —dijo Frodo—. Ahora mismo iba a hacerle una visita al señor Lotho, y es muy posible que también a él le interese conocerlos.

El rufián se echó a reír. —¡Lotho! Los conoce muy bien. No te preocupes. Él hará lo que Zarquino diga. Porque si un Jefe crea problemas, nosotros nos encargamos de cambiarlo. ¿Entiendes? Y si la gente pequeña trata de meterse donde no la llaman, sabemos cómo sacarlos del medio. ¿Entiendes?

—Sí, entiendo —dijo Frodo—. Para empezar, entiendo que no estáis al tanto de los tiempos y las noticias que corren. Han sucedido muchas cosas desde que abandonasteis el sur. Tu tiempo ya ha pasado, y el de todos los demás rufianes. La Torre Oscura ha sucumbido, y en Gondor hay un Rey. E Isengard ha sido destruida y vuestro preciado amo es ahora un mendigo errante en las tierras salvajes. Me crucé con él por el camino. Ahora serán los mensajeros del Rey los que remontarán el Camino Verde, no los matones de Isengard.

El hombre le clavó la mirada y sonrió con sarcasmo. —¡Un mendigo errante de las tierras salvajes! —se burló— ¿De veras? Pavonéate si quieres, pavonéate, renacuajo presumido. Pero eso no nos moverá de esta pequeña gran tierra donde ya habéis holgazaneado de sobra. ¡Mensajeros del Rey! —Chasqueó los dedos en las narices de Frodo—. ¡Mira lo que me importa! Cuando vea uno, tal vez me fije en él.

Aquello colmó el vaso para Pippin. Recordó el Campo de Cormallen, y resulta que aquí había un granuja de mirada oblicua que se atrevía a tildar de «renacuajo presumido» al Portador del Anillo. Echó atrás la capa, desenvainó la espada reluciente, y la plata y el sable de Gondor centellearon cuando avanzó en su montura.

—Yo soy un mensajero del Rey —dijo—. Le estás hablando al amigo del Rey, y a uno de los más renombrados en todas las Tierras del Oeste. Eres un rufián y un imbécil. ¡Ponte de rodillas en el camino y pide perdón o te traspasaré con este acero, perdición de los Trolls!

La espada relumbró a la luz del poniente. También Merry y Sam desenvainaron las espadas y se adelantaron, prontos a respaldar el desafío de Pippin; pero Frodo no se movió. Los rufianes retrocedieron. Hasta entonces se habían limitado a amedrentar e intimidar a los campesinos de Bree, y a maltratar a los azorados hobbits de la Comarca. Los hobbits temerarios de espadas brillantes y miradas torvas eran una sorpresa inesperada. Y las voces de estos recién llegados tenían un tono que ellos nunca habían escuchado. Los helaba de terror.

—¡Largaos! —dijo Merry—. Si volvéis a turbar la paz de esta aldea, lo lamentaréis.

Los tres hobbits avanzaron, y los rufianes dieron media vuelta y huyeron despavoridos por el Camino de Hobbiton; pero mientras corrían hicieron sonar los cuernos.

—Bueno, es evidente que no hemos regresado demasiado pronto —dijo Merry.

—Ni un día. Tal vez demasiado tarde, al menos para salvar a Lotho —dijo Frodo—. Es un pobre imbécil, pero le tengo lástima.

—¿Salvar a Lotho? ¿Pero qué demonios quieres decir? —preguntó Pippin—. Destruirlo, diría yo.

—Me parece que no comprendes bien lo que sucede, Pippin —dijo Frodo—. Lotho nunca tuvo la intención de que las cosas llegaran a este extremo. Ha sido un tonto y un malvado, pero ahora está atrapado. Los rufianes han tomado las riendas, recolectando, robando y abusando, y manejando o destruyendo las cosas a gusto de ellos y en nombre de él. Y ni siquiera en nombre de él por mucho tiempo más. Ahora es prisionero en Bolsón Cerrado y ha de estar muy atemorizado, me imagino. Tendríamos que intentar rescatarlo.

—¡Esto sí que es inaudito! —exclamó Pippin—. Como broche de oro de nuestros viajes nunca me lo habría imaginado: venir a combatir con rufianes y semiorcos en la Comarca misma… ¡para salvar a Lotho Granujo!

—¿Combatir? —dijo Frodo—. Bueno, supongo que podría llegarse a eso. Pero recordad: no ha de haber matanza de hobbits, ni siquiera de los que se hayan pasado al otro bando. Que se hayan pasado de verdad, quiero decir, no que obedezcan por temor las órdenes de los rufianes. Jamás en la Comarca un hobbit mató a otro hobbit a propósito, y no vamos a empezar ahora. Y en la medida en que pueda evitarse, no se matará a nadie. Así que conservad la calma y dejad las manos quietas hasta que surja un final inevitable.

—Pero si hay muchos de estos rufianes habrá lucha, sin duda —dijo Merry—. Con sentirte horrorizado y triste no rescatarás a Lotho, ni salvarás la Comarca, mi querido Frodo.

—No —dijo Pippin—. No será tan fácil amedrentarlos de nuevo. Esta vez los tomamos por sorpresa. ¿Oíste sonar los cuernos? Es indudable que andan otros por las cercanías. Y cuando sean más numerosos se sentirán mucho más audaces. Tendríamos que buscar algún sitio donde refugiarnos esta noche. Al fin y al cabo no somos más que cuatro, aunque estemos armados.

—Se me ocurre una idea —dijo Sam—. ¡Vayamos a lo del viejo Tom Coto bajando el Sendero del Sur! Siempre fue un tipo con agallas. Y tiene un montón de hijos que toda la vida fueron amigos míos.

—¡No! —dijo Merry—. No tiene sentido «refugiarse». Eso es lo que la gente ha estado haciendo, y lo que a los rufianes les gusta. Caerán sobre nosotros en grupo, nos acorralarán y nos obligarán a salir por la fuerza; o nos quemarán vivos. No, tenemos que hacer algo, y pronto.

—¿Hacer qué? —dijo Pippin.

—¡Sublevar a toda la Comarca! —dijo Merry—. ¡Ahora! ¡Despertar a todo el mundo! ¡Odian todo esto, es evidente! Todos, excepto tal vez uno o dos bribones, y unos pocos imbéciles que quieren sentirse importantes pero que en realidad no entienden nada de lo que está pasando. Pero la gente de la Comarca ha vivido tan cómoda y tranquila durante tanto tiempo que no sabe qué hacer. Sin embargo, una simple cerilla bastará para encenderlos. Los Hombres del Jefe deben saberlo, y por eso tratarán de aplastarnos y eliminarnos rápidamente. Nos queda muy poco tiempo.

»Sam, ve tú una carrera a la Granja de Coto, si quieres. Es el personaje más importante de por aquí, y el más recio. ¡Vamos! Voy a soplar el cuerno de Rohan, y les haré escuchar una música como nunca en la vida han oído.

Cabalgaron de regreso al centro de la aldea. Allí Sam dobló y partió al galope por el sendero que conducía al sur, a casa de los Coto. No se había alejado mucho cuando oyó de pronto la clara llamada de un cuerno que se elevaba vibrando hacia el cielo. Resonó a lo lejos más allá de las colinas y de los campos, y era tan imperiosa aquella llamada que el propio Sam estuvo a punto de dar media vuelta y regresar a la carrera. El poney se encabritó y relinchó.

—¡Adelante, muchacho! ¡Adelante! —le gritó Sam—. Pronto regresaremos.

Un instante después notó que Merry cambiaba la nota, y el Toque de Alarma de Los Gamos se elevó, estremeciendo el aire.

¡Despertad! ¡Despertad! ¡Peligro! ¡Fuego!
¡Enemigos! ¡Despertad!

Sam oyó a sus espaldas una batahola de voces y el estrépito de puertas que se cerraban de golpe. Delante de él se encendían luces en el anochecer, los perros ladraban, le llegó un rumor de pasos precipitados. No había llegado aún al final del sendero cuando vio al Granjero Coto que corría a su encuentro con tres de sus hijos, el Joven Tom, Alegre y Nick. Llevaban hachas en sus manos, y le cerraron el paso.

—¡No! No es uno de esos rufianes —dijo la voz grave del granjero—. Por la estatura parece un hobbit, pero está vestido de una manera estrafalaria. ¡Eh! —gritó—. ¿Quién eres, y a qué viene todo este alboroto?

—Soy Sam, Sam Gamyi. Estoy de vuelta.

El Granjero Coto se le acercó y lo observó un rato en la penumbra. —¡Bien! —exclamó—. La voz es la misma, y tu cara no se ve peor de lo que era, Sam. Pero no te habría reconocido en la calle, con esa vestimenta. Has estado por el extranjero, por lo que se ve. Temíamos que hubieras muerto.

—¡Eso sí que no! —dijo Sam—. Ni tampoco el señor Frodo. Está aquí con sus amigos. Y esto mismo es la causa de todo el alboroto. Están sublevando la Comarca. Vamos a echar de aquí a todos esos rufianes, y también al Jefe que tienen. Ya estamos empezando.

—¡Bien, bien! —exclamó el Granjero Coto—. ¡Así que la cosa ha empezado al fin! De un año a esta parte me ardía la sangre de ganas de armar jaleo, pero la gente no quería ayudar. Y yo tenía que pensar en mi mujer y en Rosita. Estos rufianes no se arredran ante nada. ¡Pero vamos ya, muchachos! ¡Delagua se ha rebelado! ¡Tenemos que estar allí!

—Pero… ¿y la señora Coto, y Rosita? —dijo Sam—. No es prudente dejarlas solas.

—Mi Nibs está con ellas. Pero puedes ir y ayudarlo, si tienes ganas —dijo el Granjero Coto con una media sonrisa. Entonces él y sus hijos partieron a todo correr hacia la aldea.

Sam se apresuró hacia la casa. En el escalón más alto del fondo del patio, la señora Coto y Rosita estaban de pie junto a la gran puerta redonda, y Nibs aguardaba frente a ellas, blandiendo una horca para el heno.

—¡Soy yo! —anunció Sam mientras su montura trotaba hacia ellos—. ¡Sam Gamyi! Así que no trates de ensartarme, Nibs. De todos modos, llevo puesta una cota de malla.

Se apeó del poney de un salto y subió los escalones. Los Coto lo observaron en silencio. —¡Buenas noches, señora Coto! —dijo Sam—. ¡Hola, Rosita!

—¡Hola, Sam! —dijo Rosita—. ¿Por dónde has andado? Decían que habías muerto, pero yo te he estado esperando desde la primavera. No tenías mucha prisa ¿no es cierto?

—Tal vez no —respondió Sam, sonrojándose—. Pero ahora sí la tengo. Nos estamos ocupando de los rufianes y tengo que volver con el señor Frodo. Pero quise venir a echar un vistazo, a ver cómo estaba la señora Coto y cómo estabas tú, Rosita.

—Estamos bien, gracias —dijo la señora Coto—. O al menos estaríamos bien si no fuese por esos rufianes ladrones.

—¡Bueno, vete entonces! —dijo Rosita—. Si has estado cuidando al señor Frodo todo este tiempo ¿cómo se te ocurre dejarlo solo ahora, justo cuando las cosas se ponen más difíciles?

Aquello fue demasiado para Sam. O dedicaba una semana para contestarle, o no le decía nada. Bajó los escalones y volvió a montar en su poney. Pero en el momento en que se disponía a partir, Rosita corrió escalones abajo.

—¡Luces muy bien, Sam! —dijo—. ¡Vete, ahora! ¡Pero cuídate y vuelve en cuanto hayas arreglado cuentas con los rufianes!

Cuando Sam regresó, encontró en pie a toda la villa. Además de numerosos muchachos más jóvenes, ya se habían reunido más de un centenar de hobbits fornidos provistos de hachas, martillos pesados, cuchillos largos y gruesos bastones; y algunos llevaban arcos de caza. Y continuaban llegando otros de las granjas vecinas.

Algunos de los aldeanos habían encendido una gran hoguera, sólo para inflamar los ánimos, y porque era además una de las cosas prohibidas por el Jefe. Las llamas trepaban cada vez más brillantes a medida que avanzaba la noche. Otros, a las órdenes de Merry, estaban levantando barricadas a través del camino a la entrada y a la salida de la aldea. Cuando los Oficiales se toparon con la primera barricada quedaron estupefactos, pero tan pronto como vieron como pintaban las cosas, la mayoría se quitó las plumas y se unió a la revuelta. Los otros huyeron furtivamente.

Sam encontró a Frodo y a sus amigos junto al fuego departiendo con el viejo Tom Coto, rodeados de una multitud de gente de Delagua que los miraba con admiración.

—Y bien, ¿cuál es el próximo movimiento? —dijo el Granjero Coto.

—No sé decirlo —respondió Frodo—, hasta tanto no tenga más información. ¿Cuántos son los rufianes?

—Es difícil saberlo —dijo Coto—. Andan siempre aquí y allá, yendo y viniendo. A veces hay cincuenta en las barracas, allá en lo alto del camino a Hobbiton; pero salen de correrías, a robar y a «recolectar», como ellos dicen. De todos modos, rara vez hay menos de una veintena alrededor del Jefe, como lo llaman. Y él está en Bolsón Cerrado, o estaba, pero ya no sale de sus estancias. En realidad, nadie lo ha visto desde hace una semana o dos, pues los Hombres no dejan que nadie se acerque.

—Pero Hobbiton no es el único lugar en que están acuartelados ¿no? —dijo Pippin.

—No, para colmo de males —dijo Coto—. Hay un buen puñado allá abajo, en el sur, en Valle Largo y cerca del Vado de Sarn, dicen; y algunos más escondidos en Bosque Cerrado; y han construido barracas en El Cruce. Y están las Celdas Agujero, como ellos las llaman: los viejos almacenes subterráneos en Cavada Grande, que han transformado en prisiones para los que se atreven a enfrentarlos. Sin embargo, estimo que no hay más de trescientos en toda la Comarca, y tal vez menos. Podemos dominarlos si nos mantenemos unidos.

—¿Tienen armas? —preguntó Merry.

—Látigos, cuchillos y garrotes, suficiente para el sucio trabajo que hacen; al menos eso es lo que han mostrado hasta ahora —dijo Coto—. Pero sospecho que sacarán a relucir otras armas en caso de lucha. De todos modos, algunos tienen arcos. Han disparado a uno o dos de los nuestros.

—¡Ya ves, Frodo! —dijo Merry—. Sabía que tendríamos que combatir. Bueno, ellos empezaron la matanza.

—No exactamente —dijo Coto—. O en todo caso no fueron ellos los que empezaron con las flechas. Los Tuk empezaron. Mire, señor Peregrin, el padre de usted nunca lo pudo tragar al tal Lotho, desde el principio; decía que si alguien tenía derecho a darse aires de jefe a esta hora del día era el legítimo Thain de la Comarca, y no ningún advenedizo. Y cuando Lotho le mandó a sus hombres no hubo modo de convencerlo. Los Tuk son afortunados, ellos tienen esos agujeros profundos allá en las Colinas Verdes, los Grandes Smials y todo eso, y los rufianes no pueden llegar hasta allí; y los Tuk no los dejan entrar en sus tierras. Si se atreven a hacerlo, los cazan. Los Tuk mataron a tres que andaban robando y merodeando. Desde entonces los bandidos se volvieron más feroces. Y ahora vigilan de cerca las Tierras de Tuk. Ya nadie entra ni sale de allí.

—¡Un hurra por los Tuk! —gritó Pippin—. Pero ahora alguien va a entrar. Me voy a los Smials. ¿Alguien desea acompañarme a Alforzada?

Pippin partió con una media docena de muchachos, todos montados en poneys. —¡Hasta pronto! —gritó—. A campo traviesa hay sólo unas catorce millas. Por la mañana estaré de vuelta con todo un ejército de Tuks.

Desaparecieron en la oscuridad, mientras la gente los aclamaba y Merry los despedía con un toque de cuerno.

—Comoquiera que sea —dijo Frodo a todos los que se encontraban cerca—, deseo que no haya matanza; ni aun de los rufianes, a menos que sea necesario para impedir que dañen a los hobbits.

—¡De acuerdo! —dijo Merry—. Pero creo que de un momento a otro tendremos la visita de la caterva de Hobbiton. Y no van a venir precisamente a parlamentar. Procuraremos tratarlos con ecuanimidad, pero tenemos que estar preparados para lo peor. Tengo un plan.

—Muy bien —dijo Frodo—. Tú te encargarás de los preparativos.

En aquel momento, algunos hobbits que habían sido enviados a Hobbiton regresaron a todo correr.

—¡Ya llegan! —dijeron—. Una veintena o más, pero dos han torcido hacia el oeste a campo traviesa.

—A El Cruce, me imagino —dijo Coto—, en busca de refuerzos. Bueno, son quince millas de ida y quince de vuelta. No vale la pena preocuparse por el momento.

Merry se apresuró a dar las órdenes. El Granjero Coto se encargó de despejar las calles, enviando a todo el mundo a casa excepto a los hobbits de más edad que contaban con algún tipo de arma. No tuvieron que esperar mucho tiempo. Pronto oyeron voces ásperas y pasos pesados; y en seguida vieron aparecer todo un pelotón de rufianes. Al ver la barricada se echaron a reír. No les cabía en la imaginación que en aquella pequeña tierra hubiese alguien capaz de enfrentarse a veinte como ellos juntos.

Los hobbits abrieron la barrera y se hicieron a un lado.

—¡Gracias! —dijeron los hombres con sorna—. Y ahora, vete corriendo pronto a casa y a dormir, antes de que empecemos con los látigos. —Y avanzaron por la calle vociferando—: ¡Apagad esas luces! ¡Entrad en las casas y quedaos en ellas! De lo contrario nos llevaremos a cincuenta y los encerraremos en las Celdas Agujero durante un año. ¡Adentro! El Jefe está perdiendo la paciencia.

Nadie hizo ningún caso a aquellas órdenes, pero a medida que los rufianes avanzaban, iban cerrando filas detrás de ellos y los seguían. Cuando los hombres llegaron a la hoguera allí estaba el viejo Coto, solo, calentándose las manos.

—¿Quién eres y qué crees que estás haciendo aquí? —lo interpeló el cabecilla.

El Granjero Coto alzó lentamente los ojos para mirarlo.

—Justamente iba a preguntarte lo mismo —respondió—. Ésta no es tu tierra, y aquí no te queremos.

—Pues bien, nosotros te queremos a ti, en todo caso —dijo el cabecilla—. ¡Prendedlo, muchachos! ¡A las Celdas Agujero, y dadle algo que lo tranquilice un rato!

Los hombres avanzaron un paso y se detuvieron. Alrededor de ellos se había alzado un clamor de voces, y advirtieron en ese momento que el Granjero Coto no estaba solo. Estaban rodeados. En la oscuridad, al filo de la luz de la hoguera, se cerraba un círculo de hobbits que habían salido en silencio de entre las sombras. Eran unos doscientos, y todos armados.

Merry dio un paso adelante.

—Ya nos encontrado antes —le dijo al cabecilla—, y te advertí que no volvieras a aparecer por aquí. Ahora te vuelvo a advertir: estás a plena luz y rodeado de arqueros. Si te atreves a poner un solo dedo sobre este granjero, o sobre cualquier otro de los presentes, serás hombre muerto. ¡Dejad en el suelo todas las armas!

El cabecilla echó una mirada en torno. Estaba atrapado. Pero con veinte secuaces para respaldarlo, no tenía miedo. Conocía poco y mal a los hobbits como para darse cuenta del peligro en que se encontraba. Insensato, decidió luchar. No le iba a ser difícil abrirse paso.

—¡A la carga, muchachos! —gritó—. ¡Duro con ellos!

Esgrimiendo un largo puñal en la mano izquierda y un garrote en la derecha, se abalanzó contra el círculo de hobbits intentando escapar de vuelta a Hobbiton. Lanzó un golpe salvaje hacia Merry, que le cerraba el paso. Cayó muerto, traspasado por cuatro flechas.

A los restantes les bastó con eso. Se rindieron. Despojados de las armas y sujetos con cuerdas unos a otros, fueron conducidos a una cabaña vacía que ellos mismos habían construido y allí, atados de pies y manos, los dejaron encerrados con una fuerte custodia.

Al cabecilla muerto lo llevaron a la rastra un poco más lejos y lo enterraron.

—Parece casi demasiado fácil, después de todo ¿verdad? —dijo Coto—. Yo decía que éramos capaces de dominarlos. Lo que nos faltaba era una llamada a las armas. Han vuelto en el momento justo, señor Merry.

—Todavía queda mucho por hacer —dijo Merry—. Si tus estimaciones son acertadas, aún no hemos dado cuenta ni de la décima parte de estos rufianes. Pero está oscureciendo. Creo que para el próximo golpe tendremos que esperar la mañana. Entonces le haremos una visita al Jefe.

—¿Por qué no ahora mismo? —dijo Sam—. No son mucho más de las seis. Y yo quiero ver al Tío. ¿Sabe qué ha sido de él, señor Coto?

—No está ni demasiado bien ni demasiado mal, Sam —dijo el Granjero—. Arrancaron a palazos todo Bolsón de Tirada, y ese fue un golpe duro para el Viejo. Ahora está en una de esas casas nuevas que construyeron los Hombres cuando todavía hacían algo más que quemar y robar: a apenas una milla del linde de Delagua. Pero me viene a ver cada tanto, cuando puede, y yo cuido de que esté mejor alimentado que algunos de esos pobres infelices. Todo contra *Las Normas*, por supuesto. Lo habría alojado en mi casa, pero eso no estaba permitido.

—Se lo agradezco de todo corazón señor Coto, y nunca lo olvidaré —dijo Sam—. Pero quiero verlo. Ese Jefe y ese tal Zarquino, por lo que decían, podrían hacer algún desaguisado allá arriba antes de la mañana.

—Está bien, Sam —dijo Coto—. Llévate a un par de mozalbetes, ve a buscarlo y tráelo a mi casa. No necesitarás acercarte a la vieja aldea de Hobbiton sobre El Agua. Mi Alegre te indicará el camino.

Sam partió. Merry puso unos centinelas alrededor de la aldea y junto a las barreras durante la noche. Luego fue con Frodo a casa del Granjero Coto. Se sentaron con la familia en la caldeada cocina, y los Coto, por pura cortesía, les hicieron unas pocas preguntas sobre los viajes que habían hecho, pero en verdad casi no escuchaban las respuestas: estaban mucho más preocupados por lo que estaba aconteciendo en la Comarca.

—Todo empezó con Granujo, como nosotros lo llamamos —dijo el Viejo Coto—, y empezó apenas se fueron ustedes, señor Frodo. Tenía ideas raras, el Granujo. Se ve que quería ser el dueño de todo y mandar sobre todo el mundo. Pronto se descubrió que ya tenía más de lo que era bueno para él; y continuaba acumulando más y más, aunque de dónde sacaba el dinero era un misterio: molinos y fermentadoras de cerveza, y tabernas, y granjas, y plantaciones de hierba para pipa. Ya antes de venir a vivir a Bolsón Cerrado había comprado el molino de Arenas, según parece.

»Naturalmente, comenzó con las muchas propiedades que le había dejado el padre en la Cuaderna del Sur; y parece que desde hacía un par de años estaba vendiendo grandes partidas de la mejor hierba para pipa que sacaba en secreto de la Comarca. Pero a fines del año pasado se atrevió a mandar carretones enteros, y no sólo de hierba. Los víveres comenzaron a escasear, y el invierno se acercaba. La gente estaba furiosa, pero él sabía cómo responder. Y empezaron a llegar hombres y más hombres, rufianes casi todos, algunos para llevarse las cosas en grandes carretas hacia el sur, y otros para quedarse. Y antes que nos diéramos cuenta de lo que pasaba los teníamos instalados aquí y allá por toda la Comarca, y talaban los árboles y hacían excavaciones y se construían cobertizos y casas dónde y cómo se les antojaba. Al principio, Granujo pagaba las mercancías y los daños; pero al poco tiempo los hombres empezaron a darse aires y a apropiarse de todo lo que querían.

»En ese entonces hubo algún descontento, pero no suficiente. El viejo Will, el Alcalde, marchó a Bolsón Cerrado a protestar, pero nunca llegó a su destino. Los rufianes le echaron mano y se lo llevaron y lo encerraron en una covacha en Cavada Grande, y allí está todavía. Desde entonces, poco después del Año Nuevo, no hemos tenido más Alcalde, y el Granujo se hizo llamar Jefe de los Oficiales de la Comarca, o Jefe a secas, y hacía lo que le daba la gana; y si alguien «estaba subidito», como ellos decían, corría la misma suerte que Will. Y así las cosas fueron de mal en peor. No había hierba de pipa para nadie, excepto para los Hombres del Jefe; y como el Jefe no soportaba la cerveza, a menos que la bebieran sus Hombres, cerró todas las tabernas; y todo, menos las Normas, se volvió más y más escaso, a menos que uno consiguiera esconder algo cuando los rufianes iban de granja en granja recolectando «para un reparto equitativo»; lo cual significaba que ellos se quedaban con todo y nosotros con nada, salvo las sobras que acaso te dieran en las Casas de los Oficiales, si es que las podías tragar. Todo lo peor. Pero desde que llegó Zarquino ha sido una verdadera calamidad.

—¿Quién es ese Zarquino? —preguntó Merry—. Se lo oí nombrar a uno de los rufianes.

—El rufián más rufián de toda la caterva, no le quepa la menor duda —respondió Coto—. Fue en la época de la última cosecha, hacia fines de septiembre, cuando oímos hablar de él por primera vez. No lo hemos visto nunca, pero está allá arriba en Bolsón Cerrado; y ahora él es el verdadero Jefe, supongo. Todos los rufianes hacen lo que él dice; y lo que él dice sobre todo es hachar, quemar y destruir; y ahora se ha convertido en matar. Y ya ni siquiera con algún propósito, por malo que sea. Talan los árboles y los dejan tirados allí, y queman las casas y no construyen otras.

»Ahí tienes la historia del molino de Arenas, por ejemplo. Granujo lo hizo demoler no bien se instaló en Bolsón Cerrado. Luego trajo una caterva de hombres sucios y malcarados para que construyesen uno más grande; y lo llenaron de bote en bote de ruedas y otros adminículos extranjeros. El único que estaba contento con todo esto era el imbécil de Ted, y allí trabaja ahora, limpiando las ruedas para complacer a los hombres, dese cuenta, allí donde el padre de él era el molinero y el dueño y señor. La idea de Granujo era moler más y más rápido, o eso decía. Tiene otros molinos semejantes. Pero para moler se necesita molienda; y para el molino nuevo no había más molienda que para el viejo. Pero desde que llegó Zarquino ya ni siquiera muelen grano. No hacen más que martillar y martillar, y echan un humo y una peste… Ya no hay más tranquilidad en Hobbiton, ni siquiera de noche. Y tiran inmundicias adrede; han infestado todo el curso inferior de El Agua y ya empiezan a bajar al Brandivino. Si lo que se proponen es convertir la Comarca en un desierto, no podían haber buscado un camino mejor. Yo no creo que el tonto del Granujo esté detrás de todo esto. Para mí que es Zarquino.

—¡Claro que sí! —interrumpió Tom el joven—. Si hasta a la propia madre del Granujo se la llevaron, a esa vieja Lobelia, y aunque nadie la podía ver ni en pintura, él al menos la quería. Alguna gente de Hobbiton estaba allí y vio lo que pasó. Ella viene bajando por el camino con su viejo paraguas. Unos cuantos rufianes van para arriba con un carro.

»"¿Se puede saber dónde van?", ella dice.

»"A Bolsón Cerrado", ellos dicen.

»"¿A hacer qué?", ella dice.

»"A construir barracones para Zarquino", ellos dicen.

»"¿Con el permiso de quién?", ella dice.

»"De Zarquino", ellos dicen. "¡Así que quítate del medio vieja bruja!"

»"¡Zarquino os voy a dar yo, ladrones sucios, rufianes!", ella dice, y arriba con el paraguas contra el cabecilla, de casi el doble de su altura. Así que se la llevaron. A la rastra hasta las Celdas Agujero, y a su edad… Se han llevado a otros a quienes en verdad echamos de menos, claro, pero no es posible negarlo: ella mostró más coraje que muchos.

En medio de esta conversación entró Sam como una tromba acompañado por el Tío. El viejo Gamyi no parecía mucho más viejo, pero estaba un poco más sordo. —¡Buenas noches, señor Bolsón! —dijo—. Me alegro de veras de verlo de vuelta sano y salvo. Pero tenemos una cuentita pendiente, como quien dice, usted y yo, si me permite el atrevimiento. No tenía que haber vendido Bolsón Cerrado, como siempre he dicho. Ahí empezaron todas las calamidades. Y mientras usted andaba *vagamundeando* por ahí en tierras forasteras, a la caza de Hombres Negros allá arriba en las montañas por lo que me dice mi Sam, si bien no aclara para qué, vinieron y socavaron Bolsón de Tirada, y estropearon todas mis papas.

—Lo siento mucho, señor Gamyi —dijo Frodo—. Pero ahora estoy de vuelta y haré cuanto pueda por reparar los errores.

—Bien, eso sí que es decir las cosas bien —dijo el Tío—. El señor *Frodo* Bolsón es un verdadero gentil hobbit, siempre lo he dicho, piense lo que piense de otros que llevan el mismo nombre, con el perdón de usted. Y espero que mi Sam se haya comportado bien y satisfactoriamente.

—Más que satisfactoriamente, señor Gamyi —respondió Frodo—. En verdad, si usted puede creerlo, es ahora una de las personas más famosas en todas las tierras, y se están componiendo canciones que narran sus hazañas desde aquí hasta el Mar y más allá del Río Grande. —Sam se ruborizó, pero le dedicó a Frodo una mirada de gratitud, porque a Rosita le brillaban los ojos y le sonreía.

—Cuesta un poco creerlo —dijo el Tío— aunque puedo ver que ha frecuentado extrañas compañías. ¿Qué pasó con su coleto? Porque toda esa ferretería, por muy duradera que sea, no me gusta nada.

A la mañana siguiente la familia Coto y todos sus huéspedes estuvieron en pie a primera hora. Durante la noche no hubo novedades, pero era evidente que no tardarían en presentarse otros problemas antes de que el día avanzara.

—Parece que allá arriba, en Bolsón Cerrado, no queda un solo rufián —dijo Coto—; pero la banda de El Cruce aparecerá de un momento a otro.

Después del desayuno llegó un mensajero, que vino cabalgando desde las Tierras de Tuk. Estaba de muy buen humor.

—El Thain ha sublevado toda la campiña —dijo—, y la noticia corre como fuego en todas direcciones. Los rufianes que vigilaban nuestras tierras, los que escaparon con vida, han huido hacia el sur. El Thain ha salido a perseguirlos, manteniendo a raya al grueso de la banda, pero ha enviado de regreso al señor Peregrin con toda la gente de que pudo prescindir.

La noticia siguiente fue menos favorable. Merry, que había pasado la noche fuera, llegó al galope a eso de las diez.

—Hay una banda numerosa a unas cuatro millas de distancia —dijo—. Vienen desde El Cruce, pero muchos de los rufianes fugitivos se han unido a ellos. Son casi un centenar, e incendian todo lo que encuentran. ¡Malditos sean!

—¡Ah! Éstos no se van a detener a conversar; matarán, si pueden —dijo el Granjero Coto—. Si los Tuk no llegan más pronto, lo mejor será que nos pongamos a cubierto y disparemos sin discutir. Habrá un poco de lucha antes que se arregle todo esto, señor Frodo, es inevitable.

Pero los Tuk llegaron más pronto. Aparecieron al poco rato, un robusto centenar, y venían en formación desde Alforzada y las Colinas Verdes, con Pippin a la cabeza. Merry contaba ya con una hobbitería fornida y lo bastante numerosa como para enfrentar a los rufianes. Los batidores informaron de que la banda se mantenía unida. Sabían que la población rural en pleno se había sublevado, y no cabía duda de que venían decididos a sofocar sin miramientos el foco mismo de la rebelión, en Delagua. Pero por crueles y despiadados que fueran, no había entre ellos un jefe experto en las artes de la guerra, y avanzaban sin tomar precauciones. Merry elaboró rápidamente sus planes.

Los rufianes llegaron pisoteando ruidosamente por el Camino del Este, y sin detenerse tomaron el Camino de Delagua, que por un trecho trepaba entre barrancas altas coronadas de setos bajos. Al doblar un recodo, a unas doscientas yardas del camino principal, se toparon con una robusta barricada de viejos carretones puestos boca abajo. Tuvieron que detenerse. En el mismo momento se dieron cuenta de que los setos que flanqueaban el camino por ambos lados, por encima de sus cabezas, estaban atestados de hobbits. Y detrás de ellos varios hobbits empujaban otros carretones que habían mantenido ocultos en un campo, cerrándoles de este modo la salida.

Una voz habló desde lo alto.

—Y bien, han caído en una trampa —dijo Merry—. Lo mismo les sucedió a sus compañeros de Hobbiton, y uno ha muerto y los restantes están prisioneros. ¡Depongan las armas! Luego retrocederán veinte pasos y se sentarán en el suelo. Cualquiera que intente escapar será acribillado.

Pero los rufianes no iban a dejarse amilanar con tanta facilidad. Unos pocos obedecieron, aunque fueron azuzados por los insultos de sus compañeros. Una veintena intentó escapar abalanzándose contra las carretas a sus espaldas. Seis fueron asaeteados hasta la muerte, pero los restantes lograron huir por la fuerza bruta matando a dos hobbits, y luego se dispersaron campo traviesa en dirección al Bosque Cerrado. Otros dos cayeron mientras corrían. Merry lanzó un potente toque de cuerno, y otros le respondieron a la distancia.

—No irán muy lejos —dijo Pippin—. Todos esos campos están llenos de nuestros cazadores.

Atrás, los hombres atrapados en el sendero, que eran aún unas cuatro veintenas, trataban de escalar la barricada y las barrancas, y los hobbits se vieron obligados a matar a unos cuantos con las flechas o con las hachas. Pero muchos de los más vigorosos y más desesperados consiguieron salir por el flanco oeste y, más decididos ahora a matar que a escapar, atacaron ferozmente. Varios hobbits cayeron, y los restantes empezaban a flaquear cuando Merry y Pippin, que se encontraban en el flanco este, irrumpieron de improviso y se lanzaron contra los rufianes. Merry mató con sus propias manos al cabecilla, un bruto corpulento de mirada torcida que parecía un orco gigantesco. Luego replegó sus fuerzas, encerrando a los últimos remanentes de la banda en un amplio círculo de arqueros.

Al fin la batalla terminó. Casi setenta rufianes yacían sin vida en el campo, y doce habían sido tomados prisioneros. Entre los hobbits hubo diecinueve muertos y unos treinta heridos. A los rufianes muertos los cargaron en carretones, los transportaron hasta un antiguo arenal de las cercanías y los enterraron: la Fosa de la Batalla, la llamaron desde entonces. Los hobbits caídos fueron sepultados todos juntos en una tumba en la ladera de la colina, donde más tarde levantarían una gran lápida rodeada de jardines. Así concluyó la Batalla de Delagua, 1419, la última librada en la Comarca y la única desde la Batalla de los Campos Verdes, 1147, en la lejana Cuaderna del Norte. Por consiguiente, aunque por fortuna costó pocas vidas, hay un capítulo dedicado a ella en el Libro Rojo, y los nombres de todos los participantes fueron inscritos en un Pergamino y aprendidos de memoria por los historiadores de la Comarca. De esa época viene el considerable incremento de la fama y la fortuna de los Coto; pero a la cabeza de la Lista figuran en todas las versiones los nombres de los Capitanes Meriadoc y Peregrin.

Frodo había estado presente en la batalla, pero no había desenvainado la espada, preocupado sobre todo en impedir que los hobbits, exacerbados por las pérdidas, matasen a aquellos adversarios que ya habían depuesto las armas. Una vez concluida la batalla, y asignadas las tareas siguientes, Merry, Pippin y Sam se reunieron con él, y cabalgaron de regreso en compañía de los Coto. Tomaron un almuerzo tardío, y entonces Frodo dijo con un suspiro:

—Bueno, supongo que es hora de que nos ocupemos del «Jefe».

—Sin duda, y cuanto antes mejor —dijo Merry—. ¡Y no seas demasiado blando! Él es el responsable de haber traído a la Comarca a esos rufianes, y de todos los males que han causado.

El Granjero Coto reunió una escolta de unas dos docenas de hobbits fornidos. —Porque eso de que no quedan más rufianes en Bolsón Cerrado es una mera suposición —dijo—. No lo sabemos.

Entonces se pusieron en camino, a pie. Frodo, Sam, Merry y Pippin encabezaban la marcha.

Fue una de las horas más tristes en la vida de los hobbits. Allí, delante de ellos, se erguía la gran chimenea; y a medida que se acercaban a la vieja aldea en la margen opuesta de El Agua, entre las hileras de sórdidas casas nuevas que flanqueaban el camino, vieron el nuevo molino en toda su hostil y sucia fealdad: una gran construcción de ladrillos a horcajadas sobre el río, cuyas aguas emponzoñaba con efluvios humeantes y pestilentes. Y a lo largo del Camino de Delagua todos los árboles habían sido talados.

Un nudo se les cerró en la garganta cuando atravesaron el puente y miraron hacia la Colina. Ni aun la visión de Sam en el Espejo los había preparado para lo que presenciaron. La Vieja Alquería de la orilla occidental había sido demolida y reemplazada por hileras de cobertizos alquitranados. Todos los castaños habían desaparecido. Las barrancas y los arrayanes estaban destrozados. Grandes carretones inundaban en desorden un campo castigado y arrasado. Bolsón de Tirada era una bostezante cantera de arena y gravilla. Más arriba no pudieron ver Bolsón Cerrado, oculto detrás de unas grandes barracas apiñadas.

—¡Lo han talado! —gritó Sam—. ¡Han talado el Árbol de la Fiesta! —Señaló el lugar donde se había alzado el árbol bajo el cual Bilbo había pronunciado el Discurso de Despedida. Yacía hendido y seco en medio del campo. Como si aquello fuera la gota que colmaba el cáliz, Sam se echó a llorar.

Una risa cortó de golpe sus lágrimas. Un hobbit de expresión hosca holgazaneaba recostado contra el muro bajo del patio del molino. Tenía el rostro mugriento y las manos negras.

—¿No te gusta, Sam? —dijo, burlón—. Pero siempre fuiste un blandengue. Creía que te habías ido en uno de esos barcos de los que tanto cotorreabas, a navegar, a navegar. ¿A qué has vuelto? Ahora tenemos mucho que hacer en la Comarca.

—Ya lo veo —dijo Sam—. No hay tiempo para lavarse, pero sí para sostener paredes. Escuche, señor Arenas: tengo una cuenta que ajustar en esta aldea, y no venga a alargarla con burlas, o le resultará demasiado abultada para su bolsillo.

Ted Arenas escupió por encima del muro. —¿De veras? —dijo—. No puedes tocarme. Soy amigo del Jefe. Pero él te tocará a ti de lo lindo, te lo aseguro, si te atreves a abrir la boca otra vez.

—¡No gastes más saliva con ese tonto, Sam! —dijo Frodo—. Espero que no sean muchos los hobbits que se hayan convertido en esto. Sería una desgracia mucho mayor que todos los males que han causado los hombres.

—Eres un sucio y un insolente, Arenas —dijo Merry—. Y tus cálculos te han fallado. Justamente subíamos a la Colina a desalojar a tu adorado Jefe. De sus hombres ya hemos dado buena cuenta.

Ted se quedó boquiabierto, porque acababa de ver la escolta que, a una señal de Merry, avanzaba por el puente. Entró como una flecha en el molino, volvió a salir trayendo un cuerno y lo sopló con fuerza.

—¡Ahórrate el aliento! —dijo Merry riendo—. Yo tengo uno mejor. —Y levantando el cuerno plateado lanzó una llamada clara que resonó más allá de la Colina; y desde los agujeros y las cabañas y las deterioradas casas de Hobbiton, los hobbits respondieron, y se volcaron por los caminos, y entre vivas y aclamaciones alcanzaron a la comitiva y siguieron detrás de ella rumbo a Bolsón Cerrado.

En lo alto del sendero todos se detuvieron, y Frodo y sus amigos siguieron solos: por fin llegaban a aquel lugar en un tiempo tan querido. En el jardín se apretaban las cabañas y cobertizos, algunos tan cercanos a las antiguas ventanas del lado oeste que no dejaban pasar un solo rayo de luz. Por todas partes había pilas de escombros. La puerta estaba cubierta de cicatrices, la cadena de la campanilla se bamboleaba suelta, y la campanilla no sonaba. Golpearon, pero no hubo respuesta. Por último, empujaron, y la puerta cedió. Entraron. La casa apestaba y había suciedad y desorden por doquier, como si hiciera algún tiempo que nadie vivía en ella.

—¿Dónde se habrá escondido ese miserable de Lotho? —dijo Merry. Habían buscado en todas las habitaciones sin encontrar ninguna criatura viviente, excepto ratas y ratones—. ¿Les pedimos a los otros que registren las barracas?

—¡Esto es peor que Mordor! —dijo Sam—. Mucho peor, en cierto sentido. Duele en carne viva, como suele decirse, pues es un hogar y lo recordamos como era antes.

—Sí, esto es Mordor —dijo Frodo—. Una de sus obras. Saruman creía estar trabajando para él mismo, pero en realidad no hacía más que servir a Mordor. Y lo mismo hacían aquellos a quienes Saruman engañó, como Lotho.

Merry echó en torno una mirada de consternación y repugnancia. —¡Salgamos de aquí! —dijo—. De haber sabido todo el mal que ha causado, le habría cerrado el gaznate a Saruman con mi tabaquera.

—¡No lo dudo, no lo dudo! Pero no lo hiciste, de modo que ahora puedo darte la bienvenida a casa. —De pie, en la puerta, estaba Saruman en persona, que lucía bien alimentado y satisfecho de sí mismo. Los ojos le relumbraban, divertidos y maliciosos.

La luz se hizo de súbito en la mente de Frodo. —¡Zarquino! —exclamó.

Saruman se echó a reír. —De modo que ya has oído mi nombre ¿eh? Así, creo, me llamaban en Isengard todos mis súbditos. Probablemente una prueba de afecto.[3] Pero por lo que se ve no esperabas verme aquí.

3. Probablemente de origen orco: *sharkû*, hombre viejo.

—No, por cierto —dijo Frodo—. Pero podía haberlo imaginado. Un poco de maldad mezquina, Gandalf me advirtió que aún eras capaz de eso.

—Muy capaz —dijo Saruman—, y más que de un poco. Me hacéis gracia vosotros, señoritos hobbits, cabalgando por ahí con todos esos grandes personajes, tan seguros y tan pagados de vuestras pequeñas personitas. Creíais haber salido muy airosos de todo esto, y que ahora podíais volver tranquilos a casa, a disfrutar de la paz del campo. La casa de Saruman podía ser destruida, y él expulsado, pero nadie podía tocar la vuestra. ¡Oh, no! Gandalf iba a cuidar de vuestros asuntos.

Saruman volvió a reír.

—¡Él, justamente! Cuando sus instrumentos dejan de servirle, los deja de lado. Pero vosotros teníais que seguir pendientes de él, fanfarroneando y parloteando, y volviendo por un camino dos veces más largo que el necesario. «Bien», pensé, «si son tan estúpidos, llegaré antes y les daré una lección. Maldad con maldad se paga». La lección habría sido más dura si me hubierais dado un poco más de tiempo y más hombres. De todos modos, pude hacer muchas cosas que os será difícil reparar o deshacer en vuestra vida. Y será un placer para mí recrearme en ese pensamiento, y resarcirme así de las injurias que he recibido.

—Bueno, si eso te da placer —dijo Frodo—, te compadezco. Temo que sólo será un placer en el recuerdo. ¡Márchate de aquí inmediatamente y no vuelvas nunca más!

Los hobbits de las aldeas, al ver salir a Saruman de una de las cabañas, se habían amontonado junto a la puerta de Bolsón Cerrado. Cuando oyeron la orden de Frodo, murmuraron con furia: —¡No lo deje ir! ¡Mátelo! Es un malvado y un asesino. ¡Mátelo!

Saruman miró el círculo de rostros hostiles y sonrió.

—¡Mátelo! —repitió, burlón—. ¡Matadlo vosotros, si creéis ser bastante numerosos, mis valientes hobbits! —Se irguió, y sus ojos negros se clavaron en ellos con una mirada sombría—. ¡Mas no penséis que al perder todos mis bienes perdí también todo mi

435

poder! Aquel que se atreva a golpearme quedará maldito. Y si mi sangre mancha la Comarca, la tierra se marchitará y nadie jamás podrá curarla.

Los hobbits retrocedieron. Pero Frodo dijo: —¡No lo creáis! Ha perdido todo su poder, menos el de la voz que aún puede intimidaros y engañaros si le prestáis atención. Pero no quiero que lo matéis. Es inútil pagar venganza con venganza, eso no reparará ningún daño. ¡Márchate de aquí, Saruman, y por el camino más corto!

—¡Serpiente! ¡Serpiente! —llamó Saruman; y de una de las cabañas vecinas, arrastrándose casi como un perro, salió Lengua de Serpiente—. ¡De nuevo a los caminos, Serpiente! —dijo Saruman—. Estos delicados amigos y señoritos nos echan otra vez a los caminos. ¡Sígueme!

Saruman se volvió como si fuera a partir, y Lengua de Serpiente lo siguió, arrastrándose. Pero en el momento en que Saruman pasaba junto a Frodo un puñal le centelleó en la mano, y lanzó una rápida estocada. La hoja rebotó contra la oculta cota de malla, y se quebró con un golpe seco. Una docena de hobbits, con Sam a la cabeza, se abalanzaron con un grito y derribaron al villano. Sam desenvainó su espada.

—¡No, Sam! —dijo Frodo—. No lo mates, ni aun ahora. No me ha herido. En todo caso, no deseo verlo morir de esta manera inicua. En un tiempo fue grande, de una noble naturaleza contra la que nunca nos hubiéramos atrevido a levantar las manos. Ha caído, y devolverle la paz y la salud no está a nuestro alcance; mas yo le perdonaría la vida, con la esperanza de que algún día pueda recobrarlas.

Saruman se levantó y clavó los ojos en Frodo. Tenía una mirada extraña, mezcla de admiración, respeto y odio.

—Has crecido, mediano —dijo—. Sí, has crecido mucho. Eres sabio, y cruel. Me has privado de la dulzura de mi venganza, y en adelante mi vida será un camino de amargura, sabiendo que la debo a tu clemencia. ¡La odio tanto como te odio a ti! Bien, me voy, y no te atormentaré más. Mas no esperes de mí que te desee salud y una vida larga. No tendrás ni una ni otra. Pero eso no será obra mía. Yo sólo te lo auguro.

Se alejó, mientras los hobbits se apartaban para que pasase; pero los nudillos les palidecían al apretarlos sobre las armas. Lengua de Serpiente titubeó, y luego siguió a su amo.

—¡Lengua de Serpiente! —llamó Frodo—. No es preciso que lo sigas. Que yo sepa, tú no me has hecho ningún mal. Podrás tener reposo y alimento aquí por algún tiempo, hasta que estés más fuerte y puedas seguir tu propio camino.

Lengua de Serpiente se detuvo y se volvió a mirarlo, casi decidido a quedarse. Saruman dio media vuelta.

—¿Ningún mal? —graznó—. ¡Oh, no! Cuando sale de noche furtivamente, es sólo para contemplar las estrellas. Pero ¿no oí preguntar a alguien dónde estaba escondido el pobre Lotho? Tú lo sabes ¿no es verdad, Serpiente? ¿Se lo vas a decir?

Lengua de Serpiente se encogió y gimió: —¡No, no!

—Entonces, yo se lo diré —dijo Saruman—. Serpiente mató a vuestro Jefe, al pobre granujilla, a vuestro buen pequeño patrón. ¿No es verdad, Serpiente? Lo apuñaló mientras dormía, creo. Lo enterró, espero; aunque últimamente Serpiente ha pasado mucha hambre. No, Serpiente no es bueno en realidad. Mejor será que lo dejéis en mis manos.

En los ojos rojos de Lengua de Serpiente apareció una mirada de odio salvaje. —Tú me dijiste que lo hiciera, me obligaste a hacerlo —siseó.

Saruman lanzó una carcajada. —Y tú haces lo que Zarquino te dice, siempre, ¿verdad, Serpiente? Pues bien, ahora te dice: ¡sígueme! —Y mientras el otro se arrastraba, le lanzó un puntapié a la cara y se dio la vuelta para emprender camino. Pero algo se quebró en ese instante. Lengua de Serpiente se irguió de pronto, y sacó un puñal que llevaba escondido; entonces, gruñendo como un perro, saltó sobre la espalda de Saruman y, tirándole de la cabeza hacia atrás, le hundió la hoja en la garganta; luego, con un aullido, echó a correr sendero abajo. Antes de que Frodo pudiera recobrarse ni pronunciar una sola palabra, tres arcos hobbits vibraron en el aire y Lengua de Serpiente se desplomó sin vida.

Ante el espanto de todos los que estaban allí, alrededor del cadáver de Saruman se formó una niebla gris, que subió lentamente a gran altura como el humo de una hoguera y, como una figura pálida y amortajada, se cernió sobre la Colina. Vaciló un instante de cara al Oeste; pero desde el mismo Oeste sopló una ráfaga de viento y la figura se dobló, y con un suspiro se deshizo en la nada.

Frodo contempló el cadáver con horror y piedad, pues mientras lo miraba le pareció ver revelarse en él largos años de muerte; y el cuerpo se encogió, y el rostro marchito se contrajo, y se transformó en jirones de piel sobre una calavera horrenda. Levantando el faldón del manto sucio que se extendía junto al cadáver, Frodo lo cubrió, y se dio la vuelta.

—Y he aquí el final —dijo Sam—. Un final horrible, y desearía no haberlo visto; pero es una liberación.

—Y el final definitivo de la Guerra, espero —dijo Merry.

—También yo lo espero —dijo Frodo, suspirando—. El golpe definitivo. ¡Pero pensar que ha tenido que caer aquí, a las puertas mismas de Bolsón Cerrado! Ni siquiera entre todas mis esperanzas y todos mis temores imaginé nada semejante.

—Yo no diré que es el fin, hasta que hayamos arreglado este desbarajuste —dijo Sam con aire sombrío—. Y eso nos llevará mucho tiempo y trabajo.

9

LOS PUERTOS GRISES

Poner orden en el desbarajuste les costó ciertamente mucho trabajo, pero llevó menos tiempo del que Sam había temido. Al día siguiente de la batalla Frodo fue a Cavada Grande y liberó a los presos de las Celdas Agujero. Uno de los primeros que encontraron fue el pobre Fredegar Bolger, al que ya no podían llamar Gordo. Lo habían tomado prisionero en Tejones, cerca de las colinas de Scary, cuando los rufianes habían llenado de humo el refugio de un grupo de rebeldes que él mismo encabezaba.

—¡Al final resulta que te hubiera convenido más venir con nosotros, pobre viejo Fredegar! —dijo Pippin, mientras lo llevaban, pues estaba demasiado débil para caminar.

Fredegar abrió un ojo y trató valerosamente de sonreír.

—¿Quién es este joven gigante de voz potente? —musitó—. ¡No será el pequeño Pippin! ¿Qué talla de sombrero calzas ahora?

Luego encontraron a Lobelia. La pobre estaba muy envejecida y escuálida cuando la rescataron de un calabozo oscuro y estrecho. Pero ella se empeñó en salir con sus propias piernas, cojeando y tambaleándose; y cuando apareció apoyada en el brazo de Frodo, con el paraguas siempre apretado en la mano, fue tan calurosa la acogida, y hubo tantas ovaciones y tantos aplausos que se conmovió profundamente y se deshizo en lágrimas. Nunca en su vida había sido popular. Pero la noticia del asesinato de Lotho la devastó hasta tal punto que no quiso volver nunca más a Bolsón Cerrado. Se lo devolvió a Frodo y se fue a vivir con su familia, los Ciñatiesa de Casadura.

Y cuando la pobre criatura murió la primavera siguiente (al fin y al cabo, ya tenía más de cien años) Frodo se enteró, sorprendido y profundamente conmovido, de que le había dejado todo su dinero y el de Lotho para que ayudase a los hobbits a quienes las calamidades de la Comarca habían dejado sin hogar. Y así terminó aquella larga enemistad.

El viejo Will Pieblanco había estado encerrado en las Celdas Agujero más tiempo que cualquier otro, y aunque tal vez lo maltrataran menos, necesitaba comer mucho antes de volver a la alcaldía, y Frodo aceptó el cargo de Suplente hasta que el señor Pieblanco estuviese de nuevo en condiciones. La única medida que tomó durante su mandato como Alcalde Suplente fue reducir el número y las funciones de los Oficiales a lo que era adecuado y normal. El cometido de perseguir y echar del país a los últimos rufianes fue confiado a Merry y a Pippin, y fue cumplido rápidamente. Las bandas que se habían refugiado en el sur, al tener noticias de la Batalla de Delagua, huyeron ofreciendo poca resistencia al Thain. Antes de Fin de Año los contados sobrevivientes quedaron cercados en los bosques, y aquellos que se rindieron fueron conducidos a las fronteras.

Mientras tanto, los trabajos de restauración avanzaban con rapidez y Sam estaba siempre ocupado. Los hobbits son laboriosos como las abejas cuando la situación lo requiere y si se sienten bien dispuestos. Ahora había millares de manos voluntarias de todas las edades, desde las manos pequeñas pero ágiles de los jóvenes y las muchachas hasta las manos arrugadas y callosas de los viejos, y aun de las abuelas. Antes de Yule no quedaba en pie ni un solo ladrillo de las Casas de los Oficiales, ni de ningún edificio construido por los «Hombres de Zarquino»; pero los ladrillos fueron todos empleados en reparar numerosos agujeros hobbit antiguos, a fin de hacerlos más secos y confortables. Se encontraron grandes cantidades de provisiones, víveres y cerveza, que los rufianes habían escondido en cobertizos y graneros y en agujeros abandonados, especialmente en los túneles de Cavada

Grande y en las viejas canteras de Scary. Y así, en las fiestas de aquel Yule hubo una mayor alegría de la que nadie hubiera esperado.

Una de las primeras tareas que se llevaron a cabo en Hobbiton, antes aún de la demolición del molino nuevo, fue la limpieza de la Colina y de Bolsón Cerrado, y la restauración de Bolsón de Tirada. El frente del nuevo arenal fue nivelado y transformado en un gran jardín resguardado, y en la parte meridional de la colina excavaron nuevos agujeros, que se adentraban profundamente en la Colina, y los revistieron de ladrillos. La Número Tres le fue restituida al Tío, quien solía decir, sin preocuparse de quiénes pudieran oírlo:

—Es viento malo aquel que no trae bien a nadie, como siempre he dicho, y es bueno lo que termina mejor.

Hubo algunas discusiones a propósito del nombre que le pondrían a la nueva calle. Algunos propusieron *Jardines de la Batalla,* otros *Smials Mejores.* Pero después de un rato, con el sentido común propio de los hobbits, le pusieron simplemente *Tirada Nueva.* Y no fue más que una broma al gusto de Delagua el referirse a ella con el nombre de Terminal de Zarquino.

La pérdida más grave y dolorosa eran los árboles, pues por orden de Zarquino todos habían sido talados sin piedad a lo largo y ancho de la Comarca; y eso afligía a Sam más que a cualquier otro. Sobre todo porque llevaría largo tiempo curar las heridas, y sólo sus bisnietos verían alguna vez la Comarca como debería ser.

De pronto un día (porque había estado demasiado ocupado durante semanas enteras para dedicar algún pensamiento a sus aventuras), se acordó del regalo de Galadriel. Sacó la cajita y la mostró a los otros Viajeros (pues así los llamaban todos ahora) y les pidió consejo.

—Me preguntaba cuándo lo recordarías —dijo Frodo—. ¡Ábrela!

Su interior estaba lleno de un polvo gris, suave y fino, y en el centro había una semilla, como una almendra pequeña de cápsula plateada.

—¿Qué puedo hacer con esto? —dijo Sam.

—¡Echa el polvo al aire en un día de viento y deja que él haga el trabajo! —dijo Pippin.

—¿Dónde? —dijo Sam.

—Escoge un sitio como vivero, y observa qué les sucede a las plantas que están en él —dijo Merry.

—Pero estoy seguro de que a la Dama no le gustaría que me lo quedara yo solo para mi propio jardín, habiendo tanta gente que ha sufrido y lo necesita —dijo Sam.

—Recurre a tu sagacidad y tus conocimientos, Sam —dijo Frodo—, y luego usa el regalo para ayudarte en tu trabajo y mejorarlo. Y úsalo con moderación. No hay mucho, y me imagino que cada mota tiene valor.

Entonces Sam plantó retoños en todos aquellos lugares en donde se habían destruido árboles especialmente hermosos o queridos, y puso un grano del precioso polvo en la tierra, junto a la raíz. Recorrió la Comarca, a lo largo y a lo ancho, haciendo este trabajo, y si prestaba mayor cuidado a Delagua y a Hobbiton nadie se lo reprochaba. Y al terminar descubrió que aún le quedaba un poco del polvo, así que fue a la Piedra de las Tres Cuadernas, que era por así decir el centro de la Comarca, y lo arrojó al aire con su bendición. Y plantó la pequeña almendra de plata en el Campo de la Fiesta, allí donde antes se erguía el árbol; y se preguntó qué planta crecería. Durante todo el invierno esperó tan pacientemente como pudo, tratando de contenerse para no ir a ver a cada rato si algo ocurría.

La primavera colmó con creces las más locas esperanzas de Sam. Sus árboles comenzaron a brotar y a crecer como si el tiempo mismo tuviese prisa y quisiera vivir veinte años en uno. En el Campo de la Fiesta despuntó un hermoso retoño: tenía la corteza plateada y hojas largas, y estalló en flores doradas en abril. Era en verdad un *mallorn,* y fue la admiración de todos los vecinos. En años sucesivos, a medida que crecía en gracia y belleza, la fama del árbol se extendió por todos los confines de la Comarca y la gente hacía largos viajes para ir a verlo: el único *mallorn* al oeste de las Montañas y al este del Mar, y uno de los más hermosos del mundo.

En todos los aspectos, 1420 fue en la Comarca un año maravilloso. No sólo hubo un sol resplandeciente y lluvias deliciosas en los momentos oportunos y en proporciones perfectas, sino que parecía haber algo más: una atmósfera de riqueza y de prosperidad, y una belleza radiante, superior a la de esos veranos mortales que en esta Tierra Media centellean un instante y se desvanecen. Todos los niños nacidos o concebidos en aquel año, y fueron muchos, eran hermosos y fuertes, y casi todos tenían abundantes cabellos dorados, hasta entonces raros entre los hobbits. Hubo tal cosecha de frutos que los hobbits jóvenes nadaban, por así decir, en fresas con nata; e iban luego a sentarse en los prados a la sombra de los ciruelos y comían hasta que los huesos de las frutas se apilaban en pequeñas pirámides, o como cráneos amontonados por un conquistador, y así continuaban. Y ninguno se enfermaba, y todos estaban contentos, excepto aquellos que tenían que segar los pastos.

En las viñas de la Cuaderna del Sur pesaban los racimos, y la cosecha de «hoja» fue asombrosa; y hubo tanto grano que para la Siega todos los silos estaban abarrotados. La cebada de la Cuaderna del Norte fue tan excelente que la cerveza fermentada en 1420 quedó grabada en la memoria de todos durante largos años, y llegó a ser un dicho proverbial. Y así una generación más tarde no era raro que un viejo campesino al dejar el pichel sobre la mesa de una taberna, después de beber una pinta de cerveza bien ganada, exclamara con un suspiro: —¡Ah, ésta sí que era una auténtica mil cuatrocientos veinte, sin duda!

Al principio Sam se quedó con Frodo en casa de los Coto. Pero cuando Tirada Nueva estuvo terminada, volvió a vivir con el Tío. Además de todas sus otras ocupaciones, gestionaba las obras de limpieza y restauración de Bolsón Cerrado; pero muy a menudo se encontraba recorriendo la Comarca para ver cómo progresaban los trabajos de reforestación. Y al estar lejos de Hobbiton a comienzos de marzo, no supo que Frodo había estado enfermo. El trece de ese mes el Granjero Coto encontró a Frodo tendido en la cama; aferraba una piedra blanca que llevaba al cuello suspendida de una cadena y hablaba como en sueños.

—Ha desaparecido para siempre —decía—, y ahora todo ha quedado oscuro y desierto.

Pero la crisis pasó, y al regreso de Sam el veinticinco Frodo se había recobrado, y no le dijo nada sobre él mismo. Entre tanto los trabajos en Bolsón Cerrado quedaron concluidos, y Merry y Pippin llegaron desde Cricava trayendo de vuelta el antiguo mobiliario y todos los enseres de la casa, de modo que el viejo agujero volvió a ser el mismo de antes.

Al fin todo estuvo pronto, y Frodo dijo: —¿Cuándo piensas venirte a vivir conmigo, Sam?

Sam pareció un poco turbado.

—No es necesario que vengas en seguida, si no quieres —dijo Frodo—. Pero sabes que el Tío siempre estará a un paso, y estoy seguro de que la Viuda Rumble cuidará bien de él.

—No es eso, señor Frodo —dijo Sam, y se puso muy rojo.

—Y bien ¿qué es entonces?

—Es Rosita, Rosita Coto —dijo Sam—. Parece que no le gustó nada que yo me fuera de viaje, a la pobrecita; pero como yo no había hablado, ella no podía decir nada. Y yo no le hablaba porque tenía algo que hacer primero. Pero ahora le he hablado, y me dice: «¡Y bueno, ya has perdido un año! ¿Para qué esperar más?». «¿Perdido? —le contesté—. Yo no lo llamaría así». Pero entiendo lo que ella quiere decir. Me siento como quien dice partido en dos.

—Comprendo—dijo Frodo—: ¿Quieres casarte, pero también quieres vivir conmigo en Bolsón Cerrado? Mi querido Sam, ¡nada más sencillo! Cásate lo más pronto posible, y ven a instalarte aquí con Rosita. Hay espacio suficiente en Bolsón Cerrado para la familia más numerosa que puedas desear.

Y así todo quedó arreglado. Sam Gamyi se casó con Rosa Coto en la primavera de 1420 (año famoso también por el gran número de matrimonios), y fueron a vivir a Bolsón Cerrado. Y si Sam se creía favorecido por la suerte, Frodo sabía que él lo era todavía más: no había en la Comarca un hobbit que fuera cuidado con tanto celo y amor como él. Cuando todos los trabajos de reparación estuvieron preparados y en ejecución se entregó a una vida tranquila, escribiendo mucho y revisando todas sus notas. Renunció al cargo de Alcalde Suplente en la Feria Libre del solsticio de verano, y el viejo y entrañable Will Pieblanco pudo volver a presidir los Banquetes durante otros siete años.

Merry y Pippin vivieron juntos por un tiempo en Cricava, y hubo un incesante ir y venir entre Los Gamos y Bolsón Cerrado. Las canciones, las historias y los modales de los dos jóvenes Viajeros, junto con las maravillosas fiestas que celebraban, eran muy populares en la Comarca. Los «Señoriles», los llamaba la gente con la mejor intención, pues encendía los corazones verlos cabalgar ataviados con sus brillantes cotas de malla y sus escudos resplandecientes, riendo y cantando canciones de tierras lejanas; y aunque ahora eran grandes y magníficos, en otros aspectos no habían cambiado nada, pero ahora hablaban más cortésmente, y eran más joviales y alegres que antes.

Frodo y Sam, en cambio, adoptaron de nuevo la vestimenta ordinaria, y sólo cuando era necesario lucían los largos mantos grises, finamente tejidos y sujetos al cuello con hermosos broches; y el señor Frodo llevaba siempre una joya blanca que pendía de una cadena, con la que jugueteaba a menudo.

Ahora las cosas marchaban bien, con la constante esperanza de que mejorarían más aún, y Sam vivía atareado y tan colmado de dicha como incluso un hobbit pudiera desear. Nada turbó para él la paz de aquel año, excepto una cierta preocupación por Frodo, que se había retirado poco a poco de todas las actividades de la Comarca. A Sam le apenaba que lo trataran con tan escasos honores en su propio país. Pocos eran los que conocían o deseaban conocer sus hazañas y aventuras; la admiración y el respeto de todos recaían casi exclusivamente en el señor Meriadoc y en el señor Peregrin y (aunque esto Sam lo ignoraba) también en él. Y en el otoño apareció una sombra de los antiguos tormentos.

Una noche Sam entró en el estudio y encontró a su amo muy extraño. Estaba palidísimo, con la mirada como perdida en cosas muy lejanas.

—¿Qué le pasa, señor Frodo? —dijo Sam.

—Estoy herido —respondió él—, herido; nunca curaré del todo.

Pero luego se levantó y pareció que el malestar había desaparecido, y al día siguiente parecía de nuevo el Frodo de siempre. Tan sólo más tarde Sam reparó en la fecha: seis de octubre. Dos años antes, ese mismo día, se había hecho la oscuridad en la hondonada bajo la Cima de los Vientos.

Pasó el tiempo, y llegó el año 1421. Frodo volvió a caer enfermo en marzo, pero con un gran esfuerzo consiguió ocultarlo, porque Sam tenía otras cosas en qué pensar. El primer hijo de Sam y Rosita nació el veinticinco de marzo, una fecha que Sam anotó.

—Y bien, señor Frodo —dijo—. Estoy en un pequeño aprieto. Rosa y yo habíamos decidido llamarlo Frodo, con el permiso de usted; pero no es *él,* es *ella.* Aunque es la niña más bonita que cualquiera hubiera podido desear, porque afortunadamente se parece más a Rosa que a mí. De modo que no sabemos qué hacer.

—Bueno, Sam —dijo Frodo—, ¿qué tienen de malo las antiguas tradiciones? Elige un nombre de flor, como Rosa. La mitad de las niñas de la Comarca tienen nombres semejantes ¿y qué puede ser mejor?

—Supongo que tiene usted razón, señor Frodo —dijo Sam—. He escuchado algunos nombres hermosos en mis viajes, pero se me ocurre que son demasiado sonoros para usarlos de entrecasa, por así decir. El Tío dice: «Escoge uno corto, así no tendrás que acortarlo antes de usarlo». Pero si ha de ser el nombre de una flor, entonces no me importa que sea largo: tiene que ser una flor hermosa porque, vea usted señor Frodo, yo creo que es muy hermosa, y que va a ser mucho más hermosa todavía.

Frodo pensó un momento. —Y bien, Sam, ¿qué te parece *elanor,* la estrella-sol? ¿Recuerdas, la pequeña flor dorada que crecía en los prados de Lothlórien?

—¡También ahora tiene razón, señor Frodo! —dijo Sam, maravillado—. Eso es lo que yo quería.

La pequeña Elanor tenía casi seis meses, y 1421 había entrado ya en el otoño, cuando Frodo llamó a Sam al estudio.

—El jueves será el Cumpleaños de Bilbo, Sam —dijo—, y sobrepasará al Viejo Tuk. ¡Cumplirá ciento treinta y un años!

—¡Es verdad! —dijo Sam—. ¡El señor Bilbo es una maravilla!

—Pues bien, Sam, me gustaría que hablaras con Rosa y vieras si puede arreglarse sin ti, para que tú y yo podamos partir juntos. Ahora no puedes alejarte demasiado ni por mucho tiempo, por supuesto —dijo con cierta tristeza.

—No, no en verdad, señor Frodo.

—Claro que no. Pero no importa, podrías acompañarme un trecho. Dile a Rosa que no estarás ausente mucho tiempo, no más de dos semanas, y que regresarás sano y salvo.

—Me gustaría tanto ir con usted a Rivendel, señor Frodo, y ver al señor Bilbo —dijo Sam—. Y sin embargo, el único lugar en que realmente quiero estar es aquí. Estoy partido en dos.

—¡Pobre Sam! ¡Así habrás de sentirte, me temo! —dijo Frodo—. Pero curarás pronto. Naciste para ser un hobbit estable e íntegro, y así lo serás.

Durante los días siguientes, Frodo, con la ayuda de Sam, revisó todos sus papeles y manuscritos, y le entregó las llaves. Había un libro voluminoso encuadernado sencillamente en cuero rojo: sus múltiples páginas estaban ya casi llenas. Al principio, había muchas hojas escritas por la caligrafía fina y errabunda de Bilbo, pero la escritura apretada y fluida de Frodo cubría casi todo el volumen. El libro había sido dividido en capítulos, pero el capítulo 80 estaba inconcluso y lo seguían varios folios en blanco. En la página correspondiente a la portada había numerosos títulos, tachados uno tras otro:

Mi diario. Mi viaje inesperado. Historia de una ida y una vuelta.
Y qué sucedió después.
Las aventuras de cinco hobbits. La historia del Gran Anillo, compilada
por Bilbo Bolsón, según las observaciones personales del autor y
los relatos de sus amigos. Nuestro papel en la Guerra del Anillo.

Aquí terminaba la letra de Bilbo, y luego Frodo había escrito.

LA CAÍDA

DEL

SEÑOR DE LOS ANILLOS

Y

EL RETORNO DEL REY

(Tal como los vivió la Gente Pequeña; siendo éstas las memorias de
Bilbo y Frodo de la Comarca, completadas con las narraciones
de sus amigos y la erudición de los Sabios.)

—¡Pero casi lo ha terminado, señor Frodo! —exclamó Sam—. Bueno, he de decir que se ha aplicado en serio.

—Casi he terminado con lo mío, Sam —dijo Frodo—. Las últimas páginas son para ti.

El veintiuno de septiembre partieron juntos, Frodo montado en el poney en el que había recorrido todo el camino desde Minas Tirith, y que ahora se llamaba Trancos; y Sam en su querido Bill. Era una mañana dorada y hermosa, y Sam no preguntó a dónde iban. Creía haberlo adivinado.

Tomaron por el Camino de Cepeda hasta más allá de las colinas, dejando que los poneys avanzaran sin prisa rumbo al Bosque Cerrado. Acamparon en las Colinas Verdes, y el veintidós de septiembre, cuando caía la tarde, descendieron apaciblemente hacia los primeros árboles.

—¡Fue detrás de ese árbol donde usted se escondió la primera vez que apareció el Jinete Negro, señor Frodo! —dijo Sam, señalando a la izquierda—. Ahora se me antoja un sueño.

Había llegado la noche, y las estrellas centelleaban en el cielo del este cuando los compañeros pasaron delante del roble seco y descendieron la colina entre la espesura de los avellanos. Sam estaba silencioso y pensativo, hundido en sus recuerdos. De pronto advirtió que Frodo iba cantando para sí, en voz queda, la misma vieja canción de caminantes, pero las palabras no eran del todo las mismas:

> *Tras el recodo quizá aún espera*
> *nueva senda o puerta secreta;*
> *y aunque de largo los pasara a menudo,*

> *tocará un día en que yo al fin*
> *tomaré los caminos que ocultos transitan*
> *al Oeste de la Luna, al Este del Sol.*

Y como en respuesta, subiendo por el camino desde el fondo del valle, llegaron voces que cantaban:

> *A! Elbereth Gilthoniel*
> *silivren penna míriel*
> *ò menel aglar elenath,*
> *Gilthoniel, A! Elbereth!*
> *¡Oh, Elbereth! ¡Gilthoniel!*
> *Aún late tu recuerdo en los que moramos al lindel*
> *de esta tierra lejana bajo la foresta,*
> *tu estela luz, sobre los Mares del Oeste.*

Frodo y Sam se detuvieron y aguardaron en silencio entre las dulces sombras, hasta que un resplandor anunció la llegada de los viajeros.

Y allí venía Gildor con una gran comitiva de hermosa gente élfica, y luego, ante los ojos maravillados de Sam, llegaron cabalgando Elrond y Galadriel. Elrond vestía un manto gris y lucía una estrella en la frente, y en la mano llevaba un arpa de plata, y en el dedo, un anillo de oro con una gran pieza azul: Vilya, el más poderoso de los Tres. Pero Galadriel montaba en un palafrén blanco, envuelta en una blancura resplandeciente, como nubes alrededor de la Luna, pues ella misma parecía irradiar una luz suave. Lucía en el dedo a Nenya, el anillo forjado de *mithril,* con una sola piedra que centelleaba como una estrella de escarcha. Y detrás, cabalgando lentamente en un pequeño poney gris, cabeceando de sueño y como adormecido, llegó Bilbo en persona.

Elrond los saludó con un aire grave y gentil, y Galadriel los contempló con una sonrisa.

—Y bien, señor Samsagaz —dijo ella—. Me han dicho, y

veo, que has utilizado bien mi regalo. De ahora en adelante la Comarca será más que nunca amada y bienaventurada. —Sam se inclinó en una profunda reverencia, pero no supo qué decir. Había olvidado cuán hermosa era la Dama Galadriel.

Entonces Bilbo despertó y abrió los ojos. —¡Hola, Frodo! —dijo—. ¡Bueno, hoy le he ganado al Viejo Tuk! Así que eso está arreglado. Y ahora creo estar pronto para emprender otro viaje. ¿Tú también vienes?

—Sí, yo también voy —dijo Frodo—. Los Portadores del Anillo han de partir juntos.

—¿Adónde va usted, mi amo? —gritó Sam, aunque por fin había comprendido lo que estaba sucediendo.

—A los Puertos, Sam —dijo Frodo.

—Y yo no puedo ir.

—No, Sam. No todavía, en todo caso; no más allá de los Puertos. Aunque también tú fuiste un Portador del Anillo, si bien por poco tiempo. También a ti puede que te llegue la hora. No te entristezcas demasiado, Sam. No puedes estar siempre partido en dos. Necesitarás sentirte íntegro y entero por muchos años. Tienes tantas cosas de que disfrutar, tanto que vivir y tanto que hacer...

—Pero —dijo Sam, mientras los ojos se le llenaban de lágrimas—, yo creía que también usted iba a disfrutar en la Comarca, años y años, después de todo lo que ha hecho.

—También yo lo creí, un tiempo. Pero he sufrido heridas demasiado profundas, Sam. Intenté salvar la Comarca, y la he salvado; pero no para mí. Así suele ocurrir, Sam, cuando las cosas están en peligro: alguien tiene que renunciar a ellas, perderlas, para que otros las conserven. Pero tú eres mi heredero: todo cuanto tenía y podría haber tenido te lo lego a ti. Y además tienes a Rosa, y a Elanor; y vendrán también el pequeño Frodo y la pequeña Rosa, y Merry, y Rizos de Oro, y Pippin; y acaso otros que no alcanzo a ver. Tus manos y tu ingenio serán necesarios en todas partes. Serás el Alcalde, naturalmente, por tanto tiempo como quieras serlo, y el jardinero más famoso de la historia; y leerás las páginas del Libro Rojo, y perpetuarás la memoria de una edad ahora desaparecida, para que la gente recuerde siempre el Gran Peligro y ame aún más entrañablemente su tierra bienamada. Y eso te mantendrá tan ocupado y tan feliz como es posible serlo, mientras continúe tu parte de la Historia.

»¡Y ahora ven, cabalga conmigo!

Entonces Elrond y Galadriel prosiguieron la marcha, pues la Tercera Edad había terminado y los Días de los Anillos habían pasado para siempre, y así llegaba el fin de la historia y los cantos de aquellos tiempos. Y con ellos partían numerosos Elfos del Alto Linaje que ya no permanecerían en la Tierra Media; y entre ellos, colmado de una tristeza que era a la vez venturosa y sin amargura, cabalgaban Sam, y Frodo, y Bilbo; y los Elfos los honraban complacidos.

Aunque cabalgaron a través de la Comarca durante toda la tarde y toda la noche nadie los vio pasar, excepto las criaturas salvajes de los bosques; o aquí y allá algún caminante solitario que vislumbró entre los árboles un resplandor fugitivo, o una luz y una sombra que se deslizaba sobre la hierba, mientras la luna declinaba en el poniente. Y cuando la Comarca quedó atrás, y bordeando las faldas meridionales de las Colinas Blancas llegaron a las Colinas Lejanas y a las Torres, vieron en lontananza el mar; y así descendieron por fin hacia Mithlond, hacia los Puertos Grises en el largo estuario de Lune.

Cuando llegaron a las puertas, Círdan el Carpintero de Barcos se adelantó para darles la bienvenida. Era muy alto, de barba larga, y todo gris y muy anciano, salvo sus ojos, que eran vivos y luminosos como estrellas; y los contempló, y se inclinó en una reverencia, y dijo: —Todo está pronto.

Entonces Círdan los condujo a los Puertos, y un navío blanco se mecía en las aguas, y en el muelle, junto a un gran caballo gris, se erguía una figura toda vestida de blanco que los esperaba. Y cuando se volvió y se acercó a ellos, Frodo advirtió que Gandalf llevaba en la mano, ahora abiertamente, el Tercer Anillo,

Narya el Grande, y la piedra engarzada en él era roja como el fuego. Entonces aquellos que se disponían a hacerse a la mar se regocijaron, pues supieron que Gandalf partiría también.

Pero Sam tenía el corazón acongojado, y le parecía que, si la separación iba a ser amarga, más triste aún sería el solitario camino de regreso. Pero mientras aún seguían allí de pie, y los elfos ya subían a bordo, y la nave estaba casi pronta para zarpar, Pippin y Merry llegaron, a galope tendido. Y Pippin reía entre las lágrimas.

—Ya una vez intentaste escabullirte de entre nosotros y fallaste, Frodo. Esta vez has estado a punto de conseguirlo, pero has fallado de nuevo. Sin embargo, no ha sido Sam quien te ha delatado esta vez, ¡sino el propio Gandalf!

—Sí —dijo Gandalf— porque es mejor que sean tres los que regresen juntos, y no uno solo. Bien, aquí, queridos amigos, a la orilla del mar, termina por fin nuestra comunidad en la Tierra Media. ¡Id en paz! No os diré: no lloréis; porque no todas las lágrimas son malas.

Frodo besó entonces a Merry y a Pippin, y por último, a Sam, y subió a bordo; y fueron izadas las velas, y el viento sopló, y la nave se deslizó lentamente a lo largo del estuario gris; y la luz del frasco de Galadriel que Frodo llevaba consigo centelleó y se apagó. Y la nave se internó en la alta mar rumbo al Oeste hasta que al fin, en una noche de lluvia, Frodo sintió en el aire una dulce fragancia y oyó la melodía de cantos que llegaban sobre las aguas; y entonces le pareció que, como en el sueño que había tenido en la casa de Tom Bombadil, la cortina de lluvia gris se transformaba en plata y cristal, y que el velo se abría y ante él contempló unas costas blancas, y más allá de ellas, un país lejano y verde a la luz de un rápido amanecer.

Pero para Sam la penumbra del atardecer se transformó en oscuridad, mientras seguía allí de pie en el Puerto; y al mirar el mar gris sólo vio una sombra en las aguas que pronto desapareció en el Oeste. Hasta entrada la noche se quedó allí, de pie, sin oír nada más que el suspiro y el murmullo de las olas sobre las playas de la Tierra Media, y aquel sonido le traspasó el corazón. Junto a él estaban Merry y Pippin, y no hablaban.

Por fin los tres compañeros dieron media vuelta y se alejaron, sin volver la cabeza, y cabalgaron lentamente rumbo a su hogar; y no pronunciaron ni una sola palabra hasta que llegaron a la Comarca; pero en el largo camino gris, cada uno de ellos se sentía reconfortado por sus amigos.

Finalmente cruzaron las lomas y tomaron el Camino del Este; y Pippin y Merry cabalgaron hacia Los Gamos; y ya empezaban a cantar de nuevo mientras se alejaban. Pero Sam viró hacia Delagua, y así volvió a casa remontando la Colina, cuando una vez más caía la tarde. Y llegó, y adentro ardían un fuego y una luz amarilla; y la cena estaba pronta, y lo esperaban. Y Rosa lo recibió, y lo instaló en su sillón, y le puso a la pequeña Elanor sobre el regazo.

Sam respiró profundamente, y dijo: —Bueno, estoy de vuelta.

APÉNDICES

APÉNDICES

APÉNDICE A

ANALES DE LOS REYES Y LOS GOBERNANTES

En lo que concierne a las fuentes de la mayor parte del material contenido en los siguientes Apéndices, en especial de A a D, véase la nota al final del prólogo [vol. I]. La sección A III, *El pueblo de Durin,* deriva probablemente de Gimli el enano, que mantuvo su amistad con Peregrin y Meriadoc y volvió a encontrarse con ellos muchas veces en Gondor y en Rohan.

Las leyendas, historias y conocimientos reunidos en las fuentes son muy extensos. Sólo se dan aquí algunas selecciones, en la mayor parte de los casos muy abreviadas. Se pretende así ilustrar la Guerra del Anillo y sus orígenes, y llenar algunos huecos en el cuerpo principal de la historia. Sólo se hace una breve referencia a las antiguas leyendas de la Primera Edad, que eran el interés principal de Bilbo, pues conciernen a los ancestros de Elrond y los reyes y los capitanes Númenóreanos. Los extractos textuales de anales e historias más extensos se ponen entre comillas. La inclusión de textos de fechas más recientes se ha encerrado entre corchetes. Las notas entre comillas pertenecen a las fuentes. El resto pertenece a la redacción.[1]

Las fechas señaladas corresponden a la Tercera Edad, a no ser que se agreguen las iniciales S. E. (Segunda Edad) o C. E.

---

1. Se dan unas pocas referencias a la presente edición de la trilogía de *El Señor de los Anillos,* y a *El Hobbit* [ediciones de 2023-2024].

(Cuarta Edad). Se ha afirmado que la Tercera Edad terminó cuando los Tres Anillos desaparecieron en septiembre de 3021, pero a efectos de los registros de Gondor el año 1 de la C.E. empezó el 25 de marzo de 3021. Para la equivalencia de las fechas según el cómputo de Gondor y la Comarca, véase el final del Apéndice D. En las listas, las fechas que siguen al nombre de los reyes y gobernantes corresponden a la de su muerte, si sólo una aparece. El signo † indica una muerte prematura en una batalla o de algún otro modo, aunque no siempre se incluya la crónica del acontecimiento.

I
LOS REYES NÚMENÓREANOS

(i)
NÚMENOR

Fëanor fue el más grande de los Eldar en el ejercicio de las artes y de las ciencias, pero también el más orgulloso y el que menos se dejó regir por otra voluntad que no fuera la suya. Forjó las Tres Joyas, los *silmarilli,* y encerró en ellas el fulgor de los Dos Árboles, Telperion y Laurelin,[2] que iluminaban la tierra de los Valar. Morgoth el Enemigo codiciaba las Joyas, y las robó después de destruir los Árboles, las llevó consigo a la Tierra Media y las ocultó en su gran fortaleza de Thangorodrim.[3] En contra de la voluntad de los Valar, Fëanor abandonó el Reino Bendecido y se exilió en la Tierra Media, llevando consigo a gran parte de su pueblo pues, en su orgullo, se proponía arrebatar las Joyas a Morgoth por la fuerza. Después de eso tuvo lugar la desdichada guerra de los Eldar y los Edain contra Thangorodrim, en la que fueron por fin totalmente derrotados. Los Edain *(Atani)* eran

2. Cf. pp. I. 419-421; II. 330; III. 361; no quedó en la Tierra Media nada parecido a Laurelin el Dorado.

3. pp. I. 417-418; II. 529.

tres pueblos de Hombres que, llegados los primeros al Oeste de la Tierra Media y a las costas del Gran Mar, se aliaron con los Eldar contra el Enemigo.

Hubo tres uniones entre los Eldar y los Edain: Lúthien y Beren; Idril y Tuor; Arwen y Aragorn. Por esta última, las ramas desde tanto tiempo atrás divididas de los Medio Elfos, volvieron a unirse y el linaje fue restaurado.

Lúthien Tinúviel era la hija del Rey Thingol Mantogrís de Doriath en la Primera Edad, pero su madre era Melian, del pueblo de los Valar. Beren era el hijo de Barahir, de la Primera Casa de los Edain. Juntos arrancaron un *silmaril* de la Corona de Hierro de Morgoth.[4] Lúthien se volvió mortal, y los Elfos la perdieron para siempre. Dior fue hijo de Lúthien. Elwing fue hija de Dior y tuvo en custodia el *silmaril*.

Idril Celebrindal fue la hija de Turgon, rey de la ciudad escondida de Gondolin.[5] Tuor fue hijo de Huor, de la Casa de Hador, la Tercera Casa de los Edain y la que alcanzó mayor renombre en las guerras contra Morgoth. De ellos nació Eärendil el Marinero.

Eärendil desposó a Elwing, y con el poder del *silmaril* dejó atrás las Sombras[6] y llegó al Oeste Extremo; y hablando allí como embajador tanto de los Elfos como de los Hombres, obtuvo la ayuda con la que Morgoth fue vencido. No se le permitió a Eärendil volver a tierras mortales y, llevando en su barco el *silmaril*, se dedicó a navegar por los cielos como una estrella, y como signo de esperanza para los habitantes de la Tierra Media oprimidos por el Gran Enemigo o sus servidores.[7] Sólo en los *silmarilli* se preservó la antigua luz de los Dos Árboles de Valinor antes de que Morgoth los envenenara; pero los otros dos *silmarilli*

4. pp. I. 342; II. 529.

5. *El Hobbit*, p. 99; *El Señor de los Anillos*, p. I. 537.

6. pp. I. 403-407.

7. pp. I. 610-618; II. 529-530, 543; III. 273, 284.

se perdieron al final de la Primera Edad. La historia completa de todas estas cosas, y de mucho más material relacionado con los Elfos y los Hombres, se encuentra en *El Silmarillion*.

Los hijos de Eärendil fueron Elros y Elrond, los *Peredhil* o Medio Elfos. Sólo en ellos se preservó la línea de los heroicos líderes de los Edain de la Primera Edad; y después de la caída de Gil-galad,[8] sólo los descendientes de los Reyes de los Altos Elfos representaron en la Tierra Media este linaje.

Al final de la Primera Edad los Valar pidieron a los Medio Elfos una elección irrevocable entre ambos linajes: tenían que pertenecer a uno o a otro. Elrond escogió el pueblo de los Elfos, y se convirtió en maestro de sabiduría. A él por tanto se le concedió la misma gracia que a los Altos Elfos que todavía se demoraban en la Tierra Media: que cuando por fin se cansaran de las tierras mortales, podrían embarcarse en los Puertos Grises y trasladarse al Oeste Extremo; y esta gracia continuó después del cambio del mundo. Pero a los hijos de Elrond también se les dio a elegir: abandonar con él los círculos del mundo o, si decidían quedarse, volverse mortales y morir en la Tierra Media. Para Elrond, por tanto, todos los azares de la Guerra del Anillo estaban cargados de pena.[9]

Elros escogió pertenecer al pueblo de los Hombres y quedarse con los Edain; pero se le concedió una larga vida, muchas veces más larga que la de los hombres menores.

Como recompensa por sus sufrimientos en la causa contra Morgoth, los Valar, los Guardianes del Mundo, concedieron a los Edain una tierra donde vivir, apartada de los peligros de la Tierra Media. Por lo tanto, la mayor parte de ellos navegó por el

8. pp. I. 114, 328.
9. Véanse pp. III. 366, 384.

Mar, y guiados por la Estrella de Eärendil llegaron a la gran Isla de Elenna, al extremo oeste de las Tierras Mortales. Allí fundaron el reino de Númenor.

En el centro de aquella tierra había una alta montaña, el Meneltarma, y desde su cima aquellos de vista penetrante podían avistar la torre blanca del Puerto de los Eldar en Eressëa. Desde allí los Eldar visitaban a los Edain y los enriquecían con conocimientos y múltiples regalos; pero los Valar habían impuesto una orden a los Númenóreanos, la «Prohibición de los Valar»: les estaba vedado navegar hacia el oeste perdiendo de vista sus propias costas, o intentar poner pie en las Tierras Imperecederas. Porque aunque se les había concedido una larga vida, en un comienzo tres veces la de los Hombres ordinarios, tenían por fuerza que seguir siendo mortales, pues no les estaba permitido a los Valar quitarles el Don de los Hombres (o el Destino de los Hombres, como se lo llamó después).

Elros fue el primer Rey de Númenor, conocido más tarde por el nombre en alto élfico Tar-Minyatur. Los descendientes de Elros tuvieron larga vida, pero siguieron siendo mortales. Más tarde, cuando se volvieron poderosos, lamentaron amargamente la elección que había hecho Elros, pues deseaban la inmortalidad en el curso de la vida del mundo, que era el hado de los Eldar, y murmuraron contra la Prohibición. De este modo empezó su rebelión que, con ayuda de las malvadas enseñanzas de Sauron, provocó la Caída de Númenor y la ruina del mundo antiguo, como se cuenta en la *Akallabêth*.

Estos son los nombres de los Reyes y las Reinas de Númenor: Elros Tar-Minyatur, Vardamir, Tar-Amandil, Tar-Elendil, Tar-Meneldur, Tar-Aldarion, Tar-Ancalimë (la primera Reina Regente), Tar-Anárion, Tar-Súrion, Tar-Telperiën (la segunda Reina), Tar-Minastir, Tar-Ciryatan, Tar-Atanamir el Grande, Tar-Ancalimon, Tar-Telemmaitë, Tar-Vanimeldë (la tercera Reina), Tar-Alcarin, Tar-Calmacil, Tar-Ardamin.

Después de Ardamin, los Reyes recibieron el cetro adoptando nombres en lengua númenóreana (o adûnaica): Ar-Adûnakhôr, Ar-Zimrathôn, Ar-Sakalthôr, Ar-Gimilzôr, Ar-Inziladûn. Inziladûn se arrepintió de la actitud de los Reyes y adoptó el nombre de Tar-Palantir, «El de Vista Penetrante». Su hija debería haber sido la cuarta Reina, Tar-Míriel, pero el sobrino del Rey usurpó el cetro y se convirtió en Ar-Pharazôn el Dorado, último rey de los Númenóreanos.

En los días de Tar-Elendil los primeros barcos de los Númenóreanos volvieron a la Tierra Media. La mayor de los hijos de Tar-Elendil fue una mujer, llamada Silmariën. El hijo de Silmariën fue Valandil, primero de los Señores de Andúnië al oeste de aquella tierra, renombrados por la amistad que los unía a los Eldar. De él descendieron Amandil, el último señor, y su hijo Elendil el Alto.

El sexto Rey tuvo sólo un descendiente, una hija. Ella fue la primera Reina; pues fue entonces cuando se promulgó una ley para la casa real que permitía que el mayor de los hijos del Rey, cualquiera que fuera su sexo, recibiría el cetro.

El reino de Númenor perduró hasta el término de la Segunda Edad, y su poder y esplendor crecieron de continuo; y hasta bien pasada la mitad de la Edad también crecieron la sabiduría y la dicha de los Númenóreanos. El primer signo de la sombra que habría de caer sobre ellos apareció en los días de Tar-Minastir, undécimo Rey. Él fue quien envió una gran fuerza en ayuda de Gil-galad. Amaba a los Eldar, pero los envidiaba. Los Númenóreanos se habían convertido por entonces en grandes marineros, habían explorado todos los mares hacia el este y empezaban a añorar las aguas prohibidas del Oeste; y cuanto más dichosa era su vida, tanto más deseaban la inmortalidad de los Eldar.

Además, después de Minastir, los Reyes se hicieron codicio-sos, y buscaban la riqueza y el poder. En un principio los Núme-nóreanos habían llegado a la Tierra Media como maestros y amigos de los hombres menores, afligidos por Sauron; pero des-pués sus puertos se convirtieron en fortalezas y dominaron vastas tierras costeras. Atanamir y sus sucesores impusieron altos tribu-tos, y los barcos de los Númenóreanos volvían cargados de botín.

Fue Tar-Atanamir quien primero habló abiertamente en contra de la Prohibición y declaró que la vida de los Eldar le per-tenecía por derecho. Así, la sombra creció y el pensamiento de la muerte oscurecía los corazones del pueblo. Entonces los Núme-nóreanos se dividieron: por una parte estaban los Reyes y quie-nes los seguían, que se apartaron de los Eldar y los Valar; por la otra, unos pocos que se llamaron a sí mismos los Fieles, y que vivían casi todos al oeste de la tierra.

Los Reyes y sus seguidores fueron abandonando poco a poco el empleo de las lenguas Eldarin; y por último, el vigésimo Rey tomó un nombre real de la lengua númenóreana, y se llamó a sí mismo Ar-Adûnakhôr, «Señor del Oeste». Esto les pareció a los Fieles de mal agüero, porque hasta entonces sólo le habían dado ese título a uno de los Valar, o al mismo Rey Antiguo.[10] Y, en verdad, Ar-Adûnakhôr empezó a perseguir a los Fieles y a casti-gar a aquellos que empleaban las lenguas élficas abiertamente; y los Eldar ya no fueron a Númenor.

No obstante, el poder y la riqueza de los Númenóreanos si-guieron aumentando, pero la edad que alcanzaban fue decre-ciendo a medida que crecía su temor a la muerte, y la alegría los abandonó. Tar-Palantir intentó poner remedio al mal; pero era demasiado tarde, y en Númenor hubo rebelión y lucha. Cuando murió, su sobrino, líder de la rebelión, se apoderó del cetro y se convirtió en el Rey Ar-Pharazôn. Ar-Pharazôn el Dorado fue el más orgulloso y poderoso de todos los Reyes, y no deseaba nada menos que llegar a gobernar el mundo.

10. p. I. 405.

Decidió desafiar a Sauron el Grande por el dominio de la Tierra Media, y por fin él mismo se hizo a la mar en un gran navío y desembarcó en Umbar. Tan grandes eran los Númenóreanos en poderío y esplendor que los propios servidores de Sauron lo abandonaron, y Sauron se humilló rindiendo honores y pidiendo clemencia.

Entonces Ar-Pharazôn, en la insensatez de su orgullo, lo llevó como prisionero a Númenor. No transcurrió mucho tiempo antes de que Sauron hechizara al Rey y dominara su juicio y pronto cambió el corazón de todos los Númenóreanos, excepto los que quedaban de los Fieles, y los arrastró a la oscuridad.

Y Sauron le mintió al Rey, diciéndole que la vida sempiterna sería de quien se apoderara de las Tierras Imperecederas, y que la Prohibición había sido impuesta sólo para impedir que los Reyes de los Hombres superaran a los Valar. —Pero los grandes Reyes toman lo que les pertenece por derecho —dijo.

Por fin Ar-Pharazôn hizo caso a este consejo, porque sentía la mengua de sus días y el temor de la Muerte le impedía todo otro pensamiento. Preparó entonces las más grandes fuerzas que nunca hubiera visto el mundo, y cuando todo estuvo dispuesto, hizo resonar las trompetas y se hizo a la mar; y quebrantó la Prohibición de los Valar, yendo a hacer la guerra para arrancarles a los Señores del Oeste la vida sempiterna. Pero cuando Ar-Pharazôn puso pie en las costas de Aman la Bienaventurada, los Valar depusieron su rol como Guardianes y recurrieron al Único, y el mundo cambió. Númenor sucumbió y fue tragado por el mar, y las Tierras Imperecederas quedaron separadas para siempre de los círculos del mundo. Así llegó a su fin la gloria de Númenor.

Los últimos conductores de los Fieles, Elendil y sus hijos, escaparon de la Caída en nueve barcos llevando consigo un vástago de Nimloth y las siete Piedras Videntes (que los Eldar les habían regalado);[11] y fueron arrastrados por los vientos de una gran tormenta y arrojados a las costas de la Tierra Media. Allí

11. pp. II. 327, III. 360.

establecieron en el noroeste los reinos númenóreanos en el exilio, Arnor y Gondor.[12] Elendil fue el Alto Rey y vivió en el norte, en Annúminas; y el gobierno del sur fue encomendado a sus hijos, Isildur y Anárion. Fundaron allí Osgiliath, entre Minas Ithil y Minas Anor,[13] no lejos de los confines de Mordor. Porque este bien al menos, creían ellos, había resultado de la ruina: que Sauron hubiera perecido también.

Pero no era así. Era cierto que Sauron había sido atrapado en la destrucción de Númenor, y que la forma corpórea en que había andado tanto tiempo pereció entonces; pero huyó de vuelta a la Tierra Media como un espíritu de odio transportado por un viento oscuro. Desde entonces le fue imposible revestirse de una forma hermosa a ojos de los hombres, sino que se volvió oscuro y espantoso, y de ahí en adelante sólo mediante el terror conservó su poder. Penetró nuevamente en Mordor y se escondió allí por un tiempo en silencio. Pero mucha fue su cólera cuando se enteró que Elendil, a quien odiaba por sobre todos, se le había escapado y gobernaba ahora un reino fronterizo al suyo.

Por lo tanto, al cabo de un tiempo hizo la guerra a los Exiliados, antes incluso de que hubieran echado raíces. El Orodruin irrumpió una vez más en llamas y recibió un nuevo nombre en Gondor: Amon Amarth, el Monte del Destino. Pero Sauron atacó demasiado pronto, antes de haber recuperado su propio poder, mientras que el poder de Gil-galad había aumentado en su ausencia; y con la Última Alianza que se constituyó contra él Sauron fue vencido, y el Anillo Único le fue arrebatado.[14] Así llegó a su término la Segunda Edad.

12. p. I. 417.

13. p. I. 420.

14. p. I. 418.

La Línea Septentrional
Herederos de Isildur

Arnor. Elendil †S.E. 3441, Isildur †2, Valandil 249,15 Eldacar
339, Arantar 435, Tarcil 515, Tarondor 602, Valandur
†652, Elendur 777, Eärendur 861.

Arthedain. Amlaith de Fornost[16] (hijo mayor de Eärendur) 946,
Beleg 1029, Mallor 1110, Celepharn 1191, Celebrindor 1272,
Malvegil 1349,[17] Argeleb I †1356, Arveleg I † 1409, Araphor
1589, Argeleb II 1670, Arvegil 1743, Arveleg II 1813, Araval
1891, Araphant 1964, Arvedui Último Rey †1975. Fin del
Reino del Norte.

Capitanes. Aranarth (hijo mayor de Arvedui) 2106, Arahael
2177, Aranuir 2247, Aravir 2319, Aragorn I †2327, Ara-
glas 2455, Arahad I 2523, Aragost 2588, Aravorn 2654,
Arahad II 2719, Arassuil 2784, Arathorn I †2848, Argonui 2912, Arador †2930, Arathorn II †2933, Aragorn II
C.E. 120.

Línea Austral
Herederos de Anárion

Reyes de Gondor. Elendil, (Isildur y) Anárion † S.E. 3440, Meneldil hijo de Anárion, 158, Cemendur 238, Eärendil 324,
Anardil 411, Ostoher n492, Rómendacil I (Tarostar) †541,

15. Era el cuarto hijo de Isildur, nacido en Imladris. Los hermanos de Valandil
fueron muertos en los Campos Gladios.

16. Después de Eärendur, los Reyes ya no adoptaron nombres en la forma alto
élfica.

17. Después de Malvegil, los Reyes de Fornost volvieron a reclamar la totalidad de Arnor y adoptaron nombres con el prefijo *ar(a)* en señal de ello.

Turambar 667, Atanatar I 748, Siriondil 830. Aquí seguían los cuatro «Reyes de los Barcos»:

Tarannon Falastur 913. Fue el primer rey que no tuvo descendencia; lo sucedió el hijo de su hermano Tarciryan. Eärnil I †936, Ciryandil †1015, Hyarmendacil I (Ciryaher) 1149. Gondor alcanzó entonces el culmen de su poder.

Atanatar II Alcarin «el Glorioso» 1226, Narmacil I 1294. Fue el segundo rey que no tuvo descendencia; lo sucedió su hermano menor. Calmacil 1304, Minalcar (regente 1240-1304), coronado como Rómendacil II 1304, murió en 1366, Valacar 1423. En este tiempo empezó el primer desastre de Gondor: la Lucha entre Parientes.

Eldacar hijo de Valacar (llamado al principio Vinitharya), depuesto en 1437. Castamir el Usurpador †1447. Eldacar, repuesto en el trono, murió en 1490.

Aldamir (segundo hijo de Eldacar) †1540, Hyarmendacil II (Vinyarion) 1621, Minardil †1634, Telemnar †1636. Telemnar y todos sus vástagos perecieron en la peste; fue sucedido por su sobrino, el hijo de Minastan, hijo segundo de Minardil. Tarondor 1798, Telumehtar Umbardacil 1850, Narmacil II †1856, Calimehtar 1936, Ondoher †1944. Ondoher y sus dos hijos fueron muertos en batalla. Al cabo de un año, en 1945, la corona le fue dada al general victorioso Eärnil, descendiente de Telumehtar Umbardacil. Eärnil II 2043, Eärnur †2050. Aquí llega a su término la línea de los Reyes, hasta que fue restaurada por Elessar Telcontar en 3019. El reino fue entonces regido por los Senescales.

Senescales de Gondor. La Casa de Húrin: Pelendur 1998. Gobernó por un año después de la caída de Ondoher, y aconsejó a Gondor rechazar las pretensiones de Arvedui a la corona. Vorondil el Cazador 2029.[18] Mardil Voronwë «el Firme»,

---

18. Véase p. III. 23. Las blancas vacas salvajes que todavía se encontraban cerca del Mar de Rhûn, según se decía, descendían de las Vacas de Araw el cazador,

primero de los Senescales Regentes. Sus sucesores dejaron de usar nombres en alto élfico.

Senescales Regentes. Mardil 2080, Eradan 2116, Herion 2148, Belegorn 2204, Húrin I 2244, Túrin I 2278, Hador 2395, Barahir 2412, Dior 2435, Denethor I 2477, Boromir 2489, Cirion 2567. En este tiempo los Rohirrim llegaron a Calenardhon.

Hallas 2605, Húrin II 2628, Belecthor I 2655, Orodreth 2685, Ecthelion I 2698, Egalmoth 2743, Beren 2763, Beregond 2811, Belecthor II 2872, Thorondir 2882, Túrin II 2914, Turgon 2953, Ecthelion II 2984, Denethor II. Fue el último de los Senescales Regentes y lo sucedió su segundo hijo, Faramir, Señor de Emyn Arnen, Senescal del Rey Elessar, C.E. 82.

(iii)

ERIADOR, ARNOR Y LOS HEREDEROS DE ISILDUR

«Eriador fue el antiguo nombre de todas las tierras comprendidas entre las Montañas Nubladas y las Montañas Azules; al sur limitaba con el Aguada Gris y el Glanduin que desemboca en él por encima de Tharbad.

»En sus tiempos de esplendor, Arnor incluía a toda Eriador con excepción de las regiones más allá del Lune y de las tierras al este del Aguada Gris y el Sonorona, donde se encontraban Rivendel y Acebeda. Más allá del Lune estaba el país élfico, verde y sereno, que los Hombres no visitaban; pero los Enanos vivían, y viven todavía, sobre la ladera oriental de las Montañas Azules, en especial al sur del Golfo de Lune, donde tienen minas aún en actividad. Por esta razón estaban acostumbrados a trasladarse al este por el Camino Grande, como lo habían hecho durante largos años hasta que vinimos a vivir a la Comarca. En los Puertos

---

único de los Valar que visitaba a menudo la Tierra Media en los Días Antiguos. *Oromë* es la forma en alto élfico de este nombre (p. III. 154).

Grises vivía Círdan el Carpintero de Barcos; y hay quien afirma que vive allí todavía, hasta que el Último Barco zarpe hacia el Oeste. En los días de los Reyes la mayor parte de los Altos Elfos que se demoraban todavía en la Tierra Media vivían junto a Círdan o a orillas del mar de Lindon. Si aún quedan algunos, son muy pocos».

El Reino del Norte y los Dúnedain

Después de Elendil e Isildur hubo ocho Altos Reyes en Arnor. Tras Eärendur, por causa de disensiones entre sus hijos, el reino se dividió en tres: Arthedain, Rhudaur y Cardolan. Arthedain se encontraba en el noroeste e incluía la tierra entre el Brandivino y el Lune, y también la tierra al norte del Camino Grande hasta las Colinas de los Vientos. Rhudaur estaba al nordeste y se extendía entre las Landas de Etten, las Colinas de los Vientos y las Montañas Nubladas, pero incluía también las tierras llamadas el Ángulo, entre el Fontegrís y el Sonorona. Cardolan estaba al sur y sus límites eran el Brandivino, el Aguada Gris y el Camino Grande.

En Arthedain la línea de Isildur se mantuvo y perduró, pero no tardó en interrumpirse en Cardolan y Rhudaur. Hubo allí a menudo disputas entre los reinos, que apresuraron la declinación de los Dúnedain. El principal motivo de las contiendas era la posesión de las Colinas de los Vientos y la tierra del oeste hasta Bree. Tanto Rhudaur como Cardolan querían apoderarse de Amon Sûl (la Cima de los Vientos), que se alzaba en la frontera entre ambos reinos; pues en la Torre de Amon Sûl se guardaba la principal Palantír del norte, y las otras dos estaban en poder de Arthedain.

«Fue a comienzos del reinado de Malvegil de Arthedain cuando el mal llegó a Arnor. Porque en ese tiempo el reino de Angmar se alzó en el norte, más allá de las Landas de Etten. Sus tierras se extendían a ambos lados de las Montañas, y se reunieron allí muchos hombres malvados, y Orcos, y otras criaturas salvajes. [El señor de esa tierra era conocido como el Rey Brujo, pero no se supo hasta más tarde que era en verdad el jefe de los Espectros del Anillo, que había ido al norte con el propósito de destruir a los Dúnedain en Arnor, animado por el hecho de que estaban desunidos, mientras que Gondor se mantenía fuerte]».

En los días de Argeleb hijo de Malvegil, como no quedaban descendientes de Isildur en los otros reinos, los reyes de Arthedain volvieron a reclamar todo Arnor. Rhudaur se opuso. Allí los Dúnedain eran pocos, y el poder estaba en manos de un jefe malvado de los Hombres de la Colina, que tenía un pacto secreto con Angmar. Por tanto, Argeleb fortificó las Colinas de los Vientos;[19] pero fue muerto en batalla con Rhudaur y Angmar.

Arveleg hijo de Argeleb, con ayuda de Cardolan y Lindon, expulsó al enemigo de las Colinas; y por muchos años Arthedain y Cardolan se mantuvieron fuertes en una frontera a lo largo de las Colinas de los Vientos, el Camino Grande y el curso inferior del Fontegrís. Se dice que en este tiempo Rivendel fue sitiado.

Un gran ejército salió de Angmar en 1409 y, cruzando el río, penetró en Cardolan y rodeó la Cima de los Vientos. Los Dúnedain fueron derrotados y Arveleg fue muerto. La Torre de Amon Sûl fue quemada y arrasada; pero la *palantír* se salvó y fue llevada en retirada a Fornost. Rhudaur fue ocupada por hombres malévolos sometidos a Angmar[20] y los Dúnedain que se quedaron allí fueron muertos o huyeron al oeste. Cardolan fue asolada. Araphor hijo de Arveleg no había alcanzado la madurez todavía, pero era valiente y, con ayuda de Círdan expulsó al enemigo de Fornost y las Colinas del Norte. Un resto de los fieles de entre los Dúnedain de Cardolan resistió también en Tyrn Gorthad (las Colinas de los Túmulos) o se refugiaron en el Bosque que se extendía por detrás.

19. p. I. 328.
20. p. I. 335.

Se dice que durante un tiempo Angmar fue sometida por los elfos que venían de Lindon; y también de Rivendel, pues Elrond trajo ayuda por sobre las Montañas desde Lórien. Fue en ese tiempo cuando los Fuertes que habían vivido en el Ángulo (entre el Fontegrís y el Sonorona) huyeron hacia el oeste y el sur a consecuencia de las guerras y el miedo a Angmar, y porque la tierra y el clima de Eriador, especialmente en el este, habían empeorado y se hicieron inhóspitos. Algunos volvieron a las Tierras Salvajes y vivieron junto a los Campos Gladios, convirtiéndose en un pueblo ribereño de pescadores.

En los días de Argeleb II llegó la peste a Eriador desde el sureste, matando a la mayor parte del pueblo de Cardolan, especialmente en Minhiriath. Los hobbits y todas las otras gentes sufrieron mucho, pero la peste fue decreciendo mientras avanzaba hacia el norte, y no afectó demasiado las partes septentrionales de Arthedain. El fin de los Dúnedain de Cardolan ocurrió en este tiempo, y los malos espíritus salidos de Angmar y Rhudaur entraron en los túmulos desiertos y se instalaron allí.

«Se dice que los túmulos de Tyrn Gorthad, como las Colinas de los Túmulos se llamaron otrora, son muy antiguos, y muchos fueron levantados en los días del mundo antiguo de la Primera Edad por los antepasados de los Edain, antes de que cruzaran las Montañas Azules y penetraran en Beleriand, de la que Lindon es todo lo que queda ahora. Por tanto, esas colinas fueron reverenciadas por los Dúnedain después de su regreso; y allí tuvieron sepultura muchos de sus señores y sus reyes. (Dicen algunos que el túmulo en que el Portador del Anillo quedó encerrado había sido la tumba del último príncipe de Cardolan, que cayó en la guerra de 1409.)».

«En 1974 el poder de Angmar se hizo fuerte otra vez, y el Rey Brujo descendió sobre Arthedain antes que terminara el invierno. Ocupó Fornost y rechazó a la gran mayoría del resto de los Dúnedain más allá del Lune; y entre ellos estaban los hijos del rey.

Pero el Rey Arvedui resistió hasta el final en las Colinas del Norte, y luego huyó hacia el norte con algunos miembros de la guardia; y lograron huir gracias a la presteza de sus caballos.

»Por un tiempo Arvedui se ocultó en los túneles de las antiguas minas enanas, cerca del lejano extremo de las Montañas, pero al fin el hambre lo obligó a buscar la ayuda de los Lossoth, los Hombres de las Nieves de Forochel.[21] Encontró a algunos reunidos en un campamento cerca de las orillas del mar, pero no ayudaron al rey de buen grado, pues éste no tenía nada que ofrecerles excepto unas pocas joyas que para ellos carecían de valor; y tenían miedo del Rey Brujo, quien (decían) podía traer la escarcha o el deshielo a su antojo. Pero, compadeciéndose en parte por el macilento rey y sus hombres, y también por miedo ya que iban armados, les dieron algo de alimento y les construyeron chozas de nieve. Allí tuvo que esperar Arvedui a que le llegara ayuda desde el sur; pues sus caballos habían muerto.

»Cuando Círdan supo por Aranarth hijo de Arvedui que el rey había huido hacia el norte, envió sin demora una barca a Forochel en su busca. La barca llegó allí por fin al cabo de muchos días, pues habían soplado vientos desfavorables, y los marineros vieron desde lejos el pequeño fuego de madera de deriva que los hombres perdidos habían logrado encender. Pero el invierno tardó en soltar su presa aquel año; y aunque era ya marzo, el hielo sólo empezaba a quebrarse, y se extendía lejos de la costa.

»Cuando los Hombres de las Nieves vieron la barca sintieron asombro y temor, porque no recordaban haber visto ningún navío semejante en el mar; pero se habían vuelto más amistosos, y

21. «Forman éstos un pueblo extraño y hostil, resto de los Forodwaith, Hombres de los días lejanos, acostumbrados al crudo frío del reino de Morgoth. En verdad ese frío continúa aún en la región, aunque no se extiende más allá de cien leguas al norte de la Comarca. Los Lossoth habitan en la nieve y se dice que son capaces de correr sobre el hielo con huesos sujetos a los pies y que tienen carros sin ruedas. Habitan sobre todo, inaccesibles a sus enemigos, en el gran Cabo de Forochel, que cierra hacia el noroeste la inmensa bahía de ese nombre; pero a menudo acampan en las costas australes de la bahía al pie de las Montañas».

llevaron al rey en trineos junto con los otros sobrevivientes hasta donde se atrevieron a llegar. De este modo, un bote pudo acercarse al rey desde el barco.

»Pero los Hombres de las Nieves estaban intranquilos porque, decían, olían peligro en el aire. Y el jefe de los Lossoth dijo a Arvedui: "¡No montes ese monstruo del mar! Que los marineros nos traigan alimentos si los tienen y otras cosas que necesitamos, y podrás quedarte aquí hasta que el Rey Brujo vuelva a casa. Porque en verano pierde poder; pero ahora su aliento es mortal y muy largo su brazo frío".

»Pero Arvedui no hizo caso. Le dio las gracias, y al partir le entregó su anillo diciendo: "Esto tiene un valor que tú no entiendes, aunque fuera solamente por su antigüedad. No tiene poder, sólo la estima de los que aman mi casa. No te dará ayuda, pero si alguna vez lo necesitas, mi gente pagará por él un rescate con todo aquello que tú desees".[22]

»No obstante, el consejo de los Lossoth era bueno, fuera por azar o por premonición; pues antes de que la barca hubiera llegado a mar abierto se levantó una gran tormenta que llegó con nieves enceguecedoras desde el norte; y arrastró de vuelta la barca sobre el hielo y el hielo se apiló contra ella. Incluso los marineros de Círdan se vieron impotentes, y por la noche el hielo quebró el casco, y el barco se fue a pique. Así pereció Arvedui el Último Rey, y junto con él quedaron sepultadas en el mar las *palantíri*.[23]

22. «De este modo se salvó el anillo de la Casa de Isildur; porque los Dúnedain pagaron luego rescate por él. Se dice que no era otro que el anillo que Felagund de Nargothrond dio a Barahir y que Beren recobró con gran peligro».

23. «Éstas eran las Piedras de Annúminas y Amon Sûl. La única Piedra que quedaba en el norte era la que se guardaba en la Torre sobre Emyn Beraid que mira al Golfo de Lune. La guardaban los Elfos, y aunque nunca lo supimos, permaneció allí hasta que Círdan la llevó a bordo del barco de Elrond cuando partió (pp. I. 102, 202-204). Pero se nos dice que no era como las otras y que no estaba en concordancia con ellas; miraba sólo al mar. Elendil la colocó allí para poder mirar atrás, con "visión recta", hacia Eressëa en el desaparecido Oeste; pero los mares que se curvaron debajo cubrieron Númenor para siempre».

Transcurrió mucho tiempo antes de que llegaran noticias, gracias a los Hombres de las Nieves, del naufragio de Forochel».

Las gentes de la Comarca sobrevivieron, aunque la guerra pasó como un viento sobre ellos y la mayoría huyó a esconderse. Enviaron en ayuda del rey a algunos arqueros que nunca más retornaron, y otros fueron también a la batalla en que Angmar fue vencida (de la que más se dice en los anales del sur). Luego, en la paz que sobrevino, el pueblo de la Comarca se gobernó a sí mismo y prosperó. Eligieron a un Thain en reemplazo del Rey, y se sintieron satisfechos; aunque durante mucho tiempo hubo muchos que continuaron esperando el retorno del Rey. Pero por último se abandonó esa esperanza, y sólo se conservó el dicho *Cuando el Rey regrese,* con el que se referían a un bien que no podía alcanzarse, o a un mal que no podía evitarse. El primer Thain de la Comarca fue un tal Bucca de Marjala, del que decían descender los Gamoviejo. Se convirtió en Thain en el año 379 de nuestro calendario (1979).

Después de Arvedui el Reino del Norte llegó a su fin, pues los Dúnedain eran pocos ahora y todos los pueblos de Eriador disminuyeron. No obstante, la línea de los reyes continuó con los Capitanes de los Dúnedain, de los cuales Aranarth hijo de Arvedui fue el primero. Arahael hijo de Aranarth fue criado en Rivendel, y después de él fueron criados allí todos los hijos de los capitanes; y también en ese sitio se conservaron las heredades de la casa: el anillo de Barahir, los fragmentos de Narsil, la estrella de Elendil y el cetro de Annúminas.[24]

24. «El cetro era la principal señal de realeza en Númenor, nos dice el Rey; y también lo era en Arnor, cuyos reyes no llevaban corona, sino una única gema blanca, la Elendilmir, la Estrella de Elendil, sujeta a la frente con una banda de plata» (pp. I. 264; III. 171, 192, 354). Al hablar de una corona (pp. I. 304, 425) Bilbo sin duda se refería a Gondor; parece haber estado bien familiarizado con los asuntos referidos a la línea de Aragorn. «Se dice que el cetro de Númenor sucumbió junto

«Cuando el reino se deshizo, los Dúnedain pasaron a la sombra y se convirtieron en un pueblo secreto y errante, y sus hechos y trabajos rara vez se cantaron o pusieron por escrito. Poco es ahora lo que se recuerda de ellos desde la partida de Elrond. Aunque aun antes de que terminara la Paz Vigilante las criaturas malignas empezaran a atacar Eriador o a invadirla en secreto, la mayoría de los Capitanes alcanzó una larga vida. Aragorn I, según se dice, fue muerto por los lobos, que desde entonces hasta ahora siguen siendo un peligro en Eriador. En los días de Arahad I los Orcos que, como después se supo, ocupaban desde hacía mucho tiempo y en secreto las fortalezas de las Montañas Nubladas con el propósito de bloquear todos los accesos a Eriador, salieron de pronto a la luz. En 2509 Celebrían, esposa de Elrond, viajaba a Lórien cuando fue detenida en el Paso del Cuerno Rojo. Los Orcos atacaron repentinamente, haciendo dispersarse a la escolta, atraparon a Celebrían y se la llevaron. Elladan y Elrohir fueron tras ella y consiguieron rescatarla, pero no antes de que la torturasen y recibiera una herida envenenada.[25] Fue llevada de regreso a Imladris, y aunque Elrond le curó el cuerpo, ya no encontraba deleite alguno en la Tierra Media, y al año siguiente se encaminó a los Puertos y cruzó el mar. Y más adelante, en los días de Arassuil, los Orcos, que se multiplicaban otra vez en las Montañas Nubladas, empezaron a asolar las tierras, y los Dúnedain y los hijos de Elrond lucharon contra ellos. Fue en este tiempo cuando una gran banda avanzó tanto hacia el

---

con Ar-Pharazôn. El de Annúminas era la vara de plata de los Señores de Andúnië, y es probablemente ahora la obra más antigua fruto de manos de los Hombres que se preserva en la Tierra Media. Tenía ya más de cinco mil años cuando Elrond la cedió a Aragorn (pp. III. 361-362). La forma de la corona de Gondor provenía del yelmo de guerra númenóreano. En un principio fue de hecho un simple yelmo; y se dice que fue el que llevó Isildur en la Batalla de Dagorlad (porque el yelmo de Anárion fue aplastado por la piedra arrojada desde Barad-dûr que le causó la muerte). Pero en los días de Atanatar Alcarin fue reemplazado por el yelmo enjoyado que se utilizó en la coronación de Aragorn».

25. p. I. 393.

oeste que al fin penetró en la Comarca, y fueron entonces expulsados por Bandobras Tuk».[26]

Hubo quince Capitanes antes de que naciera el decimosexto y último, Aragorn II, que fue Rey de Gondor y de Arnor a la vez. «Nuestro Rey, lo llamamos; y cuando se traslada al norte a la casa restaurada de Annúminas, y permanece un tiempo junto al Lago del Atardecer, todos en la Comarca se sienten felices. Pero no penetra en esa tierra y se somete a la ley que él mismo ha promulgado, según la cual, nadie de la Gente Grande ha de cruzar los límites de la Comarca. No obstante, cabalga a menudo hasta el Gran Puente acompañado de mucha gente hermosa, y da allí la bienvenida a sus amigos y a cualquier otro que desee verlo; y algunos vuelven con él cabalgando y se quedan en su casa tanto como les apetece. El Thain Peregrin ha estado allí muchas veces; y también ha estado allí el Señor Samsagaz, el Alcalde. La hija de Samsagaz, Elanor la Hermosa, es una de las doncellas de la Reina Estrella de la Tarde».

Era el orgullo y la maravilla de la Línea Septentrional que, aunque habían perdido el poder y el número de sus miembros había menguado, a través de múltiples generaciones la sucesión de padre a hijo nunca quedó interrumpida. Además, aunque la duración de la vida de los Dúnedain decrecía de continuo en la Tierra Media, después del fin de sus reyes la mengua era aún más rápida en Gondor, y muchos de los Capitanes del Norte alcanzaban a vivir todavía dos veces la edad de los Hombres, y mucho más que aun los más viejos de entre nosotros. Aragorn en verdad vivió hasta los doscientos diez años, más que ninguno de su linaje desde el Rey Arvegil; pero en Aragorn Elessar se renovó la dignidad de los reyes de antaño.

26. pp. I. 39; II. 431.

Hubo treinta y un reyes en Gondor después de Anárion, que fue muerto ante Barad-dûr. Aunque la guerra nunca cesó en sus fronteras, durante más de mil años los Dúnedain del Sur ganaron en riqueza y poder por tierra y por mar hasta el reinado de Atanatar II, que fue llamado Alcarin el Glorioso. No obstante, ya habían aparecido signos de decadencia, pues los altos hombres del Sur se casaban tarde y sus vástagos eran pocos. El primer rey que no tuvo descendencia fue Falastur, y el segundo fue Narmacil I, el hijo de Atanatar Alcarin.

Fue Ostoher, el séptimo rey, el que reedificó Minas Anor, que los reyes que vinieron después prefirieron en el verano a Osgiliath. En este tiempo hombres salvajes del este atacaron Gondor por primera vez. Pero Tarostar hijo de Ostoher los derrotó y los expulsó, y tomó el nombre de Rómendacil, el «Vencedor del Este». Sin embargo, más adelante fue muerto en batalla por nuevas hordas de Orientales. Fue vengado por su hijo Turambar, que ganó amplios territorios hacia el este.

Con Tarannon, el duodécimo rey, empezó la línea de los Reyes de los Barcos, que construían navíos y extendieron el dominio de Gondor a lo largo de las costas hacia el oeste y al sur de las Bocas del Anduin. Para conmemorar sus victorias como Capitán de los Ejércitos, Tarannon recibió la corona con el nombre de Falastur, «Señor de las Costas».

Eärnil I, el sobrino que lo sucedió, reparó el viejo puerto de Pelargir y construyó una gran flota. Sitió por mar y por tierra Umbar, y la tomó, y la convirtió en un gran puerto y fortaleza del poder de Gondor.[27] Pero Eärnil no sobrevivió mucho tiempo tras

27. El gran cabo y el estuario cercado por tierra de Umbar habían pertenecido a Númenor desde los días de antaño; pero era una fortaleza de los Hombres del Rey, a quienes se llamó después Númenóreanos Negros, corrompidos por Sauron, y que odiaban por sobre todo a los seguidores de Elendil. Después de la caída de Sauron,

su triunfo. Se perdió con muchos barcos y hombres en medio de una tormenta no lejos de Umbar. Ciryandil, su hijo, continuó la construcción de navíos; pero los Hombres del Harad, conducidos por los señores expulsados de Umbar, atacaron con gran poder esa fortaleza y Ciryandil cayó en batalla en Haradwaith.

Durante muchos años Umbar fue sitiada, pero el poder marítimo de Gondor impidió que la tomasen. Ciryaher hijo de Ciryandil esperó su oportunidad, y cuando hubo reunido suficientes fuerzas descendió desde el norte por mar y por tierra, y cruzando el Río Harnen sus ejércitos derrotaron por completo a los Hombres del Harad, y los reyes de Harad tuvieron que reconocer el dominio de Gondor (1050). Ciryaher tomó entonces el nombre de Hyarmendacil, «el Vencedor del Sur».

Ningún enemigo se atrevió a retar el poder de Hyarmendacil durante el resto de su prolongado reinado. Fue rey por ciento treinta y cuatro años, el más largo reinado de la Línea de Anárion con una sola excepción. En ese entonces Gondor alcanzó la cima de su poder. El reino se extendía entonces hacia el norte hasta el campo de Celebrant y los bordes australes del Bosque Negro; al oeste hasta el Aguada Gris; al este hasta el mar interior de Rhûn; al sur hasta el Río Harnen, y desde allí a lo largo de la costa hasta la península y el puerto de Umbar. Los Hombres de los Valles del Anduin reconocieron su autoridad; y los reyes del Harad rendían tributo a Gondor, y sus hijos vivían como rehenes en la corte. Mordor era una tierra desolada, pero era vigilada por grandes fortalezas que guardaban sus pasos.

Así llegó a su fin el linaje de los Reyes de los Barcos. Atanatar Alcarin hijo de Hyarmendacil vivió con gran esplendor, al punto que los hombres decían: *Las piedras preciosas son guijarros en Gondor para que los niños jueguen con ellas.* Pero Atanatar amaba la tranquilidad y no hizo nada para conservar el poder que había

---

su estirpe declinó rápidamente o se mezcló con los Hombres de la Tierra Media, pero heredaron sin mengua el odio a Gondor. Por lo tanto, Umbar sólo fue tomada con un costo muy alto.

heredado, y el temperamento de sus dos hijos era de igual temple. La decadencia de Gondor empezó antes que él muriera, y sin duda fue advertida por sus enemigos. Se descuidó la vigilancia de Mordor. No obstante, no fue hasta los días de Valacar que sucedió el primer gran mal en Gondor: la guerra civil de la Lucha entre Parientes, en la que hubo gran pérdida y ruina que nunca pudieron repararse por entero.

Minalcar hijo de Calmacil era hombre de gran vigor, y en 1240 Narmacil, para deshacerse de preocupaciones, lo nombró Regente del reino. Desde ese momento gobernó en Gondor en nombre de los reyes hasta que sucedió a su padre. Tenía sobre todo una inquietud: los Hombres del Norte.

Habían crecido mucho en número durante la paz provocada por el poder de Gondor. Los reyes los favorecieron, pues eran los más próximos en parentesco entre los hombres menores a los Dúnedain (ya que descendían principalmente de los pueblos de los que habían salido los Edain de antaño); y les concedieron vastas tierras más allá del Anduin al sur del Gran Bosque Verde, para que sirvieran de defensa contra los hombres del este. Porque en el pasado los Orientales habían atacado casi siempre desde la planicie que se extendía entre el Mar Interior y las Montañas de Ceniza.

En los días de Narmacil I sus ataques se reanudaron, aunque con escasa fuerza al principio; pero el regente supo que los Hombres del Norte no siempre eran fieles a Gondor, y algunos se sumaban a las fuerzas de los Orientales, fuera por la codicia del botín o por apoyar las querellas entre sus príncipes. Por tanto, en 1248 Minalcar condujo a una gran fuerza, y entre Rhovanion y el Mar Interior derrotó a un gran ejército de los Orientales y destruyó todos sus campamentos y asentamientos al este del mar. Tomó entonces el nombre de Rómendacil.

A su regreso Rómendacil fortificó la orilla occidental del Anduin hasta la afluencia del Limclaro, y prohibió que ningún extranjero descendiera por el Río más allá de las Emyn Muil. Él fue quien edificó los pilares de las Argonath a la entrada de Nen Hithoel. Pero como tenía necesidad de contar con hombres y deseaba fortalecer el vínculo entre Gondor y los Hombres del Norte, tomó a muchos de ellos a su servicio y concedió a algunos un alto rango en sus ejércitos.

Rómendacil dio muestras de favor especial a Vidugavia, que lo había ayudado en la guerra. Se llamaba a sí mismo Rey de Rhovanion, y era por cierto el más poderoso de los príncipes del norte, aunque su propio reino estaba entre el Bosque Verde y el Río Celduin.[28] En 1250 Rómendacil envió a su hijo Valacar como embajador para que habitara un tiempo con Vidugavia y se familiarizara con la lengua, las maneras y las leyes de los Hombres del Norte. Pero Valacar fue mucho más allá de los designios de su padre. Llegó a amar las tierras septentrionales y a sus gentes, y se casó con Vidumavi hija de Vidugavia. Transcurrieron algunos años antes de que regresara. Fue este matrimonio lo que desencadenó más tarde la guerra de la Lucha entre Parientes.

«Porque los altos hombres de Gondor miraban ya con desconfianza a los Hombres del Norte que había entre ellos; y era cosa inaudita hasta entonces que el heredero de la corona o hijo alguno del Rey se casara con alguien de un pueblo menor y extranjero. Había ya rebelión en las provincias del sur cuando el Rey Valacar llegó a viejo. Su reina había sido una bella y noble señora, pero de corta vida de acuerdo con el hado de los hombres menores, y los Dúnedain temían que sus descendientes se le asemejaran y malograran la majestad de los Reyes de los Hombres. Además, no estaban dispuestos a aceptar como señor a un hijo de ella que, aunque ahora se llamaba Eldacar, había nacido en un país extranjero y se había llamado Vinitharya, un nombre del pueblo de su madre.

»Por tanto, cuando Eldacar sucedió a Valacar, hubo guerra en Gondor. Pero no fue fácil despojar a Eldacar de su heredad. A la

28. El Río Rápido.

estirpe de Gondor sumaba el espíritu intrépido de los Hombres del Norte. Era apuesto y valiente, y no parecía que envejeciese más prontamente que su padre. Cuando los confederados conducidos por los descendientes de los reyes se levantaron contra él, los resistió hasta que se le agotaron las fuerzas. Por último, fue sitiado en Osgiliath, y allí estuvo largo tiempo hasta que el hambre y las más numerosas fuerzas de los rebeldes lo hicieron salir, dejando la ciudad en llamas. Durante ese sitio e incendio la Torre de la Bóveda de Osgiliath quedó destruida, y la *palantír* se perdió en las aguas.

»Pero Eldacar esquivó a sus enemigos y fue al Norte, en busca de sus parientes de Rhovanion. Allí muchos se le unieron, tanto de los Hombres del Norte al servicio de Gondor como de los Dúnedain de las partes septentrionales del reino. Pues muchos de entre estos últimos habían aprendido a estimarlo, y muchos más llegaron a odiar al usurpador. Era este Castamir, nieto de Calimehtar, hermano menor de Rómendacil II. No sólo era uno de los más cercanos por su sangre a la corona, era también quien más seguidores tenía entre los rebeldes, pues era el Capitán de los Barcos y contaba con el apoyo de la gente de las costas y de los grandes puertos de Pelargir y Umbar.

»Castamir no había ocupado el trono mucho tiempo cuando mostró que era un hombre altivo y poco generoso. Era en verdad un hombre cruel, como ya había demostrado por primera vez en la toma de Osgiliath. Fue causa de la muerte de Ornendil hijo de Eldacar que había sido capturado; y la matanza y la destrucción habidas en la ciudad por orden suya excedieron con mucho las necesidades de la guerra. Esto se recordó en Minas Anor y en Ithilien; y allí el amor por Castamir disminuyó todavía más cuando se vio que le importaban muy poco las tierras, y sólo pensaba en las flotas, y que se proponía mudar el sitio del trono a Pelargir.

»Así pues, había sido rey sólo diez años cuando Eldacar, pensando que la oportunidad era propicia, avanzó con un gran ejército desde el norte, y el pueblo se le unió desde Calenardhon y

Anórien e Ithilien. Hubo una gran batalla en Lebennin en los Cruces del Erui, donde se derramó con abundancia la mejor sangre de Gondor. El mismo Eldacar mató a Castamir en combate, y de ese modo vengó a Ornendil; pero los hijos de Castamir escaparon, y con otros de su linaje y muchas gentes de las flotas resistieron largo tiempo en Pelargir.

»Cuando hubieron reunido allí todas las fuerzas que pudieron (pues Eldacar no tenía barcos para atacarlos por mar) se hicieron a la vela, y se establecieron en Umbar. Levantaron allí un refugio para todos los enemigos del rey, y un señorío independiente de su corona. Umbar estuvo en guerra con Gondor durante el curso de muchas vidas humanas, amenazando las costas y todo el tráfico por mar. No fue nunca otra vez completamente sometida hasta los días de Elessar, y la región del Sur de Gondor se convirtió en tierra disputada entre los Corsarios y los Reyes».

«La pérdida de Umbar resultó penosa para Gondor, no sólo porque el reino quedaba disminuido al sur y su dominio sobre los Hombres del Harad se debilitaba, sino porque fue allí donde Ar-Pharazôn el Dorado, último Rey de Númenor, había desembarcado y había humillado el poderío de Sauron. Aunque gran maldad sobrevino después, aun los seguidores de Elendil recordaban con orgullo la llegada del gran ejército de Ar-Pharazôn desde las profundidades del mar; y en la más alta colina del promontorio que dominaba el Puerto habían levantado un gran pilar blanco a modo de monumento. Estaba coronado por un globo de cristal que recibía los rayos del Sol y de la Luna y resplandecía como una estrella brillante que podía verse, con tiempo despejado, aun desde las costas de Gondor o muy lejos en el mar occidental. Así se erguía hasta que, después de la segunda aparición de Sauron, Umbar cayó bajo el dominio de sus servidores, y el monumento recordatorio de aquella humillación fue derribado».

Después del retorno de Eldacar, la sangre de la casa real y de las otras casas de los Dúnedain se mezcló aún más con la de los hombres menores. Pues muchos de los grandes habían muerto en la Lucha entre Parientes; mientras que Eldacar favorecía a los Hombres del Norte con cuya ayuda había recuperado la corona, y el pueblo de Gondor se repobló con los muchos hombres que venían de Rhovanion.

Al principio esta mezcla no apresuró la decadencia de los Dúnedain, como se había temido; pero la mengua continuó, poco a poco, como había sucedido antes. Pues sin duda la causa era sobre todo la Tierra Media misma, y la lenta retirada de los dones regalados a los Númenóreanos, después de la caída de la Tierra de la Estrella. Eldacar vivió hasta los doscientos treinta y cinco años, y fue rey durante cincuenta y ocho, de los cuales pasó diez en el exilio.

El segundo y más grande mal le advino a Gondor durante el reinado de Telemnar, el vigésimo sexto rey, cuyo padre, Minardil, bisnieto de Eldacar, fue muerto en Pelargir por los Corsarios de Umbar (encabezados por Angamaitë y Sangahyando, los biznietos de Castamir). Poco después llegó una peste mortal transportada por los vientos oscuros venidos del Este. El Rey y sus hijos murieron, y gran cantidad del pueblo de Gondor, especialmente los que vivían en Osgiliath. Entonces, por la fatiga y la escasez de los hombres, la vigilancia de las fronteras de Mordor fue abandonada, y las fortalezas que guardaban los pasos quedaron vacías.

Más adelante se advirtió que estas cosas sucedían mientras la Sombra se hacía cada vez más profunda en el Bosque Verde; muchas criaturas malignas reaparecieron entonces, signos del despertar de Sauron. Es cierto que los enemigos de Gondor sufrieron también, de lo contrario hubieran aprovechado su debilidad; pero Sauron podía esperar, y era posible que poder entrar en Mordor fuera lo que más deseaba.

Cuando el Rey Telemnar murió, el Árbol Blanco de Minas Anor también se marchitó y murió. Pero Tarondor, su sobrino, que lo sucedió, plantó un vástago en la ciudadela. Él fue quien mudó el sitio del trono a Minas Anor de manera permanente, pues Osgiliath estaba ahora desierta en parte, y empezaba a mostrar síntomas de ruina. Pocos de los que habían huido de la peste a Ithilien o a los valles occidentales estaban dispuestos a regresar.

Tarondor, que accedió joven al trono, fue de todos los reyes de Gondor el que tuvo un más largo reinado, pero poco más pudo conseguir que reordenar el reino, y nutrir poco a poco sus fuerzas. Mas Telumehtar hijo de Tarondor recordando la muerte de Minardil y perturbado por la insolencia de los Corsarios que atacaban las costas aun hasta la Anfalas, reunió sus fuerzas y en 1810 tomó Umbar por asalto. En esa guerra perecieron los últimos descendientes de Castamir, y los reyes volvieron a dominar en Umbar por un tiempo. Telumehtar añadió a su nombre el título de Umbardacil. Pero en los nuevos males que no tardaron en precipitarse sobre Gondor, Umbar se perdió otra vez y cayó en manos de los Hombres de Harad.

El tercer mal fue la invasión de los Aurigas, que minaron las fuerzas menguantes de Gondor en guerras que duraron casi cien años. Los Aurigas eran un pueblo, o una confederación de múltiples pueblos, que venía del Este; pero eran más fuertes y estaban mejor armados que ningún otro que hubiera aparecido antes. Viajaban en grandes carromatos, y sus capitanes luchaban en cuadrigas. Azuzados, como se supo después, por los emisarios de Sauron, atacaron de repente a Gondor, y el Rey Narmacil II murió en combate más allá del Anduin en 1856. El pueblo de Rhovanion oriental y austral fue sometido a esclavitud; y las fronteras de Gondor se retiraron por aquel tiempo hasta el Anduin y las Emyn Muil. [Se cree que en este tiempo los Espectros del Anillo volvieron a Mordor.]

Calimehtar hijo de Narmacil II ayudado por una rebelión en Rhovanion, vengó a su padre con una gran victoria sobre los Orientales sobre Dagorlad en 1899, y por algún tiempo el peligro quedó eliminado. Fue durante el reinado de Araphant en el Norte, y de Ondoher hijo de Calimehtar en el Sur, que ambos reinos volvieron a celebrar consejo después de una separación y un silencio muy largos. Pues por fin entendieron que un cierto poder y una cierta voluntad estaba dirigiendo el ataque desde múltiples lugares sobre los supervivientes de Númenor. Fue en ese tiempo cuando Arvedui, heredero de Araphant, se casó con Fíriel hija de Ondoher (1940). Pero ninguno de estos dos reinos pudo enviar ayuda al otro, porque Angmar volvió a atacar a Arthedain al mismo tiempo que los Aurigas reaparecían con grandes fuerzas.

Muchos de los Aurigas se encaminaron entonces al sur de Mordor y se aliaron con los hombres de Khand y del Cercano Harad; y en medio de este gran ataque que llegaba a la vez desde el norte y el sur, Gondor estuvo a punto de sucumbir. En 1944 el Rey Ondoher y sus dos hijos, Artamir y Faramir, cayeron en batalla al norte del Morannon, y el enemigo se internó por Ithilien. Pero Eärnil, Capitán del Ejército Austral, obtuvo una gran victoria en Ithilien del Sur y destruyó el ejército de Harad que había cruzado el Río Poros. Apresurándose hacia el norte, reunió a cuantos pudo del Ejército Septentrional en retirada, y atacó el campamento principal de los Aurigas mientras estaban de fiesta, pensando que Gondor había sido vencida y que ahora sólo restaba recoger el botín. Eärnil tomó por asalto el campamento y prendió fuego a los carromatos, y expulsó de Ithilien al enemigo, que huyó con gran desorden. Muchos de los que huyeron delante de él perecieron en las Ciénagas de los Muertos.

«A la muerte de Ondoher y de sus hijos, Arvedui del Reino del Norte reclamó la corona de Gondor como heredero directo de Isildur y como marido de Fíriel, única hija sobreviviente de

Ondoher. La reclamación fue rechazada. En esto Pelendur, el Senescal del Rey Ondoher, desempeñó un papel fundamental.

»El Consejo de Gondor respondió: "La corona y el reino de Gondor sólo pertenecen a los herederos de Meneldil hijo de Anárion a quien Isildur cedió este reino. En Gondor la heredad se concede por la línea de los hijos solamente; y no tenemos noticia de que la ley sea distinta en Arnor".

»A esto Arvedui replicó: "Elendil tuvo dos hijos, de los cuales Isildur fue el mayor y su heredero. Hemos oído que el nombre de Elendil se mantiene hasta hoy a la cabeza del linaje de los Reyes de Gondor, pues se lo ha reconocido como alto rey de todas las tierras de los Dúnedain. Mientras Elendil vivía todavía, el gobierno conjunto del Sur fue confiado a los hijos; pero cuando Elendil cayó, Isildur partió para hacerse cargo del supremo reinado de su padre, y de igual manera confió el gobierno del Sur al hijo de su hermano. No renunció a la realeza en Gondor, ni tenía la intención de que el reino de Elendil quedara dividido por siempre».

»"Además, en la Númenor de antaño el cetro pasaba al vástago mayor del rey, fuera éste varón o mujer. Es cierto que la ley no se observó en las tierras de exilio, siempre perturbadas por la guerra; pero ésa era la ley de nuestro pueblo, a la que ahora nos referimos, pues los hijos de Ondoher han muerto sin dejar descendencia".[29]

»A esto Gondor no respondió. La corona fue reclamada por Eärnil, el capitán victorioso; y le fue conferida con la aprobación de todos los Dúnedain de Gondor, pues Eärnil pertenecía a la casa real. Era el hijo de Siriondil, hijo de Calimmacil, hijo de Arciryas, hermano de Narmacil II. Arvedui no insistió en su

---

29. «Esa ley se promulgó en Númenor (como lo supimos por el Rey) cuando Tar-Aldarion, el sexto rey, sólo tuvo un descendiente, una hija. Ella se convirtió en la primera Reina Regente, Tar-Ancalimë. Pero antes no era ésa la ley. Tar-Elendil, el cuarto rey, fue sucedido por su hijo Tar-Meneldur, aunque su hija Silmariën era la mayor. No obstante, Elendil descendía de Silmariën».

reclamación, pues no tenía poder ni voluntad para oponerse a la elección de los Dúnedain de Gondor; no obstante, la reclamación no fue nunca olvidada por sus descendientes aun después de desaparecido el reinado. Pues se acercaba ahora el tiempo en que el Reino del Norte llegaría a su fin.

»Arvedui fue en verdad el último rey, como reza su nombre. Se dice que este nombre le fue dado al nacer por Malbeth el Vidente. "Arvedui lo llamarás —le dijo al padre—, porque será el último en Arthedain. Aunque una opción tendrán los Dúnedain, y si escogen al que parezca menos prometedor, tu hijo cambiará de nombre y será rey de un gran reino. De lo contrario, habrá mucho dolor y se perderán muchas vidas humanas en tanto los Dúnedain no se levanten y se unan nuevamente".

»En Gondor también sólo un rey siguió a Eärnil. Quizá si la corona y el cetro hubieran permanecido juntos, la realeza se habría mantenido y muchos males se habrían evitado. Pero Eärnil era un hombre sabio y nada arrogante, aun cuando, como a la mayor parte de los hombres de Gondor, el reino de Arthedain le pareciera poca cosa a pesar de la estirpe de sus señores.

»Envió mensajeros a Arvedui anunciándole que recibía la corona de Gondor de acuerdo con las leyes y necesidades del Reino Austral. "Pero no olvido —decía— la lealtad de Arnor, ni niego nuestro parentesco, ni deseo que los reinos de Elendil queden separados. Te enviaré ayuda cuando la necesites, en la medida de mis posibilidades".

»Sin embargo, transcurrió mucho tiempo antes de que Eärnil se sintiera lo suficientemente seguro para llevar a cabo lo que había prometido. El Rey Araphant continuó resistiéndose a los ataques de Angmar con fuerzas cada vez menores, y lo mismo hizo Arvedui cuando lo sucedió; pero por último, en el otoño de 1973, llegaron mensajes a Gondor de que Arthedain estaba en un grave aprieto, y que el Rey Brujo preparaba un ataque definitivo contra él. Entonces Eärnil envió a su hijo Eärnur al norte con una flota tan rápidamente como pudo, y con fuerzas tan grandes como consiguió reunir. Demasiado tarde. Antes de que

Eärnur llegara a los puertos de Lindon, el Rey Brujo había conquistado Arthedain y Arvedui había muerto.

»Pero cuando Eärnur llegó a los Puertos Grises, hubo gran alegría y sorpresa tanto entre los Elfos como entre los Hombres. Tan grande era el calado y el número de las naves, que apenas encontraron albergue en los puertos, aunque tanto el Harlond como el Forlond también estaban colmados; y de ellas descendió todo un poderoso ejército con pertrechos y provisiones para una guerra de grandes reyes. O así le pareció al pueblo del norte, aunque no era ésta sino una reducida fuerza de todo el poderío de Gondor. Sobre todo fueron alabados los caballos, pues muchos de ellos provenían de los Valles del Anduin, y los cabalgaban jinetes altos y hermosos, y príncipes orgullosos de Rhovanion.

»Entonces Círdan convocó a todos los que quisieran acudir desde Lindon o Arnor, y cuando todo estuvo pronto, el ejército cruzó el Lune y marchó hacia el norte a desafiar al Rey Brujo de Angmar. Moraba entonces, según se dice, en Fornost, que había poblado con gentes malignas, usurpando la casa y el gobierno de los reyes. Pero era orgulloso, y no esperó a que el enemigo atacara su fortaleza, sino que le salió al encuentro creyendo que los arrojaría al Lune, como a otros antes.

»Pero el Ejército del Oeste descendió sobre él desde las Colinas del Crepúsculo, y hubo una gran batalla en la llanura entre el Nenuial y las Colinas del Norte. Las fuerzas de Angmar ya cedían y se retiraban hacia Fornost, cuando el cuerpo principal de jinetes que había rodeado las colinas descendió desde el norte y los dispersaron en una fuga desordenada. Entonces el Rey Brujo, con todo lo que pudo recuperar del desastre, huyó hacia el norte, buscando refugiarse en sus tierras de Angmar. Antes de que pudiera llegar al refugio de Carn Dûm, la caballería de Gondor le dio alcance, con Eärnur cabalgando al frente. Al mismo tiempo, una fuerza al mando de Glorfindel el Señor Elfo acudió desde Rivendel. Entonces tan completa fue la derrota de Angmar, que ni un hombre ni un orco de ese reino quedaron al oeste de las Montañas.

»Pero se dice que cuando todo estaba perdido, el mismísimo Rey Brujo apareció de repente, vestido de negro, con máscara negra y montado en un caballo negro. El miedo dominó a todos los que lo vieron; pero él escogió descargar todo su odio sobre el Capitán de Gondor, y con un grito terrible lanzó la cabalgadura contra él. Eärnur se le hubiera resistido, pero su caballo no pudo soportar la embestida y giró, y se lo llevó lejos antes de que hubiera podido dominarlo.

»Entonces el Rey Brujo rio, y ninguno de quienes lo escucharon pudo nunca olvidar el horror de ese grito. Pero entonces Glorfindel se acercó montado en su caballo blanco, y aún mientras reía, el Rey Brujo dio media vuelta para huir y desapareció en las sombras. Pues la noche descendió sobre el campo de batalla, y el Rey Brujo se perdió, y nadie supo adónde había ido.

»Eärnur volvió entonces, pero Glorfindel, mirando la oscuridad que se espesaba, dijo: "¡No lo persigas! No volverá a esta tierra. Lejos está todavía su condenación, y no caerá por mano de hombre". Muchos recordaron estas palabras, pero Eärnur estaba enfadado y sólo pensaba en vengar su ignominia.

»Así terminó el reino maligno de Angmar; y así se ganó Eärnur, Capitán de Gondor, el gran odio del Rey Brujo; pero muchos años transcurrieron aún antes de que eso fuera revelado».

Fue así que durante el reinado de Eärnil, como se supo más tarde, el Rey Brujo en su huida desde el norte llegó a Mordor, y allí reunió a los otros Espectros del Anillo, de los que él era jefe. Pero no fue hasta el año 2000 que salieron de Mordor por el Paso de Cirith Ungol y pusieron sitio a Minas Ithil. La tomaron en 2002 y se apoderaron de la *palantír* de la torre. No fueron expulsados mientras duró la Tercera Edad; y Minas Ithil se convirtió en sitio de terror, y recibió el nuevo nombre de Minas Morgul. Mucha de la gente que quedaba todavía en Ithilien la abandonó entonces.

«Eärnur era hombre semejante a su padre en valor, pero no en sabiduría. Era hombre de cuerpo fuerte y temple inflamable; pero no quería tomar mujer, pues no conocía otro placer que la lucha o el ejercicio de las armas. Llevaba a cabo proezas tales que nadie en Gondor podía oponérsele en los juegos de armas en los que se deleitaba, y parecía antes un campeón que un capitán o un rey, y retuvo su vigor y su habilidad hasta más avanzada edad que lo que era habitual por entonces».

Cuando Eärnur fue coronado en 2043, el Rey de Minas Morgul lo desafió a combate singular, reprochándole que no se hubiera atrevido a enfrentarlo en la batalla del norte. Esa vez Mardil el Senescal contuvo la cólera del rey. Minas Anor, que era la ciudad principal del reino desde los tiempos del Rey Telemnar, y residencia de los reyes, se llamaba ahora Minas Tirith, ya que era una ciudad siempre en guardia contra el mal de Morgul.

Eärnur había sostenido la corona sólo siete años cuando el Señor de Morgul lo desafió de nuevo y lo provocó, diciéndole que a un timorato corazón juvenil había ahora sumado la debilidad de la vejez. Entonces Mardil ya no pudo disuadirlo, y Eärnur cabalgó con una pequeña escolta de caballeros hasta las puertas de Minas Morgul. Nada más se supo de cuantos integraron esa cabalgata. Se creía en Gondor que el desleal enemigo había apresado al rey, y que éste había muerto en tormento en Minas Morgul; pero como no había testigos de esa muerte, Mardil el Buen Senescal rigió Gondor en nombre de Eärnur por muchos años.

Ahora bien, los descendientes de los reyes eran pocos. Habían disminuido mucho en número durante la Lucha entre Parientes; y desde entonces los reyes eran celosos en extremo y vigilaban de cerca a todos sus consanguíneos. Con frecuencia aquellos sobre quienes recaía alguna sospecha huían a Umbar, y allí se sumaban a los rebeldes; mientras que otros renunciaban a su linaje y tomaban esposas que no eran de sangre númenóreana. De modo que no era posible encontrar pretendiente alguno para la corona de la sangre de los reyes, o cuya pretensión fuera escuchada por todos; y todos temían el recuerdo de la Lucha entre Parientes, pues sabían que si volvía a asomar una disensión semejante significaría el fin de Gondor. Por tanto, aunque los años se prolongaban, el Senescal siguió gobernando Gondor, y la corona de Elendil yacía en el regazo del Rey Eärnil en las Casas de los Muertos, donde Eärnur la había dejado.

Los Senescales

La Casa de los Senescales se llamó la Casa de Húrin, porque descendían del Senescal del Rey Minardil (1621-1634), Húrin de Emyn Arnen, hombre de la estirpe númenóreana. Después de él, los reyes habían elegido siempre a los Senescales de entre sus descendientes; y después de los días de Pelendur, la Senescalía se volvió hereditaria igual que el reinado, de padre a hijo o al pariente más próximo.

Cada nuevo Senescal, en verdad, tomaba el cargo jurando «esgrimir el bastón de mando y gobernar en nombre del rey, hasta que él vuelva». Pero pronto estas palabras pasaron a ser un mero ritual a las que se hacía poco caso, pues los Senescales ejercían todo el poder de los reyes. No obstante, muchos en Gondor creían aún que un Rey volvería por cierto en algún tiempo futuro; y algunos recordaban el antiguo linaje del norte, que según se rumoreaba todavía vivía en las sombras. Pero contra tales pensamientos, los Senescales Regentes endurecían su corazón.

No obstante, los Senescales nunca se sentaban en el antiguo trono; y no llevaban corona, ni empuñaban ningún cetro. Sólo esgrimían un bastón de mando de color blanco como insignia de su labor; y su estandarte era blanco y sin ninguna figura; pero el estandarte real había sido negro, con un árbol blanco en flor bajo siete estrellas.

Después de Mardil Voronwë, que fue reconocido como el primero de la línea, se sucedieron veinticuatro Senescales Regentes de Gondor hasta el tiempo de Denethor II, el vigésimo sexto y último. Al principio estuvieron tranquilos, porque aquéllos eran los días de la Paz Vigilante, durante la cual Sauron se retiró ante el poder del Concilio Blanco y los Espectros del Anillo permanecieron ocultos en el Valle de Morgul. Pero desde los tiempos de Denethor I nunca volvió a haber verdadera paz, y aun cuando no hubiera en Gondor una gran guerra, o una guerra plenamente declarada, sus fronteras estaban bajo una amenaza constante.

En los últimos años de Denethor I, la raza de los uruks, orcos negros de gran fuerza, salieron por primera vez de Mordor, y en 2475 atravesaron Ithilien y se apoderaron de Osgiliath. Boromir hijo de Denethor (cuyo nombre inspiró más tarde el de Boromir de los Nueve Caminantes), los derrotó y recuperó Ithilien; pero Osgiliath quedó en completa ruina, y el gran puente de piedra fue destruido. Nadie vivió allí desde entonces. Boromir fue un gran capitán, y aun el Rey Brujo le temía. Era noble y de hermoso rostro, hombre fuerte de cuerpo y de voluntad, pero recibió una herida de Morgul en esa guerra que acortó sus días; con el tiempo el cuerpo se le encogió de dolor y murió doce años después que su padre.

Después de Boromir empezó el largo gobierno de Cirion. Era cauteloso y precavido, pero el brazo de Gondor se había acortado, y poco más pudo hacer más que defender las fronteras, mientras que sus enemigos (o el poder que los movía) preparaban contra él ataques que no podía impedir. Los Corsarios asolaban las costas, pero era en el norte donde el mayor peligro lo acechaba. En las amplias tierras de Rhovanion, entre el Bosque Negro y el Río Rápido, habitaba ahora un pueblo feroz bajo la influencia de Dol Guldur. A menudo hacían incursiones a través del bosque hasta que el valle de Anduin, al sur del Gladio, quedó casi desierto. El número de estos Balchoth crecía de continuo con otros individuos de naturaleza semejante que venían del este, mientras que el pueblo de Calenardhon había declinado. A Cirion le fue muy duro defender la línea del Anduin.

«Previendo la tormenta, Cirion envió mensajeros al norte en busca de ayuda; pero demasiado tarde, porque en ese año (2510) los Balchoth, habiendo construido muchos grandes botes y balsas en las costas orientales del Anduin, cruzaron el Río como un enjambre y barrieron a los defensores. Un ejército que avanzaba desde el sur fue interceptado y expulsado hacia el norte más allá del Limclaro, y allí fue súbitamente atacado por una horda de Orcos venidos de las Montañas, y rechazado hacia el Anduin. Entonces desde el Norte, más allá de toda esperanza, llegó ayuda, y los cuernos de los Rohirrim se escucharon por primera vez en Gondor. Eorl el Joven llegó con sus jinetes y dispersó al enemigo, y persiguió a muerte a los Balchoth por sobre los campos de Calenardhon. Cirion le concedió a Eorl esa tierra para que habitasen en ella, y él le hizo a Cirion el Juramento de Eorl: de amistad dispuesta a acudir cuando fuese necesario o a la llamada de los Señores de Gondor».

En los días de Beren, el decimonoveno Senescal, un peligro aún mayor arribó a Gondor. Tres grandes flotas, desde mucho atrás preparadas, vinieron de Umbar y el Harad y atacaron las costas de Gondor con grandes fuerzas; y el enemigo llevó a cabo muchos desembarcos penetrando tan al norte como en la desembocadura del Isen. Al mismo tiempo los Rohirrim fueron atacados desde el este y el oeste, y sus tierras fueron asoladas, y ellos expulsados a los valles de las Montañas Blancas. En ese año (2758) empezó el Largo Invierno con fríos y grandes nevadas venidas del norte y el este que duraron casi cinco meses. Helm de Rohan y sus dos hijos perecieron en esa guerra; y hubo miseria y muerte en Eriador y Rohan. Pero en Gondor, al sur de las montañas, las cosas no iban tan mal, y antes de que llegara la primavera Beregond hijo de Beren había vencido a los invasores. Inmediatamente envió ayuda a Rohan. Era el más grande capitán surgido en Gondor desde Boromir; y cuando sucedió a Beren (2763), Gondor empezó a recobrar su poderío. Pero Rohan se curó de las heridas que había recibido más lentamente. Fue por esta razón que Beren dio la bienvenida a Saruman, y le entregó las llaves de Orthanc; y desde ese año en adelante (2759) Saruman vivió en Isengard.

Fue en los días de Beregond cuando se libró la Guerra de los Enanos y los Orcos en las Montañas Nubladas (2793-2799), de la que sólo rumores llegaron al sur, hasta que los Orcos, al huir de Nanduhirion, intentaron cruzar Rohan y establecerse en las Montañas Blancas. Hubo lucha por muchos años en los valles antes de que el peligro hubiera pasado.

Cuando murió Belecthor II, el vigésimo primer Senescal, el Árbol Blanco murió también en Minas Tirith; pero se lo dejó en pie «hasta que el Rey regresara», porque no fue posible encontrar vástago alguno.

En los días de Túrin II los enemigos de Gondor empezaron a ponerse de nuevo en movimiento; porque el poder de Sauron crecía otra vez y el día de su despertar no estaba ya lejano. Todo el pueblo de Ithilien, salvo los más osados de entre ellos, partió y se dirigió hacia el oeste por sobre el Anduin, pues la tierra estaba infestada de orcos de Mordor. Fue Túrin el que hizo construir refugios secretos para sus soldados en Ithilien, de los cuales Henneth Annûn fue el más vigilado y el mejor provisto de hombres. También volvió a fortificar la isla de Cair Andros[30] para defender Anórien. Pero el mayor peligro lo acechaba desde el sur, donde los Haradrim habían ocupado las tierras meridionales de Gondor, y había violentas luchas a lo largo del Poros. Cuando Ithilien fue invadida por grandes fuerzas, el Rey Folcwine de Rohan cumplió con el Juramento de Eorl y pagó la deuda de la ayuda prestada por Beregond, y envió muchos hombres a Gondor. Auxiliado por Folcwine, Túrin obtuvo una victoria en el cruce del Poros;

30. Este nombre significa «Barco de la Larga Espuma», porque la isla tenía la forma de un gran barco con una alta proa que apuntaba hacia el norte, contra la cual rompía la blanca espuma del Anduin en las rocas abruptas.

pero los hijos mayores del rey cayeron en combate. Los Jinetes les dieron sepultura según sus propias costumbres, y los tendieron juntos en un túmulo, pues eran hermanos gemelos. Durante mucho tiempo estuvo levantado sobre la orilla del río, *Haudh in Gwanûr,* y los enemigos de Gondor temían pasar junto a él.

Turgon siguió a Túrin, pero de su tiempo se recuerda sobre todo que, dos años antes de que muriera, Sauron se alzó de nuevo y se manifestó abiertamente; y volvió a entrar en Mordor, que llevaba esperando su regreso desde hacía mucho. Entonces Barad-dûr se irguió una vez más, y el Monte del Destino irrumpió en llamas, y los últimos pobladores de Ithilien escaparon lejos de allí. Cuando Turgon murió, Saruman hizo suya Isengard y la fortificó.

«Ecthelion II hijo de Turgon era hombre de sabiduría. Con el poder que le quedaba empezó a fortalecer el reino contra los ataques de Mordor. Animó a todos los hombres de valor que vivían cerca o lejos a que entrasen a su servicio, y a los que se mostraron dignos de su confianza les otorgó rango y los recompensó. En mucho de lo que hizo tuvo la ayuda y el consejo de un gran capitán al que amaba más que a nadie. Thorongil lo llamaban los hombres en Gondor, el Águila de la Estrella, pues era rápido y tenía la vista afilada, y llevaba una estrella de plata en el manto; pero nadie conocía su verdadero nombre ni tampoco la tierra en la que había nacido. Fue al encuentro de Ecthelion desde Rohan, donde había servido al Rey Thengel, pero no era uno de los Rohirrim. Era un gran líder de hombres, por tierra y por mar, pero volvió a las sombras de donde había venido antes del fin de los días de Ecthelion.

»Thorongil advertía a menudo a Ecthelion que la fuerza de los rebeldes de Umbar era un gran peligro para Gondor, y una amenaza para los feudos del sur que podía resultar mortal si Sauron presentaba guerra abierta. Por fin obtuvo autorización del Senescal y reunió una pequeña flota, y se dirigió inesperadamente a Umbar, amparado por la noche, y allí incendió gran parte de los barcos de los Corsarios. Él mismo venció al Capitán del Puerto en batalla sobre los muelles y retiró luego su flota con muy escasas pérdidas. Pero cuando volvió a Pelargir, para pena y asombro de todos, no regresó a Minas Tirith, donde lo aguardaban grandes honores.

»Envió un mensaje de despedida a Ecthelion en el que decía: "Otras tareas me llaman ahora, señor, y mucho tiempo y muchos peligros han de pasar antes de que vuelva a Gondor, si es ése mi destino". Aunque nadie pudo adivinar qué tareas eran aquéllas, ni quién lo había llamado, se supo al menos hacia dónde había ido. Pues tomó un bote y cruzó el Anduin, y allí dijo adiós a sus compañeros y prosiguió solo la marcha; y cuando se lo vio por última vez volvía la cara hacia las Montañas de la Sombra.

»Hubo aflicción en la Ciudad por la partida de Thorongil, y a todos los hombres les pareció una gran pérdida, salvo a Denethor, el hijo de Ecthelion, hombre a la sazón maduro para la Senescalía, a la que tuvo acceso al cabo de cuatro años a la muerte de su padre.

»Denethor II era un hombre orgulloso, alto, valiente y de aire más soberano que ningún otro hombre que hubiera aparecido en Gondor durante muchas vidas; y era sabio además, y previsor, y conocedor de la ciencia. En verdad era tan parecido a Thorongil como el más cercano de sus parientes, y sin embargo, sólo era el segundo después del forastero en el corazón de los hombres y en la estima de su padre. En ese tiempo muchos creyeron que Thorongil había partido antes de que su rival se convirtiera en su amo; aunque en verdad Thorongil nunca había competido con Denethor ni se había dado posición más alta que la de servidor de su padre. Y los consejos que ambos daban al Senescal sólo divergían en un asunto: Thorongil a menudo advertía a Ecthelion que no confiara en Saruman el Blanco de Isengard, y que prefiriera a Gandalf el Gris. Pero era poco el amor que había entre Denethor y Gandalf; y después de los días de Ecthelion el Peregrino Gris ya no fue tan bien recibido en Minas Tirith. Por tanto, más tarde, cuando todo fue puesto en claro, muchos creyeron que Denethor, que era de inteligencia sutil y veía más lejos y más profundamente que los demás hombres de su tiempo, había descubierto en verdad quién era el forastero Thorongil, y que sospechaba que él y Mithrandir pretendían suplantarlo.

»Cuando Denethor se convirtió en Senescal (2984), resultó un señor imperioso que mantenía el gobierno de todas las cosas en sus propias manos. Hablaba poco. Escuchaba consejos y luego hacía lo que mejor le parecía. Se había casado tarde (2976), tomando por esposa a Finduilas hija de Adrahil de Dol Amroth. Era una señora de gran belleza y gentil corazón, pero murió antes de que hubieran transcurrido doce años. Denethor la amaba, a su manera, más que a nadie, salvo al mayor de los hijos que ella le había dado. Pero les pareció a los hombres que Finduilas languidecía en la ciudad guardada, como una flor de los valles del mar sobre una roca estéril. La sombra del este la llenaba de horror, y volvía la mirada siempre al sur, hacia el mar por el que sentía nostalgia.

»Después de la muerte de Finduilas, Denethor se volvió más lóbrego y silencioso que antes, y permanecía sentado a solas largas horas en la torre, meditando, previendo que el ataque de Mordor se produciría antes de que él muriera. Se creyó después que, en busca de conocimiento, pero orgulloso, y pensando que tenía la fuerza de voluntad suficiente, había osado mirar la *palantír* de la Torre Blanca. Ninguno de los Senescales se había atrevido a esto antes, ni siquiera los reyes Eärnil y Eärnur después de la caída de Minas Ithil, cuando la *palantír* de Isildur llegó a manos del Enemigo; pues la Piedra de Minas Tirith era la *palantír* de Anárion, la que estaba en más estrecho acuerdo con la que poseía Sauron.

»De este modo Denethor tuvo gran conocimiento de las cosas que sucedían en su reino y en muchos otros lugares más allá de las fronteras, y los hombres se maravillaban; pero pagó caro este conocimiento, pues envejeció prematuramente combatiendo con la voluntad de Sauron. Entonces el orgullo creció en

Denethor junto con la desesperación, hasta que vio en todos los hechos de aquel tiempo sólo un único combate entre el Señor de la Torre Blanca y el Señor de la Barad-dûr, y desconfiaba de todos cuantos oponían resistencia a Sauron, a no ser que lo sirviesen sólo a él.

»Así llegó el tiempo de la Guerra del Anillo, y los hijos de Denethor se hicieron hombres. Boromir, el mayor en cinco años, era el preferido del padre y semejante a él en facciones y orgullo, pero no en mucho más. Parecía un hombre del carácter del Rey Eärnur de antaño, pues no tomaba esposa y sólo las armas lo deleitaban; audaz y fuerte, pero sin interés en el conocimiento, salvo el de las historias de las batallas antiguas. Faramir, el más joven, era como él en aspecto, pero distinto de mente. Leía en el corazón de los hombres con tanta agudeza como su padre, y lo que en ellos leía lo movía a la piedad antes que al desprecio. Era de porte gentil, y un amante del conocimiento y de la música, por lo que muchos en aquellos días juzgaban su coraje menor que el de su hermano. Pero no era así, salvo en que no buscaba la gloria en el peligro sin propósito. Recibía complacido a Gandalf cuando éste visitaba la Ciudad, y aprendía de él lo que podía; y en esto, como en muchos otros asuntos, desagradaba a su padre.

»No obstante, un gran amor unía a los hermanos y los había unido desde la infancia, cuando Boromir era el auxilio y el protector de Faramir. No había habido desde entonces celos ni rivalidad entre ellos, ni por el favor del padre, ni por la alabanza de los hombres. No le parecía a Faramir que nadie en Gondor pudiera convertirse en rival de Boromir, heredero de Denethor, Capitán de la Torre Blanca; e igual pensaba Boromir. No obstante, no fue así en la prueba. Pero de todo lo que les acaeció a estos tres en la Guerra del Anillo se habla mucho en otro lugar. Y al cabo de la Guerra los días de los Senescales Regentes llegaron a su fin; porque el heredero de Isildur y Anárion regresó un día, y la monarquía se reanudó, y el estandarte del Árbol Blanco flameó una vez más en la Torre de Ecthelion».

AQUÍ PROSIGUE UN FRAGMENTO DE LA HISTORIA
DE ARAGORN Y ARWEN

«Arador era el abuelo del Rey. Su hijo Arathorn pidió por esposa a Gilraen la Bella hija de Dírhael, que era a su vez descendiente de Aranarth. A esa unión se oponía Dírhael, pues Gilraen era joven y no había alcanzado aún la edad en la que las mujeres de los Dúnedain solían desposarse.

»"Además —decía—, Arathorn es un hombre severo y en la fuerza de la edad, y llegará a capitán antes de lo que se espera; sin embargo, me dice el corazón que tendrá una vida breve".

»Pero Ivorwen, su esposa, que también poseía el don de la videncia, respondió: "¡Mayor razón entonces para darse prisa! Los días se oscurecen antes de la tempestad, y se avecinan grandes acontecimientos. Si estos dos se desposan ahora, aún pueden nacer esperanzas para nuestro pueblo; pero si la boda se posterga, la esperanza se desvanecerá para siempre hasta el final de esta Edad".

»Y aconteció que cuando hacía apenas un año que Arathorn y Gilraen se habían casado, Arador fue tomado prisionero por los trolls de las montañas en los Páramos Fríos al norte de Rivendel, y fue asesinado; y Arathorn se convirtió en el Capitán de los Dúnedain. Al año siguiente Gilraen le dio un hijo, y lo llamaron Aragorn. Pero Aragorn tenía apenas dos años cuando Arathorn partió a combatir contra los Orcos con los hijos de Elrond, y pereció con un ojo atravesado por una flecha orca; y así tuvo en verdad una vida breve para alguien de su estirpe, pues apenas contaba sesenta años cuando cayó.

»Aragorn, que era ahora el Heredero de Isildur, fue llevado entonces a vivir con su madre en la casa de Elrond, y Elrond hizo las veces de padre para él y llegó a amarlo como a un hijo. Pero lo llamaban Estel, que quiere decir "Esperanza", y su nombre verdadero y su linaje fueron mantenidos en secreto por orden de Elrond, porque los Sabios eran conscientes entonces de que el Enemigo trataba de descubrir al Heredero de Isildur, si quedaba alguno sobre la faz de la tierra.

»Pero cuando Estel tenía apenas veinte años de edad, aconteció que retornó a Rivendel después de llevar a cabo grandes hazañas en compañía de los hijos de Elrond; y Elrond lo miró y se sintió feliz, porque vio que era noble y hermoso y había alcanzado a una edad temprana la madurez, si bien llegaría a ser más grande aún de cuerpo y de espíritu. Aquel día, pues, Elrond lo llamó por su nombre verdadero y le dijo quién era y de quién era hijo; y le entregó las reliquias de su casa.

»"He aquí el Anillo de Barahir —dijo—, símbolo de nuestro remoto parentesco; y he aquí también los fragmentos de Narsil. Con ellos aún podrás cumplir grandes hazañas; pues preveo que tendrás una vida más larga que la común entre los Hombres, a menos que sucumbas víctima del mal o que fracases en la prueba. Pero la prueba será dura y larga. El Cetro de Annúminas lo retengo, pues aún tienes que ganártelo".

»Al día siguiente, a la hora del crepúsculo, Aragorn paseaba solitario por los bosques con el corazón alegre; y cantaba, porque tenía muchas esperanzas y porque el mundo era bello. Y de pronto, mientras aún cantaba vio a una doncella que caminaba por un prado entre los troncos blancos de los abedules; y se detuvo maravillado, creyendo haberse extraviado en un sueño, o que le había sido concedido el don de los juglares élficos, que hacen aparecer ante los ojos de quienes escuchan las cosas que cantan.

»Pues Aragorn iba cantando un fragmento de la Balada de Lúthien, que narra el encuentro de Lúthien y Beren en la Floresta de Neldoreth. Y he aquí que Lúthien caminaba ante sus propios ojos en Rivendel, envuelta en un manto de plata y azur, hermosa como el crepúsculo en el Hogar de los Elfos; los cabellos oscuros le flotaban movidos por una brisa súbita, y una diadema de gemas que parecían estrellas le ceñía la frente.

»Por un momento Aragorn la contempló en silencio, pero temiendo que se desvaneciera para siempre, la llamó gritando: *";Tinúviel, Tinúviel!"*, tal como Beren en los remotos Días Antiguos.

»La doncella entonces se volvió, y sonrió, y dijo: "¿Quién eres? ¿Y por qué me llamas con ese nombre?".

»Y él respondió: "Porque creí que eras en verdad Lúthien Tinúviel, cuya balada venía cantando. Pero si no eres ella, caminas con su semejanza".

»"Muchos lo han dicho —respondió ella en tono grave—. Sin embargo, no me llamo como ella, aunque acaso nuestros destinos sean semejantes. Pero tú, ¿quién eres?".

»"Estel me llamaban —respondió él—, pero soy Aragorn hijo de Arathorn, Heredero de Isildur, Señor de los Dúnedain". Sin embargo, mientras lo decía, sentía que ese alto linaje que tanto le había regocijado el corazón, poco valor tenía ahora, y no era nada comparado con la dignidad y la belleza de la joven.

»Pero ella rompió a reír alegremente, y dijo: "Entonces somos parientes lejanos. Porque yo soy Arwen hija de Elrond, y también me llamo Undómiel".

»"Suele ocurrir —dijo Aragorn—, que en tiempos de peligro los hombres oculten su tesoro más preciado. Pero Elrond y tus hermanos me asombran; porque aunque he vivido en esta casa desde mi niñez nunca había oído hablar de ti. ¿Cómo es posible que no nos hayamos encontrado antes? ¡Tu padre no te habrá guardado bajo llave junto con sus tesoros!".

»"No —dijo ella—, y alzó los ojos hacia las Montañas que se erguían al este. He vivido largo tiempo en la tierra de las gentes de mi madre, en la lejana Lothlórien. Y he venido hace poco a visitar nuevamente a mi padre. Hacía muchos años que no paseaba por Imladris".

»Aragorn se sorprendió, porque no parecía tener más edad que él, que sólo había vivido una veintena de años en la Tierra Media. Pero Arwen lo miró a los ojos y dijo: "¡No te asombres! Los hijos de Elrond tenemos la vida de los Eldar".

»Entonces Aragorn se turbó, porque vio en los ojos de Arwen la luz élfica y la sabiduría de años incontables; pero desde aquel momento amó a Arwen Undómiel, hija de Elrond.

»En los días que siguieron Aragorn se volvió silencioso, y su madre adivinó que algo extraño le había ocurrido; y por fin cedió a las preguntas de ella, y le contó el encuentro entre los árboles en el crepúsculo.

»"Hijo mío —dijo Gilraen—, tu ambición es alta, hasta para el descendiente de numerosos reyes. Porque esta dama es la más noble y la más hermosa que hoy pisa la tierra. Y no es propio de un mortal unirse en matrimonio a la raza de los Elfos".

»"Sin embargo, también nosotros pertenecemos en parte a esa raza —replicó Aragorn—, si es cierto lo que he aprendido en la historia de mis antepasados".

»"Es verdad —dijo Gilraen—, pero eso fue hace largo tiempo y en otra edad de este mundo, antes de que nuestra raza declinara. Por eso tengo miedo, porque sin la buena voluntad del Señor Elrond los herederos de Isildur no tardarán en extinguirse. Pero no creo que en este asunto puedas contar con la benevolencia de Elrond".

»"Amargos serán entonces mis días —dijo Aragorn—, y a solas caminaré por las tierras salvajes".

»"Tal será en verdad tu destino" —dijo Gilraen—; y si bien tenía en cierta medida el don de adivinación propio de su gente, nada más dijo acerca del futuro, ni habló con nadie de lo que su hijo le había confiado.

»Pero Elrond veía muchas cosas y leía en muchos corazones. Un día pues, antes de fin de año, llamó a Aragorn a su cámara y le dijo: "¡Aragorn hijo de Arathorn, Señor de los Dúnedain, escúchame! Un gran destino te espera, sea el de elevarte más alto que todos tus antepasados desde los días de Elendil, o caer en la oscuridad con todos los de tu estirpe que aún viven. Pasarás por largos años de prueba. No tomarás esposa, ni te ligarás a mujer alguna con promesa de matrimonio, hasta que llegue tu hora y hayas demostrado ser digno".

»Entonces Aragorn se turbó y dijo: "¿Acaso mi madre os ha hablado de ello?".

»"No, por cierto —dijo Elrond—. Tus propios ojos te han

traicionado. Pero no hablo solamente de mi hija. Por ahora no te comprometerás con la hija de ningún otro. Pero en cuanto a Arwen la Bella, Señora de Imladris y de Lórien, Estrella de la Tarde de su pueblo, es de un linaje más alto que el tuyo, y ya ha vivido en el mundo tanto tiempo que para ella no eres más que un retoño del año frente a un joven abedul de numerosos estíos. Está muy por encima de ti. Y así, creo, ha de parecerle a ella. Pero aun cuando no fuera así, y el corazón de ella se inclinara hacia ti, de todas maneras me entristecería a causa del destino que pesa sobre nosotros".

»"¿Qué destino es ése?".

»"Mientras yo habite aquí, ella vivirá con la juventud de los Eldar —respondió Elrond—, pero cuando me llegue la hora de partir, ella me acompañará, si tal es su elección".

»"Veo —dijo Aragorn— que he puesto los ojos en un tesoro no menos precioso que el de Thingol, que en un tiempo deseó Beren. Éste es mi destino". Pero de pronto despertó en él el don de adivinación de los de su estirpe, y dijo: "¡Pero ved, señor Elrond! Los años de vuestra morada en el mundo están concluyendo, y a vuestros hijos pronto les tocará elegir entre separarse de vos o de la Tierra Media".

»"Es verdad —dijo Elrond—. Pronto, según nuestras cuentas, aunque aún habrán de transcurrir muchos años de los Hombres. Mas no habrá para Arwen, mi bienamada, otra elección posible, a menos que tú, Aragorn hijo de Arathorn, te interpongas entre nosotros y obligues a uno de los dos, a ti o a mí, a una separación amarga más allá del fin del mundo. Tú no sabes aún lo que deseas de mí. —Suspiró, y después de un silencio, miró al joven con ojos graves y añadió—: Los años traerán lo que habrán de traer. No volveremos a hablar de esto hasta que hayan transcurrido muchos. Los días se ensombrecen, y muchos males se avecinan".

»Entonces Aragorn se despidió afectuosamente de Elrond; y al día siguiente dijo adiós a su madre y a la casa de Elrond, y a Arwen, y partió a las tierras salvajes. Durante casi treinta años se consagró a la causa contra Sauron y se convirtió en amigo de Gandalf el Sabio, y aprendió de él mucha sabiduría. Hizo con él numerosos viajes peligrosos, pero con el correr de los años partía solo más a menudo. Las empresas que acometía eran largas y duras, y adquirió un aspecto un tanto hosco y severo, salvo las raras veces que sonreía; y aun así los Hombres lo consideraban digno de honores, como un rey en el exilio, cuando no ocultaba su verdadero semblante. Porque viajaba adoptando las apariencias más diversas, y conquistó gloria y fama con nombres diferentes. Cabalgó con el ejército de los Rohirrim y combatió en mar y tierra por el Señor de Gondor; y entonces, a la hora de la victoria, se alejó de los Hombres del Oeste y partió solo al este, y llegó a lo más profundo de las tierras del sur, explorando los corazones de los Hombres, tanto malos como buenos, y desenmascarando las confabulaciones y estratagemas de los siervos de Sauron.

»Así se convirtió al fin en el más intrépido de los hombres vivientes, hábil en las artes y versado en sus tradiciones, y más que todos ellos, pues tenía una sabiduría élfica, y en los ojos llevaba una luz que cuando se encendía pocos eran capaces de soportar. Su rostro era triste y severo a causa del destino que pesaba sobre él, pero siempre conservaba viva una esperanza en el fondo del corazón, del que la alegría brotaba a veces como un manantial de una roca.

»Y aconteció que cuando Aragorn tenía cuarenta y nueve años de edad, retornó de los peligros en los oscuros confines de Mordor donde ahora Sauron moraba otra vez consagrado al mal. Estaba muy fatigado y anhelaba volver a Rivendel y descansar algún tiempo antes de emprender nuevos viajes a los países lejanos; y en camino llegó a las fronteras de Lórien, y fue admitido por la Dama Galadriel en la tierra escondida.

»Él lo ignoraba, pero también Arwen Undómiel se encontraba allí, pasando otra vez una temporada con los parientes de su madre. Había cambiado muy poco, porque los años mortales no la habían tocado; pero tenía el semblante más grave y rara vez se la oía reír. Pero Aragorn había alcanzado la plena madurez de cuerpo y de mente, y Galadriel le rogó que se despojara de las raídas ropas de caminante y lo vistió de plata y de blanco, con un manto gris élfico y una gema brillante en la frente. Entonces, superior a cualquiera de los reyes de los Hombres, parecía más semejante a un Señor de los elfos de las Islas del Oeste. Y así fue como lo volvió a ver por primera vez Arwen después de su larga separación; y mientras avanzaba hacia ella bajo los árboles de Caras Galadhon cargados de flores de oro, Arwen hizo su elección, y su destino quedó sellado.

»Entonces, durante toda una estación, pasearon juntos por los claros de Lothlórien, hasta que llegó para él la hora de volver a partir. Y en la Noche del solsticio de verano, Aragorn hijo de Arathorn y Arwen hija de Elrond fueron a la hermosa colina de Cerin Amroth en el corazón del país, y caminaron descalzos sobre la hierba inmortal entre las elanor y las niphredil que florecían en torno a sus pies. Y desde allí, desde lo alto de la colina, miraron al este hacia la Sombra y al oeste hacia el Crepúsculo; y se juraron eterna fidelidad y fueron felices.

»Y Arwen dijo: "Oscura es la Sombra, y sin embargo, mi corazón se regocija; porque tú, Estel, estarás entre los grandes cuyo valor habrá de destruirla".

»Pero Aragorn respondió: "¡Ay!, no puedo preverlo, y cómo eso podría ocurrir es un misterio para mí. Pero con tu esperanza yo sostendré la mía. Y rechazo la Sombra para siempre. Pero tampoco, Dama, es para mí el Crepúsculo; pues soy mortal y si tú, Estrella de la Tarde, te unes a mí, también tendrás que renunciar al Crepúsculo".

»Y ella quedó entonces inmóvil y silenciosa como un árbol blanco, con la mirada perdida en el oeste, y dijo al fin: "A ti me uniré, Dúnadan, y me alejaré del Crepúsculo. Aunque aquella es la tierra de mi gente y la morada secular de todos los de mi raza". Arwen amaba entrañablemente a su padre.

»Cuando Elrond se enteró de la elección de su hija guardó silencio, aunque la congoja le inundaba el corazón y encontró que el destino, aun largamente temido, no era fácil de soportar. Pero cuando Aragorn retornó a Rivendel lo llamó a su lado, y le dijo: "Hijo mío, vendrán años en los que toda esperanza se desvanecerá, y más allá nada es claro para mí. Y ahora una sombra se extiende entre nosotros. Quizá así es como está escrito, que merced a mi pérdida pueda ser restaurado el reino de los Hombres. Por lo tanto, aunque te amo, te digo a ti: Arwen Undómiel no desmedrará la gracia de su vida por una causa menor. No será la esposa de ningún Hombre, a menos que éste sea al mismo tiempo el Rey de Gondor y de Arnor. A mí, aun nuestra victoria no podrá traerme más que tristeza y separación... pero para ti será una esperanza de felicidad por algún tiempo. ¡Ay, hijo mío! Temo que a Arwen el Destino de los Hombres pueda parecerle duro al final".

»Así quedaron las cosas entre Elrond y Aragorn, y no volvieron a hablar del tema; pero Aragorn partió una vez más a afrontar el peligro y la fatiga. Y mientras el mundo se ensombrecía, y el miedo se cernía sobre la Tierra Media a medida que el poder de Sauron se acrecentaba, y que Barad-dûr se erguía más alta cada día y más poderosa, Arwen permaneció en Rivendel, y en ausencia de Aragorn velaba por él de lejos con el pensamiento; y esperanzada hizo para él un estandarte grandioso y regio, de tal naturaleza que nadie podría desplegarlo sino aquel que reivindicase el señorío de los Númenóreanos y la corona de Elendil.

»Al cabo de unos pocos años Gilraen se despidió de Elrond y regresó a Eriador, con su propia gente, y allí vivía sola; y a su hijo, que pasaba largos años en países lejanos, lo veía en muy raras ocasiones. Pero una vez, cuando Aragorn regresó al Norte y fue a verla, ella le dijo antes de que él volviera a irse: "Ésta es nuestra última separación, Estel, hijo mío. Como a cualquiera de los hombres menores, también a mí me han envejecido las preocupaciones; y ahora que la veo acercarse no puedo soportar la oscuridad de nuestro tiempo que se agolpa sobre la Tierra Media. Pronto habré de partir".

»Aragorn trató de consolarla, diciendo: "Todavía puede haber una luz más allá de las tinieblas; y si la hay, quisiera que la vieras y fueras feliz".

»Pero ella le respondió con este *linnod:*

Ónen i-Estel Edain, ú-chebin estel anim,[31]

y Aragorn partió con el corazón oprimido. Gilraen murió antes de la primavera siguiente.

»Así fueron llegando los años de la Guerra del Anillo, cuyos hechos se narran en otra parte: de cómo fueron revelados los medios imprevisibles para derrotar a Sauron, y de cómo se cumplió una esperanza más allá de toda esperanza. Y aconteció que en la hora de la derrota Aragorn llegó desde el mar y desplegó el estandarte de Arwen en la batalla de los Campos del Pelennor, y ese día fue por primera vez aclamado como rey. Y por fin, cuando todo hubo terminado, entró en posesión de la herencia de sus antepasados y recibió la corona de Gondor y el cetro de Arnor; y en el Día del solsticio de verano del año de la Caída de Sauron tomó la mano de Arwen Undómiel, y fueron desposados en la Ciudad de los Reyes.

»La Tercera Edad terminó así con victoria y esperanza; pero uno de los dolores más tristes en medio de todos sufridos en aquella Edad fue la separación de Elrond y Arwen, porque era el mar el que los separaba, y un destino más allá del fin del mundo. Cuando el Gran Anillo fue destruido y los Tres quedaron despojados de todo poder, Elrond, cansado al fin, abandonó la Tierra Media para nunca más regresar. Pero Arwen había elegido ser una mujer mortal, y su destino no quiso sin embargo que muriese antes de haber perdido todo lo que había ganado.

»Como Reina de los Elfos y los Hombres vivió con Aragorn durante ciento veinte años de gran gloria y de ventura; pero al fin Aragorn sintió que se acercaba a la vejez, y supo que los días

31. Di Esperanza a los Dúnedain, y no he conservado ninguna para mí.

de su larga vida estaban terminando. Entonces le dijo a Arwen: "Al fin, Dama Estrella de la Tarde, la más hermosa de este mundo, y la más amada, mi mundo empieza a desvanecerse. Y bien: hemos recogido y hemos gastado, y ahora se aproxima el momento de pagar".

»Arwen sabía muy bien lo que él pensaba hacer, pues lo había presentido hacía largo tiempo; y a pesar de todo, el dolor la abrumó: "¿Querrías, entonces, mi señor, abandonar antes de tu hora a los tuyos que viven de tu palabra?", dijo.

»"No antes de mi hora —respondió él—. Si no parto ahora, pronto tendré que hacerlo por la fuerza. Y Eldarion, nuestro hijo, es un hombre suficientemente maduro para heredar el trono."

»Entonces fue a la Casa de los Reyes en la Calle Silenciosa, y se tendió en el largo lecho que le habían preparado. Allí le dijo adiós a Eldarion, y le puso en las manos la corona alada de Gondor y el cetro de Arnor; y entonces todos se retiraron excepto Arwen, y allí se quedó ella junto al lecho de Aragorn. Y a pesar de su gran sabiduría y su propio linaje, no pudo dejar de suplicarle que se quedara todavía por algún tiempo. Aún no estaba cansada de sus días, y ahora sentía el sabor amargo de la mortalidad que ella misma había elegido.

»"Dama Undómiel —dijo Aragorn—, dura es la hora sin duda, pero ya estaba señalada el día en que nos encontramos bajo los abedules blancos en el jardín de Elrond, donde ya nadie pasea. Y en la colina de Cerin Amroth cuando tú y yo rechazamos la Sombra y renunciamos al Crepúsculo, aceptamos este destino. Reflexiona un momento, mi bienamada, y pregúntate si en verdad preferirías que esperara a la muerte, y verme caer del alto trono, achacoso y decrépito. No, Dama, soy el último de los Númenóreanos y el último Rey de los Días Antiguos; y a mí me ha sido concedida no sólo una vida tres veces más larga que la de los Hombres de la Tierra Media, sino también la gracia de abandonarla a mi voluntad, y de restituir el don. Ahora, por lo tanto, me voy a dormir".

»"No te diré palabras de consuelo, pues para semejante dolor no hay consuelo dentro de los confines de este mundo; a ti te toca una última elección: arrepentirte y partir hacia los Puertos llevándote contigo hacia el Oeste el recuerdo de los días que hemos vivido juntos, un recuerdo que allí será siempre verde, pero sólo un recuerdo; o de lo contrario esperar el Destino de los Hombres".

»"No, amado señor —dijo ella—, esa elección ya no existe desde hace largo tiempo. Ya no hay ningún navío que pueda conducirme hasta allí, y tendré en verdad que esperar el Destino de los Hombres, la pérdida y el silencio, lo quiera o no lo quiera. Pero una cosa he de decirte, Rey de los Númenóreanos: hasta ahora no había comprendido la historia y la caída de tu pueblo. Me burlaba de ellos, considerándolos tontos y malvados, mas ahora los compadezco al fin. Porque si en verdad éste es, como dicen los Eldar, el don que el Único concede a los Hombres, es en verdad un don amargo de recibir".

»"Así parece —dijo él—. Pero no nos dejemos abatir en la prueba final, nosotros que otrora renunciamos a la Sombra y al Anillo. Con tristeza hemos de marchar, mas no con desesperación. ¡Mira! No estamos sujetos para siempre a los círculos del mundo, y más allá de ellos hay algo más que recuerdos. ¡Adiós!".

»"¡Estel, Estel!", exclamó Arwen, y mientras él le tomaba la mano y la besaba, Aragorn se quedó dormido. Entonces se reveló en él una gran belleza, una belleza que todos los que más tarde fueron a verlo contemplaron maravillados, porque en él veían unidas la gracia de la juventud, el valor de la madurez y la sabiduría y la majestad de la vejez. Y allí yació largo tiempo, una imagen del esplendor de los Reyes de los Hombres en la gloria radiante anterior al desgarramiento del mundo.

»Pero Arwen salió de la Casa, y la luz se le había extinguido en los ojos, y a los suyos les pareció que se había vuelto fría y gris como un anochecer de invierno que llega sin una estrella. Entonces dijo adiós a Eldarion, y a sus hijas, y a todos aquellos a quienes había amado; y abandonó la ciudad de Minas Tirith y se encaminó al país de Lórien, y allí vivió sola bajo los árboles que amarilleaban hasta que llegó el invierno. Galadriel había desaparecido y también Celeborn había partido, y el país estaba silencioso.

»Y allí por fin, cuando caían las hojas de mallorn pero no había llegado aún la primavera,[32] se acostó a descansar en lo alto de Cerin Amroth; y allí estará la tumba verde, hasta que el mundo cambie, y los días de la vida de Arwen se hayan borrado para siempre de la memoria de los hombres que vendrán después, y la elanor y la niphredil no florezcan más al este del mar.

»Aquí termina esta historia, tal como ha llegado a nosotros desde el sur; y después de la desaparición de la Estrella de la Tarde nada más se dice en este libro acerca de los días antiguos».

II
LA CASA DE EORL

«Eorl el Joven era señor de los Hombres de Éothéod. Esa tierra se encontraba cerca de las fuentes del Anduin, entre las más lejanas estribaciones de las Montañas Nubladas y el extremo más al norte del Bosque Negro. Los Éothéod se habían trasladado a esas regiones en los días del Rey Eärnil II desde las tierras de los valles del Anduin entre la Carroca y el Gladio, y eran por origen parientes cercanos de los Beórnidas y de los hombres de los bordes occidentales del bosque. Los antepasados de Eorl se decían descendientes de los reyes de Rhovanion, cuyo reino se extendía más allá del Bosque Negro, antes de las invasiones de los Aurigas, y de este modo se consideraban parientes de los reyes de Gondor que descendían de Eldacar. Amaban sobre todo las llanuras, y encontraban deleite en los caballos y en todo cuanto se relacionaba con su manejo; pero había muchos hombres en los valles centrales del Anduin en aquellos días, y además la sombra de Dol Guldur estaba alargándose, de modo que cuando supieron de la derrota del Rey Brujo buscaron otras tierras en el norte y

32. p. I. 566-567.

expulsaron al resto del pueblo de Angmar al lado oriental de las Montañas. Pero en los días de Léod, padre de Eorl, habían llegado a ser un pueblo numeroso y se sentían otra vez de algún modo bastante apretados en su tierra natal.

»En el año dos mil quinientos diez de la Tercera Edad, un nuevo peligro amenazó a Gondor. Una gran hueste de hombres salvajes venidos del nordeste invadió Rhovanion, y descendiendo de las Tierras Pardas, cruzó el Anduin en balsas. Al mismo tiempo, por azar o designio, los Orcos (que en ese tiempo, antes de trabarse en guerra con los enanos, estaban en la plenitud de sus fuerzas) descendieron de las Montañas. Los invasores infestaron Calenardhon, y Cirion, Senescal de Gondor, envió mensajeros al norte en busca de ayuda; pues había amistad entre los Hombres del Valle del Anduin y el pueblo de Gondor desde hacía mucho tiempo. Pero en el valle del Río los hombres eran ahora pocos y estaban dispersos, y sólo lentamente podían prestar la ayuda que se les pedía. Por fin le llegó a Eorl la noticia del apuro en que se encontraba Gondor, y aunque parecía ya tarde, partió con un gran ejército de jinetes.

»Así llegó a la batalla del Campo de Celebrant, porque ése era el nombre de la tierra verde que se extendía entre el Cauce de Plata y el Limclaro. Allí se encontraba en peligro el ejército septentrional de Gondor. Derrotado en la Meseta y aislado del sur, había sido expulsado más allá del Limclaro, y fue entonces atacado de súbito por la hueste de orcos que lo rechazó hacia el Anduin. Habían perdido toda esperanza cuando, inesperadamente, los Jinetes llegaron del norte y atacaron al enemigo por la retaguardia. Entonces se invirtió la fortuna de la batalla y el enemigo fue rechazado en medio de una gran matanza hacia el Limclaro. Eorl condujo a sus hombres tras ellos, y tan grande fue el miedo que cundió ante los jinetes del Norte que los invasores de la Meseta fueron también dominados por el pánico, y los Jinetes les dieron caza por las planicies de Calenardhon».

El pueblo de esa región se había vuelto escaso desde la Peste, y la mayor parte de los que quedaban habían sido masacrados por los salvajes Orientales. Cirion, por tanto, en recompensa por la ayuda recibida, cedió Calenardhon entre el Anduin y el Isen a Eorl y su pueblo; y ellos enviaron mensajeros al norte en busca de sus esposas y sus hijos y sus bienes y se instalaron en esa tierra. Le dieron nuevo nombre: la Marca de los Jinetes, y se llamaron a sí mismos los Eorlingas; pero en Gondor esta tierra recibió el nombre de Rohan, y a su pueblo llamaron los Rohirrim (esto es, los Señores de los Caballos). De este modo Eorl se convirtió en el primer Rey de la Marca, y eligió como morada una colina verde al pie de las Montañas Blancas, que eran la frontera austral del reino. Allí vivieron los Rohirrim desde entonces en calidad de hombres libres, regidos por sus propios reyes y leyes, pero en perpetua alianza con Gondor.

«Muchos señores y guerreros, y muchas bellas y valientes mujeres, se nombran en los cantos de Rohan que todavía se recuerdan en el Norte. Frumgar, dicen, era el nombre del jefe que llevó a su pueblo a Éothéod. De su hijo, Fram, cuentan que dio muerte a Scatha, el gran dragón de Ered Mithrin, y la tierra desde entonces se vio libre de grandes gusanos y tuvo paz. De este modo ganó Fram gran riqueza, pero estaba enemistado con los enanos, que reclamaban el tesoro de Scatha. Fram no quiso cederles ni un centavo, y les envió en cambio los dientes de Scatha, con los que había hecho un collar, diciendo: "Joyas como éstas no tendréis de seguro en vuestros tesoros, pues no es fácil conseguirlas". Dicen algunos que los enanos dieron muerte a Fram por este insulto. No hubo gran amor entre Éothéod y los enanos.

»El padre de Eorl se llamaba Léod. Era domador de caballos salvajes; pues abundaban en aquel tiempo en esa tierra. Atrapó a un potro blanco que pronto se convirtió en un caballo fuerte, hermoso y orgulloso. Cuando Léod se atrevió a montarlo, el caballo se lo llevó lejos y terminó por dar en tierra con Léod, que golpeó de cabeza contra una roca y murió. Tenía entonces sólo cuarenta y dos años, y su hijo era un joven de dieciséis.

»Eorl juró que vengaría a su padre. Persiguió largo tiempo al caballo, y al fin lo vio; y sus compañeros creyeron que intentaría acercársele hasta que lo tuviera a tiro de arco, y que entonces lo mataría. Pero cuando se le aproximaron, Eorl se irguió y dijo en alta voz: "¡Ven aquí, Aflicción del Hombre, y recibe un nombre nuevo!". Para maravilla de todos, el caballo miró a Eorl, se le acercó y se quedó allí frente a él, y Eorl le dijo: "Felaróf te llamo. Amabas tu libertad, y no te culpo. Pero tienes ahora una grave deuda conmigo, y me someterás tu libertad hasta el fin de tus días".

»Entonces Eorl lo montó y Felaróf se sometió; y Eorl cabalgó en él de vuelta a su casa sin embocadura ni riendas; y siempre en adelante cabalgó en él de ese modo. El caballo comprendía todo cuanto los hombres decían, pero no permitía que nadie lo montara salvo Eorl. Fue sobre Felaróf que Eorl cabalgó al Campo de Celebrant; porque la vida de ese caballo fue tan larga como la de los Hombres, y lo mismo la de sus descendientes. Eran éstos los *mearas,* que no cargaban a nadie salvo al Rey de la Marca o a sus hijos, hasta los tiempos de Sombragrís. Dijeron los hombres de ellos que Béma (a quien los Eldar llaman Oromë) tuvo que haber traído a su antepasado desde el Oeste por sobre el mar».

«De los Reyes de la Marca que hubo entre Eorl y Théoden, de ninguno se ha hablado más que de Helm Mano de Martillo. Era un hombre ceñudo de gran fuerza. Había en aquel tiempo un hombre llamado Freca, que se pretendía descendiente del Rey Fréawine, aunque tenía, según dicen, abundante sangre dunlendina y cabellos oscuros. Se hizo rico y poderoso y poseía extensas tierras a ambas márgenes del Adorn.[33] Cerca de las fuentes del Adorn se hizo construir una fortaleza y hacía muy poco caso del rey. Helm no le tenía confianza, pero le pedía que asistiera a los consejos de palacio, y él iba cuando le parecía bien.

33. Desemboca en el Isen al oeste de las Ered Nimrais.

»A uno de esos consejos Freca acudió a caballo con una gran compañía de hombres, y pidió la mano de la hija de Helm para su hijo Wulf. Pero Helm dijo: "Te has vuelto grande desde la última vez que estuviste aquí; pero es casi todo grasa, me parece". Y los hombres rieron al oírlo, porque Freca era ancho de cintura.

»Entonces Freca tuvo un ataque de rabia e insultó al rey, y terminó por decir: "Los reyes viejos que rechazan el bastón que se les ofrece, suelen caer de rodillas". Helm respondió: "¡Vamos! El matrimonio de tu hijo no es más que una bagatela. Que Helm y Freca hablen de él más tarde. Entretanto el rey y el consejo tienen asuntos urgentes que considerar".

»Cuando la reunión del consejo hubo terminado, Helm se puso de pie y apoyó su gran mano sobre el hombro de Freca diciendo: "El rey no permite riñas en esta casa, pero los hombres están más libres fuera". Y obligó a Freca a andar por delante de él fuera de Edoras hasta el campo. A los hombres de Freca que se acercaban, les decía: "¡Alejaos! No nos hacen falta testigos. Hablaremos solos de un asunto privado. ¡Id y hablad con mis hombres!". Y miraron a su alrededor y vieron que los hombres del rey y sus amigos los excedían con mucho en número, y retrocedieron.

»"Pues bien, Dunlendino —dijo el rey—, sólo tienes que vértelas con Helm, sin compañía y desarmado. Pero ya has dicho mucho, y ahora me toca hablar a mí. Freca, tu locura ha crecido junto con tu vientre. ¡Hablas de bastones! Si a Helm le disgusta un bastón retorcido que arrojan contra él, lo rompe. ¡Así!". Y le asestó a Freca un golpe tal con el puño, que éste cayó de espaldas sin sentido, y al poco tiempo murió.

»Helm proclamó entonces al hijo de Freca y sus parientes enemigos del rey; y ellos huyeron, pues Helm envió sin demora a muchos jinetes a las fronteras occidentales».

Cuatro años más tarde (2758) sobrevinieron grandes dificultades en Rohan, y desde Gondor no era posible enviar ayuda alguna, pues tres flotas de Corsarios la estaban atacando y había guerra en todas las costas. Al mismo tiempo Rohan era invadida otra vez desde el este, y los Dunlendinos aprovecharon la oportunidad y cruzaron el Isen y bajaron desde Isengard. Pronto se supo que Wulf era quien los conducía. Eran una fuerza poderosa, pues se les habían sumado enemigos de Gondor que habían desembarcado en las desembocaduras del Lefnui y el Isen.

Los Rohirrim fueron derrotados y sus tierras invadidas; y los que no fueron muertos o esclavizados huyeron a los valles de las montañas. Helm fue expulsado con grandes bajas desde los Cruces del Isen y se refugió en Cuernavilla y en el desfiladero que había detrás (que se conoció luego como el Abismo de Helm). Allí fue sitiado. Wulf tomó Edoras y se instaló en Meduseld otorgándose el título de rey. Allí cayó Haleth hijo de Helm, último de todos, en defensa de las puertas.

«Poco después empezó el Largo Invierno, y Rohan quedó bajo la nieve casi durante cinco meses (desde noviembre de 2758 hasta marzo de 2759). Tanto los Rohirrim como sus enemigos sufrieron grandemente a causa del frío, y también de la escasez, que duró todavía más. En el Abismo de Helm hubo una gran hambruna después de Yule y, desesperado, en contra del consejo del rey, Háma, su hijo menor, condujo un grupo de hombres al exterior en una incursión en busca de alimentos, pero se perdieron en la nieve. Helm se volvió feroz y macilento por causa del hambre y la pena; y el temor que despertaba él solo valía tanto como la fuerza de muchos defensores del Fortín. Salía solo, vestido de blanco, y merodeaba como un troll de las nieves por los campamentos del enemigo, y mataba a muchos hombres con las manos desnudas. Se creía que si no llevaba armas, ninguna sería capaz de dañarlo. Los Dunlendinos decían que si no encontraba alimentos, devoraba hombres. Esta historia se contó mucho tiempo en las Tierras Brunas. Helm tenía un gran cuerno, y no pasó mucho tiempo sin que se advirtiera que antes de una salida soplaba en él, y que el eco del cuerno resonaba en el Abismo; y entonces las fuerzas enemigas sentían tanto miedo que en lugar de unirse para atraparlo o matarlo, huían descendiendo por la Hondonada.

»Una noche los hombres oyeron que sonaba el cuerno, pero Helm no regresó. Por la mañana brilló el sol, la primera luz en largos días, y vieron una figura blanca todavía erguida en la Empalizada, sola, pues ninguno de los dunlendinos osaba acercársele. Allí estaba Helm, muerto como una piedra, pero no había doblado las rodillas. No obstante, los hombres dijeron que el cuerno se escuchaba aún de vez en cuando en el Abismo, y que el espectro de Helm caminaba entre los enemigos de Rohan y los mataba de miedo.

»Poco después el invierno cedió. Entonces Fréaláf hijo de Hild, hermana de Helm, descendió de El sagrario, al que muchos habían huido; y con una pequeña compañía de hombres desesperados sorprendió a Wulf en Meduseld y le dio muerte, y reconquistó Edoras. Hubo grandes inundaciones después de las nieves, y el valle de Entaguas se convirtió en un humedal gigantesco. Los invasores del este perecieron o se retiraron; y al fin llegó ayuda de Gondor por los caminos del este y del oeste de las montañas. Antes de que terminase el año (2759), los Dunlendinos fueron expulsados, incluso de Isengard, y entonces Fréaláf se convirtió en rey.

»Helm fue transportado desde Cuernavilla y sepultado en el noveno montículo. Desde entonces la blanca *simbelmynë* creció allí muy densa, de modo que el túmulo parecía estar siempre cubierto de nieve. Cuando Fréaláf murió, se levantó el primero de una nueva hilera de montículos».

Los Rohirrim quedaron desgraciadamente muy disminuidos en número a causa de la guerra, la escasez y la pérdida de ganado y de caballos; y fue una gran fortuna que ningún peligro de consideración los amenazara después por muchos años, pues fue sólo en los tiempos del Rey Folcwine que recobraron sus antiguas fuerzas.

Fue en la ocasión de la coronación de Freáláf cuando apareció Saruman portando regalos y hablando con grandes halagos del valor de los Rohirrim. Todos lo consideraron un huésped merecedor de la mejor de las bienvenidas. Poco después se estableció en Isengard autorizado por Beren, Senescal de Gondor, pues Gondor consideraba aún que Isengard era una fortaleza del reino, y no una parte de Rohan. Beren también dio a Saruman en custodia las llaves de Orthanc. Ningún enemigo había logrado nunca dañar esa torre, ni tampoco entrar en ella.

De este modo Saruman empezó a comportarse como un señor de los Hombres; pues al principio habitó en Isengard como teniente del Senescal y guardián de la torre. Pero a Freáláf esto lo complacía tanto como a Beren, y le alegraba que Isengard estuviera en manos de un amigo capaz. Durante largo tiempo pareció que era un amigo, y quizá en un principio lo fuera en verdad. Aunque después casi todos estuvieron seguros de que Saruman había ido a Isengard en la esperanza de descubrir que la Piedra aún estuviera allí, y con el propósito de acrecentar un poder que fuera sólo suyo. Ciertamente después del último Concilio Blanco (2953) sus propósitos para con Rohan, aunque los mantuvo ocultos, eran malvados. Luego se instaló en Isengard como si le perteneciera e hizo de él un lugar poderoso y temible, como si quisiera rivalizar con Barad-dûr. Escogía a sus amigos y sirvientes entre aquellos que odiaban a Gondor y a Rohan, fueran Hombres u otras criaturas aún más malvadas.

LOS REYES DE LA MARCA
Primer Linaje

Año[34]

2485-2545 1. *Eorl el Joven*. Así llamado porque sucedió a su padre en plena juventud y conservó los cabellos ru-

34. Las fechas corresponden al cómputo de Gondor (Tercera Edad). Las que aparecen en el margen son las del nacimiento y muerte.

bios y la tez rubicunda hasta el fin de sus días. Éstos fueron reducidos por un renovado ataque de los Orientales. Cayó en batalla en la Meseta, y así se erigió el primer túmulo. También se sepultó allí a Felaróf.

2512-2570   2. *Brego.* Expulsó al enemigo de la Meseta, y Rohan no volvió a ser atacada durante mucho tiempo. En 2569, completó la gran sala de Meduseld. En el festín su hijo Baldor prometió que recorrería «el Sendero de los Muertos», y nunca volvió.[35] Brego murió de pena al año siguiente.

2544-2645   3. *Aldor el Viejo.* Era el segundo hijo de Brego. Fue conocido como el Viejo porque alcanzó una edad muy avanzada, y fue rey durante setenta y cinco años. En sus tiempos el número de los Rohirrim aumentó, y expulsaron o sometieron a los últimos Dunlendinos que habían quedado al este del Isen; se extendieron hasta poblar el Valle Sagrado y otros valles de las montañas. De los tres reyes siguientes poco se ha hablado, porque en ese entonces Rohan tuvo paz y prosperó.

2570-2659   4. *Fréa.* Hijo mayor, pero cuarto vástago de Aldor; era ya viejo cuando ocupó el trono.

2594-2680   5. *Fréawine.*

2619-2699   6. *Goldwine.*

2644-2718   7. *Déor.* Durante su reinado los Dunlendinos atacaban con frecuencia, cruzando el Isen. En 2710 ocuparon el círculo desierto de Isengard y no pudieron ser desalojados.

2668-2741   8. *Gram.*

2691-2759   9. *Helm Mano de Martillo.* Al finalizar su reinado, Rohan sufrió grandes pérdidas por causa de la invasión y el Largo Invierno. Helm y sus hijos Haleth y

35. pp. III. 72, 88.

Háma perecieron. Fréaláf, hijo de la hermana de Helm, ocupó el trono.

Segundo Linaje

2726-2798 10. *Fréaláf Hildeson.* En los días de Fréaláf Saruman llegó a Isengard, de donde habían sido expulsados los Dunlendinos. En un principio, en los días de escasez y debilidad que siguieron, la amistad de Saruman benefició a los Rohirrim.

2752-2842 11. *Brytta.* El pueblo lo llamó *Léofa,* pues todos lo amaban; era generoso y ayudaba a los necesitados. En ese tiempo hubo guerra con los Orcos expulsados del norte que buscaban refugio en las Montañas Blancas.[36] Cuando murió se creía que ya no había más orcos, pero no era así.

2780-2851 12. *Walda.* Reinó sólo nueve años. Fue muerto en compañía de todos sus compañeros en una emboscada que les tendieron los Orcos, en una ocasión que cabalgaban por los senderos de El Sagrario.

2804-2864 13. *Folca.* Fue un gran cazador, pero juró no volver a perseguir ninguna bestia salvaje en tanto quedara un solo Orco en Rohan. Cuando se encontró el último reducto de orcos y se los destruyó, fue a cazar al gran jabalí de Everholt al Bosque de Firien. Llegó a matarlo, pero el jabalí lo había hendido con los colmillos y murió poco después a consecuencia de las heridas.

2830-2903 14. *Folcwine.* Cuando llegó al trono, ya los Rohirrim habían recuperado sus fuerzas. Reconquistó la frontera occidental (entre el Adorn y el Isen) que habían ocupado los Dunlendinos. Rohan había recibido una gran ayuda de Gondor en los días de

36. p. III. 494.

desgracia. Por tanto, cuando oyó que los Haradrim atacaban a Gondor con grandes fuerzas, envió a muchos hombres en auxilio del Senescal. Deseaba conducirlos él mismo, pero lo disuadieron, y en vez de él fueron sus hijos gemelos Folcred y Fastred (nacidos en 2858). Cayeron uno al lado del otro en batalla en Ithilien (2885). Túrin II de Gondor envió a Folcwine una rica compensación en oro.

2870-2953   15. *Fengel.* Era el tercer hijo y el cuarto vástago de Folcwine. No se lo recuerda con elogios. Era avaro con las provisiones y riquezas, y disputaba con los mariscales y con sus propios hijos. Thengel, su tercer vástago y único varón, abandonó Rohan cuando llegó a la edad adulta y vivió largo tiempo en Gondor, donde ganó honores al servicio de Turgon.

2905-2980   16. *Thengel.* Se casó tarde, en 2943, con Morwen de Lossarnach en Gondor, aunque ella tenía diecisiete años menos que él. Le dio tres hijos en Gondor, de los cuales Théoden, el segundo, fue el único varón. Cuando Fengel murió los Rohirrim lo llamaron, y él volvió de mala gana. Pero fue un rey de mérito y sabiduría, aunque en su casa se empleaba el lenguaje de Gondor y no a todos les parecía bien. Morwen le dio otras dos hijas en Rohan; y la última, Théodwyn, fue la más hermosa aunque tardía (2963), hija de la vejez de Thengel. Théoden quiso mucho a su hermana.

Poco después del regreso de Thengel, Saruman se declaró Señor de Isengard y empezó a perturbar a Rohan, amenazando sus fronteras y apoyando a sus enemigos.

2948-3019   17. *Théoden.* Fue llamado Théoden Ednew en las historias de Rohan, pues cayó en declive hechizado por Saruman. Pero Gandalf lo curó, y en el último año de su vida se alzó y llevó a sus hombres a la victoria en Cuernavilla, y poco después en los Campos de Pelennor, la más grande batalla de esa Edad. Cayó ante las puertas de Mundburgo. Por un tiempo descansó en su tierra natal, entre los Reyes muertos de Gondor, pero fue trasladado de vuelta y sepultado en el octavo montículo del linaje de Fréaláf en Edoras. Entonces empezó un nuevo linaje.

Tercer Linaje

En 2989 Théodwyn se casó con Éomund de Folde Este, Primer Mariscal de la Marca. Su hijo Éomer nació en 2991, y su hija Éowyn en 2995. En ese tiempo Sauron se había alzado otra vez, y la sombra de Mordor llegaba a Rohan. Los Orcos empezaron a asaltar las regiones orientales y mataban o robaban caballos. Otros bajaban también de las Montañas Nubladas; algunos de ellos eran grandes uruks al servicio de Saruman, aunque transcurrió mucho tiempo antes de que se sospechase de él. Éomund tenía sobre todo a su cargo las fronteras del este; y era un gran amante de los caballos y odiaba a los Orcos. Si llegaban nuevas de alguna incursión, a menudo los buscaba a caballo, inflamado de ira, desprevenido y con pocos hombres. Sucedió así que fue muerto en 3002; pues persiguió a una pequeña banda hasta los bordes de las Emyn Muil y fue allí sorprendido por una fuerte tropa que acechaba entre los peñascos.

No mucho después Théodwyn cayó enferma y murió, con gran pena del rey. Se llevó a sus dos hijos a su casa, y les dio el nombre de hijo e hija. Sólo tenía un vástago propio, su hijo Théodred, que contaba entonces veinticuatro años; pues la reina Elfhild había muerto en el parto y Théoden no había vuelto a casarse. Éomer y Éowyn crecieron en Edoras y vieron cómo la sombra oscura caía sobre las estancias de Théoden. Éomer se asemejaba a sus antepasados; pero Éowyn era esbelta y alta, con una gracia y orgullo que le venían del Sur, de Morwen de Lossarnach, a la que los Rohirrim habían llamado Resplandor del Acero.

2991-C. E.   63 (3084) *Éomer Éadig.* Cuando era joven todavía, se convirtió en Mariscal de la Marca (3017) y se le dio el cargo de Éomund en la frontera del este. En la Guerra del Anillo Théodred cayó en batalla con Saruman en los Vados de Isen. Por tanto, antes de morir en los Campos del Pelennor, Théoden designó como heredero suyo a Éomer, y lo llamó rey. Ese día también Éowyn ganó renombre, pues luchó en esa batalla cabalgando disfrazada; y fue después conocida en la Marca como la Señora del Brazo Escudado.[37]

Éomer se convirtió en un gran rey, y como era joven cuando sucedió a Théoden reinó durante sesenta y cinco años, más que ninguno de los reyes que lo precedieron salvo Aldor el Viejo. En la Guerra del Anillo hizo amistad con el Rey Elessar y con Imrahil de Dol Amroth, y cabalgaba con frecuencia a Gondor. En el último año de la Tercera Edad se casó con Lothíriel hija de Imrahil. Tuvieron un hijo, Elfwine el Hermoso, que reinó después de Éomer.

37. «Pues la maza del Rey Brujo quebró el brazo en que llevaba el escudo; pero éste fue aniquilado, y de este modo se cumplieron las palabras que mucho antes le dijo Glorfindel al Rey Eärnur: que el Rey Brujo no caería por mano de hombre. Porque se dice en los cantos de la Marca que en este hecho Éowyn recibió ayuda del escudero de Théoden, y que tampoco él era un Hombre sino un Mediano de un país remoto, aunque Éomer le rindió honores en la Marca y le dio el nombre de Fiel Amigo de la Marca.

(Este Fiel Amigo no era otro que Meriadoc el Magnífico, que fue Señor de los Gamos.)».

En los días de Éomer, los hombres que lo deseaban tenían paz en la Marca, y el pueblo creció tanto en los valles de las montañas como en las llanuras, y sus caballos se multiplicaron. En Gondor gobernaba entonces el Rey Elessar, y también en Arnor. Era rey en las tierras de todos esos antiguos reinos, excepto en Rohan; pues renovó para Éomer el regalo de Cirion, y Éomer pronunció de nuevo el Juramento de Eorl. Lo cumplió con frecuencia. Pues aunque Sauron ya había desaparecido, los odios y los males que sembrara no habían muerto, y el Rey del Oeste tenía muchos enemigos que someter antes de que el Árbol Blanco pudiera crecer en paz. Y dondequiera que fuese el Rey Elessar con sus guerras, el Rey Éomer iba con él; y más allá del Mar de Rhûn y en los campos lejanos del sur se oía el trueno de la caballería de la Marca, y el Caballo Blanco sobre campo Verde voló en muchos vientos hasta que Éomer envejeció.

III
EL PUEBLO DE DURIN

En lo que concierne al principio de los Enanos, tanto los Eldar como los Enanos mismos cuentan historias extrañas, pero dado que son muy anteriores a nuestros días poco se dirá aquí de ellas. Durin es el nombre que daban los Enanos al mayor de los Siete Padres de su raza, antecesor de todos los reyes de los Barbiluengos.[38] Dormía solo, hasta que en las profundidades del tiempo y el despertar de aquel pueblo, llegó a Azanulbizar, de las cuevas sobre Kheled-zâram hizo su hogar, al este de las Montañas Nubladas, donde las Minas de Moria fueron luego renombradas en cantos.

Allí vivió tanto tiempo que fue conocido del uno al otro confín como Durin el Inmortal. No obstante, al final murió antes de que terminaran los Días Antiguos, y su tumba estaba en Khazad-dûm; pero su linaje no terminó nunca y cinco veces nació

38. *El Hobbit*, p. 100.

un heredero en su Casa, tan parecidos a su Antepasado que todos recibieron el nombre de Durin. Los Enanos sostenían en verdad que era el Inmortal que había vuelto; pues tienen muchos cuentos y creencias extraños acerca de sí mismos y del destino que les espera en el mundo.

Al cabo de la Primera Edad el poder y la riqueza de Khazad-dûm se habían acrecentado sobremanera, porque mucha gente y mucho conocimiento y habilidades la habían enriquecido cuando las antiguas ciudades de Nogrod y Belegost en las Montañas Azules se arruinaron con el quebrantamiento de Thangorodrim. El poder de Moria sobrevivió durante los Años Oscuros y el dominio de Sauron, pues aunque Eregion se destruyó y Moria cerró sus puertas, las estancias de Khazad-dûm eran demasiado fuertes y profundas, y estaban colmadas de un pueblo demasiado numeroso y valiente como para que Sauron pudiera conquistarlas desde fuera. De este modo la riqueza de Khazad-dûm permaneció intacta largo tiempo, aunque su pueblo empezó a menguar.

Sucedió que a mediados de la Tercera Edad Durin fue rey de nuevo, el sexto de ese nombre. El poder de Sauron, servidor de Morgoth, crecía otra vez en el mundo, aunque la Sombra en el Bosque frente a Moria no se reconocía aún como lo que era. Todas las criaturas malignas estaban agitándose. Por entonces los Enanos cavaban muy hondo bajo Barazinbar en busca de *mithril,* el metal de valor incalculable que año a año era más difícil de encontrar.[39] De ese modo despertaron[40] una encarnación del terror que había huido de Thangorodrim y yacía oculta en los cimientos de la tierra desde la llegada de la Hueste del Oeste: un Balrog de Morgoth. Durin fue muerto por él, y al año siguiente también Náin I hijo de Durin; y así desapareció la gloria de Moria, y su pueblo fue destruido o huyó muy lejos.

39. p. I. 538.

40. O liberaron de su prisión; bien pudo haber ocurrido que la malicia de Sauron ya lo hubiera despertado.

La mayor parte de los que escaparon se dirigieron al norte, y Thráin I hijo de Náin llegó a Erebor, la Montaña Solitaria, cerca del borde oriental del Bosque Negro, y empezó allí nuevas obras, y se convirtió en Rey bajo la Montaña. En Erebor encontró la gran joya, la Piedra del Arca, Corazón de la Montaña.[41] Pero Thorin I hijo de Thráin prefirió ir hacia el Norte a las Montañas Grises, donde estaba reuniéndose la mayor parte del pueblo de Durin; pues esas montañas eran ricas y estaban poco exploradas. Pero había dragones en los yermos de allende las montañas; y al cabo de muchos años cobraron fuerza y se multiplicaron, e hicieron la guerra a los Enanos y saquearon sus obras. Finalmente Dáin I, junto con su hijo segundo Frór, fue muerto a las puertas de sus estancias por un gran dragón frío.

No mucho después la mayor parte del Pueblo de Durin abandonó las Montañas Grises. Grór hijo de Dáin se encaminó con muchos seguidores a las Colinas de Hierro; pero Thrór, el heredero de Dáin, junto con Borin, hermano de su padre, y el resto del pueblo, regresó a Erebor. Thrór llevó a la Gran Estancia de Thráin la Piedra del Arca, y él y su pueblo prosperaron y se enriquecieron y tuvieron la amistad de todos los hombres de las cercanías. Pues no sólo hacían cosas asombrosas y bellas, sino también armas y armaduras de gran valor; y había un gran tráfico de minerales entre ellos y sus parientes de las Colinas de Hierro. De este modo los Hombres del Norte que vivían entre el Celduin (Río Rápido) y el Carnen (Aguas Rojas) se hicieron fuertes y rechazaron a todos los enemigos del este; y los Enanos vivían en la abundancia y había fiestas y canciones en las Estancias de Erebor.[42]

De este modo el rumor de la riqueza de Erebor se extendió y llegó a oídos de los dragones, y por fin Smaug el Dorado, el más grande de los dragones de entonces, se alzó, y sin advertencia alguna se lanzó contra el Rey Thrór y descendió sobre la Montaña

41. *El Hobbit,* p. 363.
42. *El Hobbit,* p. 58.

envuelto en llamas. No transcurrió mucho tiempo antes de que todo el reino fuera destruido, y la cercana ciudad de Valle quedó deshecha y abandonada; pero Smaug penetró en la Gran Estancia y yació allí sobre un lecho de oro.

Muchos de los parientes de Thrór escaparon del saqueo y el incendio; y último de todos y por una puerta secreta salió de las estancias el mismo Thrór, en compañía de su hijo Thráin II. Se alejaron hacia el sur con su familia,[43] emprendiendo un largo camino errante y sin hogar. Con ellos iba también una pequeña compañía de parientes y fieles seguidores.

Años después Thrór, ya viejo, pobre y desesperado, dio a su hijo Thráin el único gran tesoro que aún poseía: el último de los Siete Anillos, y luego se alejó con un solo viejo compañero, llamado Nár. Del Anillo le dijo a Thráin al despedirse:

—Puede que esto sea el fundamento de una nueva fortuna para ti, aunque parece improbable. Pero necesita oro para hacer oro.

—¿No pensarás en regresar a Erebor? —preguntó Thráin.

—No a mi edad —dijo Thrór—. Delego en ti y en tus hijos la venganza contra Smaug. Pero estoy cansado de la pobreza y del desprecio de los Hombres. Parto a ver qué puedo encontrar.

No dijo adónde iba. Quizá la edad y el infortunio y el mucho meditar sobre el pasado esplendor de Moria en tiempos de sus antepasados lo habían enloquecido un poco; o, quizá el Anillo estaba volcándose hacia el mal ahora que su amo había despertado, conduciéndolo a la locura y la destrucción. Desde las Tierras Brunas, donde estaba viviendo entonces, fue hacia el

43. Entre ellos estaban los hijos de Thráin II: Thorin (Escudo de Roble), Frerin y Dís. Thorin era por entonces un jovenzuelo, de acuerdo con la duración de la vida de los Enanos. Se supo luego que otras gentes del Pueblo de bajo la Montaña habían escapado, más de las que se creyeron en un principio; pero la mayor parte de ellos se fue a las Colinas de Hierro.

norte con Nár y cruzaron el Paso del Cuerno Rojo y descendieron a Azanulbizar.

Cuando Thrór llegó a Moria, las Puertas estaban abiertas. Nár le rogó que tuviera cuidado, pero él no le hizo ningún caso y entró orgullosamente como un heredero que retorna. Pero no volvió. Nár se quedó mucho tiempo en las cercanías, escondido. Un día oyó un fuerte grito y el sonido de un cuerno, y un cuerpo fue arrojado hacia fuera, sobre la escalinata. Temiendo que fuera Thrór, empezó a acercarse arrastrándose, pero de dentro de las puertas salió una voz:

—¡Ven, barbudo! Podemos verte. Pero hoy no es necesario que tengas miedo. Te necesitamos como mensajero.

Entonces Nár se aproximó y vio en efecto que era el cuerpo de Thrór, pero tenía la cabeza seccionada y la cara estaba vuelta hacia abajo. Y al arrodillarse allí, oyó la risa de un orco en las sombras, y la voz dijo:

—Si los mendigos no aguardan a la puerta y se escurren dentro intentando robar, eso es lo que les hacemos. Si alguno de los vuestros mete aquí otra vez sus inmundas barbas, recibirá el mismo tratamiento. ¡Ve y dilo! Pero si su familia desea saber quién es ahora el rey aquí, el nombre está escrito en su cara. ¡Yo lo escribí! ¡Yo lo maté! ¡Yo soy el amo!

Entonces Nár dio la vuelta a la cabeza de Thrór y vio marcado en la frente con runas enanas, de modo que él podía leerlo, el nombre AZOG. Ese nombre quedó marcado a fuego desde entonces en el corazón de Nár y en los corazones de todos los Enanos que vinieron después. Nár se inclinó para recoger la cabeza, pero la voz de Azog[44] dijo:

—¡Déjala caer! ¡Lárgate! Ahí tienes tu paga, mendigo barbado. —Un pequeño saco golpeó a Nár. Contenía unas pocas monedas de escaso valor.

Llorando, Nár huyó Cauce de Plata abajo; pero miró una vez atrás y vio que por las puertas habían salido Orcos, que estaban

44. Azog era el padre de Bolgo; véase *El Hobbit*, 33.

despedazando el cuerpo y arrojando los trozos a los cuervos negros.

Ésa fue la historia que Nár le trajo de vuelta a Thráin; y Thráin lloró y se mesó las barbas, y después guardó silencio. Siete días permaneció sentado sin hablar. Por último, se puso de pie y dijo:

—¡No es posible soportarlo! —Ése fue el principio de la Guerra de los Enanos y los Orcos, que fue larga y mortal, y se libró casi toda ella en lugares profundos bajo la tierra.

Thráin sin demora envió mensajeros con la historia al norte, al este y al oeste; pero transcurrieron tres años antes de que las fuerzas de los Enanos estuvieran preparadas. El Pueblo de Durin reunió a todas sus huestes y a ellas se unieron las grandes fuerzas enviadas por las Casas de otros Padres; pues estaban coléricos a causa de este agravio al heredero del Mayor de su raza. Cuando todo estuvo dispuesto, atacaron y saquearon una por una todas las fortalezas de los Orcos que pudieron encontrar, desde Gundabad hasta el Gladio. Ambos bandos fueron implacables, y hubo muerte y hechos de crueldad bajo la luz y en la oscuridad. Pero los Enanos obtuvieron la victoria por su fuerza y por sus armas sin par, y por el fuego de su furia mientras buscaban a Azog en cada escondrijo bajo la montaña.

Al fin todos los Orcos que huían en su presencia se reunieron en Moria, y la persecución llevó las huestes de los Enanos a Azanulbizar. Era ése un gran valle que se extendía entre los brazos de las montañas en torno al lago de Kheled-zâram, y había sido antaño parte del reino de Khazad-dûm. Cuando los Enanos vieron las puertas de sus antiguas mansiones sobre la ladera de la montaña, lanzaron un gran grito que resonó como un trueno en el valle. Pero una gran hueste de enemigos estaba dispuesta en orden de batalla sobre las laderas por encima de ellos, y por las puertas salió una multitud de Orcos reservados por Azog en caso de necesidad.

En un principio la suerte estuvo en contra de los Enanos, pues era un oscuro día de invierno sin sol y los Orcos no perdieron tiempo en vacilaciones, y excedían en número a sus enemigos, y se encontraban en el terreno más alto. Así comenzó la Batalla de Azanulbizar (o Nanduhirion en lengua élfica): al recordarla los Orcos se estremecen todavía y los Enanos lloran. El primer ataque de la vanguardia, conducido por Thráin, fue rechazado con pérdidas, y Thráin se encontró en un bosque de grandes árboles que en ese entonces todavía crecían no lejos de Kheled-zâram. Allí cayeron Frerin, su hijo, y Fundin, su pariente, y muchos otros, y Thráin y Thorin fueron heridos.[45] En otros sitios de la batalla prevalecía uno u otro bando con grandes matanzas, hasta que por último el pueblo de las Colinas de Hierro decidió la suerte del día. Llegados últimos y descansados al campo, los guerreros de Náin hijo de Grór vestidos de cota de malla, se abrieron paso a través de los Orcos hasta los umbrales mismos de Moria al grito de «¡Azog, Azog!», derribando con sus piquetas a todos cuantos se les pusieron en el camino.

Entonces Náin se detuvo ante las Puertas y gritó en muy alta voz: «¡Azog! ¡Si estás dentro sal fuera! ¿O el juego en el valle te parece demasiado rudo?».

Ante lo cual Azog salió, y era un gran orco con una enorme cabeza guarnecida de hierro, y no obstante, ágil y fuerte. Lo acompañaban muchos que se le parecían, los soldados de su guardia, y mientras éstos se entendían con la escolta de Náin se volvió hacia él, y dijo: «¿Cómo? ¿Otro mendigo a mi puerta? ¿Tengo que marcarte también a ti?». Se abalanzó sobre Náin y lucharon. Pero Náin estaba medio ciego de ira y también sentía la fatiga de la batalla, mientras que Azog estaba descansado y era feroz y muy astuto. No tardó Náin en asestar un golpe con todas

45. «Se dice que el escudo de Thorin se partió, y que él lo arrojó a un lado, y con el hacha cortó una rama de roble que sostuvo en la mano izquierda para parar los golpes asestados por sus enemigos, o para esgrimirla como una porra. De este modo obtuvo su nombre».

las fuerzas que aún le quedaban, pero Azog se hizo a un lado y le dio una patada en la pierna, de modo que la piqueta de Náin se astilló contra la piedra en la que había estado y el enano cayó hacia adelante. Entonces Azog dio una rápida media vuelta y le hachó el cuello. Su gorjal de malla resistió el filo, pero tan pesado fue el golpe que a Náin se le quebró el cuello y cayó.

Entonces Azog rio y levantó la cabeza para lanzar un gran aullido de triunfo; pero el grito se le murió en la garganta. Pues vio que todo su ejército huía en desorden en el valle y que los Enanos iban de un lado a otro matando a diestro y siniestro, y los que lograban huir de ellos corrían hacia el sur, chillando mientras escapaban. Y cerca de él, todos los soldados de su guardia yacían muertos. Se dio la vuelta y escapó hacia las Puertas.

Escaleras arriba detrás de él saltó un Enano con un hacha roja. Era Dáin Pie de Hierro hijo de Náin. Justo ante las puertas atrapó a Azog, y allí le dio muerte, y le rebanó la cabeza. Esto se consideró una gran hazaña, pues Dáin era entonces sólo un muchacho en las cuentas de los Enanos. Pero una larga vida y múltiples batallas tenía por delante, hasta que viejo, pero erguido, caería por fin en la Guerra del Anillo. Aunque era valiente y lo dominaba la cólera, se dice que al descender de las Puertas tenía la cara gris de quien ha sentido mucho miedo.

Cuando por fin ganaron la batalla, los Enanos que quedaban se reunieron en Azanulbizar. Tomaron la cabeza de Azog, le metieron en la boca el saco de monedas, y la clavaron en una estaca. Mas no hubo fiesta ni canciones esa noche; porque no había pena que alcanzara para tantos muertos. Apenas la mitad de ellos, se dice, podían mantenerse aún en pie o tener esperanzas de cura.

No obstante, por la mañana Thráin se les presentó. Tenía un ojo cegado sin cura posible y estaba cojo a causa de una herida en la pierna; pero dijo: —¡Bien! Obtuvimos la victoria. ¡Khazad-dûm es nuestra!

Pero ellos le respondieron: —Puede que seas el Heredero de Durin, pero aun con un solo ojo tendrías que ver más claro. Libramos esta batalla por venganza, y venganza nos hemos tomado. Aunque no tiene nada de dulce. Nuestras manos son demasiado pequeñas y la victoria se nos escapa, si esto es una victoria.

Y los que no pertenecían al Pueblo de Durin dijeron también: —Khazad-dûm no era la casa de nuestros Padres. ¿Qué significa para nosotros a no ser la esperanza de obtener un tesoro? Pero ahora, si hemos de retirarnos sin recompensa ni la compensación que se nos debe, cuanto antes volvamos a nuestras propias tierras, tanto mejor nos sentiremos.

Entonces Thráin se volvió a Dáin y dijo: —Pero sin duda no me abandonará mi propio pueblo, ¿verdad?

—No —dijo Dáin—. Tú eres el padre de nuestro Pueblo, y hemos sangrado por ti, y sangraríamos otra vez. Pero no entraremos en Khazad-dûm. Tú no entrarás en Khazad-dûm. Sólo yo he mirado a través de la sombra de las Puertas. Más allá de la sombra te espera todavía el Azote de Durin. El mundo ha de cambiar y algún otro poder que no es el nuestro ha de acudir antes que el Pueblo de Durin llegue a entrar en Moria otra vez.

Así fue que después de Azanulbizar los Enanos se dispersaron de nuevo. Pero primero, con gran trabajo, despojaron a todos sus muertos para que los Orcos no vinieran a saquearlos y les sacaran las armas y cotas de malla. Se dice que todos los Enanos que abandonaron el campo de batalla iban agobiados bajo un gran peso. Luego levantaron muchas piras y quemaron todos los cuerpos de sus parientes. Hubo muchos árboles derribados en el valle, que en adelante quedó desnudo, y las humaredas de la quema se vieron desde Lórien.[46]

46. «Tal tratamiento de los muertos les fue penoso a los Enanos, pues estaba en contra de lo que ellos acostumbraban; pero construir tumbas como las que ellos

Cuando de los terribles fuegos quedaron sólo cenizas, los aliados volvieron a sus propios países, y Dáin Pie de Hierro condujo al pueblo de su padre de regreso a las Colinas de Hierro. Entonces, de pie junto a los restos de la gran estaca, Thráin le dijo a Thorin Escudo de Roble: —¡Algunos pensarán que esta cabeza se pagó cara! Cuando menos, hemos dado nuestro reino por ella. ¿Volverás conmigo al yunque? ¿O mendigarás tu pan en puertas orgullosas?

—Al yunque —respondió Thorin—. El martillo por lo menos mantendrá los brazos fuertes hasta que puedan blandir otra vez instrumentos más afilados.

De modo que Thráin y Thorin, con los que quedaban de sus seguidores (entre los que se contaban Balin y Glóin), volvieron a las Tierras Brunas, y poco después se mudaron y erraron por Eriador, hasta que al fin establecieron su hogar en el exilio al este de las Ered Luin, más allá del Lune. De hierro era la mayor parte de las cosas que forjaron en aquellos días, pero en cierto modo prosperaron, y poco a poco fueron creciendo en número.[47] Pero, como había dicho Thrór, el Anillo necesitaba oro para hacer oro, y de ese o de cualquier otro metal precioso tenían muy poco o nada.

De este Anillo algo ha de decirse aquí. Los Enanos del Pueblo de Durin pensaban que era el primero de los Siete en haber sido forjado; y dicen que le fue dado al Rey de Khazad-dûm, Durin III, por los herreros élficos en persona, y no por Sauron, aunque

solían hacer (pues sepultan a sus muertos sólo en piedra, no bajo tierra) les habría llevado muchos años. Por tanto, recurrieron al fuego antes que dejar a los suyos a merced de bestias, aves y orcos devoradores de carroña. Pero se honró a los que cayeron en Azanulbizar, y hasta el día de hoy puede un Enano decir con orgullo de uno de sus antepasados: "Fue un enano incinerado", y eso basta».

47. Había muy pocas mujeres entre su pueblo. Dís hija de Thráin estaba allí. Fue madre de Fíli y Kíli, que nacieron en las Ered Luin. Thorin no tomó esposa.

sin la menor duda había puesto en él su poder maligno, pues había ayudado en la forja de todos los Siete. Pero los poseedores del Anillo no lo exhibían ni hablaban de él, y rara vez lo cedían en tanto no sintieran que se acercaba la muerte, para que otros no supiesen dónde se guardaba. Algunos creían que se había quedado en Khazad-dûm, en las tumbas secretas de los reyes, si no había sido ya descubierto y robado; pero entre el linaje del Heredero de Durin se creía (erróneamente) que Thrór lo había llevado puesto cuando regresó allí a toda prisa. Qué había sido entonces de él, lo ignoraban. No fue encontrado en el cuerpo de Azog.[48]

No obstante, como los Enanos creen ahora, es posible que Sauron hubiera descubierto con sus artes quién tenía este Anillo, el último en mantenerse fuera de su alcance, y que los singulares infortunios de los herederos de Durin fueran en gran parte consecuencia de la malicia de Sauron. Pues por este medio no era posible corromper a los Enanos. El único poder que los Anillos tuvieron sobre ellos fue el de inflamar en sus corazones la codicia del oro y otras cosas preciosas, de modo que si les faltaban, cualquier otro bien les parecía desdeñable, y se llenaban de cólera y de deseos de venganza hacia quienes los privaban de ellas. Pero desde un principio fueron hechos de una naturaleza que resistía con la mayor firmeza cualquier clase de dominio. Aunque podían ser muertos o quebrantados, no era posible reducirlos a sombras esclavizadas bajo otra voluntad; y por la misma razón ningún Anillo afectó sus vidas, ni hizo que fueran más largas o más cortas. Y por eso Sauron los odió todavía más, y más deseó quitarles lo que tenían.

Fue quizá en parte a causa de la malicia del Anillo que Thráin, al cabo de algunos años, se sintió inquieto y descontento. No pensaba en otra cosa que en el oro. Por fin, cuando ya no pudo soportarlo, volvió sus pensamientos a Erebor y decidió regresar.

48. p. I. 459.

No dijo nada a Thorin del peso que tenía en el corazón; se despidió y partió junto con Balin y Dwalin y unos pocos más.

Poco se sabe de lo que le sucedió luego. Parecería ahora que tan pronto como se puso en camino con su escasa compañía, los emisarios de Sauron salieron en su busca. Los lobos lo persiguieron, los Orcos le tendieron emboscadas, unos pájaros malvados arrojaron sombra sobre su camino, y cuanto más intentaba ir hacia el norte tantos más infortunios se lo impedían. Hubo una noche oscura en la que él y sus compañeros andaban de un lado a otro en la tierra más allá del Anduin, y por causa de una lluvia negra se vieron obligados a buscar refugio bajo los árboles del Bosque Negro. Por la mañana Thráin había desaparecido del campamento, y sus compañeros lo llamaron en vano. Lo buscaron durante muchos días hasta que por fin, perdida toda esperanza, partieron y volvieron después de un tiempo junto a Thorin. Sólo mucho después se supo que Thráin había sido atrapado vivo y llevado a las mazmorras de Dol Guldur. Allí recibió tormento y le arrebataron el Anillo, y allí por fin murió.

De este modo Thorin Escudo de Roble se convirtió en el Heredero de Durin, pero un heredero sin esperanzas. Cuando perdió a Thráin tenía noventa y cinco años, un gran enano de orgulloso porte, pero parecía contento de permanecer en Eriador. Allí trabajó mucho tiempo y traficó y almacenó todas las riquezas que pudo; y su pueblo aumentó con la llegada de muchos miembros errantes del Pueblo de Durin que, cuando oyeron decir que estaba en el oeste, acudieron a él. Ahora tenían hermosas estancias en las montañas, y provisiones de bienes, y sus días no parecían tan duros, aunque en sus canciones hablaban siempre de la distante Montaña Solitaria.

Los años se prolongaron. Los rescoldos en el corazón de Thorin volvieron a llamear mientras meditaba en los males de su Casa y en la herencia que le había tocado: la venganza sobre el Dragón. Pensaba en armas y en ejércitos y en alianzas, mientras su gran martillo resonaba en su forja; pero los ejércitos se habían dispersado y las alianzas estaban rotas y el pueblo tenía pocas hachas; y un gran odio sin esperanza ardía en él mientras golpeaba el hierro rojo sobre el yunque.

Pero al fin hubo un encuentro azaroso entre Gandalf y Thorin que cambió la suerte de la Casa de Durin, y que condujo a otros y más grandes fines. En una ocasión[49] Thorin, que volvía al oeste de un viaje, se detuvo en Bree a pasar la noche. Allí estaba también Gandalf. Se dirigía a la Comarca, que no había visitado desde hacía unos veinte años. Estaba fatigado y pensó en descansar allí por un tiempo.

Entre otras muchas cuitas le preocupaba el peligroso estado en que se encontraba el norte; pues sabía ya entonces que Sauron planeaba una guerra y que pretendía, tan pronto como se sintiera lo bastante fuerte, atacar Rivendel. Pero para impedir que el este tratara de recuperar las tierras de Angmar y los pasos septentrionales de las montañas ahora sólo contaban con los Enanos de las Colinas de Hierro. Y más allá se extendía la desolación del Dragón. Sauron podría utilizar al Dragón con espantosas consecuencias. ¿Cómo entonces eliminar a Smaug?

Justo cuando Gandalf estaba sentado y pensando en todo esto, se le acercó Thorin y le dijo: —Señor Gandalf, sólo os conozco de vista, pero me gustaría conversar con vos. Pues últimamente habéis visitado a menudo mis pensamientos, como si fuese una invitación a buscaros. En verdad, así lo habría hecho si hubiera sabido dónde estabais.

Gandalf lo miró con asombro. —Esto es extraño, Thorin Escudo de Roble —dijo—. Porque también yo he pensado en ti; y aunque ahora voy a la Comarca, pensaba al mismo tiempo que ese camino conduce también a tus estancias.

—Llamadlas así si os place —dijo Thorin—. No son sino pobres viviendas en el exilio. Pero seríais bien recibido si vinieseis. Porque dicen que sois sabio y que sabéis más que nadie de lo que

49. 15 de marzo de 2941.

pasa en el mundo; y tengo muchas cosas en la mente y me gustaría recibir vuestro consejo.

—Iré —dijo Gandalf—, pues supongo que al menos compartimos una preocupación. Tengo en la mente al Dragón de Erebor, y no creo que el nieto de Thrór lo haya olvidado.

En otro lugar se cuenta qué resultó de ese encuentro: del extraño plan que trazó Gandalf para ayudar a Thorin, y de cómo Thorin y sus compañeros se pusieron en camino desde la Comarca en busca de la Montaña Solitaria y cómo por ello resultaron satisfechos grandes fines que nadie había previsto. Aquí sólo se recuerdan las cosas que están directamente relacionadas con el Pueblo de Durin.

El Dragón fue muerto por Bardo de Esgaroth, pero hubo batalla en Valle. Pues los Orcos descendieron sobre Erebor tan pronto como se enteraron del regreso de los Enanos; y fueron conducidos por Bolgo hijo de Azog, a quien Dáin había dado muerte en su juventud. En esa primera Batalla de Valle, Thorin Escudo de Roble fue mortalmente herido; y murió, y fue sepultado en una tumba bajo la Montaña con la Piedra del Arca sobre el pecho. Allí también cayeron Fíli y Kíli, los hijos de su hermana. Pero Dáin Pie de Hierro, primo de Thorin, que había acudido en su ayuda desde las Colinas de Hierro y era también heredero legítimo, se convirtió entonces en el Rey Dáin II, y el Reino bajo la Montaña fue restaurado, como había deseado Gandalf. Dáin fue un gran rey y muy sabio, y los Enanos prosperaron y volvieron a ser fuertes.

A finales del verano de ese mismo año (2941) Gandalf terminó por convencer a Saruman y al Concilio Blanco, y atacaron Dol Guldur, y Sauron se retiró y se dirigió a Mordor para estar allí a salvo, según creyó, de todos sus enemigos. Así fue que cuando por fin hubo guerra el principal ataque fue dirigido contra el Sur; de modo que Sauron podría haber causado gran daño en el norte con su mano derecha largamente extendida si el Rey Dáin y el Rey Brand no le hubieran cerrado el paso, como Gandalf les dijo después a Frodo y a Gimli cuando vivieron juntos un tiempo en Minas Tirith. No mucho antes habían llegado a Gondor noticias de acontecimientos lejanos.

«Lamenté mucho la caída de Thorin —dijo Gandalf—, y ahora oímos que Dáin ha caído, luchando otra vez en Valle, incluso mientras nosotros luchábamos aquí. La llamaría una gran pérdida, si no fuera más bien una maravilla que a una edad ya avanzada aún pudiera blandir el hacha con tanto vigor como dicen que lo hizo, protegiendo el cuerpo del Rey Brand ante las Puertas de Erebor hasta que cayó la oscuridad.

»No obstante, todo pudo haber sido muy diferente, y mucho peor. Cuando penséis en la gran Batalla del Pelennor, no olvidéis las batallas en Valle y el valor del Pueblo de Durin. Pensad en lo que podría haber sido. Fuego de dragones y salvajes espadas en Eriador, la noche para Rivendel. Pudo no haber habido Reina en Gondor. Quizá hubiéramos vuelto de la victoria en este lugar para encontrar sólo ruinas y ceniza. Pero eso se evitó porque tropecé con Thorin Escudo de Roble una noche en Bree al empezar la primavera. Un encuentro oportuno, como decimos en la Tierra Media».

Dís era la hija de Thráin II. Es la única mujer enana que se menciona en estas historias. Dijo Gimli que hay pocas mujeres entre los Enanos, probablemente no más que un tercio de toda la población. Rara vez salen de sus estancias, salvo en casos de extrema necesidad. Son en voz y apariencia, y en el atuendo, si han de emprender un viaje, tan parecidas a los varones enanos, que los ojos y los oídos de otros pueblos no pueden distinguirlas. Esto ha dado origen entre los Hombres a la absurda creencia de que no hay mujeres enanas, y que los Enanos «brotan de la piedra».

Esta escasez de mujeres es lo que hace que el pueblo de los Enanos crezca con tanta lentitud, y que esté en peligro cuando no tiene morada segura. Porque los Enanos toman sólo una esposa o marido para toda la vida, y son extremadamente celosos, como en todo lo que atañe a sus derechos. El número de los enanos varones que se casan es en realidad menor a un tercio del total, pues no todas las mujeres toman marido: algunas no lo desean; otras desean al que no pueden tener, y por tanto no aceptan a ningún otro. En cuanto a los varones, hay muchos también que no desean el matrimonio, concentrados en sus artesanías.

Gimli hijo de Glóin alcanzó renombre por ser uno de los Nueve Caminantes que se puso en marcha con el Anillo; y permaneció en compañía del Rey Elessar mientras duró la Guerra. Fue llamado Amigo de los Elfos por la gran amistad que surgió entre él y Legolas hijo del Rey Thranduil, y por la gran veneración que sentía por la Dama Galadriel.

Después de la caída de Sauron, Gimli llevó consigo al sur parte del Pueblo de los enanos de Erebor, y se convirtió en Señor de las Cavernas Centelleantes. Él y su pueblo hicieron grandes obras en Gondor y Rohan. Para Minas Tirith forjaron puertas de *mithril* y acero que reemplazaron a las que había derribado el Rey Brujo. Legolas, su amigo, también llevó hacia el sur a Elfos del Bosque Verde, y vivieron en Ithilien, que se convirtió una vez más en el país más hermoso de las Tierras del Oeste.

Pero cuando el Rey Elessar abandonó la vida, Legolas siguió por fin el deseo de su corazón y navegó más allá del mar.

Sigue aquí una de las últimas notas del Libro Rojo

Hemos oído decir que Legolas llevó consigo a Gimli hijo de Glóin, por causa de la amistad que los unía, más grande que ninguna otra habida entre Elfo y Enano. Si es esto verdad, es por cierto muy extraño: que un Enano estuviera dispuesto a abandonar la Tierra Media, o que los Eldar lo recibieran, o que los Señores del Oeste lo permitiesen. Pero se dice que Gimli partió también por su deseo de volver a ver la belleza de Galadriel; y es posible que ella, poderosa entre los Eldar, hubiera obtenido esta gracia para él. Más no puede decirse acerca de este asunto.

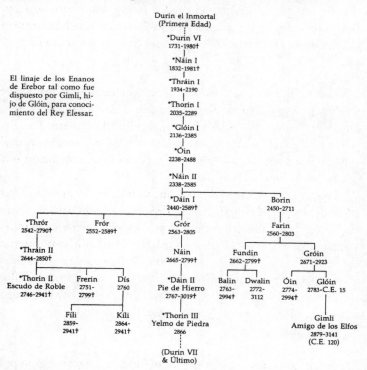

Durin el Inmortal
(Primera Edad)

*Durin VI
1731-1980†

*Náin I
1832-1981†

El linaje de los Enanos de Erebor tal como fue dispuesto por Gimli, hijo de Glóin, para conocimiento del Rey Elessar.

*Thráin I
1934-2190

*Thorin I
2035-2289

*Glóin I
2136-2385

*Óin
2238-2488

*Náin II
2338-2585

*Dáin I
2440-2589†

Borin
2450-2711

*Thrór
2542-2790†

Frór
2552-2589†

Grór
2563-2805

Farin
2560-2803

*Thráin II
2644-2850†

Náin
2665-2799†

Fundin
2662-2799†

Gróin
2671-2923

*Thorin II
Escudo de Roble
2746-2941†

Frerin
2751-2799†

Dís
2760

*Dáin II
Pie de Hierro
2767-3019†

Balin
2763-2994†

Dwalin
2772-3112

Óin
2774-2994†

Glóin
2783-C.E. 15

Fíli
2859-2941†

Kíli
2864-2941†

*Thorin III
Yelmo de Piedra
2866

Gimli
Amigo de los Elfos
2879-3141
(C.E. 120)

(Durin VII
& Último)

Fundación de Erebor, 1999.
Dáin I muerto por un dragón, 2589.
Retorno a Erebor, 2590.
Saqueo de Erebor, 2770.
Asesinato de Thrór, 2790.
Congregación de los Enanos, 2790-93.
Guerra de los Enanos y los Orcos, 2793-99.

Batalla de Nanduhirion, 2799.
Thráin emprende un camino errante, 2841.
Muerte de Thráin y pérdida de su Anillo, 2850.
Batalla de los Cinco Ejércitos y muerte de Thorin II, 2941.
Balin va a Moria, 2989.

* Se señalan de este modo los nombres de los que se consideraron reyes del Pueblo de Durin, estuvieran o no en el exilio. De los otros compañeros de Thorin Escudo de Roble en el viaje a Erebor, Ori, Nori y Dori pertenecían también a la Casa de Durin, y eran parientes más remotos de Thorin. Bifur, Bofur y Bombur descendían de los enanos de Moria, pero no pertenecían a la línea de Durin. Para † véase p. 457.

APÉNDICE B

LA CUENTA DE LOS AÑOS
(CRONOLOGÍA DE LAS TIERRAS OCCIDENTALES)

La *Primera Edad* terminó con la Gran Batalla, en la que el Ejército de Valinor derribó Thangorodrim[1] y venció a Morgoth. Entonces la mayor parte de los Noldor regresó al Oeste Lejano[2] y vivieron en Eressëa, a la vista de Valinor; y muchos de los Sindar también se hicieron a la mar.

La *Segunda Edad* terminó con la primera derrota de Sauron, servidor de Morgoth, y la toma del Anillo Único.

La *Tercera Edad* llegó a su fin con la Guerra del Anillo; pero se considera que la *Cuarta Edad* no empezó hasta la partida del Señor Elrond, la llegada de la era del dominio de los Hombres, y la declinación de todos los demás «pueblos hablantes» en la Tierra Media.[3]

En la Cuarta Edad las edades anteriores se llamaron a menudo los *Días Antiguos;* pero ese nombre correspondía en rigor a los días que precedieron al destierro de Morgoth. Las historias de ese tiempo no se recogen aquí.

1. p. I. 417-418.
2. p. II. 327.
3. p. III. 360.

Éstos fueron los años oscuros para los Hombres de la Tierra Media, y sin embargo, fueron los días de la gloria de Númenor. Los registros de lo acaecido en la Tierra Media son escasos y breves, y sus fechas son a menudo inciertas.

En el comienzo de esta edad, muchos de los Altos Elfos habitaban aún en la Tierra Media; muchos de ellos en Lindon, al oeste de las Ered Luin. Pero antes de la construcción de Barad-dûr muchos de los Sindar se encaminaron al este, y algunos establecieron reinos en los bosques distantes, sobre gentes que eran casi todas Elfos Silvanos. Thranduil, rey en el norte del Gran Bosque Verde, era uno de ellos. En Lindon, al norte del Lune, vivía Gil-galad, último heredero de los reyes de los Noldor en exilio. Fue reconocido como Alto Rey de los Elfos del Oeste. En Lindon, al sur del Lune, vivió por un tiempo Celeborn, pariente de Thingol; su esposa era Galadriel, la más renombrada de las mujeres élficas. Era hermana de Finrod Felagund, Amigo de los Hombres, otrora Rey de Nargothrond, que dio su vida para salvar a Beren hijo de Barahir.

Más adelante algunos de los Noldor se instalaron en Eregion, al oeste de las Montañas Nubladas y cerca de la Puerta Occidental de Moria, pues supieron que habían descubierto *mithril* en Moria.[4] Los Noldor fueron grandes artesanos y se mostraron más amistosos con los Enanos que los Sindar; pero la amistad entre el pueblo de Durin y los herreros elfos de Eregion fue la más estrecha que hubo entre las dos razas. Celebrimbor fue Señor de Eregion y el más grande de sus artesanos; era descendiente de Fëanor.

Año

    1   Fundación de los Puertos Grises y de Lindon.

  32   Los Edain llegan a Númenor.

4. p. I. 538.

c. 40	Muchos Enanos abandonan las viejas ciudades de Ered Luin y se dirigen a Moria y aumentan su población.
442	Muerte de Elros Tar-Minyatur.
c. 500	Sauron empieza a agitarse otra vez en la Tierra Media.
521	Nacimiento en Númenor de Silmariën.
600	Los primeros barcos de los Númenóreanos aparecen en las costas.
750	Los Noldor fundan Eregion.
c. 1000	Sauron, alarmado por el creciente poder de los Númenóreanos, escoge Mordor para hacer de él una fortaleza. Empieza la construcción de Barad-dûr.
1075	Tar-Ancalimë se convierte en la primera Reina Regente de Númenor.
1200	Sauron intenta seducir a los Eldar. Gil-galad se niega a tener trato con él; pero seduce a los herreros de Eregion. Los Númenóreanos inician la construcción de puertos permanentes.
c. 1500	La habilidad de los herreros Elfos, instruidos por Sauron, alcanza su cima. Comienzan a forjar los Anillos de Poder.
c. 1590	Los Tres Anillos son completados en Eregion.
c. 1600	Sauron forja el Anillo Único en el Orodruin. Termina la construcción de Barad-dûr. Celebrimbor advierte los designios de Sauron.
1693	Empieza la guerra entre Sauron y los Elfos. Se ocultan los Tres Anillos.
1695	Las fuerzas de Sauron invaden Eriador. Gil-galad envía a Elrond a Eregion.
1697	Eregion es devastada. Muerte de Celebrimbor. Se cierran las Puertas de Moria. Elrond se retira con lo que queda de los Noldor y encuentra refugio en Imladris.
1699	Sauron asola Eriador.
1700	Tar-Minastir envía una gran flota desde Númenor a Lindon. Sauron es derrotado.
1701	Sauron es expulsado de Eriador. Las Tierras del Oeste disfrutan de paz por largo tiempo.

c. 1800   Más o menos a partir de este momento los Númenó-
          reanos empiezan a establecer dominios a lo largo de las
          costas. El poder de Sauron se extiende hacia el este. La
          sombra cae sobre Númenor.

2251   Muerte de Tar-Atanamir. Tar-Ancalimon recibe el ce-
          tro. Comienza la rebelión y división de los Númenó-
          reanos. Por ese tiempo aparecen por primera vez los
          Nazgûl o Espectros del Anillo, esclavos de los Nueve
          Anillos.

2280   Umbar se convierte en una gran fortaleza de Númenor.

2350   Se construye Pelargir. Se convierte en el puerto princi-
          pal de los Fieles Númenóreanos.

2899   Ar-Adûnakhôr recibe el cetro.

3175   Arrepentimiento de Tar-palantir. Guerra civil en
          Númenor.

3255   Ar-Pharazôn el Dorado se apodera del cetro.

3261   Ar-Pharazôn se hace a la mar y desembarca en Umbar.

3262   Sauron es llevado prisionero a Númenor; 3262-3310
          Sauron seduce al Rey y corrompe a los Númenóreanos.

3310   Ar-Pharazôn inicia la construcción de la Gran Armada.

3319   Ar-Pharazôn ataca Valinor. Caída de Númenor. Elendil
          y sus hijos escapan.

3320   Fundación de los Reinos en el Exilio: Arnor y Gondor.
          Las Piedras se reparten (II. 229-30). Sauron vuelve a
          Mordor.

3429   Sauron ataca Gondor, toma Minas Ithil y quema el Ár-
          bol Blanco. Isildur huye por el Anduin y va al encuen-
          tro de Elendil en el norte. Anárion defiende Minas
          Anor y Osgiliath.

3430   Se forma la Última Alianza de Elfos y Hombres.

3431   Gil-galad y Elendil marchan hacia el este, a Imladris.

3434   El ejército de la Alianza cruza las Montañas Nubladas.
          Batalla de Dagorlad y derrota de Sauron. Empieza el
          sitio de Barad-dûr.

3440   Anárion es muerto.

3441   Sauron es vencido por Elendil y Gil-galad, que mueren en combate. Isildur se apodera del Anillo Único. Sauron desaparece y los Espectros del Anillo entran en la sombra. Fin de la Segunda Edad.

La Tercera Edad

Fueron éstos los años de la declinación de los Eldar. Durante mucho tiempo tuvieron paz, sirviéndose de los Tres Anillos mientras Sauron dormía y el Anillo Único estaba extraviado; pero no intentaron nada nuevo y vivían de recuerdos. Los Enanos se ocultaron en sitios profundos, guardando sus tesoros; pero cuando el mal empezó a agitarse otra vez y reaparecieron los dragones, uno por uno estos antiguos tesoros fueron saqueados, y los Enanos se convirtieron en un pueblo errante. Durante largo tiempo Moria siguió siendo un lugar seguro, pero sus habitantes menguaron hasta que muchas de sus vastas mansiones quedaron oscuras y vacías. La sabiduría y la duración de la vida de los Númenóreanos también decrecieron al paso que iban mezclándose con hombres menores.

Cuando quizá mil años habían pasado, y la primera sombra cayó sobre el Gran Bosque Verde, los Istari o Magos aparecieron en la Tierra Media. Se dijo más tarde que venían del Oeste Lejano, como mensajeros enviados para contrarrestar el poder enemigo y unir a quienes estaban dispuestos a resistirlo. Pero les estaba prohibido recurrir al poder para combatir el poder o intentar dominar a los Elfos o a los Hombres mediante la fuerza y el miedo.

Llegaron por tanto con aspecto de Hombres, aunque no había jóvenes entre ellos y envejecían muy lentamente, y tenían muchos poderes, mentales y manuales. No revelaron sus verdaderos nombres sino a muy pocos[5] y utilizaban los nombres que se les atribuyeron. Los dos más altos en rango de este grupo

5. p. II. 454.

(cuyo número, según se afirma, era de cinco miembros) eran llamados por los Eldar Curunír, «el de designios astutos», y Mithrandir, «el Peregrino Gris», pero los Hombres del Norte los llamaban Saruman y Gandalf. Curunír viajaba a menudo al este, aunque residió definitivamente en Isengard. Mithrandir era el más amigo de los Eldar, y viajaba sobre todo por el oeste, y nunca tuvo una morada permanente.

Durante toda la Tercera Edad la custodia de los Tres Anillos fue sólo conocida por aquellos que los poseían. Pero al final se supo que habían estado al principio en poder de los tres más grandes de entre los Eldar: Gil-galad, Galadriel y Círdan. Gil-galad, antes de morir, entregó el suyo a Elrond; luego Círdan le cedió el suyo a Mithrandir. Pues Círdan veía más lejos y con mayor profundidad que nadie en la Tierra Media, y dio la bienvenida a Mithrandir en los Puertos Grises, pues sabía de dónde venía y adónde retornaría.

—Tome este anillo, Maestro —le dijo—, porque sus trabajos serán pesados; pero le dará consuelo en la fatiga que se ha impuesto. Pues éste es el Anillo del Fuego, y con él podrá reanimar los corazones en un mundo que se enfría. En cuanto a mí, mi corazón está con el mar, y habitaré junto a las costas grises hasta que parta el último barco. Te esperará.

Año

2 Isildur planta un vástago del Árbol Blanco en Minas Anor. Entrega el Reino Austral a Meneldil. Desastre de los Campos Gladios, muerte violenta de Isildur y sus tres hijos mayores.

3 Ohtar lleva los fragmentos de Narsil a Imladris.

10 Valandil se convierte en Rey de Arnor.

109 Elrond se casa con Celebrían hija de Celeborn.

130 Nacimiento de Elladan y Elrohir, hijos de Elrond.

241 Nacimiento de Arwen Undómiel.

420 El Rey Ostoher reconstruye Minas Anor.

490   Primera invasión de los Orientales.

500   Rómendacil I derrota a los Orientales.

541   Rómendacil muere en combate.

830   Falastur inicia el linaje de los Reyes de los Barcos de Gondor.

861   Muerte de Eärendur y división de Arnor.

933   El Rey Eärnil I toma Umbar, que se convierte en fortaleza de Gondor.

936   Eärnil se pierde en el mar.

1015   El Rey Ciryandil es muerto en el sitio de Umbar.

1050   Hyarmendacil conquista el Harad. Gondor alcanza la cima de su poder. En ese tiempo una sombra cae sobre el Bosque Verde, y los hombres empiezan a llamarlo Bosque Negro. Los Periannath son mencionados por primera vez en los documentos con la llegada de los Pelosos a Eriador.

c. 1100   Los Sabios (los Istari y los principales Eldar) descubren que un poder maligno se ha construido una fortaleza en Dol Guldur. Se pensó que era uno de los Nazgûl.

1149   Empieza el reinado de Atanatar Alcarin.

c. 1150   Los Albos entran en Eriador. Llegan los Fuertes por el Paso del Cuerno Rojo y se trasladan al Ángulo, o las Tierras Brunas.

c. 1300   Las criaturas malignas empiezan a multiplicarse otra vez. Los Orcos aumentan en las Montañas Nubladas y atacan a los Enanos. Reaparecen los Nazgûl. El jefe de éstos se traslada al norte, a Angmar. Los Periannath emigran hacia el oeste; muchos se asientan en Bree.

1356   El Rey Argeleb es muerto en batalla contra Rhudaur. Por este tiempo los Fuertes abandonan el Ángulo y algunos retornan a las Tierras Salvajes.

1409   El Rey Brujo de Angmar invade Arthedain. Matan al Rey Arveleg I. Defensa de Fornost y Tyrn Gorthad.

La Torre de Amon Sûl es destruida.

1432 Muere el Rey Valacar de Gondor y empieza la guerra civil de la Lucha entre Parientes.

1437 Incendio de Osgiliath y pérdida de la *palantír*. Eldacar huye a Rhovanion; su hijo Ornendil es asesinado.

1447 Eldacar regresa y expulsa al usurpador del trono, Castamir. Batalla de los Cruces de Erui. Sitio de Pelargir.

1448 Los rebeldes escapan y toman Umbar.

1540 Muere el Rey Aldamir en la guerra contra el Harad y los Corsarios de Umbar.

1551 Hyarmendacil II derrota a los Hombres del Harad.

1601 Muchos Periannath emigran de Bree, y Argeleb II les da tierras más allá del Baranduin.

c. 1630 Los Fuertes, venidos de las Tierras Brunas, se unen a ellos.

1634 Los Corsarios asolan Pelargir y matan al Rey Minardil.

1636 La Gran Peste hace estragos en Gondor. Muerte del Rey Telemnar y de sus hijos. Muere el Árbol Blanco en Minas Anor. La peste se extiende hacia el norte y el oeste, asolando muchas partes de Eriador. Más allá del Baranduin los Periannath sobreviven, pero sufren grandes pérdidas.

1640 El Rey Tarondor traslada la sede del trono a Minas Anor, y planta allí un vástago del Árbol Blanco. Empieza la ruina de Osgiliath. Mordor queda sin guardia.

1810 El Rey Telumehtar Umbardacil reconquista Umbar y expulsa a los Corsarios.

1851 Empiezan los ataques de los Aurigas contra Gondor.

1856 Gondor pierde sus territorios orientales y Narmacil II muere en combate.

1899 El Rey Calimehtar derrota a los Aurigas en Dagorlad.

1900 Calimehtar levanta la Torre Blanca en Minas Anor.

1940 Las comunicaciones entre Gondor y Arnor se restablecen, y los dos reinos pactan una alianza. Arvedui se casa con Fíriel hija de Ondoher de Gondor.

1944 Ondoher muere en combate. Eärnil derrota al enemigo en Ithilien del Sur. Gana después la Batalla del Campamento y rechaza a los Aurigas hasta las Ciénagas de los Muertos. Arvedui reclama la corona de Gondor.

1945 Eärnil II recibe la corona.

1974 Fin del Reino del Norte. El Rey Brujo invade Arthedain y toma Fornost.

1975 Arvedui se ahoga en la Bahía de Forochel. Se pierden las *palantíri* de Annúminas y Amon Sûl. Eärnur conduce una flota a Lindon. El Rey Brujo es derrotado en la Batalla de Fornost y es perseguido hasta las Landas de Etten. Desaparece del Norte.

1976 Aranarth adopta el título de Capitán de los Dúnedain. Las heredades de Arnor son entregadas en custodia a Elrond.

1977 Frumgar conduce a los Éothéod al Norte.

1979 Bucca de Marjala se convierte en el primer Thain de la Comarca.

1980 El Rey Brujo se dirige a Mordor y reúne allí a los Nazgûl. Aparece un Balrog en Moria y mata a Durin VI.

1981 Matan a Náin I. Los Enanos huyen de Moria. Muchos de los Elfos Silvanos de Lórien escapan al sur. Se pierden Amroth y Nimrodel.

1999 Thráin I llega a Erebor y funda un reino enano «bajo la Montaña».

2000 Los Nazgûl salen de Mordor y sitian Minas Ithil.

2002 Caída de Minas Ithil, conocida en adelante como Minas Morgul. Se apoderan de la *palantír*.

2043 Eärnur se convierte en Rey de Gondor. El Rey Brujo lo desafía.

2050	Se renueva el desafío. Eärnur cabalga a Minas Morgul y desaparece. Mardil se convierte en el primer Senescal Regente.
2060	Crece el poder de Dol Guldur. Los Sabios temen que quizá Sauron esté cobrando forma otra vez.
2063	Gandalf se dirige a Dol Guldur. Sauron se retira y se esconde en el Este. Empieza la Paz Vigilante. Los Nazgûl permanecen inactivos en Minas Morgul.
2210	Thorin I abandona Erebor y se encamina hacia el norte, a las Montañas Grises, donde ahora está reunida la mayor parte del resto del Pueblo de Durin.
2340	Isumbras I se convierte en el decimotercer Thain, y el primero de la línea de los Tuk. Los Gamoviejo ocupan Los Gamos.
2460	Termina la Paz Vigilante. Sauron regresa con fuerzas aumentadas a Dol Guldur.
2463	Se crea el Concilio Blanco. Por este tiempo Déagol, el Fuerte, encuentra el Anillo Único y es asesinado por Sméagol.
2470	Por este tiempo Sméagol-Gollum se oculta en las Montañas Nubladas.
2475	Se reinicia el ataque contra Gondor. Osgiliath queda finalmente en ruinas. Destruyen su puente de piedra.
c. 2480	Los Orcos empiezan a construir fortalezas secretas en las Montañas Nubladas para cerrar así todos los pasos a Eriador. Sauron comienza a poblar Moria con sus criaturas.
2509	Celebrían, de viaje a Lórien, es detenida en el Paso del Cuerno Rojo y recibe una herida envenenada.
2510	Celebrían se marcha más allá del mar. Orcos y Orientales invaden Calenardhon. Eorl el Joven obtiene la victoria del Campo de Celebrant. Los Rohirrim se asientan en Calenardhon.
2545	Eorl cae en la batalla de la Meseta.

2569	Brego hijo de Eorl termina de construir la Sala Dorada.
2570	Baldor hijo de Brego entra por la Puerta Prohibida y desaparece. Por este tiempo los Dragones vuelven a verse en el lejano norte y empiezan a atormentar a los Enanos.
2589	Dáin I es muerto por un dragón.
2590	Thrór vuelve a Erebor. Grór, su hermano, va a las Colinas de Hierro.
c. 2670	Tobold planta «hierba para pipa» en la Cuaderna del Sur.
2683	Isengrim II se convierte en el décimo Thain de la línea de los Tuk y acomete la excavación de Grandes Smials.
2698	Ecthelion I reconstruye la Torre Blanca en Minas Tirith.
2740	Los Orcos inician una vez más la invasión de Eriador.
2747	Bandobras Tuk derrota a una banda de orcos en la Cuaderna del Norte.
2758	Rohan es atacada desde el oeste y el este y es invadida. Las flotas de los Corsarios atacan Gondor. Helm de Rohan se refugia en el Abismo de Helm. Wulf se apodera de Edoras.
2758-2759	Llega el Largo Invierno. Gran sufrimiento y pérdida de vidas en Eriador y Rohan. Gandalf acude en ayuda del pueblo de la Comarca.
2759	Muerte de Helm. Fréaláf expulsa a Wulf e inicia el segundo linaje de Reyes de la Marca. Saruman se instala en Isengard.
2770	Smaug el Dragón desciende sobre Erebor. Valle es destruida. Thrór consigue escapar con Thráin II y Thorin II.
2790	Thrór es muerto por un orco en Moria. Los Enanos se unen para declarar una guerra de venganza.

Nacimiento de Gerontius, más tarde conocido como el Viejo Tuk.

2793 Empieza la Guerra de los Enanos y los Orcos.

2799 Batalla de Nanduhirion ante la Puerta Este de Moria. Dáin Pie de Hierro regresa a las Colinas de Hierro. Thráin II y su hijo Thorin marchan hacia el oeste. Se instalan en el sur de Ered Luin más allá de la Comarca (2802).

2800-2864 Los Orcos del Norte perturban a Rohan. Dan muerte al Rey Walda (2851).

2841 Thráin II decide regresar a Erebor, pero es perseguido por los sirvientes de Sauron.

2845 Thráin el Enano es apresado en Dol Guldur; le quitan el último de los Siete Anillos.

2850 Gandalf vuelve a entrar en Dol Guldur y descubre que allí el amo es sin duda Sauron, que está reuniendo todos los Anillos y buscando noticias del Único y del Heredero de Isildur. Encuentra a Thráin y recibe la llave de Erebor. Thráin muere en Dol Guldur.

2851 Se reúne el Concilio Blanco. Gandalf insta a que ataquen Dol Guldur. La opinión de Saruman prevalece.[6] Saruman empieza a buscar cerca de los Campos Gladios.

2872 Muere Belechtor II de Gondor. Muere el Árbol Blanco sin que sea posible hallar ningún vástago suyo. Se deja en pie el Árbol Muerto.

2885 Incitados por los emisarios de Sauron, los Haradrim cruzan el Poros y atacan Gondor. Los hijos de Folcwine de Rohan mueren sirviendo a Gondor.

2890 Nace Bilbo en la Comarca.

6. Fue luego evidente que Saruman había empezado por entonces a desear la posesión del Anillo Único, y tenía esperanzas de que se revelara por sí solo y buscara a su amo si se dejaba a Sauron en paz por algún tiempo.

2901 La mayor parte de las gentes que quedan en Ithilien abandonan la región a causa de los ataques de los Uruks de Mordor. Se construye el refugio secreto de Henneth Annûn.

2907 Nacimiento de Gilraen, madre de Aragorn II.

2911 El Invierno Cruel. El Baranduin y otros ríos se congelan. Los Lobos Blancos invaden Eriador desde el Norte.

2912 Las inundaciones devastan Enedwaith y Minhiriath. Tharbad queda en ruinas y es abandonada.

2920 Muerte del Viejo Tuk.

2929 Arathorn hijo de Arador de los Dúnedain se casa con Gilraen.

2930 Arador es muerto a mano de trolls. Nacimiento de Denethor II, hijo de Ecthelion II, en Minas Tirith.

2931 Aragorn hijo de Arathorn II nace el 1 de marzo.

2933 Matan a Arathorn II. Gilraen se lleva a Aragorn a Imladris. Elrond lo recibe como hijo adoptivo y le da el nombre de Estel (Esperanza). Se oculta su linaje.

2939 Saruman descubre que los servidores de Sauron registran el Anduin cerca de los Campos Gladios, y que por tanto Sauron se ha enterado del fin de Isildur. Se alarma, pero no informa al Concilio.

2941 Thorin Escudo de Roble y Gandalf visitan a Bilbo en la Comarca. Bilbo se encuentra con Sméagol-Gollum y descubre el Anillo. Se reúne el Concilio Blanco; Saruman acepta atacar Dol Guldur, pues ahora quiere impedir que Sauron registre el Río. Sauron, después de trazados sus planes, abandona Dol Guldur. La Batalla de los Cinco Ejércitos en Valle. Muerte de Thorin II. Bardo de Esgaroth mata a Smaug. Dáin de las Colinas de Hierro se convierte en Rey bajo la Montaña (Dáin II).

2942 Bilbo regresa a la Comarca con el Anillo. Sauron vuelve en secreto a Mordor.

2944   Bardo reconstruye Valle y se convierte en Rey. Gollum abandona las Montañas y comienza su búsqueda del «ladrón» del Anillo.

2948   Nace Théoden hijo de Thengel, Rey de Rohan.

2949   Gandalf y Balin visitan a Bilbo en la Comarca.

2950   Nace Finduilas hija de Adrahil de Dol Amroth.

2951   Sauron se manifiesta abiertamente y se fortalece en Mordor. Empieza la reconstrucción de Barad-dûr. Gollum se vuelve hacia Mordor. Sauron envía a tres de los Nazgûl a ocupar nuevamente Dol Guldur.

2952   Elrond revela a «Estel» su verdadero nombre y sus antepasados, y le entrega los fragmentos de Narsil. Arwen, recién venida de Lórien, se encuentra con Aragorn en los bosques de Imladris. Aragorn parte a las Tierras Salvajes.

2953   Última reunión del Concilio Blanco. Se discute el tema de los Anillos. Saruman finge haber descubierto que el Anillo Único ha bajado por el Anduin hacia el mar. Saruman se retira a Isengard, que reclama como propio, y lo fortifica. Como siente celos de Gandalf y lo teme, envía espías para que vigilen todo lo que hace, y advierte el interés del mago por la Comarca. No tarda en tener agentes en Bree y la Cuaderna del Sur.

2954   El Monte del Destino estalla otra vez en llamas. Los últimos habitantes de Ithilien huyen cruzando el Anduin.

2956   Aragorn se encuentra con Gandalf y se inicia la amistad entre ellos.

2957-2980   Aragorn emprende sus grandes viajes y vagabundeos. Bajo el nombre de Thorongil, sirve disfrazado a Thengel de Rohan y también a Ecthelion II de Gondor.

2968   Nacimiento de Frodo.

2976   Denethor se casa con Finduilas de Dol Amroth.

2977	Bain hijo de Bardo se convierte en Rey de Valle.
2978	Nacimiento de Boromir hijo de Denethor II.
2980	Aragorn entra en Lórien y vuelve a encontrarse con Arwen Undómiel. Aragorn le da el anillo de Barahir y se prometen fidelidad en la colina de Cerin Amroth. Por este tiempo Gollum llega a los confines de Mordor y conoce a Ella-Laraña. Théoden se convierte en Rey de Rohan. Nacimiento de Samsagaz.
2983	Nace Faramir hijo de Denethor.
2984	Muerte de Ecthelion II. Denethor II se convierte en Senescal de Gondor.
2988	Finduilas muere joven.
2989	Balin abandona Erebor y penetra en Moria.
2991	Nace en Rohan Éomer hijo de Éomund.
2994	Balin perece y la colonia enana es destruida.
2995	Nace Éowyn, hermana de Éomer.
c. 3000	La sombra de Mordor se prolonga. Saruman se atreve a utilizar la *palantír* de Orthanc, pero queda atrapado por Sauron, que posee la Piedra de Ithil. Se convierte en traidor al Concilio. Los espías de Saruman cuentan que los Montaraces vigilan de cerca la Comarca.
3001	La fiesta de despedida de Bilbo. Gandalf sospecha que el Anillo de Bilbo es el Único. Doblan la guardia de la Comarca. Gandalf pide nuevas de Gollum y recurre a la ayuda de Aragorn.
3002	Bilbo se convierte en huésped de Elrond y se instala en Rivendel.
3004	Gandalf visita a Frodo en la Comarca y sigue haciéndolo a intervalos durante los siguientes cuatro años.
3007	Brand hijo de Bain se convierte en Rey de Valle. Muerte de Gilraen.
3008	En el otoño Gandalf visita a Frodo por última vez.

3009   Gandalf y Aragorn retoman a intervalos la búsqueda de Gollum durante los ocho años siguientes, re-
gistrando los valles del Anduin, el Bosque Negro y
Rhovanion hasta los confines de Mordor. En algún
momento durante el curso de estos años Gollum se
aventuró a entrar en Mordor y fue capturado por
Sauron.

3016   Elrond manda buscar a Arwen, que regresa a Imladris;
las Montañas y todas las tierras al este están volviéndose peligrosas.

3017   Gollum es liberado en Mordor. Aragorn lo atrapa en
las Ciénagas de los Muertos, y lo lleva a Thranduil
en el Bosque Negro. Gandalf visita Minas Tirith y
lee el pergamino de Isildur.

3018

Abril

12   Gandalf llega a Hobbiton.

Junio

20   Sauron ataca Osgiliath. En ese tiempo Thranduil es atacado y Gollum escapa.

Día de Año Medio.   Gandalf se encuentra con Radagast.

Julio

4   Boromir se pone en camino desde Minas Tirith.
10   Gandalf es tomado prisionero en Orthanc.

Agosto

Se pierde todo rastro de Gollum. Se cree que por ese
tiempo, perseguido a la vez por los Elfos y los servidores

de Sauron, se refugió en Moria; pero cuando descubrió por fin el camino a la Puerta Oeste no pudo salir.

Septiembre

18   Gandalf escapa de Orthanc al amanecer. Los Jinetes Negros cruzan los Vados del Isen.

19   Gandalf llega a Edoras como mendigo, y se le niega la entrada.

20   Gandalf consigue entrar en Edoras. Théoden le ordena partir:
      —Toma el caballo que quieras, pero vete antes de que el día de mañana esté avanzado.

21   Gandalf encuentra a Sombragrís, pero el caballo no permite que se le acerque. Lo sigue por los campos a gran distancia.

22   Los Jinetes Negros llegan al Vado de Sarn al atardecer; expulsan a la guardia de los Montaraces. Gandalf da alcance a Sombragrís.

23   Cuatro Jinetes entran en la Comarca antes del amanecer. Los otros persiguen a los Montaraces hacia el este y luego vuelven a vigilar el Camino Verde. Un Jinete Negro llega a Hobbiton al caer la noche. Frodo abandona Bolsón Cerrado. Gandalf deja Rohan habiendo domado a Sombragrís.

24   Gandalf cruza el Isen.

26   El Bosque Viejo. Frodo se encuentra con Bombadil.

27   Gandalf cruza el Aguada Gris. Segunda noche con Bombadil.

28   Los hobbits son atrapados por un Tumulario. Gandalf llega al Vado de Sarn.

29   Frodo llega a Bree por la noche. Gandalf visita al Tío.

30   A horas tempranas Cricava y la Taberna de Bree son atacadas por sorpresa. Frodo abandona Bree. Gandalf va a Cricava y llega a Bree por la noche.

Octubre

1   Gandalf abandona Bree.

3   Es atacado durante la noche en la Cima de los Vientos.

6   El campamento al pie de la Cima de los Vientos es atacado por la noche. Frodo resulta herido.

9   Glorfindel sale de Rivendel.

11   Expulsa a los Jinetes del Puente de Mitheithel.

13   Frodo cruza el Puente.

18   Glorfindel encuentra a Frodo a la hora del crepúsculo. Gandalf llega a Rivendel.

20   Huida a través del Vado del Bruinen.

24   Frodo se recupera y despierta. Boromir llega a Rivendel por la noche.

25   Concilio de Elrond.

Diciembre

25   La Compañía del Anillo abandona Rivendel al caer la tarde.

3019

Enero

8   La Compañía llega a Acebeda.

11, 12   Nieve en Caradhras.

13   Ataque de los Lobos al amanecer. La Compañía llega a la Puerta Oeste de Moria al caer la noche. Gollum empieza a rastrear al Portador del Anillo.

14   Noche en la Sala Vigesimoprimera.

15   El Puente de Khazad-dûm y la caída de Gandalf. La Compañía llega tarde por la noche al Nimrodel.

17   La Compañía llega a Caras Galadhon al atardecer.

23   Gandalf persigue al Balrog hasta la cima de Zirakzigil.

25   Arroja al Balrog ladera abajo y muere. El cuerpo de Gandalf yace en la cima de Zirakzigil.

15 El Espejo de Galadriel. Gandalf vuelve a la vida y permanece en trance.

16 Adiós a Lórien. Gollum, escondido en la orilla occidental, observa la partida.

17 Gwaihir lleva a Gandalf a Lórien.

23 Los botes son atacados durante la noche cerca de Sarn Gebir.

25 La Compañía atraviesa los Argonath y acampa en Parth Galen. Primera Batalla de los Vados del Isen; muere Théodred hijo de Théoden.

26 Disolución de la Comunidad. Muerte de Boromir; se oye su cuerno en Minas Tirith. Meriadoc y Peregrin son capturados. Frodo y Samsagaz llegan al extremo oriental de las Emyn Muil. Aragorn parte en persecución de los Orcos al caer la tarde. Éomer oye decir que la banda de Orcos ha descendido desde las Emyn Muil.

27 Aragorn llega al acantilado occidental al alba. Éomer, en contra de las órdenes de Théoden, parte del Folde Este aproximadamente a medianoche en persecución de los Orcos.

28 Éomer da alcance a los Orcos justo a la entrada del Bosque de Fangorn.

29 Meriadoc y Pippin escapan y se encuentran con Bárbol. Los Rohirrim atacan al amanecer a los Orcos y los destruyen. Frodo desciende de las Emyn Muil y se encuentra con Gollum. Faramir ve el bote funerario de Boromir.

30 Reunión de la Junta de los Ents. Éomer, al volver a Edoras, se encuentra con Aragorn.

Marzo

1 Frodo empieza al amanecer la travesía de las Ciénagas de los Muertos. Continúa la Junta de los Ents. Aragorn se encuentra con Gandalf el Blanco. Parten a Edoras. Faramir abandona Minas Tirith y va a Ithilien con una misión.

2	Frodo alcanza el extremo de las Ciénagas. Gandalf llega a Edoras y sana a Théoden. Los Rohirrim cabalgan hacia el este contra Saruman. Segunda Batalla de los Vados del Isen. Derrota de Erkenbrand. La Junta de los Ents finaliza en la tarde. Los Ents se dirigen a Isengard y llegan allí por la noche.

3	Théoden se retira al Abismo de Helm. Empieza la Batalla de Cuernavilla. Los Ents culminan la destrucción de Isengard.

4	Théoden y Gandalf parten del Abismo de Helm a Isengard. Frodo llega a los montículos de escoria al borde de la Desolación del Morannon.

5	Théoden llega a Isengard al mediodía. Parlamento con Saruman en Orthanc. Los Nazgûl alados pasan sobre el campamento en Dol Baran. Gandalf parte con Peregrin a Minas Tirith. Frodo se esconde a la vista del Morannon y parte en el crepúsculo.

6	Aragorn es alcanzado por los Dúnedain a horas tempranas. Théoden parte de Cuernavilla hacia el Valle Sagrado. Aragorn se pone en camino más tarde.

7	Faramir lleva a Frodo a Henneth Annûn. Aragorn llega a El Sagrario a la caída de la noche.

8	Aragorn toma «los Senderos de los Muertos» al romper el día; llega a Erech a medianoche. Frodo abandona Henneth Annûn.

9	Gandalf llega a Minas Tirith. Faramir abandona Henneth Annûn. Aragorn parte de Erech y llega a Calembel. Frodo alcanza al atardecer el camino de Morgul. Théoden llega a El Sagrario. La oscuridad comienza a extenderse desde Mordor.

10	El Día Sin Alba. El Acantonamiento de Rohan: los Rohirrim parten cabalgando desde el Valle Sagrado. Faramir es rescatado por Gandalf fuera de las puertas de la Ciudad. Aragorn cruza el Ringló. Un ejército del Morannon toma Cair Andros y entra en Anórien. Frodo pasa por la Encrucijada y ve partir a las huestes de Morgul.

11   Gollum visita a Ella-Laraña, pero casi se arrepiente al ver a Frodo dormido en las cercanías. Denethor envía a Faramir a Osgiliath. Aragorn llega a Linhir y penetra en Lebennin.El este de Rohan es invadido desde el norte. Primer ataque a Lórien.

12   Gollum lleva a Frodo a la guarida de Ella-Laraña. Faramir se retira a los Fuertes de la Calzada. Théoden acampa bajo Min-Rimmon. Aragorn rechaza al enemigo hacia Pelargir. Los Ents derrotan a los invasores de Rohan.

13   Frodo es capturado por los Orcos de Cirith Ungol. El Pelennor es invadido. Faramir resulta herido. Aragorn llega a Pelargir y captura la flota. Théoden en el Bosque de Drúadan.

14   Samsagaz encuentra a Frodo en la Torre. Minas Tirith es sitiada. Los Rohirrim, conducidos por los Hombres Salvajes, llegan al Bosque Gris.

15   En las horas tempranas el Rey Brujo irrumpe por las Puertas de la Ciudad. Denethor se inmola en una pira. Se oyen los cuernos de los Rohirrim al cantar el gallo. Batalla del Pelennor. Muere Théoden. Aragorn levanta el estandarte de Arwen. Frodo y Samsagaz escapan y emprenden el viaje al norte a lo largo del Morgai. Batalla bajo los árboles en el Bosque Negro; Thranduil rechaza las fuerzas de Dol Guldur. Segundo ataque a Lórien.

16   Debate de los comandantes. Frodo desde el Morgai contempla, sobre el campamento, el Monte del Destino.

17   Batalla de Valle. Caen el Rey Brand y el Rey Dáin Pie de Hierro. Muchos Enanos y Hombres se refugian en Erebor y son allí sitiados. Shagrat lleva a Barad-dûr la capa, la cota de malla y la espada de Frodo.

18   El Ejército del Oeste parte de Minas Tirith. Frodo llega a la vista de las Mandíbulas de Hierro. En el camino de Durthang a Udûn es alcanzado por los Orcos.

19 El Ejército llega al Valle de Morgul. Frodo y Samsagaz escapan y comienzan su marcha a lo largo del camino a Barad-dûr.

22 El anochecer terrible. Frodo y Samsagaz abandonan el camino y giran al sur hacia el Monte del Destino. Tercer ataque a Lórien.

23 El Ejército sale de Ithilien. Aragorn despide a los de corazón poco animoso. Frodo y Samsagaz descartan sus armas y pertrechos.

24 Frodo y Samsagaz emprenden su última etapa hasta el pie del Monte del Destino. El Ejército acampa en la Desolación del Morannon.

25 El Ejército es rodeado en las Colinas de Escoria. Frodo y Samsagaz llegan a los Sammath Naur. Gollum se apodera del Anillo y se precipita a las Grietas del Destino. Caída de Barad-dûr y desaparición de Sauron.

Después de la caída de la Torre Oscura y la desaparición de Sauron, la Sombra abandonó el corazón de aquellos que se le oponían; pero en cambio, el miedo y la desesperación cayeron sobre sus sirvientes y aliados. Tres veces Lórien había sido atacada desde Dol Guldur, pero además del valor de ese pueblo élfico, el poder que habitaba esa tierra era demasiado grande para que alguien pudiera conquistarla, a no ser que Sauron hubiera ido allí él mismo. Aunque los hermosos bosques de las fronteras fueron tristemente dañados, se rechazaron los asaltos; y cuando la Sombra partió, Celeborn avanzó y llevó al ejército de Lórien por sobre el Anduin en muchos botes. Se apoderaron de Dol Guldur y Galadriel derribó los muros y dejó al desnudo las mazmorras, y el bosque quedó limpio.

En el Norte también había habido guerra y males. El reino de Thranduil fue invadido, y hubo una prolongada batalla bajo los árboles y una gran ruina provocada por el fuego; pero al final Thranduil obtuvo la victoria. Y en el día de Año Nuevo de los

Elfos, Celeborn y Thranduil se encontraron en medio del bosque; y dieron al Bosque Negro el nuevo nombre de *Eryn Lasgalen,* El Bosque de las Hojas Verdes. Thranduil eligió reinar sobre toda la región septentrional hasta las montañas que se levantan en el bosque; y Celeborn escogió todo el bosque austral bajo los Estrechos, y lo llamó Lórien del Este; y el ancho bosque que separaba estas dos regiones le fue dado a los Beórnidas y a los Hombres del Bosque. Pero pocos años después de que Galadriel dejara la Tierra Media, Celeborn se cansó de su reino y fue a Imladris a vivir con los hijos de Elrond. En el Bosque Verde nada perturbó la vida de los Elfos Silvanos, pero en Lórien tristemente sólo quedaron unos pocos de los anteriores habitantes, y no hubo ya luz ni canciones en Caras Galadhon.

En el tiempo en que los grandes ejércitos sitiaban Minas Tirith, una hueste de los aliados de Sauron que venían amenazando desde hacía mucho las fronteras del Rey Brand cruzó el Río Carnen, y Brand fue obligado a retroceder hasta Valle. Allí recibió ayuda de los Enanos de Erebor; y tuvo lugar una gran batalla al pie de las Montañas. Duró tres días, pero al final tanto el Rey Brand como el Rey Dáin Pie de Hierro resultaron muertos, y los Orientales obtuvieron la victoria. Pero no pudieron tomar las Puertas, y muchos, tanto Enanos como Hombres, se refugiaron en Erebor y resistieron allí un asedio.

Cuando llegaron nuevas de las grandes victorias en el Sur, el ejército septentrional de Sauron sintió un gran desánimo, y los sitiados salieron y lo pusieron en desordenada fuga, y el resto huyó al Este y ya nunca más perturbó Valle. Entonces Bardo II hijo de Brand se convirtió en Rey de Valle, y Thorin III Yelmo de Piedra hijo de Dáin se convirtió en Rey bajo la Montaña. Enviaron a sus embajadores a la coronación del Rey Elessar; y desde entonces los dos reinos fueron siempre, mientras duraron, amigos de Gondor, y estuvieron bajo la corona y la protección del Rey del Oeste.

3019
C. de la C. 1419

27 de marzo. Bardo II y Thorin III Yelmo de Piedra expulsan al enemigo de Valle.

28 Celeborn cruza el Anduin; empieza la destrucción de Dol Guldur.

6 de abril. Encuentro de Celeborn y Thranduil.

8 Los Portadores del Anillo reciben honores en el Campo de Cormallen.

1 de mayo. Coronación del Rey Elessar; Elrond y Arwen parten de Rivendel.

8 Éomer y Éowyn se dirigen a Rohan con los hijos de Elrond.

20 Elrond y Arwen llegan a Lórien.

27 La escolta de Arwen abandona Lórien.

14 de junio. Los hijos de Elrond se encuentran con la escolta y conducen a Arwen a Edoras.

16 Parten hacia Gondor.

25 El Rey Elessar encuentra el vástago del Árbol Blanco.

1 de Lithe. Arwen llega a la Ciudad.

Día de Año Medio. Boda de Elessar y Arwen.

18 de julio. Éomer vuelve a Minas Tirith.

22 La escolta funeraria del Rey Théoden se pone en camino.

7 de agosto. La escolta llega a Edoras.

10 Funeral del Rey Théoden.

14 Los huéspedes se despiden del Rey Éomer.

15 Bárbol deja ir a Saruman

18 Llegan al Abismo de Helm.

22 Llegan a Isengard; se despiden del Rey del Oeste al atardecer.

28 Alcanzan a Saruman; Saruman gira hacia la Comarca.

6 de septiembre. Hacen alto a la vista de las Montañas de Moria.

---

7. Los meses y los días se dan de acuerdo con el Calendario de la Comarca.

13 Celeborn y Galadriel parten; los demás se encaminan a Rivendel.

21 Vuelven a Rivendel.

22 Bilbo cumple ciento veintinueve años. Saruman llega a la Comarca.

5 de octubre. Gandalf y los hobbits abandonan Rivendel.

6 Cruzan el Vado del Bruinen; Frodo siente por primera vez el regreso del dolor.

28 Llegan a Bree al caer la noche.

30 Abandonan Bree. Los «Viajeros» llegan al Puente del Brandivino con la oscuridad.

1 de noviembre. Son arrestados en Ranales.

2 Llegan a Delagua e incitan a la rebelión al pueblo de la Comarca.

3 Batalla de Delagua y Desaparición de Saruman. Fin de la Guerra del Anillo.

3020
C. de la C. 1420: El Gran Año de la Abundancia

13 de marzo. Frodo cae enfermo (al cumplirse el aniversario de haber sido envenenado por Ella-Laraña).

6 de abril. El mallorn florece en el Campo de la Fiesta.

1 de mayo. Samsagaz se casa con Rosa.

Día de Año Medio. Frodo renuncia al cargo de alcalde, y vuelve a ocuparlo Will Pieblanco.

22 de septiembre. Bilbo cumple ciento treinta años.

6 de octubre. Frodo vuelve a caer enfermo.

3021
C. de la C. 1421: El último año de la Tercera Edad

13 de marzo. Frodo cae enfermo otra vez.

25 Nacimiento de Elanor la Bella[8] hija de Samsagaz. En este día

---

8. Se la conoció como «la Bella» a causa de su hermosura; muchos decían que parecía más una doncella elfa que una hobbit. Tenía los cabellos dorados, cosa muy

comienza la Cuarta Edad de acuerdo con el cómputo de Gondor.

21 de septiembre. Frodo y Samsagaz parten de Hobbiton.

22 En Bosque Cerrado se encuentran con la Última Cabalgata de los Guardianes de los Anillos.

29 Llegan a los Puertos Grises. Frodo y Bilbo se hacen a la mar con los Tres Guardianes. Fin de la Tercera Edad.

6 de octubre. Samsagaz vuelve a Bolsón Cerrado.

ACONTECIMIENTOS POSTERIORES RELACIONADOS
CON LOS MIEMBROS DE LA COMUNIDAD DEL ANILLO

C. de la Comarca

1422 Con el comienzo de este año empezó la Cuarta Edad según la cuenta de la Comarca; pero los años continuaron enumerándose de acuerdo con el cómputo de la Comarca.

1427 Renuncia Will Pieblanco. Samsagaz es elegido Alcalde de la Comarca. Peregrin Tuk se casa con Diamante de Quiebra Larga. El Rey Elessar promulga un edicto por el que se prohíbe a los Hombres entrar en la Comarca, a la que convierte en País Libre con la protección del Cetro Septentrional.

1430 Nace Faramir hijo de Peregrin.

1431 Nace Rizos de Oro hija de Samsagaz.

1432 Meriadoc, llamado el Magnífico, se convierte en Señor de Los Gamos. El Rey Éomer y la Señora Éowyn de Ithilien le envían grandes regalos.

1434 Peregrin se convierte en el cabeza de familia de los Tuk y en el Thain. El Rey Elessar nombra al Thain, al Señor de Los Gamos y al Alcalde de la Comarca Consejeros del Reino del Norte. El Señor Samsagaz es elegido Alcalde por segunda vez.

---

rara en la Comarca; pero otras dos hijas de Samsagaz también los tenían así, y muchos de los niños nacidos en esos años.

1436   El Rey Elessar cabalga hacia el norte y permanece un
       tiempo junto al Lago del Atardecer. Llega al Puente del
       Brandivino y saluda allí a sus amigos. Entrega la Estrella
       de los Dúnedain al Señor Samsagaz, y Elanor es designa-
       da doncella de honor de la Reina Arwen.

1441   El Señor Samsagaz se convierte en Alcalde por terce-
       ra vez.

1442   El Señor Samsagaz, su esposa y Elanor cabalgan a Gondor
       y permanecen allí un año. El señor Tolman Coto se des-
       empeña como Alcalde delegado.

1448   El Señor Samsagaz es designado Alcalde por cuarta vez.

1451   Elanor la Bella se casa con Fastred de Encinaverde en
       Colinas Lejanas.

1452   La Frontera del Oeste, desde las Colinas Lejanas hasta las
       Colinas de las Torres *(Emyn Beraid)*,[9] se suma a la Co-
       marca como regalo del Rey. Muchos hobbits se mu-
       dan allí.

1454   Nace Elfstan Belinfante hijo de Fastred y Elanor.

1455   El Señor Samsagaz es nombrado Alcalde por quinta vez.

1462   El Señor Samsagaz es Alcalde por sexta vez. A su peti-
       ción, el Thain nombra a Fastred Guardián de la Frontera
       del Oeste. Fastred y Elanor se instalan en Torres de Aba-
       jo en las Colinas de las Torres, donde sus descendientes,
       los Belinfantes de las Torres, vivieron mucho tiempo.

1463   Faramir Tuk se casa con Rizos de Oro hija de Samsagaz.

1469   El Señor Samsagaz es designado Alcalde por séptima y
       última vez; al concluir este mandato, en 1476, tenía no-
       venta y seis años.

1482   Muerte de la Señora Rosa, esposa del Señor Samsagaz, el
       Día de Año Medio. El 22 de septiembre Samsagaz parte
       de Bolsón Cerrado. Llega a las Colinas de las Torres, don-
       de ve a Elanor por última vez; le entrega el Libro Rojo,
       que queda en manos de los Belinfantes. Según Elanor la

9. pp. I. 43, III. 473 nota 23.

tradición cuenta que Samsagaz dejó atrás las Torres y fue a los Puertos Grises y se hizo a la mar, el último de los Portadores del Anillo.

1484   En la primavera de ese año llegó un mensaje desde Rohan a Los Gamos: el Rey Éomer quería ver una vez más al Señor Fiel Amigo de la Marca. Meriadoc era anciano entonces (102), pero todavía vigoroso. Consultó con su amigo el Thain, y no tardaron en repartir bienes y cargos entre sus hijos y se pusieron en camino cruzando el Vado de Sarn, y no se los volvió a ver en la Comarca. Se dijo que el Señor Meriadoc llegó a Edoras y acompañó al el Rey Éomer antes de que éste muriera en el otoño. Luego él y el Thain Peregrin fueron a Gondor y pasaron allí los breves años que les restaban de vida, hasta que murieron y fueron sepultados en Rath Dínen entre los grandes de Gondor.

1541   El 1 de marzo de este año[10] sucedió por fin el Fallecimiento del Rey Elessar. Se dice que los lechos de Meriadoc y Peregrin se pusieron a los lados del lecho del gran rey. Entonces Legolas construyó un navío gris en Ithilien y navegó Anduin abajo hasta el mar; y con él, según se dice, iba Gimli el enano. Y cuando ese barco partió, la Comunidad del Anillo en la Tierra Media llegó a su fin.

10.   Cuarta Edad (Gondor) 120.

APÉNDICE C

ÁRBOLES GENEALÓGICOS

Los nombres que se dan en estos Árboles Genealógicos son sólo una selección entre muchos otros. La mayoría pertenece o a los invitados a la Fiesta de Despedida de Bilbo, o a sus antepasados directos. Los invitados a la Fiesta aparecen subrayados. Se reproducen también unos pocos nombres más de las personas que intervinieron en los acontecimientos relatados. Se da además cierta información genealógica acerca de Samsagaz, el fundador de la familia Jardner, más tarde muy famosa e influyente.

Las cifras que siguen a los nombres indican el año del nacimiento (y el de la muerte, cuando quedó registro de la fecha). Todas las fechas corresponden al cómputo de la Comarca, calculado a partir del cruce del Brandivino por los hermanos Marcho y Blanco en el Año 1 de la Comarca (Tercera Edad, 1601).

LOS BOLSÓN DE HOBBITON

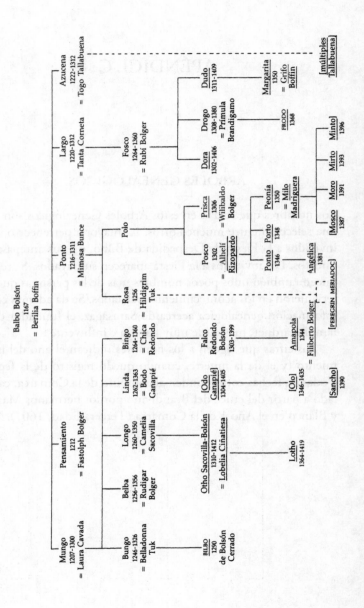

LOS BOLGER DE BOLGOVADO

Gundolfo Bolger
1131-1230
=Alfrida de La Cerrada

Gundahar
1174-1275
= Dina Achiperre

Rodolfo
1178
= Cora Tallabuena

Gundahad
1180

Adalgar
1215-1314

Fastolph
1210
= Pensamiento Bolsón

Adaldrida
1218
= Marmadoc Brandigamo

Gundabald
1222
= Salvia Brandigamo

(varios
descendientes)

Teobaldo
1261
= Nina Piesligeros

Wilibaldo
1304-1400
= Prisca Bolsón

Wilimar
1347

Heribaldo
1351

Nora
1360

Rudigar
1255-1348
= Belba Bolsón

Rudiberto
1260
= Amatista Corneta

Rubi
1264
= Fosco Bolsón

Herugar
1295-1390
= Jazmina Boffin

Adalberto
1301-1397
= Gerda Boffin

[Drogo]

Odovacar
1336-1431
= Rosamunda
Tuk

Filiberto
1342-1443
= Amapola
Redondo-Bolsón

[FRODO]

Fredegar
1380

Estela = [MERIADOC]
1385

LOS BOFFIN DE LA CERRADA

Bufo Boffin
= Hiedra Bienbueno

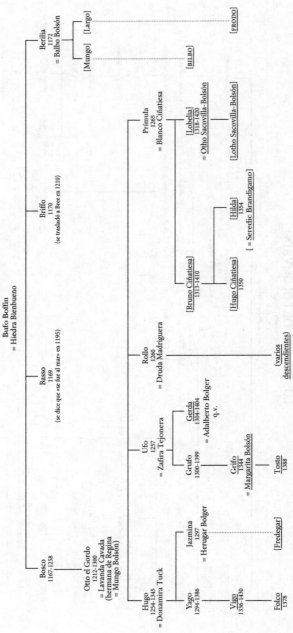

LOS TUK DE GRANDES SMIALS

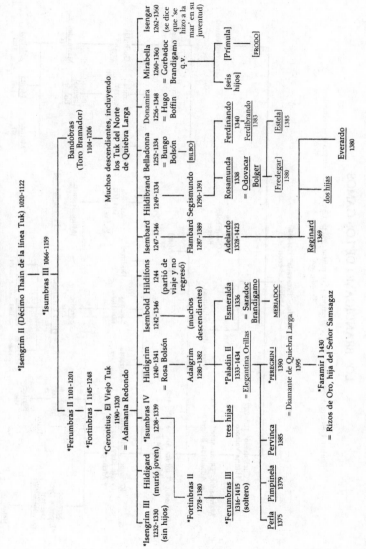

LOS BRANDIGAMO DE LOS GAMOS

Gorhendad Gamoviejo de Marjala, c. 740 empezó la construcción de *Casa Brandi* y adoptó el nombre de *Brandigamo*.

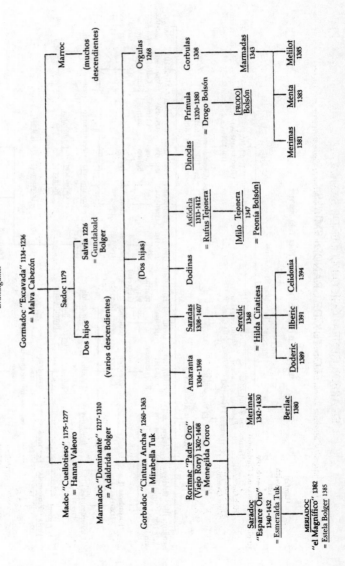

EL ÁRBOL GENEALÓGICO DEL SEÑOR SAMSAGAZ

(que muestra también el encumbramiento de las familias Jardner de la Colina y Belinfantes de las Torres)

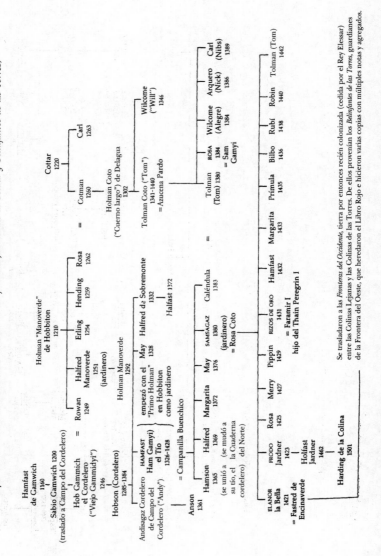

Se trasladaron a las *Fronteras del Occidente*, tierra por entonces recién colonizada (cedida por el Rey Elessar) entre las Colinas Lejanas y las Colinas de las Torres. De ellos provenían los *Belinfantes de las Torres*, guardianes de la Frontera del Oeste, que heredaron el Libro Rojo e hicieron varias copias con múltiples notas y agregados.

APÉNDICE D

CALENDARIO DE LA COMARCA
PARA TODOS LOS AÑOS[1]

(1) Postyule					(4) Astron					(7) Postlithe					(10) Crudo Invierno				
YULE	7	14	21	28	1	8	15	22	29	LITHE	7	14	21	28	1	8	15	22	29
1	8	15	22	29	2	9	16	23	30	1	8	15	22	29	2	9	16	23	30
2	9	16	23	30	3	10	17	24	—	2	9	16	23	30	3	10	17	24	—
3	10	17	24	—	4	11	18	25	—	3	10	17	24	—	4	11	18	25	—
4	11	18	25	—	5	12	19	26	—	4	11	18	25	—	5	12	19	26	—
5	12	19	26	—	6	13	20	27	—	5	12	19	26	—	6	13	20	27	—
6	13	20	27	—	7	14	21	28	—	6	13	20	27	—	7	14	21	28	—

(2) Solmath					(5) Thrimidge					(8) Wedmath					(11) Blotmath				
—	5	12	19	26	—	6	13	20	27	—	5	12	19	26	—	6	13	20	27
—	6	13	20	27	—	7	14	21	28	—	6	13	20	27	—	7	14	21	28
—	7	14	21	28	1	8	15	22	29	—	7	14	21	28	1	8	15	22	29
1	8	15	22	29	2	9	16	23	30	1	8	15	22	29	2	9	16	23	30
2	9	16	23	30	3	10	17	24	—	2	9	16	23	30	3	10	17	24	—
3	10	17	24	—	4	11	18	25	—	3	10	17	24	—	4	11	18	25	—
4	11	18	25	—	5	12	19	26	—	4	11	18	25	—	5	12	19	26	—

(3) Rethe					(6) Antelithe					(9) Halimath					(12) Anteyule				
—	3	10	17	24	—	4	11	18	25	—	3	10	17	24	—	4	11	18	25
—	4	11	18	25	—	5	12	19	26	—	4	11	18	25	—	5	12	19	26
—	5	12	19	26	—	6	13	20	27	—	5	12	19	26	—	6	13	20	27
—	6	13	20	27	—	7	14	21	28	—	6	13	20	27	—	7	14	21	28
—	7	14	21	28	1	8	15	22	29	—	7	14	21	28	1	8	15	22	29
1	8	15	22	29	2	9	16	23	30	1	8	15	22	29	2	9	16	23	30
2	9	16	23	30	3	10	17	24	LITHE	2	9	16	23	30	3	10	17	24	YULE

Día de Año Medio
(Sobrelithe)

1. Cada año empezaba con el primer día de la semana, el sábado, y terminaba con el último, el viernes. El Día de Año Medio y, en los años bisiestos, el Sobrelithe,

LOS CALENDARIOS

El Calendario de la Comarca difería del nuestro en varios aspectos. El año, no cabe duda, tenía la misma duración,[2] pues aunque aquellos tiempos parezcan lejanos en relación con los años transcurridos y la duración de la vida de los hombres, no eran tan remotos de acuerdo con la memoria de la Tierra. Los Hobbits dejaron escrito que no tenían «semana» cuando eran todavía un pueblo nómada, y aunque tenían «meses», gobernados más o menos por la luna, su registro de las fechas y cálculos del tiempo eran vagos e inexactos. En las tierras occidentales de Eriador, cuando comenzaron a asentarse adoptaron el cómputo de los Reyes de los Dúnedain que, en última instancia, era de origen Eldarin; pero los Hobbits de la Comarca introdujeron varias alteraciones menores. Este calendario, o «Cómputo de la Comarca» como se lo llamó, fue finalmente adoptado también en Bree, salvo que en la Comarca contaban el Año 1 como el año de la colonización de la región.

Es a menudo difícil descubrir en las viejas historias y tradiciones datos precisos sobre cosas que la gente conocía perfectamente y daba por sobreentendidas en su propio tiempo (tales como los nombres de las letras, de los días de la semana, los nombres y duración de los meses). Pero como consecuencia del generalizado interés en la genealogía y en la historia antigua que mostraron los eruditos de entre los Hobbits después de la Guerra del Anillo, las gentes de la Comarca se interesaron sobremanera

---

no se contaban entre los días de la semana. El Lithe anterior al Día de Año Medio recibía el nombre de Lithe 1 y el posterior, el de Lithe 2. El Yule al cabo del año era el Yule 1, y el del comienzo, Yule 2. El Sobrelithe era día de festividad especial, pero no tuvo lugar en ninguno de los años importantes para la historia del Gran Anillo. Tuvo lugar en 1420, el año de la famosa cosecha y el magnífico verano: se dice que la alegría de la celebración de ese año fue mayor que ninguna otra de la que se tiene memoria o registro.

2. 365 días, 5 horas, 48 minutos, 46 segundos.

por las fechas; y hasta redactaron complicadas tablas para señalar las relaciones de sus propios sistemas con otros. No soy un especialista en estos temas, y puede que haya cometido muchos errores; pero de cualquier modo, la cronología de los años cruciales 1418 y 1419 del C. de la C. ha sido trazada en el Libro Rojo con tanto cuidado que en este punto no puede haber muchas dudas acerca de los días y de los tiempos.

Parece claro que los Eldar en la Tierra Media, que disponían, como observó Samsagaz, de más tiempo, computaban en períodos largos, y la palabra quenya *yén,* que a menudo se traduce como «año» (p. I. 638), abarca en realidad 144 años de los nuestros. En la medida de lo posible, los Eldar preferían contar en grupos de seis y de doce tanto como les fuera posible. Al «día» solar lo llamaban *ré,* empezaba con la puesta de sol y concluía con la puesta de sol siguiente. El *yén* comprendía 52.596 días. Por motivos rituales más que prácticos, los Eldar observaban una semana o *enquië* de seis días; y el *yén* comprendía 8.766 de estas *enquier,* computadas a lo largo de todo el período.

En la Tierra Media los Eldar observaban también un período breve, o año solar, llamado un *coranar* o «ronda solar» cuando se lo consideraba desde un punto de vista más o menos astronómico. Pero por lo común se lo llamaba *loa,* «desarrollo» (especialmente en las tierras del noroeste), pues los Elfos solían dar importancia a los cambios vegetales que acompañaban a las estaciones. El *loa* se dividía en períodos, que podrían considerarse como meses largos o estaciones cortas. Por supuesto, éstos variaban de acuerdo con las distintas regiones; pero los Hobbits sólo citan el Calendario de Imladris. En ese calendario había seis de esas «estaciones», cuyos nombres quenya eran *tuilë, lairë, yávië, quellë, hrívë, coirë,* que pueden traducirse «primavera, verano, otoño, decaimiento, invierno, movimiento». Los nombres sindarin eran *ethuil, laer, iavas, firith, rhîw, echuir.* «Decaimiento» se llamaba también *lasse-lanta,* «caída de las hojas» o, en sindarin, *narbeleth,* «mengua del sol».

Lairë y *hrívë* tenían cada una 72 días, y el resto, 54. El *loa* empezaba con *yestarë,* el día inmediatamente anterior a *tuilë,* y terminaba con *mettarë,* el día inmediatamente posterior a *coirë.* Entre *yávië* y *quellë* se insertaban los tres *enderi* o «días medios». Doblando los *enderi* (agregando 3 días más) cada 12 años, se completaba un año de 365 días.

No se sabe con certeza cómo resolvían las posibles inexactitudes. Si el día fuera entonces de la misma duración que ahora, el *yén* habría sido demasiado largo en más de un día. Había sin duda alguna inexactitud, como se advierte en una nota de los Calendarios del Libro Rojo, dado que en el «Cómputo de Rivendel», dice la nota, el último año de cada tercer *yén* se acortaba en tres días, es decir, se omitía la duplicación de los tres *enderi* de ese año; «pero eso no ha ocurrido en nuestro tiempo». No se registra como enmendaban cualquier otra inexactitud.

Los Númenóreanos cambiaron estos cómputos. Dividieron el *loa* en períodos más breves, de longitud más regular; y adoptaron la costumbre de iniciar el año en el solsticio de invierno, como habían hecho los Hombres del Noroeste, de quienes ellos mismos descendían, en la Primera Edad. Más adelante dieron a la semana una duración de 7 días, y computaron el día desde la salida del sol (desde el mar oriental) hasta la salida del sol del día siguiente.

El sistema Númenóreano, tal como se lo utilizaba en Númenor y también en Arnor y Gondor hasta el fin de los reyes, recibía el nombre de Cómputo de los Reyes. El año normal tenía 365 días. Se dividía en 12 *astar* o meses, de los que diez tenían 30 días y dos 31. Los *astar* largos estaban situados antes y después del Año Medio, aproximadamente nuestros junio y julio. El primer día del año se llamaba *yestarë,* el día medio (el 183), *loëndë*, y el último, *mettarë;* estos tres días no pertenecían a ningún mes. Cada cuatro años, salvo el último de cada siglo *(haranyë)*, se sustituía el *loëndë* por dos *enderi* o «días medios».

En Númenor el cómputo empezaba en el año 1 de la S.E. El *Déficit* provocado por el descuento de un día del último año de cada siglo no se compensaba hasta el último año de su milenio; causando un *déficit milenario* de 4 horas, 46 minutos y 40 segundos. Esta adición se hizo en Númenor en los años 1000, 2000, 3000 de la S. E. Después de la Caída en el 3319 de la S.E., los exiliados conservaron el sistema, pero fue muy perturbado después por el comienzo de la Tercera Edad con una nueva numeración: el 3442 S. E. se convirtió en el 1 T.E. Al hacer del 4. T.E. un año bisiesto en lugar del 3 T.E. (3444 S. E.) se introdujo 1 año adicional más breve de sólo 365 días, con lo que hubo un déficit de 5 horas, 48 minutos y 46 segundos. Las adiciones milenarias se hicieron con 441 años de retraso: en el 1000 T.E. (4441 S. E.) y en el 2000 (5441 S. E.). Para reducir los consiguientes errores y la acumulación de los déficits milenarios, Mardil el Senescal introdujo un calendario revisado que entraría en vigor en el 2060 T. E., después de una adición especial de 2 días al 2059 (5500 S. E.), y que concluyó 5 1/2 milenios desde el inicio del sistema númenóreano. Pero esto dejaba todavía un déficit de unas 8 horas. Hador añadió un día al año 2360, aunque la deficiencia no hubiera terminado de alcanzar aún tal magnitud. Posteriormente ya no se hicieron más enmiendas. (En el 3000 T. E. la amenaza de una guerra inminente fue causa de que se descuidaran estas cuestiones). Al finalizar la Tercera Edad, al cabo de 660 años, el Déficit no había alcanzado aún la duración de un día.

El Calendario Revisado que introdujo Mardil se llamó el Cómputo de los Senescales y fue adoptado con el tiempo por la mayor parte de aquellos que hablaban la lengua oestron, salvo los Hobbits. Los meses tenían todos 30 días y se introducían 2 días fuera de los meses: uno entre el tercer y cuarto mes (marzo, abril) y otro entre el noveno y décimo (septiembre, octubre).

Esos 5 días fuera de los meses, *yestarë, tuilérë, loëndë, yáviérë* y *mettarë,* eran días festivos.

Los Hobbits eran gente apegada a las tradiciones, y siguieron utilizando una versión del Cómputo de los Reyes adaptada a las costumbres locales. Los meses eran todos iguales y tenían todos 30 días; pero tenían 3 días adicionales de verano, llamados en la Comarca los Lithe o Días de Lithe, entre junio y julio. El último día del año y el primero del año siguiente se llamaban Días de Yule. Los Días de Yule y de Lithe se mantenían fuera de los meses, de modo que el 1 de enero era el segundo y no el primer día del año. Cada cuatro años, con excepción del último del siglo,[3] había cuatro Días de Lithe. Los Días de Yule y de Lithe eran las festividades mayores y ocasiones de celebración. El Día de Lithe adicional seguía al Día de Año Medio, de modo que el 184º día de los años bisiestos se llamaba Sobrelithe, y se lo celebraba de una manera especial. En total la temporada de Yule duraba seis días, incluía los últimos tres y los primeros tres de cada año.

La gente de la Comarca introdujo una pequeña innovación propia (a la larga también adoptada en Bree), que llamaron Reforma de la Comarca. Les pareció que la mudanza de los días de la semana en relación con las fechas anuales era desarreglada e inconveniente. De modo que en tiempos de Isengrim II dispusieron que el día suelto que alterase la sucesión no debía considerarse parte de la semana. Desde entonces, el Día de Año Medio (y el Sobrelithe) se conoció sólo por su nombre, y no perteneció a semana alguna (p. I. 304). Como consecuencia de esta reforma, el año empezaba siempre el Primer Día de la Semana y terminaba el Último Día; y una cierta fecha de cualquier año correspondía siempre al mismo día de la semana, de modo que la gente de

3. En la Comarca el Año 1 correspondía al 1601 de la T. E. En Bree el año 1 correspondía al 1300 de la T. E. y fue el primer año del siglo.

la Comarca ya no se cuidó de poner el día de la semana en las cartas o diarios.[4] Esto les pareció bastante adecuado y conveniente en el orden local, pero no lo era tanto si alguna vez viajaban más allá de Bree.

En las notas que preceden, como también en la narración, he utilizado los nombres modernos de los meses y los días de la semana; términos, por supuesto, ajenos a los Eldar, los Dúnedain y los Hobbits. La traducción de los nombres en oestron me pareció esencial para evitar confusiones, y además las épocas del año a las que se refieren nuestros nombres son poco más o menos las mismas, al menos en la Comarca. No obstante, parece que se pretendía que el Día de Año Medio correspondiera tan ajustadamente como fuese posible al solsticio de verano. En ese caso las fechas de la Comarca estaban adelantadas respecto a las nuestras en unos diez días, y nuestro Día de Año Nuevo correspondía aproximadamente al 9 de enero de la Comarca.

En el oestron se conservaron normalmente los nombres en quenya de los meses, tal y como los nombres latinos aún se utilizan en muchas lenguas modernas. Eran: *Narvinyë, Nénimë, Súlimë, Víressë, Lótessë, Nárië, Cermië, Úrimë, Yavannië, Narquelië, Hísimë, Ringarë.* Los nombres sindarin (usados sólo por los Dúnedain) eran: *Narwain, Nínui, Gwaeron, Gwirith, Lothron, Nórui, Cerveth, Úrui, Ivanneth, Narbeleth, Hithui, Girithron.*

En esta nomenclatura, sin embargo, ni los Hobbits de la Comarca ni los de Bree utilizaban los nombres oestron, y se atenían a las anticuadas denominaciones locales, que según parece habían

---

4. Se advertirá, si se mira un Calendario de la Comarca, que el único día de la semana en que no empezaba ningún mes era el viernes. De modo que se volvió un dicho en la Comarca hablar de «un viernes primero» cuando se referían a un día inexistente, o un día en que podrían ocurrir cosas muy improbables como el vuelo de los cerdos o (en la Comarca) el paseo de un árbol. La expresión completa era «un viernes primero de la caída del Verano».

adoptado en la antigüedad de los Hombres de los valles del Anduin. Sea como fuere, en Valle y en Rohan se encontraron nombres parecidos (cf. las notas acerca de las lenguas al final del volumen). Los Hobbits habían olvidado en general y desde hacía tiempo el significado de estos nombres creados por los Hombres, aun en los casos en que los habían conocido; y en consecuencia la forma de los nombres era de origen oscuro: *math*, por ejemplo, terminación de algunas de esas palabras, era una reducción de *month* (mes).

Los nombres de la Comarca se encuentran en el Calendario. Puede observarse que *Solmath* a menudo se pronunciaba y a veces se escribía *Somaz; Thrimidge* con frecuencia se escribía *Thrimich* (en forma arcaica *Thrimilch*); y *Blotmath* se pronunciaba *Blodmaz* o *Blommaz*. En Bree los nombres diferían; eran: *Frery, Solmath, Rethe, Chithing, Thrimidge, Lithe, Días de Verano, Mede, Wedmath, Harvestmath* [Cosechador], *Wintring* [Hibernal], *Blooting y Yulemath. Frery, Chithing* y *Yulemath* se utilizaban también en la Cuaderna del Este.[5]

La semana Hobbit derivaba de la de los Dúnedain, y los nombres eran traducciones de aquellos que se daban a los días en el antiguo Reino del Norte, nombres que, a su vez, derivaban de los de los Eldar. La semana de seis días de los Eldar tenía días dedicados a, o que se llamaban de acuerdo con, las estrellas, el sol, la luna, los Dos Árboles, los cielos y los Valar o Poderes, en ese orden, y el último día era el principal de la semana. Los nombres en quenya eran *Elenya, Anarya, Isilya, Aldúya, Menelya,*

5. Era una broma en Bree hablar del «Crudo Invierno en la (barrosa) Comarca», pero según el pueblo de la Comarca, Wintring [Hibernal] era una alteración de Bree del nombre más antiguo, que originalmente se había referido al cumplimiento y acabamiento del año antes del invierno, y que provenía de tiempos anteriores a la adopción del Cómputo de los Reyes, cuando el año nuevo empezaba después de la cosecha.

Valanya (o Tárion); los nombres en sindarin eran *Orgilion, Oranor, Orithil, Orgaladhad, Ormenel, Orbelain* (o *Rodyn*).

Los Númenóreanos conservaron las dedicatorias y el orden, pero cambiaron el nombre del cuarto día a *Aldëa (Orgaladh)*, refiriéndolo al Árbol Blanco, del que según se creía descendía Nimloth, que crecía en el Patio del Rey en Númenor. Además, como deseaban tener un séptimo día y eran además grandes marinos, insertaron un «día del mar», *Eärenya (Oraearon),* después del Día de los Cielos.

Los Hobbits adoptaron esta disposición, pero el significado de los nombres traducidos no tardó en olvidarse o no se lo tuvo en cuenta, y las formas quedaron muy reducidas, especialmente en la pronunciación cotidiana. La primera traducción de los nombres númenóreanos probablemente se llevó a cabo por lo menos dos mil años antes del fin de la Tercera Edad, cuando la semana de los Dúnedain (el cómputo más tempranamente adoptado por pueblos extranjeros) fue adoptado por los Hombres del Norte. Al igual que con los nombres de los meses, los Hobbits adoptaron estas traducciones, aunque en otras zonas del oestron se utilizaron los nombres en quenya.

En la Comarca no se preservaron muchos documentos antiguos. Al cabo de la Tercera Edad, el más notable de cuantos habían sobrevivido era Pielamarilla o Anuario de Alforzada.[6] Los primeros textos parecen haberse incorporado cuando menos novecientos años antes de los tiempos de Frodo; y muchos aparecen citados en los anales y genealogías del Libro Rojo. En ellos los nombres de los días de la semana aparecen en formas arcaicas, de las cuales las más antiguas son las siguientes: 1) *Stellaes,* 2) *Solies,* 3) *Lunaes,* 4) *Arbories,* 5) *Caelies,* 6) *Maries,* 7) *Alties.* En el lenguaje del tiempo de la Guerra de los Anillos se habían convertido en *Estelles, Soles, Lunes, Árboles, Caelies* (o *Cieles*),

---

6. Registro de los nacimientos, los matrimonios y los decesos de las familias Tuk, como también de otros asuntos como ventas de terrenos y distintos acontecimientos de la Comarca.

Mares y *Altes.*

He traducido estos nombres a los nuestros empezando naturalmente por el domingo y el lunes, ya que así aparecen en la semana de la Comarca, y he dado en el mismo orden que nosotros
usamos los otros nombres. Ha de tenerse en cuenta, sin embargo, que la relación de estos nombres con la vida cotidiana era
completamente distinta en la Comarca. El último día de la semana, el viernes (Dialt) era el principal día de descanso (después
del mediodía) y de fiestas por la noche. Así pues, el sábado era
más como nuestro lunes, y el jueves como nuestro sábado.[7]

Pueden mencionarse otros pocos nombres referidos al tiempo,
aunque no se los utilizara para cómputos precisos. Los nombres
más comunes de las estaciones eran *tuilë*, primavera; *lairë*, verano; *yávië*, otoño (o cosecha), *hrívë*, invierno; pero éstas no tenían
una definición exacta, y *quellë* (o *lasselanta*) se utilizaba también
para designar el fin del otoño y los comienzos del invierno.

Los Eldar prestaban especial atención al «crepúsculo» (en las
regiones septentrionales), sobre todo en los momentos en que
desaparecían las estrellas y cuando volvían a aparecer. Tenían
muchos nombres para estos períodos, y los más habituales eran
tindómë y *undómë;* el primero se refería principalmente a la hora
cercana al alba, y *undómë* al atardecer. El nombre sindarin era
uial, que podía corresponderse como *minuial* y *aduial.* Éstos se
llamaban a menudo en la Comarca *penumbra de la mañana* y
penumbra de la tarde. Cf. Lago del Atardecer como traducción
de Nenuial.

El Cómputo de la Comarca y sus fechas son las únicas que tienen importancia para la historia de la Guerra del Anillo. Todos

7. Por tanto, en la canción de Bilbo (p. I. 286-288) he utilizado el sábado y el
domingo en lugar del jueves y el viernes.

los días, meses y fechas están traducidos en el Libro Rojo a términos de la Comarca, o anotados señalando la equivalencia correspondiente. Por tanto, los meses y los días a lo largo de *El Señor de los Anillos* corresponden al Calendario de la Comarca. Los únicos puntos donde las diferencias entre este calendario y el nuestro tienen importancia en relación con la historia del período crucial, el fin de 3018 y comienzos de 3019 (C. de la C. 1418, 1419), son los siguientes: octubre de 1418 tiene solamente 30 días, el 1 de enero es el segundo día de 1419 y febrero tiene 30 días; de modo que el 25 de marzo, fecha de la caída de Barad-dûr, correspondería a nuestro 27 de marzo si nuestros años empezaran en el mismo punto estacional. La fecha, empero, era el 25 de marzo, tanto de acuerdo con el Cómputo del Rey como con el de los Senescales.

El Nuevo Cómputo se puso en funcionamiento en el Reino restaurado en 3019 T. E. Representaba un retorno al Cómputo de los Reyes, adaptado para ajustarse al principio de la primavera, como en el *loa* Eldarin.[8]

En el Nuevo Cómputo el año empezaba el 25 de marzo del viejo estilo, conmemorando la caída de Sauron y las hazañas de los Portadores del Anillo. Los meses conservaron los viejos nombres, empezando ahora con *Víressë* (abril), pero refiriéndose ahora a períodos que en general empezaban cinco días antes que anteriormente. Todos los meses tenían 30 días. Había tres *Enderi* o Días Medios (de los cuales el segundo se llamaba *Loëndë*), entre *Yavannië* (septiembre) y *Narquelië* (octubre), que correspondían al 23, el 24 y el 25 de septiembre del viejo estilo. Pero en honor a Frodo el 30 de *Yavannië,* que correspondía al anterior 22 de septiembre, fecha de su cumpleaños, se convirtió en día festivo, y la necesidad de tener en cuenta el año bisiesto se satisfizo duplicando esta festividad, que se llamó *Cormarë* o Día del Anillo.

8. Aunque en realidad el *yestarë* del Nuevo Cómputo ocurría antes que en el Calendario de Imladris, en el que correspondía poco más o menos al 6 de abril de la Comarca.

Se consideró que la Cuarta Edad había comenzado con la partida del Señor Elrond, que tuvo lugar en septiembre del 3021; pero a efectos de registro del Reino el año 1 de la Cuarta Edad, de acuerdo con el Nuevo Cómputo, comenzó el 25 de marzo del 3021 del viejo estilo.

Durante el reinado de Elessar este cómputo se adoptó en todas sus tierras con excepción de la Comarca, donde se mantuvo el viejo calendario y se continuó con el Cómputo de la Comarca. Así pues, el año 1 de la Cuarta Edad se llamó 1422; y en la medida en que los Hobbits tuvieron en cuenta el cambio de Edad, sostuvieron que la Cuarta había empezado el día 2 de Yule de 1422 y no en el precedente mes de marzo.

No hay registro de que el pueblo de la Comarca conmemorara el 25 de marzo ni el 22 de septiembre; pero en la Cuaderna del Oeste, especialmente en las cercanías de la Colina de Hobbiton, se fue extendiendo la costumbre de no trabajar y bailar el 6 de abril en el Campo de la Fiesta, cuando el tiempo lo permitía. Algunos dijeron que ese día era el cumpleaños del viejo Sam el Jardinero; otros, que era el día en que el Árbol Dorado floreció por primera vez en 1420, y otros, que era el Año Nuevo de los Elfos. En Los Gamos, cada 2 de noviembre, se hacía sonar el Cuerno de la Marca al ponerse el sol, y a continuación había hogueras y celebraciones.[9]

9. Aniversario de cuando sonó por primera vez en la Comarca, en 3019.

APÉNDICE E

ESCRITURA Y ORTOGRAFÍA

I

PRONUNCIACIÓN DE LAS PALABRAS Y LOS NOMBRES

El oestron o lengua común se ha traducido por entero a sus equivalentes en inglés [castellano]. Todos los nombres y las palabras especiales de los hobbits han de pronunciarse en consecuencia: por ejemplo, *Bolger* se pronuncia como la g en el inglés *bulge*, y *mathom* rima con el inglés *fathom*.

Al transcribir los antiguos escritos intenté representar los sonidos originales (en la medida en que pueden determinarse) con la mayor exactitud posible, y al mismo tiempo obtener palabras y nombres que no resulten extraños en letras modernas. El quenya alto élfico se ha deletreado tan ajustado al latín como sus sonidos lo permitían. Por este motivo se ha preferido la *c* a la *k* en ambas lenguas eldarin.

Los que se interesen en semejantes detalles han de tener en cuenta los siguientes puntos.

CONSONANTES

C   tiene siempre el valor de *k* aun antes de *e* e *i*: *celeb*, «plata», debe pronunciarse *keleb*.

CH se utiliza solamente para representar el sonido que se oye en *bach* (en alemán o galés), no el que tiene en inglés *church* [o en castellano *hacha*]. Salvo al final de las palabras y ante *t*, este sonido se debilitó hasta tener el valor de una *h* [aspirada] en el habla de Gondor, y ese cambio quedó registrado en unos pocos nombres, tales como *Rohan* o *Rohirrim*. (*Imrahil* es un nombre númenóreano.)

DH representa la *th* sonora (suave) del inglés *these clothes*. Se relaciona habitualmente con la *d*, como en S. *galadh*, «árbol»; *alda* en Q.; pero a veces deriva de *n + r*, como en *Caradhras*, «Cuerno Rojo», de *caran-rass*.

F representa el sonido *f* salvo al final de palabra, donde se la utiliza para representar el sonido de una *v* inglesa: *Nindalf*, *Fladrif*.

G tiene el sonido de *g* en el inglés en palabras como *give, get* [en castellano el de *g* seguida de *a, o, u* o de *gu* seguidas de *e, i*]: *gil*, «estrella», en *Gildor, Gilraen, Osgiliath*.

H cuando se encuentra sola, sin ninguna otra consonante, tiene el valor de *h* [aspirada] en *house, behold*. La combinación quenya *ht* tiene el sonido *cht*, como en alemán *echt, acht*: v. g. el nombre *Telumehtar*, «Orión».[1] Véanse también CH, DH, L, R, TH, W, Y.

I inicialmente delante de otra vocal tiene el sonido consonántico de *y* en *you, yore* [o en castellano *hielo*] sólo en sindarin: como en *Ioreth, Iarwain*. Véase Y.

K se utiliza en nombres que no pertenecen originariamente a las lenguas élficas, con el mismo valor que la *c* fuerte; así pues, *kh* representa el mismo sonido que *ch* en el nombre orco *Grishnákh* o en adûnaico (númenóreano) *Adûnakhôr*. Sobre la lengua de los Enanos (khuzdul), véase nota más abajo.

L representa poco más o menos el mismo sonido que la *l* inicial en inglés de *let* [o en castellano *lecho*]. No obstante, en cierto grado se «palatalizaba» entre *e, i* y una consonante, o a final de palabra después de *e, i*. (Los Eldar probablemente

---

1. Habitualmente llamada en sindarin *Menelvagor* (p. I. 161), Q. *Menelmacar*.

habrían transcrito las palabras inglesas *bell, fill,* como *beol, fiol.*) LH representa el mismo sonido pero sordo (habitualmente derivado de *sl-* inicial). En quenya (arcaico) esto se escribe *hl,* pero en la Tercera Edad se pronunciaba de ordinario como *l.*

NG igual a *ng* [como en castellano] como en el inglés *finger,* salvo en final de palabra, donde se pronunciaba como en el inglés *sing.* Este último sonido también existía inicialmente en quenya, pero se lo transcribió como *n* (como en Noldo) de acuerdo con la pronunciación de la Tercera Edad.

PH tiene el mismo sonido que *f.* Se utiliza a) cuando el sonido *f* ocurre al final de una palabra, como en *alph,* «cisne»; b) cuando el sonido *f* se relaciona con una *p* o deriva de ella, como en *i-Pheriannath,* «los Medianos» (perian); c) en medio de unas pocas palabras, como una *ff* larga (de *pp*), como en *Ephel,* «cerco exterior», y d) en adûnaico y oestron, como en *Ar-Pharazôn* (*pharaz,* «oro»).

QU se utilizó como *cw,* combinación muy frecuente en quenya, aunque no existía en sindarin.

R una *r* vibrante en todas las posiciones, y el sonido no se perdía delante de las consonantes (como en inglés *part*). Se dice que los Orcos y algunos Enanos utilizaban una *r* uvular [como la *r* francesa], sonido que los Eldar encontraban desagradable. RH representa una *r* sorda (habitualmente derivada de una combinación inicial más antigua, *sr-*). En quenya se escribía *hr.* Cf. L.

S es siempre sorda, como en inglés *so, geese;* el sonido *z* [*s* sonora, no el sonido *z* en castellano] no existía en el quenya o el sindarin contemporáneos. SH, que aparece en oestron y en las lenguas de Orcos y Enanos, representa un sonido similar al de *sh* en inglés.

TH el sonido sordo *th* en inglés *thin cloth* [o el de *z* en español *paz*]. Esto se había convertido en *s* en el quenya hablado, aunque todavía se escribía con una letra diferente; como en Q. *Isil,* S. *Ithil,* «luna».

TY   representa un sonido probablemente similar al de la *t* en inglés *tune*. Derivaba principalmente de *c* o *t* + *y*. El sonido de *ch* en inglés [o castellano], frecuente en oestron, a menudo reemplazaba a *ty* entre los hablantes de esa lengua. Cf. HY en el sonido Y.

V   tiene el valor de *v* en inglés, pero no se usa al final de palabra. Véase F.

W   tiene el sonido de *w* en inglés. HW es una *w* sorda, como en inglés *white* (según la pronunciación del norte). No era un sonido inicial infrecuente en quenya, aunque en este libro no parece haber ningún ejemplo. En la transcripción del quenya se utilizan tanto *v* como *w* a pesar de la asimilación de la escritura a la del latín, pues los dos sonidos, de orígenes distintos, se daban en la lengua.

Y   se utiliza en quenya para representar el sonido consonántico *y,* como en inglés *you* [o en castellano *yo*]. En sindarin *y* es una vocal (véase más adelante). HY guarda la misma relación con *y* que HW con *w,* y representa un sonido semejante al que se escucha frecuentemente en inglés en *hew, huge;* *h* en quenya *eht, iht* tenía el mismo sonido. El sonido de *sh* en inglés, común en oestron, a menudo sustituía al de *hy.* Cf. TY más arriba. HY por lo general derivaba de *sy-* y *khy-;* en ambos casos las palabras sindarin tienen una *h* inicial, como en Q. *Hyarmen,* «sur», S. *Harad.*

Téngase en cuenta que las consonantes dobles, como *tt, ll, ss, nn,* representan consonantes «dobles», largas. A final de las palabras de más de una sílaba estas consonantes se acortaban por lo general, como en *Rohan,* de *Rochann* (arcaico, *Rochand*).

En sindarin, las combinaciones *ng, nd, mb,* que eran especialmente frecuentes en las lenguas Eldarin en sus estadios más primitivos, sufrieron diversos cambios. *Mb* se convirtió en *m* en todos los casos, pero aún contaba como consonante larga en cuanto al acento, y por tanto se escribía *mm* siempre que pudiera haber dudas acerca de dónde se colocaba el acento al pronunciar.[2] *Ng* permaneció inalterada salvo en los comienzos y los finales de palabra, donde pasó a ser una simple nasal (como en inglés *sing*). *Nd* se convirtió por lo general en *nn*, como en *Ennor*, «Tierra Media», Q. *Endóre;* pero se mantuvo como *nd* al final de los monosílabos tónicos, como *thond*, «raíz» (cf. *Morthond*, «Raíz Negra»), y también delante de *r*, como en *Andros*, «Larga Espuma». Esta *nd* aparece también en algunos nombres antiguos derivados de un período anterior, como en *Nargothrond, Gondolin, Beleriand*. En la Tercera Edad la *nd* final en las palabras largas se había convertido en *n*, de *nn*, como en *Ithilien, Rohan, Anórien*.

VOCALES

Para las vocales se utilizan las letras *i, e, a, o, u* e *y* (esta última solamente en sindarin). Por lo que sabemos, los sonidos representados con estas letras (exceptuando la *y*) eran los comunes, aunque sin duda no es posible detectar muchas variedades locales.[3] Es decir, los sonidos eran aproximadamente los representados por *i, e, a, o, u* en las palabras inglesas *machine, were, father, for, brute* [o las castellanas *máquina, era, padre, por, bruto*] sin que cuente la cantidad de caracteres que aparezcan.

En sindarin *e, a, o* largas tenían la misma cualidad que las cortas, pues habían derivado de éstas en tiempos relativamente

---

2. Como en *galadhremmin ennorath* (p. I. 409), «tierras de árboles entretejidos de la Tierra Media». *Remmirath* (p. I. 161) contiene *rem*, «red». Q. *rembe*, + *mír*, «joya».

3. La presencia de *ei, ou* (o sus equivalentes en los escritos contemporáneos) en la escritura demuestra que la pronunciación de *é* y *ó* largas, como en inglés *say no*, estaba bastante extendida tanto en oestron como en la articulación de los nombres quenya por los hablantes de oestron. Pero tales pronunciaciones se consideraban incorrectas o rústicas. Por supuesto, en la Comarca eran habituales. Por tanto, los que pronuncien *yéni únótime* «largos años innumerables», como es natural hacerlo en inglés, se equivocarán poco más que Bilbo, Meriadoc o Peregrin. Se dice que Frodo mostraba «gran habilidad para la pronunciación de sonidos extranjeros».

recientes (las *é, á, ó* más antiguas habían sido alteradas). En quenya las *é* y *ó* largas, cuando eran pronunciadas correctamente,[4] como lo hacían los Eldar, eran más estiradas y más «cerradas» que las vocales cortas.

Sólo el sindarin de entre las lenguas contemporáneas tenía la *u* «modificada» o anterior, más o menos como la *u* de *lune* en francés. Era una modificación parcial de *o* y *u*, en parte derivada de los diptongos más antiguos *eu, iu*. Para este sonido se había utilizado *y* (como en el inglés antiguo), como en *lýg*, «serpiente», Q. *leuca*, o *emyn*, plural de *amon*, «colina». En Gondor esta *y* se pronunciaba comúnmente como una *i*.

Las vocales largas se señalan habitualmente mediante el «acento agudo», como en ciertas variedades de la escritura fëanoriana. En sindarin las vocales largas en los monosílabos tónicos se señalan con el circunflejo, pues en tales casos tienden a prolongarse especialmente;[5] como sucede en *dûn* en contraste con *Dúnadan*. El uso de circunflejo en otras lenguas como el adûnaico o la lengua de los Enanos no tiene significación especial, y sólo se lo utiliza para señalar que éstas son lenguas extranjeras (como ocurre con el uso de *k*).

La *e* final no es nunca muda o un mero signo de longitud como

4. Escribiendo *ei, ou* (o sus equivalentes en los escritos contemporáneos) se demuestra la bastante difundida pronunciación de *é* y *ó* largas, más o menos como en inglés *say no*, tanto en Oestron como en la articulación de los nombres quenya por los hablantes de Oestron. Pero tales pronunciaciones se consideraban incorrectas o rústicas. Por supuesto, en la Comarca eran habituales. Por tanto, los que pronuncien *yéni únótime* «largos años innumerables», como es natural hacerlo en inglés, se equivocarán poco más que Bilbo, Meriadoc o Peregrin. Se dice que Frodo tuvo «gran facilidad para la emisión de sonidos extranjeros».

5. También en *Annûn*, «puesta de sol», *Amrûn*, «salida del sol», por influencia de las emparentadas *dûn*, «oeste», y *rhûn*, «este».

en inglés. Para señalar esta *e* final con frecuencia (pero no de manera coherente) se escribe *ë*.

Los grupos *er, ir, ur* (finales o delante de una consonante) no han de pronunciarse como en inglés *fern, fir, fur,* sino más bien como en inglés *air, eer, oor.*

En quenya *ui, oi, ai,* y *iu, eu, au* son diptongos (es decir, se pronuncian en una sola sílaba). Cualquier otro par de vocales es bisilábico. Esto se señala a menudo escribiendo *ëa (Eä), ëo, oë.*

En sindarin los diptongos se escriben *ae, ai, ei, oe, ui* y *au.* Otras combinaciones no constituyen diptongos. La escritura de *au* final como *aw* se acomoda a la costumbre inglesa, pero no es en realidad infrecuente en la ortografía fëanoriana.

Todos estos diptongos[6] eran diptongos «descendentes», es decir, acentuados en el primer elemento, y compuestos de vocales simples pronunciadas juntas. Así pues, *ai, ei, oi, ui* han de pronunciarse respectivamente como las vocales en inglés en *rye* (no *ray*), *grey, boy, ruin;* y *au (aw)* como en *loud, how* [o en castellano *auto*] y no como en *laud, haw.*

No hay nada en inglés que corresponda de cerca a *ae, oe, eu; ae* y *oe* pueden pronunciarse como *ai, oi.*

ACENTO

La posición del acento no se señala en las lenguas eldarin, ya que en estas lenguas la colocación depende de la forma de la palabra. En las palabras de dos sílabas, prácticamente sin excepción, recae en la primera. En las palabras largas recae en la penúltima cuando contiene una vocal larga, un diptongo o una vocal seguida

---

6. Originalmente. Pero *iu* en quenya durante la Tercera Edad se pronunciaba normalmente como un diptongo ascendente, como *yu* en inglés *yule.*

por dos (o más) consonantes. Cuando la penúltima sílaba contiene (como ocurre a menudo) una vocal corta seguida de una sola consonante (o de ninguna), el acento recae sobre la antepenúltima sílaba. Las palabras de este último tipo son frecuentes en las lenguas eldarin, especialmente en el quenya.

En los ejemplos que siguen la vocal acentuada se señala mediante una mayúscula: *isIldur, Orome, erEssëa, fËanor, ancAlima, elentÁri, dEnethor, periAnnath, ecthElion, pelArgir, silIvren*. Palabras del tipo de *elentÁri*, «reina estrella», rara vez se presentan en quenya cuando la vocal es *é, á, ó*, a no ser que se trate de palabras compuestas (como en este caso); son más corrientes con las vocales *í, ú*, como *andÚne*, «puesta de sol, oeste».

No aparecen en sindarin, salvo en palabras compuestas. Obsérvese que en sindarin *dh, th, ch* son consonantes singulares y en las escrituras originales se las representa asimismo con letras singulares.

NOTA

En las palabras que no provienen de las lenguas eldarin las letras tienen los mismos valores cuando no se lo indica especialmente, salvo en el caso de la lengua de los Enanos. En ésta, que no posee los sonidos representados arriba por *th* y *ch (kh)*, *th* y *kh* se aspiran, es decir, *t* o *k* seguidas de una aspiración, poco más o menos como en inglés *backhand, outhouse*.

El sonido de la *z* es el de la *z* inglesa. *Gh* en la Lengua Negra o en Orco representa una «fricativa sonora» [como la *g* en el castellano *amigo*] (relacionada con *g* como *dh* con *d*): como *ghâsh* y *agh*.

A los nombres «exteriores» o humanos de los Enanos se les dieron formas nórdicas, pero el valor de las letras es el descrito. También es el caso de los nombres de personas y lugares de Rohan (cuando no se han modernizado), salvo que aquí *éa* y *éo* constituyen diptongos, que pueden representarse por el conjunto *ea* del inglés *bear*, y el *eo* de *Theobald*; y en el caso de la *y*, es la *u* modificada. Las formas modernizadas son fácilmente reconocibles y deben pronunciarse como en inglés [castellano]. Son en su mayoría topónimos como *Dunharrow* (de *Dúnharg*) [El Sagrario], con excepción de *Shadowfax* [Sombragrís] y *Wormtongue* [Lengua de Serpiente].

II
ESCRITURA

Las escrituras y letras utilizadas en la Tercera Edad eran todas en última instancia de origen eldarin, y ya en aquel tiempo muy antiguas. Habían alcanzado la etapa de pleno desarrollo alfabético, pero todavía se utilizaban modos más antiguos en los que sólo las consonantes eran representadas por letras.

Los alfabetos eran de dos tipos principales, independientes en un principio: las *tengwar* o *tîw,* que se traducen aquí como «letras», y las *certar* o *cirth,* que se traducen como «runas». Las *tengwar* estaban concebidas para ser escritas con pluma o pincel, y las formas cuadradas de dichas inscripciones derivaban en este caso de las formas escritas. Las *certar* se diseñaron y utilizaban principalmente para inscripciones grabadas o talladas.

Las *tengwar* eran las más antiguas, pues habían sido desarrolladas por los Noldor, los más hábiles de los Eldar en tales materias, mucho antes de que se exiliaran. Las letras eldarin más antiguas, las tengwar de Rúmil, no se utilizaban en la Tierra Media. Las letras posteriores, las tengwar de Fëanor, eran en gran medida una nueva invención, aunque en algunos aspectos eran tributarias de las letras de Rúmil. Fueron llevadas a la Tierra Media por los Noldor exiliados, y de ese modo llegaron a conocerlas los Edain y los Númenóreanos. En la Tercera Edad su uso se había extendido casi exactamente por la misma zona donde se conocía la lengua común.

Las cirth fueron concebidas por primera vez en Beleriand por los Sindar, y durante mucho tiempo sólo se utilizaron para inscribir nombres y breves testimonios conmemorativos en madera o piedra. A ese origen le deben sus formas angulosas, muy semejantes a las runas de nuestro tiempo, aunque diferían de éstas en los detalles, y su disposición era enteramente distinta. Las cirth en su forma más antigua y simple se extendieron hacia el este durante la Segunda Edad, y muchos pueblos las conocieron, los Hombres y los Enanos y aun los Orcos; y todos ellos las alteraron de acuerdo con sus necesidades y la poca o mucha habilidad que tuvieran para esas artes. Los Hombres de Valle utilizaban todavía una de esas formas simples, y también los Rohirrim.

Pero en Beleriand, antes del fin de la Primera Edad, las cirth, en parte por influencia de las tengwar de los Noldor, se reordenaron y se desarrollaron todavía más. El alfabeto más completo y ordenado fue el que se conoció como alfabeto de Daeron pues, de acuerdo con la tradición élfica, Daeron, el trovador y maestro de la tradición del Rey Thingol de Doriath, fue quien lo desarrolló. Entre los Eldar el alfabeto de Daeron no desarrolló los caracteres cursivos completamente, dado que para escribir los Elfos adoptaron las letras fëanorianas. De hecho, casi todos los Elfos del Occidente abandonaron por entero la utilización de runas. En la tierra de Eregion, sin embargo, el alfabeto de Daeron se mantuvo en uso y de allí pasó a Moria, donde se convirtió en el alfabeto preferido de los Enanos. Lo utilizaron siempre desde entonces entre ellos, y lo llevaron consigo al norte. De ahí que, en tiempos posteriores, se lo llamara a menudo *angerthas Moria* o Secuencia Rúnica de Moria. Al igual que con el habla habitual, los Enanos recurrieron a las formas de escritura vigentes y muchos escribían con habilidad las letras fëanorianas; pero para su propia lengua adoptaron las cirth, y a partir de ellas desarrollaron formas que podían ser escritas con pluma.

	I	II	III	IV
1	1	2	3	4
2	5	6	7	8
3	9	10	11	12
4	13	14	15	16
5	17	18	19	20
6	21	22	23	24
	25	26	27	28
	29	30	31	32
	33	34	35	36

El cuadro muestra, en caligrafía formal, todas las letras que se usaban comúnmente en las Tierras Occidentales durante la Tercera Edad. La disposición es la más común de aquellos tiempos, y sigue el orden en que se las recitaba.

Esta escritura no era en su origen un «alfabeto», es decir, una serie azarosa de signos, cada cual con un valor independiente propio, recitados en un orden tradicional ajeno a las formas y funciones de las letras.[7] Era más bien un sistema de signos consonánticos, de estilo y formas similares, que podían adaptarse según elección o conveniencia para representar las consonantes de las lenguas practicadas (o concebidas) por los Eldar.

Ninguna de las letras tenía en sí un valor fijo; pero poco a poco fueron reconociéndose ciertas relaciones entre ellas.

El sistema comprendía veinticuatro letras primarias, 1-24, dispuestas en cuatro *témar* (series); cada una de las cuales tenía seis *tyeller* (grados). Había también «letras adicionales», como por ejemplo las 25-36. De éstas, las 27 y 29 son las únicas letras estrictamente independientes; las restantes son modificaciones de otras letras. Había también unos cuantos *tehtar* (signos) de usos variados. Éstos no aparecen en el cuadro.[8]

Cada una de las *letras primarias* estaba formada por un *telco* (asta) y un *lúva* (arco). Las formas que se ven en 1-4 se conside-

7. La única relación en nuestro alfabeto que les habría parecido inteligible a los Eldar es la que hay entre P y B; y su mutua separación y la separación de F, M, V les habría parecido absurda.

8. Muchos de ellos aparecen en los ejemplos dados en la inscripción en página I. 68, que se transcribe en la página I. 301. Se utilizaban principalmente para representar sonidos vocálicos; en quenya se consideraban de ordinario modificaciones de las consonantes acompañantes; o para representar más brevemente algunas de las combinaciones consonánticas más frecuentes.

raban normales. El asta podía ser alzada, como en 9-16, o reducida, como en 17-24. El arco podía ser abierto, como en las series I y III, o cerrado, como en II y IV; y en ambos casos podía duplicarse: v. g., en 5-8.

En la Tercera Edad, la costumbre había modificado la libertad teórica de aplicación hasta tal punto que la serie I se aplicaba generalmente a las series dentales o series *t (tincotéma)*, y la II a las labiales o series *p (parmatéma)*. La aplicación de las series III y IV variaba de acuerdo con los requerimientos de las diferentes lenguas.

En lenguas como el Oestron, en las que abundaban las consonantes[9] tales como nuestras *ch, j, sh,* la serie III se dedicaba habitualmente a ellas; en cuyo caso la serie IV se aplicaba a la serie normal *k (calmatéma)*. En quenya, que poseía además de la *calmatéma* una serie palatal *(tyelpetéma)* y una serie labializada *(quessetéma),* las palatales se representaban mediante un signo diacrítico fëanoriano que indicaba «sigue *y*» (por lo común dos puntos colocados debajo), mientras que la serie IV era una serie *kw*.

Dentro de estas aplicaciones generales, por lo corriente se observaban también las siguientes relaciones. Las letras normales, de grado 1, se aplicaban a las «oclusivas sordas»: *t, p, k,* etc. La duplicación del arco indicaba el añadido de «sonoridad»: así, si 1, 2, 3, 4 = *t, p, ch, k* (o *t, p, k, kw*), 5, 6, 7, 8 = *d, b, j, g* (o *d, b, g, gw*). La elevación del asta indicaba que la consonante se abría en una «fricativa»: suponiendo los valores precedentes para grado 1, daría como resultado grado 3 (9-12) = *th, f, sh, ch* (o *th, f, kh, khw/hw*), y grado 4 (13-16) = *dh, v, zh, gh* (o *dh, v, gh, ghw/w*).

El sistema fëanoriano original tenía también un grado con astas que se extendían tanto por encima como por debajo de la

9. La representación de los sonidos es aquí la misma que la empleada en la transcripción que se ha explicado más arriba, salvo que *ch* representa aquí la *ch* en la palabra inglesa *church* [o la castellana *hacha*]; *j* representa el sonido de la *j* inglesa y *zh* el sonido escuchado en *azure* y *occasion.*

línea. Estas astas representaban normalmente consonantes aspiradas (v. g. *t+h, p+h, k+h*), pero podían representar también otras variantes consonánticas cuando las circunstancias así lo requerían. No eran necesarias en las lenguas de la Tercera Edad que utilizaban esta escritura, pero estas formas se utilizaban mucho como variantes (las que se distinguen más claramente del grado 1) de los grados 3 y 4.

El grado 5 (17-20) se aplicaba habitualmente a las consonantes nasales: así, 17 y 18 eran los signos más comunes para *n* y *m*. De acuerdo con el principio observado más arriba, el grado 6 debería entonces haber representado las nasales sordas, pero como tales sonidos (ejemplificados por *nh* en galés o *hn* en inglés antiguo) se daban muy raramente en las lenguas que nos ocupan, el grado 6 (21-24) se utilizaba con mayor frecuencia para las consonantes más débiles o «semivocálicas» de cada una de las series. Entre las letras primarias, este grado comprendía las de forma más pequeña y sencilla. Así, 21 se utilizaba con frecuencia para representar una *r* débil (no vibrante), que originalmente se daba en el quenya, y que se consideraba en el sistema de esa lengua la consonante más débil del *tincotéma;* 22 se utilizaba para representar la *w;* y cuando la serie III se utilizaba como serie palatal, 23 se usaba comúnmente para representar una *y* consonántica.[10]

Dado que algunas de las consonantes del grado 4 tendían a hacerse más débiles en la pronunciación, y se aproximaban a las del grado 6 o se mezclaban con ellas (como se describe arriba), muchas de las consonantes últimas dejaron de tener una función clara en las lenguas eldarin; y las letras que representaron vocales derivaron en amplia medida de estas mismas letras.

---

10. La inscripción de la Puerta Occidental de Moria es un ejemplo de un modo, utilizado para la escritura en sindarin, en el que el grado 6 representaba las nasales simples; pero el grado 5 representaba las nasales dobles o largas, muy frecuentes en sindarin: 17 = *nn,* pero 21 = *n.*

La ortografía estándar del quenya divergía de las aplicaciones de las letras descritas arriba. El grado 2 se utilizaba para las combinaciones *nd, mb, ng, ngw,* todas ellas muy frecuentes, dado que *b, g, gw* aparecían sólo en estas combinaciones, mientras que para *rd, ld,* se utilizaban las letras especiales 26, 28. (Para *lv,* no para *lw,* muchos hablantes, especialmente Elfos, utilizaban *lb:* esto se escribía con 27+6, pues *lmb* no podía darse nunca.) De modo similar, el grado 4 se utilizaba para las combinaciones extremadamente frecuentes *nt, mp, nk, nqu,* pues el quenya no tenía *dh, gh, ghw,* y para *v* se utilizaba la letra 22. Véase más adelante el nombre de las letras del quenya.

Las letras adicionales. La n.º 27 era normalmente utilizada para representar la *l.* La n.º 25 (en su origen una modificación de 21) se utilizaba para representar una *r* «plenamente» vibrante. Las núms. 26, 28 eran modificaciones de éstas. Se utilizaban con frecuencia para representar las sordas *r (rh)* y *l (lh)* respectivamente. Pero en quenya se las utilizaba para *rd* y *ld.* La 29 representaba *s* y la 31 (con rizo duplicado) *z* en las lenguas para las que era necesario. Las formas invertidas 30 y 32, aunque podían utilizarse como signos independientes, en general se utilizaban como meras variantes de 29 y 31 de acuerdo con la conveniencia de la escritura, v. g., se usaban mucho cuando estaban acompañadas por *tehtar* superpuestos.

La n.º 33 fue originalmente una variación que representaba cierta variedad (más débil) de la 11; en la Tercera Edad se la utilizó principalmente para representar la *h.* La 34 se usaba sobre todo (si se la usaba) para representar una *w* sorda *(hw).* 35 y 36 se aplicaban, cuando se las usaba como consonante, sobre todo a la *y* y la *w* respectivamente.

En muchos modos las vocales se representaban por *tehtar,* habitualmente colocados sobre una letra consonántica. En lenguas como el quenya, en la que la mayor parte de las palabras terminan en vocales, el *tehta* se ponía encima de la consonante precedente; en las semejantes al sindarin, en la que la mayor parte de las palabras terminan en consonante, se colocaba en la consonante siguiente. Cuando no había consonante alguna en la posición requerida, el *tehta* se ponía sobre un «portador corto», una de cuyas formas comunes se asemejaba a una *i* sin punto. Los *tehtar* utilizados en las diversas lenguas para representar las vocales eran abundantes. Los más comunes, habitualmente aplicados a (variedades de) *e, i, a, o, u* se muestran en los ejemplos dados. Los tres puntos, la forma más frecuente de representación en escritura formal de la *a,* se escribían de diversos modos en la escritura rápida; a menudo se utilizaban formando una especie de circunflejo.[11] El punto simple y el «acento agudo» se utilizaban con frecuencia para representar la *i* y la *e* (pero en ciertos modos para la *e* y la *i*). Los rizos se utilizaban para representar la *o* y la *u.* En la inscripción del Anillo el rizo abierto hacia la derecha representaba la *u;* pero en la inscripción [en algunas ediciones] de la página del título representa la *o,* y el rizo abierto hacia la izquierda, la *u.* Se prefería el rizo hacia la derecha, y la aplicación dependía de la lengua de que se tratara; en lengua negra la *o* no era frecuente.

Las vocales largas se representaban generalmente colocando el *tehta* sobre el «portador largo», una de cuyas formas comunes era una especie de *j* sin punto. Pero para el mismo fin, podía doblarse el *tehta.* Esto, sin embargo, sólo era frecuente en el caso del uso de los rizos, y a veces en el del «acento». Como signo de *y* siguiente se utilizaban sobre todo dos puntos.

11. En quenya, en la que la *a* es sumamente frecuente, su signo vocálico se omitía a menudo por completo. Así, *calma,* «lámpara», podía escribirse *clm.* Esto se leía naturalmente como *calma,* pues *cl* no era una combinación inicial posible en quenya, y *m* no se daba nunca al final. Una lectura posible era *calama,* pero esa palabra no existía.

La inscripción de la Puerta del Oeste ilustra un modo de «escritura plena» en el que las vocales se representan mediante letras separadas. Aparecen todas las letras vocálicas utilizadas en sindarin. Puede observarse el uso del nº 30 como signo de la *y* vocálica; también la expresión de los diptongos en los que se coloca el *tehta* que representa la *y* siguiente sobre la letra vocálica. El signo de *w* siguiente (necesario para la expresión de *au, aw*) era en este modo la virgulilla ˜ o una modificación de la misma. Pero los diptongos a menudo se escribían enteros, como en la transcripción. En este modo, la vocal larga se indicaba por lo general mediante el «acento agudo», llamado en este caso *andaith*, «marca larga».

Además de los *tehtar* ya mencionados había varios otros utilizados sobre todo para abreviar la escritura; en especial indicaban combinaciones de consonantes frecuentes que de este modo no era necesario escribir por completo. Entre ellos se utilizaba a menudo una barra (o un signo semejante a la tilde del castellano) sobre una consonante para indicar que era precedida por la nasal de la misma serie (como en *nt, mp, nk*); pero un signo similar colocado debajo indicaba principalmente que la consonante era larga o doble. Se utilizaba un gancho curvado hacia abajo unido al arco (como en *hobbits,* la última palabra en la página del título) para indicar una *s* siguiente, especialmente en las combinaciones *ts, ps, ks (x),* frecuentes en quenya.

Por supuesto, no había «modo» que representara el inglés. A partir del sistema fëanoriano podría inventarse uno fonéticamente adecuado. La breve inscripción de la portada no se hizo como ejemplo de un modo para el inglés. Muestra, más bien, un ejemplo de lo que podría haber escrito un hombre de Gondor que vacilara entre los valores de las letras para familiares de su propio «modo» y la escritura tradicional del inglés. Es posible observar que se emplea aquí un punto debajo (una de cuyas funciones era representar las vocales débiles oscurecidas) para la representación de *and* [y] no enfatizada, pero se utiliza también en *here* [aquí] para representar la *e* final muda; *the* [el], *of* [de] y *of the* [de, de la, de los, etc.] se expresan mediante abreviaturas (*dh* extendida y *v* extendida, y esta última mediante un trazo colocado debajo).

Los nombres de las letras. En todos los modos cada letra y signo tenía un nombre; pero estos nombres se concibieron para ajustarse o describir los usos fonéticos en cada modo particular. No obstante, se consideraba a menudo deseable, especialmente para describir los usos de las letras en otros modos, que cada letra tuviera un nombre en relación a su forma. Para este fin se utilizaban comúnmente los «nombres completos» en quenya, aun cuando se refirieran a usos que eran característicos de esa lengua. Cada «nombre completo» era una palabra en quenya que contuviera la letra en cuestión. En lo posible, era el primer sonido de la palabra; pero cuando el sonido o la combinación expresada no sucedía en posición inicial, aparecía inmediatamente después de una vocal inicial. Los nombres de las letras del cuadro eran 1) *tinco,* metal; *parma,* libro; *calma,* lámpara; *quesse,* pluma; 2) *ando,* puerta; *umbar,* destino; *anga,* hierro; *ungwe,* telaraña; 3) *thúle* (*súle*), espíritu; *formen,* norte; *harma,* tesoro (o *aha,* ira); *hwesta,* brisa; 4) *anto,* boca; *ampa,* gancho; *anca,* mandíbulas; *unque,* un hueco; 5) *númen,* oeste; *malta,* oro; *noldo* (forma arcaica *ngoldo*), alguien perteneciente al clan de los Noldor; *nwalme* (forma arcaica *ngwalme*), tormento; 6) *óre,* corazón (mente interior); *vala,* poder angélico; *anna,* regalo; *vilya,* aire, cielo (forma arcaica *wilya*); *rómen,* este; *arda,* región; *lambe,* lengua; *alda,* árbol; *silme,* luz estelar; *silme nuquerna* (*s* invertida); *áre,* luz solar (o *esse,* nombre); *áre nuquerna; hyarmen,* sur; *hwesta sindarinwa, yanta,* puente; *úre,* calor. Toda variante es una consecuencia de que los nombres fueran adjudicados antes de que ciertos cambios afectaran al quenya tal y como lo hablaban los Exiliados. Así, el n.º 11 se llamaba *harma* cuando representaba la *ch* fricativa en todas sus posiciones, pero cuando este sonido se convirtió en *h* aspirada en posición inicial[12] (aunque se conservó en el interior de la palabra), se adoptó el nombre *aha*. Originalmente *áre* era *áze*, pero cuando esta *z* se mezcló con 21, el signo se utilizó en quenya para la muy frecuente combinación *ss* en esa lengua, y se le dio el nombre de *esse*. Se le daba a 12 el nombre *hwesta sindarinwa* o «*hw* de los Elfos Grises», porque en quenya tenía el sonido *hw*, y no eran necesarios signos diferentes para *chw* y *hw*. Los nombres de letras más comúnmente conocidos y usados eran 17 *n*, 33 *hy*, 25 *r*, 10 *f*: *númen, hyarmen, rómen, formen* = oeste, sur, este, norte (cf. sindarin *dûn* o *annûn, harad, rhûn* o *amrûn, forod*). Estas letras comúnmente indicaban los puntos cardinales O, S, E, N aun en lenguas que utilizaban nombres completamente diferentes. En las Tierras Occidentales se los nombraba en este orden, empezando de cara al oeste; de hecho, *hyarmen* y *formen* significaban en verdad región de mano izquierda y región de mano derecha (al contrario del ordenamiento de muchas lenguas humanas).

(ii)

LAS CIRTH

El *certhas daeron* se concibió originalmente para representar sólo los sonidos del sindarin. Las *cirth* más antiguas eran los núms. 1, 2, 5, 6; 8, 9, 12; 18, 19, 22; 29, 31; 35, 36; 39, 42, 46, 50 y una *certh* que variaba entre 13 y 15. La asignación de valores no era sistemática. Los núms. 39, 42, 46 y 50 eran vocales y siguieron siéndolo en todos los desarrollos posteriores. Los núms. 13 y 15

---

12. Para la representación de la h aspirada, el quenya utilizó originalmente una sencilla asta elevada sin arco llamado *halla*, «alto». Éste podía colocarse ante una consonante para indicar que era sorda y aspirada; la *r* y la *l* sordas se pronunciaban así por lo general, y se transcriben *hr, hl*. Más adelante se utilizó 33 para representar la *h* independiente, y el valor de *hy* (su valor más antiguo) se representaba añadiendo el *tehta* para la *y* siguiente.

se utilizaban para representar *h* o *s,* según el 35 se utilizara para representar *s* o *h.* Estas vacilaciones entre las asignaciones de *s* y *h* se mantuvieron en distribuciones posteriores. En los caracteres que consistían en un «asta» y una «rama», 1-31, el acople de la rama, si correspondía solamente a un lado, se hacía normalmente al lado derecho. La inversa no era infrecuente, pero no tenía ninguna significación fonética.

En su forma más antigua, la extensión y la elaboración de este *certhas* se llamó *angerthas daeron,* pues las adiciones a las viejas *cirth* y su reorganización se atribuyeron a Daeron. Lo más probable, sin embargo, es que las principales adiciones, la introducción de dos nuevas series 13-17 y 23-28, fueran invención de los Noldor de Eregion, pues se utilizaron para la representación de sonidos desconocidos en el sindarin.

En la reordenación del *angerthas* pueden observarse los siguientes principios (evidentemente inspirados en el sistema fëanoriano): 1) la adición de un trazo a una rama añadía «sonorización»; 2) la inversión de la *certh* indicaba apertura a una «fricativa»; 3) la colocación de la rama a ambos lados del asta añadía sonorización y nasalización. Estos principios se seguían regularmente, salvo en un punto. En sindarin (antiguo) era necesario un signo que representara una *m* fricativa (o una *v* nasal), y como el mejor modo de lograrlo era la inversión del signo de *m,* al n.º 6, fácilmente reversible, se le atribuía el valor de *m,* pero al n.º 5 se le atribuía el valor *hw.*

El n.º 36, cuyo valor teórico era *z,* se lo utilizaba en la escritura del sindarin o del quenya para la representación de *ss:* cf. 31 fëanoriana. El nº 39 se utilizaba para *i* o *y* (consonántica); 34 y 35 se utilizaban indistintamente para la representación de *s;* y 38 se utilizaba para la muy frecuente secuencia *nd,* aunque la forma no la relacionaba claramente con las dentales.

En el Cuadro de Equivalencias las de la izquierda, cuando están separadas por—, son los valores del *angerthas* más antiguo. Las de la derecha son los valores del *angerthas moria*[13] de los Enanos. Los Enanos de Moria, como puede verse, introdujeron varios cambios de valor asistemáticos, así como también ciertas nuevas *cirth*: 37, 40, 41, 53, 55, 56. Este desarreglo de valores era debido a dos causas principales: 1) la alteración de los valores de 34, 35 y 54 respectivamente a *h*, '(el comienzo claro o glótico de una palabra con una vocal inicial que se daba en el khuzdul) y *s;* 2) el abandono de los núms. 14 y 16, que los Enanos reemplazaron por 29 y 30. También pueden observarse el uso consecuente de 12 para representar la *r*, la invención de 53 para la *n* (y su confusión con 22); el empleo de 17 como *z* que corresponde al cambio anteriormente mencionado de 54 como *s*, y en consecuencia de 36 como *ŋ* y de la nueva *certh* 37 para *ng*. Las nuevas 55 y 56 fueron en su origen una forma reducida a la mitad de 46, y se utilizaron para vocales como las que se escuchan en la palabra inglesa *butter*, frecuentes en la lengua de los Enanos y también en oestron. Cuando eran débiles o evanescentes, a menudo se reducían a un mero trazo sin asta. Este *angerthas moria* se encuentra representado en la inscripción de la tumba.

Los Enanos de Erebor utilizaron otra modificación más tardía de este sistema, conocida como modo de Erebor, del que el Libro de Mazarbul es un ejemplo. Sus principales características eran: la utilización de 43 como *z;* de 17 como *ks (x);* y la invención de dos nuevas *cirth*, 57 y 58, para *ps* y *ts*. También reintrodujeron 14 y 16 para los valores *j, zh;* pero utilizaron 29 y 30 para *g, gh* o como meras variantes de 19 y 21. Estas peculiaridades no se incluyen en el cuadro, con excepción de las *certhar* ereborianas especiales 57 y 58.

13. Los que aparecen entre ( ) son valores que se dan sólo en la utilización élfica; ✳ señala *cirth* sólo utilizadas por los Enanos.

1	16	31	46
2	17	32	47
3	18	33	48
4	19	34	49
5	20	35	50
6	21	36	51
7	22	37	52
8	23	38	53
9	24	39	54
10	25	40	55
11	26	41	56
12	27	42	57
13	28	43	58
14	29	44	
15	30	45	&.

EL ANGERTHAS

Equivalencias

1 p	16 zh	31 l	46 e
2 b	17 nj—z	32 lh	47 ẹ̄
3 f	18 k	33 ng—nd	48 a
4 v	19 g	34 s—h	49 ā
5 hw	20 kh	35 s—'	50 o
6 m	21 gh	36 z—ŋ	51 ō
7 (mh) mb	22 ŋ—n	37 ng*	52 ö
8 t	23 kw	38 nd—nj	53 n*
9 d	24 gw	39 i (y)	54 h—s
10 th	25 khw	40 y*	55 *
11 dh	26 ghw,w	41 hy*	56 *
12 n—r	27 ngw	42 u	57 ps*
13 ch	28 nw	43 ū	58 ts*
14 j	29 r—j	44 w	+h
15 sh	30 rh—zh	45 ü	&

APÉNDICE F

I
LAS LENGUAS Y LOS PUEBLOS DE LA TERCERA EDAD

La lengua representada en esta historia por el inglés [castellano] era el oestron o la «lengua común» hablada en las Tierras Occidentales de la Tierra Media durante la Tercera Edad. En el transcurso de esa edad se había convertido en la lengua nativa de casi todos los pueblos hablantes (salvo los Elfos) que vivían dentro de las fronteras de los viejos reinos de Arnor y Gondor; es decir, a lo largo de todas las costas desde Umbar hacia el norte hasta la Bahía de Forochel, y tierra adentro hasta las Montañas Nubladas y las Ephel Dúath. El oestron se había extendido también hacia el norte remontando el Anduin, abarcando las tierras al oeste del Río y al este de las montañas hasta los Campos Gladios.

En tiempos de la Guerra del Anillo, cuando concluía la edad, tenía aún estos límites como lengua nativa, aunque amplias extensiones de Eriador habían sido abandonadas por entonces, y sobre las orillas del Anduin, entre los Gladios y Rauros, vivían pocos Hombres.

Unos pocos de los antiguos Hombres Salvajes acechaban todavía en el Bosque de Drúadan en Anórien; y en las colinas de las Tierras Brunas había todavía restos de un antiguo pueblo, los anteriores habitantes de gran parte de Gondor. Éstos conservaron sus propias lenguas; mientras que en las llanuras de Rohan vivía ahora un pueblo norteño, los Rohirrim, que habían penetrado en esa tierra unos quinientos años antes. Pero el oestron era utilizado como segunda lengua de comunicación por todos los que conservaban un idioma propio, aun por los Elfos, no sólo en Arnor y Gondor sino también a lo largo de los valles del Anduin y hacia el este hasta los límites lejanos del Bosque Negro. Aun entre los Hombres Salvajes y los Dunlendinos, que evitaban a los extraños, había algunos que eran capaces de hablarlo, aunque de manera entrecortada.

DE LOS ELFOS

Hace ya mucho, en los Días Antiguos, los Elfos se dividieron en dos grandes ramas: los Elfos del Oeste (los Eldar) y los Elfos del Este. A esta última rama pertenecía la mayor parte de los pueblos élficos que habitaban en el Bosque Negro y Lórien; pero sus lenguas no aparecen en esta historia, en la que todos los nombres y las palabras élficas se dan en la forma *Eldarin*.[1]

De las lenguas *Eldarin,* en este libro aparecen dos: el alto élfico o *quenya* y la de los Elfos Grises o *sindarin*. El alto élfico era una antigua lengua de Eldamar más allá del mar, la primera lengua en que aparecen documentos escritos. No era ya una lengua nativa, sino que se había convertido, por así decir, en una especie de «latín élfico», y los Altos Elfos, que habían vuelto exiliados a la Tierra Media al término de la Primera Edad, la utilizaban todavía en las ceremonias y en los elevados asuntos del conocimiento y el canto.

---

1. Durante este período en Lórien se hablaba sindarin, aunque con un acento peculiar, pues la mayor parte de sus gentes era de origen silvano. Este acento y su limitada familiaridad con el sindarin confundió a Frodo (como lo señala en *El libro del Thain* un comentarista de Gondor). Todas las palabras élficas mencionadas en I, ii, caps. 6, 7, 8, son de hecho sindarin, como lo son también la mayor parte de los nombres de lugares y personas. Pero *Lórien, Caras Galadhon, Amroth, Nimrodel* son probablemente de origen silvano y adaptadas al sindarin.

En su origen la lengua de los Elfos Grises estaba emparentada con el *quenya;* porque era la lengua de aquellos Eldar que habían llegado a las orillas de la Tierra Media y no habían atravesado el mar, quedándose un tiempo en las costas de la región de Beleriand. Allí Thingol Mantogrís de Doriath era su rey, y en el largo crepúsculo la lengua de este pueblo había cambiado junto con la naturaleza cambiante de las tierras mortales, y se había apartado mucho de la lengua de los Eldar de más allá del mar.

Los Exiliados, que habitaban entre la más abundante población de los Elfos Grises, habían adoptado el sindarin para el uso cotidiano; y por tanto ésa era la lengua de todos los Elfos y señores élficos que aparecen en esta historia. Pues éstos eran todos de raza Eldarin, aun cuando el pueblo al que gobernaran fuera de clanes menores. La más noble de todos era la Dama Galadriel, de la casa real de Finarfin y hermana de Finrod Felagund, Rey de Nargothrond. En el corazón de los Exiliados el anhelo por el mar fue una inquietud que jamás se apaciguó; dormitaba en el corazón de los Elfos Grises pero, una vez despierto, ya no era posible calmarlo.

DE LOS HOMBRES

El *oestron* era una lengua humana, aunque enriquecida y dulcificada por la influencia élfica. Era en su origen la lengua de aquellos a los que los Eldar llamaron *Atani* o *Edain,* los «Padres de los Hombres», quienes eran específicamente el pueblo de las Tres Casas de los Amigos de los Elfos que, avanzando hacia el oeste, entraron en Beleriand durante la Primera Edad y ayudaron a los Eldar en la Guerra de las Grandes Joyas contra el Poder Oscuro del Norte.

Después de la derrota del Poder Oscuro, en la que la mayor parte de Beleriand quedó sepultada por el mar o destruida, se concedió a los Amigos de los Elfos como recompensa que también ellos, al igual que los Eldar, pudieran trasladarse hacia el oeste por sobre el mar. Pero como el Reino Imperecedero les estaba prohibido, se reservó para ellos una gran isla, la más occidental de todas las tierras mortales. El nombre de esa isla fue Númenor (Oesternesse). Por lo tanto, la mayor parte de los Amigos de los Elfos partieron y habitaron en Númenor, y allí se hicieron grandes y poderosos, marinos de renombre y señores de múltiples navíos. Eran hermosos de cara y de elevada estatura y tenían una vida tres veces más larga que la de los Hombres de la Tierra Media. Éstos fueron los Númenóreanos, los Reyes de los Hombres, a quienes los Elfos llamaron los *Dúnedain*.

Sólo los *Dúnedain* de entre todas las razas de los Hombres conocían y hablaban la lengua élfica, pues sus antepasados habían aprendido la lengua sindarin, y la transmitieron a sus hijos como un importante conocimiento, y cambió muy poco con el paso de los años. Y los sabios de entre ellos aprendieron también el alto élfico, el quenya, y lo consideraron por encima de toda otra lengua, y con ella dieron nombre a múltiples sitios de reverencia y fama y a muchos hombres de realeza y de gran renombre.[2]

Pero la lengua nativa de los Númenóreanos siguió siendo sobre todo su lengua humana ancestral, el adûnaico, y a ella volvieron en sus postreros días de orgullo sus reyes y señores, abandonando la lengua élfica, salvo sólo unos pocos que conservaban su antigua amistad con los Eldar. En sus años de poder, los Númenóreanos habían mantenido muchos fuertes y puertos a lo largo de las costas occidentales de la Tierra Media para beneficio de sus barcos; y uno de los principales estaba en Pelargir,

2. Quenya, por ejemplo, son los nombres *Númenor* (o, completo, *Númenórë*) y *Elendil, Isildur* y *Anárion,* y todos los nombres reales de *Gondor,* incluido *Elessar,* «Piedra de Elfo». La mayor parte de los nombres de otros hombres y mujeres de los Dúnedain, tales como *Aragorn, Denethor* o *Gilraen* tienen forma sindarin, pues son a menudo los nombres de Elfos u Hombres recordados en los cantos y las historias de la Primera Edad (como *Beren, Húrin*). Unos pocos tienen formas mixtas, como Boromir.

cerca de las Bocas del Anduin. Allí se hablaba el adûnaico, y mezclado con muchas palabras de las lenguas de hombres menores se convirtió en la lengua común que se extendió a lo largo de las costas entre todas las gentes que tenían trato con Oesternesse.

Después de la Caída de Númenor, Elendil condujo de regreso a los supervivientes de los Amigos de los Elfos a las costas noroccidentales de la Tierra Media. Allí vivían ya muchos que eran en parte o plenamente de sangre númenóreana; pero pocos de ellos recordaban la lengua élfica. De modo que los Dúnedain fueron así desde un principio más escasos en número que los hombres menores entre quienes vivían y a quienes gobernaban, pues eran señores de larga vida y gran sabiduría y poder. Por tanto, en el trato con otros pueblos y en el gobierno de sus vastos reinos emplearon la lengua común; pero la ampliaron y la enriquecieron con muchas palabras extraídas de las lenguas élficas.

En los días de los reyes númenóreanos, este oestron ennoblecido se extendió ampliamente aun entre pueblos enemigos, y los Dúnedain mismos la utilizaron cada vez más, de modo que en el tiempo de la Guerra del Anillo la lengua élfica era sólo conocida por una parte pequeña de los pueblos de Gondor, y menos aún eran los que la hablaban cotidianamente. Éstos vivían sobre todo en Minas Tirith y las poblaciones vecinas, y en la tierra de los príncipes tributarios de Dol Amroth. No obstante, los nombres de casi todos los lugares y personas del reino de Gondor tenían forma y significado élficos. El origen de unos pocos se había olvidado, y provenían sin duda de los tiempos anteriores a que los barcos de los Númenóreanos se hicieran a la mar; entre éstos se contaban *Umbar, Arnach* y *Erech;* y los nombres de montañas *Eilenach* y *Rimmon. Forlong* era también un nombre del mismo tipo.

La mayor parte de los Hombres de las regiones septentrionales de las Tierras del Oeste descendían de los *Edain* de la Primera Edad o de parientes suyos muy próximos. Por tanto, sus lenguas estaban emparentadas con el adûnaico, y algunas conservaban todavía cierta semejanza con la lengua común. De esta extracción eran los pueblos de los valles del curso superior del Anduin: los Beórnidas y los Hombres del Bosque Negro occidental; y, más hacia el norte y el este, los Hombres de Lago Largo y de Valle. De las tierras que se extendían entre el Gladio y Carroca provenía el pueblo que se conoció en Gondor como los Rohirrim, los Señores de los Caballos. Hablaban todavía su lengua ancestral, y en ella dieron nuevos nombres a la mayor parte de los lugares de su nuevo país; y se llamaron a sí mismos los Eorlingas, o los JinetesHombres de la Marca. Pero los señores de ese pueblo hablaban la lengua común con espontaneidad y nobleza según la manera de sus aliados de Gondor; pues en Gondor, de donde provenía, el oestron mantenía aún un estilo más gracioso y antiguo.

Completamente distinta era la lengua de los Hombres Salvajes del Bosque de Drúadan. También distinto, o sólo remotamente emparentado, era el lenguaje de los Dunlendinos. Eran éstos un resto de los pueblos que habían habitado en los valles de las Montañas Blancas en eras pasadas. Los Hombres Muertos de El Sagrario eran parientes suyos. Pero en los Años Oscuros otros se habían trasladado a los valles australes de las Montañas Nubladas, y desde allí algunos fueron a las tierras desiertas adentrándose hacia el norte hasta las Colinas de los Túmulos. De ellos provenían los Hombres de Bree, pero mucho antes se habían convertido en súbditos del Reino septentrional de Arnor y habían adoptado la lengua oestron. Sólo en las Tierras Brunas los Hombres de esta raza conservaron su propia lengua y costumbres: era éste un pueblo reservado, estaba enemistado con los Dúnedain y odiaba a los Rohirrim.

De esa lengua nada aparece en este libro salvo el nombre *Forgoil,* que dieron a los Rohirrim (que, según se dice, significa Cabezas de Paja). «Brunos» y «Dunlendinos» son los nombres que los Rohirrim les dieron, pues eran de piel morena y cabellos negros; no existe así conexión entre «bruno» [*dunn*] en estos nombres y la palabra en sindarin *Dûn,* «oeste».

Los Hobbits de la Comarca y de Bree habían adoptado la lengua común desde hacía ya probablemente unos mil años. La empleaban a su propio modo con espontaneidad y descuido; aunque los más instruidos de entre ellos dominaban aún un lenguaje más formal cuando la ocasión lo requería.

No hay registro de que haya habido una lengua particular de los Hobbits. En días antiguos siempre parecen haber empleado las lenguas de los Hombres que tuvieran cerca o entre los que hubieran vivido. De este modo no tardaron en adoptar la lengua común después de haber entrado en Eriador, y por el tiempo en que se asentaron en Bree ya habían empezado a olvidar su antigua lengua. Ésta era evidentemente una lengua humana hablada en los alrededores del curso superior del Anduin, emparentada con la de los Rohirrim; aunque los Fuertes del sur parecen haber adoptado una lengua relacionada con el Dunlendino antes de que llegaran al norte de la Comarca.[3]

De todas estas cosas en tiempos de Frodo había todavía algunas huellas en las palabras y los nombres locales, y muchos tenían una estrecha semejanza con los que aparecían en Valle o en Rohan. Era esto muy evidente en el nombre de los días, los meses y las estaciones; algunas otras palabras de la misma especie (tales como *mathom* y *smial*) eran todavía de uso corriente, mientras que muchas más se preservaban en los nombres de los lugares de Bree y la Comarca. Los nombres personales de los Hobbits eran también peculiares y muchos provenían de días remotos.

Hobbit era el nombre que habitualmente aplicaba el pueblo de la Comarca a todos los de su pueblo. Los Hombres los llamaban *Medianos* y los Elfos *Periannath*. El origen de la palabra *hobbit*

---

3. Los Fuertes del Ángulo, que regresaron a las Tierras Salvajes, habían ya adoptado la lengua común; pero *Déagol* y *Sméagol* son nombres en la lengua humana que se hablaba en las inmediaciones del Gladio.

había sido olvidado por la mayoría. Parece, sin embargo, haber sido al principio un nombre que los Fuertes y los Albos dieron a los Pelosos, y una forma erosionada de una palabra preservada intacta en Rohan: *holbytla*, «constructor de agujeros».

DE OTRAS RAZAS

Ents. El pueblo más antiguo que sobrevivía en la Tercera Edad eran los *Onodrim* o *Enyd. Ents* era la forma que había adoptado su nombre en la lengua de Rohan. Los Eldar los conocían en los días antiguos, y por ellos adquirieron por cierto no su lengua, pero sí el deseo de hablar. La lengua que se forjaron difería de todas las otras: lenta, sonora, acumulativa, repetitiva, ciertamente necesitada de largo aliento para ser pronunciada; formada por tal multiplicidad de matices vocálicos y distinciones de tono y calidad que ni siquiera los maestros de la tradición de los Eldar intentaron representar por escrito. La empleaban sólo entre ellos; pero no les hacía falta mantenerla en secreto, pues nadie era capaz de aprenderla.

Sin embargo, los Ents eran hábiles para las lenguas, las aprendían pronto y jamás las olvidaban. Pero preferían las lenguas de los Eldar, y la que más les gustaba era el antiguo alto élfico. Las palabras y los nombres extraños que los Hobbits registraron (de los empleados por Bárbol y los otros Ents) son, pues, élficos o fragmentos de lenguas élficas entrelazadas a la manera de los Ents.[4] Algunas son del quenya: como *Taurelilómëa-tumbalemorna Tumbaletaurëa Lómëanor,* que puede traducirse como: «Bosqueplurisombrío-negrovalleprofundo Boscosovalleprofundo Tierralúgubre», con lo que Bárbol quería expresar poco más o menos: «hay una sombra negra en los profundos

---

4. Salvo cuando los Hobbits parecen haber intentado representar los murmullos y las llamadas más breves emitidas por los Ents; *a-lalla-lalla-rumba-kamanda-lindor-burúme* tampoco es élfico, y es el único intento existente (probablemente muy inexacto) de representar un fragmento de la genuina lengua éntica.

valles del bosque». Algunas son sindarin: como *Fangorn,* «barba-(de)-árbol», o *Fimbrethil,* «haya esbelta».

Los Orcos y la Lengua Negra. Orco es el nombre que otras razas dieron a este pueblo inmundo en la lengua de Rohan. En sindarin era *orch.* La palabra en lengua negra *uruk,* sin la menor duda, estaba relacionada con ella, aunque se aplicaba por norma sólo a los grandes soldados orcos que por ese tiempo salían de Mordor e Isengard. Las especies menores eran llamadas, especialmente por los uruk-hai, *snaga,* «esclavo».

Los Orcos fueron criados por primera vez por el Poder Oscuro en los Días Antiguos. Se dice que no tenían lengua propia, pero tomaban lo que podían de otras y lo pervertían a su antojo; no obstante, sólo conseguían jergas brutales, apenas suficientes incluso para sus propias necesidades, a no ser que se tratara de maldiciones e insultos. Y estas criaturas, colmadas de malicia y que odiaban aun a los de su propia especie, no tardaron en desarrollar tantos bárbaros dialectos como grupos o colonias había de esta raza, de modo que la lengua órquica les era de poca utilidad para comunicarse entre las diversas tribus.

Así fue que en la Tercera Edad los Orcos utilizaron para comunicarse entre sus diversos grupos el idioma oestron; pues ya sin duda muchas de las tribus más antiguas, como las que se demoraban todavía en el norte y las Montañas Nubladas, utilizaban desde hacía mucho el oestron como lengua nativa, aunque lo hacían de una manera que apenas resultaba menos desagradable que el órquico. En esta jerga, *tark* [tarco], «hombre de Gondor», era una forma corrompida de *tarkil,* palabra quenya que se utilizaba en oestron para designar a alguien que tuviera ascendencia númenóreana; véase p. III. 259.

Se dice que la lengua negra fue inventada por Sauron en los Años Oscuros, y que había querido convertirla en la lengua de todos los aquellos que le servían, pero fracasó en este propósito. De la lengua negra, sin embargo, derivaban muchas de las palabras ampliamente difundidas entre los Orcos durante la Tercera Edad, tales como *ghâsh,* «fuego»; pero después de la primera derrota de Sauron, la forma antigua de la lengua, en su forma arcaica, fue olvidada por todos excepto por los Nazgûl. Cuando Sauron se levantó otra vez, se convirtió nuevamente en la lengua de Barad-dûr y de los capitanes de Mordor. La inscripción del Anillo estaba en la forma arcaica de la lengua negra, mientras que la maldición del orco de Mordor en la página II. 67 era una forma más corrupta utilizada por los soldados de la Torre Oscura, de los cuales era capitán Grishnak. *Sharkû* en esa lengua significa *anciano.*

Trolls. La palabra *troll* se utilizó para traducir la palabra en sindarin *Torog.* En un principio, mucho tiempo atrás, en el crepúsculo de los Días Antiguos, éstas eran criaturas de naturaleza torpe y estúpida y no tenían más lenguaje que las bestias. Pero Sauron las utilizó, enseñándoles lo poco que podían aprender y acrecentándoles el ingenio a base de maldad. Por tanto, los Trolls tomaban tanto habla como podían articular de los Orcos; y en las Tierras Occidentales los Trolls de Piedra hablaban una forma corrompida de la lengua común.

Pero a fines de la Tercera Edad apareció en el sur del Bosque Negro y en las fronteras montañosas de Mordor una raza de Trolls nunca vista antes, Olog-hai los llamaban en lengua negra. Que Sauron los hubiera criado no había duda, aunque no se sabía a partir de qué estirpe. Algunos sostenían que no eran trolls, sino Orcos gigantes; pero los Olog-hai eran en cuerpo y mente muy distintos aun de los más grandes de los Orcos, a quienes sobrepasaban de largo en tamaño y poder. Eran trolls, pero rebosaban de la mala voluntad de su amo: una raza feroz, fuerte, ágil, salvaje y astuta, pero más dura que la piedra. A diferencia de la antigua raza del Crepúsculo, podían soportar el Sol en tanto los dominara la voluntad de Sauron. Hablaban poco, y la única lengua que conocían era la lengua negra de Barad-dûr.

Enanos. Los Enanos constituyen una raza aparte. De su extraño comienzo y por qué son semejantes y a la vez diferentes a los Elfos y los Hombres, se cuenta en el Silmarillion; pero de esta historia los Elfos menores de la Tierra Media no tenían conocimiento, mientras que las historias de los Hombres posteriores se confunden con memorias de otras razas.

Constituyen en su mayoría un pueblo robusto, grave, reservado, laborioso, que no olvida las injurias (ni los actos de bondad), amantes de la piedra, de las gemas, de las cosas que cobran forma en las manos de artesanos, más que de las cosas con vida propia. Pero no son malos por naturaleza, y pocos son los que sirvieron al Enemigo por libre voluntad, sea lo que fuere lo alegado en las historias de los Hombres. Porque los Hombres de antaño codiciaban los tesoros y las obras de los Enanos, y hubo enemistad entre ambas razas.

Pero en la Tercera Edad, y en muchos lugares, había aún gran amistad entre los Hombres y los Enanos; y era propio de la naturaleza de los Enanos que, al viajar y trabajar y comerciar por las tierras, como hicieron después de la destrucción de sus antiguas mansiones, emplearan las lenguas de los hombres entre los que vivían. No obstante, en secreto (un secreto que, a diferencia de los Elfos, no revelaban de buen grado ni siquiera a los amigos), empleaban su propia extraña lengua, muy poco cambiada por los años; pues se había convertido en una lengua del saber más que en una lengua materna, y la atendían y la guardaban como un tesoro del pasado. Pocas son las gentes de otros pueblos que hayan podido dominarla. En esta historia sólo aparece en los topónimos que Gimli reveló a sus compañeros; y en el grito de batalla que lanzó en el sitio de Cuernavilla. Ése al menos no era secreto, y había sido escuchado en muchos campos de batalla desde que el mundo era joven. *Baruk Khazâd! Khazâd ai-mênu!* «¡Hachas de los Enanos! ¡Los Enanos están sobre vosotros!».

El nombre del propio Gimli, sin embargo, y los nombres de todo su linaje son de origen septentrional (humano). Sus propios nombres secretos e «interiores», sus verdaderos nombres, los

Enanos no los han revelado nunca a nadie de otra raza. No los inscriben ni siquiera sobre sus tumbas.

II
SOBRE LA TRADUCCIÓN

Al presentar el asunto del Libro Rojo como una historia que pueda leer la gente de la actualidad, el marco lingüístico completo se ha traducido en la medida de lo posible a términos de nuestro propio tiempo. Sólo las lenguas ajenas a la lengua común se han dejado en su forma original; pero éstas aparecen sobre todo en los nombres de personas y lugares.

La lengua común, como lenguaje de los Hobbits y sus historias, inevitablemente se ha volcado al inglés [castellano] moderno. En el proceso se han reducido las diferencias entre las variedades observadas en el uso del oestron. Se ha intentado en parte representar variedades como variaciones del tipo de inglés [castellano] utilizado; pero la divergencia entre la pronunciación y la variante de la Comarca y la lengua oestron en boca de los Elfos y los altos hombres de Gondor era mayor que lo que se muestra en este libro. En verdad, los Hobbits hablaban en su mayoría un dialecto rústico, mientras que en Gondor y Rohan se utilizaba una lengua más arcaica, más formal y más sucinta.

Puede observarse aquí un punto de esta divergencia puesto que, aunque sea importante, no fue posible representarlo. La lengua oestron en los pronombres de la segunda persona (y a menudo también en los de la tercera) hacía una distinción, independientemente del número, entre el tratamiento «familiar» y el «respetuoso». Pero una de las peculiaridades de la variante de la Comarca consistía en que las formas de tratamiento respetuoso habían desaparecido del uso coloquial. Sólo se conservaban entre los aldeanos, especialmente los de la Cuaderna del Oeste, que las utilizaban como tratamientos de afecto. A cosas como ésta se refería la gente de Gondor cuando hablaba de la rareza del habla hobbit. Peregrin Tuk, por ejemplo, en los primeros días que pasó en Minas Tirith, utilizaba las formas familiares para gente de todo rango, incluyendo al Señor Denethor. Esto pudo haber divertido al viejo Senescal, pero sus sirvientes seguramente quedaron anonadados. Sin duda esta utilización pródiga de las formas familiares contribuyó a esparcir el rumor popular de que Peregrin era una persona de muy alta jerarquía en su propio país.[5]

Se advertirá que algunos hobbits, como Frodo, y otras personas como Gandalf y Aragorn, no siempre emplean el mismo estilo. Esto es intencional. Los más eruditos y capaces de entre los Hobbits tenían cierto conocimiento del «lenguaje de los libros», como se lo llamaba en la Comarca; y eran rápidos para observar y adoptar el estilo de aquellos con los que tenían trato. De cualquier modo era natural para gente muy viajera que hablaran más o menos como aquellos entre los que se encontraban, especialmente en el caso de hombres a quienes, como Aragorn, se esforzaban a menudo en ocultar de dónde venían y la empresa que tenían entre manos. Sin embargo, en aquellos días todos los enemigos del Enemigo veneraban lo antiguo, en la lengua no menos que en otros asuntos, y se complacían con ello en la medida de sus conocimientos. Los Eldar, que por sobre todo eran hábiles con las palabras, dominaban múltiples estilos, aunque hablaban con más naturalidad en el modo que más se aproximara a su propio lenguaje, aún más antiguo que el de Gondor. También los Enanos hablaban con habilidad, adaptándose sin trabajo a la compañía de quienes les rodeasen, aunque algunos opinaban que la pronunciación era algo gutural y áspera. Pero los Orcos y

5. En uno o dos pasajes se intentó sugerir estas distinciones mediante la utilización incoherente de *thou* [el *vos* castellano]. Dado que este pronombre es ahora desfasado y arcaico, se usa sobre todo para representar el lenguaje ceremonial; pero a veces el reemplazo de *you* [tú] por *thou, thee* [vos, vuestro] tiene como intención mostrar, ya que no hay otro modo de hacerlo, un cambio significativo de la forma respetuosa (o, entre hombre y mujer, normal) a la forma de tratamiento familiar.

los Trolls hablaban a su antojo, sin amor por las palabras ni las cosas; y su lenguaje era de hecho más degradado e inmundo que como lo he mostrado. No creo que nadie desee una transmisión más fiel, aunque no es difícil encontrar ejemplos. Todavía suele oírse un modo de hablar semejante entre gente de mentalidad no muy distinta de la de los Orcos; monótono y repetitivo y lleno de odio y desprecio, demasiado alejado del bien como para retener siquiera fuerza verbal, salvo para los oídos de aquellos a los que sólo lo sórdido les resulta vigoroso.

Traducciones de este tipo, por supuesto, son frecuentes por ser inevitables en cualquier narración que trate del pasado. Rara vez van más lejos. Pero yo las he dejado atrás. También he traducido todos los nombres en oestron de acuerdo con sus sentidos. Cuando en este libro aparecen nombres o títulos ingleses [castellanos] esto significa que esos nombres en lengua común eran corrientes por aquel entonces, además, o en lugar de, los que aparecen en lenguas extrañas (normalmente élficas).

Los nombres en oestron eran por regla general traducciones de otros más antiguos: como Rivendel, Fontegrís, Cauce de Plata, Playa Larga, El Enemigo, la Torre Oscura. Algunos diferían de su significado: como Monte del Destino para *Orodruin,* «montaña ardiente», o Bosque Negro para *Taur e-Ndaedelos,* «bosque del gran temor». Unos pocos eran alteraciones de nombres élficos: Lune y Brandivino, por ejemplo, derivaban de *Lhûn* y *Baranduin.*

Este procedimiento necesita quizá de una cierta defensa. Me pareció que presentar todos los nombres en su forma original habría oscurecido un rasgo esencial de esos tiempos tal y como lo percibían los Hobbits (cuyo punto de vista quise preservar por sobre toda otra cosa): el contraste entre una lengua ampliamente difundida, tan ordinaria y habitual para ellos como es para nosotros el inglés [castellano], y los restos vivientes de lenguas mucho más antiguas y venerables. Si todos los nombres se transcribieran tal cual serían igualmente remotos para el lector moderno: por ejemplo, si el nombre élfico *Imladris* y la traducción al oestron *Karningul* se hubieran dejado sin alterar. Pero referirse a Rivendel como Imladris sería como llamar hoy Camelot a Winchester, excepto en que la identidad sería indudable, mientras que en Rivendel vivía aún un señor de renombre mucho más viejo de lo que sería hoy Arturo si fuera todavía rey en Winchester.

Para el nombre de la Comarca (*Sûza*) y todos los otros lugares de los Hobbits se han adoptado, pues, formas inglesas [castellanas]. Esto rara vez resultó difícil, pues tales nombres comúnmente estaban constituidos por elementos similares a los que usamos en nuestros nombres sencillos de lugares en inglés fueran palabras todavía corrientes como *hill* [colina] o *field* [campo], o algo simplificadas como *ton* en lugar de *town* [ciudad]. Pero algunos derivaban, como se observó ya, de viejas palabras hobbit en desuso, y a éstas se las ha representado mediante elementos semejantes en inglés, tales como *wich,* o *bottle* «morada», o *michel,* «grande».

Sin embargo, en el caso de las personas, los apellidos hobbit en la Comarca y Bree eran peculiares en aquellos días, especialmente por la costumbre que se había desarrollado unos siglos antes de esta época de tener un nombre heredado de la familia. La mayor parte de estos apellidos tenían significados obvios (en el habla vigente, derivados de motes puestos en broma, o de nombres de lugares o, especialmente en Bree, de plantas y árboles). Traducir éstos no fue muy difícil; pero quedaban uno o dos nombres antiguos de significado ya olvidado; y en ese caso me contenté con las formas inglesas, como Took [Tuk] por *Tûk* o Boffin por *Bophîn.*

En la medida de lo posible, he tratado los nombres de pila de los Hobbits de la misma manera. Los Hobbits daban comúnmente a sus hijas el nombre de flores o de joyas. A los hijos varones les ponían nombres que no tenían ningún significado en el lenguaje cotidiano; y algunos de los nombres de sus mujeres eran similares. De esta clase son Bilbo, Bungo, Polo, Lotho, Tanta, Nina, etcétera. Hay muchas semejanzas inevitables, aunque accidentales, con nombres que llevamos o conocemos ahora: por ejemplo, Otho, Odo, Drogo, Dora, Cora y otros por el estilo.

Estos nombres los he conservado, aunque por lo general alteré sus finales, pues en los nombres Hobbit la *a* era una terminación masculina y *o* y *e* eran femeninas.

Sin embargo, en algunas viejas familias, especialmente las de origen Albo como los Tuk y los Bolger, era costumbre poner nombres de pila de gran sonoridad. Como la mayoría de éstos parecen haber sido extraídos de leyendas del pasado, tanto de Hombres como de Hobbits, y muchos de ellos, aunque sin significado para los Hobbits contemporáneos, tenían una estrecha semejanza con los nombres del Valle del Anduin, o de Valle o de la Marca, los he transformado en esos antiguos nombres, en gran parte de origen franco o godo, que usamos todavía hoy o que encontramos en nuestras historias. De ese modo, he conservado el cómico contraste entre los nombres y los apellidos del que los mismos Hobbits eran muy conscientes. Rara vez se han utilizado nombres de origen clásico, pues los equivalentes más próximos al latín y al griego en los conocimientos de los Hobbits eran las lenguas élficas, que los Hobbits apenas utilizaban en su nomenclatura. Pocos de entre ellos conocieron nunca las «lenguas de los reyes», como las llamaban.

Los nombres de los habitantes de Los Gamos eran diferentes de los del resto de la Comarca. Las gentes de Marjala y sus descendientes al otro lado del Brandivino eran peculiares por diversos motivos, como se ha dicho. Muchos de sus extraños nombres los heredaron sin duda de la vieja lengua de los Fuertes del sur. A éstos por lo general los he dejado inalterados, pues si resultan extraños ahora también lo eran entonces. Tenían un estilo que quizá podríamos considerar vagamente «celta».

Como la supervivencia de huellas de la antigua lengua de los Fuertes y de los Hombres de Bree se asemeja a la supervivencia de elementos celtas en Inglaterra, he imitado a veces a estos últimos en mi traducción. De este modo Bree, Combe (Coomb [Valle]), Archet y Chetwood [Bosque de Chet] están modelados sobre reliquias de la nomenclatura británica, escogidas de acuerdo con el significado: *bree,* «hill» [«colina»]; *chet,* «wood» [«bosque»]. Pero sólo un nombre de persona ha sido alterado de este modo. Se escogió Meriadoc para reflejar el hecho de que el nombre abreviado de este personaje, Kali, significaba en oestron «jovial, alegre», aunque era en realidad una abreviación del nombre gamuno Kalimac, cuyo significado ya se había perdido.

En mis transposiciones no he utilizado nombres de origen hebreo u otros orígenes similares. Nada en los nombres hobbit corresponde a ese elemento en nuestros nombres. Nombres breves como Sam, Tom, Tim, Mat, eran hipocorísticos corrientes de nombres hobbit existentes como Tomba, Tolma, Matta y otros por el estilo. Pero Sam y su padre Ham se llamaban en realidad Ban y Ran. Éstos eran hipocorísticos de *Banazîr y Ranugad,* originalmente apodos que significaban «mentecato, simple» y «persona casera»; pero aunque eran palabras que habían caído en desuso en el lenguaje coloquial, continuaron siendo nombres tradicionales en ciertas familias. Por tanto, he intentado preservar estos rasgos utilizando Samwise [Samsagaz] y Hamfast [Hamveloz], modernizaciones del inglés antiguo *samwís y hámfæst,* con significados semejantes.

Habiendo avanzado hasta aquí en mi intento de modernizar y hacer sonar familiar el lenguaje y los nombres de los Hobbits, me encontré inmerso en el siguiente proceso. Las lenguas humanas relacionadas con el oestron, me pareció, tenían que volcarse en formas relacionadas con el inglés. En consecuencia, hice que la lengua de Rohan se pareciera a una forma antigua del inglés, pues estaba relacionada tanto con la lengua común (más remotamente) como con la vieja lengua de los Hobbits del norte (muy de cerca), y comparada con el oestron era una lengua arcaica. En varios pasajes del Libro Rojo se observa que cuando los Hobbits oyeron la lengua de Rohan reconocieron muchas palabras y consideraron que estaba emparentada con la de ellos, de modo que parecía absurdo dejar los nombres y las palabras registrados de los Rohirrim en un estilo completamente distinto.

En varios casos he modernizado las formas y la ortografía de los topónimos de Rohan, como en *Dunharrow* [El Sagrario] o

Snowbourn [Río Nevado]; pero no he sido consistente, pues el texto que he traducido estaba escrito por hobbits. Alteraron los nombres que oyeron en la misma medida, tanto si estaban constituidos por elementos que reconocían como si se parecían a nombres de sitios de la Comarca; pero a muchos los dejaron inalterados, como hice yo, por ejemplo, en el caso de *Edoras,* «las cortes». Por las mismas razones se han modernizado también unos pocos nombres personales, como Shadowfax [Sombragrís] y Wormtongue [Lengua de Serpiente].[6]

Esta asimilación sirvió también para representar las palabras hobbit locales que eran de origen norteño. Se les ha dado la forma que ciertas palabras perdidas del inglés habrían podido tener si hubieran llegado hasta nuestros días. Así, *mathom* pretende evocar la antigua palabra inglesa *máthm,* y de ese modo representar la relación de la palabra auténticamente hobbit *kast* con la de Rohan *kastu.* Del mismo modo *smial* (o *smile*), «madriguera», es una forma probable para una palabra derivada de *smygel,* y representaba adecuadamente la relación de *trân* en lengua hobbit con *trahan* en lengua de Rohan. Sméagol y Déagol son equivalentes fabricados del mismo modo para los nombres *Trahald,* «excavación, horadación», y *Nahald,* «secreto», en las lenguas septentrionales.

La lengua aún más septentrional de Valle sólo se ve en este libro en los nombres de los Enanos venidos de esa región, que continuaban usando la lengua de los Hombres de allí y adoptaban sus nombres «exteriores» en esa lengua. Es posible observar que en [las ediciones inglesas de] este libro, como en *The Hobbit,* se ha utilizado la forma *dwarves* [enanos], aunque los diccionarios nos dicen que el plural de *dwarf* [enano] es *dwarfs* [enanos]. Hubiera

---

6. Este procedimiento lingüístico de ningún modo implica que los Rohirrim se asemejaran en otros aspectos a los antiguos ingleses, ni en cultura ni en arte, ni en los armamentos ni en los métodos de lucha, salvo de un modo general debido a sus circunstancias: un pueblo más sencillo y primitivo que vivía en contacto con una cultura más elevada y venerable, y que ocupaba tierras que otrora habían formado parte de su dominio.

sido *dwarrows* (o *dwerrows*) si el singular y el plural hubieran seguido cada uno su propio camino a lo largo de los años, como lo han hecho *man* [hombre] y *men* [hombres] o *goose* [ganso] y *geese* [gansos]. Pero ya no hablamos tan a menudo de un enano como lo hacemos de un hombre o aun de un ganso, y el recuerdo no se ha conservado tan fresco entre los Hombres como para mantener una forma plural especial para una raza relegada ahora a los cuentos de hadas, donde al menos se preserva una sombra de verdad, o en última instancia a las historias sin sentido [nonsense-stories], en las que se han convertido en meras figuras de diversión. Pero en la Tercera Edad todavía relumbraba, aunque algo velado, un vestigio del viejo carácter y poderío de los Enanos: éstos son los descendientes de los Naugrim de los Días Antiguos, en cuyo corazón arde todavía el antiguo fuego de Aulë el Herrero, y echa humo el rescoldo de su viejo rencor contra los Elfos, y en cuyas manos vive aún la habilidad para los trabajos de la piedra que nadie ha superado jamás.

Para señalar esto, es que me he aventurado a utilizar la forma *dwarves,* y así apartarlos un tanto, quizá, de los cuentos algo tontos de estos más modernos días. *Dwarrows* habría sido mejor; pero he utilizado esa forma sólo en el nombre *Dwarrowdelf,* para representar el nombre de Moria en la lengua común: *Phurunargian.* Pues significaba «excavación de los Enanos» y era ya entonces una palabra antigua. Pero Moria era un nombre élfico dado sin amor; pues los Eldar, aunque en momentos de necesidad en sus amargas luchas con el Poder Oscuro y sus sirvientes, abrieran fortalezas bajo tierra, no habitaban allí por elección. Amaban la tierra verde y las luces del cielo; y Moria significa Abismo Negro en la lengua Eldar. Pero los Enanos, y este nombre por lo menos no permaneció secreto, lo llamaron *Khazad-dûm,* la Mansión de los Khazâd; porque tal es el nombre con que designan a su propio pueblo, y lo ha sido desde que se lo dio Aulë cuando los creó en las profundidades del tiempo.

Elfos se ha utilizado tanto para traducir *Quendi,* «los hablantes», el nombre alto élfico de toda la especie, como *Eldar,* el nombre de los Tres Clanes que buscaron el Reino Imperecedero y llegaron allí en el principio de los Días (con la sola excepción de los *Sindar*). Esta antigua palabra era en verdad la única disponible, y en otros tiempos pudo aplicarse adecuadamente al recuerdo de este pueblo que preservaban los Hombres, o a aquellas creaciones de las mentes de los Hombres que no fueran del todo distintas. Pero se la ha menoscabado, y ahora a muchos les puede sugerir fantasías o bonitas o tontas, que difieren tanto de los Quendi de antaño como las mariposas de los rápidos halcones (esto no quiere decir que los Quendi tuvieran nunca alas en sus cuerpos, que les eran tan ajenas como a los Hombres.) El pueblo de los Elfos era alto y hermoso, los Hijos mayores del mundo, y entre ellos los Eldar eran como reyes, ahora desaparecidos: el Pueblo del Gran Viaje, el Pueblo de las Estrellas. Eran altos, de piel clara y ojos grises, aunque tenían los cabellos oscuros, salvo en la casa dorada de Finarfin[7]; y había más melodías en su voz que en cualquier voz mortal que ahora pueda escucharse. Eran valientes, pero la historia de los que retornaron exiliados a la Tierra Media fue penosa; y aunque el destino de los Padres marcó un día muy lejano esa historia, su propio destino no es el de los Hombres. El dominio de los Elfos acabó hace mucho tiempo, y habitan ahora más allá de los círculos del mundo, y no regresan.

NOTA SOBRE TRES NOMBRES: *hobbit, gamyi y brandivino*

Hobbit es una invención. En oestron la palabra usada para referirse a este pueblo, las raras veces que se hacía, era *banakil,* «mediano». Pero en ese tiempo las gentes de la Comarca y de Bree utilizaban la palabra *kuduk,* que no se daba en ningún otro sitio. Meriadoc, sin embargo, registra que el Rey de Rohan utilizaba la palabra *kûd-dûkan,* «morador de cuevas». Dado que,

---

7. De hecho, estas características referentes al rostro y cabello se aplican sólo a los Noldor: ver *El Libro de los Cuentos Perdidos 1,* p. 57.

como se ha dicho, los Hobbits habían hablado en otro tiempo una lengua estrechamente emparentada con la de los Rohirrim, parece probable que *kuduk* fuera una forma erosionada de *kûddûkan*. Esta última, por razones ya explicadas, la he traducido como *holbytla*, y *hobbit* constituye una palabra que bien podría ser una forma erosionada de *holbytla*, si ese nombre hubiera aparecido en nuestra propia lengua antigua.

Gamyi. De acuerdo con la tradición familiar registrada en el Libro Rojo, el apellido *Galbasi* o, en su forma reducida, *Galpsi*, provenía de la aldea de *Galabas* que, según se creía popularmente, derivaba de *galab-*, «juego» y de un antiguo elemento *bas-*, más o menos equivalente a nuestro *wick, wich*. Por tanto, *Gamwich* (pronúnciese *Gammich*) me pareció una traslación bastante justa. No obstante, al reducir *Gammidyi* a *Gamyi* para representar a *Galpsi*, no hubo intención de aludir a la conexión de Samsagaz con la familia Coto, aunque una broma de esa especie habría sido bastante del gusto hobbit si en su lengua hubiera alguna justificación.

Coto, en verdad, representa *Hlothran*, un nombre de aldea bastante corriente en la Comarca, derivado de *hloth*, «una morada o cueva de dos cuartos», y *ran(u)*, un pequeño grupo de tales moradas bajo la ladera de una colina. Como apellido puede ser una alteración de *hlothram(a)*, «habitante de una cueva». *Hlothram*, que he traducido como Hombre del Coto, era el apellido del abuelo del granjero Coto.

Brandivino. Los nombres hobbit de este río eran alteraciones del élfico *Baranduin* (acentúese en *and*), derivado de *baran*, «castaño dorado»; y *duin*, «río (grande)». Brandivino parecía una natural corrupción de *Baranduin* en los tiempos modernos. En realidad, el viejo nombre hobbit era *Branda-nîn*, «agua de los bordes», que habría sido traducido más precisamente como Riachuelo de la Frontera; pero por una broma que se había vuelto habitual, y que se refería una vez más al color del río, por ese entonces se lo llamaba habitualmente *Bralda-hîm,* «cerveza impetuosa».

Ha de tenerse en cuenta, sin embargo, que cuando los Gamoviejo *(Zaragamba)* cambiaron su apellido para llamarse Brandigamo *(Brandagamba),* el primer elemento significaba «tierra fronteriza», y Lindegamo hubiera sido una traducción más precisa. Sólo un hobbit muy audaz se habría aventurado a llamar al Señor de los Gamos *Braldagamba* delante de él.

ÍNDICE TEMÁTICO DE
EL SEÑOR DE LOS ANILLOS

I. Poemas y Canciones

¡Fuera, viejo Tumulario! ¡Desaparece a la luz! I 259

Gil-galad fue un rey de los Elfos I 329
¡Gondor, Gondor, entre las Montañas y el Mar! II 28
Gris como una rata II 413

Hay una posada, una posada alegre y vieja I 286
¡He aquí el saber de las Criaturas Vivientes! II 99
¡Ho! ¡Ho! ¡Ho! A la botella me voy I 174
Hojas largas, hierba verde eran entonces I 338
¡Hola, dol! ¡feliz dol! ¡toca un don dilló! I 221
¡Hola! ¡Ven alegre dol, derry dol! ¡Querida mía! I 221
¡Hola, venid, alegre dol! ¡Bravos míos, brincad! I 225

¡Larga vida a los medianos! ¡Alabados sean con grandes alabanzas! III 333
Las duras tierras frías II 368
Legolas Hojaverde, largo tiempo en alegría II 165
Los Ents viejos como montañas, los nacidos de la tierra II 309

Me siento junto al fuego y pienso I 475
Mucho antes que se conociera el hierro o se talaran los árboles II 237

No todo lo que es oro reluce I 205, 293
¡No os lamentéis en demasía! El caído fue noble en vida III 164

¡Oh, fina cual vara de sauce! ¡Oh, más clara que el agua cristalina! I 228

¡Oh, Orofarnë, Lassemista, Carnimírië! II 131
¡Oh, Tom Bombadil, Tom Bombadilló! I 245, 258
¡Oh! Vagabundos en tierra de penumbras I 210
Oímos hablar de cuernos resonando en las colinas III 173

Por humedales y prados cruzando Rohan, donde crece larga la hierba II 18

¡Que empiece la canción! Todos juntos, a cantar I 225
Que se te hielen las manos, el corazón y los huesos I 257

Saliendo de la duda, saliendo de la negrura hacia el romper del día III 369
¡Saltad, amiguitos, por el Tornasauce río arriba! I 223
Sigue y sigue siempre el Camino I 87, 148

Todos vivos sin aliento II 368
Tras el recodo quizá aún espera III 449
Tres Anillos para los Reyes Elfos bajo el cielo I 111

Un marino fue Eärendil I 403
Una larga sombra se cierne sobre la tierra III 63

Venimos, venimos con cuernos y tambores: ¡ta-rûna rûna rûna rom! II 133
Venimos, venimos con un redoble de tambor: ¡ta-runda runda rom! II 133

Yo tenía allí un encargo: nenúfares recoger I 323

II Poemas y frases en idiomas distintos a la Lengua Común

A! Elbereth Gilthoniel... (variantes) III 450

A laita te, laita te! Andave laituvalmet! III 333

A-lalla-lalla-rumba-kaman-
da-lind-or-burúmë II 101
Ai! laurie lantar lassi surinen... I 638
Ai na vedui Dunadan! Mae govannen!
I 367
Aiya Eärendil elenion ancalima! II 543
Aiya elenion ancalima! III 273
Annon edhellen, edro hi ammen!... I 522
Arwen vanimelda, namarië! I 595
Ash nazg durbatulûk... I 439

Baruk Khazâd! Khazâd ai-menû! II 220,
III 623

Conin en Annûn! Eglerio! III 333
Cormacolindor, a laita tárienna! III 333
Cuio i Pheriain anann! Aglar'ni
Pheriannath! III 333

Daur a Berhael, Conin en Annûn!
III 333

Elen síla lúmenn'omentielvo I 160
Ennyn Durin Aran Moria I 519
Ernil i Pheriannath III 44, 103
Et Eärello Endorenna utúlien... III 355

Ferthu Théoden hál! II 200

Galadhremmin ennorath I 409
Gilthoniel, A! Elbereth! III 450

Khâzad ai-menû! II 220, III 623

Laurelindórenan lindelorendor malinor-
nélion ornemalin II 104

Naur an edraith ammen! I 495
Naur dan i ngaurhoth! I 510
Noro lim, noro lim, Asfaloth! I 373

¡Oh, Elbereth! ¡Gilthoniel!... I 158, III 450
¡Oh, Orofarnë, Lassemista, Carnimírië!
II 131
Ónen i-Estel Edain, ú-chebin estel anim
III 507

Taurelilómëa-tumbalemorna Tumbale-
taureä Lómëanor III 620

Uglúk u bagronk sha pushdug Saru-
man-glob búbhosh skai II 67

Westu Théoden hál! II 192

Yé! utúvienyes! III 361

III Personas, lugares y monstruos

Abismo de Helm (el Abismo) II 208-209,
211, 217, 242-245, 250, 275, 298,
313, 324, 332, III 65, 370, 372, 515,
551, 560, 564; cavernas de véase Cavernas Centelleantes de Aglarond;
véanse también Corriente del Abismo, Hondonada del Abismo, Muro
del Abismo
Abrojos, Tom III 394
Acebeda véase Eregion I 482, 484-487,
514, 516, 520, 544
Adorn III 513, 519
Adrahil III 497, 554
Adûnaico III 590-591, 594, 616, 617
Adûnakhôr III 590

Aeglos («Punta de Nieve»), Lanza de
Gil-Galad I 418
Afuera, de donde vino el Señor Oscu-
ro I 241
Aglarond, véase Cavernas Centelleantes
de Aglarond II 245, 332
Agua, el I 74, III 279
Aguada Gris (Gwathló) I 353, III 381
Águilas, las I 448, 469, 506, III 242; véa-
se también Gwaihir el Señor de los
Vientos; Landroval; Meneldor
Akallabêth III 461
Albos I 37, 42, III 547, 620; nombres
III 620
Aldalómë II 107

Aldamir III 467

Aldor el Viejo III 518, 522

Aldor III 370, 518

Alfabetos, *véase* Escritura y pronunciación III 597

Alfirin III 214

Alforzada I 42, 56, II 94, III 45, 421, 429, 585

Almenaras (colinas de las almenaras) I 28, 452, III 38-39, 100, 174

Alquería, la Vieja III 432

Alto élfico *véase* Quenya III 461, 468, 589, 614, 616, 620, 632

Altos Elfos *véase* Eldar: Noldor I 28, 57, 158, 520, 589, III 460, 468, 542, 614

Aman (más allá del Mar, Costa del Oeste, el Oeste, Oeste Extremo, Reino Imperecedero, Reino Bendecido, Tierras Imperecederas, etc.) III 464; *véanse también* Eressëa; Valimar: Valinor

Amandil III 462

Ambaróna II 107

Amigo de los elfos, epíteto aplicado a Aragorn I 580, ; Beren I 463; Elendil I 338, ; Frodo I 160, 166, 229, 249; Gimli III 538; Hador I 463, 469; Hurin I 463; Tres Casas de amigos de los elfos III 615; Turin I 463; de Númenor III 616-617

Amlaith III 466

Amon Dîn (Dîn) III 12, 142, 147, 362

Amon Hen (Colina de la Vista, Colina del Ojo) I 666-668, 670, II 20, 409; (Sitial de la Vista) I 659, 675-676, 678, 684, II 401

Amon Lhaw (Colina del Oído) I 666, 668, 677, 687

Amon Sûl, *véase* Cima de los Vientos I 328, 452, II 328, III 469-470, 548-549, 648

Amroth I 576, III 549; nombre III 614; Puerto de Amroth I 576, III 210; túmulo de *véase* Cerin Amroth, *véase también* Dol Amroth

Anardil III 466

Anárion I 417, 419-420, 665, II 453, 468; herederos, Casa de [Línea del Sur] II 328, 329, III 181, 465, 466, 476, 478, 485, 497, 498, 544; nombre III 466

Anborn II 462, 480, 482-484, 486-487, 492

Ancalagon el Negro I 127

Anduin (Río Grande, el Río, Río de Gondor) I 37, 46, 114, 422, 431, 459, 577, 586, 594, 623, 643, 645, 653, 657, 659, 668, II 15, 19, 25, 57, 118, 338, 404, 419-420, 433-434, 446, 449, 458, 479, 502, III 39, 76, 169, 180, 238, 338-339, 348, 458, 479, 502, 520, 511, 554, 562, 568; bocas, delta del (Eithir) Anduin I 417, 495, 676, II 18, 435, III 477, 617; fuentes del III 510

Anduin, Valle(s) del [tierras bajas regadas por el Anduin del Lórien al Ethir; los "valles bajos" al sur de Rauros; al norte de Lórien estaban los "valles altos"] I 36, II 434, III 103, 130, 229, 280, 360, 478, 488, 492, 510-511, 556, 583-584, 614, 628; Hombres del Valle del Anduin III 478

Andúnië, Señores de III 462

Andúril (la Espada, la Espada que fue Quebrada, Llama del Oeste) I 473, 477, 548, 550, 633, II 46, 160, 179-180, 219, 222, 226, III 171, 225, 354; *véase también* Narsil

Anfalas, *véase* Playa Larga

Angamaitë III 483

Angband I 341-342

Angbor, Señor de Lamedon III 214

Angerthas Daeron III 608-611

Angerthas de Moria III 598, 609

Anillo, el (Anillo Único, el Único, Gran Anillo, Anillo de Poder, Anillo Soberano, Anillo del Enemigo, etc.) I 50-53, 80-84, 86, 94, 106-132 *passim*, 136, 151, 156, 197, 199, 243-244, 257, 285, 289-290, 306, 315, 335, 344-350, *passim*, 375, 380-388 *passim*, 390, 394, 399-401, 416-419,

499, 501, 505-507 509, 553, 554; Patas Largas I 321; Piedra de Elfo I 634, 665, II 47, III 55, 194, 207, 228, 353-354, 366, 378; Trancos [utilizado en Bree y por sus compañeros hobbits] *frecuentemente, especialmente* 283-412 *passim*; Trancossin-escrúpulos I 321; Telcontar III 195, 467; Thorongil [águila de estrella] III 495-496, 554; Pies Alados II 51; como sanador I 408-409, II 238, III 191-207, 327, 334-335, 350, 353-355; nombres III 616; de los hijos de Lúthien III 215, uno de los Tres Cazadores II 23, 144; su estandarte bordado por Arwen III 55-56, 58-59, 73, 171-172, 191-192, 216-217, 240, 327, 334, 355, 498-499, 506-509, 561-562

Aragost III 466

Arahad I III 466, 475

Arahad II III 466

Arahael III 466, 474

Aranarth III 466, 472, 474, 499, 548

Arañas III 447, 486; *véanse también* Ella Laraña; Ungoliant

Arantar III 466

Aranuir III 466

Araphant III 466, 484, 487

Araphor III 466, 470

Arassuil IIII 466, 475

Arathorn I IIII 466

Arathorn II IIII 466, 553; *véase también* Aragorn II, hijo de Arathorn II

Araval III 466

Aravir III 466

Aravorn III 466

Araw *véase* Oromë

Árbol Blanco, de Gondor (Árbol de Plata, Árbol Marchito, el Árbol) I 420, 433, II 28, 405, 456, III 20, 170, 218 ; Nimloth [flor blanca] III 361, 464, 585

Árbol Blanco, de Valinor *véase* Telperion

Árbol de la Fiesta III 432

Árbol de los Altos Elfos I 520

Árbol de Oro *véase* Laurelin

Árbol de Plata *véanse* Telperion; Árbol Blanco

Árbol Marchito (Árbol Muerto) [reliquia muerta del Árbol de Gondor] III 20, 133; *véase también* Árbol Blanco, de Gondor

Archet I 271, III 394; apellido III 629

Archivos de Rivendel I 417

Arciryas III 486

Arenas, el molinero I 66, 68, III 433

Arenas, Ted I 101-103, 132, 550, 613 III 425-426, 433

Arenero, apellido I 281

Argeleb I III 466

Argeleb II I 39 (nota)

Argonath (centinelas de Númenor, Pilares de los Reyes, Puerta de los Reyes, Puertas de Gondor, las Puertas) I 421, 663, II 20, 33, III 22, 92, 479

Argonui III 466

Arnach *véase* Lossarnach

Arnor (Reino del Norte, Reino Septentrional, Tierras del Norte, etc.) I 38, 417, III 194, 354. Apéndice A; Reino en el exilio III 466, 544; calendario de III 580, 586; Altos Reyes de III 469; lengua de III 466-476, 508, 544, 547, 613, 619; palantír de III 469, 547, 586; cetro de *véase* Annúminas; Estrella del Reino del Norte *véase* Elendilmir

Arod II 56, III 71, 368

Artamir III 485

Artemisa, apellido I 281

Artemisa, Sr. I 290-291

Arthedain III 466, 469-471, 485-487, 547, 549

Arvedui "Último rey" I 39 (nota)

Arvegil III 466, 476

Arveleg I III 466, 470, 547

Arwen (Dama, la Dama de Rivendel, etc.) I 392-393, 397, 401, 409, III 171, 363, 365-368, 459; Estrella de la Tarde I 392, 634, III 362, 371; Reina Arwen III 365-368, 567; Reina de los Elfos y los Hombres III

507; Undómiel [cf. Undómë III 586] I 392, III 363, 501, 504, 506-508; recordada y aludida por Aragorn I 341, 355, 478, 594, 634, III 67 ; su regalo a Frodo (pasaje al Oeste) III 366; su regalo a Frodo (gema blanca) III 366, 444-445; estandarte que bordó para Aragorn *véase* Aragorn II

Asea aranion véase Athelas

Asfaloth I 373

Atanatar I III 466

Atanatar II Alcarin "el Glorioso" III 467, 475, 477-478, 547

Atani *véase* Edain

Atardecer, Colinas del (Emyn Uial) III 488

Atardecer, Lago (Nenuial) I 420, III 396, 476, 567, 586

Athelas (*asea aranion, hoja de reyes*) [hierba curativa] I 350, 568, III 195

Aulë el Herrero III 631-632

Aurigas III 484-485, 510, 548-549

Aves, como espías, I 326, 486-487, 500, II 16, 244, III 40

Azanulbizar *véase* Valle del Arroyo Sombrío; Batalla de Nanduhirion (Azanulbizar)

Azog III 527-530, 533, 536

Azote de Durin *véase* Balrog

Azote de Isildur *véase* Anillo, el

Bain, hijo de Bardo, Rey de Valle I 395, III 555,

Bajo de El Sagrario III 97

Balchoth III 492-493

Baldor III 88-90, 370

Balin, hijo de Fundin I 396, 399, 414, 459, 506, 540, 542-547, 550-551, 553, *passim*, III 532, 534, 554-555; tumba de I 542-543, 550

Balrog (Azote de Durin) I 557-559, 602, 656, II 115, 466, III 524

Balsadera I 24, 170-171, 175-176, 179-183, 185, 187, 194

Balsadera de Gamoburgo I 141, 145, 170

Baluarte, el *véase* Sagrario, El

Bamillas I 176

Bancal Sureño III 393

Barad-Dûr (Fortaleza de Sauron, Gran Torre, la Torre, Lugbúrz, Torre Oscura etc.) I 506, 677, II 16, III 121; huestes de *véase* Sauron; nombre (Torre Oscura) III 626; *utilizada en ocasiones como sinónimo de* Sauron.

Barahir, padre de Beren I 341, III 458, 473; *véase también* Beren, hijo de Barahir; Anillo de Barahir

Barahir, nieto de Faramir I 56

Barahir, senescal III 468

Baranduin *véase* Brandivino

Baranor III 31

Barazinbar (Baraz) *véase* Caradhras

Barbiluengos *véase* Enanos

Bárbol II 98-117, 121-126, 128-130, 133-134, 136-137, 145, 157-159, 259, 261-263, 265-266, 271-275, 278-282, 285-288, 292, 306-311, III 26, 372-377, 381; Fangorn II 98, 115, 158, 262, III 374, 376; nombre II 98; la criatura más vieja II 158; Venerable III 376 ;

Barco, como emblema *véase* Dol Amroth

Bardo de Esgaroth (Bardo el Arquero) I 395

Bardo II de Valle III 563-564

Bárdidos *véase* Valle: hombres de

Bastones, regalo de Faramir II 497, 553, 562

Batalla de Azanulbizar *véase* Batalla de Nanduhirion

Batalla de Cuernavilla III 61, 560

Batalla de Dagorlad (Gran Batalla) I 418, II 455

Batalla de Delagua III 431, 440; Pergamino de III 431

Batalla de Fornost I 39, III 549

Batalla de la Cima, Celebdil II 163

Batalla de los Campos de Pelennor III 157

Batalla de los Campos Verdes I 41, III 431

Batalla de los Cinco Ejércitos (de Valle) I 50, 106

Batalla de los Cruces de Erui III 548

Brandigamo, Amaranta III 574

Brandigamo, Berilac III 574

Brandigamo, Celidonia III 574

Brandigamo, Dinodas III 574

Brandigamo, Doderic III 574

Brandigamo, Dodinas III 574

Brandigamo, Esmeralda (de soltera Tuk) I 79, III 573-574

Brandigamo, Estela (de soltera Bolger) III 571, 573-574

Brandigamo, Gorbadoc "Cintura Ancha" I 66, III 573-574

Brandigamo, Gorbulas III 574

Brandigamo, Gormadoc "Excavada" III 574

Brandigamo, Hanna (de soltera Valeoro) III 574

Brandigamo, Hilda (de soltera Ciñatiesa) III 572, 574

Brandigamo, Ilberic III 574

Brandigamo, Madoc "Cuellotieso" III 574

Brandigamo, Malva (de soltera Cabezón) III 574

Brandigamo, Marmadas III 574

Brandigamo, Marmadoc "Dominante" III 571, 574

Brandigamo, Marroc III 574

Brandigamo, Melilot I 77, III 574

Brandigamo, Menegilda (de soltera Ororo) III 574

Brandigamo, Menta III 574

Brandigamo, Meriadoc 'Merry', hijo de Saradoc; Fiel Amigo de La Marca I 24, 45, 56-57, 91-93, 98-99, 138-140, 146, 176, 184-185, 187, 189-203 *passim*, 205-207, 209, 211-212, 215-220, 222-223, 233, 235, 244, 250, 253, 256-260, 262, 268, 275, 280, 293, 303, 309-312, 316-318, 320, 328-333, 335, 337-338, 343-344, 348, 353, 358-362, 370, 365, 370, 391, 393, 465, 467, 473, 484, 493, 499, 503-504, 518, 520, 523-524, 531-532, 550, 556, 569, 579, 581, 589, 605, 613, 622, 625, 629, 634, 646, 653, 661, 678, 680, 683 *passim*, II 14, 65-66, 70-76, 79, 100, 81-83, 85-87, 89-91, 93-96, 99-102, 105, 110, 112, 115, 117, 122-125, 127-128, 135, 142, 145, 155, 158, 258-261, 263-267, 269-271, 274, 277, 280, 284, 287, 289, 291-292- 294, 306, 309, 311-317, 320-321, 325, III 24, 58, 88, 93, 95-96, 98-99, 152, 162, 165, 190, 195, 204, 206, 210, 371, 431, 446; Meriadoc "el Magnífico" III 522, 566; nombre III 629; Señor de Los Gamos; cuerno *véase* Cuerno de La Marca

Brandigamo, Merimac III 574

Brandigamo, Merimas III 574

Brandigamo, Mirabella (de soltera Tuk) III 573-574

Brandigamo, Orgulas III 574

Brandigamo, Rorimac "Padre Oro", "Viejo Rory" I 79, 91, III 574

Brandigamo, Sadoc III 574

Brandigamo, Saradas III 574

Brandigamo, Saradoc "Esparce Oro" II 258, III 573-574

Brandigamo, Seredic III 574

Brandivino (Baranduin) I 24, 39-40, 42, 65, III 279, 396, 400, 403, 427, 469, 565 567, 569, 628; nombre III 625, 632; valle del I 249

Brebaje de Ent II 109, 121, 266, 287, III 337, 376

Brebajes de los ents III 337

Bree (Hombres de Bree, Tierras de Bree) I 38, 45-46, 56, 267-269, 271-275, 278, 280-282, II, 267, 274, 414, III 205, 384, 390, 393, 396-398, 413, 415, 469, 535, 537, 547-548, 554, 557-558, 565, 572, 578, 582-584, 619, 629, 633; apellidos en III 627; «extraño como noticias de Bree» I 274; guardián de la puerta I 311; Hobbits de (Gente Pequeña) I 45, 272, 281, III 394;; Hombres de (Gente Grande) I 271-272, 280-281, 291, III 618, 628 ; lengua, dialecto de I 281; nombres de lugares de III 619, 627; Puerta Sur de I 273,

Rey Brujo III 488 *véase también* Hueste del Oeste

Elanor, flor I 592-593, 595

Elbereth (Gilthoniel) I 157-158, 166, 345, 349, 375, 406, 409-410, 639, 655, II 560, III 269, 273, 450; Varda, la Despertadora, la Reina de las Estrellas I 638-639 [Elbereth, reina estrella, Reina de las Estrellas (Elentári); Gilthoniel (= Tintallë), la que enciende las estrellas: título que sólo se encuentra junto a su nombre; llamada (en Quenya) Varda, la exaltada]

Eldacar, de Arnor III 466

Eldacar, de Gondor (Vinitharya) III 467, 480-483, 510, 548

Eldamar (Anochecer Eterno) I 405, 630, II 328

Eldar (Altos Elfos, del Alto Linaje, Elfos del oeste), a no ser que se especifique o que sean claramente Noldor I 385, III 452, 458-464, 468, 501, 503, 509, 513, 523, 538-539, 542-543, 545-547, 579, 583-584, 586, 590-591, 594, 597-598, 600, 614-616, 620, 625, 631-632; Pueblo de las Estrellas III 632; Pueblo del Gran Viaje III 632; Noldor (Elfos del oeste, Exiliados, los Sabios Elfos, Señores de los Eldar) [los que siguieron a Fëanor] III 465, 541-543, 597-598, 606, 614-615 632; reyes de los III 460, 542, *véase también* Elfos de Eregion; Sindar (elfos grises) III 541-542, 597, 632; árbol como emblema I 519-520; uniones de los Eldar y los Edain III 459; los Eldar y el "crepúsculo" III 458;

Eldarion III 508-509

Elendil [amigo de los elfos o amante de las estrellas] de Oesternesse (el alto) I 46, 57, 114, 120, 328, 338, 355, 417-419, II 310, 317, III 354-355, 361, 462; corona de *véase* Corona de Gondor; emblemas de [Siete Estrellas de cinco puntas de Elendil y sus capitanes, que originalmente re-presentaban las estrellas solitarias en los estandartes de cada uno de los siete barcos (de nueve) que llevaban a bordo un palantír; en Gondor las siete estrellas se colocaban sobre un árbol florido de blanco, sobre el cual los reyes colocaron una corona alada] I 472, II 326, III 19, 169, 171, 191, 332, 355, 491; espada de *véase* Narsil; estrella de *véase* Elendilmir; herederos, Casa de, linaje de I 355, 425, 434, 634, III 192, *véase también* Aragorn II; librea de los herederos de III 20; nombre III 616; nombre usado como grito de batalla I 559, II 12, 226; reinos de III 487

Elendilmir (Estrella de Elendil, Estrella del Norte, Estrella del Reino del Norte) [de diamante y de cinco puntas, representaba la estrella de Eärendil] I 264, III 171, 192, 354, 474

Elendur III 466

Elenna, Isla de *véase* Númenor

Elessar (Aragorn) *véase* Aragorn II

Elessar (Piedra de Elfo, joya) I 634, 665, II 47, III 55, 194, 207, 228, 353-354, 366, 379

Elfhelm II 249, III 142-143, 149-152, 157, 224, 353

Elfhild III 521

Elfos (Antigua Estirpe, Antigua Raza, Gentes Antiguas, Gente élfica, Primeros Nacidos, etc.) I 35-39, 43-44, 51, 68, 98-99, 102, 105, 107, 113, 121, 125, 132, 133, 137, 148, 157-158, 160, 163, 165, 166, 169, 200, 228-229, 241, 243, 249, 264, 271, 329, 337-339, 341-342, 353, 367, 373, 385, 387, 390, 392, 405, 408-410, 417-418, 420, 423, 438, 444, 456-457, 459-460, 462-463, 471, 480, 482-484, 497, 499, 514, 516, 522, 528, 539, 572, 576, 577, 579-580, 582-583, 587-590, 593, 595, 599, 603, 608-610, 616-617, 628, 630-631, 635, 638-640, 648, 656-

Emyn Arnen III 16, 357

Emyn Beraid *véase* Colinas de la Torre

Emyn Muil I 632, II 25, 337, III 29; Muro Este de Rohan [los desfiladeros al oeste de las Emyn Muil] II 29

Emyn Uial *véase* Evendim, Colinas de

Enanos I 34-35, II 23, III 216, 371, Apéndice A; Barbiluengos III 523; en El Hobbit I 52, 93, 355, 365, 395; escritura III 597-600, 608-610; *dwarves* frente a *dwarfs* I 9, III 631; Khâzad II 220, 223, III 623, 632; lengua de los (Lengua Enana, Khuzdul) I 414, II 165, III 590, 594, 596, 609; Naugrim III 631; nombres III 597, 624, 629, 631; Pueblo de Durin (hijos, pueblo) I 414, 537, 600, II 162, III 457, 525, 528, 531-532, 534, 536-537, 539, 542, 550; Puertas de los I 518; relación con los elfos I 616; Reyes de los, Señores de los I 111, 414, *véanse también* nombres individuales de sus reyes; Siete Padres de los III 523

Enanos de Erebor (Pueblo de, o bajo la Montaña) III 538-539, 563, 609; *véase también* Erebor

Enanos de Moria III 539, 609; *véase también* Moria

Enanos de las Colinas de Hierro III 535

Enclave, el *véase* Naith de Lórien

Encrucijada (del Rey Caído) II 506, 510, III 104, 227

Enedwaith III 553

Enemigo, el *véase* Morgoth, Sauron

Enemigo Sin Nombre, El *véase* Sauron

Entaguas I 632, II 26, III 100; valle del I 658, II 30

Entibo I 271-272, 281

Ents II 61, 100, 104-105, 111, 115, 117-119, 122-123, 125-137, 157-159, 246, 261-262, 266, 271-273, 275-279, 282-284, 287-288, 292-293, 307-312, III 337, 372-376, 400; Onodrim (Enyd) II 61, 158, III 620; pastores de árboles II 105, 158, 246; entandos II 116, 122, III 375; ent-doncellas II 116; ent-mujeres II 111, 116-119, 131, 136, 309, III 377; lengua de (éntico) II 278; recordados en canciones o cuentos infantiles II 118-121, 157, 246; Sombra del Bosque II 298

Éomer, hijo de Éomund (Éomer Éadig, Tercer Mariscal de la Marca de los Jinetes, *más tarde* Rey Eomer, rey de La Marca) II 45-57, 63, 91, 176, 183, 185, 188, 190-193, 195-199, 201, 203-204, 206-208, 211-215, 219-221, 224-225, 227-228, 235-236, 238, 248-249, 251, 258, 293, 297-298, 305, 324, III 52-53, 57-60, 81, 86-90, 95, 97, 100, 103, 142, 144-146, 148-151, 154, 163-165, 167-172, 184, 191-195, 200-203, 210, 218, 221-224, 234, 336, 344, 353, 357-358, 366-367, 369-371, 521

Éomund II 55, III 521; *véase también* Éomer, hijo de Éomund; Éowyn, hija de Éomund

Éored [una tropa de jinetes de Rohan] II 49, 53, III 142, 150-152, 154, 366

Eorl el Joven (señor de los Hombres de Éothéod, rey de La Marca) II 42, 175, 182, 225, 231, 246, III 370-371; Casa de [dinastía] II 195, 200-201, 231, 296, 298-299 III 67-68, 88, 201, 203; casa de [sala] II 332; casa de [ambas], es decir, sala y dinastía II 298-299, III 201; hijos de Eorl (Eorlingas) *véase* Rohirrim; juramento de III 493-494, 523; señores de la Casa de *véase*

Éothain II 49, 55

Éothéod III 510, 512, 549

Éowyn, hija de Éomund (Dama Blanca de Rohan, Señora de Rohan, *más tarde* de Ithilien) II 187, 196-197, 200-202, 204, III 57, 65-67, 69, 86-87, 89, 95-97, 160-167, 187-188, 190, 193, 195, 199-203, 206, 213, 341-353, 358, 369-372, 521-522; bajo la apariencia de Dernhelm III

98, 141, 151-152, 157-163 *passim*, 371; Señora del Brazo Escudado III 522

Ephel Dúath (Montañas de la Sombra, Montañas de las Sombras, Montañas encantadas, murallas de Mordor, vallas) II 395, III 229

Eradan III 468

Erebor (Montaña Solitaria, lugar del Reino de los Enanos); pueblo de *véase* Enanos de Erebor; Gran Estancia de III 524; puerta de III 537, 564; Reino de Dáin III 224; Reyes Bajo la Montaña I 49

Erech III 63, III 213; Colina de III 64, 75; nombre IIII 617; Piedra de *véase* Piedra de Erech

Ered Lithui (Montañas de la Ceniza) II 395, III 240, 293; murallas montañosas de Mordor II 376

Ered Luin *véase* Montañas Azules

Ered Mithrin III 512

Ered Nimrais *véase* Montañas Blancas

Eregion (Acebeda) I 105, 417, 434, 436, 482, III 382, 524, 542-543, 598, 608; camino de, a Moria I 505-516; caracteres élficos de I 434; Elfos de *véase* Elfos; *véase también* herreros élficos

Erelas III 12, 100

Eressëa I 420, III 338; Isla Perdida III 338; Islas del Oeste III 505; Puerto de los Eldar en III 461

Erestor I 412, 454, 457, 460, III 362

Eriador I 36-38, 56, 311, III 468 ss.

Erkenbrand, señor del Folde Oeste II 207-208, 210-211, 213-214, 233, 235, 239, 249

Erling, hijo de Holman "Manoverde" III 575

Erui III 214; Cruces del III 481; *véase también* Batalla de los Cruces del Erui

Escalera, la, junto a Moria I 516

Escalera, la, junto a Rauros (Escalera del Norte) I 659

Escalera de Caracol II 483, 523

Escalera del Arroyo Sombrío I 483, 563, 580, III 382

Escalera del Norte *véase* Escalera, la, junto al Rauros

Escalera Interminable II 162

Escalera Recta II 523

Escriba del Rey, *véase* Findegil

Escritura élfica (alfabetos, letras) I 111, 434, 517, 543-544; letras Fëanorianas III 595, 598, 601, 605, 608; modo de Beleriand I 519; *véase también* Runas; Tengwar

Escritura y ortografía, en la Tierra Media I 38, III 589-608; *véanse también* escritura Élfica; Runas; Tengwar; *escritura junto a los nombres de los pueblos como* Enanos

Esgalduin (río élfico) I 341

Esgaroth (Lago Largo) I 78, 122, 395, III 536, 553, 618; hombres de III 618; lengua de III 618

Espada que fue quebrada *véase* Narsil

Espadas *véanse nombres de espadad individuales como* Dardo; de los túmulos I 550

Espectros del Anillo *véase* Nazgûl

Espejo de Galadriel I 611, II 562 III 399, 432

Estancias del rey elfo, sótanos del rey elfo, Bosque Negro I 389, II 242

Este, lejano (Comarcas del Este) II 402, III 39

Estemnet II 36, 168

Estero de los Cisnes III 381

Estrella de la Tarde, *véase* Arwen

Estrella de los Dúnedain III 567

Estrella roja en el sur I 468

Estrella Sureña I 45

Estrellas, como emblemas *véanse* Arnor; Durin; Elendil; Fëanor

Ethir Anduin *véase* Anduin: bocas del

Everholt, gran jabalí de III 519

Exiliados *véanse* Elfos: Noldor; Númenóreanos

Falastur IIII 467, 477, 547

Fangorn, el Ent *véase* Bárbol

539, 569, II 237, 253, 278, 335, 385, 563

Molino, en Hobbiton I 613, III 279,

Montaña de Fuego *véase* Monte del Destino

Montaña Solitaria *véase* Erebor

Montaña y el Bosque, la *véase* Erebor y Lothlórien [o los Enanos y los Elfos en general]

Montañas Azules (Ered Luin, Montañas de Lune) I 38, 100, II 106, III 17, 468, 471, 513, 524, 532, 542-543, 552

Montañas Blancas (Ered Nimrais, Montañas de Gondor, etc.) I 420, 442, 448, 490, 577, 632, 645, II 36, 168, 205, 207, 326, 479, 498, III 17, 82, 493, 494, 512, 519, 618

Montañas Circundantes III 326

Montañas de Ceniza *véase* Ered Lithui

Montañas de Gondor *véase* Montañas Blancas

Montañas de la Sombra *véase* Ephel Dúath

Montañas de Lune *véase* Montañas Azules

Montañas de Moria *véase* Moria, Montañas de

Montañas de la Sombra *véase* Ephel Dúath

Montañas del Terror (= Ered Gorgoroth) I 341, II 348

Montañas Grises III 525, 550

Montañas Nubladas I 36, 38, 50, 116, 272, 297, 336, 388, 431, 442, 448, 468-469, 483, 506, 561, 564, 644, 676, II 15, 39-40, 80, 90, 205-206, 250, III 238, 378, 468-469, 475, 493, 510, 521, 523, 542, 544, 547, 550, 613, 618, 621

Montañeses *véanse* Dunlendinos; Rhudaur

Montaraces *véase* Dúnedain

Monte de los Espíritus *véase* Dwimorberg

Monte del Colmillo *véase* Orthanc

Monte del Destino (Orodruin, Amon Amarth, Montaña de Fuego, etc.) I 127, 129, 132, 417-419, 422, 479, 487, 677, II 375, 409, 474, III 105, 249, 251, 267, 276, 282, 286, 301, 311, 319, 321-323, 328-329, 465, 495, 543, 554, 561-562, 626; nombre (Orodruin) III 627; *véanse también* grieta(s) del Destino; Sammath Naur

Monte Mindolluin (Mindolluin) II 333, III 17, 31, 359

Monte Nuboso *véase* Fanuidhol

Monte Siempre Blanco *véase* Oiolossë

Montículo de Crinblanca III 166

Morannon [puerta negra] (la(s) Puerta(s) Negra(s) de Mordor, Puerta de Sauron) I 418, 632, II 396, 412, 416, 418, 497, 511, III 230, 234-235, 240, 293, 485, 560, 562; *véase también* Desolación del Morannon

Mordor (País Tenebroso, Tierra Tenebrosa, País Oscuro, Tierra de la Sombra, Tierra Sin Nombre, etc.) I 100, 102, 104, 106, 110, 124, 302, 314, 329, 375, 385, 390, 414, 418-422, 430, 432, 434, 437. 449, 456, 470, 472, 492, 632, 672, 674, 676, 680, 686, II 15, 21-22, 32, 92, 112, 152, 154-156, 256, 303, 359, 365, 376, 385-386, 395, 397-401, 407-409, 411-412, 474, 502, 506, III 12-13, 38, 172, 221, 237-240, 246-248, 250-252, 268, 270, 277, 283-285, 291-294, 296, 304, 320, 323, 327, 332, 335, 339, 465, 478, 483-485, 489, 492, 495, 504, 536; ; aliados de III 214, *véanse también nombres de los aliados, por ejemplo* Haradrim; capitanes de; esclavos de *véase* Morannon; hueste(s) de III 325, 333-334, 353, 511, 524, 528; lengua de *véase* Lengua Negra; murallas de *véase* Ephel Dúath, Ered Lithui; puertas de *véase* Morannon; *véase también* Nazgûl; Orcos; Oscuridad; Sombra

Morgai III 248, 250, 276, 281, 283-286, 288, 293

Morgoth (Poder Oscuro del Norte, Oscuridad del Norte, el Gran Enemigo, la Sombra) [Vala malvado, Enemigo supremo] I 112, 114, 341, 414, 440, 448, 602, III 79, 82, 159, 248, 250, 276, 281-288, 293, 615, 631; servidor de *véase* Sauron

Morgulduin II 503, III 110

Moria (Minas de Moria, Khazad-dûm, el Pozo Oscuro, reino enano, las salas de Durin, etc.) I 414-415, 417-418, 433, 459, 483, 504-508, 511-517 *passim*, 520, 528, 536, 538-547 *passim*, 555, 560, 563, 567, 570-573, 581, 591, 597, 601, 602, 606, 624, 648, 650, 656, 676, II 16, 49-50, 65, 111, 119, 161, 221, 266, 280, 409, 432, 442, 454, 466, 538, III 29, 303, 382, 523-531 *passim*, 545-543, 545, 549-552, 555, 557-558, 564, 598, 609, 631; extremo norte (sala vigésima primera) I 170, 247, 252, 514-515, 546, II 38, 365; Grandes Puertas (Puerta del Arroyo Sombrío, Puerta este) I 506, 535, 540-541, 551, 560, III 382, 527, 530, 552; Mina de los Enanos I 483, 536; Murallas de I 512, 514; Primera Profundidad I 555; Primera Sala I 555; puente de (Puente de Khazad-dûm, Puente de Durin) II 162, III 558; puertas de (Puertas de Durin, Puerta élfica, Puerta de Acebeda, Puerta del Oeste) [entrada oeste a Moria, hecha por los enanos pero controlada mediante un hechizo de Celebrimbor] I 276, 310-311, 516, 520, 527, 544, 546, III 394, 399, 605; Segunda sala I 555; Señor de I 347, 520, 542, 544-545; nombre III 631; Nivel Séptimo I 546; Tercera Profundidad, armerías superiores I 544; *véanse también* Libro de Mazarbul; Cámara de Mazarbul; Enanos de Moria

Moria, Montañas de I 563, III 564; *véanse también* Caradhras; Celebdil; Fanuidhol

Morthond (Raíz Negra) III 48, 74, 173, 187; arqueros de III 187; tierras altas de III 48

Morwen "Resplandor del Acero" III 48

Muertos, los (Hombres Muertos de El Sagrario, Hueste Gris, Ejército de las Sombras, Muertos Insomnes, pueblo olvidado, etc.) II 381-382, III 64, 74-77, 88-90, 213-218, 618; Hombres de las Montañas III 64; Perjuros III 76; Rey de III 75, 77, 214, 216; *véase también* Puerta de los Muertos; Senderos de los Muertos

Mujer-río I 221

Mûmak (pl. *mûmakil*) *véase* Olifante

Mundburgo *véase* Minas Tirith

Mundo Antiguo I 602

Mundo Exterior (Forasteros), en relación a Bree o La comarca I 49, 273, 279, III 393

Muro de Montañas (= Pélori I 406

Muro de los Muertos *véase* Fornost

Muro del Abismo (el Muro) II 215, 218-219, 222, 228

Muro del Este *véase* Emyn Muil

Muzgash III 258

Náin, padre de Dáin II 525, 529, 530,

Náin I III 524, 539, 549

Náin II III 539

Naith de Lórien (Lengua, Enclave) I 586, 591

Náli I 545

Nan Curunír (Valle del Mago, Valle de Saruman) II 137, 250

Nan-tasarion *véase* Tasarinan

Nanduhirion *véase* Valle del Arrollo Sombrío

Nár III 526

Narchost *véase* Torres de los Dientes

Nardol III 100, 147

Nargothrond I 537, 603

Nariz-Aguda I 261

Narmacil I III 467, 477, 479,

Narmacil II III 484, 486, 584

Narsil (espada que fue quebrada, espada de Elendil) [llama roja y blanca] I

418-419, III 475, 500, 546, 554; re-forjada III 171, *véase también* Andúril
Narvi, I 360
Narya (el Tercer Anillo, el Anillo de Fuego) III 453
Navío Blanco III 452, 207
Navíos Negros (velas negras, barcos negros) I 615, III 47, 169, 194
Naugrim *véase* Enanos
Nave-cisne I 630-631
Nazgûl (Espectros del Anillo, Jinetes Negros, Jinetes Crueles, Hombres Negros, los Nueve, Nueve Jinetes, Nueve Señores, Mensajeros de Mordor, Mensajero Alado, Gritones, etc.) I 113, 124, 159, 164, 166, 169-170, 174-175, 184, 194, 201-203, 234, 266-267, 276, 295, 302, 308-309, 315, 319, 333, 368, 375, 381, 385, 387-388, 428-430, 432, 440-441, 443, 445-446, 448, 450, 452, 456, 467, 470-471, 474, 504, II 69, 78, 111-112, 156, 274, 325, 330-331, 373-375, 389, 410-411, 457, 493, 514, 519, 521, III 37-38, 40, 106-107, 121, 123-124, 168, 190, 196, 210, 221, 230, 232, 234, 235, 241, 250, 259, 275, 280, 290, 309-310, 322-328 *passim*, 370, 391, 428, 470, 484, 489, 491-492, 538, 545-544, 547, 549-550, 554, 557, 560, 622; ciudad de *véase* Minas Morgul; oscuridad de *véase* Hálito Negro; Señor de *véase* Rey Brujo; en sus monturas aladas I 655, II 69, 320, 324, 330, 411, 484-485, III 106-107, 116, 196. 270, 273, 276, 278, 279-281, 310, 322, 328, 357, 560 ; sentidos de los I 151, 335-336, 384, II 384-385
Neldoreth (Taur-na-neldor) I 341, II 107, III 500
Nen Hithoel I 623, 665, III 479
Nenuial *véase* Lago del Atardecer
Nenya (el anillo de adamante) I 616, III 450

Nicotiana véase Hierba para pipa
Nigromante *véase* Sauron
Nimbrethil I 403
Nimloth *véase* Árbol Blanco
Nimrodel, elfa I 574-575, 577, 585, III 549 ; Balada de III 130, ; nombre III 614; pueblo de I 577, III 130, 210,
Nimrodel, río I 573, 575-575, 577-579, 582, 584, 586, 650, III 558.
Nique-briques I 324
Nindalf (Cancha Aguada) I 631, III 590
Niphredil I 592-593
Nob I 278-279, 298, 301-303, 309-311, 317, 320, III 391-392, 397
Noche de la Nada I 403
Noche Eterna I 404
Nogales, viejo, I 65-66
Nogrod III 524
Noldor *véase* Eldar
Nomeolvides *véase* Simbelmynë
Norburgo *véase* Fornost
Nori I 396, III 539
Normas, impuestas por Lotho III 406-407, 410
Norte, el (Tierras del norte, etc.) I 46, 274, 350, 382, 417, 426, 433, 456, 575, 632, II 44, 468, III 748; palantír del III 469; *véanse también nombres de tierras en el Norte de la Tierra Media como* Beleriand
Nueva Edad III 356, 360, 374
Nueve (Nueve Jinetes, Nueve Siervos) *véase* Nazgûl
Nueve Anillos *véase* Anillos de Poder
Nueve Caminantes (Nueve Compañeros) *véase* Compañía del Anillo
Nuevo Cómputo III 587, 588
Númenor (Oesternesse), reino insular I 56, 342, 417, 407, 420, II 328, 465, 467, 469, 475, III 64, 75, 348, 461-465, 473, 474, 482, 542-544, 696; Elenna, Isla de III 461; Tierra de la Estrella III 483; Caída de (Akallabêth) I 417, III 461, 580, 617; calendario de *véase* Cómputo de los Reyes; lenguas de III 615-617, *véase también* adûnaico; hombres de *véase* Nú-

menóreanos; nombre III 616; Patio del Rey III 585; Reyes y Reinas de I 342, III 461, 464, 485, 509-510; Piedras Videntes de *véase* Palantír

Númenóreanos, del reino insular (Hombres del Mar) II 118, 135, 469, III 483, 597, 616; los Fieles (Exiliados) III 463, 464, 470, 544; Númenóreanos Negros (Hombres del Rey) III 235, 477; Númenóreanos que se convirtieron en Nazgûl II 493; en la Tierra Media tras la Caída (Reyes de los Hombres, Hombres de la raza o la sangre de Númenor, Oesternesse, etc.) I 38, 46, 113-114, 402, 417, 420-421, 442, 458, 580, II 151, 381, 404, 434, 453-457, 467-469, III 30, 109, 130, 144, 250, 351, 483, 489-490, 619 *véase también* Dúnedain; Padres de *véase* Edain; Gobernantes (Reyes, Gobernantes) de los Reinos en Exilio I 286-287, 382, III 354, 457, 464-467, 479, 506; obras de los Númenóreanos, de Oesternesse específicamente mencionadas *véanse* Minas Tirith; Orthanc; Sitial de la Vista; Espadas del túmulo

Núrnen, Lago (mar interior) II 395, III 287, 357

Oeste Extremo *véase* Aman

Oestemnet II 52

Oesternesse *véase* Númenor

Oficiales I 48, 408-411, 420, 426, 440; Primer Oficial I 48

Ohtar I 419, III 546

Óin, hijo de Glóin III 539

Óin, hijo de Gróin I 396, 414, 544, 546, III 539

Oiolossë (Monte Siempre Blanco) I 638

Ojo, el (de Barad-dûr, de Mordor, de Sauron, Gran Ojo, Ojo Sin Párpado, etc.) I 615-616, 619, 677-678, II 16, 158, 271, 313, 386, 389, 406, 420, 575, III 126, 128, 160, 221, 230, 247, 286, 288, 315-316, 321; Ojo Rojo (el Ojo, Ojo Maléfi-

co), como emblema I 615-616, 619, 676-678, II 16, 158, 271, 313, 329, 386, 389, 406, 420, 575, III 126, 128, 160, 220, 230, 236, 247, 254, 270, 286, 288, 315-316, 321; a veces se usa como sinónimo de Sauron

Olifante (*mûmak*) II 412-413, 414, 439, III 308, 339, 386

Olog-hai *véase* Trolls

Olórin *véase* Gandalf

Ondoher III 467, 484-486, 549

Onodrim *véase* Ents

Orcrist I 477

Orcos (gorgûn, yrch) I 28, 121-122, 439, 506, 526, 528, 538, 548, 565, 578, 581-583, 668, II 11-14, 19-37, 42-59, 65-92, 98, 101, 127, 141, 312, 412, 431, 559, III 23-24, 40, 60, 287-291, 337, 373, 469, 499, 551, 559; trasgos I 321, 570, 658, II 66; de Cirith Ungol, Minas Morgul II 570-572, 581, III 245-257, 265-277, 559; de Durthang III 297-298, 561; de Moria, Montañas Nubladas I 48-52, 144, 392, 506, 544-571, 583-584, 591, 645, 648, 652, II 26, 67-68, 70, 73-77, 462, III 336, 469, 492, 512, 518, 521, 526-538, 547, 550, 621; de Mordor (Sauron, Orcos del Ojo, Enemigo) I 385, 583-584, 660, II 52, 67, 77-80, 156, 339, 359, 365-367, 376, 381, 396, 397, 405, 420-421, 431, 434, 436, 527, 531, 538, 540, 591, III 93, 123-124, 126, 137, 142-145, 147-148, 174, 227, 229-231, 234, 236, 241, 284, 287-290, 315, 337, 493-494, 621; Uruks de Mordor I 548-549, II 580, III 300, 491, 621; Orcos de Saruman I 446-447, II 111, 131, 135, 156, 197-198, 202, 210, 249, 252, 264-269, 312; Uruk-hai (Isengardos, con la enseña de la Mano Blanca) II 16, 27, 31, 52, 58, 65-92, 229, III 380, 621; alfabetos de

413-414, 424, 426-427, 434, 437, 440-441; asesino de árboles II 277, III 373; voz de (poder de persuasión) II 301; ejército de *véase* Orcos; Hombres al servicio de Saruman III 521; traición de Isengard I 16; II 155; III 40; *véase también* Isengard; Mano Blanca; Orthanc

Sauron (Señor Oscuro, Enemigo, El Oscuro, Mano Oscura, Señor Negro, Vil Maestro de Traiciones, Poder Oscuro, manos tenebrosas del Este, El Sin Nombre, etc.) I 7, 30, 57, 105-106, 109, 111-112, 114, 124, 127-128, 241, 264, 315, 336, 341, 368, 384-385, 414-419, 430-434, 437, 439, 445-449, 455-460, 476, 481, 493, 504, 506, 509, 539, 588-589, 605, 616-618, 624, 640, 643, 675, 677; II 7, 16, 36, 42, 46-49, 51, 118-119, 135, 155, 159, 161-162, 183, 247, 271, 304, 306, 328-331, 384, 387-388, 392, 396, 401, 408-409, 412, 417, 420-421, 450, 455-456, 463, 467, 470, 526, 530, 548-550, 568; III 7, 24, 62, 64, 67, 71, 76, 92, 121, 127-128, 159, 179, 185, 216, 219-222, 225, 229, 235-240, 250, 286-287, 294, 298-299, 304, 307, 309, 315-316, 320-321, 327, 332, 342, 349, 353, 360, 461, 463-465, 477, 482-484, 491, 494-497, 503-507, 521-524, 532-545, 550, 552-557, 562-563, 587, 615, 621-623, 631 Nigromante I 28, 430; servidor de Morgoth III 524, 541; nombre III 637; esclavos de I 385; II 253; III 113, 261, 309, 357; sirvientes, huestes de I 164, 338, 368, 417, 434, 469, 476, 587, 673; II 46, 69, 232; III 145, 154, 169, 227, 325, 552, 561, *véanse también* Nazgûl, Orcos; Señor del Anillo I 390; III 222; sombra de I 449; II 105, 306; trono de I 458; *véanse también* Barad-dûr; Ojo, el; Sombra

Scary III 439, 441,

Scatha el Gusano III 371; botín de III 371

Segunda Edad I 57, 416; III 457, 462, 465, 541-542, 545, 598

Sendero del Sur III 416

Senderos de los Muertos III 54, 60, 62-66, 86-88, 93, 171, 201, 212, 218, 560; *véanse también* Muertos, los; Puerta de los Muertos

Senescales de Gondor (Senescales Regentes, Señor de la Ciudad, Señores de la Ciudad, de Gondor, etc.) [Senescal del Alto Rey (título de los gobernantes de Gondor)] I 433; II 199, 225; III 12, 27, 101-102, 109, 112, 115, 117, 120, 130-131, 133, 173, 178, 192, 229, 231, 467-468, 491, 493, 498; *véanse también nombres de Senescales individuales como* Denethor II; bandera de los III 19; *véase también* Casa de los Senescales

Señor de Barad-dûr *véase* Sauron

Señor de la Marca (Rohan) *véanse* Éomer; Théoden

Señor del Anillo *véase* Sauron

Señor de Los Gamos, de la Casa *véase* Brandigamo, familia

Señor de Minas Tirith *véanse* Denethor II; Senescales

Señor de Morgul *véase* Rey Brujo

Señor de los Nazgûl *véase* Rey Brujo

Señor Oscuro *véase* Sauron

Señores de la Ciudad *véase* Senescales

Shagrat (Capitán de la Torre) II 569, 572-581; III 247-248, 252, 257-262, 277, 280, 288, 290, 561

Sharkû III 622

Shathûr *véase* Fanuidhol

Siempre Blanco, Monte *véase* Oiolossë

Siete Estrellas *véase* Elendil: emblemas de

Siete Piedras *véase* Palantíri

Silencio Ritual III 336

Silmariën III 462, 543

ÍNDICE

APÉNDICES